Joachim Walther

Bewerbung bei Hofe

Joachim Walther

BEWERBUNG BEI HOFE

Roman

E. G. Freese Verlag
Berlin

CIP-Kurztitelaufnahme der Deutschen Bibliothek

Walther, Joachim:
Bewerbung bei Hofe: Roman/Joachim Walther.
- Berlin: Freese, 1984.
ISBN 3-88942-003-6

Lizenzausgabe für den E. G. Freese Verlag, Berlin 1984
Schrift: 10 p Garamond
Printed in the German Democratic Republic
ISBN 3-88942-003-6

Erklärung meiner Erfindung
Zu dem
Besserischen Kupfer-Bilde.

DJe Ceremoniel-Wissenschafft sitzt in einem Bücher-Saale, worinne die Besserischen zu dieser Wissenschafft gehörige Bücher und Schrifften stehen. Sie wird abgebildet als eine ansehnliche junge Frau, in einem Ceremonien-Kleide und Wapen-Rocke, worauf der Pohlnis. weisse und der schwartze Preußische Adler zu sehen; anzuzeigen, daß der **Herr** von **Besser** als Ceremonien-Meister an diesen beyden Höfen gestanden. Auf dem Haupte ist sie mit des Mercurius Flügel-Hute bedeckt, welcher auf die bey dieser Wissenschafft vorkommende Verschickungen und Gesandschafften; wie der Schlangen-Stab in ihrer Hand, auf Einholungen, Bewirthungen, Heimführungen, Verträge, Bündnisse und Friedens-Schlüsse zielet.

Sie sitzet vor einem Ehren-Gerüste, daran in der Mitte das **Besserische** Adeliche Wapen, oben darüber aber das Bildniß des **Herrn** von **Besser** befindlich ist, welches von der Ceremoniel-Wissenschafft gehalten, und, wegen ihres durch sein Absterben erlittenen Verlusts, traurig von ihr angesehen wird; indem er der erste gewesen, der diese Wissenschafft zu einer so vollkommenen Ausübung gebracht hat. Neben dem Bilde liegen auf dem Gerüste vor ihr eine Wagschale und ein Richtscheit, anzudeuten, daß sie die Rang-Streitigkeiten und andre dergleichen Vorrechte genau zu erwegen und zu entscheiden wisse.

Der Bücher-Saal ist ausgeziert mit einem Aufputze von Cronen, Zeptern, Chur-Bischoffs- und Fürsten-Hüten, Ritter-Schwerdtern, Geschlechts-Fahnen, Wapen, Stamm-Bäumen, Bischoffs-Stäben, Ordens-Sternen, Ordens-Ketten und Bändern, Siegs-Kräntzen, Palm- Oel- Mirthen- Lorbeer- Zipressen-Zweigen, Helmen, Ritter-Fahnen, Insiegeln, Schilden, Hochzeit-Erleuchtungs- und Trauer-Fackeln, brennenden Hertzen, zusammengefügten Händen, bekräntzten Todten-Köpfen, Trau-Ringen und andern Merckzeichen verschiedener Staats- und Hof-Gepränge, bey Freud und Leid, mit deren Anordnung die Ceremoniel-Wissenschafft sich zu beschäfftigen pfleget.

CICERO

Vorbemerkung oder Die subjektive Authentizität erfundener Tatsachen

Diese Veröffentlichung beabsichtigt nicht primär die Suggestion antiquarischer Echtheit. Deshalb wurden Orthographie, Interpunktion und heute unzumutbare Bizarrerien dieses in spätbarockem Deutsch verfaßten Tagebuches dem Sprachgebrauch unseres fortgeschrittenen Jahrhunderts angeglichen.

Allerdings ohne Rhythmus und Färbung des Stils zu beschädigen und, das sollte sich von selbst verstehen, inhaltlich etwas aus aktuellen Rück- oder Absichten abzuändern oder auszulassen. Wohl aber einzufügen mit bestem Wissen und Gewissen und aus gegenwärtigem und, zugegeben, persönlichem Interesse an der Geschichte: Stockende Nässe, einseitig sich nährende Insekten, mehrere dilettantisch geführte Kriege und moderne Schadstoff-Emission hatten beträchtliche Teile des Originalmanuskriptes zerstört. Da keine gesetzlichen Bestimmungen dagegen sprechen und auch die Ordre an die Nachwelt (siehe folgende Seite) befolgt werden kann (Johann von Besser starb 74jährig 1729 in Dresden), dürfte einer ebenso zügigen wie zahlreichen Verbreitung dieses historischen Fundes in der Gegenwart nichts im Wege stehen.

J. W.

Ordre an die Nachwelt

Hiermit verfüge ich, nachstehendes Diarium frühestens nach dem 250. Jahr meines irdischen Vergehens zu eröffnen, nämlich dann, da, premièrement, mit Sicherheit die darinnen erwähnten importanten Personen sowie deren Kinder und Kindeskinder abgestorben und folglich zu keinerlei vergeltenden Actiones mehr fähig sind, deuxièment, der, dessen irritierendes Erscheinen hier in Dresden mich ursächlich zu der Niederschrift des Tagebuches bewegte, von der Nachwelt ganz und gar vergessen ist, und troisièmement, mein Nachruhm als Poet und Staatsmann diese auch gegen mich selbst so rückhaltlosen Notizen unbeschadet übersteht, sie jedoch gleichwohl für die dann im 20. Säculum Lebenden, die Kriege, Ungerechtigkeit, Hunger, Machtgier, Hochmut, Rechtgläubigkeit, Wortklauberei, Verrat, Speichelleckerei, Ruhmredigkeit, Lüge, Heuchelei, Korruption, Gewalt, Haß, Stumpfsinn, Neid, Dummheit . . . und wie die restlichen Welt-Übel alle heißen mögen, aus eigenem Erleben, wie ich gerne hoffen möchte, nicht mehr kennen werden, von nur noch historischem Interesse sind.

Johann von Besser
Maître des Cérémonies, Introducteur des Ambassadeurs, Geheimer Kriegs-Rat,
Träger
des Ordens de la générosité

7. Augustus, Donatus

Ich bin wie einer auf der hohen See, der nicht mehr sieht, wo er einst abgefahren. Zwar ist das Schiff von außen noch recht passabel anzusehen, auch hat der Name von früher einen mehr als guten Klang in Deutschlands Dichterkreisen, viel schönes Zierwerk deckt die gröbsten Mängel, doch tief im Holze unten werkt der Wurm, im Kielraum steigt das Wasser, die Segel hängen flau am Mast, kein Ziel liegt vor mir, das noch zu erreichen wäre, zur Umkehr ist es lang zu spät, die Kraft, sie schwindet, und manchmal fürchte ich, sie reicht nicht hin, das Untergehen zu verhindern.

Die letzte Nacht, ein Fest der Wollust sollt sie werden, bescherte nichts als Scham und ekle Gliederschwäche, wiewohl doch alles bestens vorbereitet war. Drei Grazien aus dem Hause der Zawadzka hatten willig zugesagt, die Tafel im Salon trug zierlich Wein, Konfekt und frisches Obst, das Sofa stand bereit im Kerzenschimmer, und ich selbst war angeregt durch eine Pille vom Cantharis-Käfer, die so probat ist für die Steigerung der Lustbegier. Arismene, Phillis und Mathilde nannten sich die Schönen, keine über zwanzig Jahre, alle wohlgestalt und in Liebesdingen hocherfahren. Als hintergründiges Empfangspräsent überreichte ich je eine Venus-Muschel, die der Gesandte aus Savoyen mir verehrt, darauf setzten wir uns an die Tafel, aßen, tranken, scherzten über dies und das, wobei wir naturellement auch auf das Fest zu sprechen kamen, auf jenes Fest der Feste, wovon derzeit ganz Dresden spricht und welches alles bisher Dagewesene in den Schatten stellen wird.

Einen ganzen Monat soll es dauern (sagte Phillis und seufzte dabei kokett). Also dreißig Tage auf dem Rücken.

Mademoiselle (sagte ich galant zu ihr), was kann honorabler sein, als in gleicher Stellung sich zu finden wie die hoheitliche Kurprinzessin?

Zudem, so hielt ich den Mädchen vor, hätten sie den Vorteil, daß ihre Kavaliere sich aus freien Stücken ihnen beigesellten, der Prinz hingegen zu der Österreicherin wohl kaum, außerdem (selbst den Dirnen muß man schmeicheln, will man sein Ergötzen finden) seien sie gewiß um vieles delikater als die Braut des Prinzen.

Ich redete, als käme es bei dieser Hochzeit auf Schönheit an, als wüßt ich nicht, daß hierbei nur von Wichtigkeit, was zu den hochgesteckten Zielen König Augusts taugt: Die Braut mag noch so reizlos sein, sie ist die Tochter eines Kaisers und katholisch, das genügt. Der Prinz hat zu parieren, auch im Bett.

Denn kein andrer als Seine Majestät beliebten diese Mariage zu beschließen, die nach langen Vorverhandlungen am 20. des Monats in Wien vollzogen werden wird. Vierzehn Tage später soll sie dann allhier mit unübertrefflichem Gepränge nachgefeiert werden, wobei dies fulminanter werden soll als die Vermählungsfeier selbst, es ist geplant nach königlichem Willen als ein Amüsement von höchst staatspolitischer Bedeutung. Ist doch die Braut die erstgeborne Tochter Kaiser Josephs, die nach dem sogenannten Pactum mutuae successionis im Falle des Aussterbens der männlichen Thronfolger aus dem Hause Habsburg die Kaiserwürde erben soll beziehungsweise, so zu reden, sollte. Denn als ihr kaiserlicher Vater vor acht Jahren das Zeitliche mit dem Ewigen tauschte, fiel die Nachfolge nun zunächst auf dessen Bruder Karl, der allerdings nichts eiliger vollbrachte, als den Erbvertrag schon kurze Weil darauf zugunsten seiner eignen Kinder abzuändern. A votre santé, Mademoiselles!

Das nunmehr neue Hausgesetz, Pragmatische Sanktion genannt, wurde in geheimer Staatsrat-Sitzung promulgiert und vorerst noch geheimgehalten, doch blieb den Diplomaten und den Spitzeln, was häufig nahe beieinander liegt, die Sache nicht verborgen, so daß es Wien im letzten Jahr Europas Höfen offiziell verkündete und, wie erwartet, wenig Gegenliebe damit fand. Haus Habsburg ist in der Bredouille: Sein Reich ist groß wie nie zuvor nach den letzten großen Kriegen, dem Türkischen, dem Nordischen, dem Spanischen, dem Französischen und wie sie alle hießen, und dehnt sich nun, trotz des Verlustes von Spanien an das Haus Bourbon, von Serbien bis Sizilien und zu den Niederlanden. Doch so kraftvoll es sich, dank Prinz Eugen, auf dem Schlachtfeld schlägt, so schwach zeigt es im kaiserlichen Bette sich, denn Kaiser Karl vermochte bislang nur einen Sohn zu zeugen, der, wie fatal!, gleich nach der Geburt verstarb, jetzt werden's nur noch Töchter, und damit, bleibt das kaiserliche Mühen ohne Glück, verdorrt der Manneszweig am Stammbaum Habsburgs, an den so mancher hier im ach so Heiligen Römischen Reich Deutscher Nation und außerhalb nur allzu gern die Säge legen möchte. Salut, Mesdames!

Unser aller Herr, auf dessen Wohl ich mit den Edeldirnen trank, König von Polen und Kurfürstliche Durchlaucht von Sachsen, nun begründet durch die Hochzeit seines Sohnes mit der Kaisertochter die dauerhafte Liaison mit dem Hof in Wien und greift auf diese Weise ganz sacht nach Sachsens Kaiserwürde, woran er offenbar Geschmack gefunden, da er als Reichsvikar die kaiserlichen Amtsgeschäfte nach dem Tode Josephs einst geführt. Weil nun die beiden Töchter Karls zu Wien dummerweise noch in den Windeln stecken, kam lediglich die Nichte, dritte in der Folge, in Betracht für Sachsens Pläne: Maria Josepha, die bei der Hochzeit – in Wien ist man ja auch nicht blöd – feierlich den Erbverzicht erklären muß. Dies ist im höchsten Maße ärgerlich, doch vorerst nicht zu ändern, und König August weiß es wohl, daß Erklärungen, sind sie noch so feierlich verkündet, einen Dreck wert sind, wenn sich die Lage ändert und man beherzt die dargebotne Chance nutzt, wie er vor 22 Jahren beim Erwerb der Polenkrone, die er allerdings mittlerweile seine Dornenkrone nennt.

Ein volles Jahr ging damals das Umwerben, Intrigieren und Bestechen, nachdem der alte Polenkönig Jan Sobieski, Held von Wien, gestorben war. Acht Kandidaten, darunter die von Baden, Bayern, Lothringen und Prinz Conti aus Frankreich, setzten schon den Fuß auf des Thrones erste Stufe, wobei sie sich gehörig stauchten und somit gegenseitig kleiner machten, als Kurfürst August, seines Alters siebenundzwanzig Jahr, sich selbst den Polen für die Wahl empfahl. Prosit, plaisir, gloire et bon appétit, meine Schönen!

Er deutete den Polen an, daß er geschwind vom Protestanten zum Katholiken werden könne, wenn es den polnischen Magnaten wichtig sei, verkaufte eilends und für bare Münze Ländereien an die Welfen und die Hohenzollern, nahm von

Jud und Jesuit manch hübsches Sümmchen an, mahnte die rückständigen Subsidien vom Türkenkrieg in Wien, preßte Steuern aus dem Sachsenland und schickte so, mit blanken Talern reich gesegnet, seinen Unterhändler zu den Polen. Oberst von Flemming war gewandt genug, dem französischen Gesandten Polignac viele der bereits gekauften Stimmen wieder abzujagen, und Kurfürst August legte überdies auf unzweideutige Weise seine Wahl den Polen nahe, indem er in der Lausitz ein Corps von 8000 Mann aufmarschieren ließ. Dann ging es Schlag auf Schlag. Drei Wochen vor der Wahl vollzog das Haupt der deutschen Protestanten trotz des Unmuts seiner luthertreuen Untertanen flugs den Glaubenswechsel, was dem Papst so gut gefiel, daß er von seiner Engelsburg in Rom Geschütze feuern ließ und ambrosianische Lobeshymnen aus allen papistischen Kirchen Europas tönten, doch lag noch immer der Franzose in den Stimmen vorn. Am Tage vor der Wahl jedoch schickte Dresden 40 Tausend Taler, die Flemming noch am selben Tag in die weit aufgehaltnen Hände gleiten ließ, so daß die Partie am Abend nunmehr unentschieden schien. Am nächsten Tag jedoch, eh man's sich versah, proklamierte die französische Partei Prinz Conti ohne jede Wahl und Schminke zum neuen Polenkönig, ritt schnurstracks in den Dom, um den Kirchensegen einzuholen, und wähnte sich bereits im Sieg. Die vorerst überrumpelte, auf dem Wahlfeld in Wola zurückgebliebene Partei der Sachsen eröffnete, als sie von dem Schrecken sich erholt, die Wahlhandlung nun ganz offiziell und ließ gemäß dem alten Ritual dreimal stimmen, mit dem Ergebnis, daß Kurfürst Friedrich August von Sachsen der wirkliche König sei. Einstimmig, was Wunder, denn die Gegner berauschten sich schon längst an des Tedeums Siegessang im Dom. So gab es denn zwei Könige, doch nicht sehr lang, denn August, in der Lausitz auf dem Sprung, ritt geschwind nach Krakau, der Krönungsstadt, und trug die Krone schon auf seinem Kopf, als mit einer lächerlichen Flotte Prinz Conti viel zu spät in der Nähe Danzigs ankerte, das ihm zudem die Tore vor der Nase schloß. Frankreichs Feinde lachten sich ins Fäustchen, als ein paar tausend Sachsen-Reiter am Strand von Oliva erschienen und der Franzosenprinz erschreckt die Segel setzen und unter lautem Wehgeschrei die schöne Krone sausenließ.

Warum, so fragt Augustus Rex zu Recht, soll aus einem Kurfürst, der ein König wurde, nicht auch ein Kaiser werden können? Zumal derselbe Flemming, nunmehr Generalfeldmarschall, auch in Wien die Verhandlungen avec succés geführt.

Nota: So wurde und so wird ein großer Coup bei einer Wahl geplant, wobei, wie leicht zu sehen, zwischen den Wörtlein cour und coup ohnehin kein großer Unterschied, damals, heute und auch morgen nicht.

Die Mädchen hatten höflich zugehört, dabei dem Weine reichlich zugesprochen, so daß ich viel zu spät argwöhnte, sie ließen mich nur deshalb so ausgiebig in der Geschichte wühlen, um den delikaten Teil des Abends zu umgehen, doch ich, nicht ungeübt im Umgang mit derlei kleinen Hürchen, vermehrte peu à peu die Pikanterien in meiner Rede, um den Lasternymphen ebenso gefällig wie bestimmt anzuzeigen, daß sie nicht des Essens und des Trinkens halber bei mir engagiert. Wie so oft bewährt, zeigte ich sodann galante Kupferstiche aus Paris, auf denen gänzlich nackte Venus-Priesterinnen die lustgeschwellten Liebes-Zepter gleichermaßen nackter Kavaliere auf mannigfache Art possierlich zum Vergnügen nutzen, dazu noch ein paar angestrichene Stellen aus dem Buche Sodom von John Wilmot Earl of Rochester, welches ich in London erstanden und meiner Büchersammlung einverleibt. Das Blut floß danach heißer durch die Adern, auch tat gewiß der Rebensaft das Seine, enfin, Arismene und Mathilde setzten sich auf meine Schenkel, Phillis lüftete das Busentuch, daß ihre Rosenknospen sichtbar wurden, und nasse Küsse taten unsre Geilheit kund. Nach Tuscheln, Tändeln und Touchieren zog eins der Mädchen mich zum Lastermöbel, das zweite blieb am Tische sitzen, spreizte lockend seine Beine, streifte keck das Kleid nach oben und bot auf ebendiese Weise den schönsten Blick auf ihre unverhüllte Wollust-Grotte, das dritte befreite mich indes von lästgen Kleidungsstücken. Ein Tête-à-tête, wie man's nicht besser wünschen kann, und doch versagte Priap mir die Gunst, trotz Cantharidin und der Liebeskünste der drei perfekten Huren, die sich, bei Gott, die größte Mühe gaben. Nach wiederholt vergeblichem Bemühen verebbte unsre geile Stimmung: Phillis strich das Kleid nach unten, Arismene gähnte ungeziemend laut, und Mathilde kam nüchtern wie ein Krämer auf das Geld zu sprechen. Nun meinte ich mit Recht, den vorher festgelegten Preis drücken zu können, weil ich die höchste Wonne nicht genossen und alle Schuld den Mädchen gab, die eben nicht geschickt genug, die amourösen Säfte zu beleben, doch sie verloren nun die anerzogene Contenance und wurden ziemlich derb und nachgerade ehrenrührig, so daß ich, um die Peinlichkeit nicht weiter noch zu treiben, das Gewünschte schleunigst zahlte.

Am Morgen fühlt ich mich, als hätten diese Lasterdamen mir nicht allein das Innere der Knochen, sondern zugleich mein ganzes Hirn herausgeleckt, -gestreichelt und -gesaugt. Warum auch habe ich es nicht bei der allein im Kopf vorausgenossenen Möglichkeit belassen, statt mit dem bloßen geilen Willen und der Erinnerung an einst gewonnene Liebeshändel die Würde nebst den Venus-Muscheln und den vielen schönen Talern zu verlieren? Ja, ausgesprochen töricht war's in meinem Alter, das schwache Fleisch derart zu schinden und wider beßres Wissen zu versuchen, die vorgestellt viel schönre Lust bei diesen Mädchen fürs Plaisir zu stillen, da es doch vielaus klüger ist, allein die Lust an der Begier zu lieben und diese ganz auf sich selbst bezogene Leidenschaft zu pflegen! Ich kann mich noch hundertmal besser ergötzen, trink ich mein Täßchen Coffee und sag mir dabei, wie Menantes es schrieb: Ich liebe mich selber und schone mein Geld.

Nun wäre es zwar schmerzlich, aber keineswegs bedrohend, wenn nur das Liebesleben eingeschränkt, doch mehren sich die üblen Zeichen. Mein ganzes Ungemach begann mit der Entlassung von Preußens gloriösem Hof, allwo ich über dreißig Jahre meines Lebens treu gedient und Ruf nebst Kapital begründet.

Im kurfürstlich-brandenburgischen Rang-Reglement von 1688 stand ich noch unter den Hof- und Legations-Räten, hinter dem Hof-Jägermeister und vor den Regierungs-Räten der Fürstentümer Halberstadt und Minden an 28. Position; im Reglement von 1705 rückte ich als Ober-Zeremonienmeister unmittelbar hinter die Wirklichen Kammerherren und noch vor den Bischof und die Herren Generalmajore auf den ungeheuer noblen 20. Platz nach vorn; im Reglement von 1706 rutschte ich zwar auf den 21. Rang hinab, jedoch nur, weil, mit meiner Billigung und Stimulation, auf den 7. Rang der Grand Maître de la Garde Robe eingefügt wurde; im Reglement von 1708 errang ich die beste Plazierung meiner ganzen Hof-Karriere, da glänzte ich hinter dem Hofmarschall und vor den Generalmajoren auf der 17. Position, man stelle sich das vor: ich, Johann von Besser, der Siebzehnte in Preußen nach dem König! Es war ein Rausch, ein Traum, dann jedoch kam aus heiterm Himmel der härteste Hieb in meinem Leben: Im Rang-Reglement des vierschrötigen Soldaten- und Sparsamkeitsfanatikers Friedrich Wilhelm I. vom 21. April 1713 war ich überhaupt nicht mehr enthalten, man sah auf den vorderen Rängen ausschließlich Militärs, selbst der Oberkämmerer verschwand vom ersten Rang, dort stand nunmehr der Generalfeldmarschall, ich – mit einemmal ein Nichts, und die Generalmajore, die ich immer hinter mir gelassen hatte, avancierten auf die 9. Position – welch degoutanter Niedergang! Seit jener Katastrophe will mir rein gar nichts mehr gelingen, es ist, als sei mit meinem guten König Friederich zugleich die Muse mein gestorben. Keine Bitte, kein Verweis auf die Verdienste an Preußens Glanz vermochte den neuen Herrn zu erweichen, ich war und blieb der erste, den er so schroff aus Amt und Würden stieß. Die Angebote Rußlands, Braunschweigs und der Schweden schlug ich aus, und mein Herzenswunsch, die Gunst des Wiener Hofes zu erhalten, blieb unerfüllt, da das von mir begonnene Heldenlied auf Prinz Eugen ohne Hoffnung im Anfang steckenblieb. So war es Rettung in der Not, als Dresdens Hof mich rief, doch ist auch hier nicht alles pure Wonne, denn ich weiß wohl, daß ich mein Hiersein, die Titel und die Taler nicht etwa meiner wertgeschätzten Person allein zu danken habe, sondern auch und vielleicht weit mehr dem Reglement, das ich für Dresdens Hof ersinnen sollte und das ihn dem von Paris und Wien ebenbürtig an die Seite stellt, sowie meiner Bibliothek von 18 Tausend Bänden, die Dresden so dem Konkurrenten in Berlin, wo man seit des Soldatenkönigs Regiment die Grenadiere statt der Bücher zählt, mit mir zugleich entzogen.

Ich bin des Lobens, nicht des Lebens müde. Und loben muß ich, um zu leben.

Als Hofpoet ist es mein Amt, den Hof mit Reimen lob- und liebreich zu besingen, doch schweigt die Muse still, und nichts will mehr aus der Feder fließen, die vordem keinen Mangel litt und Überfluß an netten Worten hatte. Sie schweigt gerade jetzt zu einer Zeit, da Pracht und Glanz und Lob hierorts der Feier wegen gefragt wie nie zuvor. Eine Feier, die gigantisch werden muß, weil König August gezwungen ist, beständig seinen Ruhm zu steigern, um dem unzufriednen Volk und den benachbarten erlauchten Häuptern anzuzeigen, nichts berechtige zu der fürwitzigen Vermutung, Sachsens Kassen seien leer, die Allgewalt zerbröckele und der laut beschworene und emsig aufpolierte Stein verblasse.

Einer meiner Gönner, der Geheime Ratsdirektor Wackerbarth, sagte denn auch kürzlich so: Im Kriege zählt das Schlachten in Schlachten, im Frieden das Feiern von Feiern.

Ein wahrhaft staatsmännisches Bonmot.

Des weitern soll die von oben verordnete Untertanen-Freude, die unten von allein einfach nicht ausbrechen will, auf diese Weise sichtbar werden. Das Volk braucht Brot, doch wenn dies knapp wie eben jetzt in diesem Jahr, so bekommt es dafür Spiele, und Dresdens Hof läßt gnädig einen Schimmer seines Glanzes auf den Gesichtern seiner Untertanen widerleuchten, denn hier ist es dem Volk erlaubt, den königlichen Festen zuzusehen, wenn auch von fern durch Gitter, Hecken und die Fenster. Das prunkende Arrangement hat seine Wirkung noch nie auf die verfehlt, die arm und grau am Boden leben und denen doch die Sehnsucht nach dem Schönen innewohnt. Man muß nur sehen, wie sie glotzen, wenn die Garden in ihren bunten Uniformen aufmarschieren – als ob sie die Dressur und die Montur nicht selbst bezahlten! Pracht kündet Macht: Das Volk soll offnen Maules staunen!

Ganz Dresden rüstet sich zur Jubel-Feier, die Gelder sprudeln aus den Kassen, wohin das Auge blickt – es wird gebaut von früh um fünf bis acht Uhr abends. 400 Zimmerleute, 300 Maurer, 600 Bergleute und über 200 Handlanger sind daran beteiligt, der Tischler, Bildhauer, Steinmetzen und andrer Handwerker und Künstler zu geschweigen. Das offene Geviert des Zwingers wird mit Galerie und Königsloge nun abgeschlossen, wenn auch in Holz der Eile wegen. Das Palais der vier Jahreszeiten, einst Domizilium für die Cosel, die, wie sie selber bitter sagte, acht lange Jahre en service war, nun auf Stolpen ihre Kühnheit außerhalb des königlichen Bettes büßt, ist für die kronprinzliche Familie als herrschaftlicher Wohnsitz vorbereitet. Das Holländische Palais wird ausgestattet als der Mittelpunkt des Festes. Der Teich im Großen Garten ist fast fertig, am Türkischen Palais die doppelläufige Freitreppe ebenso. Das Opernhaus erstrahlt in neuem Glanz, genau wie der Redouten-Saal. Vom Alten Markt her hallen Hammerschläge, dort werden zwischen Löwen-Apotheke und Webergasse hölzerne Logen sowie Triumphbögen gezimmert – weil es pressiert, auch nach acht Uhr bei Fackelschein. Der Neumarkt sieht demnächst die Huldigung des Königs durch die gesamte Bürgerschaft, allwo die Bürgerlichen vor ihrem Herrn von Gottes Gnaden die widerspenstig steifen Rücken demütig zu beugen haben. Die Opern werden eingeübt. Das Corps de ballet probt täglich im Redouten-Saal. Der Italiener Alessandro Mauro sorgt bei alledem für prächtigste Kulissen. Die Reiterquadrillen, das Wasserfest der vier Jahreszeiten, die Feuerwerke, die große Wirtschaft der Nationen mit Schauspiel, Wachskabinett und Lotterie werden präpariert, und für die Jagden und Kampfspiele in der Arena schafft man aus aller Welt die Bären, Löwen, Wisente, Pferde, Tiger, Wildschweine, Rehe, Hirsche, Hasen und Hunde heran, wobei inständig zu hoffen, daß sich der Löwe diesmal beim Kampfe nicht so verdrossen zeigt wie der vom letzten Jahr.

Mein Anteil an der Vorbereitung ist gering, weil Königliche Majestät all meine Pläne für die Festlichkeiten von sich schoben, alles und jedes höchstselbst in Dero Hände nahmen und nur die Ausführung dem Directeur de plaisir, Baron von Mordax, und dem Oberhofmarschallamt überließen. Dabei wäre dies meine Angelegenheit als Zeremonienmeister, und würde Woldemar Baron von Loewendal, der Oberhofmarschall und hohe Freund, nicht meine Kenntnis der Zeremonienwissenschaften nutzen, die wohl ohne Übertreibung die umfassendste in ganz Europa ist, so wäre ich bei dieser Sache gänzlich überflüssig. So aber schickt er Boten aus der Kanzlei, die mir die abgeschriebenen Fest-Entwürfe zum Visitieren bringen. Gleichwohl ich also nicht im ganzen außer acht gelassen werde, kann ich mich des Gedankens nicht erwehren, daß ich, der ich vor nunmehr achtzehn Jahren die Krönung des ersten Preußenkönigs Friederich in Königsberg so unnachahmlich ausgerichtet und so ausführlich beschrieben habe, nicht mehr für fähig gehalten werde, die bevorstehenden Beilager-Festivitäten zu planen. Eine bittere Hintansetzung und ein übles Zeichen mehr, doch, ach, noch immer nicht das letzte.

Wie zierlich und heroisch klang mein Gesang doch am Spreegewässer:

Was kann man Größers tun? Was kann man Höhers zeugen?

Denn daß hinfort dein Haus nicht mehr kann höher steigen ...

Doch hier am Elb-Gestade ist der als schwanengleich gerühmte Mund verschlossen! Wie oft schon saß ich hier in meinem Bücher-Saale und kaute an den Fingernägeln, indes das Blatt Papier in seiner weißen Unschuld einer Jungfer glich, die mir den Zugriff weigert! So oft, daß ich es nicht mehr zählen kann und mir allein noch bleibt, den Rang, die Stellung und den Ruf mit Würde zu behaupten!

Was also lag in solch Misere näher, als mit List den Hof dafür zu gewinnen, einen weitern Dichter anzustellen, der im Rang die Stufe unter mir besetzt und ebenjene Arbeit tut, die mir mit keinem Vers mehr glücken will? Der Plan gelang mit Hilfe einflußreicher Gönner, die jederzeit das Ohr des Königs finden und ihn mit klug gewählten Worten überzeugten, die Mittel für die Stelle zu bewilligen. Allerdings, so hörte man von Hofe, sei Ihro Majestät ein Schalksnarr, Possenreißer, Spottvogel, Jack Pudding, Jean Potage oder Pritschmeister lieber als ein ernster Dichterling, und nur dem solle die Ehre angedeihen, welcher im Wettbewerb mit anderen Bewerbern am schnellsten und gefälligsten zum Lobe und Ergötzen des Monarchen Reime aus dem Stegreif zaubern kann. Die Stelle wurde ausgeschrieben und hat auch schon die ersten Kandidaten angelockt, worunter neben Monsieur Poisson, einem üblen Reimeschmied und Komödianten, auch Johann Ulrich König ist, der sich in Hamburg auf der Bühne und mit manchem schmackhaft Carmen à la mode einen Namen schon gemacht.

Neulich schrieb Herr Mencke mir aus Leipzig einen Brief, worin er einen seiner Protegés mit vielen guten Worten wohl versieht, dessen Kommen voranküdigt und ihn meiner Förderung wärmstens anempfiehlt. Der Brief ist einerseits ergeben, will der Herr Rektor doch etwas von mir, doch andrerseits so unverschämt, wie Leute bürgerlicher Provenienz es in letzter Zeit immer dreister werden.

Hochwohlgeborner Königlicher Rat, hoher Patron . . ., so hebt der Herr Professor an und läßt sodann das Hohelied auf seinen Schützling folgen, den er für eine Art Geschenk der Götter hält, weil Herr Mencke selbst als Dichter nur dürren Lorbeer auf dem Haupte trägt und außer seinem Pseudonym – Philander von der Linde – nichts Wohlklingendes hat zustand gebracht. Verdrießlich und ausgesprochen unbotmäßig wird es dann gegen Schluß, wenn dieser feine Herr auf meine Bitte, mir ein seltenes Buch zu leihen, schreibt, . . . daß die Unhöflichkeit einiger Leute, so aus seiner Bibliothek unterschiedliche Bücher entlehnet und ihm hernachmals nie wiedergegeben, ihn zu dem Schluß gebracht, entweder nichts mehr wegzuleihen oder sich, selbst von seinen besten Freunden, zu denen er mich selbstverständlich zähle, genugsam Versicherung geben zu lassen, und also erbötig ist, mir, der hochgeschätzten Excellenz, dieses Buch zu leihen, mit dem Bedinge allerdings, daß ich belieben wolle, bis zu der Rückgabe desselben 20 Taler einzuzahlen . . . Das ist fürwahr ein starkes Stück!

Von seinem Schützling schreibt er mild, er sei Student der Medizin und vierundzwanzig Lenze, geborner Schlesier und von der Art der Poeten, welche alleweil ein aufgewecktes, sorgenfreies und, soviel es möglich, alle Tage lustiges Leben lieben. Die bisher entstandenen Gedichte habe er keineswegs mit zerfressenen Federn und vieler Vorbereitung, sondern größtenteils aus dem Stegreife geschrieben, wie er viele davon in Gesellschaft guter Freunde, ohne viel daran zu denken, dort in Leipzig hat verfaßt . . . Das klingt recht gut und scheint genau für Dresdens Zwecke hier zu passen, doch dann nennt dieser Fuchs, der Mencke, erst den Namen dieses Hochgerühmten, und der ist in eingeweihten Kreisen wahrlich schon bekannt: berühmt, berüchtigt, so wie man immer nur will.

Er ist gewiß, da übertreibt Herr Mencke nicht, der begabteste der jungen Dichter deutscher Zunge, doch auch zugleich, und das verschweigt der Lobgesang, der ungebärdigste von ihnen. Er hat mit seinen jungen Jahren bereits so viele unbedachte Worte fallenlassen und Satirehiebe ausgeteilt, daß er schon jetzt mehr Feinde zählt als Jahre. Vorerst zu seinem Schaden nur, doch wenn ich ihn nun protegieren sollte, zu meinem künftig auch. Das gilt es weise zu bedenken.

Man wirft ihm Atheismus vor und bezeichnet ihn als Irrlicht, welcher sich mit seiner Poesie nicht anders als eine epikurische Welt-Sau aufführe, man nennt ihn liederlich, verhurt, versoffen . . . Nun sind die schlesischen Ketzermacher in ihrem orthodoxen Luthertum gewiß nicht meiner Denkungsart, doch ist es unklug, sich mit solchen Leuten anzulegen, weil sie die wenigen literarischen Journale total beherrschen und so den größten Einfluß auf die öffentliche Meinung haben. In einer Zeit, die Öffentlichkeit nicht kennt wie vormals in Athen und Rom, kann eine einzige Feindschaft tödlich sein. Dazu braucht es nicht des Bannstrahls derer von Gottes Gnaden, die ohnehin nach ihrem Wohlgefallen die Untern ziehen und stoßen können, da reicht ein Fürst en miniature, und sollte er ein Dorf von zwanzig Seelen nur beherrschen. Ob dumm, gelehrt, ob kirchlich oder weltlich, ob römisch-katholisch, reformiert, pietistisch oder streng lutherisch, spielt dabei keine Rolle, sie schneiden ab, was sich nicht in ihr Weltbild zwängen lassen will. Ich jedenfalls, ich bin dem Streit, wo immer er sich zeigte, zeitlebens aus dem Weg gegangen, hab keiner Seite mich verschrieben und aus der goldnen Mitte mal dieser und mal jener ein freundlich Wort gegeben. Doch dieser junge Mensch legt sich, kaum daß er den Flaum verloren hat, schon fest und läuft Gefahr, bei seinem ersten Höhenflug von wutentbrannten alten Geiern in der Luft zerfetzt zu werden. Höchst unbesonnen, will mir scheinen, doch daß er noch so jung und das Dichthandwerk gleichwohl manierlich schon versteht, kommt mir zupaß, daß ich hier keinen Meister, sondern Schüler brauche, der sich von mir noch formen läßt und meine Blöße mit seinen frischen Versen deckt. Der zweite Hofpoet muß fugenlos in meine Pläne passen, denn meine Position bei Hof ist derart wackelig, daß ich mir fortan keinen Fehltritt leisten kann.

Das erstemal fiel mir der junge Dichter auf, als ich mit meinem Eugen-Liede steckenblieb und mir von Breslau, Wien und Leipzig die Kunde kam, ein bislang Unbekannter sei mit einer Ode auf den Frieden hervorgetreten und habe ein erklecklich Maß an Ruhm damit gescheffelt. Der Titel dieser

Ode hieß, ich weiß es noch genau: Auf den zwischen Ihro Kaiserlichen Majestät und der Pforte anno 1718 geschlossenen Frieden. Verfasser: Johann Christian Günther.

Fünfhundert Zeilen brachte der zustande, fünfhundert, o mein Gott, ich keine einzige, die sich sehen lassen konnte, was mich diesem Konkurrenten gegenüber nicht eben freundlich stimmte. Doch tröstete mich später, daß er in Wien nur kaiserliches Schweigen erntete, in Schlesien, seiner Heimat, sogar arge Schelte, weil dort die lutherischen Christen die Wiener Türkensteuer drückte und Günther ebendiesen Sieg besingt, den sie bezahlen dürfen. Man sieht, der Günther hat bislang ein unglückseliges Geschick, ein wenig mehr Fortune wär ihm zu wünschen, wiewohl es fast so scheint, als folge ihm das Unglück auf dem Fuß, ja, als sei es gar mit ihm untrennbar verwachsen.

In Wittenberg, so bläst die Fama, ließ Günther sich zum Dichter krönen, ein kaiserliches Privileg der Wittenberger Alma mater, das König August seiner Stadt als Reichsvikar zuschanzte. Doch die vom Dichterkranz gekrönte Poesie riß unsern Günther mitnichten auf die Sternenbahn, was er davon erhoffte, sie warf ihn schnöde in den Karzer, allwo er die erheblichen Gebühren für die Krönung und den Festschmaus unter Freunden, die er nicht zahlen konnte, bei Brot und Wasser abzusitzen hatte. Punkt eins der Fakultätsschrift über die Krönungsmodalitäten, von der sich eine Kopie in meinem Bücher-Saale findet, bestimmt, daß ... der Decanus gehalten ist, pro Promotione von dem Candidato 15 bis 16 Taler zu fordern oder wenigstens 12 Taler zu nehmen ..., Punkt drei besagt: ... den Ring und Kranz schaffet oder bezahlet der Candidatus selbst, wie bei der Promotione magisteriali zu geschehen pfleget ..., eine teure Ehre, wie man sieht, die einen armen Studiosus überfordern muß, weshalb die Schrift auch schamhaft unter zehn vermerkt, daß ... ein Kranz gemachet werden soll, den man allezeit gebrauchen kann, im Falle sich ein Candidatus weigert, einen solchen fertigen zu lassen ... Fürwahr, ein lustig Bild: Der frisch gekrönte Poeta laureatus, der, weil ihn der Hunger zwickt, im Kerkerloch die Blätter seines Lorbeerkranzes frißt!

Nach diesem unfreundlichen Akt muß Günther dann nach Leipzig an die Universitas pauperum gegangen sein, wo sich die Armen sammeln, wiewohl er sicher liebend gern ins teure Halle wär gegangen, allwo Professor Wolff die menschliche Vernunft anpreist zum dicken Ärger aller orthodoxen Theologen. Der Günther neigt fatal zum neuen Denken, was heutzutage nicht eben selten ist, doch während dies die Klugen leise tun, schreit dieser Milchbart solcherart die Meinung frei heraus:

Nur diese Torheit ist so strafbar als gemein,
Daß wir ohn Unterschied ein böses Leben klagen . . .
Als wenn der Mutter Schoß ein Zuchthaus aufgetan,
Da muß der schöne Bau der höchst vollkommnen Erden
Auf Lippen ohne Witz zum Jammertale werden . . .

Wer solches denkt, in Verse faßt und diese laut verkündet, der sollte sich nicht weiter wundern, wenn ebenjene Lippen ohne Witz bei der Lektüre schmal und böse werden. Der große Leibniz, mit dem ich manch vertrauten Brief gewechselt, sieht seinen ausgestreuten Samen nunmehr wachsen. Kein Jesuit noch Pastor wagte es, als er noch lebte, sich wider ihn zu stellen, doch sollte seinen Sämlingen eine Warnung sein, daß an seinem Grabe kein Geistlicher erschien.

Das war vor drei Jahren. Ein schlechtes Signum auch für mich, da er nur 70 Jahre wurde und deshalb nicht in meine Liste der großen Männer aufgenommen werden konnte, die das 74. Jahr überschreiten durften. Die Summa derer, die das mir vorhergesagte Alter überschritten, ist halb so lang wie derer, die darunter blieben: Cato wurde 85, Demokrit gar 90, Calderón 81, Platon 80, Corneille 78, doch die andre Seite meiner Liste wächst ungleich und erschreckend schneller: Epikur starb mit 71, Moscherosch mit 68, Zesen, Petrarca und Erasmus mit 70, eine beunruhigende Bilanz, zumal die meisten noch unter meinem jetzt erreichten Alter blieben, so Opitz (42), Simon Dach (54), Logau (51), Marino (56), Horaz (57) Aristo (59), Hus (45), Hutten wurde gar nur 35, ich kann, sosehr ich es mir wünschen würde, das Orakel der jüdischen Kassandra nicht vergessen, der ich vor einer Woche in einem Anflug guter Laune die Hand zum Deuten überließ. Die dunklen Worte haben sich mir eingegraben, obgleich neun Jahre mir verbleiben. Hilni haja (so murmelte die Alte), die

Lebenslinie zeigt ins Nichts, Ihr seid, Mossjeh, geboren wann? Hila hiluk, 1654, heilig Sephirot, die Eins: der Geist des Gottes gebenedeit, die Sechs: versiegelt die Tiefe, die Fünf: versiegelt die Höhe, die Vier: Feuer und Wasser, gegraben und gemeißelt; die Seraphim, kulja, nimm die 16 und die 54, schlage zu die letzte Zahl, Ihr werdet sterben mit 70 und vier Jahren, die Zahl ist heilig, sterben ohne Glück, so spricht die Rascenta hier, hilni haja hila hiluk kulja . . ., kabbalistisches Gemurmel, das mir noch heute frostig in den Knochen sitzt. Ich werde weiter Namen suchen gegen diesen Spruch, und erst heute fand ich Anton Ulrich von Braunschweig-Lüneburg, der 81 wurde und den ich heute noch auf meine Liste setzen werde. Noch ist die dunkle Zukunft lediglich ein ahnungsvoller Schatten, den ich vielleicht vertreiben kann, wenn ich die Gegenwart recht wohl bedenke.

So weiß ich einiges von Günther, der in den nächsten Tagen hier sein kann, doch nicht genug, um mich vor eventuellem Schaden zu bewahren. Die Vorsicht rät mir an, mehr von des Hitzkopfs Leben zu erfahren und ihn zudem bei seinem Aufenthalt allhier ein wenig observieren zu lassen. Ich kenne einen Vigilanten – der Name Spitzel aus des Pöbels Maul will mir nicht recht behagen –, der für den Hof die Künstler hier im Auge hält und wohl auch eins auf Günther haben wird. Den werd ich engagieren und fortan im Diarium mit Monsieur Délateur bezeichnen, was doch um vieles angenehmer klingt.

Ich sitze hier in meinem Bücher-Saal, korrekt im Justaucorps, allweil ich auf den Boten warte und ihm dem Stand gemäß gegenübertreten möchte. Die auserlesenen Spitzen des Jabots und der Manschetten sowie die gewichtige Karreeperücke aus feinstem Ziegenhaar, die mir vorne bis zum Busen wallt, sind nicht gerade praktikabel für das Schreiben, doch fühl ich mich in diesem reichen Ausputz wohl und bin es meinem Ruf auch schuldig, da ich als Meister des guten Geschmacks gelte und viel eher Mode-Rat als Kriegs-Rat heißen müßte. Inmitten meiner lieben Bücher sitz ich hier, inmitten der Folianten mit den Zeremoniensachen, in denen Kronen, Zepter, Kur- und Bischofshüte, Wappen, Stammbäume, Ordenssterne, Ketten, Bänder, Hochzeitserleuchtungs- und Trauerfackeln, Ritterfahnen, Modekupfer, brennende Herzen, bekränzte Totenköpfe, Tischordnungen, Hofreglements, Speisefolgen, Titel, Ämter und deren Rang . . ., kurz, alle die gebräuchlichen Merkzeichen der verschiedensten Staats- und Hofgepränge verzeichnet sind; der seltenen Wörterbücher und Grammatica, so die von Ickelsamer aus dem Jahre 1534; der schönen Bände mit den Carmen der Poeten und nicht zuletzt der köstlichen Erotika, die mir so manch vergnügte Stunde schon geschenkt und die mit Eifer und viel Geld in ganz Europa aufgesammelt sind, wo ich als preußischer Gesandter vorzeiten weit herumgekommen bin.

Unter mir im Souterrain scharwerkt die Müllerin, die mir des Tags die Hauswirtschaft besorgt und früher auch des Nachts zu Diensten war, bis sie, durch diese traute Nähe unverschämt geworden, ein höheres Salär verlangte (ein Schicksal, das typisch für uns Künstler ist!) und ich hinfort den Liebesdurst außerhalb des Hauses stillte, was allerdings dem Geldsack teurer kam, so daß ich, eingedenk auch des Malheurs der letzten Nacht, nunmehr dazu neige, den schönen, alten Brauch aufs neue zu beleben. Sie steht ganz proper noch im Fleisch und ist bisher zur Fleischesliebe wenig nur benutzt, weil ihr angetrauter Herr Husar ein Jahr, nachdem sie kopuliert, den Türkentod unter Sachsens stolzen Fahnen fern in Ungarn fand.

Soeben höre ich des Marschallamtes Boten klopfen, dessen Kommen ich ersehne, daß ich beschäftigt werde mit den solennen Tafeln, mit Bällen, Festen, Opern und Turnieren. Begierig bin ich geradezu darauf, in Zeremoniensachen zu vergessen, daß meine Poesie – wie soll ich anders dazu sagen – verkümmert ist. Es fällt mir nur noch ein, was ich auch schaffen kann, und da ich nichts mehr schaffe, fällt mir auch nichts mehr ein . . .

Der Bote brachte in der Tat eine fette Akte, in welcher sich die Ordnung des Einzugs der kronprinzlichen Familie am Zweiten des September fand, mit dem Begehr des Oberhofmarschalls, dieselbige, so schnell ich kann, zu lesen. Ich entließ den Boten mit den Worten, er solle seinem edlen Dienstherrn sagen, daß ich, wiewohl vollkommen überzeugt, des Herren Scharfsinn habe alles recht bedacht, den Plan mit größter Sorgfalt visitieren werde als dessen treu ergebener Diener. Nun, nach einem ersten Blick, scheint wirklich alles fehlerlos getreu dem Reglement für Dresdens Hof: Der Zug, er wird eröffnet von einem Offizier zu Pferde, als zweiter folgt in roter Kleidung der Kammerkurier mit dem goldenen und diamantbesetzten Kurierschilde, dann der Postzug mit dem Oberpost-Commissarius, dem General-Postmeister und dem Kammerherrn von Mordax, später dann die Postillone, sechzig an der Zahl, die Kammerjunker, die Generallieutenants, die Kabinettsminister, die Jäger, Jagdpagen, Fouriere, Oberförster . . . Und an dieser Stelle fand ich doch den ersten Fehler, denn die Oberförster müssen naturellement vor die Fouriere, so jedenfalls bestimmt es klar die festgelegte Rangabstufung, die peinlich zu beachten ist, sollen Hof und Staat geordnet bleiben.

Doch nun ans Werk! Ich sehe schon, ich werde mir die Nacht um die Ohren schlagen müssen, um diese Einzugsordnung höchster Wichtigkeit mit dem Regelwerk der Zeremonienwissenschaft zu prüfen.

In derlei Sachen bin ich sehr genau, weil nicht zuletzt davon der weitere Erhalt des Staats abhängt – und ich von ihm.

Postskriptum, was heute bei Hof geschah: Frühmorgens Karussell-Probe in der Orangerie des Zwingergartens.

8. Augustus, Severus

Mon Dieu, die Dinge heute überstürzten sich! Kaum stand die Sonne im Zenit, da meldete die Müllerin, ä Dingrich mit so eem ausgeknaupelten Kerschkuchengesichte wünsche mich zu sprechen, der Namen und Begehr nicht nennen wolle. Auf meine Frage, wie er denn gekleidet sei, um auf den Stand zu schließen, sagte sie verblüffend sicher, die Kleidung sei die eines Schnüfflers, die, wie jeder wisse, das Unauffällige so auffällig betonen.

Es war tatsächlich Monsieur Délateur. Ein subalternes Staatssubjekt, an dem mich allerdings die widersprüchliche Visage erheblich irritierte, in welcher die zur Schau gestellte unbewegte Miene mit den wachen Augen stritt, die trotz der Flüchtigkeit, mit der sie über alles glitten, jedwedes Ding zu registrieren schienen. Wiewohl ich mir nichts vorzuwerfen habe, ward mir ein wenig bang ums Herz, denn wer weiß, ob nicht auch ich längst auf der Liste dieses Spürhunds stand.

Der G., so lautete der mit Worten sparende Rapport, habe, von Westen kommend, soeben die Wache am Weißen Tor in Altendresden passiert, sei vom Torschreiber mit einem Logierzettel für die Meißnische Gasse, drüben auf der anderen Seite, versehen worden und komme jetzt direktenwegs zu mir.

Darauf nun war ich gar nicht vorbereitet, doch ließ Monsieur Délateur mir keine Zeit zum Ausdruck meiner Überraschung, da er mein Haus verlassen haben wollte, wenn Günther es betrat. Er appellierte höchst überflüssig an mein Verschwiegensein, kündigte sich für morgen an, um alles näher zu bereden, nannte frech die Höhe seines Handgelds und verschwand, devot gekrümmt und hündisch grinsend, durch die Hintertür.

Äußerst widerlich der Umgang mit solchen Kreaturen, die jedem Herren dienen, wenn er sie dafür bezahlt, und von denen man nie weiß, ob sie nur die Ohren spitzen, um dem Auftraggeber zu berichten, was man andernorts bespricht und denkt, oder ob sie schon die Ordre haben, im nachhinein das Material zu sammeln für die lang vorher beschlossene Aburteilung! Doch will ich hier mein kleines Unbehagen nicht weiter strapazieren, weiß ich doch nur zu gut, daß jeder Staat zum Zwecke seines Fortbestands all das im Keim zertreten muß, was seinem Wohle schadet, und folglich solche Leute braucht, die das für ihn bar jeden Skrupels und doch gewissenhaft erledigen.

Der Staat, scheint mir, gleicht einer Kathedrale, die voller Kunst und Konsequenz mit jedem Stein nach oben weist, beginnend bei den unterirdischen Gemäuern, in denen, Ratten ähnlich, diejenigen im Dunkeln büßen, die auf mannigfache und auf jeden Fall verbotene Weise den erhabenen Bau da über ihnen nicht als unabänderlich, gerecht und göttlich anerkennen wollten; sichtbar dann zu ebner Erde in dem Kirchenschiff, in dem, nach ihrem Stand fein säuberlich getrennt, die Untertanen, seit alters her als Schafe wohlbenannt, voll Inbrunst den schaurig-schönen Reden lauschen und, Kyrieleis, ja und amen, brav die Händlein falten im Gebet; sich fortsetzend in den dicken Mauern, die das Innere vom Äußeren scheiden und alles beieinanderhalten als die Armee von roh behauenen Steinen, die weder Ach noch Weh erweicht; deutlich bei den schlanken Bündelpfeilern in der Mitte, die den gesamten Oberbau getreu und redlich tragen, den Druck von oben flugs nach unten leiten und, wie die vom Staat Beamteten, mit aller Macht nach oben streben; schließlich ganz augenfällig bei dem reichverzierten Turm, der sich nach oben hin rapid verengt und alle jene unter seinem Turmhelm schützt, die dem Himmel nahe sind, die Falken, Eulen, Geier, Fledermäuse, die Elstern und ihre angestammte Brut, nebst jenen, die bei Sturm und Feuer die Glocken läuten, worauf die Bündelpfeiler jedesmal erzittern, die Schafe ihren Kopf einziehen, die Falken steil nach unten schießen und die Geier auf die Beute lauern; bis schließlich auf der zu einem Kreuz geformten Spitze das ganze Kunstwerk seinen Abschluß findet, dort oben nämlich thront der Adler, der von Gottes Gnaden, und es scheint, als wäre alles unter ihm nur dazu da, ihm diesen Platz so hoch da droben zu verschaffen, er aber sitzt sehr gravitätisch auf des Baues Spitze, sieht unter sich die imposante Steinanhäufung, ihm zu Ehren, die Schafe, ihm zu Diensten, die er der großen Höhe wegen nur als grauen Fleck wahrnimmt und auf die er, je nachdem wie ihm beliebt, gnädig Brosamen oder Exkremente fallen läßt, dort oben also sitzt die Majestät, die ihren Blick, von nichts behindert, ihr zum Ruhm, ins Weite richtet und über der nichts ist als eine Gloriole, auf welcher kurz und bündig mit Himmelsschrift geschrieben steht: Des Königs Wohl, des Königs Wille.

Nichts liegt mir indes ferner, als an diesem Bau, dem nichts an wohlgeplanter Ordnung und Schönheit gleicht, mutwillig zu rütteln, sitz ich doch selber hoch im Turm mit glänzendem Gefieder und einer Stimme, der unzufriednes Krächzen nicht gegeben ist, doch um so mehr das süße, sanfte Flöten . . .

So manches Mal hat mich des Gedankens Strom schon in Tiefen fortgerissen, aus denen ich, von kalter Einsamkeit erschreckt, nur mühsam wieder an die Oberfläche kam.

Ich trat ans Erkerfenster meines Bücher-Saales, von dem ich excellent die Breite Gasse überschauen kann, und sah nach vorn zur Seegasse, aus welcher Richtung Günther kommen mußte. Ohne jede Absicht, nur um das gespannte Starren etwas aufzulockern, wandte ich einmal den Blick nach hinten und sah von der Seeberg-Bastei her einen Menschen kommen, von dem ich augenblicklich wußte, daß dies der Günther war, wiewohl er mir vorher niemals begegnet ist. Ich gestehe, daß ich zutiefst erschrak, denn was mein Aug erblicken mußte, schlug der galanten Mode und jeder Etikette en face ins Angesicht, sein Aufzug war, mit einem Wort zu reden: abenteuerlich. Die Leute auf der Straße gingen offnen Mauls zur Seite, er aber grüßte weder herausfordernd noch devot, sondern ausgesprochen freundlich, als sei es ganz normal, derart derangiert in der Residenzstadt Dresden zu erscheinen.

Barfüßig – man stelle sich das vor! Nackt bis hoch zur Wade! Die Culottes am Kniebund offen, diese und der Rock geflickt und abgeschabt, um den Hals ein aufdringlich rotes Tuch aus grobem Linnen, die Spitzen an den Ärmeln seines Hemdes . . ., was schreib ich: Spitzen?, das, was ehmals Spitzen vorstellten . . ., löcheriger, als jedes Spitzenmuster es erlaubt, keinen Degen an der Seite, dafür über der einen Schulter den Riemen einer offensichtlich schweren und arg lädierten Lederficke, über der anderen eine Laute und auf dem Kopf die Krone seines vagantischen Habits: eine bäurische Filzkappe mit vorn spitz zulaufender Krempe, wie sie seit mindest einem Säculum nicht mehr üblich ist, auf welcher eine Feder steckte, nicht vom Hahn, geschweige vom Fasan, Pfau, Strauß, sondern eine ordinäre, weiße Hühnerfeder. Verblüffend, daß er bei diesem Aufzug nicht lächerlich erschien, die Leute glotzten zwar und tuschelten, sie lachten aber nicht, sie waren offenbarlich irritiert. Er ging nicht wie ein närrischer Studiosus, der sich zum Ulk so kostümiert – er ging, als hielte ihn beständig etwas fest, als wolle er und könne nicht, als trüge er an beiden Füßen schwere Kugeln: Ungeduldig war sein Gang, fast ärgerlich, er schob sich trotzig vorwärts gegen einen unsichtbaren Widerstand, in ihm lag Aufbegehren, doch nicht mehr ungebrochen, Bitternis und Hoffnung gleichermaßen inklusive – ich wurde nicht recht schlau daraus. Ein wenig Mitleid packte mich, doch durchzuckte mich auch peinlich der Gedanke: O Gott, mach, daß der nicht Günther ist, laß den an mir vorübergehen! Mein Stoßgebet jedoch blieb höheren Orts unerhört, und dieser Mensch setzte sich auf den Prellstein vor meiner Türe nieder, öffnete die Ficke, stopfte dahinein die Kappe mit der Feder, zog sich Schuh und Strümpfe an und stülpte auf sein Haar ein schmuddeliges, ehmals blondes und nun graues Etwas, welchselbiges man früher Perücke genannt haben mag. Er tat dies ohne jede Sorgfalt, als genüge er einer lästigen und höchst überflüssigen Pflicht. Dann hörte ich ihn auch schon klopfen. Die Müllerin ging öffnen, und wenig später standen wir uns gegenüber.

Mein lieber Günther! (rief ich aus) Freund Mencke hat Euch schon avisiert . . .

Von dem ich Euch ergebenst grüßen soll und dem Eure Gunst, hochwohlgeborner Herr, so unverzichtbar ist, wie ich sie glücklich zu erwerben hoffe.

Das die ersten Worte dieses Günther, die flüssig, doch wie einstudiert von seinen Lippen flossen, sehr höflich, doch auch wieder so, als spräche er mit einem, der nur im Range über ihm, doch im Talent darunter steht. Zwar glättet Höflichkeit die Runzeln, wie man französisch sagt, doch mußte ich bereits in diesem frühen Stadium der Begegnung das Alter in die Bresche schlagen, um mich als Vater aufzubauen, der allemal den Ton im Haus bestimmt, was für den weiteren Verlauf eines jeglichen Gesprächs von großem Vorteil ist.

Laßt (sprach ich), liebster Günther, s'il vous plaît, die steife Etikette, ich bitte Euch! Unter Dichtern! Gestattet mir indessen, in Euch den jungen Freund, ja Sohn zu sehen!

Das war gewiß sehr kühn nach vorn geprellt, doch bitter nötig, wenn ich mir ins Gedächtnis rufe, wie unterkühlt der junge Mensch mein generöses Angebot entgegennahm.

Mit Vätern, mecht ich ma sprecha (sagte er, ins Schlesische verfallend), war mir bislang kein Glück beschieden, doch tut, was Euch gefällt, Ihr seid der Ältere von uns.

Nicht deshalb, junger Freund (beeilte ich mich einzuwerfen), nicht deshalb, obgleich ich in der Tat väterliche Triebe für Euch im Busen sprießen fühle! Denn wenn auch ohne öffentlichen Ruhm wie ich, so seid Ihr als Poet mir durchaus ebenbürtig! Erzählt, wie war die Reise?

Und während Günther seinen Weg hierher mit einer Ausführlichkeit beschrieb, die man ansonsten nur in Verlegenheit dem Wetter angedeihen läßt, blieb mir die Zeit, ihn näher zu betrachten. Sein Kopf – welch edle Bildung! Die Augen klar und klug, schwarzbraun gefärbt, so eindringlich wie sanft, einmal erhellt von innrer Glut, die wenig Wind zur heißen Flamme braucht, ein andres Mal von Melancholie verdunkelt – ein Schleier fällt, und jedem fremden Blick entzogen ist die Bühne seiner Seele –, das Augenpaar gerahmt von hohen, runden Brauen, zwei steilen Falten zwischen ihnen und vielen in den Augenwinkeln, die zeigen, daß er gerne lacht, sofern er was zu lachen hat. Ohne jede Weichlichkeit der weich geschwungene Mund, der sicher seine Gegner gleichermaßen gut mit Spötter-Lauge übergießt, wie er mit zarten Küssen die Weiber alle Scham vergessen läßt, das Kinn, die Nase selbstbewußt, die Haut von kranker Blässe, was jedoch heut als vornehm gilt, wie überhaupt die eingravierten Kummerfalten und die Spuren seiner Leidenschaft das im Grunde freundliche, gewinnende und angenehme Angesicht viel älter machen, als es wirklich ist.

Des schönen Wetters und nicht zuletzt des schmalen Beutels wegen ging er den ganzen Weg zu Fuß. Und unterwegs, ich wiederhol hier seine eignen Worte, schien ihm die Welt, wie er sie sah, wirklich die beste aller denkbar möglichen. Der satte Himmel über ihm, die Sonne gelb im hohen Korn, links die Elblandschaft, Weinberge an den Hängen, Lerchengetriller aus der Luft und Grillenzirpen aus dem Gras, Schnitter im Feld und hinter ihnen Mägde, die Halme bündelten und Hokken auf die Stoppeln stellten, dazu das leichte Bündel auf seiner Schulter und so wenig Taler, daß sie ihm nicht beschwerlich werden konnten, vor ihm Dresden und die Hoffnung, einen Unterhalt zu finden. Hinter Radebeul, erzählte er, traf er einen Kerl, und der erzählte ihm, er käm geradenwegs aus Lommatzsch, wo er mit vielem Fleiß dem Bäckermeister das Brot und der Meisterin wacker die Zuckerschnecke geknetet habe, sei aber kurzerhand entlassen worden, allweil der Scheffel Korn nicht wie bisher 2 Taler 20 Groschen, sondern 3 Taler 15 Groschen kostete und der Meister den Gesellen nicht mehr bezahlen konnte, kurzum, der gute Günther glaubte diesem Malefiz, und da der auch nach Dresden wollte, gingen sie das letzte Stück des Wegs gemeinsam. Sie schwatzten über allerlei, wobei der angebliche Geselle nicht, wie man vermuten sollte, das Mißtrauen, sondern, sancta simplicitas!, das Mitleid des Gutgläubigen erregte, auch dann noch nicht, als sie auf die Armee zu reden kamen und der Vagabund, natürlich maßlos übertreibend, die bekannten Strafen dort beschrieb: Abschneiden von Ohr und Nase, das Reiten auf dem Holzesel, bei dem der Delinquent auf einem Kantholz sitzen muß mit Kanonenkugeln an den Füßen, und was es noch von derlei Dingen geben mag, die Zucht und Ordnung nun einmal dienlich sind. Dabei, dies füge ich jetzt ein, hat König August erst vor einem Jahr die Todesstrafe für die Deserteure abgeschafft, wie überhaupt die unermeßlich große Güte dieses Fürsten viel Gutes hat entstehen lassen, ich denke nur an das ehemalige Augustinerkloster Waldheim, aus dem ein barmherziges Versorghaus wurde, allwo die Armen und die Waisen, die Landstreicher und die alten Huren, die Diebe und die Trotzigen Kost und Logis finden für ein paar Stunden Spinnen, zwölf am Tage, wenn ich nicht irre. Wie dem auch immer sei, den beiden begegneten bald häufiger die Lößnitz-Bauern, zu Fuß, auf Wagen, die Körbe und die Kannen leer, offenbar vom montäglichen Wochenmarkt heimkehrend in ihre Dörfer.

Der freie Ackersmann! (rief Günther derart laut, daß ich erschrak) Das glückliche Landvolk der Sachsen, heisa! Flöten und Schalmeien, Tanzen und Springen, Lachen und Singen, Schäfer in Arkadien, mäh, mäh!

Das konnte Spott nur sein und wurde gleich darauf bestätigt, als er mit Vehemenz die stumpfen, gutmütigen Gesichter beschrieb, den gedrückten, müden Gang, die groben Lumpen, die Augen voller Demut und sonst noch manch unedlen Zug, der den tumben Bauerntölpeln nun einmal von Geburt verliehen ist. Mich wunderte bei diesen Reden nur, daß er einerseits solch unerhebliche Details wahrgenommen hatte, um andererseits so völlig ohne Arg den Lügen dieses Individuums zu glauben, ihm obendrein mit ein paar Talern auszuhelfen und den Braten erst zu riechen, als dieser sich erschreckt nach hinten drehte und beide eine Staubfontäne auf der Straße wachsen sahen, in deren Mitte wenig später schon drei Reiter zu erkennen waren: uniformiert, bewaffnet, die Silbertressen blitzten ... Nun, sag ich, Gerechtigkeit, nimm deinen Lauf!

Günther schien, so sagte er, die Szene, die sich nun vollenden sollte, zuerst nur wie ein Puppenspiel vor einer friedlichen Kulisse, die Sonne verfinsterte sich nicht, die Vögel sangen weiter wie vorher, doch sein Begleiter rannte querfeldein, die Kürassiere setzten im Galopp ihm nach, zogen dabei ihre Säbel und schrien rauhe Laute. Jetzt sah auch unser Günther, daß dies kein Spiel mit Puppen war, sondern eine Menschenjagd. Der erste der Berittenen hatte den Flüchtenden erreicht, hieb ihm die stumpfe Klinge auf den Schädel, daß er sich überschlug und liegenblieb, die beiden anderen sprangen von den Pferden, rissen den Blutenden vom Boden und schlugen ihm die von Knauf und Bügel umspannten Fäuste ins Gesicht. Günther konnte alles deutlich sehen, denn sein Kumpan war nicht sehr weit gekommen, er sah bei jedem Schlag den Kopf nach hinten fliegen und Blut aus Mund und Nase schießen, sah, wie die Kürassiere Stricke von den Sätteln nahmen, dem Leblosen Hände und Füße banden, ihn auf eins der Pferde hoben und den Körper dort verzurrten, als wäre er ein Bündel Wäsche, er sah den Kürassier zu Pferde näher kommen, die schöne, bunte Uniform, das junge und gesunde Angesicht, hörte die Lerchen noch immer in den Sommerhimmel steigen und den Reisigen nach seinem Namen fragen, woher, wohin, wes Standes und dazu noch, ob er wisse, daß dieser Hundsfott da ein Deserteur – was Günther ehrlichen Gewissens verneinen konnte, wiewohl es unglaubwürdig klingen mußte. Was mit dem Deserteur geschehe, fragte Günther und bekam zu hören, daß der Galgen leider abgeschafft, doch daß dies Schwein ganz sicher fliehen werde. Wie das, gebunden, wie er ist? Mein Wort drauf, er wird fliehen, und wer flieht, den hauen wir zu Brei! Damit wendete der Kürassier sein Pferd, gab den anderen ein Zeichen mit der Hand, die saßen auf, und alle vier verschwanden bald darauf am Horizont. Nichts blieb zurück als ein paar Spuren von den Hufen, etwas breitgetretenes Gras, Spritzer darauf von frischem Blut – der nächste Regen würde alles spurlos tilgen.

Weshalb der Zorn, weshalb die Tränen? Günthers Erregung beim Erzählen ist sicher ehrenwert für ein christlich fühlend Herz, doch höchst unpassend für einen, der hier bei Hof das Glück beim Schopfe packen will, Bagatellen, die hundertfach passieren, und kein Grund, sich so zu echauffieren. Was könnte ich für Grausamkeiten aneinanderreihen, obwohl ich doch mit derlei ungeschminkten Sachen, sieht man vom Pranger und von den Hinrichtungen auf dem Markte ab, kaum in Berührung komme! Pure Zeitverschwendung, sich mit derlei Dingen aufzuhalten, zumal mir daran gelegen war, etwas von Günther zu erfahren, nicht von des Pöbels Los, weshalb ich das Gespräch in eine mir genehme Richtung lenkte.

Sprechen wir, mein Bester (sagte ich deshalb), von Erfreulicherem, sprechen wir von Euch. Ich habe einiges sowohl gehört als auch gelesen, und es scheint, Ihr seid besessen von der Poesie wie auch wenig zimperlich mit Weibern und mit Wein. Wie heißt es gleich in Eurer Carmina, das Mencke mir geschickt? Nehmt die Wollust zum voraus und besucht das Freudenhaus ...

Eh ein ungewisser Tag uns der Bahre liefern mag (ergänzte Günther und fuhr fort): Ja, es stimmt, wir haben's oft gesungen, doch wie man im Dunkeln singt – um sich den Mut zu heben. Und die Mädchen? Ach Gott! Die eine Leonore wartet seit vier Jahren fern in Schlesien: bis ich etwas bin. Die andere in Leipzig wird es, fürchte ich, nicht einen Tag: weil ich nichts bin. Trotz allem Kummer habe ich erfahren, daß Leben erstlich Lieben heißt. Lieben hat kein Gesetz, Lieben ist Natur. Die Jugend, ist sie einmal fort, so kann man nach ihr lange suchen, drum leb ich und lieb ich beizeiten und singe davon:

Was war das für ein göttlich Paar?
Wo hat die Welt dergleichen Lüste?
So lacht' ihr Mund, so flog das Haar,
So hüpften die gefüllten Brüste.
Die Sehnsucht schilt den leeren Raum,
Ich weiß nicht, was ich selbst begehre.
Der Menschen Leben heißt ein Traum,
O wenn doch meins ein solcher wäre!

Bravo, liebster Günther! (rief ich) So werdet Ihr die Huld des Königs finden, der, wie Ihr wißt, kein Kostverächter frischer Früchte ist. Vor kurzem erst hat er die von Osterhausen Favoritin gnädig an sein Bett gewinkt. Wenn Ihr frivol vom Leder zieht, wird Euch succès beschieden sein. Erzählt getrost von Euren Abenteuern, ob derb, ob fein, gleichviel, solches wird bei Hof seine Wirkung nicht verfehlen.

So viele sind es nicht (wehrte Günther ab). Ich zähl sie alle noch an einer Hand.

Aber, aber (sagte ich), Ihr wollt doch nicht behaupten, Ihr hättet wie ein Eremit gelebt?

Genauso wenig wie ein Liederjan und Weiberheld, wie Ihr wohl zu vermuten scheint (sagte er) und wie es meine Feinde nach dem Motto lügnerisch verbreiten: Verleumde nur kühn, etwas bleibt immer haften! Doch war das erste ein gutes Jahr in Leipzig. Ich traf dort viele Freunde: den Geiger Pfeifer, den Lautenist Baron, Urban mit der Violine und Kästner mit der Gambe, dazu Haas, Brandenburg, Triller, Hahn, Austen, Marckard, Exner, Tzaschel. Der edle und kunstbeflissene Daniel Gottlob von Nikisch und Roseneck gab einen Freitisch für uns arme Schlesier, wir disputierten, sangen und tranken in dem Kretscham miteinander, wanderten auf die Bierdörfer Stötteritz und Gohlis, fuhren im Winter mit dem Schlitten durch den Boseschen Garten, die Verse flossen wie von selbst, auch floß das gute Bier aus Wurzen, doch dieses nur mit Geld – und das war meistens unsichtbar. Hahn führte mich bei Hofrat Mencke ein, meinem großen Gönner – es war ein Rausch, ich floh in das Vergessen, doch das Unglück holte mich auch hierbei ein. Es kam die schwarze Lungenpest, die der hochwohllöbliche Magistrat der Stadt herunterspielte, um die Messe nicht zu schädigen. Exner und Tzaschel starben dran, mir fehlte nur ein weniges dazu, Nikisch, Speer, Hahn, Triller und Birnbaum reisten ab, aus Rendsburg kam die Kunde vom Tode meines besten Freundes Petersen, aus Striegau die vom Brande meines Vaterhauses, bei dem mein ganzes Erbteil Asche wurde ... Ich hörte nah an meinem Ohr die Todesschwingen rauschen, ich dachte an den Tod und auch daran, mir diesen selbst zu geben, als Geld aus Breslau kam für meine Eugen-Ode. Ich stand von meinem Strohbett auf und stürzte mich erneut ins Leben. Ein Mädchen trat mir vor die Augen, Rosette, der Traum vom schönen Leben, den ich in ungezählten Schäferversen zum Gefallen der galanten Leipziger Welt besang. Anakreon, Horaz und Epikur waren Gast auf meiner Stube, ich tauschte meinen Wolff gegen den Secundus, den Poet der heißen Körperliebe, doch Rosette hörte meine Werbung nicht, sie blieb mir fern und hielt mich hin mit Tändeln. Und ich? Verehrte, was ich nicht genießen konnte. Das Geld aus Breslau war bald aufgebraucht, ich spielte nun den Narren, den man an mir zu haben glaubte, und fand ein andres Mädchen: Leonore – ein Name, der offenbar als Omen über meinem Leben stehen soll. Auf Pfeifers Zimmer genossen wir in Heimlichkeit die Lust – doch auch hier ereilte uns das Ungemach: der böse Leumund und die Krankheit Leonorens. Sie konnte ich dem Tod entreißen, doch mich der Armut nicht. Um jedoch mit ihr zu leben, brauch ich das Placet dieser Welt, ein Amt und einen Titel, da sie mich als Poet nicht anerkennen und in Frieden leben lassen will. Deshalb bin ich hier, Monsieur, 's ies ackrat, wie ich soite: Ich war, ich bin am Ende, versteh ich's hier in Dresden nicht, Dichtkunst und Lebensglück zu einen. Viel auszustehen und dabei frei zu sein, vermag kein Geist, den Lieb und Ruhm nicht stärken. Und die Feinde zetern und zerren, mich weiter zu verkleinern.

Vielleicht, mon cher ami, habt Ihr auch mehr Fleiß daran gewendet, Euch Feinde denn Freunde anzuschaffen? Denkt beispielsweise an Crispinus Krause!

Ich wußte wohl, wovon ich sprach, hatte Günther doch mit einer Satire auf den Advokatus Juratus Theodor Krause (Titel: Der entlarvte Crispinus von Schweidnitz aus Schlesien oder Die von den Musen gestriegelte Tadelsucht) unliebsames Aufsehen erregt. Ein veritabler Spaß für jene, die solch halbgelehrte Tugendbolde wie Krause meiden und verachten, doch wenig spaßig für den Dichter selbst, da solche Kreaturen nicht ohne einflußreichen Anhang sind. Auf zweiundfünfzig Strophen zu je zehn Zeilen brachte es der Günther, ein Quantum, von welchem ich nur träumen kann!

Der ganze Ulk beginnt mit einer Ratsversammlung, zu der die Barbarei die Anverwandten lädt, die Torheit, den Schein, die Hoffart, Zwietracht, Wollust, Trunkenheit, Faulheit, Pedanterie, Verwegenheit und Arglist, um Maßnahmen gegen das Schwinden ihrer Macht zu disputieren. Da mit Gewalt nichts mehr zu machen ist, entwirft die Arglist einen Plan, bei dem ein willfähriges Subjekt, das Momus, Gott der Tadelsucht, bei einem Gelage aus den Exkrementen (sic!) der Bezechten geformt und dem Eris, Göttin der Zanksucht, ihren Odem eingeblasen hat, Unheil am Helikon stiften soll. Crispin, also Krause, denn kein andrer ist der üble Kerl, gelingt es auch, mit Neid und Haß die Luft am Helikon zu verpesten, dabei ergibt er sich dem Trunk und beginnt, die Poesie mit seinen eignen Reimereien zu entweihen. Da aber geht Kalliope, die Muse der edlen Dichtkunst, vor den Rat der Götter und führt Klage, doch bevor sie damit endet, wird Crispin von einem Satyr vor das Antlitz Jupiters gepeitscht, dessen Urteil schließlich lautet: Arbeit als Sklave, dem das Erkenne-dich-selbst eingeprügelt werden soll. Doch findet sich kein Käufer, so daß ihn schließlich ein Silen für zwei Betteldreier als Eseltreiber nimmt. Als die Musen damit nicht zufrieden sind, verspricht Apollo, Crispin außerdem mit ewigem Gelächter zu bestrafen.

Fürwahr ein derber Spaß, der Leuten vom Schlage eines Mencke wohl gefiel, doch jene orthodoxen Schlesier wütend werden ließ, die sich mit Krause ebenso getroffen fühlen durften.

Krause selbst konnte es sich leisten, herzliches Erbarmen vorzuheucheln, und schrieb in seiner Zeitschrift Vergnügung müßiger Stunden oder Allerhand nützliche zur heutigen galanten Gelehrsamkeit dienende Anmerkungen ganz pro domo, daß er sich viel zu vornehm schätze, auf die ausgespienen Columnien zu antworten, der Verfasser derselben solle vielmehr in sich gehen und sich examinieren, wieviel ihm noch fehle, eine Pille zu drechseln und ein Latwerg darum zu kneten. Die einen drohten, wie man sieht, mit der Gerichtsbarkeit, die anderen, die ihrer viel zu sicher sind, reagierten nur mit Spott und Hohn. Am Hasse fehlt es Günther also wahrlich nicht, doch ich sag mir: Wohl dem, der sich in Schranken hält und, wenn er den Kiel zum Reimen rührt, die Worte zierlich setzt und ohne Zorn verbindet!

Der Krause hat es wohl verdient (sagte Günther und begann zu rezitieren):

Doch er ist's nicht allein, von welchem mein Gedicht
Ein feurig Urteil kriegt. Wer fremde Beulen sticht,
Dem wird zur Dankbarkeit der Schleim ins Antlitz spritzen.

O herrlicher Beruf! Man fragt: Bringt sie denn Geld, die Poesie? Nein? Dann laß sie bleiben und such dir einen Brotberuf! Kein sinnreiches Gedicht, kein angenehmer Scherz wird honoriert. Beweist man etwas mit Vernunft, so heißt es Grillenfangen, erzählt man, was geschieht, so kriegt man Tadel, sucht man rein und nach Natur zu dichten, lobt es kein Geschmack. Ein Sauflied aus den Schenken erhält mehr Lohn und Gunst als alles edle Dichten. Ich frag mich oft, ob ich allein zum Ärgernis geschaffen? Steckt denn mein Wesen voller Schuld? Und wenn, wodurch, warum, wieso? Was tu ich denn so Schlimmes, als mit Witz, Verstand, Gelehrsamkeit und Tugend die Menschen, die die nackte Wahrheit fliehen, durch meine Poesie mit Lust zum Guten zu bewegen? Ja freilich, dies versteht kein Krause mit seiner engen Gläubigkeit, der brav der Obrigkeit vertraut, überall nur an der Schale kratzt und der Schönheit im Erklären allen Geist und Ausdruck raubt! Soll ich vor diesen Leuten ewig stillehalten?

Bedenkt (versuchte ich den Zornigen zu dämpfen), daß Krause ein gelehrter Mann!

Gelehrt? Mag sein, wenn Ihr des Schädels Leere damit meint!

Und wenn schon (redete ich ihm zu). Er ist ein Meinungs- und ein Ketzermacher. Er nennt Euch Schmierflegel, Ottermolch und Poeta larvatus. Seine Gesinnungsfreunde halten die Satire gar für eine Sünde und rufen nach Justitia, und die soll die Arbeiten solcher Poeten öffentlich durch den Henker verbrennen lassen, damit niemand am rechten Glauben Schiffbruch erleide ...

Ich kenne diese kleinkarierten Alleswisser (rief Günther), ich kenne ihre Denkungsart! Aus blinder Furcht vorm eignen Denken klammern diese Leute sich an eine Lehre, irgendeine gibt es immer, die sie flugs zur alleinseligmachenden erklären und deren Reinheit sie alsdann mit Feuer und Schwert, mit Lüge und Verschweigen, mit Zähnen und mit Klauen verteidigen und alle die verteufeln und verfolgen, die nicht so denken wie sie selbst. Sie schleudern wütend Donnerkeile auf die Welt, fühlen sich dabei wie Zeus und sind doch nur ganz kleine Kirchenlichter, die mehr des Mitleids als des Zornes und des Hasses würdig sind. Es ist der orthodoxe Muff aus Schlesien, den ich da rieche.

Gewiß, doch so muffig es auch riecht, so gefährlich kann es werden. Denn wo, mein hitziger junger Freund, sind Eure Verteidiger?

Ich (sagte Günther trotzig) kann es gut allein.

Viel Feind, viel Ehr? Ich fürchte, Ihr werdet noch viel lernen müssen! Doch nicht das Heucheln, Lügen und Zukreuzekriechen, das niemals!

Mein lieber, guter Günther (rief ich, durch solche Renitenz gereizt), auch ich war einmal jung und konnte meine Glut kaum kontrollieren! Zudem war ich, wie Ihr, nicht viel von Geburt – der Adelsbrief, der an der Wand dort hängt, war erst viel später Lohn für meine einsichtsvolle Reife –, auch ich besaß kaum mehr als mein Talent zum Dichten, auch ich geriet durch eignes Ungestüm und widerliche Menschen in arge Not, aus welcher ich mich nur mit kühlem Kopfe retten konnte und wovon ich Euch, so Ihr gestattet, zwei Exempel geben will.

Warum, so dachte ich bei mir, soll ich mein Licht im Dunkeln halten, wenn es dem Günther auf ebenjenem Wege leuchten kann, auf dem ich ihn gern gehen sähe? Ein Vorbild ist ein guter Führer, weil es den Blick zentriert und dem Adepten doch das Gefühl beläßt, völlig frei, aus eigenem Willen seinen Weg zu finden. Ein Vorbild muß ganz reinlich sein, poliert, auf daß der Glanz das Auge blende, jedoch gerade nur so viel, daß es nicht ganz erblindet. So wählte ich aus dem Erfahrungsschatz zwei Episoden, die mir von jeher recht vorteilhaft zu Gesichte standen: das Duell meines Schützlings Maydel und meine Hochzeit mit der Kühleweinin, beides geschehen und vollzogen zu Leipzig.

Um recht eindrucksvoll zu wirken, holte ich weit aus und begann ganz vorn bei meinem Vater, der von dem reichsfreien Rittergeschlecht der Besserer von Ulm abstammt, das schon vor fünfhundert Jahren in Schwaben verzeichnet ist. Doch dann im großen Krieg, der dreißig Jahre währte, ging er von dort nach Kurland, nannte sich nur noch Besser und nahm sich gleichwohl als Pfarrer in Lauenburg eine Frau von altem kurländischem Adel zum Weibe, aus welcher Ehe ich (nebst elf Geschwistern, alle jünger als ich) an einem Freitag zwischen fünf und sechs vor nunmehr fünfundsechzig Jahren die Welt erblickte. Die elterlichen Beziehungen zum Herzog Jakob von Kurland ermöglichten es mir, an der Universität in Königsberg die Theologie zu studieren, allwo es mir gelang, mit meiner vielmals öffentlich bezeigten Gelehrsamkeit, meiner schon damaligen Geschicklichkeit in der Dichtkunst, meiner Fertigkeit in den meisten edlen Leibesübungen, meiner ansehnlichen Größe, den wohlgestalteten Gliedmaßen und der angenehmen Gesichtsbildung, wie überhaupt mit meinem wohlgesitteten Wesen einen Vorzug vor allen meinesgleichen zu erwerben und damit die Sympathie der sich daselbst aufhaltenden jungen Adligen zu gewinnen, worunter ebenjener junge Herr von Maydel einer der vornehmsten Edelleute war. Als dieser 1675 auf Wunsch des Vaters in Leipzig seine Studien vertiefen sollte, ging ich mit ihm als dessen Freund und Haushofmeister. Ein rauhes Klima herrschte damals in der Lindenstadt, besonders bei der Tischgesellschaft, zu der hauptsächlich Blauröcke von der Pleißenburg gehörten, die alle Menschen ohne Uniform für niedere Wesen hielten und solches ergo auch uns spüren ließen. Vorerst mit Verachtung nur, dann mit frechen Worten, schließlich aber kam, was kommen mußte: Die Worte flogen schärfer hin und her, bis plötzlich einer seinen Teller nahm und ihn mitsamt den Speiseresten meinem Herrn von Maydel direkt ins Angesicht beförderte, worauf der junge Herr, kein blasses Kind von Traurigkeit, die opulente Suppenterrine vom Tische hob und sie dem Blaurock gegenüber mit solcher Wucht auf den Scheitel hieb, daß dieser wie vom Blitz gefällt entseelt zu Boden ging und die anderen nur dadurch von sofortigem Mord und Totschlag abzuhalten waren, daß wir uns einem Duell zu stellen versprachen. Wiewohl ich in den Folgetagen alles versuchte, die Verbitterung aus den Herzen der Gegenpartei zu tilgen und den Zweikampf zu vermeiden, wurden Ort und Stunde festgelegt und die Beistände gewählt, wovon ich einer war. Unweit der Stadt in einem Birkenhain kam es zu dem Treffen, der junge Maydel schlug sich vielleicht eine Spur zu gut, denn als der Gegner seine keck geführte Klinge an der Kehle spürte, zogen die anderen Blauröcke wider alle Regeln ihre Degen und stürmten auf meinen Schützling ein. Mir blieb nichts weiter übrig, als meinerseits nun blankzuziehen, worauf mich sogleich drei, vier Kerle attackierten, eindeutig in der Absicht, mich vom Leben zum Tode zu befördern. Nun war ich außerordentlich gewandt im Fechten, die schnöde Hinterlist gab mir dazu genug an heiligem Zorn, kurzum, ich konnte mir die Buben geschickt vom Leibe halten, indem ich meinen Rücken mit einem Baume deckte. Nicht so der junge

Maydel, dem dies auch zum Verhängnis werden sollte, denn als er zwei der Blauberockten vor sich hatte, stach ihn ein dritter feig von hinten nieder. Er fiel sofort, worauf die Meuchelmörder flugs das Weite suchten und ich mich klagend über meinen armen Schützling warf, der ohne einen Seufzer in meinen Armen starb. In Leipzig aber ward ich angeklagt, Tod und Duell als Haushofmeister nicht verhindert zu haben. Doch zog sich der Prozeß in die Länge, allweil die Mörder allesamt das Land verlassen hatten und das Gericht meinen edlen Motiven wenig Glauben schenken wollte. In dieser Zeit begann die zweite Episode, die mit der ersten auf mannigfache Art verbunden ist, denn unter meinen zahlreichen Verteidigern aus der notabeln Welt fand sich auch eine Waise, deren verstorbener Vater vormals Leipzigs Bürgermeister gewesen war und die bei ihrem Stiefgroßvater lebte, der Basilius Titel hieß und, welch unglückselige Verquickung, als Kommandant der Festung Pleißenburg amtierte. Obwol mich der am liebsten hängen sehen wollte (. . . einen Strick her und: krx! sagte er ganz schlicht vor dem Richter), verstand ich es, die mir geneigte Schöne andernorts zu treffen, wobei uns beiden Amors Pfeil die Liebe in die Herzen ritzte und alle Welt bereits von einem Paare sprach, das seinesgleichen suche, denn beide waren wir von ansehnlicher Länge bei schlankem und geradem Leib, lebhafter Haut und himmelblauen Augen, sie zählte vierzehn Jahre, ich vierundzwanzig, sie spielte das Klavier und ich die Laute. Freilich war mir nicht unbekannt geblieben, daß die junge Kühleweinin gut betucht, doch war dies nicht allein der Grund, der mich um sie werben ließ, obwohl dies manche böse Zunge wisperte, die selber nach der Mitgift speichelte. So wurde ich nebst mancherlei anderen falschen Beschuldigungen auch für den Verfertiger einer auf den berühmten Gottesgelehrten Carpzow ausgestreuten Schmähschrift angegeben, worüber dieser auf öffentlicher Kanzel mit folgenden Worten, wenig zweideutig, losbrach: Soll ich ihn nennen? Worauf er eine Weile schwieg, um dann zu sagen: Es ist besser . . .(!), worauf er wieder eine lange Pause folgen ließ und hiernach erst den Satz vollendete: daß ich schweige. Ein rhetorisch wirklich guter Trick, zu dem mein Name sich leider ganz vortrefflich eignet! Doch war auch ich nicht tatenlos geblieben und hatte mir an Geld und Einfluß reiche Gönner zugeneigt, die in meinem Namen bei Carpzow protestierten, so daß sich der, zwar lau, doch immerhin bei mir entschuldigte. Jedoch, es war noch immer nicht vorüber, ein neuer Streit entbrannte bald wegen eines meiner Carmina, welches Carpzow – nicht ganz zu Unrecht – strikt auf sich bezog:

Der fühlt mit der Zeit ein Grauen vor dem Dichten,
Der, wie die Afterwelt es selbst verrichtet, klagt
Und der die Tempel gar hört seine Sätze richten,
Wo sonst kein Tadelzahn an solchen Äsern nagt ...

Das war zuviel, Carpzow blies zum Sammeln und gleich darauf zum Sturm, und derjenige, der weiß, welche Macht die orthodoxen Gottesmänner haben, wird verstehen, wenn ich es vorzog, meine Worte abzuwiegeln und den Sturm von mir zu wenden. Doch nach wie vor gab es jene Neider, die mir die reiche Jungfer partout nicht gönnen wollten und eine jegliche Anstellung, die ich derzeit bitter nötig hatte, in Sachsen hintertrieben, so daß ich mich kurzerhand nach Brandenburg begab und dort naturellement an den Hof. Meine große Liebenswürdigkeit wie die Kunde meiner tapfern Tat beim Duell von Maydel schufen mir im Fürsten Dessau einen Gönner, der mich dem Hofe nahebrachte und mir ein Amt beschaffte, vorerst ohne Besoldung noch, doch hieß ich da schon Kurfürstlicher Rat. Ich nutzte freilich meine Chance, wobei die Poesie mir ganz extraordinär zu Diensten war, denn für ein Huldigungsgedicht ernannte mich der Kurfürst zum Legationsrat mit 300 Talern Sold. Die Damen zeigten sich mir gleichfalls sehr geneigt, doch war darunter keine, die der Kühleweinin an Schönheit (und, nebenbei, an Reichtum) glich, weshalb ich meine Heiratswünsche und die Hinderung daran geschickt den Großen Kurfürsten wissen ließ, der in einer huldvollen Minute dem Obristen Titel schreiben ließ:

Friedrich Wilhelm Kurfürst, es hat uns unser Legationsrat Johann Besser untertänigst zu erkennen gegeben, was gestalt er um des seligen Appellationsrats Kühleweins Tochter in Leipzig, aus habender ehelicher Zuneigung zu deroselben, zu werben gesonnen wäre: mit Bitte, weil dieselbe euch nah anverwandt, und ihr bishero eine väterliche Fürsorge für dieselbe getragen, wir wollten diese Ehesache euch dahin zu empfehlen geruhen, damit dieselbe mit eurem guten Belieben, zu seiner Vergnügung ausschlage und bald vollzogen werden möchte . . ., also zweifeln wir nicht, ihr werdet euch darunter willfährig finden lassen und dieser unserer wohlgemeinten Empfehlung stattgeben . . .

Von solch einem Brautwerber mußte sich der bärbeißige Obrist geschmeichelt fühlen, und er war's zu meinem Glücke.

Nota: Zudem wird oben vieles Empfehlung nur genannt, was unten als Befehl verstanden werden soll.

Ich fuhr nach Leipzig im Triumph, vollzog die Ehe mit der Kühleweinin in der Kirche und im Bett und ging mit ihr zurück nach Brandenburg, nicht ohne vorher meine Feinde und Neider genüßlich zu belächeln. Selbst Carpzow neigte sich mir zu, ich wechselte mit ihm des spätern noch manchen netten und gelehrten Brief. Am Brandenburger Hofe dann begann mein Avancement, das mich zunächst als Abgesandter nach England führte, was jedoch schon wieder eine neue Episode ist und später der Belehrung dienen mag.

Günther hatte meiner Rede aufmerksam gelauscht, wobei er ohne Unterlaß und Rücksichtnahme an seiner Pfeife saugte und mörderische Tabakschwaden von sich stieß, den Dampf jenes verfluchten Krauts, das letztlich so in Mode kam, daß selbst die Theologen danach greifen und bibelfest verkünden, das Kräutlein (ja, das Kräutlein: wie niedlich das doch klingt!) Herba Nicotana sei von Gott, da David im Psalm 24 saget: Die Erde ist des Herrn und alles, was darinnen ist. Ich aber sag, es muß direkt vom Satan sein, da es so höllisch stinkt! Enfin, er hatte zugehört, und doch vermißte ich Bewunderung in seinen Augen. Was ihm zur Lehre dienen sollte, nahm er hin, als höre er ein Märchen. Lediglich bei den Passagen, in welchen ich die Poesie erwähnte, vermeinte ich zu sehen, wie sich sein Mund zum Widerspruch verzog, weshalb ich mich bemüßigt fühlte, noch etwas anzufügen:

Die Poesie, mein lieber Günther, klug angewandt, hat, wie Ihr an mir sehen könnt, nicht selten ihren Lieblingen die Bahn zu ihrem Fortkommen bereitet. Ein recht aufgeweckter Kopf, für welchen ich Euch selbstverständlich halte, den sie ihrer Gaben in einem reichen Maße würdiget, weiß, durch Vermittlung dieser Kunst, seine übrige Geschicklichkeit an den Tag zu legen, bei Höheren einen Zutritt und folglich den Weg zu seiner Beförderung zu finden.

Ich (sagte er drauf) mag nicht mit den Wölfen heulen!

Warum, mein ungestümer, junger Freund (sagte ich, mich zwingend, die Polemik fein zu überhören), warum so herbe Worte, wenn es viel sanfter sagbar ist?

Heut sitzen Heuchelei und Schein auf dem Parnaß! (rief er, mein Angebot mißachtend, in einem Ton, der jegliche Courtoisie vermissen ließ) Köpfe ohne Witz lassen die gereimten Lügen fliegen! Man lobt, man rühmt, man singt, weil es von oben wohlgelitten ist und überdies Gewinn abwirft! Doch Dichtung ist und bleibt das nicht!

Die Falschheit mietet Lob und kauft den Zeitgeschichten
Das Ohr der Nachwelt ab. Allein sie läuft Gefahr,
Und der gerechte Tag macht endlich offenbar,
Was ihre List bedeckt, was ihr Betrug verhehlet;
Denn Wahrheit ist ein Leib, den erst die Zeit beseelet.

Ich will der Wahrheit Grund durchforschen, die prüfende Vernunft an alles legen und eignen Leibs die Liebe fühlen! Was schert's mich, wenn die Mißgunst sich aus Gift und Zorn ihre Flüche braut? Unsterblichkeit vergeb ich nicht um Brot!

Edel gesprochen, nobel (sagte ich beherrscht und beschloß, nun meinerseits massiv zu werden), vortrefflich! Doch eine Spur zu stolz, so will mir scheinen, bedenk ich Eure Lage! Erinnert Euch, ich bitte sehr, weshalb Ihr hier in Dresden seid! Werft einen Blick auf Eure Kleidung und dann sagt mir, ob dies zu derart großen Worten paßt!

Offensichtlich hatte ich damit eine seiner schwachen Stellen voll getroffen, denn sein heroisch Wortgerüst, auf welches er vordem gestiegen, brach augenblicks in sich zusammen. So fand von jeher und so findet der Geist des Menschen, der sich bekanntermaßen schnell in die reinen Höhen der Moral aufschwingt, zurück zum Boden, der von Natur aus unrein ist und folglich den, der ihn berührt, nicht ohne Flecken bleiben läßt. C'est la vie, ein Narr, der leben und zugleich rein sein will!

Ihr habt ja recht, Monsieur de Besser (sagte Günther entschieden leiser als vorher), auch ich hab mich in schwachen Stunden schon gefragt, was mir der schöne Lorbeerkranz da oben nützt.

Was nützt der dürre Zweig, der Haar und Platte deckt,
Wenn unterdes die Haut durch Schuh und Strümpfe
bleckt?
Was hilft die Götterkost, womit die Musen laben,
Wenn unsre Finger nichts als welke Rüben schaben?
Im Wasser wächst kein Vers, der ewig grünen soll;
Wenn Flaccus spielt und jauchzt, so ist er satt und voll
Vom Weine, nicht von Gram. Zerreißt, ihr mürben Saiten,
Nun mag ich länger nicht mit so viel Elend streiten,
Zerreißt und knüpft mich auf und schnürt den Jammer zu!
Denn eh ich künftig mehr vergebne Wünsche tu,
Eh soll mein siecher Leib (was würd ich viel verlieren?)
Den Nagel und die Wand der Welt zur Schande zieren . . .

Verzeiht, Monsieur, Bitterkeit und Not diktierten diese Zeilen, ich will vor Euch nicht barmen! Wer nichts hat, kann nichts verlieren. Indessen fällt der Mut bei langer Not, der Körper nutzt sich ab und schwächt des Geistes Wollen. Was hab ich nicht gewollt, gewünscht, geduldet und gefühlt, was nicht alles gut gemeint, beseufzt, gewagt, verspielt, versucht, gehofft und worauf nicht gewartet! Mein Leben fällt in tolle Zeiten, wo in der Welt das Geld regiert und in der Kunst die Mode! Der Wille aber ist frei, ich folge meiner Neigung. Was wird mir nun dafür? Ein noterfülltes Leben. Ach, wäre doch des Vaters Lust und Kraft auf kaltes Tuch geflossen! Warum ist nicht das Ei durch Fäulnis oder Brand aus Mutters Schoß gegangen? Ach, ewige Geduld! Die Not macht dumm, pardon, Monsieur! Der Zwang der Not, er lehrt jedoch auch viel, zuvörderst das Bescheiden. Kraft, Mut und Jugend sind schon fast dahin, ich wünsch mir weiter nichts als eine Stelle, die mir in Ehren Brot und Zeit gewährt, um für die reine Muse frei zu sein.

Das klingt schon um ein vieles praktikabler (sagte ich, nicht unbeeindruckt, geb ich zu, von den Worten Günthers), nur werdet Ihr bei Hof ein wenig mehr an milder Demut zeigen müssen.

Ich weiß, Monsieur, daß ich die Regeln unserer Zeit nicht ändern kann, sosehr ich mir das wünsche. Von einem Beugen, sag ich mir, bleibt das Kreuz nicht krumm, bedenklich wird es erst, wenn man auf Dauer in der Beuge bleiben soll. Insofern werd ich tun, was für die Stelle nötig ist, hab ich doch keine andre Wahl.

Wenn Ihr gestattet: Was werde ich bei Hof zu schaffen haben, bestehe ich die Probe vor dem König?

Das war nun allerdings ein Punkt, der mich in Schwierigkeiten brachte, weil Günther offenbar noch glaubte, als Poet gebraucht zu werden, der König aber nach dem Ableben des Kammersekretärs Meder einen neuen Pritschmeister wollte, der anläßlich der zu den Beilager-Solennitäten stattfindenden Büchsen- und Schnepperschießen, welche Königliche Majestät über alles lieben, die Treffer der hohen Herrn mit Stegreifreimen humorig zu würdigen hat. In der Hand die Pritsche, womit die Treffer anzuzeigen sind, am Körper ein der Phantasie entsprungenes Zeremonienkleid, das zwar nicht direkt das Habit des Narren ist, doch zweifelsfrei an den erinnert, rot und weiß gestreift der Rock, ein weißer und ein roter Strumpf, ebenso die Schuhe, Verse von sich gebend, wie par exemple: Des Herren Bolzen trifft ins Schwarze stets / Wie auf dem Platze hier, so auch bei Tête-à-têtes . . . Je anzüglicher, je beliebter, die Sprache ist nicht gerade kapriziös bei diesem Zeitvertreib. Und während ich dem Günther dies behutsam beizubringen suchte, unterbrach er mich und rief:

Nie und nimmer! Für die Pritsche taug ich nicht!

Gemach, mon cher (versuchte ich ihn zu beruhigen). Ihr werdet es nicht wirklich werden, Ihr sollt nur tun, was dieser täte.

Verzeiht, Monsieur (sagte Günther), doch das versteh ich nicht.

Nun (sagte ich, bereits leicht enerviert), die Sache ist auch delikat. Das Pritschmeisteramt ist derzeit unbesetzt, das große Fest steht vor der Tür, wo viel geschossen werden wird, also würdet Ihr vorerst bei diesen Schießereien beginnen, könnt jedoch, wenn Ihr Euch klug verhaltet, diese Stelle späterhin veredeln zu einem Hofpoetenamt. Dazu gibt es viele Tricks, man kann die Ämter, Titel, Orden kaufen, sie durch Schmeichelei gewinnen, durch Intrigen und so weiter, doch dazu müßt Ihr zuallererst einmal bei Hofe sein. Tut, ich bitte Euch, nicht den zweiten vor dem ersten Schritt, zumal der auch nicht einfach ist, Ihr werdet Konkurrenten haben.

Ich vertraue (sagte Günther) fest auf meine Muse.

Das war naiv, um es höflich auszudrücken! Als ob die reine Poesie bei Hofe etwas zählen würde, als ob dort nicht die Kunst allein der fürstlichen Gewalt zu dienen hat und dem Vergnügen dessen, der sie hat. Ein einzelner wird das nicht ändern, auf einen kann man wohl verzichten, weil stets ein andrer darauf wartet, seine Stellung einzunehmen. Und alle werden sich niemals vereinen, da jeder sich für besser als die andern hält und die Schwachen unter ihnen dem Glanze eines Ordens oder eines Privilegiums schnell erliegen. O miseras hominum mentes, wie wahr, Lukrez, erbärmlich ist die Gesinnung des Menschen! Und doch mit Nachsicht zu betrachten, wenn man bedenkt, daß Leben oftmals nicht mehr als bloßes Überleben heißt. Günthers schöne Illusionen! Ich mußte sie ihm leider nehmen, indem ich ihn ob seines edlen Glaubens lobte, doch ihm dann dringend riet, sich keineswegs allein auf seine Muse zu verlassen, sondern seine Chance zu suchen und dem Glück ein wenig nachzuhelfen. So riet ich ihm, sich umzusehen und Lücken auszuspähen, wie man von hinten an den Hof gelangt, weil hier wie anderswo der gerade Weg nicht der kürzeste und der klügste Mann nicht notwendig der weiseste ist, und versprach ihm, in den nächsten Tagen selbst Verbindungen zu knüpfen, die ihm von Nutzen werden könnten. Zum Schluß empfahl ich ihm Madame Zawadzka in der Schreibergasse.

Und wie nicht anders zu erwarten, fragte Günther sehr direkt, wer Madame wohl sei, was nur neuerlich bewies, wie seinem ungeschliffenen Wesen die feine Art des Konversierens fehlte, denn nach Madame Zawadzka fragt man nicht. Man weiß Bescheid und redet nicht darüber oder schweigt fein still, bis man's erfährt. Denn zu oft schon hat der gestrenge Löscher in der nahebei gelegenen Kreuzkirche wider deren Haus gewettert, wenn auch ohne Namensnennung, weil der Löscher klug genug ist, um zu wissen, daß ihr Etablissement keine niedere Spelunke für die Rotüre, die er getrost und ohne Schaden als Ausgeburt der Hölle geißeln könnte, sondern ein von hohen und von höchsten Herren oft und gern besuchter Ort, der zudem mit Duldung, wenn nicht gar mit Geld aus der Schatull-Kasse Seiner Majestät entstanden ist. Madame Zawadzka hat die Konzession, das Haus als Herberge zu führen, wobei natürlich augenfällig ist, daß ausschließlich weibliche Wesen darin logieren, von denen überdies keine über dreißig ist und die man, je nach Laune, Tänzerinnen, Waisen oder Novizinnen nennt. Die Zawadzka aber, eine Polin von Geburt, soll, so geht der Klatsch, mit dem Troß der siegreichen schwedischen Armee im Jahre 1706 nach Sachsen gekommen sein. In welcher Eigenschaft? Es ist nicht schwer zu raten. Den 22 Tausend Schweden folgten immer ein paar tausend Dirnen nach, wovon sie, dazumal ungewöhnlich hübsch, eine war, die dazu das Glück genoß, dem schwedischen Grafen Piper das saure Feldlager des Nachts zu versüßen. Als im Dezember König August in Günthersdorf nahe Alt-Ranstädt im Lager erschien, um König Karl XII. zu milderen Kontributionen zu bewegen, vermied es der, von Politik zu sprechen, lobte statt dessen die sächsische Landschaft und seine vortrefflich großen Stulpenstiefel und bot dem geschlagenen, doch von Diamanten strotzenden Sachsenkönig als guter Wirt zur Nacht die Schlafstatt des Grafen Piper an, worin bereits Mademoiselle Zawadzka lag, um den gedemütigten sächsischen Herkules über den Verlust der Polenkrone und die schwedische Besetzung zart hinwegzutrösten. Ein Jahr darauf zogen die Schweden gegen Rußland in den Krieg, gestärkt durch 34 Millionen Reichstaler und 12 Tausend Sachsen in schwedischer Uniform. Unsere Madame jedoch ließ sich in Dresden nieder, allwo es ihr gelang, die reichen Kavaliere dafür zu gewinnen, ihr Gewerbe nunmehr auszuweiten und ebendie Pension zu gründen, in der heute ein jeglicher nach Bedarf und Beutel Bedienung findet, sei es gleich an Ort und Stelle bei einem Schäferstündchen, sei es mietweise außer Haus für ein galantes Souper fin oder eine Fête érotique. Und da die bei ihr angestellten Mädchen höchsten Ansprüchen genügen, nicht nur was ihre Schönheit anbetrifft, sondern vor allem die feinen Manieren, die gehobene Sprache und die Kunst der Konversation vor dem eigentlichen Akt, hat das Haus bei Hof einen außerordentlich guten Ruf. Es gibt mithin keine besseren Lehrerinnen des herrschenden guten Geschmacks als jene Mädchen, weshalb ich mich erbot, Günther dorten einzuführen, und ihn zugleich ermahnte, es strikt beim Unterrichtetwerden zu belassen, da diese Mädchen zumeist von Herren frequentiert, die genügend Einfluß haben, den zu strafen, der unerlaubt auf ihrer grünen Wiese grast.

Doch damit nicht genug, denn selbst wenn Günther sich bei Hof benehmen kann, so fehlt ihm immer noch die äußere Schale. Es ist ein Kreuz, fürwahr, die Sache wurde mehr und mehr beschwerlich. Und deshalb wies ich ihn auf seine Kleidung hin und riet ihm freundschaftlich, sie dem Hofgeschmack entsprechend zu erneuern.

Mein lieber Günther (sagte ich), Ihr könnt in solchem Aufzug nicht zu Hofe gehen, vestis virum reddit, wie Quintilianus schreibt, Kleider machen Leute. Abgesehen von den Flekken und den Löchern, sind Eure Spitzen nicht en vogue, auch ist der Rock, den Ihr da tragt, besonders was die Länge, Art des Schließens und die Armaufschläge anbelangt, außer Mode, und die Perücke, Ihr verzeiht, sieht aus, als habt Ihr damit letztlich Staub gewischt. Unmöglich, daß Ihr so vor unsern König tretet! Bemüht Euch morgen gleich um eine Ausstaffierung à la mode, ich kenn den Meister Hinterstocker, der Lieferant bei Hofe ist.

Wie (fragte Günther und vermehrte damit meine Pein) soll ich denn bezahlen, wenn in meinem Beutel nichts als Luft sich findet?

Es soll mir eine Ehre sein (sagte ich galant, wiewohl das Ganze mir nunmehr ernstlich lästig fiel), soll mir eine Ehre sein, Euch bei dem Monsieur Couturier einzuführen, mein Name bürgt bei ihm für Sicherheit, und Ihr begleicht die Kosten, wenn Ihr das Amt gewonnen habt.

Ich sah die Mühen wohl voraus und konnte die Verstimmung länger nicht verbergen: Der Günther war wie ein Stück Holz, nicht von schlechter Sorte, doch hart und völlig unbearbeitet, so daß es meiner Hand bedurfte, daraus die Form zu schnitzen, die zierlich sich ins allgemeine Muster fügt. Ich hatte so bei mir gedacht, ich würde nur ein wenig zu polieren haben, doch stellte sich nun peu à peu heraus, daß neben seiner Kleidung auch die Sprache verfeinert werden mußte, um bei Hofe die dringend erforderlichen Nuancen zu beherrschen, daß ihm die Manieren fehlten, um sich jedem seinem Stand gemäß zu nähern, und daß ihm überdies die Rangordnung bei Hof wie jede Einsicht in das Leben und das Treiben dort ein Buch mit sieben Siegeln war. Ich werde, fürchte ich, auf meine alten Tage noch einmal zum Haushofmeister werden müssen, wobei der Zögling ungeziemlich ausgewachsen und höchst widerspenstig ist, so daß die Mühen groß, die Aussicht des Erfolges klein und die Perspektive summa summarum mithin wenig glorreich ist.

Pardon (sagte ich nach einem Schweigen), Ihr müßt mich nun entschuldigen, denn meine Zeit pressiert, ich habe noch Akten durchzusehen, kommt morgen, nein, übermorgen wieder, dann gehen wir zu Schneider Hinterstocker, gehabt Euch wohl inzwischen, auf bald, mein lieber Günther.

Er ging, mir noch ein Bündel Verse hinterlassend, und wiewohl ich hätte froh sein sollen, war sein Abgang doch von mir gewünscht, starrte ich auf die soeben zugeklinkte Tür, als sei durch sie nicht Günther, sondern ein jäh erkannter Teil von mir gegangen, eine frühere Existenz, eine angelegte Möglichkeit, etwas, was mir einst gegeben und was nun verloren war, und mich übermannte eine stumpfe Müdigkeit, eine Sucht nach Schlaf, eine Schwere und Niedergeschlagenheit, die auf merkwürdige Weise den Gedanken an den Tod mit sich führte und sich vom Beginn des langsamen, langen Sterbens wohl nur dadurch unterschied, daß ich hoffen durfte, mit dem neuen Tag auch neue Kraft zu haben, den zähen Kampf ums Überleben fortzusetzen. Vor dem Zubettgehen zählte ich wie jeden Tag den Puls, und je länger ich nach innen lauschte, desto wilder raste er, setzte plötzlich aus, mir verschlug's den Atem, tat einen Sprung, mir wurde heiß und kalt, die Haut begann zu kribbeln, das Herz schlug bis zum Halse . . . Angst, wahnsinnige Angst stieg in mir auf, mein Herz: Eines Tages versagt es mir den Dienst, und ich fall auf der Stelle um und bin mit einem Schlage tot. Ich werde einen Arzt zu Rate ziehen, es gibt noch weitere Symptome . . .

Und zum Schluß mein privates Hof-Journal, fußend auf dem täglichen Grotegutschen Bericht: Frühmorgens fuhren Königliche Majestät aus dem Wilschen Tor. Gingen Ihre Hoheit der Königliche Prinz nach Moritzburg. Kam der Paladin von Rußland Gablianowski aus Polen allhier an. Ballyen-Rennen-Probe auf der Kleinen Stallbahn. Nachmittags Damen-Ballett-Probe auf dem Redouten-Saal.

9. Augustus, Romanus

Mitten in der Nacht vermeldete der Türmer Feuer, ich stand auf und sah von meinem Fenster aus hinter dem Lusthaus einen Feuerschein, kurz danach, so schien es mir, doch die Sonne war längst aufgegangen, nämlich dem Kalender nach précis 4 Uhr 31 Minuten, ritt der König an der Spitze seiner Chevaliergarde mit Getöse durch die Straßen, um die Herren vor dem Schloß zu exerzieren. Da nun an Schlaf nicht mehr zu denken war, kleidete ich mich an, verspürte dabei einen wenig angenehmen Geschmack im Munde und besah in meinem Venezianerspiegel die Zunge, die ein weißer Schleim bedeckte und fremd im Mund lag wie aufgeweichtes Brot. Auch würgte es im Rachen, doch nahm ich dies nicht für ein körperlich Gebrechen, sondern für ein spätes Wirken des vergangnen Tags, und ich sagte mir: Mag es weit im Schlunde hinten und tief drinnen in der Seele rumoren, wie es will, ich denke nicht daran, mich selber zu bespeien. Sind es doch immer diese Reinen, diese bettnässerischen Moralisten, die uns, die Tätigen, die Beamteten stumm beschuldigen, beschmutzt zu sein allein durch Amt und Titel, wobei sich diese neuzeitlichen Heiligen natürlich nicht beschmutzen können, weil sie nichts tun als ihre Unberührtheit pflegen! Die Unbeflecktheit der Empfängnis – welch fromme Lüge! Wie soll, so frage ich, was lebt, völlig ohne Makel bleiben? Was andres kann der tun, der etwas in dieser Welt bewirken will, als sich diesem gottgegebenen Tatbestand zu beugen, um durch bedingungsloses Dienen mit Glück so hoch zu steigen, daß sich vielleicht Gelegenheit ergibt, durch klugen Rat das Gute zu befördern? Ungezogen, geschmacklos und empörend ist's, wenn außenstehende Kritikaster wie dieser Günther nur unsern Wohlstand sehen, die Gelder und die Orden, nicht aber die Mühen und Gefahren des ständigen Lavierens auf spiegelglattem Boden. Sie sehen nicht, wie leicht es ist, zermalmt zu werden von Kabalen, in Ungnade zu fallen wegen eines falschen Zungenschlags, eines nicht oder eines zuviel gesagten Wortes, sie sehen nur den Dreck am Stecken. Freilich – wenn man nicht gelten läßt, daß etwas Schlechtes sich zum Guten wandeln kann, so es nur einer guten Sache dient – dann hab ich allerdings gelogen, geheuchelt, verraten, intrigiert, hab bestochen und mich bestechen lassen, hab die Poesie entweiht, indem ich Verse selbst auf Hunde schrieb, wenn diese und das Honorar nur fürstlich waren, par exemple: Über den Tod Wachtelchens, Seiner Kurfürstlichen Durchlaucht schönen Hündchens, welches Carmen solcherart den Herrn besingt:

Und wir sehen aus der Tat,
Was denn ein treuer Mensch bei ihm zu hoffen hat,
Wie sehr man streben soll (kann dies ein Hund erwerben),
In Friedrichs Gnad und Huld zu sterben . . .

Ich hab mich auch in Königsberg vor nunmehr dreißig Jahren – so unvermerkt, als es nur ging, wie es in der Ordre hieß – des Barons Piccinardi bemächtigt, der sich als kaiserlicher Agent im Hause Radziwill ausgab und die brandenburgischen Geschäfte dort erheblich störte, ja, ich habe mich ihm ganz freundschaftlich genähert, hab manchen Ball mit ihm im Ballhaus dort geschlagen, bis ich seines Vertrauens sicher war und ich ihm meine Chaise schicken konnte, in die er ohne Argwohn stieg und die ihn nicht zu einer herrschaftlichen Tafel, wie ich ihn wissen ließ, sondern geradenwegs zur Festung Pillau brachte, woraus er niemals wieder fortgekommen – eine wichtige Aktion im Dienste des Großen Kurfürsten zum Nutzen Brandenburgs, für die ich (und für weitere erfüllte Ordres) zwei Jahre später den Adelsbrief erhielt, worin es unter anderm hieß, daß ich mich des adeligen Standes durch viele rechtschaffene, herzhafte und einem jeden tugend- und ehrliebenden Gemüte wohlanständige (sic!) Actiones mehr als würdig gemacht. Und wenn man in Brandenburg etwas Unanständiges hochanständig nennt, hat es schon seine Richtigkeit, sofern es Brandenburgs Interessen dient. Das habe ich vollbracht, freilich, freilich, und noch mehr, es ist, schau ich zurück, fürwahr eine stattliche Summa von Säuischem, wenn man so will, doch wenn schon säuisch, so besteh ich drauf, solches unter Säuen in einer saustallgleichen Welt zu sein, im Grunde nur ein kleines Ferkelchen, unschuldig da hineingeboren und wehrlos den mächtigen Sauen von Welt ausgeliefert. Enfin, ich glaube nicht, ein Beispiel, ein gottgefällig reines Leben könnte dies irdisch Jammertal zum Paradiese modeln. Und wenn, wieso dann ausgerechnet meins? Es ist doch letztlich alles eitel.

Und gleichwohl hab ich viel Gutes auch getan, wobei ich, nebenbei bemerkt, alle Taten, die ich im Dienste eines Herren tat, durchaus zu meinen guten rechne, weil eine der höchsten Tugenden hierzunieden die unbedingte Treue ist, der Gehorsam und die Pflicht. Denn wie heißt es doch so schön im zweiten Brief des Petrus: Ihr Knechte, seid untertan mit aller Furcht den Herren, nicht allein den gütigen und gelinden, sondern auch den wunderlichen. Auch den wunderlichen, so steht es schwarz auf weiß im Buch der Bücher! Doch kann ich selbstverständlich hier auch vieles nennen, was jedermann ohne weiteres Überlegen als gut bezeichnen wird: So hab ich vielen Menschen Trost gespendet durch meine einfühlsamen Leichgedichte bei Todesfällen naher Anverwandter, auch war ich meiner Kühleweinin treu, bis sie der kalte Tod leider viel zu früh von meiner Seite riß, ich habe auch mit meiner Dichtung und Gelehrsamkeit nicht wenig dazu beigetragen, daß die deutsche Sprache den Weg vom Schwulst der Schlesier hin zum klaren Ausdruck der Natur beschritt, ich habe für die deutsche Sprache so manchen Strauß gefochten, auch da, wo es durchaus nicht ratsam war, bei Hofe nämlich, wo das Französische das Deutsche noch immer an die zweite Stelle setzt, so als ich der Kurfürstin Sophie Charlotte von Brandenburg ein Carmen in deutscher Sprache dedizierte, das ihr ziemlich geradeheraus die Meinung sagte, finde ich:

Noch hat die deutsche Poesie
Vor dir, Durchlauchtigste Sophie,
Sich nimmer dürfen sehen lassen . . .

Ich habe den gelehrten fruchtbringenden und deutschübenden Gesellschaften von meiner Position bei Hofe so manches Mal den Rücken ausgesteift, so, wenn ich wider jene elenden Autoren schrieb, die ohne Not, will heißen, weil die deutsche Sprache eine der ältesten und vollkommensten Grundsprachen ist, in der man alle Sachen kurz, zierlich und lebhaftig, auch nach Bewegung des Herzens ausdrücken kann: im Ernst mannhaft, im Scherze kurzweilig, in der Liebe zärtlich, in der Traurigkeit bewegt, in jedem Affekt anders und mit einem besondren Klang, kurzum, ich schrieb gegen jene, die ohne Not ihre edle Muttersprache durch das Einmischen französischer, lateinischer und italienischer Brocken entstellen, so daß die Sprache mehr einem aus Lappen zusammengeflickten Bettelmantel gleicht als einem einträchtigen Gewebe, wie gegen jene Schriftsteller, die kaum ihre Sprache verstehen und doch alles gedruckt sehen wollen, sobald es nur im Sinn der Obrigkeit geschrieben und von daher Billigung erhält trotz allem Mangel an Kunst und Sprache. Jawohl, dafür hab ich männiglich gefochten, wenn auch höflich, ohne jemals Namen preiszugeben, und bar des blinden Eifers der Puristen, die jedes fremde, doch inzwischen wohlverstandene Wort mit Gewalt verdeutschen und zu den erschröcklichsten Wortungeheuern modellieren. Auch hierbei war ich, wie man sehen kann, ein Mann des Ausgleichs mit Charakter. Auch hab ich manch Bedürftigem, der an meine Türe klopfte, mit Rat und Tat brav ausgeholfen, hart war ich nur gegen mutwillige Straßenbettler, die ihr Elend gar zu schamlos präsentieren und lediglich zu faul zur Arbeit sind. Ich habe stets in meinem Leben die eigenhändig aufgestellten Moralmaximen wohl befolgt, ich habe meinem Herrn, war er nun Preuße oder Sachse, jederzeit getreulich angehangen, habe ihn als einen Vater und den Dienst für ihn immer als den Dienst an Gott angesehen, habe mich weder zu des Herrn Geheimnissen noch zu großen Ämtern gedrängt, habe aber jene, wenn ich derer teilhaftig geworden, sorgfältig verschwiegen und diese, so mir mit etwas Nachhelfen zugefallen, mit aller Emsigkeit ausgerichtet, habe keinem anderen in seinen Beruf Eingriff getan, bin allzeit mit fröhlichem Gesicht vor dem Herrn erschienen, auch wenn mir gar nicht danach war, habe ihm nimmer zu etwas Bösem geraten, wenn es zu vermeiden ging, keinen bei ihm verkleinert, der nicht meine Kreise störte, habe darüber hinaus allen Geldgeiz und Eigennutz, soweit es eben ging, vermieden, ohne mich jedoch zu schämen, meine Besoldung immerzu um ein etliches zu heben, wobei ich mich fast ausschließlich der Dichtkunst und meiner edlen Schreibart bediente und nur dann für eine Gefälligkeit von einem Ordensritter oder Ambassadeur ein Geschenk annahm, wenn es mir gewissermaßen aufgedrängt wurde und das Ablehnen eine Brüskierung mit diplomatischen Folgen geworden wäre, manus manum lavat.

So will ich denn mit heutgem Tag den bisherigen eine neuerliche gute Tat anfügen, indem ich eine Petition für einen kleinen Silberschmied entwerfe, der mich darum gebeten, weil er des Schreibens nicht sehr kundig ist, also schreib ich dergestalt: Allerdurchlauchtigster, Allergnädigster Herr, Eurer Königlichen Majestät danke ich hierdurch nochmals in aller Untertänigkeit, daß dieselben mir nunmehro erlaubet, allhier mein Gewerbe auszuüben, nachdem mir aber das nötige Quartier fehlt, ersuche ich Eure Königliche Majestät hierdurch alleruntertänigst (das Wort kann in derlei Bittgesuchen auf keinen Fall zu oft erscheinen), die allerhöchste Königliche Gnade für mich zu haben und vermittelst Erteilung Dero allergnädigsten Befehl an den allhiesigen Stadt-Magistrat zu verfügen, mir zu meinem und meiner Familie Unterkommen ein genugsam geraumes Quartier, meinem Charakter gemäß en miniatura (Bescheidenheit ist eine Zier, dachte ich bei mir, besonders wenn es um eine Wohnung geht), anzuweisen, für welche hohe Königliche Gnade ich in tiefster Submission mein Leben lang verharre, Euer Königlichen Majestät alleruntertänigster Knecht . . . und so weiter. So wird dem Mann geholfen sein. Ich werde dieses kniefällige Papierchen am Abend beim Souper dem Grafen Wackerbarth zustecken, auf daß es dieser dem Serenissimus vor die königlich-kurfürstlichen Augen bringen mag. Was tut man nicht aus reiner Nächstenliebe! Denn diese kleine Nadel fürs Jabot kann man nicht als Bezahlung gelten lassen, auch wenn sie aus purem Silber ist.

Letztendlich ist der Günther auch so einer, der auf meine Güte baut und hofft, daß ich ihm helfe, und ich bin dazu auch gern bereit, ganz unentgeltlich, weil er ohnehin nicht viel mehr als nichts besitzt, doch nicht ganz ohne Gegenleistung, wovon er allerdings nichts merken wird, da er mir nützt, indem er unter meiner Federführung sein Talent hier hören läßt und ergo mir der Ruhm gehört, ihn an den Hof geholt und für seinen Zweck geformt zu haben.

Das Formen ist auch das Problem, doch sollt ich die Erfahrung nutzen, die mir in diesem Falle rät, daß es weit ehrenvoller, einen solchen Widerborst zu zähmen, als einem Speichelschleck die Bahn zu ebnen. Ein Schaf, dressiert, wird kaum viel Beifall finden, jedoch ein Tiger, der seine Kraft behält und trotzdem aus den Händen frißt. Was ich gut brauchen kann, ist ebenjene ungestüme Kraft, die naturellement vor der Dressur die Zähne bleckt, ich muß das Wilde nur recht beharrlich domestizieren. Das Futter ist der schwache Punkt bei jeder Kreatur, der Kopf ist ohne wohlversorgten Magen, der jenen durch die Säfte nährt, wie eine wurzellose Blume, die bald die Blütenblätter fallen läßt. Und wenn das Futter hier untauglich, so wird – handelt es sich doch nicht nur um eine vernunfbegabte, sondern um eine nachgerade vernunftbegeisterte Kreatur – ebendie Vernunft herhalten müssen, die wird der junge Feuerkopf ganz sicher akzeptieren: Vernunft freilich definiert als Einsicht in die Dinge, die nicht zu ändern sind, Vernunft und Tugend als probate Mittel, um in der Welt voranzukommen. So lehren's doch die hochverehrten, neuen Moralisten. Ein Dummkopf – der sich nicht der Zeit bequemt! Ein Narr – der mit Vivat in sein Verderben rennt! Moralisch edel der Märtyrer, doch jämmerlich allein im Tode! Was also soll der Widerspruch? Wozu der kluge Kopf, wenn er nicht in der Lage ist, den Körper ohne größere Blessuren durchs ohnehin zu kurze Leben zu manövrieren? Ubi bene, ibi patria, mein Vaterland ist, wo es mir gut geht, Punktum, das ist der höchste Gipfel der praktischen Vernunft.

Und vernünftig ist es auch, wenn ich die Schritte der Dressur möglichst genau zuvor bedenke. Zum ersten muß Günthers äußere Erscheinung den Normen hier entsprechen, wozu ganz ohne Zweifel die Ausstaffierung zählt: Gleich morgen werd' ich ihn zu einem Schneider allhier schleppen. Sodann gehört dazu das Erlernen der Manieren, zu welchem Zweck ich eine der galanten Dirnen engagieren werde, ein Brieflein geht noch heut per Müllerin in das Lusthaus der Madame. Als drittes schließlich, das nach außen dringt, ist die Sprache hier zu nennen, die freilich in der Residenz und zumal bei Hofe viel eleganter ist als in Leipziger Studentenkreisen. Der Ton macht die Musik, wie der Franzose sagt. Ein und derselbe Satz kann hier, mit unterschiedlicher Melodie gesprochen, sehr Verschiedenes meinen, es gibt da Klippen, Löcher, Strudel und verdeckte Fallen, von denen ein naiver Geist nichts ahnt, auch gibt es eine ganze Zahl von Wendungen und Worten, die an bestimmten Stellen einer Rede stehen müssen, weil allein schon deren Fehlen üble Folgen haben kann, wie überhaupt die Kunst zu lernen ist, mit Worten eine Meinung zu vertreten, die nicht die eigne Meinung ist und doch so klingt, als ob sie's wäre. Diese Geschmeidigkeit des Ausdrucks kann der Günther, wenn er versteht zu hören, ganz en passant von mir erlernen. Ich hoffe nur, er will verstehen und sieht ein, daß alles nur zu seinem Besten von mir inszeniert, wenn nicht, muß ich ihn wohl zu seinem Glücke zwingen. Sodann wird er einige Lektionen in Moral sehr nötig haben, die ihn von seinem hohen Rosse steigen und erkennen lassen, daß Dienen, Obrigkeit und Standesunterschiede gottgewollte Dinge sind.

Das schwierigste wird sein, seine Poesie zum Geschmack des Hofes zu bekehren. Er muß es lernen, das zu loben, was zu loben angeordnet wurde, und von dem zu schweigen, wovon zu reden oder schreiben nicht sehr ratsam ist. Zwar kann man sich im Denken wie im Dichten teilen, indem man öffentlich die gewünschte Maske trägt und innerlich das Seine denkt, doch ist es weit gesünder, das auch innerlich zu glauben, was man, um zu leben und zu überleben, sagen muß. Die Spaltung in ein Innen und ein Außen nutzt auf die Dauer ungebührlich ab, und es ist schon manchem so ergangen, daß er die beiden Dinge in einer schwarzen Stunde verwechselte und öffentlich von Dingen sprach, wovon er nur im Innern denken wollte, welcher Irrtum meist für den, der irrte, nicht sehr erfreulich endete. Auch hat man schon gehört, daß Menschen aufgrund dessen krank im Kopf geworden sind. Die Nachwelt? Ach, mein Gott, die ist vergeßlich, man strebe nur danach, soviel Ruhm als möglich zu Lebzeit anzuhäufen, weil dieser Glanz oft länger währt als alle wahre Kunst! Man kann vom Nachruhm träumen als einem Preis, den uns die Zeit für redliches Bemühen schenkt, man kann ihn aber auch vorherberechnen und mit Witz befördern, indem man in seiner Zeit so hoch aufsteigt und in der Nähe jener Männer ist, die namentlich Geschichte machen, daß unsre Nachgeborenen uns bei der Rückschau partout nicht ignorieren können. So jedenfalls seh ich die Sache, und es wäre zweifelsohne gut, wenn Günther sie auf ebendiese Weise sähe, gut für ihn und gut für mich.

So weit war ich mit meinen Überlegungen gekommen, als

mir der Monsieur Délateur gemeldet wurde. Ich ließ ihn ein und bot ihm einen Platz in meinem Bücher-Saale, er aber zog, kaum daß er saß, aus einer Tasche seines Rocks die Abschrift eines Briefs von Günther, den dieser gestern aufgesetzt und heute früh der Post nach Schlesien anvertraut.

Hört, edler Herr (sagte Monsieur Délateur und las mir auszugsweise vor), was dieser G. da schreibt: An Herrn Johann Gottfried Hahn in Breslau ... In Dresden hier sind Laster, Ruhm und Mode, die Greise treiben Büberei, die Jugend ist im Kopf vergreist und hascht nach Sicherheiten ... Die Wahrheit treibt man aus dem Lande, die Unschuld macht man vogelfrei, die Obern saufen Blut und Tränen, der Reiche scharrt, den Bauch zu füllen, einer ist des andern Teufel, es wuchern Polizei und Amt ... Ist das nicht unerhört, Monsieur? Doch auf diese Weise geht es lustig weiter: Hier heißen viele Herr und sind doch alle einem untertan ..., und abgeschlaffte Greise halten sich für über alle Maßen schlau, wenn uns allein die Not zu ihnen zwingt ... Ich bin ein wenig müde, Freund, der Helden Ruhm in Versen hochzuziehen, mein Satyr möcht viel lieber dem Auge späterer Zeiten den Lauf, die Lebensart und Laster unsrer Zeit ausbreiten. Am Pindus sitzen Leute, die machen nur gelehrten Wind ..., kolossale Frechheit, kolossale, doch hört, es wird noch besser: Offenbare Toren ..., ja, so steht es hier ..., offenbare Toren regieren Volk und Stadt und pressen jeden Stand. Wahrlich eine Schande ist unsere Zeit im Auge der Nachwelt, keine Achtung vor den Musen, keinen Sinn für klassische Bildung, wirklich alles in Zerrüttung ... Das, Herr Kriegs-Rat, ist Verleumdung, Hetze, Niedertracht! Die Wahrheit, schreibt der G. ein wenig weiter unten, die Wahrheit geht am Bettelstab, und jene, die in Samt und Seide gehen, sind voller Furcht, bei einem Wort die Pfründe zu verlieren, sie leben gut, doch werden bei der Bürde ihres Dienens des Lebens kaum gewahr ... Hab ich kein Gold und Geld, entbehr ich auch der Furcht, mein Schatz ist ohne Last: die Poesie. Kein Modegruß verkürzt die süße Morgenruh, nichts stört mich an dem Flusse, wo ich den Versen in mir lausche ... Ich greife nicht nach irgendeiner Macht, ich will in dieser Stadt mein Glück erzwingen, es gaukeln Reichtum, Stand und Pracht, ich wünsch mir Ruhm und etwas Geld, jedoch – die Kunst zuvor! Lies, teurer Freund, zwischen all den Worten, was deinen Günther allhier kränkt, und melde Dich bei mir, wenn Du durch Dresden kommst ... Briefende. Sehr aufschlußreich. Man sieht: ausschließlich Schattenwerk. Im Schlechten wühlen. Das Schöne übersehen, unterschlagen.

Monsieur (so warf ich ein, um seine Folgerungen etwas abzumildern, wobei mir keine Ruhe ließ, wen Günther wohl mit den abgeschlafften Greisen meinen mochte), es ist nicht gerade selten bei den Dichtern, daß sie das Unvollkommene nur deshalb so scharf sehen, weil es sie schmerzt, weil sie im Grunde das Schöne allerorten sehen möchten. Es ist nicht Vorwurf, sondern Sehnsucht, nichts, was die Polizei zu ahnden braucht.

Wie aber (sagte Monsieur Délateur), wenn es erwiesen ist, daß dieser so nach Schönem sehnsuchtsvolle G. wider das Edikt gegen die Durchhelfung der Deserteurs verstoßen hat? Auf seinem Weg hierher hat er einen solchen nämlich nicht nur nicht angezeigt, sondern ihm mit ein paar Gulden ausgeholfen. Der Kerl ist arretiert und hat's, wenn auch nur bei der Folter, gestanden. Dies würde völlig reichen, um den G. erst einmal festzusetzen.

Seid nicht so streng mit ihm (sagte ich), er hat es nicht gewußt. Poeten sind oft recht naiv, was böse Machenschaften anbetrifft, sie sind nicht so darauf geeicht wie die Politiker.

Unkenntnis (sagte Monieur Délateur) schützt vor Strafe nicht.

Gewiß, gewiß (beeilte ich mich einzuwerfen), doch selbst wenn es dem G. bewußt gewesen wäre, könnt man ihm noch zugute halten, daß er es nur aus Mitleid tat.

Herr Königlicher Rat (sagte Monsieur Délateur und lachte, als ob er mir etwas zu verzeihen hätte), Ihr braucht den G. nun wirklich nicht mit allen Mitteln zu verteidigen. Noch ist er gar nicht angeklagt. Ich sammle Fakten und geb Bericht nach oben. Dort wird dann ohne mich entschieden, ob ein Verhaft geraten ist. Doch nun zu uns, Monsieur de Besser, Ihr habt mich wissen lassen, Ihr seid an allem interessiert, was diesen G. betrifft ...

Lediglich zu meinem Schutze (sagte ich), nicht, um dem G. zu schaden. Ich möchte mir auf keinen Fall eine Laus mit eigner Hand unter die Perücke setzen.

Eure Gründe, hoher Herr: Eure Sache: Der G. gehört in mein Ressort. Euch Bericht zu geben, verstößt gegen jede Vorschrift meines Amts. Hoffe, Excellenz werden das zu honorieren wissen. Das Geld bar auf die Hand, keine Quittung, keine Zeugen, nichts. Die Sicherheit des Landes und des Hofes, der ja nichts andres als das edelste Organ des Staates ist und also ganz besonders schutzbedürftig, die Sicherheit erfordert es, daß alles streng geheim geschieht. Zumal in dieser Zeit, da dieses kolossale Fest in ein paar Wochen verschärfte Sicherheitsvorkehrungen auch unsrerseits erfordert. Ihr versteht: die vielen fremden Gäste, die Fürsten dieser Welt, mancher ungeliebt von seinem Volk, das viele Geld, der Schmuck, die Diamanten hier in dieser Stadt, die vielen Untertanen, die mit ihrer Neugier zugleich den aufgestauten Unmut in die Mauern schleppen, so daß wir auch Emeuten vorzubeugen haben. Was glaubt Ihr, weshalb so viel Soldaten längs der Gassen aufmarschieren werden?

Um den Glanz zu heben (sagte ich), um mit den schönen Uniformen Farbe und Frohsinn in die Stadt zu tupfen.

Ja, natürlich (sagte er), genau so soll es wirken. Doch zurück zu unserm G. Was wollt Ihr nächstens von ihm wissen?

Was er in diesen Mauern treibt.

Nun gut, das observier ich ohnehin.

Und was er schreibt (sagte ich und war etwas geniert), ich meine, allein auf seiner Stube.

Verstehe (sagte er), Kopien auch von den Gedichten, nicht nur von den Briefen. Ich habe auch in Leipzig angefragt, was man dort über diesen G. gesammelt hat. Das wird demnächst per posto in meinen Händen sein.

Wir hatten damit alles durchgesprochen, was durchzusprechen war, und der Kerl hätte nun den Abschied von mir nehmen können, doch bat ich ihn, auf einen Coffee noch zu bleiben, wer weiß, welch Teufel mich da ritt: War es die Vorsicht, seine Sympathie zu sichern, oder war's die Neugier, die uns Künstlern nun mal eigen ist? Gleichviel, ich fragte ihn nach seiner Herkunft, seiner Arbeit, seinen Chefs, und bald schon – die Müllerin servierte unterdessen das Gewünschte – entstand eine Vertraulichkeit, der das Komplicenhafte fehlte, obgleich wir doch Komplicen waren.

Ich merkte bald, er war ein heller Bursche aus der Unterschicht, der wie ich von Preußens Hofe kam, das heißt, er mußte fliehen, weil er, dort bei der Steuerprüfbehörde angestellt, einem Adligen erheblichen Unterschleif nachgewiesen hatte, ohne zu bedenken, daß dieser ganz privatim seinem Chef verbunden war. Er kam nach Sachsen, und hier war man so klug, sich der Kenntnisse zu bedienen, die er von Preußens Innenleben hatte. Enfin, er wurde angestellt bei der Geheimen Kabinetts-Kanzlei mit Georg Graf von Werther an der Spitze, dem als Geheimem Kabinettsdirektor die Polizei im ganzen untersteht, gefolgt von General von Gersdorf, Herrn von Bünau und schließlich Herrn von Alemann, dem Monsieur Délateur direkt zugeordnet ist. Das Ressort des Herrn von Alemann überwacht die Künstler und Gelehrten in Sachsen und in Polen, wobei Monsieur Délateur speziell die Dresdner Künstler im Auge zu behalten hat, sowie alle Kandidaten für den Dienst im Staate und bei Hofe. Als ich fragte, wer zu den Observierten gehöre, sagte er ganz lapidar: alle, zählte dann jedoch einige der Namen auf. So die Werkstatt des Hofjuweliers Dinglinger, wozu dessen Bruder, der Emailleur Georg Friedrich und die vierzehn Gehilfen zählten. Permoser und seine Mitarbeiter Benjamin Thomae und Christian Kirchner. Die dichtenden Damen allhier, so die von Ziegler, die von Ponigkau, dazu die hochbegabte Jungfer Walther. Die beiden Italiener Alessandro und Girolamo Mauro, der Hofmechanikus Andreas Gärtner, den man den sächsischen Archimedes nennt. Die Hofsilberarbeiter Irminger, Gerbeck und Ingermann, der Bernstein- und Elfenbeinschnitzer Krüger, der Hofmaler Louis de Silvestre, der Bildhauer Coudray und der kürzlich angereiste Jean Josephe Vinache. Pöppelmann und seine Mitarbeiter. Die Wernerin, letztlich hier berufen als Kupferstecherin bei Hofe. Dazu die Goldmacher, die ebenfalls als Künstler gelten, doch meist den Kopf dabei verlieren, wenn es ihnen nicht wie dem Böttger gelingt, etwas anderes zu finden, was fast so gut wie Gold – so der Baron von Klettenberg, ein Malefiz von Adel, der längst schon hingerichtet wäre, wenn ein Galgen nicht so schlecht zum Jubelfeste passen würde. Zu den Klienten zählen außerdem die italienischen Sänger und die französischen Tänzerinnen, dazu die Verleger Stößel und Mieth mit ihren Druckereien . . ., es würden an die hundert werden, wenn alle hier mit Namen stünden, mir fehlte in der stolzen Reihe eigentlich nur einer: meiner.

Wieso der Ihre, Monsieur de Besser? (fragte Monsieur Délateur, als ich ihn vorsichtig darauf aufmerksam machte). Seid Ihr nicht über jeden Zweifel hoch erhaben? Oder habt Ihr Euch, was ich nicht glauben möchte, irgend etwas vorzuwerfen, was zu der Befürchtung Anlaß geben könnte?

Das war so hundsgemein und hinterfotzig ausgedrückt, daß mir fürwahr die Luft wegblieb, doch durfte ich bei dieser Kreatur keine Schwachheit zeigen (sie riechen die Schwäche wie die wilden Tiere und beißen unbarmherzig zu), ich mußte meine Position behaupten.

Monsieur (sagte ich so verbindlich wie möglich), es ist gewiß für Euch kein leichtes Amt, da Ihr, wie ich recht wohl vermute, so gut wie nichts von Kunst versteht?

Das ist, Herr Königlicher Kriegs-Rat (entgegnete er ruhig), auch nicht vonnöten. Die Kunst betrachte ich auf meine Weise. Mit wachem Auge. Da bin ich Fachmann. Das genügt. Da kann einer etwas noch so gut in seinem Werk verstecken, ich finde es auf jeden Fall heraus. Gemälde sind für mich nicht mehr als eine Fläche, bekleckst mit Farbe. Sie sind für mich nur dann interessant, wenn ich unbotmäßige Details entdecke. Desgleichen ein Gedicht: nichts als eine Summe hintereinander- und untereinandergeschriebener Wörter, bei denen ich ausschließlich darauf sehe, daß kein Wort und kein versteckter Hintersinn darin enthalten, welche Majestät und Sachsen schaden könnten. Genuß an Kunst? Wieso? Kann man die essen oder trinken? Genuß allein gibt das Gefühl, etwas entdeckt, jemanden überführt, seinem Amt gedient zu haben. Kolossaler Genuß, schlauer als die schlauen Herren Künstler noch zu sein! Angenehm, heimlich Macht zu haben über Menschen, die mich gewiß für das verachten, was zu tun nun einmal nötig ist. Es ist dies ein Gefühl, das mich für manche Schmach der niederen Geburt entschädigt. Ein erhebendes Gefühl, Monsieur!

Ganz nebenbei, so offenbarte er, überprüft er noch die Kandidaten für den Hof- und Staatsdienst, worunter eben jetzt der Günther ist. Von einem jeden wird zu diesem Zwecke eine Akte angelegt, die alles fein vermerkt, was er bis jetzt getan, insonderheit die Handlungen, die etwas Widerspenstiges erkennen lassen. Sodann wird vor einer Kommission eine strenge Befragung durchgeführt, in der die Kandidaten sich zu jenen dunklen Punkten in der Akte äußern müssen, sich glaubwürdig von ihnen distanzieren und fortan treue Pflichterfüllung schwören dürfen, um, à la fin, den Notulus juramenti zu unterschreiben: Ihr sollet geloben und schwören, daß ihr dem Allerdurchlauchtigsten Großmächtigsten Fürsten ... und so weiter ... unbedingte Treue und Gehorsam ... und so weiter und so fort, an welchen Eid die Offizianten dann ein Leben lang gebunden sind.

Dagegen ist nichts einzuwenden, ist jeder Landesfürst doch daran interessiert, nur solche Diener einzustellen, die, einem Infanteristen auf dem Exerzierfeld gleich, jedes seiner Kommandos auf der Stelle und ohne Murren stracks vollziehen. Die Diener ohne eignen Kopf wird es so lange geben müssen, wie es die Allgewalt als solche gibt, so lange wie die Völker ganz oben einen großen Kopf für nötig halten, der für sie alle denkt und folglich alle anderen als seine Glieder nur betrachtet, die seinen Willen auszuführen haben. Was andres wäre allerdings, wenn jeder seinen eignen Kopf behielte und sich die vielen mit Vernunft auf etwas einigten, was ihrem Willen ganz entspräche ... Doch wovon schreib ich hier? Was laß ich mich verführen zu Gedanken, die, wenn sie Monsieur Délateur erriete, böse Folgen haben könnten? Doch er, gottlob, erriet nicht eine Spur davon, zu sehr hab ich die Mimik durch die lange Zeit bei Hofe unter völliger Kontrolle.

Er erzählte unterdes, erstaunlich kritisch, wie mir schien, von der Kanzlei: Sie sei zu desorganisiert, zu viele hätten dreinzureden, auch sei zu wenig Personal vorhanden, die Räume reichten nicht, sich weiter auszudehnen, was aber dringend nötig sei, man sei am Anfang ganz und gar. Doch immerhin, es gäbe schon die ersten Akten über verdächtige Personen, wenngleich bislang nur über hochgestellte, weil diese hohen Schaden stiften können, nicht solche über kleine Leute, was aber unverzichtbar nötig sei. Auch die Technik des Observierens sei noch sehr primitiv, zwar könne man schon Briefe öffnen, ohne daß es jemand merke, Siegellack und Klebstoff jeder Art seien kein Problem. Man könne lauschen hinter Tür und Wänden, Vorhängen und Fenstern, doch sei dies alles keineswegs perfekt, obgleich es eigens dafür erfundene Dinge gäbe, so die Ochsenaugen und raffiniert angebrachten Schmuckelemente in Decken und an Wänden, die nichts weiter als verdeckte Lausch- und Späheinrichtungen wären. Auch sei es kein Problem, jedwedes Schloß ohne große Müh zu öffnen, doch reiche dies bei weitem nicht, um wirklich alles aufzudecken.

Ich goß dem Monsieur Délateur ein Täßchen Coffee nach, der dies jedoch nicht zu bemerken schien und eine Vision entwarf, die mich erschauern machte, ihn aber ganz offensichtlich so erregte, daß er die Welt um sich vergaß. Ein phantasiebegabter Mensch in dieser Kanzlei – man staunt, was es nicht alles gibt!

Die Zukunft (rief er mit Emphase aus), die Zukunft wird uns Großes bringen! Wir überwachen alles und jeden und haben eine Stelle, wo die Fäden zusammenlaufen, daraus dann der Strick gedreht wird für die Überführten! Eine Kartei mit Akten über jeden, man geht hinein, nimmt einen numerierten Aktendeckel, schlägt nach und hat den Übeltäter mit allen seinen Daten! In jedem Haus eine Lauscheinrichtung. Keiner wird sodann entkommen! Jeder wird gefaßt! Alle abgeurteilt! Die Ordnung hat gesiegt! Freilich ist der Überwachungsapparat riesengroß, eine Geheim-Armee, straff organisiert. Zuschlagend, doch unschlagbar. Sehend, doch unsichtbar. Eine kolossale Macht! Doch dann, Monsieur, ich bin noch nicht am Ende, wird ein weiterer Schritt vollzogen werden müssen, weil dieses Heer so ungeheure Mittel kosten wird, daß die kein Land auf Dauer tragen kann. Wenn alle Landeskinder haben spüren müssen, daß jedes Aufbegehren unnütz ist, kann man nunmehro dazu übergehen, jeden durch jeden observieren zu lassen. Den Nachbarn durch den Nachbarn. Den Vater durch die Mutter. Die Mutter durch die Kinder. Die Masse der bestallten Visitatoren und Häscher kann indes entlassen werden. Sie verrichten nun die Arbeit, die das Land auf solche Weise blühen läßt, daß alsbald allerorts Zufriedenheit in alle Seelen zieht. Alle Einwohner dieses glücklichen Reiches sind nämlich so vernünftig, jede ihrer Verfehlungen und allein schon den Gedanken an eine solche höchstselbst am eignen Leibe zu bestrafen! Geißeln und Schlösser werden jedermann kostenlos bereitgestellt. Die Kanzlei ist überflüssig, sie löst sich einfach auf. Utopia! O Monsieur, wie ich die

Leute doch beneide, die einst in diesem Reiche leben dürfen! Ich brauchte nicht die Dreckarbeit für andre zu tun – ein Traum, für den es sich zu leben lohnt!

Ihr seid, gestattet mir das Kompliment, ein Philosoph, Monsieur (sagte ich, um dem Kerl zu schmeicheln, wiewohl sein Tagtraum mir eine Gänsehaut bescherte), Ihr werdet ganz gewißlich avancieren.

Was aber, dachte ich bei mir, wird geschehen, wenn sich sein Traum erfüllt, wenn wirklich so ein Amtsmoloch entsteht? Wird er sich nicht verselbständigen, nicht immer weiter blähen wie ein Drache, dem ständig neue Köpfe wachsen, wird er, nur um sich zu beschäftigen, nicht Fälle schaffen, wo sich keine finden lassen? Würde er die Lage nicht sehen, wie er sie brauchte? Beschönigend, wenn zu befürchten stand, daß die Obrigkeit die wahre Lage ihm als sein Versagen berechnen wird, verschlimmernd, wenn es darum ging, härter durchzugreifen und sich selbst auf die Weise mehr Bedeutung, Personal und Geld zu sichern? Sei es, wie es immer sei, es wird gewiß nicht meine Sorge sein, mir wird das mehr als zweifelhafte Glück, in einem solchen Utopia zu leben, kaum mehr beschieden sein.

Mir schien, mein Monsieur Délateur war justament damit beschäftigt, sich zu schelten, weil er so unbedacht sein Innerstes nach außen kehrte, doch ich beruhigte ihn mit ein paar ausgesuchten Worten und gab ihm überdies blumig zu verstehen, daß es Zeit für ihn zu gehen sei, da ich mich vorbereiten müsse, um mit, der Name fiel nicht ohn Bedacht, Graf Vitzthum zu soupieren. Ich sah bei Nennung dieses Namens genau die Wirkung, die in meiner Absicht lag: Ehrfurcht und Servilität überzogen sein Gesicht. In diesem Zustand konnte ich den subalternen Polizeispion getrost von dannen ziehen lassen, die Unterschiede zwischen ihm und mir waren genugsam wieder hergestellt.

Als dieser mich verlassen hatte, rief ich die Haushälterin zu mir und wies sie an, die Kleidung fürs Souper zu bringen: die Schuhe mit den Silberschnallen und den hohen Hacken, den Hofrock mit dem grünen Futter, die braunen Kniehosen mit der gelben Borte, die Karreeperücke, die grünen Strümpfe und die grünviolett changierende Seidenweste, alles fein säuberlich gebürstet, aufgebügelt und parfümiert, noblesse oblige, Adel verpflichtet, insbesondere der des Geistes und des auserlesenen Wohlgeschmacks. Die Müllerin war wenig guter Laune, als sie das Gewünschte brachte, und ich sie bat, mir bei der Toilette mit zarter Hand zu helfen. Ihr Unmut staute sich so sichtbarlich, daß ich nicht lang zu warten brauchte, bis sich die schmal gewordenen Lippen dem Druck nicht länger widersetzten und der Worte Schwall aus ihrem Mund floß.

Muschee (so fing sie an zu schimpfen), Ihr habt ja dadermit nischt zu schaffen, aber ich muß täglich jeden Groschen zweemal wend'n, und ich sag Euch, das Zeugs wird täglich alles teurer, das Brot alleene kost dreimal soviel wie vor acht Wochen, Fleesch sieht mer nur noch selt'n, beim Fleischhakker heißt's: Willste Fleesch? Greif der na der Nos! Fisch, Grünzeug, Brot, reeneweg alles is in Schmaletäten gekommen, der Wochenmarkt fällt künftig auch noch aus, weil auf dem Marktplatz für das Fest gerüstet wird, die Viktualien sind so knapp, mer steht die Beene in'n Bauch, um was zu ergattern! Ja, Ihr! Ihr steckt die Beene untern Tisch und fragt nich, wie ich mich dafür abmarache, was Ihr da täglich eßt, mit einem Wort: Ich brauch mehr Kostegeld, sonst streich ich den Coffee! Ich brauch im Monat fuffzich Taler mehr!

Fünfzig Taler! Sechshundert für das Jahr! Das sagt sich leicht daher, doch woher nehmen und nicht stehlen, wenn das Salär im Jahr nur 15 Hunderter beträgt? Was denkt die gute Frau, bin ich etwa Krösus? Im Gegenteil, meine Besoldung ist beschämend niedrig bei meinem Rang und den Verdiensten, zumal ein Hof-Lakai das gleiche ausgezahlt bekommt. Ich — auf einer pekuniären Stufe mit den Lakaien! Darf man da nicht bitter sein? Ja, in Berlin zu meinen guten Zeiten, da hatte ich zudem das Futter für sechs Pferde, dazu noch Adjuta für Quartier und Kost, die frischste Quelle aber waren die Gedichte, die mir bestimmt pro Jahr noch einmal zehn- bis zwanzigtausend brachten. Und hier in Dresden? Schmeichelhafte Worte, die nichts kosten, doch kaum ein Privileg, wie es die Oberen sich ständig selbst verleihen. Es ist fürwahr ein Kreuz, weil unsereiner kaufen muß, wo auch der bürgerliche Pöbel kauft, während die Chargen ganz hoch oben, zu denen ich, Gott sei's geklagt, in Dresden nicht gehöre, kaufen lassen in den eigens ihnen reservierten Lagern der Herren Hoflieferanten, wo alles, was die weite Welt an Köstlichkeiten bietet, in reicher Auswahl zur Verfügung steht: Ortolanen aus Italien, Käse aus Frankreich, Wein aus Spanien, Tuch aus England, türkischer Honig, Fisch und Krebsgetier aus Dänemark, Naschwerk von den Polen, Ananas, Orangen und Zitronen, Fleisch vom Rind, vom Schwein, vom Schöps; Rehe, Hasen und Fasanen, dies alles, teuer eingeführt, für die Spitzen der Hofämter sowie die fürstlichen, gräflichen und freiherrlichen Personen von Geburt. Ich werde, hält die Flaute meiner Dichtkunst an, um mich weiterhin dem Stand gemäß zu nähren und zu kleiden, wohl oder übel das zum Kaufe bieten müssen, was mir um ein vieles teurer ist, als es an Geld gekostet, nämlich meine lieben Bücher, die mich auch jetzt, da ich dies niederschreibe, wie ein Schutzwall vor der rohen Außenwelt umgeben und von denen man bei Hof wohl hofft, sie nach meinem Tode ohne einen Groschen zu ererben.

Zwanzig Taler, Müllerin (sagte ich), und keinen Groschen mehr, Sie muß passabler rechnen! Sie sieht, ich gebe nach, bin Ihr gefällig, wenn ich kann, es wäre nun an Ihr, auch ein wenig konziliant zu sein.

Ach Gottel nee, wie das denn? (fragte sie) Ich hab nischt zum Verschenk'n!

O doch, Sie hat (sagte ich und tat dabei einen tiefen Blick in ihr Décolleté, das sich, weil sie sich gerade niederbeugte, um die Schleifen unterhalb der Knie zu binden, so reizend öffnete und wölbte, daß ich die schönen, großen, runden Brüste sah, die sie mir sonst so züchtig vorenthielt).

Wovon red' Ihr da? Ich versteh keen Wort! (sagte die gute Müllerin und verblieb ohne Arg in jener Stellung, die mir so tiefen Einblick gab, daß ich die Rosenknospen sah)

Höre, wie ein Dichter sagt, was so zärtlich mich bewegt: Als ich Lesbie nächst in ihrer Kammer fand, / Da sie sich überhin und schläfrig angeleget, / So schaut ich eine Brust, die schönre Äpfel träget, / Als jemals vorgebracht das reiche Morgenland. / Die Brust zog meinen Geist. / Der Fürwitz trieb die Hand zu suchen, / Was sich hier in dem Bezirk beweget . . .

Noch bevor ich meine Hand ihrem Vorgebirge der Lust nähern konnte, schon als die Brust als Wort gefallen, richtete sie sich blitzschnell auf, raffte, puterrot geworden, hastig das verrutschte Busentuch über ihre Liebesballen und stieß etwas hervor, was ihr als Haushälterin zwar nicht im mindesten zustand, doch von mir verziehen ward: Der reine Volksmund, der es sprach, stimmte mich trotz des Umstands, daß ich ihr geraten hatte, sich der feinen Sprache zu befleißigen, versöhnlich, da sie nur erregt den Dialekt benutzte, wie ich es sonst von ihr im Bette nur vernommen hatte und was mich nun traulich an vergangene Lust erinnerte.

Keene derart'schen Fisimatenten! (lauteten die Worte) Feier im Herzen bringt Rooch im Koppe!

Ach! (rief ich aus und spielte den schmachtenden Akteur) Schönste Margaris, wie war mein Geist entzücket, als deine Hand mich selbst an deine Brüste führte! Die runden Dinger sind der rechten Liebe Glut. / Was Wunder, wenn mein Geist danach so brünstig tut?

Sie aber ging auf diesen Ton nicht ein, sie reichte mir die Weste mit ausgestrecktem Arm, darauf bedacht, mich nicht zu berühren, auch suchte sie geschwind den Gegenstand zu wechseln, welch keuscher Eifer meine Gier nur um so mehr entfachte.

Habt Ihr gehört, Muschee (so fing sie an), daß vor dem Fest alle Bettler, Vagabunden, Zigeuner, Juden – natürlich bloß die ohne Geld –, alle Krüppel und die Siechen aus der Stadt getrieb'n werden sollen? Ist das recht getan von Menschen, die sich Christen nenn'n?

Die Brüste (sagte ich darauf) – sind sie nicht wie die Orangen der Südfrucht-Händler, die uns diese prallen Kugeln vor die Augen halten und uns bitten, wir sollten sie getrost betasten, um zu fühlen, wie fest und voller Saft sie seien? Das Anfassen hat man da umsonst, und geprüft muß sein bei solch teuren Dingern, was meint Ihr? Sind die lieben Kugeln nicht der Wollust erste Frucht? Sind sie nicht die Augenweide des nach Liebe Dürstenden? Und wenn Ihr auch den Busen zehnfach schnürt, / Es geschieht ihm doch, was ihm gebührt!

Es geht auch das Gerücht (sagte schnell die Müllerin und wich mir mit den Blicken aus), daß die Jesuiten unsre Kirchen an sich reißen wolln, während die kathol'sche Prinzessin ihren Einzug hält. Wozu sonst, so spricht mer auf den Gassen, soll die Bürgerschaft die röm'sche Braut vor den Toren und nicht inwendig in der Stadt begrüß'n?

Ich kenn euch Weiber! (rief ich dagegen theatralisch) Ihr seid immer hungrig unterhalb des Gürtels, doch tut stets so, als läg euch der Gedanke daran völlig fern! Ihr wollt die Herrin sein, gebittelt und gebettelt, der Mann zu euren Füßen als Sklave eurer Laune, nun gut, ein Spiel: Die Sklavin unsrer Lüste spielt die Herrin. Doch damit habt ihr noch immer nicht genug, ihr wollt auch kräftig profitieren, hab ich recht? Ihr Lockspeise der Wollust, Quelle der Sünden, euch meine ich, ihr Lusthäuser auf zwei Beinen, ihr schlauen Eulen, geschminkten Wiedehopfe, räuberischen Wölfinnen, Blutegel, denen ohne Unterlaß nur nach einem stets gelüstet, Metzen, Buhlerinnen, Liebespolster für die müden Böcke, Nymphen, Hexen, Dirnen, Gefäße der Geilheit, Tigerinnen, Harpyien, ihr Löwinnen mit der verführerischen Mähne, Konkubinen, Huren, Liebestempel mit dem süßen Spalt als Heiligtum, Venusgrotten, Prachtschaben und Sirenen, die da brünstig und verlockend singen: Ach, gebt mir einen Mann, der mir fein sacht das Leibchen drücke, / Denn meine Jungfernschaft ist schon seit langem flügge!

Die Müllerin, sie tat, als wär sie taub, doch ich – welch Zauber liegt im Hindernis –, ich war der Täuberich, ich tänzelte und gurrte und hätte die Spröde schon kirre gemacht, wäre nicht der preußische Gesandte, Herr von Posadowsky, vorgefahren und hätte mich durch seinen Kutscher bitten lassen, in seiner Chaise Platz zu nehmen. Wiewohl es heißt: Bist du in Eil, so zieh dich langsam an, schlüpfte ich geschwind in meinen Rock, tupfte mir den Hals mit ein paar Spritzern wohlriechenden Parfüms und ging voll Dankbarkeit hinunter zur Kutsche Posadowskys, dessen edles Angebot mich aller Sorgen ledig machte, zum Souper, ohne eine Chaise zu besitzen, dem Stande gemäß zu erscheinen.

Der preußische Gesandte, wir kannten uns noch vom Berliner Hof, begrüßte mich mit ausgesuchter Höflichkeit. Ein Kavalier der alten Schule, der sich, wie er mir früher schon gestanden hatte, glücklich schätzte, daß er seinen König, diesen preußischen Harpagon, gerade hier in Dresden vertreten durfte, zwar kurzgehalten mit dem Geld und dazu verpflichtet, täglich Rapport zu geben, doch immerhin an einem Ort, wo Galanterie, Amüsement und Raffinesse noch etwas zählten und wo es sich vergnüglich leben ließ, währenddes in Potsdam und Berlin die Uniform die neue Hoftracht war und ein Gespräch über das Exerzieren so gut wie eines über

Frauen, denn außer Tabakschmauchen und Biersaufen kennt man dort seit sechs Jahren kein Plaisir. Gegenwärtig befindet sich der altgediente Diplomat in ziemlich heikler Lage, da sich das Verhältnis Preußens zu den Sachsen durch zwei Affairen erheblich abgekühlt, dergestalt, daß der preußische König das große Fest in Sachsen nicht besuchen wird.

Die eine Affaire ist die im Januar geschlossene Allianz zwischen Österreich, Sachsen-Polen und England-Hannover, die zwar vorgibt, rein defensiv zu sein, doch eindeutig gegen die Russen und die Preußen zielt.

Die andere ist die sogenannte Klementsche Affaire, die schon seit einem Jahr die Atmosphäre trübt und das normale Maß des Mißtrauens zwischen beiden deutschen Ländern erheblich steigert. Herr von Posadowsky glaubt so recht nicht dran, doch der Soldatenkönig schenkt diesem Klement, einem ungarischen Abenteurer, sein Gehör, der ihm den angeblich geheimen Plan entdeckte, daß die Sachsen mit Billigung von Wien ein Komplott gegen Preußen schmieden, wonach bei Nacht und Nebel der Preußenkönig in Wusterhausen ausgehoben und gefangen nach Wien verbracht, Berlin im Handstreich überrumpelt, der königliche Schatz weggeführt und anschließend der preußische Staat zu einem Zwergenland verkleinert werden soll. Dies glaubt der König Friedrich Wilhelm, obwohl Prinz Eugen einem geheimen Diplomaten erklären ließ, er sei Chef der kaiserlichen Armee, kein Hauptmann von Banditen, und der Preuße glaubt es auch noch jetzt, weil Graf Flemming sich immer noch in Wien aufhält, und er nicht hören will, daß der dort nur der Hochzeit wegen weilt.

Mein lieber Besser (sagte Herr von Posadowsky, indes wir durch die Seegasse kutschierten), unter den Staaten geht es nicht viel anders zu als unter manchen Tieren. Habt Ihr schon einmal Hunden zugesehen, die ungefähr von gleicher Stärke sind, habt Ihr gesehen, wie sie knurren und die Zähne fletschen, die Stirnen jedoch krausen und die Ohren leicht nach hinten neigen? Wut und Angst halten sich die Waage, die Drohgebärde ist immer auch mit Furcht gemischt, so belauert man einander zwischen Flucht und Angriff, so stehen sie sich gegenüber, bis einer eine Blöße zeigt und der andere mit seinen Zähnen die schwache Stelle nutzt. Was anderes, ich frage

Euch, drückt sich in jenen Worten aus, die mein König letztlich fallenließ und die ich Euch – Ihr müßt nur schwören, es streng bei Euch zu halten – anvertrauen will. Also, Ihro Gnaden Friedrich Wilhelm sagten in einer Tabagie, wo ich zugegen: Ich will gerne stille sitzen, wenn mir keiner was tut, aber wer mir beißt, den beiß ich wieder ... Da habt Ihr das Gesetz der Hunde! Und weiter sagte er: Ich werde fest bleiben, und sollte ich alles verlieren, es ist mir einerlei, ob ich Käse und Brot oder Lerchen und Ortolane esse, wer mich kujonieren will, muß haut à la main spielen ... So sprach mein König, lieber Besser.

Euer Amt ist gewiß kein Zuckerschlecken (sagte ich).

Da habt Ihr recht! (rief Herr von Posadowsky) Und Ihr habt eignen Leibs den Rigorismus meines Herrn erlitten, dessen größte Leidenschaft nicht die Frauen, sondern die Soldaten sind, von denen er gewiß auch nachts noch heißen Herzens träumt und dabei im Schlafe zärtlich seine Liebesworte murmelt: Geschwind laden, geschlossen antreten, wohl anschlagen, wohl in das Feuer sehen, und das alles in tiefster Stille!

Es war sehr angenehm, mit einem Mann von solchen Gaben vertraut zu plaudern, der trotz der unerfreulichen Mission Souveränität genug besaß, sich den Humor zu wahren. Wiewohl er sich die offne Sprache, was seinen Herrn betrifft, verkneifen sollte: Nicht alle sind wie ich mit Preußens Hofe fertig, und mancher könnte dort auf seine Kosten seinen Vorteil suchen. Denn so geht es zu auf dieser Welt: Les perdants ont toujours tort, wer verliert, hat unrecht.

Wir fuhren über den Alten Markt in die Bittelgasse, kreuzten die Naufer und bogen um die Ecke in die Weiße Gasse. Es dämmerte. Viel Volk erging sich auf den Straßen. Kinder suchten ins Innere der Kutsche zu spähen. Ich sah Augen, Nasen, Ohren, Hälse, Oberkörper an dem kleinen Fenster schnell vorübergleiten, eine gesichtslose Vielheit, schemenhafte Einzelteile, aus denen sich vielleicht ein vollständiges Etwas formen ließ: das eine große Antlitz der Rotüre, des Pöbels, des Monsieur Namenlos, der ein mir fremdes, eigenartig Dasein lebt, von meinem so entfernt wie der Gemeine vom Obristen, unmündig, ohne Rang und Recht, doch gewiß auch frei von meiner ständgen Furcht degradiert zu werden, da unter ihnen nichts mehr ist, wohin sie fallen könnten. Jaja, je höher der Rang, desto härter der Zwang, je mehr Ehr, je mehr Beschwer!

Warum, so fragt ich mich besorgt, bin ich zum Grafen Vitzthum eingeladen? Es war, darüber täuschte ich mich nicht, keine pure Freundlichkeit. In diesen Kreisen geschah nichts ohne Grund, sprich: Hintersinn. Wie kam ich plötzlich zu der Ehre, nachdem sie mir in den vergangenen Jahren nicht zuteil geworden? War es ein Spaß, wollte man versuchen, mein Talent als Narr zu prüfen wie bei dem Grundling in Berlin und Kyau hier in Dresden? Brauchte man mich als Accessoire, weil sich Politiker gerne mit Poeten schmücken? Wollte man etwas von mir wissen, was ich allein nur wissen konnte? Wenn ja, dann was? Brauchte man vielleicht ein Lobgedicht? Wollte man mir eine Falle stellen? Suchte man meinen Rat in Zeremoniensachen? Was es auch immer sein mochte, ich war gewappnet und auf der Hut, so jedenfalls suchte ich mich zu beruhigen, indes die Kutsche vom Kirchgäßchen auf den Neumarkt fuhr, vorbei an der Hauptwache und der Kirche Zu Unsrer Lieben Frauen, und gleich darauf am Ziele war: Vitzthums Domizilium in der Töpfergasse.

Kaum standen wir, da ward der Schlag von zwei livrierten Dienern aufgetan, wir entstiegen der Karosse, und mein Blick fiel flüchtig auf die Hausfassade, die auf mich mit ihren Fenstern, groß wie Pforten, so abweisend wirkte, als wäre sie allein geschaffen, dem Herrn, der dahinter wohnt, die Möglichkeit zu geben, strikt das Offizielle vom Privaten abzuschirmen, doch, wenn er sich schon zeigen muß, sodann erhöht und gebührend eingerahmt. Ein imposantes Haus, und doch ein Provisorium, denn erst im letzten Jahr kaufte die Gräfin Vitzthum das Diakonenhaus auf der Kreuz-, Ecke Weiße Gasse von der Sophiengemeinde zum Zwecke des Neubaus eines Palais, das sodann den stetig steigenden Ruhm des Geschlechts und mithin seiner Finanzen gebührend repräsentieren kann. Wir wurden nun ins Innere geleitet, gerade auf die Treppe zu, die marmorglatt nach oben wies auf eine türenlose Wand, so daß man wähnen konnte, draußen noch zu sein. Kalt war mir, als ich so nach oben stieg, kalt, trotz der Faune, die als Karyatiden die zauberhaft bemalte Decke stützten, trotz der vergoldeten Ranken und Zweige, die zierlich über Wand und Decke wuchsen, trotz der Statuen in den Nischen und der vielen Kerzen. Erst der zweite Absatz führte uns auf einen mit Pilastern, Spiegeln und Konsolen reichgeschmückten Gang, an dessen Ende eine Tür zu sehen war: geschlossen und flankiert von zwei strammen, hohen Säulen. Wie Schildwachen, wie Scylla und Charybdis, dachte ich und fühlte mich fixiert von ihnen, doch dann, genau im rechten Augenblick, stand in ihr die Excellenz, der Reichsgraf und Oberkämmerer, und mir dämmerte ihr Sinn: den Hausherrn hoheitsvoll zu fassen wie Gold den Solitär und jene Pose zu gestatten, die ein naiver Mensch als Herzlichkeit empfunden hätte: Graf Vitzthum breitete die Arme aus . . .

Imposant – wie er da zwischen ihnen stand, groß, noch immer wohlgewachsen und mit angenehmer Bildung des Gesichts, über ihm im Tympanon der Tür die Kartusche mit dem Wappen seines Hauses, in Gold zwei rote Pfähle, bedeckt mit einem Silberbalken, in dieser Form verbürgt seit sechs mal hundert Jahren wie das Geschlecht, das seinen Namen von dem Amtstitel eines Vicedominus in Erfurt hergeleitet hat: Vitzthums gibt es in Apolda, Egersberg, der Zweig von Roßla war vor kurzem erst erloschen, und in Eckstedt, wovon Friedrich Graf Vitzthum, seines Alters nunmehr vierundvierzig Jahr, der wohl erfolgreichste ist. Auf Augusts Prinzenreise durch Europa diente er als Kammerjunker und machte sich als Postillon d'amour unentbehrlich, wenig später wurde er Oberfalkenmeister, zwischendurch ging er als Diplomat nach Petersburg, 1711 erhob ihn König August kraft seines Amts als Reichsvikar in den erblichen Reichsgrafenstand, vor kurzem avancierte er zum Chef der Oberkämmerei, führt nun den Titel Excellenz und dirigiert die hundertundzwei Kammerherren, die sieben Leibärzte, vier Leibbarbiere, die acht Geheimen Kämmerer, acht Kammerdiener, vier Kammermohren, vier Kammerzwerge, den Beichtvater und drei Kaplane, dazu den Hofarchitekten, die Ingenieuroffiziere und die diversen Hilfsbediensteten wie Schreiber, Stubenheizer und so weiter, zudem verwaltet er die Hof- und Oberkämmerei-Kasse, gewiß zu seinem Schaden nicht, wie man am Interieur hier merken kann. Das Wichtigste jedoch: Er ist des Königs erster Rat in allen amourösen Dingen und Lieferant für frische Ware, kaufmännisch geschickt (das Geschäft mit dem Cosel-Gatten Hoym brachte ihm 20 Tausend Taler ein), selbst behaftet mit dem Faible für den schwachen Punkt der Damen und äußerst phantasiebegabt im Erfinden neuer Raffinessen im Genuß, königlicher Günstling Nummer zwei nach Flemming. Er wird, ich zweifle nicht daran, demnächst Minister werden, was er auch ohne Frage werden will, das Talent für dieses Amt hat er in hohem Maße; ein Gewissen nämlich, das weiter als ein Kapuzinerärmel ist.

Graf Vitzthum breitete die Arme aus und führte uns zur Tafel, an der schon vier geladene Gäste saßen, die sich, um uns zu begrüßen, bei unserem Entree erhoben. Alle, wie ich mit einem Blick sofort erfaßte, über mir in Rang und Gunst: Pedro Roberto Conte de Lagnasco, General der Kavallerie, Chef der Chevaliergarde und Wirklicher Geheimer Rat, katholisch wie General von Lüzelburg, der designierte Chef der Prinzenreise nach Wien, und mit einem guten Faden zu den kreglen Jesuiten; Herr von Watzdorf, seines Zeichens Obersteuer- und Generalakzisedirektor, Geheimer Kabinettsminister, Sachse von Geburt, den der König ob seiner unverblümt bäurischen Sprache, die dadurch oft den Ruch des Plumpen hat, seinen Bauer von Mansfeld zu nennen beliebt; Baron von Mordax, Generalpostmeister, Kammerherr, Directeur de plaisir und Intendant der Musik, willfährig nach oben, blasiert nach unten, womit der Mann hinlänglich beschrieben ist; und schließlich einer meiner hohen Gönner, Herr von Manteuffel, Kabinettsminister und seit kurzem Reichsgraf, eng vertraut mit Flemming, Pommer von Geburt wie er, königlicher Günstling Nummer fünf nach seinem Landsmann, Vitzthum, Wackerbarth und Loewendal, dies jedoch keineswegs durch Lecken und durch Kriechen, im Gegenteil, man kennt von ihm den Ausspruch, der Zivilcourage verrät: Wehe dem Monarchen, der mir antun wollte, wozu er nicht berechtigt ist (ich füge ein: Gibt es überhaupt etwas, wozu ihm seine Allmacht nicht das Recht verliehe?), man weiß zudem von seiner kaum verhüllten Sympathie für Leibniz, Wolff, Thomasius und die Idee von der Vernunft, er war gewiß der Gescheiteste der ganzen Runde. Damen fehlten wunderlicherweise gänzlich, so daß mir auffiel, wie diese Männer – allesamt in König Augusts Gnade und Macht von seiner Allmacht – alle eines

Alters, nämlich seines Alters waren, alle um die Fünfzig, Vitzthum war der Jüngste. Man war unter sich, unter seinesgleichen.

Der Hausherr bat uns, Platz zu nehmen, klatschte die Lakaien mit den Horsd'œvres herbei und kündigte überdies die Herren von Wackerbarth und von Kyau an, wovon der eine im Amte noch verhindert, der andre aber erst zum amüsanten Teil des Abends eingeladen sei. Die Lakaien servierten eine Suppe mit Pâte-au-safran, eine Schinkenbrühe mit Krebsen und eine Bouillabaisse, superb und appetitanregend, ich griff sogleich zum Löffel, weniger des Hungers wegen – eß ich doch in letzter Zeit bedenklich wenig, so daß ich fürchte, üble Säfte gehen in mir um –, vielmehr, um mich der Notwendigkeit des Sprechens zu entheben. Der aufmerksame Amphitryon jedoch bemerkte mit dem Auge eines Falken meine schlechtgetarnten Schwierigkeiten, mich in diesem Kreise zu behaupten, und fragte mich ohne jede rhetorische Arabeske nach Details der Mercerie der zwölf Nationen am 20. September. Darauf nun war ich glücklich vorbereitet und konnte mich ein wenig lockern, weil ich berechtigt hoffen durfte, meines Wissens wegen Gast zu sein.

Excellenz (sagte ich und legte sacht meinen Löffel nieder), es ist mir eine unverdiente Ehre, Euch alles, was Euch daran interessiert, in der gänzlichen Zuversicht mitzuteilen, Eure hochwohlgeborene Excellenz werden es mit ebender Gnade aufnehmen, als ich es mit ergebenstem Respekt offeriere. Und, mit aller gebührlichen Bescheidenheit, es gibt niemanden, der dafür geeigneter wäre, bin ich doch der, der all die Entwürfe für die Mercerie gefertig hat, ja, es gibt im ganzen Heiligen Römischen Reiche keinen, der darin erfahrener wäre als meine Wenigkeit, besser, so humorig zu sprechen, als besser können dies nur Ihro Majestät persönlich, Sie allein können alles besser und am besten ... Mon Dieu, wie oft denk ich und denken alle, die dabeigewesen, an die bisher unübertroffene Scherenschleiferwirtschaft in Berlin zurück, die ich ..., ich ...

Sehr gut, sehr gut, Monsieur de Besser (unterbrach mich Vitzthum jäh), ich will Euch ein paar Fragen stellen, und Ihr wollt, s'il vous plaît, die Güte haben, so Euch das liebenswerterweise möglich ist, ganz kurz darauf zu antworten.

Ad eins: Wo soll die Mercerie gehalten werden?

Im Orangeriegarten des Zwingers, Monsieur . . . (rapportierte ich, von diesem Ton gewarnt).

Und worin soll sie bestehen?

In einem Jahrmarkt, bei welchem allerhand Divertissements sein werden, so eine Lotterie, ein Wachskabinett, Komödien, Boutiquen im Garten, Tanz . . .

Bleibt es dabei, daß unterschiedliche Nationen auftreten sollen?

Ja, Excellenz.

Was für Nationen?

Persianer, Türken, Chinesen, Franzosen, Spanier, Moskowiter, Polen, Mohren, Indianer, Amerikaner und Altdeutsche.

Aus wieviel Paaren besteht eine solche Nation?

Soviel sich bei jeder Bande einfinden, jedoch nicht mehr als zehn.

Und wer, mein lieber Besser, sind die Chefs?

Bei den Persern sind es der Prinz und die Prinzessin, bei den Chinesen der Prinz von Hessen-Kassel und deren hochwohlgeborene Gemahlin. Das Haupt der Mohren (sagte ich und wandte mich zu General Lagnasco) seid Ihr, Signore Conte.

Ich – ein Africain? (brauste dieser auf) Eine schwarzer Eide? Que perfide! Ist das etwa endgültik?

Ich fürchte, ja! (sagte ich) Ich, Signore Conte, habe es, verzeiht, nur vorgeschlagen, dem König aber hat es so gefallen.

Königliches Pech für Euch, Lagnasco (sagte Vitzthum lachend). Werdet nur nicht vor der Wirtschaft schwarz – aus Ärger! Monsieur de Besser, fahrt nun fort.

Das Haupt der Spanier ist der Feldmarschall, ihm zur Seite steht die Oberhofmarschallin, der Wirt sind selbstverständlich Königliche Majestät persönlich . . .

Und die Wirtin? (fragte Mordax listig)

Die Königin (sagte ich).

Und Mademoiselle von Osterhausen?

Hat gemurrt (sagte Vitzthum), doch gab der König ihr nicht nach.

Das allerdings ist neu (sagte Mordax, womit er nicht ganz unrecht hatte).

Die Maitresse (sagte Graf Lagnasco) sollte ohnehin die Septer auptsächlich in der Bette führen und nicht auf die Thron!

Einführen (sagte Mordax), bester Graf, einführen.

Charmant, mein lieber Mordax (sagte darauf Vitzthum, der während dieser Reden immer weiter aß – wie alle andern auch), aber wo, Herr Zeremonienmeister, bin ich bei diesem ganzen Spaß?

Excellenz (sagte ich und war mir meiner angenehmen Wirkung sicher), ich habe allen meinen Einfluß spielen lassen, um Euch, ergebenst, an die Spitze des Einzugs der Nationen zu stellen, dies ist allein, dies kann allein der Platz nur sein, der Euch gebührt, Ihr führt naturellement den Reigen an.

Es war gewagt, mein Spiel, von Einfluß konnte keine Rede sein, all meine schönen Titel sind Attrappen, Zeremonienmeister, Geheimer Kriegs-Rat und Introdukteur der Gesandten heiß ich zwar, doch liegt die Oberhoheit bei den Zeremonien- und Gesandtschaftssachen allein beim Oberhofmarschall. Geheimer Kriegs-Rat – ich! Hohler Wohlklang, l'art pour l'art, denn bislang habe ich an keinem Geheimen-Kriegs-Rat-Kollegium teilgenommen, dazu fehlt mir, neben jeder Eignung für das Kriegerische, das entscheidende, kleine Zusatzwörtchen „Wirklicher" vor dem hehren Titel, alles Schall und Rauch und doch ganz unverzichtbar lebenswichtig. O tempora, o mores! Erst mit dem Titel wird man Mensch, ohne Titel bleibt man bis zum Tode nur ein behauchter Klumpen Fleisch. Zwar wurde ich auch lange vor dem Jubelfest zu Zeremoniensachen beigeholt – besonders wenn es Streit und Zweifel gab, rief man nach dem profunden Kenner Besser, der sich sodann mit Richtscheit und der Waage, den symbolischen Insignien meiner Wissenschaft, mutig ins Gerangel um die Ränge warf, um dieses friedlich zu entwirren. So wachte ich und wache als Berater über die feingefügten Standesunterschiede, über Repräsentation und Etikette, schlichte interne Fehden, wenn, par exemple, einer ein Fauteuil beansprucht und ihm nach dem Reglement nur ein ordinärer Stuhl zusteht oder wenn die Ambassadeurs der klitzekleinsten Fürstentümer partout den Excellenzen-Titel tragen wollen, der allein den allerhöchsten Chargen vorbehalten bleiben muß, soll dessen Exklusivität erhalten bleiben ... Man sage nicht, dies wäre alles eitel Tun. Selbst Leibniz war sich nicht zu schade, die höchst subtilen Wege der Zeremonienwissenschaft zu wandeln, er wußte es wie ich, daß all dies nötig ist, um die bestehende Ordnung zu schützen, das Oben von dem Unten fein säuberlich zu scheiden und so das unterschiedslose Durcheinander – ein Greuel für jeden deutschen Denker –, das Chaos zu verhindern. Kurzum, ich tu, was mir zu tun erlaubt im Rahmen dieser Ordnung.

Der Graf indes, allein das war an dieser Tafel relevant, schien mit seinem Platz bei der Mercerie zufrieden. Es folgten nun auf die Horsd'œvres kunstvoll arrangierte Bratenplatten, ein Wildschweinkopf, in Weinblättern gebacken, verschiedene Frucht-Desserts und Wein die Hülle und die Fülle, Burgunder, Mulseau, Hermitage, Madeira und Liqueur-des-Isles, man sieht, Graf Vitzthum ist auch ein Gourmet.

Die Abfolge bei der Einholung der prinzlichen Hoheiten am zweiten September ist auch schon fertig (sagte ich, um mich den Herren gefällig zu erweisen). Ihr, Monsieur de Mordax, geht hinter den Herren Postministern, dem Buchner von Dresden und dem Hermann von Torgau, sodann erscheint Ihr ein zweites Mal bei den Kammerherren . . .

Wie das? (Mordax war verblüfft) Wie kann ich, ohne mich zu teilen, vorne und zugleich hinten sein?

Ja! (sagte ich nicht ohne Wohlbehagen) Wir haben das Problem ganz bravourös gelöst: Ihr müßt, sobald Ihr bei dem Schlosse angekommen, sofort ein Pferd besteigen und über Nebengassen, aber so, daß Euch möglichst keiner sieht, im Galopp zum Pirnischen Tore retirieren, um Euch vor diesem erneut in den Zug einzugliedern. Die Zahl der Demonstranten scheint durch diese Manipulation um ein vieles größer, und wer viele Ämter hat, meine ich, sollte dies auch zeigen.

Uno momento! (rief General Lagnasco) Und ich, was habt Ihr mit mir vor?

Ihr, mon général, erscheint desgleichen zweimal in dem Zuge, erstlich bei den Kabinettsministern und zweitens an der Spitze Eurer stolzen Chevaliers. Ihr (ich wandte mich Graf Vitzthum zu) führt die Kammerherren an und sitzt das zweitemal in einem offnen Kavalierswagen, ebenso die Herren von Watzdorf und von Manteuffel. Am schlimmsten ist Graf

Flemming dran, er muß dreimal im Zug erscheinen, einmal zu Fuß bei den Ministern, das andre Mal in einem Wagen vor einer Esquadron Dragoner, zum dritten als Generalfeldmarschall und Haupt der Generalität.

Geschieht ihm recht (sagte Herr von Vitzthum). Was hat er soviel Ämter!

Übrigens (fügte ich hinzu) hat der König eigenhändig an den Rand des Plans geschrieben: Wobei zu notiren, das denen Herren Kavalliers keine Dieger und Beren zu führen erlaubt sei, Augustus Rex.

Ja, so bedenkt der Landesherr (sagte Herr von Manteuffel und hob das Glas) das Kleinste und das Letzte aus Sorge um das Wohl der Untertanen, salut, die Herren!

Ja (rief Graf Vitzthum aus), prosit! Ich fürchte, wir langweilen den preußischen Gesandten mit unsrer Jubelfeier. Während wir in Sachsen Feste planen, Herr von Posadowsky, plant Ihr in Preußen feste Fortifikationen. Doch genug davon, ich sehe, Herrn von Bessers Suppe ist vor lauter Eifer kalt geworden.

Was mich betrifft (sagte Posadowsky lächelnd), so ist es meine Tugend als Gesandter, zuzuhören, zumal als Gast in Eurem Hause, edler Graf.

Immer Diplomat, auch beim Souper, Herr von Posadowsky, wie? (fragte Vitzthum augenzwinkernd)

Ein Ambassadeur, Messieurs, ist immer wach (sagte ich mit Munterkeit), selbst wenn er schläft.

Monsieur de Besser werden paradox (sagte General Lagnasco spitz), ich offe nicht, weil er befürchtet, trivial zu sein.

Der General war mein Freund gewißlich nicht, jedoch mir wäre wohler, wenn ich die Gründe dafür wüßte. Ob mir allein die Mohrenrolle seine Aversion einbrachte? Ob ich meine Munterkeit bei Tisch ein wenig übertrieben hatte?

Ich muß des öfteren in letzter Zeit an mir bemerken, daß ich aus Furcht, etwas zu vergessen, zu unterlassen oder zu versagen, geistige Frische verkaufe wie die Weiber auf dem Wochenmarkt ihre Hökerware. Um zu vermeiden, unangemessen alt zu scheinen, kehre ich das Junge keck hervor, was jedoch wiederum ganz unangemessen wirkt: noch ein Paradoxon, dessen Äußerung ich mir jedoch geflissentlich verkniff. Zum Glück vermeldete einer der Lakaien die Ankunft des

Grafen Wackerbarth, der kurz darauf schon in der Türe stand und von Vitzthum salopp empfangen wurde.

Pardon, mein lieber Vitzthum (sagte Wackerbarth), und pardon, die hohen Herren, doch ich weiß wahrlich bald nicht mehr, wo mir der Kopf gewachsen ist, das Jubelfest ist über mich gekommen wie eine Flut, an mir bleibt alles hängen, die ganze Widersetzlichkeit der Bürgerschaft, die Einquartierung, das Gewirr der Bauten, die alle fertig werden müssen zum Termin des Festes, die Mandate, die entworfen werden müssen und gedruckt, alles möglichst schnell und ohne Geld, potzschwenzelenze, zum Verzweifeln!

Kein Wunder bei der langen Schleppe voller Titel, die jeden ehrfürchtig erbleichen läßt, jedoch dem Träger zweifelsfrei neben Lust auch Last bedeutet; ist Wackerbarth doch Geheimer Ratsdirektor, Geheimer Kabinettsminister, Gouverneur der Residenzstadt Dresden, General, zuständig für das auswärtige Departement, Chef des Oberbauamts, Generalintendant und Oberinspektor aller Militär- und Zivilbauten, mithin vierter Mann bei Hofe nach der Hofordnung von 1717 und dritter in der königlichen Gunst. Er ist ein überaus galanter Mann, jedoch ein kühler Kopf und guter Rechner, er hat schon oft die hochfliegende Phantasie des Allerdurchlauchtigsten auf die liebe Erde zurückgeholt – er beim Bauen, Flemming bei den auswärtigen Affairen –, so par exemple, ist es seiner Protektion zu danken, daß Pöppelmann seit einem Jahr Oberlandbaumeister ist.

Und die Gelder, die das alles koschtet (sagte Watzdorf sinnend und in seiner breiten Art).

Der Etat fürs Fest beläuft sich gegenwärtig auf runde vier Millionen Taler (sagte Wackerbarth). Ein kräftiger Impuls für Sachsens Geldkreislauf und die Belebung der hiesigen Kommerzien!

Und damit deshalb kein subordinationswidriges Gemurre entstehe (bemerkte Vitzthum lächelnd), hat der Kurfürst angeordnet, daß die Deputierten, welche mit allerlei rebellischen Lamentationen von der Not bei den bäurischen Knoten im Erzgebirge allhier angelangt sind, alsogleich unter militärischer Bedeckung zurückspediert werden und sich nicht unterstehen dürfen, vor Herbst oder Winter ihre lästigen Querelen zu wiederholen. Wie man sieht, versteht es unser herrlicher

Fürst vortrefflich, mit dem Peuple umzuspringen, und läßt sich sein Amüsement von ihm nicht stören!

Isch sehe nur (fügte Watzdorf hinzu), die Deuerung schteigt däglich an, an etlichen Orten in Sachsen ist die Hungerschnot bereits so groß, daß die armen Menscher Sachen essen, so kein Vieh fressen würde. Isch weiß nisch, ob unsre lieben Sachsen das auf Dauer mit Gleischmut dragen werden.

Die verdammten Protestanten (rief General Lagnasco), die mucken auf! Sie säen Dissonanza, sie aben dem Prinz das Übertritt zu rechte Religione noch immer nicht verziehen! Jetzt kommt die rechtgläubike Erzherzogin noch dazu, und die Protestanten ören schon ihr Stündlein schlagen. Sie aben der eiligen Kirche den Untergank geschworen, sie verlangen ganz offen vom Könik der Schließung der Kapellen in Leipzik und ier in Dresden, sie wollen die katholische Glauben ganz und gar ausrotten, türbülente Geister egen sogar Aufstandspläne, der Ribellione Löscher giftet von die Kanzel. Infatti, ein Emeute ist im Anzug, Gott geb uns Kraft zu Resistenza!

Aber, aber, General (sagte lächelnd Herr von Wackerbarth), so schlimm wird's schon nicht werden, die herzensguten Sachsen sind nicht besonders pfiffig.

Doch ihr Phlegma (rief Lagnasco) macht sie eimtückisch!

Ihr kennt die guten Leute viel zu wenisch (warf Watzdorf ein), seht sie Eusch doch an: Sie haben einen Abscheu gegen alles, was ihre Ruhe schtört. Das ischt im Grund das ganze A und O der Sachsen.

Besonders empfindlich sind sie allerdings (sagte Vitzthum in Graf Lagnascos Richtung) gegen Ausländer, die ihre Grundsätze nicht annehmen wollen, obwohl sie unter ihnen leben.

Die Sachsen (Herr von Manteuffel beteiligte sich nunmehr auch an dem Disput), die Sachsen sind zärtlich und verbuhlt, die Wollust macht sie sinnreich, angenehm und höflich, auch sind sie von Natur mit glücklicher Erfindungskraft begabt . . .

Weshalb man (schloß ich mich dem Gedanken an) unter ihnen die meisten Dichter und Romaneschreiber findet sowie die ersten, die sich erkühnet, die deutsche Sprache dafür zu benutzen. Sie sind ebenso glücklich in lustigen und scherzhaften wie in tiefsinnigen und ernsthaften Sachen, sie brüten bei glühendem Ofen, bei Bier und Tabak die schönsten Lieder und Gedichte aus, sie haben zärtliche Schönheit im Reim und männliche Stärke im Gedanken.

Vielleicht (fuhr Manteuffel fort) sind sie ein bißchen wankelmütig, weichlich, plauderhaft und schwelgerisch? Jedoch: Ist das schon eine Sünde, mein strenger General?

Es ist nicht von der Hand zu weisen (sagte Herr von Wakkerbarth), daß die Kirchenwirren in der Pfalz auch die Gemüter hier erregen, das Volk braucht vieles nicht zu wissen, es spürt das Unheil im Urin. Wenn man so überaus brutal rekatholisiert wie dort und den Protestanten ihre Kirchen nimmt und den Katechismus untersagt, dann muß man sich nicht wundern, wenn unsre treuen Lutheraner unruhig werden und man aus England, Preußen und Hannover kriegerische Töne hört, die wider die treubrüchigen Jesuiten – das ist nicht meine Formulierung, meine Herren – gerichtet sind.

Karl Philipp von Kurpfalz treibt es in der Tat zu arg (sagte Herr von Posadowsky). Daran gemessen, ist Preußens Reaktion sehr mild zu nennen.

Messieurs! (rief General Lagnasco) Man kann keine Omelett machen, ohne ein paar Eier zu zerschlagen!

Man muß dabei nur sehen (entgegnete von Posadowsky), daß das Eigelb nicht auf der eignen Hose landet.

Jede Äußerung des Preußen hinterließ bei mir vermischte Empfindungen, denn einerseits haßte ich dieses Land von Herzen, weil es mich nach 30 Jahren treuer Dienste von sich gestoßen hatte, doch andrerseits kann ich die 30 schönen Jahre nicht aus dem Gedächtnis streichen, waren sie doch die pralle Mitte meines Lebens. Neuerdings kommt noch hinzu, daß ich dem Regime trotz der Kränkung meine Anerkennung in bestimmten Dingen nicht versagen kann, so, wenn man hört, wie dort die Toleranz gegenüber Andersgläubigen – und, in Maßen freilich, sogar gegenüber Andersdenkenden – zur ersten Landestugend reift. Die Refugiés aus Frankreich – wohin gehen sie? Nach Preußen. Nicht nach Sachsen, nicht zuletzt, weil hier die orthodoxen Eiferer die reformierten Hugenotten fürchten wie Asmodäus das Weihwasser und das hiesige Oberkonsistorium borniert verlauten läßt: Die falsche Lehre fresse wie der Krebs um sich, ein wenig Sauerteig versäure den ganzen schönen Kuchen. Und diese Furcht vor einer kleinen Andersartigkeit tönt ausgerechnet aus dem alten Stammland Luthers! Die einstmals neue Lehre, die sich wider das vermorschte Papsttum im Protest erhob, ist hier bereits so weit verknöchert, daß freie Geister Sachsen meiden und sich nach Preußen wenden. Was ist aus Luthers Lehre geworden, die vorzeiten angetreten war, die Welt vom römischen Muff und Mief zu säubern? Kehrt sie sich in ihr Gegenteil, bringt sie statt der Erlösung von dem alten Übel nur neuen Zwang hervor, wobei, wie man in England sagt, die alten Ketten weniger ärgern als die neuen? Wechselt alles nur, während nichts vergeht? Liegt das im Wesen der Geschichte? Oder liegt es an den Menschen, die sich der neuen Begriffe bedienen und doch nach alten Mustern denken, so daß der Wechsel nur neuer Wein in alten Schläuchen bleibt? Omnia mutantur, nihil interit. In Preußen freilich schert man sich nicht viel darum, man läßt die Leute glauben, was sie wollen, chacun à son gout, jeder nach seinem Geschmack, und stärkt inzwischen klug die Kommerzien, die Verwaltung und Armee.

Zwar hat man hier in Sachsen erst dieses Jahr versucht, ein sechstes Kollegium eigens für die Kommerzien einzurichten, ist jedoch damit bei der Bewilligung durch die Landstände gescheitert. Sie lehnen selbst das Positive ab, weil sie das Nein als ihre letzte Macht gebrauchen und den zentralen Griff nach ihren angestammten Privilegien fürchten. Zwar hat der König immer wieder und unaufhörlich überall betont, sein Übertritt zur Kirche Roms habe nur mit der Polenkrone einiges zu schaffen und ändre im übrigen nicht die Bohne am alten, guten Luthertum des Stammlands Sachsen. Zwar hatte er es geschickt durchsickern lassen, daß er, als sich eine der verflossenen Maitressen bei ihm beschwerte, von hoher Kanzel als Bathseba beschimpft worden zu sein, das gute Recht der Prediger sanktionierte, alle Sonn- und Feiertage für eine Stunde alles, Majestätsbeleidigung ausgeschlossen, sagen zu dürfen, was sie mögen. Jedoch die bieder lutherischen Sachsen wollen ihm so recht nicht glauben, aus Erfahrung wissen sie, daß sie verlassen sind, wenn sie sich allein auf Worte verlassen wollten, und seien sie auch königlich.

Nota: Es ist im übrigen nicht wichtig, ob das von oben Verkündete besonders glaubwürdig klingt, es genügt, daß jeder Zweifel daran strafbar ist.

So hörte ich vor kurzem aus dem Oberhofmarschallamt, zehn Tuchmacher aus Döbeln seien hinüber in das Brandenburgische verschleppt worden, indes – die guten Leute sind ganz gewiß freiwillig gegangen, weil sie in Preußen nicht mit Steuern totgepreßt, sondern offnen Arms empfangen werden. Die Armee allein braucht dreimal mehr an Tuch als hier in Sachsen, weil sie nämlich dreimal größer ist. Sparsamkeit, Tapferkeit, Fleiß, Ehre, Pflicht, Gehorsam schreibt man dort auf das Panier. Alles ehrenwerte Dinge. Jedoch, ich frage mich: Wo bleibt dabei die Lebensfreude, der Genuß? Soll alles Tun ausschließlich dem Wohl des übermächtgen Staates dienen, seinem Aufstieg im Verein der Völker, seiner Macht, seinem Glanz und seiner Glorie? Wird aber solch ein straff geführtes Land auf lange Sicht nicht viel mehr Aussicht auf die deutsche Kaiserkrone haben als dieses Sachsen hier, in dem die Oberen, auf Kosten derer unter ihnen, zwar zu leben wissen und vom Genuß des Lebens gewiß ein vielfaches mehr verstehen als die pflichtbewußten, steifen Preußen und doch dabei vergessen, daß die Macht letztendlich aus der Anzahl der Musketen und Kanonen kommt und nicht von Menuetten und Quadrillen? Ich weiß nicht, was ich denken soll, jedoch ich ahne, daß dieser Geist aus Preußen die Welt noch einmal staunen – oder zittern – machen wird.

Meine Herren! (rief Graf Vitzthum, das Gespräch war unterdessen weiter fortgegangen) Was echauffieren wir uns über auswärtige Affairen? Leben wir nicht in einer Zeit, in der zufälligerweise kein Krieg stattfindet? Nennt man diese seltene Zeit nicht Frieden? Sollten nicht auch wir friedlich sein?

Frieden (sagte Wackerbarth gedehnt), Frieden würde ich das nicht benennen, ich vermeide den Begriff in meinem Departement, ich rede immer nur von Nachkriegs-, Kriegs- und Vorkriegszeiten. Gegenwärtig ist Nachkrieg in Europa, wir alle brauchen eine Weile, um wieder neue Kraft zu sammeln für die nächste Vorkriegszeit und den Krieg als Krönung dieser Konsequenz. Wir sind zur Zeit im Bündnis mit den Welfen, den Bourbonen, den Habsburgern, und mit Schweden ist die Einigung nahezu perfekt ...

Gut und schön (rief Vitzthum aus), verbündet waren wir mit diesem und mit jenem! Gestern mit den Russen gegen Schweden, heute mit den Österreichern gegen Preußen, morgen mit den Preußen gegen Österreich, warum auch nicht? Ach, das Thema ist zu fade!

Es geht, mein Lieber (sagte Wackerbarth), um die Balance in ganz Europa, wo niemand dominieren soll.

Und weil man den Frieden so sehr liebt, balanciert man stets am Rand des Krieges (warf Manteuffel leise ein).

Messieurs, ich muß doch bitten (Graf Vitzthum erhob sich von der Tafel), wir sitzen nicht im Kabinett! Dort soll der Ernst regieren, hier aber das Vergnügen! Ich hab für meine lieben Gäste etwas vorbereitet, was ganz allein den Sinnen Futter geben soll, ich sag nicht mehr als dies: eine französische Kreation, einmalig in Sachsen, von mir direkt in Paris, dem Sündenbabel unsrer Welt, bestellt. Eine köstliche Erfindung, ich sah sie einst in einem petite maison, worin ein überaus honetter und, man darf wohl sagen, potenter Kavalier seine Feten abzuhalten pflegte, nun gut, mehr will ich nicht verraten, auf daß es eine Überraschung bleibe.

Nach solcher Rede winkte er Baron von Mordax, und beide gingen in den nebenan gelegenen Salon, aus welchem seit geraumer Weile animierendes Gekicher und Getuschel drangen. Ich nutzte die Gelegenheit, mich Herrn von Wakkerbarth zu nähern, dem ich die Petition des Silberschmiedes übergab und um Unterstützung bat, beim König eine Audienz für Günther zu arrangieren.

Was für ein Günther? (fragte Wackerbarth) Ich kenn nur einen bürgerlichen Rat, mit Namen Johann Friedrich. Ein Dichter, sagt Ihr? Nie gehört. Doch will dies nichts besagen, ich habe keine Zeit, mit Poesie die Tage zu vertändeln. Wenn Ihr es sagt, er sei für die vakante Stelle wohlgeeignet, wird es schon richtig sein. Gut, ich werde sehen, was ich für Euch und Euern Protegé machen kann ... Doch da kommt der gute Kyau, Ihr entschuldigt mich!

Freiherr von Kyau stand in der Tür, Generalmajor und Kommandant der Festung Königstein, stadt- und jetzt schon weltbekannt als Unikum, der sich den Kommandantenposten gewissermaßen selbst verliehen hat, als ihm der König bei einem Gelage einen Wunsch freigab, Kyau für drei Minuten mit dem König die Rollen zu tauschen bat und er sich als König selbst zum Chef der Festung ernannte. Der nach drei Minuten rückverwandelte König anerkannte diesen kecken

Streich. Und weil Dresden derzeit keinen angestellten Narren hat, der diesen Namen rechtens tragen dürfte, vertritt er derweil dessen Stelle.

Gott zum Gruße, Herr Ge-narr-almajor (begrüßte ihn Monsieur de Watzdorf, wobei er die bewußte Silbe unmißverständlich akzentuierte).

Es sind nicht alle Narren, die so scheinen (entgegnete von Kyau, der nicht im mindesten beleidigt war), hingegen viele, die es von sich nicht glauben wollen.

Ihr seid heut wieder allzu liebenswürdig, lieber Freiherr (sagte Herr von Manteuffel).

Ja, das ist so meine Art (sagte der). Neulich fuhr ich über Land, ward aber genötigt, in einem Dorfe abzusteigen, da der schlechte Weg an der Chaise einigen Schaden verursacht und das Handpferd ein Hufeisen verloren hatte. Der Gevatter Schmied besserte die Chaise eilends aus, doch als er das Pferd beschlagen wollte, schlug und haute dieses dergestalt um sich, daß ich dem guten Mann zu Hilfe eilen mußte. Dies nun sah die Tochter des Gasthalters aus ihrem Fenster und fing recht herzlich an zu lachen, als uns der Gaul erheblich beutelte. Ich aber erkenne den Zeisig schon an dem Gefieder, meine Herren, und erkannte die barmherzige und gemeinnützige Schwester in ihr, trat zu derselben und sprach: Mädchen, Ihr tut ganz recht, daß Ihre Eure Torheit öffentlich belacht, weil Ihr Euch ehedessen nicht ebenso wie dieses Pferd gewehrt, als Ihr von den durchreisenden Studenten vernagelt worden seid! Hierüber errötete die kokette Kreatur nicht wenig und zog blitzschnell ihr Näschen aus dem Fenster. Alles lachte und auch ich. So ist es immer, wer den Schaden hat, braucht für den Spott nicht zu sorgen. Die eine Hälfte der Welt lacht über die andere, und Narren sind wir allesamt!

Ihr habt wahrlich (sagte Graf von Wackerbarth, offensichtlich amüsiert) Euer Amt verfehlt, mein lieber Kyau, schade drum.

Wenn Ihr das Amt des Narren meint (sagte der), so kann das flink geändert werden. Ich habe vor, dem König einen Brief zu schreiben, welcher solchermaßen abgefaßt sein soll (bei diesen Worten zog er die Stiefel von den Füßen und stieg auf einen Stuhl): Mein Herr und Verbieter, so fang ich an, ich war vorzeiten bei einem gewissen großen Herrn – es hilft

Ihnen nichts; wenn ich ihn nenne, Sie kennen ihn vielleicht doch nicht – bei dem war ich, was man sagen möchte, Hofnarr. Ich diente ihm so redlich, als ihm gewiß nie ein Premierminister gedienet hat, und doch ward ich abgedankt. Und wissen Sie, warum? Bloß weil ihm die Grille in den Kopf kam, es wäre eine Schande, zu unseren modernen Zeiten noch Hofnarren zu halten. Ich weiß nicht, wer ihm den Floh ins Ohr gesetzt hat, er war sonst immer ein guter Herr, und ich meinte es auch allezeit so gut mit ihm, und doch mußte ich fort. Können Sie begreifen, mein hoher Herr, warum es Schande sein soll, einen Hofnarren zu halten? – Ich nicht! Ich mag von früh bis in die Nacht darüber spekulieren, ich sehe und begreif es nicht. Wenn er das von seinen Maitressen gesagt hätte, möchte es angehen, aber von einem Hofnarren – das ist mir zu hoch! Sind wir denn nicht von alters her, jederzeit von Kaisern und Königen, Fürsten und Herren geliebt und geehrt worden? Und sind etwa unsere Zeiten gescheiter als das liebe Altertum? Ich könnte Beispiele nennen, Beispiele von treuen, von gelehrten Hofnarren und von solchen, die klüger waren als ihre Fürsten, aber was brauch ich's? Unsre vortreffliche Kunst ist an und für sich so beschaffen, daß sie keines Beweises ihrer Vortrefflichkeit bedarf, es liegt zu klar zutage unter Gottes Himmel. Damit will ich um Gottes willen der werten Geistlichkeit nicht zu nahe geredet haben, das sei mir ferne! Aber das glaub ich sagen zu können, daß sie kaum so vielen Nutzen mit allem ihrem Eifer stiften können als wir Hofnarren. Auf der Kanzel, sagt man zwar, dürfe man reden, was man wolle, und man darf auch wirklich schon manchmal etwas wagen, denn von schlafenden Zuhörern hat man nichts zu befürchten, und das ist gemeiniglich der Fall, aber wagt es sonst ein Geistlicher, seinem Herrn die Wahrheit zu sagen? Was wird die Folge davon sein? Abgesetzt wird er werden, ohne Gnade. Ich weiß, daß die Geistlichen nicht so wohlgelitten sind und daß man sie wie uns Hofnarren abschaffen möchte, ob man sich gleich nicht viel vor ihnen zu fürchten hat. Bisher wollte es nur noch nicht recht angehen. Wer weiß, was wir in unserer galanten Zeit noch erleben werden? – Ja, aber was wollte ich sagen? Ah so, die Wahrheit! Sie war von jeher unser Privilegium. Man lachte über sie, und war's zuviel davon auf einmal, so setzte es ein paar Kopfnüsse, indessen schrieb man's sich doch hinter die Ohren und schämte sich ein wenig. Was für goldne Zeiten, da Herrscher sich noch schämen konnten! Da die Hofnarrenzeit noch war – o goldene Zeit, wo bist du hin? –, da setzten sich der Narr, der Fürst und einige Kavaliere zusammen, daß es eine Lust war, und der Hofnarr machte seine Schnaken und verlangte nichts weiter als ein bißchen Maulfreiheit. Und wie wenig kostet das! Man dachte nicht an das verdammte Spielen noch an die Komödien, noch an die welschen Teufel, die einem in einer Sprache, die kein Mensch in der ganzen Christenheit verstehen kann, die Ohren volltrillern. Was macht man denn in einer Komödie? Ich will mich hängen lassen, wenn ich mich nicht geschämt hätte, so lahme Schwänke zu machen als dort der Hanswurst oder Arlekin. Und in die Komödie zu gehen, um zu weinen, das ist – ich weiß nicht, was ich sagen soll. Die Opern wollt ich gern noch gelten lassen, es gibt da schöne Musik, da kann man schon gerne zuhören, aber erstlich versteht man nichts, was man da singt, und zum andern kostet das Ding Summen, daß einem die Haut schaudert, wenn man nur davon reden hört. Wie ungleich angenehmer und wohlfeiler und nützlicher war das Vergnügen mit Hofnarren, das sehen Sie doch wohl ein, mein allerliebster König! Klugen Leuten darf man ein Ding nicht zweimal sagen, also will ich es hierbei bewenden lassen, Ihr alleruntertänigster Unterknecht, Kyau.

Bravo, bravissimo! (rief General Lagnasco, während Kyau von dem Stuhle stieg und die Anwesenden ohne Ausnahme über die possierliche Schnurre lachten)

Ich indes habe hier den Inhalt möglichst wortgetreu aus dem Gedächtnis aufgeschrieben, da mir scheint, daß der Kyau mehr ist als ein simpler Witzbold, Possenreißer, Schelm und Schalk, Scherzbold, Narr, er hat etwas begriffen, wobei nicht jeder in der Lage ist, so konsequent danach zu leben.

Ich würde meinen (sagte Wackerbarth), schreibt den Brief wirklich an den König. Monsieur de Besser will uns lediglich den Pritschmeister schaffen, also einen halben Narren, wir aber brauchen wieder einen ganzen.

Die Doppeltür ging auf, und sichtbar wurde der Salon, Graf Vitzthum bat uns einzutreten. Der Raum war festlich hell erleuchtet von einer Unzahl Kerzen, deren Licht sich brach in Spiegeln, Kristall und Porzellan. Der warme Schein fiel auch auf die galanten Malereien an Wand und Decke, Schäferszenen mit aufreizend verhüllten Körperkostbarkeiten und wollüstig schwellendem Fleisch. Ein großer Raum mit vier Alkoven, die jedoch durch schwere Vorhänge dem Blick entzogen waren – bis auf einen Wink des Grafen Vitzthum vier Lakaien den Stoff zur Seite rafften und wir in jeder der vier entzückend und praktisch ausstaffierten Liebesnischen jeweils zwei Mademoiselles aus dem Ballett des Herrn von Mordax erblickten, die lockend, wenngleich noch voll bekleidet, auf den weichen Lustmöbeln posierten. Ein Überraschungslaut entrang sich da den staatsmännischen Kehlen! Die Mädchen aber erhoben sich mit gekonnter Grazie, so wie es nur diese biegsamen Ballettkörperchen vollendet können, nahmen jede ein bereitgestelltes Tableau mit gefüllten Gläsern und kamen auf uns zu, um diese uns zu reichen. Sie schwebten mehr, als daß sie gingen. Elfen der Lust, bunte, zarte Vögelchen, pikant und deliciös! Ich war, ich geb es zu, bezaubert. Wie sie mit den Blicken ihrer großen schönen Augen auf den Gegner schossen, wie sie mit den Mienen und Gebärden kokettierten! Wir setzten uns ganz zwanglos mit den Schönen nieder, und es begann das Spiel. Die Mädchen rückten uns so nah, als wollten sie zum Zweikampf fordern, sie luden ein durch sanftes Händedrücken und loses Busentuch, und bald schon wäre es gekommen, wie es zu kommen pflegt bei derlei süßen Sachen: Sie rücken näher, spielen in aller Unschuld und Unachtsamkeit um die Hosenschnalle ihres ausgewählten Kavaliers mit ihren schönen kleinen Alabasterhändchen, das Duodrama fängt an, die Amoretten auf ihren Silberwolken patschen schalkhaft in die Fingerchen ... Jedoch Graf Vitzthum, der große Arrangeur des Abends, der Bonvivant, der Spieler, Libertin und Gourmet, dessen Lebensphilosophie sich sicherlich auf einen Hauptsatz reduzieren läßt: Allzeit Amüsement, was heißt, Unlust vermeiden, Lust verschaffen und also leben, als sei morgen schon der letzte Tag, Graf Vitzthum also bat uns, die Begierde ein wenig noch zu zügeln, und klatschte ein weitres Mal in seine Hände, worauf aus einer Tapetentür ein Mädchen trat, das gewiß noch nicht sehr lange hier in Dresden war, weil es so keusch die Augen niederschlug. Der Graf wies mit der Hand auf einen

Sessel, der die ganze Zeit schon in der Mitte des Raumes gestanden hatte, von einem Lakaien bewacht, der jedem das Benutzen höflich wehrte – und es geschah etwas, was die Gesellschaft zuerst erschrecken ließ, dann jedoch ganz ungemein erheiterte. Das Mädchen setzte sich errötend in den Sessel und wußte sicher nichts von dem voraus, was nun mit ihm geschah. Der Sessel, lediglich ein wenig groß, jedoch ansonsten ganz normal gebaut, belebte sich mit einemmal, wurde gefräßig wie ein Tier, das gierig seine Beute schlägt, denn kaum daß jenes arme Dingelchen die Sitzfläche züchtig belastete, schnappten die Armlehnen nach vorne zu und preßten die Arme der unglücklich Kreischenden fest an ihren Oberkörper, gleichzeitig schnellten zwei gepolsterte Greifer aus dem untern Teil und nahmen die Beine des schönen Opfers unnachgiebig in ihren Griff, alles ging blitzschnell vonstatten, es packte zu, wirbelte und knarrte, plötzlich, mit einem Krach klappte die gesamte Sessellehne schnell nach hinten und riß den Oberkörper der mittlerweile gänzlich Wehrlosen in eine horizontal Lage, das Mädchen schrie, als ginge es um ihr Leben, im Inneren des Sessels hörte man indes den Mechanismus weiterarbeiten, es schabte, schurrte, schnarrte, etwas löste sich mit einem Klicken und mit einer Wucht, die man dem Möbel niemals zugetraut hätte, wurden die Beine des Mädchens emporgerissen und dabei gleichzeitig gespreizt, so daß die Draperie des Kleides Gesicht und Oberteil bedeckten, indes die nackten Beine und ihr ganzer, wirklich sehenswerter Lustbezirk bis hoch zum Nabel sich völlig frei den geilen Blicken bot. Das Mädchen ließ lediglich ein Wimmern hören.

Das meine Herren (sagte Herr von Vitzthum sichtlich stolz), ist die letzte Neuerwerbung meines Hauses, eine sinnreiche Maschine, wie man sieht, bewegt von versteckten Bügelfedern und in Paris Trickstuhl genannt.

Trickstuhl, soso! (sagte Kyau) Sicherlich ein Übersetzungsfehler, das Wort, ich gehe jede Wette ein, beginnt mit einem großen F.

Die Herren und die sogenannten Damen platzten fast vor Lachen, begutachteten sodann das galante Möbelstück und lobten die Mechanik. Mir war indes das Ganze ein wenig roh und allzu drastisch. Ich mag auch nicht das Idolum tentiginis, das Idol der Leidenschaft, das sich in manchem Lusthaus findet und nichts weiter ist als ein Schaukelpferd, zum Hahne umgemodelt, der seinen Schnabel, der wiederum als Penis ausgebildet ist, nach hinten reckt, woran sich dann die rittlings aufgesessenen Mädchen vorne reiben. Man sagt, es diene ganz hervorragend dem Einreiten vor dem eigentlichen Ritt. Herr von Vitzthum aber hatte noch mehr parat: Er ließ einen Leuchter mit einer außergewöhnlich dicken Kerze kommen, was allein schon Heiterkeit erregte, und forderte die Mädchen auf, die frisch gelöschte Kerze durch schnelles Blasen wieder anzufachen – ein weitgeübter Brauch, um die unversehrte Jungfernschaft der Bräute festzustellen. Natürlich schaffte es keine der Schönen vom Ballett, auch das Sesselopfer nicht, das inzwischen aus seiner unglücklichen Lage befreit war und von Kyau handgreiflich getröstet wurde, es gab viel Spaß, Gekreisch, Gegreife und Gestreichle. Auch zeigte uns der Graf sein ganz privates Raritätenkabinett, eine Vitrine mit allerlei Tellern, ein jeglicher bemalt und beschrieben mit Sprüchen von der Art: Auf das Küssen kommt das Müssen, oder: Urschel ruckt, Franzl druckt, oder: Laß das Greifen oben sein, führe lieber unten ein. Dem Weine wurde kräftig zugesprochen, und schon nach gar nicht langer Zeit bildeten sich Paarungen, die enger zueinanderrutschten und Florentiner Küsse tauschten – untrügliche Zeichen, daß es bald in die Alkoven ginge. Eingedenk der Nacht mit den Hürchen der Zawadzka entzog ich mich dem doucement durch einen unbemerkten Abgang, dem sich der Herr von Manteuffel, ohne Aufsehen zu erregen, anschloß. Wir bestätigten einander, daß ein schöner Rückzug ebensoviel wert sein könne als ein kühner Angriff, und trennten uns vor dem Palais mit dem Ausdruck höchster Wertschätzung füreinander.

Ich ging durch mittlerweile stille Gassen, froh, den Mut gehabt zu haben, still und leise zu verschwinden, und doch, so merkte ich, angeregt durch die soeben genossenen Reize des Vorher.

Zu Hause angekommen, stieg ich behutsam die Stiege zur Kammer der Müllerin hinan, faßte an die Klinke und – fand die Tür von innen fest verriegelt.

Post festum der Bericht vom Hofe: Damenfest-Probe im Großen Garten. Kam der Königliche Prinz von Moritzburg wieder zurück. Nach dem Exerzieren der Chevaliergarde begaben sich Königliche Majestät nach Pirna auf die Festung, um den Schaden in hohen Augenschein zu nehmen, welchen vorigen Tags der Donner im Pulverturm geschlagen und solchen in die Luft nebst einigen Personen geschleudert, er kam abends allhier zurücke.

10. Augustus, Laurentia

Die Nacht verbrachte ich sehr unruhig. Brünstige Gedanken wälzten heiß durch mein Gedärm, so daß ich morgens ungewöhnlich spät erwachte und mich fühlte wie gerädert. Nun kann ich auf den Tod nicht leiden, wenn mich in derart mürrischer Verfassung sogleich ein überaus gesunder, ausgeschlafener und geradezu beleidigend muntrer Mensch mit seiner Lebhaftigkeit belästigt, und solches mußte Günther spüren, als er, wie vor zwei Tagen abgesprochen, kam, um mit mir gemeinsam den Monsieur Couturier aufzusuchen. Ich ließ ihn eine Weile in meinem Bücher-Saale warten, doch er vertiefte sich in eins der Bücher dort und saugte – o Pestilenz und bestialischer Gestank! – dabei an seiner Tonpfeife derart genüßlich – ihn schien das Warten nicht im mindesten zu stören. Mich stimmte versöhnlicher, daß er in meinen Übersetzungen des Seneca und des Virgil las.

Jedoch im Grund noch immer mißgelaunt, trat ich sodann mit Günther auf die Breite Gasse, wir schritten aus zu Fuße – ein ziemlich ungewohntes Unterfangen, da ich nur selten aus dem Hause gehe, und wenn, dann ausschließlich mit einem nötigenden Grund und gewiß nicht, ohne vorher eine Porte-Chaise zu bestellen. Zuerst führte ich ihn durch die Schreibergasse, um ihm das Haus der Madame Zawadzka vorzuführen, allwo er seinen Unterricht in höfischen Manieren nehmen sollte.

Wir sahen vor dem Haus zwei Kavaliere stehen, angetan mit der Galauniform der Chevaliergarde. Zwei schmucke Herren in scharlachrotem Rock, vorne der gestickte Stern: Jehova vexillum meum, Jehova ist mein Panier, hinten das rote, goldgefaßte Kreuz, ein jeglicher im Range eines Hauptmanns, Ausländer waren sie allesamt, mit einem Troß von sechs bis acht Pferden, mehreren Kammerdienern und Reitknechten – mithin eine Garde mehr fürs Auge als für die Schlacht. Die beiden neckten sich mit einer Dirne der Zawadzka, die sich aus dem Fenster lehnte und dabei ganz unverschämt den hochgeschnürten Busen präsentierte. Einer der Chevaliers bot ihr soeben gewisse Handreichungen bei der morgendlichen Toilette an, worauf das Fräulein laut auf die Straße rief: Ich brauche eure Hilfe nicht, außer wenn ich aufs Privé gehe, da kann mir einer der Herren das Hemd aufheben, der andre aber kann mich mal am Arsche lecken!

Das war nun freilich nicht besonders fein gesagt, was die beiden Kavaliere jedoch unbeeindruckt ließ, denn sie krümmten sich vor Lachen und bliesen Küsse von der Hand zum Fenster hoch. Meinen Günther berührte die vulgäre Sprache auch nicht weiter, er beäugte offensichtlich amüsiert die Szene, ich aber zog ihn weiter, bog mit ihm um die Ecke zum Alten Markt und lenkte unsre Schritte in Richtung Kreuzgasse und Kreuzkirche, in der, wie jeden Donnerstag um halber zehn, Löscher seine Predigt hielt. Als ich Günther mit den Blicken fragte, nickte der, und wir gingen durch das offene Portal hinein.

Das Kirchenschiff war bis zum letzten Platz gefüllt, ebenso die Emporen, der Herr Superintendent stand vorn auf der Kanzel und war schon mittendrin in seiner Kanzelrede.

Er ist heut wieder außer sich (flüsterte ich dem Günther zu, doch der folgte schon sehr aufmerksam den Worten), ein zorngeladener Volkstribun mit weißem Beffchen.

Großer Herren Höfe (donnerte es markig von der Kanzel) sollen die Spiegel ihrer Untertanen sein, in denen man aber leider allzuoft die allerabscheulichsten Laster, Hochmut, Verschwendung, Geiz, Unbarmherzigkeit, Falschheit, ja, eine Quinta essentia aller Laster erblickt, wenn sich eine gläubige Seele in diesem häßlichen Spiegel nach dem Exempel ihrer Oberen besieht! Das Mark des Landes, lange Jahre Kanaan genannt, wird bei guten Tagen mutwillig verzehrt, und die Blutegel saugen den armen Untertanen das Blut aus den Adern! Wir haben nur einen einzigen Monarchen dem Namen nach, aber dem Staat, der Pracht und Hofhaltung nach an unseren Ministern hier einen König, dort einen Kurfürsten!

Heute sind sie bei diesen hohen königlichen Festivitäten, morgen bei jenen königlichen Solennitäten, die Armen aber, die mit himmelschreienden Kontributionen bedrängten Untertanen, müssen ihr Vermögen dazu hergeben, daß diese schmausen und traktieren können!

Das ist stark (sagte ich) und gewagt.

Aber doch wohl wahr? (raunte Günther)

Wohin aber kommen (rief Löscher, daß seine Worte wie Kugeln durch die Lüfte sausten), wohin kommen die Einkünfte des Landes? Ich antworte ohne Scheu: in die Küchen, Keller, Kästen der Minister! Wo sind die Schätze der alten Kurfürsten? Gehet hin in die Paläste der Hofbedienten, allda sind sie zu finden! Denn wie ist in so wenigen Jahren dieser und jener höfische Mann zu seinem erstaunlichen Reichtum gelangt? Wo kommen die Güter, Gärten, Weinberge und prächtigen Häuser her, die er besitzt? Wir können kühnlich und wahrhaftig zur Antwort geben: Es ist der Schweiß des armen Landes, armer Untertanen unterschlagene Kapitalien, Kassengelder und Kredite!

Mir wurde langsam unbehaglich, standen wir doch gut sichtbar neben einem Pfeiler. Doch Günther zeigte keine Furcht, im Gegenteil, er schien die Widerworte nachgerade aufzusaugen. Die grauen Schäflein der Gemeinde aber zogen bei dem Donnerwetter ihres Oberhirten die Köpfe ein und zeigten Mienen, als müßten sie statt der Gescholtenen ein schlecht Gewissen haben, ihre Augen jedoch leuchteten verstohlen und, so deutete ich den Ausdruck, sehnsuchtsvoll – das war auch das Gefährliche daran.

Die Verschwendung (Löscher schwang unbeirrt die Geißel, obwohl ihm Graf von Werther erst neulich dringend angeraten hatte, sich zu mäßigen, worauf Löscher auch versprochen haben soll, sich zu moderieren), die Verschwendung bei der Hofküche und Kellerei ist so erstaunlich, daß man sich mit Verwunderung entsetzt. Die allergeringsten Diener dort tragen und schleppen große Quantitäten Viktualien nach Hause, mit denen ihre Weiber gleichsam Handel treiben. Es wird mehr Butter an einem Tag mutwillig ins Feuer gegossen, als die ganze Woche auf der herrschaftlichen Tafel verbraucht zu werden nötig wäre. Die Bedienten schweigen, die Oberen sagen nichts dazu, und je bedrängter unsre Zeiten werden, je mehr Mittel werden ausgesonnen, durch Überfluß, Pracht und Verschwendung die Ausgaben zu mehren! O Dresden (rief er und breitete die Arme in Verzweiflung aus), du hast dich versündigt, darum mußt du sein wie ein unreines Weib! Alle, die dich ehrten, verschmähen dich nunmehr, der Feind hat bereits seine Hand an deine Kleinodien gelegt, und du sahest, wie fremde Völker in dein Heiligtum gingen . . . Wehe, Ariel, Ariel! Du Stadt des Lagers Davids, ihr plant die Jubelfeste! Wir aber sehen, leider!, den Untergang unseres armen Landes mehr als zuvor vor Augen! Die römischen Pfaffen springen über die Lücken der zerrissenen Zäune und Mauern des Landes, sie sperren ihr Maul auf wider dich, sie pfeifen dich an, blecken ihre Zähne und sprechen: Ha!, wir haben dich vertilgt, das ist der Tag, den wir begehret haben, wir haben es erlangt, wir haben es erlangt! Wehe dir, armes Land, weil man deinem Fürsten die Augen blendet und deine Ohren abfallen und fremden Göttern folgen! Wehe euch, ihr Zerstörer! Meint ihr, eure Paläste werden nicht zerstört werden?

O Gott, das war nun doch des Guten viel zuviel, es wurde hohe Zeit zu gehen, das Hören ohne Widerspruch kann schon als Einverständnis gelten. Ich nahm Günther beim Arm und wollte ihn aus der Kirche zerren, doch der versteifte sich und blieb wie angewurzelt stehen.

Dornen und Disteln werden auf euren Äckern wachsen! (schimpfte Löscher weiter) Und Schande, einstmals jungfräuliche Stadt, über deine Freudenhäuser! Du wirst nicht fallen durch das Schwert und wirst doch deinem Nachbarn zinsbar werden!

O weh, jetzt wird es kriminell, dachte ich, jetzt mischt er sich zu offensichtlich in die Politik, das kann, das muß selbst bei einem exponierten Gottesmann ins Auge gehen!

Hört, ihr Hohen und Gewaltigen des Landes! Fluch und Unsegen, zeitliche und ewige Verdammnis wird euer Lohn sein! Der Herr hat mich gesandt, daß ich solches weissagen soll wider diesen Hof und diese Stadt! Siehe, ich bin in euren Händen, ihr mögt es machen mit mir, wie es euch dünkt, doch sollt ihr wissen, wenn ihr mich tötet, so werdet ihr unschuldiges Blut laden auf euch selbst, auf diese Stadt und auf ihre Einwohner, denn wahrlich!, der Herr hat mich zu euch gesandt, daß ich solches vor euren Ohren reden soll!

Erst jetzt gelang es mir, Günther zum Verlassen der Kirche zu bewegen, Löscher war noch immer nicht am Ende.

Ein erstaunlich mutiger Mann (sagte Günther vor der Kirchentür).

Mutig, gewiß (sagte ich), jedoch die Frage ist, ob er auch weise handelt.

Weise! (sagte Günther, und ich täuschte mich gewißlich nicht, Verachtung da herauszuhören) Er ist wahrhaftig! Ist das nicht viel mehr?

Und wenn er Schaden damit stiftet? (fragte ich) Wenn er nun durch seine allzu scharfen Worte erst den Druck erzeugt, von dem er da so lamentiert? Wie, wenn er ihn geradezu herbeiredet mit seinen Worten? Er sticht ins Wespennest und wundert sich, wenn er gestochen wird. Die Lage ist gespannt genug und verschärft sich täglich, ein Gottesmann sollte für den Ausgleich Sorge tragen.

Ihr meint, er sollte schweigen? Und was ist damit gewonnen?

Es wird nichts schlimmer, als es ohnehin schon ist.

In schlimmen Zeiten (sagte Günther) wird Schweigen schnell zur Schuld.

Wie dem auch sei (versuchte ich das Thema abzuwenden), Ihr tätet gut daran, die Predigten von Löscher künftighin zu meiden.

Ich dank Euch für den guten Rat, Herr Rat (sagte Günther, und es schwang in diesem Satz eine völlig deplacierte Ironie).

Wir gingen mittlerweile durch die Weiße Gasse und sahen in einem Türbogen eine Menge Menschen stehen, die offensichtlich etwas lasen. Günther steuerte sofort darauf zu, wie ihn überhaupt alles interessierte, was um uns her geschah, er hatte seine Augen und Ohren überall, so als ob er davon nicht jeweils zwei nur hätte, sondern gleich ein Dutzend. Ich liebe es nicht, mich unters Volk zu mischen, er schien es nachgerade zu genießen. Ich hasse es, berührt zu werden, ohne es zu wollen, er aber drängte sich in diesen Haufen und zog mich mit hinein. Mir blieb gar keine andre Wahl, als dieses auch noch zu erleiden. Im Türbogen hing ein Pasquill, gedruckt auf einer sichtlich alten Presse, jedoch mit großen Lettern und jedermann verständlich formuliert, da stand:

Auf, ihr Bürger, wie auch Handwerks-Gesellen und Lehrjungen und alles, was man den Pöbel nennt! Wehret den Blutsaugern, reißt denen das verfluchte Herz aus dem Leibe! Ehe wird euch nicht besser, als man sie nicht zu Tode schlägt auf dem Lande und in den Städten, der ganze Pöbel soll für einen Mann stehen! Auf solche Art ist es gemacht worden im Königreich Engelland und anderen Orten, wenn die Leute sind ausgesogen worden! Zeter und Wehe über diese Herrschaft! Amen. Zeter und Wehe über alle und ihren Samen, die Stadt und Land drücken! Amen.

Das war die Aufforderung zur Emeute, von der Lagnasco gesprochen hatte. Jedoch bemerkte ich befriedigt und beruhigt, daß die Leute leise lasen, daß sie ängstlich um sich blickten und kein noch so kleines Wort des Empörens fallenließen. Auch entfernten sich nicht wenige, als sie meiner Person ansichtig wurden – so schlimm war es also noch lange nicht, doch schon schlimm genug. Die Lage soll ähnlich brenzelig gewesen sein, als König August zum Katholizismus übertrat und die teure Polenkrone kaufte, da klebten ähnliche Pamphlete hier an diesen Mauern, und es erschienen Schriften ohne Zahl und unter Hintergehung der Zensur mit dergestalten Titeln: Der über das Sachsen-Land aus dem Grabe klagende Lutherus, oder: Gesammelte Tränen von einer herzlich betrübten Mutter wegen des erbärmlichen Abfalls ihres evangelischen Sohnes zum Papsttum . . . Bedenklich ist, daß derlei Schriften, nur wenig variiert, nun wiederum erschienen, so im letzten Winter eine mit dem Titel: Die weinende Rahel, in welcher die Königin angeblich eigenhändig Klage führt wider Roms Seelenfängerei und ihrem Sohn, dem Kronprinzen, ins Gewissen redet wegen seines Glaubenswechsels. Wenn die Schrift auch nicht von ihr geschrieben ist, so ist doch wahr, daß alle Sachsen auf die streng lutherisch gebliebene Königin schauen, auf die Betsäule Sachsens, wie man sie nennt, und wahr ist weiterhin, daß die Königin ihrem Herrn Gemahl und dem Herrn Sohn den sieben Jahre lang vor ihr geheimgehaltenen Übertritt sehr übelnimmt: O du Schmerzenssohn, soll sie, dicke Zähren weinend, ausgerufen haben auf ihrem Schlosse fern in Pretzsch. Und das ist auch keineswegs verwunderlich, mußte doch der Kronprinz im vor zwei Jahren abgelegten Glaubensbekenntnis öffentlich geloben: Ich schwöre auch, daß ich diese verfluchte evangelische Lehre gänzlich heimlich und öffentlich mit Worten und Werken, auch das Schwert nicht ausgeschlossen, will helfen zu verfolgen ... Darauf bestand der Papst, um dann dem Konvertiten herzallerliebst zu schreiben, daß seine aus den freudetrunkenen Augen ausströmenden Tränen es nicht zulassen, mit Worten den Trost auszudrücken, womit Seine Heiligkeit erfüllt worden ist, als er vernommen, daß der sächsische Kronprinz sich zu der katholischen Religion bekennt ... Natürlich ist Papst Klemenz das Herz im Leib vor Freude hochgehüpft, nähert er sich doch dem alten Ziel, Sachsen wieder unter seine Fuchtel zu bekommen. Auch Löscher schrieb an Sachsens Kurprinz einen Brief, doch da mag ganz anderes darin gestanden haben! Der Inhalt muß so bös gewesen sein, daß Löscher königlicherseits schroff zurechtgewiesen wurde, worauf er ein weiteres Mal Besserung versprach – das Ergebnis hat man heute von der Kanzel tönen hören! Man sieht, die Sache ist noch lang nicht ausgestanden, und selbst wenn Löscher schwiege, wäre sie dies nicht, da sie nicht an Personen hängt, sondern an den Dingen, wie sie geworden sind. Ich hoffe nur, sie wird den Glanz des Festes nicht mindern, das wäre ja denn doch zu schade!

Es gelang mir, Günther aus dem Haufen auszulösen, und es war keine Frage, daß er ganz andre Schlüsse aus der Schmähschrift zog als ich. Doch ich vermied darüber jede Disputation, ich machte ihn statt dessen aufmerksam auf einen Blick durch die Bittelgasse hin zum Alten Markt, auf die vielen schönen Häuser, die kunstvollen Fassaden, das Treiben auf dem Platz, der einer Tischlerei unter freiem Himmel glich, weil hier zur Zeit die massiven Dekorationen für die Turniere und die Triumphbogen Ecke Kreuz- und Schloßgasse gezimmert wurden. Und als wir weiterliefen, fiel es mir auf, wie wenig ich doch gestern in Posadowskys Chaise gesehen hatte und wieviel heute. Die Menschen sah ich ganz – und siehe, es waren ganze Menschen! Mit Gesichtern, die alle, jedes einzelne für sich, unverwechselbare Züge hatten. Welch Unterschied zu fahren und zu gehen! Es war, als sei ich angesteckt von Günthers Sucht nach Sehen und nach Hören, ich sagte mir verwundert: Was es nicht alles gibt!

Schon an der nächsten Ecke nötigte mich Günther wieder zu etwas hin, was ich allein nicht des Bemerkens wert gefunden hätte. Es war das Fenster eines schmalen, alten Hauses, das ganz zu ebner Erde lag und aus dem ein Wimmern und ein Singen drangen. Der Blick hinein war alles andre als erfreulich für das Auge: ein dunkler, feuchter Raum, vielmehr: ein Loch zum Wohnen, darinnen eine Mutter am Bette ihres kranken Kindes, das fiebrig in das wenig saubre Kissen weinte und nicht sehr gut genährt aussah. Die Mutter, noch jung, doch schon arg verbraucht, strich die nasse Stirn des Wurms und sang dabei ganz zart und melodiös:

Ach, du lieber Augustin,
Alles ist weg!
Sachsen ist weg,
Polen ist weg,
Augustin liegt im Dreck.
Ach, du lieber Augustin,
Alles ist weg!

Das Lied ist schön, die Szene traurig (sagte Günther und wischte sich die Augen).

Mit letzterem mögt Ihr recht haben, mein Lieber (sagte ich, indem wir uns entfernten), doch das Lied – schön? Mir scheint, es ist ein ziemlich rohes und pöbelhaftes Gebilde.

Roh und pöbelhaft, Monsieur? Ich nenn es schlicht, lebendig, sinnlich stark, zwar einfältig, doch gerade dadurch groß.

Wie kann, bester Günther, etwas groß sein, dem die Bildung fehlt?

Nicht die Bildung (sagte der) macht die Poesie, sondern das lebhafte Empfinden, die Wahrhaftigkeit, die Nähe zur Natur. Das alles hat die Dichtung, die von unten kommt.

Aber was (sagte ich) ist mit der Form? Sie ist ganz augenscheinlich ungehobelt und keineswegs durchglüht von dem Bemühen, alles möglichst formvollendet auszudrücken: plumpe Metrik, plumper Reim. Das könnt Ihr unmöglich leugnen!

Jedoch, Monsieur de Besser (Günther gab einfach nicht klein bei), diese Gebilde sind keine toten Lettern wie so manches kompliziert gebaute Carmen, sie werden massenhaft gesungen. Und wißt Ihr auch, warum? Weil Strophe und Rhythmus klar und einfach sind. Geformte Melodie des Herzens, kein kaltes Regelwerk! Unverdorben von der Künstelei und angefüllt mit ruhiger Festigkeit! Diejenigen Poeten, deren Verse so verweichlicht sind, daß sie schwächlich taumeln, könnten sich durchaus eine Scheibe davon nehmen.

Und der Inhalt? (fragte ich) Sachsen ist weg? Polen ist weg? Das stimmt doch nicht. Augustin liegt im Dreck? Das stimmt nun schon gar nicht, zumal es ziemlich despektierlich von unserem gnädigen Herrn König gesprochen ist!

Günther schwieg, und ich wußte tief im Kopfe hinten, ich sprach die Worte wider beßres Wissen: Es stimmt nicht, und doch war es nicht gänzlich falsch.

Natürlich, unter uns gesagt (fügte ich deshalb hinzu), es gibt gewisse Inkommoditäten.

Und ich sprach von Augusts Plänen, die er gleich nach dem Erwerb der Polenkrone hegte: im Bündnis mit dem Sonnenkönig über die Moldau und die Walachei bis Konstantinopel vorzustoßen, Österreich dabei Böhmen, Mähren und auch Schlesien abzunehmen, immer mit dem Blick auf Sachsens Kaiserkrone, schließlich wollte er die Erbmonarchie in Polen gründen, Schweden Livland nehmen, um so seinen großen Traum, von dem er wohl noch immer träumt, zu verwirklichen: ein Europa, in welchem es im Westen die Bourbonen gibt, im Osten die Romanows und in der Mitte die Wettiner, sonst niemand von Belang. August als ein Titan, Gigant, Atlas, Herkules, auch Cäsar, Pompejus, Crassus, Octavian, Antonius – jedoch, jedoch: die rauhe Wirklichkeit: Er mußte bei der Krönung fern in Krakau die Pacta conventa der Polen beschwören, worin er sich verpflichtete, das Königreich bei seiner Wahlfreiheit zu erhalten, die alten Privilegien unangetastet zu lassen, seiner königlichen Gemahlin zu verwehren, Polen jemals zu betreten und sich in die Regierung einzumischen, es sei denn, sie würde römisch-katholisch und so weiter... Tatsächlich war die Königin der Polen noch nie in ihrem Königreich, welch fataler Kasus! Die polnischen Magnaten, die Lubomirski, die Sapiehas, die Radziwills, Czartoryskis und Potockis, dazu die kleinen Schlachtschitzen verhindern auf den Reichstagen mit ihrem alten Recht des Liberum veto alles, was die Adelsrepublik mit ihrem Wahlkönigtum beschneiden könnte. Augusts sächsische Soldaten wurden nächtlich massakriert, Zettel klebten an den Kirchen und selbst an den Türen der königlichen Gemächer, daß, wer die

heiligen Sakramente liebe, alle Deutschen totschlagen solle; Postkutschen wurden ausgeraubt, Gelder unterschlagen, so daß man hier in Dresden resignierend von der polnischen Wirtschaft sprach und spricht, was ein Synonym für Chaos ist. Und das trotz des vielen Goldes! Es ist bekannt, daß nach der Königswahl sechzehn Tonnen Gold von Sachsen nach Polen gingen, die Wahl allein soll an die zwei Millionen Reichstaler gekostet haben. Ein teurer Spaß, der König August in so arge Nöte brachte, daß er seinem Statthalter Fürstenberg schreiben mußte: Sie kennen mir globen, wie mir zumuthe, der ich die Armee in einen fremden Land auf dem Halß habe und in den sechsten Monat gehe und ich für selbige keinen einzigen Groschen habe . . ., also machen Sie, was Sie kennen, damit ich Gelt für die Armee bekohme, ansonsten ist sie fellig ruiniert und mechte wohl gar auseinanderlaufen . . ., man muß die Leitte nicht verfolgen, die in Kredit sind, bis man nicht andre alsobalt hat, man profitiret nichts, wenn man, um bei einen Wechsel etliche Procento zu gewienen, mich etliche Monate ohne Gelt läst und ich dadurch solche Contracte eingehen muß, bei denen ich das Dopelte ferliere . . . Polen war und ist ein bodenloses Faß, seine Schulden belaufen sich mittlerweile auf rund 36 Millionen Reichstaler, und es gibt nicht wenige Stimmen, allerdings nur hinter vorgehaltner Hand, die meinen, daß die Polenkrone der Anfang vom Ende Sachsens ist, weil sie vom ersten Tage an nur gekostet hat und nichts gebracht – außer, sozusagen, dem verderblichen Krieg gegen Karl XII. und die Begünstigung der katholischen Religion, die nun auch die Erblande unruhig werden läßt. König aller Polen nennt sich unser allergnädigster Kurfürst, jedoch die lieben Untertanen ästimieren ihn alldort nicht allzu hoch und hängen in ihrer polnischen Verstocktheit ihrem lausigen Stanislaus an. Es ist fürwahr ein Jammer! Vor zwei Jahren diktierten die Polen im sogenannten Pazifikationsvertrag von Warschau, daß alle sächsischen Regimenter bis auf den letzten Mann Polen zu verlassen haben: ein König ohne Truppen, welch wackeliger Thron!
Ich bereute gleich darauf, so freimütig von den polnischen Affairen erzählt zu haben – nicht weil ich zu befürchten brauchte, Günther könnte meine Offenherzigkeit mich zu denunzieren nutzen, sondern weil der lockre Ton die Zähmung

nicht begünstigte, denn: Welchen der Herr liebhat, den züchtigt er, so sagt ein Bibelwort, und: Die Furcht des Herrn ist der Weisheit Anfang.

Wir näherten uns, durch das Kirchgäßchen gehend, dem Neumarkt. Links vor uns lag das Regimentshaus, allwo die fürstlichen Personen zum Fest der dreißig Tage wohnen werden, als wir im Jüdenhof wiederum einen Menschenauflauf sahen, diesmal eine große Menge Weiber mit Körben, Kannen, Säcken, Beuteln in den Händen. Sie schoben, stießen und krakeelten vor dem Comptoir der Juden Lehmann & Meyer so zum Gottserbarm, daß zehn Grenadiere vor dem Lager Posten stehen mußten, um die Ordnung aufrechtzuerhalten und das Plündern zu verhindern. Ich weiß nicht – geht das nun alle Tage derart turbulent auf unsern Straßen zu? Oder ausnahmsweise heute? Oder hab ich diese Dinge sonst lediglich nicht wahrgenommen? Seltsam, daß ich auf einmal Vorkommnisse sah, die ich sonst wohl übersehen hätte, seltsam, daß mir dies in Begleitung Günthers widerfuhr – oder war's der Grund dafür? Vor dem Comptoir stand ein Tisch, auf diesem stand die Kasse, daneben eine Waage, und aus dem Lager schleppten Knechte Säcke mit Getreide, die Weiber kreischten, fluchten, stritten, es war ein infernalisches Gelärm. Der Korporal der Grenadiere stand abseits und beobachtete das Treiben, ich sprach ihn an und erfuhr die Ursache der Erregung. Die Teuerung, die Hungersnot, die Verknappung der Viktualien, natürlich! Jetzt fiel es mir wieder ein, die Müllerin, der Watzdorf, so sah das also realiter aus? Vier Taler verlangten die Juden für den Scheffel Korn, das war wohlfeiler als bisher, denn der Scheffel hatte schon über vier gekostet, außerdem war es die einzige Stelle, wo es überhaupt noch etwas gab. Die Juden also versorgten diese Stadt zu Preisen, die sie ohne Wimperzucken höher hätten setzen können, besaßen sie doch ganz allein das Monopol. Ehrenwert, doch ich weiß es wohl, dies wird am Hasse gegen sie nichts ändern. Aus der Menge gab es schrille Stimmen, die ebenjene ehrenwerten Männer schmähten. Halsabschneider, Wucherer, Judenschweine, so tönte es und unterschied sich damit wenig von der Meinung hoher Herren und auch des höchsten, der ebenjenen Berend Lehmann den verfluchten Juden nennt, obwohl ihm der als Hofbankier und -jude schon so manches Mal aus der finanziellen Bredouille half, genau wie Aaron Beer aus Frankfurt und Leffmann Berentz aus Hannover.

Mir war, als ob ich Mitleid mit den Juden spürte, die, rechtloser als die ohnehin schon Rechtlosen, kein Gewerbe ausüben dürfen, aus diesem Grund Geld verleihen und davon leben, was ihnen dann wiederum angekreidet wird. Ein nachgerade klassischer Circulus vitiosus! Zudem holt man sie immer dann aus der Versenkung, wenn man einen Bösewicht im Innern braucht (und der äußere dazu nicht taugt), dem man die Schuld für einen miserablen Zustand in die Schuhe schieben kann und von dem man keine Gegenwehr befürchten muß. Ich hatte die Gedanken, entgegen meiner Absicht, doch wohl laut geäußert – was mir zu denken gab, hab ich doch offenbar auch die Zunge nicht mehr im Zaum –, denn Günther schloß sich ihnen an.

Heute die Juden (sagte er), gestern waren es die Ketzer, morgen können es durchaus zur Abwechslung einmal die Besenbinder oder die Grünäugigen sein. Warum auch nicht, wenn es gebraucht wird, um den Volkszorn abzulenken und den Deckel auf dem Topf zu halten?

Wir sind gleich da (sagte ich), mir steckt der Weg schon übel in den Beinen.

Und mir ist (sagte Günther), als wären wir im Kreis gegangen, als hätte sich der Bogen zu der Predigt Löschers jetzt geschlossen.

Wir überquerten den Neumarkt in Richtung der Hauptwache und der Kirche Zu Unsrer Lieben Frauen, gingen hinein in die Rammische Straße und standen wenig später schon vor der Tür des Schneiders Hinterstocker, der aus Augsburg stammt und der sich hier durch seine guten Verbindungen zu seiner alten Heimatstadt (in welcher die berühmten Modekupfer verfertigt werden) und darüber hinaus nach Paris (dem unangefochtenen Mittelpunkt der Mode) sehr schnell zum anerkannten Ritter von der Nadel gemausert hat und alle die bei Hof beliefert, die ihre Kleidung nicht direkt aus Frankreich kommen lassen können, weil dies zu teuer ist, und die doch so aussehen wollen, als ob sie's täten. Ein Mann mit modischem Geschmack und Sinn für das Geschäft, dabei mir gegenüber sehr ehrerbietig und gefällig.

Ein Glöcklein an der Tür vermeldete unser Entree nach hinten in die Werkstatträume, wo der Meister mit seinen zehn Gesellen sitzt, ein Vorhang rauschte, und Monsieur Hinterstocker lud uns, sich dabei verneigend, mit einer Handbewegung ein, in das Séparée zu treten, in dem die herrschaftlichen Kunden Bedienung finden.

Ergebenst Euer Diener, hochwohlgeborener Herr Geheimer Kriegs-Rat (sagte er devot), womit kann ich dienen?

Ihr seht wohl selbst (sagte ich), ehrengeachteter und wohlbenannter Meister, daß dieser junge Mann in diesem Aufzug bei Hof unmöglich ist.

Unmöglich, eine Katastrophe, mit Verlaub (bestätigte Meister Hinterstocker).

Nehmt ihm das Maß (fuhr ich nun fort) und fertigt einen Rock aus feinem Samt, der in Länge, Art des Schließens und der Form der Ärmelaufschläge der letzten Mode ganz entspricht.

Und welcher Farbe, wenn ich untertänigst fragen darf?

Puce (sagte ich), flohfarben, das ist doch wohl der letzte Chic?

Sehr wohl (sagte Hinterstocker). Und welche Nuance davon? Wenn Ihr bitte gnädig wählen möchtet?

Er zog behend aus dem Regal ein paar Ballen Stoff, legte diese vor uns auf den Tisch und nannte die Nuancen nacheinander.

Hier ist Flohkopf, ganz reizend, meine Herren, hier Flohrücken, sehr dezent und vornehm, dies Flohbauch, eine extraordinaire Kreation, dies Flohschenkel, äußerst kleidsam und nobel, und hier, die Herren, das Raffinierteste vom Raffinierten, dernier cri, ganz deliciös: Floh im Milchfieber.

Und was meint Ihr, mein lieber Günther? (fragte ich) Ihr sollt es schließlich tragen.

Ich war entzückt von diesen Stoffen, dieser Fülle, dieser Eleganz, doch Günther schien dies alles kaltzulassen. Vielleicht auch war er nur etwas betäubt, da er gewiß noch nie in seinem Leben bei einem solchen Schneider war.

Mir wäre es das liebste (sagte er und stockte), ich blieb in der Kledasche . . ., ich könnte bleiben, wie ich bin.

Des Meisters Miene verzog sich bei diesen Worten in derart tiefem Schmerz, als sei ihm soeben ein Backenzahn herausgerissen worden, und auch ich war eingestandenermaßen verletzt ob der Undankbarkeit, die aus diesen Worten sprach.

Hört nicht hin, verehrter Meister (sagte ich zu Hinterstokker), unser junger Freund kennt sich nicht aus bei Hofe! Und Ihr, mein guter Günther (ich sah ihm in die Augen), Ihr dürft mir ruhig vertrauen, gelt ich doch in Dresden als der L'homme de bon goût, der hohen und selbst höchsten Herrn gelegentlich in Modesachen rät. Monsieur Hinterstocker wird Euch das bestätigen.

Ich zweifle nicht daran, Monsieur de Besser (sagte Günther), doch ich . . .

Meister Hinterstocker (sagte ich), es wird uns beiden Alten nichts weiter übrigbleiben, als die Jugend zu ihrem Glück zu zwingen. Nehmt ihm das Maß, er wird schon noch Vernunft annehmen.

Ich will . . . (sagte Günther, doch Hinterstocker hatte bereits angefangen).

Steht ein wenig still, junger Herr (sagte er), ich bitte Euch, sonst stimmen dann die Maße nicht und Ihr gebt mir die Schuld.

Ich . . . (setzte Günther wieder an, doch Hinterstocker bewältigte die Widerspenstigkeit ganz bravourös).

Nun, junger Herr (unterbrach er ihn und salbaderte mit solcher Emsigkeit, daß Günther nicht zu Worte kam), steckt die Arme aus, ich bitt, ja, so, sehr schön, und jetzt die Schulterbreite, na also, bitte, danke sehr. Ihr seid im übrigen gleich fertig, nur Geduld, so, und nun die Ärmellänge, wunderbar, merci, sehr gut . . .

Der Günther tat wahrhaftig, als würde er vergewaltigt. Wenn er sich derart trotzig wie ein Kind aufführte, dann durfte, ja, dann mußte ich die Vaterrolle übernehmen, er drängte mir ja diese nachgerade auf!

Und welche Spitzen, Herr Geheimer Rat (fragte mich der Hinterstocker), darf ich nehmen? Französische, niederländische oder einheimische?

Nehmt die von hier (sagte ich), doch spart mir nicht mit Borten und mit Litzen!

Wie Ihr befehlt, Monsieur (Hinterstocker verbeugte sich, obwohl er sich des Messens wegen ohnehin in der Beuge schon befand), ganz zu Euren Diensten, Herr.

Es wurde noch eine ganze Weile Maß genommen, ausgewählt und manch modisches Detail besprochen, wobei der Günther verstockt schwieg und das Geschäftliche nur zwischen mir und Hinterstocker abgewickelt wurde. Zwar widerstrebend, doch aus alter Freundschaft und meines guten Namens wegen ließ er sich auf das erste Gehalt von Günther vertrösten, aber nur mir zuliebe, wie er wiederholt versicherte. Als wir endlich gehen konnten, war ich erschöpft von der Verhandlung, die ich allein für Günther führte, ebenjenen Undankbaren, der dies mit keiner Silbe würdigte, weshalb ich mich von ihm gleich vor der Tür verabschiedete und ihn auf morgen zu mir bat.

Am Nachmittage, nach einem labenden Mittagsschläfchen, entwarf ich noch das neue Reglement, wie es beim Fest wegen des Stocktragens und wegen des Eingehens in die königlichen Vorzimmer zu halten ist, ich schrieb fein säuberlich auf ein weißes Blatt Papier:

1. Am Tage des Einzugs soll kein Minister noch Kavalier Quasten an den Kutschpferden führen, allermaßen dieses nur allein den fürstlichen Personen erlaubet, nach dem Einzuge können sowohl die Minister als Kavaliere sich deroselben bedienen.

2. Soll keinem Minister noch Kavalier erlaubt sein, bei Hofe mit Stöcken zu erscheinen, es wären denn die Marschalle, die Kommandanten der Garden, der Generalfeldmarschall, der Gouverneur und die Offiziere, so die Wache haben, auch die, so sich schwachheitshalber des Stocks bedienen müssen.

3. Wird keinem Lakaien, er sei, von wem er sei, verstattet, einen Degen zu tragen, Stöcke mit einem Bande ingleichen.

4. Sollen auch die Heiducken keine Säbel tragen.

5. Jedoch ist den asiatischen Völkern der Säbel, weil es die Kleidung mit sich bringt, erlaubt.

So schrieb ich klar und deutlich, und mit jedem Punkt ein wenig mehr zog Frieden in meine Seele ein. Ich hatte entschieden das Gefühl, nützlich zu sein, etwas zu leisten, etwas, an das man sich halten konnte, etwas mit Feinheit und Verstand. Wohlgeordnetes, Sinnvolles, eine Arbeit, die von Loewendal sicher anerkannt und vom König gebilligt werden würde.

Sodann las ich noch ein Weilchen und fand dabei, welch gutes Omen, den Namen eines weiteren großen Mannes, der über vierundsiebzig Jahre lebte, nämlich Wimpfeling, der achtundsiebzig wurde.

Marginalien zum heutigen Geschehen bei Hofe: Nachmittags war Damen-Ballett-Probe auf dem Riesen-Saal. Hatte der italienische Graf Foscari nachmittags um vier Audienz bei Königlicher Majestät und wurde zum Handkuß gelassen. Nachmittags fuhren K. M. mit dem italienischen Grafen und dem Paladin Gablianowski nach Altendresden.

11. Augustus, Hermann

Absence makes the heart grow fonder, sagt man in Engeland, und solches spürte ich, als ich an Günther dachte und bei mir beschloß, ihn heute, wenn er zu mir käme, freundlicher, nachsichtiger und geduldiger zu behandeln, als ich dies gestrigentags bei dem Monsieur Schneider tat. Vielleicht kommt er mir auch ein kleines Stück entgegen und hat inzwischen eingesehen, daß ich doch nur sein Bestes will und die Regeln unsrer Zeit nicht von mir erfunden sind?

Als er dann am Nachmittag wirklich kam, schien sich meine Hoffnung zu erfüllen, denn er bezeigte mir Respekt und hatte seine verstockte Widerborstigkeit offenbar geläutert. Auch konnte ich Erfreuliches berichten, war doch am Mittag Nachricht des Inhalts aus dem Hause der Madame gekommen, mein Günther solle am Abend bei Mademoiselle Fleurette vorsprechen, welche so gut wie von Adel und deshalb als Lehrmeisterin feiner Manieren vortrefflich geeignet sei, ferner von meinem Gespräch mit dem Grafen Wackerbarth, der sicherlich demnächst vom König einen Tag für die Vorstellung genannt bekommen würde.

Ich bin bereit (sagte Günther, und dieses hört ich gern), es bleibt mir keine andre Wahl. Ich will von Sachsens goldnen Zeiten singen, die Not zwingt mich dazu. Und dennoch – ich habe es versucht, Monsieur –, spitz ich die Feder zum Lobe hoher Taten, will meine Muse nicht erscheinen.

Vielleicht, mein lieber Günther (sagte ich), wird Eure Muse

munterer und williger, wenn ich Euch sag, daß mit dem Amt 300 Taler verbunden sind?

Dreihundert (sagte Günther), sehr hoch scheint man bei Hof die Poesie nicht einzuschätzen.

Wem sagt Ihr das, mon cher? (rief ich und stellte mich damit auf seine Seite) Noch immer gilt die edle Dichtkunst als Zeitvertreib für Nebenstunden, und die Poeten müssen entweder selbst begütert sein oder doch zum wenigsten einen auskömmlichen Unterhalt haben, mithin ein Amt, das ihnen nebenbei die Zeit beläßt, drei oder vier Stunden des Tags an die Kunst des Reimens zu verschwenden.

Ich mag nicht (sagte Günther) wie ein Fisch nach der Gunst des Hofes schnappen! Und doch darf ich mir nicht gestatten, grob den Vorteil eines solchen Amtes auszuschlagen. Man muß, ich sehe es so klar wie nie zuvor, mit den Wölfen heulen, oder man wird totgebissen, weil der fremde Ruch das Rudel stört. Wölfisch geht es zu Monsieur, und die Tugend und die Kunst, sie sind in diesem unsern stolzen Säkulum fürwahr nicht mehr als bettelnde Hausierer.

Feliciter vivit qui libere vivit (sagte ich, da ich die Zwänge sehr wohl kannte), glücklich lebt, wer frei lebt. Doch wer vermag das schon?

Ich (sagte Günther), ich brauch so gut wie nichts dazu.

Mehr vermag, wer mehr besitzt (sprach ich mit Plautus), plus potest qui plus valet.

Günther schien sich gegen diese Einsicht noch zu wehren, denn er erzählte mir von seinem Lieblingsplatz unten an der Elbe, wie um mir etwas zu beweisen. Da läge er im grünen Gras, schaue auf den Fluß und in die Wolken, und es schaudre ihn, wenn er den Blick auf Dresden richte mit seinen Fortifikationen, den Ravelins, Bastionen und den Wällen. Es sähe aus, als ob der Stadtwall die Häuser und die Menschen weniger beschütze denn würge wie eine Faust aus Stein. Bei ihm da draußen sei es licht und weit, da drinnen jedoch eng und grau, er habe Angst, sich an die Residenz zu binden, sich zwiefach einzuschnüren, ernstlich durch die Enge dieser Stadt und hernach durch das Amt bei Hofe: ein großer Kerker und darin die Zelle, zwar mit bescheidenem Komfort, doch so eng bemessen, daß die Glieder unweigerlich verkümmern müssen. Wie anders wäre es – er kam ins Schwärmen –, wenn er aus seiner Stube gehe, die Meißnische Gasse hinunter auf die Elbe zu, vor der Brücke nach links abschwenke, an der Redoute und dem neuerbauten Lazaretthaus vorbei hin zur Priegnitz laufe, die allda in die Elbe fällt! Dort liege er und habe an sich selbst genug, ein Stück Papier, die Feder, der Himmel über ihm, darin die freien Vögel, was benötige ein Dichter mehr? Und zum Beweis rezitierte er die Ode, die er gestern dort geschrieben haben will, er sprach sie aus dem Kopfe, und ich will sie hier, Chronistenpflicht genügend, notieren:

Euch Musen dankt mein treu Gemüte,
Wofern ich etwas gelt und bin,
Der Lorbeer eurer reichen Güte
Grünt jetzt schon auf die Nachwelt hin.
Ihr habt mich von Geburt umfangen,
Gesäugt, geführt, geschützt, ernährt
Und, wenn mir Freund und Trost entgangen,
Dem Herzen allen Gram verwehrt.

Nun mögen andre meinesgleichen
Aus Ehrgeiz mit nach Ungarn gehn
Und bei des Adlers Siegeszeichen
Geschlecht und Stand und Glück erhöhn.
Ich schmeichle keiner großen Zofe,
Ich bete keinen Götzen an,
Der irgend Leute von dem Hofe
Nach Willkür ziehn und werfen kann.

Ein Lager an den grünen Flüssen
Ergötzt mich in gelehrter Ruh,
Hier kann ich alle Not versüßen,
Hier richtet niemand, was ich tu.
Hier spiel ich zwischen Luft und Bäumen,
Sooft die Sonne kommt und weicht,
Und ehre die in meinen Reimen,
Der nichts an Treu und Schönheit gleicht.

Sprecht mehr, ihr hochmutsvollen Spötter,
Ich hielte nichts von Lob und Ruhm,

Mein Name dringt durch Sturm und Wetter
der Ewigkeit ins Heiligtum.
Ihr mögt mich rühmen oder tadeln,
Es gilt mir beides einerlei;
Wen wahre Lieb und Weisheit adeln,
Der ist allein vom Sterben frei.

Da waren sie wieder: der trotzige Stolz, die unverschämte Hybris, das vorwitzige Bewußtsein seiner selbst und der künstlich aufgemutzte Gegensatz von reiner Dichtkunst und der Kunst bei Hofe! Ich sah verdrossen die formidablen Schwierigkeiten neu voraus, ihn zur galanten Schreibart zu bewegen. Zudem war ich ein wenig ärgerlich ob der Behauptung, er habe dieses Carmen an einem einzigen Tag gedichtet. Dies hatte er gewiß gesagt, um mich damit zu kränken.

Vorerst, mein lieber Günther (sagte ich, im Ton verbindlich), wollte ich noch bei der Kunst verweilen, wie man bei Hof sich avec succès bewegt. Zur schönen Dichtkunst, wenn Ihr gestattet, später. Ihr wißt, es gibt bei Hof ein Reglement, das Rangabfolge, Kleidung, Sprache und Bewegung bis hin zur kleinsten Geste aufs genaueste bestimmt und peinlich eingehalten werden muß, will man sein Glück dort suchen und auch finden.

Ich griff aus meinen Akten die derzeit gültige Hofordnung heraus und las ihm die Hierarchie der Namen und der Ämter vor, damit er, par exemple und Gott behüte, keinen bürgerlichen Wirklichen Geheimen Rat vor einem adligen Wirklichen Geheimen Rat begrüßte, falls er je in solche Lage kommen sollte. Wie ungemein und überaus wichtig derlei sei, erklärte ich ihm mit tausend Engelszungen, und wieviel Meriten man sich verdienen könne, halte man diese Regeln ein. Um ihm recht deutlich vorzuführen, wie fein gewebt das Netz der Etikette ist und wie ich, Anno dazumal auch nur ein junger Mann, der sich bei Strafe seines Untergangs bewähren mußte, mein Glück beim Schopfe respektive Hosenleder packte, erzählte ich sodann von meiner englischen Mission vor nunmehr 35 Jahren.

Denn damals schickte mich der Große Kurfürst nach London zu König Karl II., um mit dessen Hilfe ein von den Spaniern gekapertes Schiff zurückzuholen. Dabei kam mir ein weiteres Mal zugute, daß ich gewandt den Ball zu schlagen wußte. Der König war darin nicht eben sehr geschickt, doch ließ ich ihn stets Sieger sein, was sein Herz mir gegenüber mild und freundlich stimmte. So erhielt ich freien Zutritt zu den offiziellen, geheimen und auch intimen Hofgeschäften, ich konnte alle Angebote nutzen, und angeboten wurde wahrlich viel im galanten London dieser Zeit. Das täglich ausgeschüttete Füllhorn des Genusses vergoldete die rauhe Themsestadt, die Galanterie regierte, der katholische König Karl präsentierte geradezu demonstrativ die wiederhergestellte Allgewalt der Krone und rächte sich auf seine Weise, indem er alles tat, was ihm gefiel, ohne das protestantische Parlament danach zu fragen. Es war die süß genossene Rache an den Revolutionären der Parlamentspartei, Rache für den Sturz der Krone, für sein erzwungenes Exil, für die Enthauptung seines Vaters und verlorenen Schlachten gegen Cromwell, Rache an der ganzen protestantischen Nation, aus der er nun kraft seiner Herrlichkeit die Gelder preßte, um seine Pracht und damit seine Macht zu mehren. Er herrschte wahrlich königlich, das heißt, er genoß das Leben und ließ in seinem Namen herrschen, er umgab sich mit den köstlichsten Maitressen, der Nelly Gwyn, der Lady Castlemain, der Louise Renée de Kéroualle, um nur einige zu nennen, sein Leben war ein permanentes Fest. Und London strebte eifrig, es seinem Herrscher gleichzutun, qualis rex, talis grex, es wurde eine Stadt der Lüste. In den Schenken flossen Bier und Wein, die Zoten flogen, Dirnen flanierten offen auf den Straßen, im Hyde-Park, im St.-James-Park und auf der Westminsterseite gab es regelrechte Liebesmärkte, dort waren Frauenzimmer jeden Alters frei zu kaufen, für eine Stunde, einen Tag, eine Woche, ganz wie es beliebte. Intime Theater zeigten die Vermischung der Geschlechter auf offner Szene, Adamsfeste waren à la mode, man tauschte die Maitressen wie die Ehefrauen, enfin, es war für einen jungen Mann wie mich der Garten Eden hier auf Erden. Fünf Guineen nur, und man war zu Gast auf einem Adamsfest, auf dem die Damen zwar maskiert, doch sonst von Kopf bis Fuß puris naturalibus erschienen. Man kam sehr bald zur Sache, die Lichter gingen aus, und was sich vorher im Tanz umfing, umfing sich nun am Boden, man paarte sich, doch wußte nicht so recht, mit wem. Diskretion war Ehrensache, weil so manche Herzogin dort ihren Furor uterinus stillte, weshalb die Polizei gehalten war, auf dem einen offenen Auge auch noch blind zu sein. Ich trank die Lust in vollen Zügen, ich schwamm in Glanz und Wollust, süß geschaukelt von den Wogen der Menus-Plaisirs – bis mich ein Schreiben meines treuen Eheweibes jäh erschreckte, in welchem sie Empörendes von einem meiner Gönner schrieb: Der mächtige Staatsrat, Herr von Fuchs, schrieb sie, prüfe und bedränge täglich ihre eheliche Treue, spreche gering von mir, um mich aus ihrem Herz zu expellieren, sie wisse nicht, wie lange sie dem Ansturm widerstehen könne, ohne Herrn von Fuchs ernsthaft und zu meinem Schaden ärgerlich zu stimmen. Ich kochte, schäumte, schwor, die Hinterlist zu strafen, und der Rachedunst vernebelte die Sinne. Ich erfuhr aus diplomatischen Kanälen, daß ebenjener Herr von Fuchs heimlich die Rye-House-Verschwörung des Herzogs von Monmouth, leiblicher Sohn des Königs, jedoch ein Protestant im Glauben, unterstützte und dessen Anhängern Asyl in Brandenburg gewährte, und berichtete dies postwendend dem Kurfürsten nach Berlin. Ich schrieb vom Unwillen des englischen Königs über die Rancune, zeigte mich besorgt, was die auswärtige Politik im allgemeinen und das gekaperte Schiff im besonderen betraf, und deutete den Übeltäter, ohne seinen Namen auszusprechen, so scharfsinnig an, daß er unschwer zu erkennen war – ohne jedoch zu bedenken, daß die gesamte Post zuerst durch Fuchsens Hände ging. Dies hat mir fast den Hals gebrochen. Der französische Gesandte zu Berlin, Graf Rebenac, ein guter Freund von mir, signalisierte mir die ewige Feindschaft des Herrn von Fuchs nach London und riet mir dringend, im Notfall eher einem König als einem seiner ersten Staatsminister zu mißfallen, da jener durch diese leicht besänftigt werden könne, diese hingegen unversöhnlich seien und ständig Gelegenheit hätten, den Mißliebigen aus der königlichen Gnade zu verdrängen – welchen guten Rat ich gleich dem Günther weitergab. Zu meinem damaligen Glücke geriet der Stern des Herrn von Fuchs wenig später schon ins Sinken, so daß ich meine Ehrerbietung nunmehr dem neuen ersten Mann, dem Danckelmann, schenken konnte und damit vorerst gerettet war.

Die ganz besondre Gnade meines Herrn errang ich mir

durch eine kühne Tat, die lange noch Europas Höfe amüsierte und hier als Exempel für die Wichtigkeit des Reglements dienen soll. Der venezianische Gesandte, Vignola hieß der impertinente Kerl, brach einen Streit vom Zaun und behauptete, ihm gebühre der Vortritt beim Eingang in die königlichen Zimmer, weil Venedig ein Jahrhundert lang die Krone Cyperns trug, was mehr zähle als ein Kurfürsthut. Zu jener Zeit starb Karl II., der Herzog von Monmouth landete an Britanniens Küste, der Bruder Karls, Herzog Jakob von York, bestieg den Thron. Die Huldigung des neuen Königs durch die Gesandten stand Ende Februar bevor, James, der aufständische Neffe, wurde bei Sedgemoor geschlagen und kam gefangen in den Tower. Ich meinte, sehr geschickt zu sein, als ich Vignola vorschlug, daß der vorangehen solle, der zuerst da sei. Doch diese meine Friedfertigkeit mißfiel dem kaiserlichen Abgesandten, er nannte sie sträflich feig, undeutsch und eine Schande für das Reich und warnte mich, er müsse solches strikt nach Wien berichten, es sei unmöglich, daß ein Republikaner vor einem kaiserlichen Diplomaten gehe. Am Abend vor der Huldigung verbarg ich mich im Schloß, verbrachte dort die ganze Nacht versteckt in einem dunklen Gang und wagte nicht, ein Auge zuzutun, aus Furcht, mein Schnarchen könnte die Wachen alarmieren. Der Morgen kam und sah mich auf dem Posten, die Ambassadeurs versammelten sich mit Würde in der Galerie, selbstredend auch Vignola, der sich geschickt nach vorne drängte. Die Tür ging auf, gemeßnen Schritts bewegten sich die Herren zum erhöhten Throne, doch als ich durch ebenjene Türe trat, sprang der flinke Italiener mit einem Satz vor mich, ging ungeziemend schnellen Fußes auf den König zu und begann, entgegen jeglicher Gepflogenheit, schon zwanzig Schritt vor dem Thron zu sprechen. Ich sah die Blicke Wiens und aller Monarchien auf mich geheftet – und rettete die Ehre Brandenburgs und aller Royalisten, indem ich den kleinen Venezianer mit festem Griff an seinem Hinterteile packte, ihn aushob und mit einem kräftigen Hauruck hinter mich beförderte. Venedig von Brandenburg auf englischem Boden vernichtend geschlagen: Das ist Diplomatie! Ohne Blut und ohne Verluste, vor den Augen der Welt: ein glänzender Sieg! Ich erntete damit viel Beifall, gewann die Huld des neuen Königs Jakob, der, entre parenthèses, drei Jahre später vor seinen Protestanten in die Arme Frankreichs fliehen mußte, und befestigte die Stellung in Berlin.

London – ein Triumph und ein Genuß für mich, leider mit grausigem Abschied im Juli, denn ich mußte die öffentliche Hinrichtung des Herzogs von Monmouth besuchen und höre heute noch in aller Deutlichkeit, wie das Haupt vom Rumpf geschlagen wurde – ein Geräusch, als ob ein Bauer aus der Mark mit seinem Messer eine Rübe teile, ein ekelhaftes dumpfes Zischen. Dabei hatte der Herzog noch das Glück, durch einen einzigen Hieb zu sterben und nicht wie der unglückliche Patkul, der, von August an den Schwedenkönig ausgeliefert, erst gerädert wurde, sich dann mit den mehrfach durchgebrochnen Gliedern selbst zum Richtblock schleppen und nun die Qual erleben mußte, wie das stumpfe Beil des ungeschickten Henkers beim ersten Hieb im Nacken steckenblieb und erst beim zweiten die Tortur beschloß.

Von London fuhr ich ins heitere Paris. Paris, jetzt schwärmte ich, das ist nicht irgendeine Stadt, Paris, das war und ist das Zentrum der galanten Welt: O Paris, du Traumstadt an der Seine, du kapriziöser Hauch, du Mittelpunkt des Schönen, du Residenz der Lust, des Lasters und der Leichtigkeit, Paris, du Nabel des bon gout, du Stadt der schönen Künste und koketten Frauen. Allein die Namen – welche Pracht und Fülle! Indem ich sie in den Mund nahm, entfalteten sie noch einmal ihr ganzes Odeur: Palais du Louvre, Ile de la Cité, Cathédrale Nôtre Dame, Conciergerie, Place Dauphin, Pont Neuf, Hôtel de Lauzun, Jardin les Tuileries . . . Sodann das Château de Fontainebleau und der überwältigende Bauplatz von Versailles mit 36 Tausend Arbeitern und wieder Paris mit seinem unüberschaubaren Hof und dem unvergleichlichen König, der alle anderen mit seiner Prachtentfaltung sonnengleich auf Europas Schattenseite stellte . . . Paris, ach, viel zu kurz war meine Zeit mit dir, im Herbst schon hatte mich mein graues flaches Brandenburg zurück.

Ja, wie wird ein Mensch ein Mensch? (fragte Günther leise und antwortete mit einem merkwürdig wehmütigen wie auch impertinenten Zug um die Lippen) Durch Einsicht und durch Reisen . . .

Mir schien, daß Günthers Miene sich bereits verfinstert

hatte, als ich von London und Paris so enthusiastisch sprach. Also ließ ich dieses undankbare Thema sein und kam zurück auf die Unterrichtung Günthers.

Eh bien (sagte ich), Ihr wißt, mein lieber Freund, daß ein jegliches bei Hofe seinen Titel hat und der geringste Abweich davon schlimme Folgen? Die Länge des Titels zeigt getreulich die Länge des Arms, naturellement hat der König den längsten, und es empfiehlt sich, diesen aus dem Kopf zu kennen, also hört: Friedrich August, von Gottes Gnaden, König in Polen, Groß-Herzog in Litauen, Reußen, Preußen, Masowien, Samogitien, Kyovien, Wollinien, Podolien, Podlachien, Liffland, Smolensko, Severien und Schernicovien, Herzog zu Sachsen, Jülich, Cleve, Berg, Engern und Westphalen, des Heiligen Römischen Reichs Erz-Marschall und Kurfürst, Landgraf in Thüringen, Markgraf zu Meißen, auch Ober- und Niederlausitz, Burggraf zu Magdeburg, gefürsteter Graf zu Henneberg, Graf zu der Mark, Ravensberg und Barby, Herr zu Ravenstein ... Der Titel der andern hohen Herrn ist etwas kürzer, doch noch immer lang genug, daß, wenn zehn von ihnen zusammenträfen und man ihre Namen samt den Titeln schreiben würde, man gut vier Bogen dazu brauchte. Selbst bei den Bediensteten sind die Titel noch lang wie eine Schleppe, so darf sich, par exemple, der Theater-Couturier Grashof Italienischer Opern- und Französischer Komödien-Frauenzimmer-Hofschneider titulieren. Und wehe dem, der daran etwas kürzt!

Verständlich (sagte Günther), oft genug ist dies mit vielem Geld gekauft. Erbärmlich arm, wer nötig hat, sich mit dem Titel Bedeutung zu verleihen.

Auch Ihr, mein strenger Günther (warf ich ein), habt Euch, wenn ich nicht irre, den Titel eines Laureaten zugelegt und habt dafür bezahlt.

Es geht nicht anders her! (rief Günther) Was soll ich tun, es sind der Mißgunst Sitten! Unbedachte, närrische Neugier war's, als ich mir das gekrönte P. an den Namen flickte, einen Titel, den jeder Stümper mit etwas Geld erkaufen kann. Doch lobt die eitle Welt selten ein Gedicht, wenn nicht die Hand schon fault, die es geschrieben hat, es sei, das Wörtchen „von" verlängert einen Namen oder der nachgestellte Titel klingt außerordentlich fulminant. Der Schein besticht die Gegenwart und blendet so die Zeit danach! Monsieur, Ihr könnt mir glauben, daß für mich nur ein einzger Titel wirklich zählt, und dieser lautet: Er hat, solange er gelebt, ohne Eigennutz und Blenderei nur eins gesucht – die Wahrheit!

Dies ehrt Euch (sagte ich), doch sind die Bräuche hier bei Hof ganz anders. Ich rat Euch sehr, vor der Audienz beim König das Titularbuch zu studieren und Euch die dort fixierten Anreden einzuprägen. Ihr werdet darin finden, daß ein Baumeister mit Großachtbarer und Kunsterfahrener angesprochen werden will, ein Küchenmeister: Wohl Ehrenfester und Hochachtbarer, ein Handwerker: Wohl Ehrenfester Vorachtbarer, ein Buchbinder: Wohl Ehrenfester und Wohlgeachteter . . . und so fort.

Das hört sich an, als wäre jeder für sich sein eigener kleiner Staat.

So ist es auch, jeder wacht über die Unverletzlichkeit seiner Standesgrenzen, keiner ist dem andern gleich, jeder steht etwas tiefer oder höher, wodurch es sich, nebenbei gesagt, leichter herrschen läßt.

Divide et impera (sagte Günther), ein altes Muster.

Ganz recht (sagte ich), doch zurück zu den Manieren. Ihr wißt, ich hoff, daß Ihr vor des Königs Angesicht das Haupt zu senken, das Knie zu beugen und lediglich gedämpft zu sprechen habt? Und wie Ihr ihn benennt? Durchlaucht, Durchlauchtigster, Allerdurchlauchtigster, Hoheit, Sire, Majestät. Und Euch? Auf keinen Fall ergebenst, dies sagte man nur zu Gleichgestellten, immer untertänig, untertänigst, alleruntertänigst. Es bleibt Euch überlassen, weitere Steigerungen zu erfinden, das ist der Phantasie des Untertanen erlaubt. Vor dem König sind solche Worte angebracht, par exemple: Man muß, Sire, schweigen, bewundern, Gott alltäglich inbrünstig danken, daß er uns unter der Herrschaft eines solchen unvergleichlichen Königs wie Eurer Majestät hat geboren werden lassen, der keine anderen Grenzen seiner Allmacht kennt als die seines eigenen Willens . . . et cetera et cetera. Dies verbunden, nicht zu vergessen, mit etlichen zierlichen Kratzfüßen.

Und so (fragte Günther) sprechen alle dort bei Hofe?

Nicht alle (sagte ich), die Günstlinge nennen Königliche Majestät ganz vertraulich Bruder Augustin, Flemming darf es sich sogar erlauben, die Maitresse en titre vor den Ohren des

Königs mit Hürchen anzureden. Aber sonst, die unteren Bedienten, ja, die müssen es, wollen sie den Kopf auf dem Hals behalten. So mancher fand sich schon nach einer Audienz auf dem Königsteine wieder, Unbotmäßigkeit wird hart geahndet. Devot die Regeln zu beachten und doch das Eigene vertreten – das ist die Kunst bei Hofe!

Wahrlich eine edle Kunst (sagte Günther lapidar).

Und solltet Ihr (fuhr ich unbeeindruckt fort) vor des Königs Angesicht Gnade finden, empfehl ich Euch, auf solche Art zu danken: Ich bedanke mich in tiefster Untertänigkeit für die allerhöchste Gnade, die Seine Königliche Hoheit mir erwiesen, und bekenne gern, daß solche mehr nach der Hochherzigkeit Ihrer Person als nach meiner Würdigkeit eingerichtet sei . . ., ein solches zu verdienen möchte mir wohl unmöglich fallen, aber mein Dichten und Trachten wird sein, durch alle mir erdenkliche Sorgfalt und Treue mich dahin zu bestreben, damit ich nimmer undankbar gefunden werde . . ., etwa so in dieser Art.

Ich weiß nicht, ob ich das vermag (sagte Günther leise).

Mein lieber junger Freund! (rief ich übertrieben optimistisch, um ihn damit aufzumuntern) Ihr beherrscht die deutsche Sprache wie kein zweiter!

Das mein ich nicht, Monsieur (sagte er). Ich denke schon, mein Hirn ist in der Lage, solch heuchlerischen Schwulst zu formen, doch ob es von den Lippen kommt, bezweifle ich.

So formt es (lachte ich, von seinen Skrupeln sehr erheitert), so formt es gleich vorn auf der Lippe! Das Hirn ist dabei nicht vonnöten.

Also könnte man (fragte Günther) bei Hof auch ohne Hirn bestehen?

Was meint denn Ihr (rief ich amüsiert), wie viele dort völlig ohne dieses leben, und zwar hoch geehrt? Die Sprache ist gewissermaßen vorgegeben, es ist ein Register mit nicht übermäßig vielen Wörtern, aber diese wenigen sind wichtig, und man kann, dies könnte Euch ein Mathematikus viel besser noch erklären, aus so verhältnismäßig kleiner Zahl eine große Vielzahl Sätze bilden, indem man diese vorgegebenen Wörter nach bestimmten Mustern aneinanderreiht. Wenn Ihr die Höflinge reden hört, so kann man nach den ersten Worten den einen von dem anderen kaum unterscheiden. Eine eigene, unverwechselbare Ausdrucksweise ist sogar verpönt, die taugt nur für den Kyau, der ein besserer Hofnarr ist, und für die Oberen, wenn sie betrunken sind. Von anderen wäre es höchst ungeziemlich, ja geradezu obszön.

Herr von Besser (sagte Günther), Ihr macht mir nicht gerade Mut.

Wieso? (rief ich) Es zeigt, wie leicht es ist, das Gewünschte zu bedienen. Der König liebt die Wortgewandten, allweil er in seiner Jugend wenig von der Sprache lernte, er stählte seinen Körper, lernte einiges über militärische Architektur und etwas Französisch, doch das war dann schon alles. Er schreibt noch immer, wie er spricht, so schreibt er état d'Hollande einfach so: esta dohlente, und wie er schreibt, so spricht er auch: blihen statt blühen, Dehstament statt Testament, Velcker statt Völker ... Dabei gilt, wie Ihr wißt, das Sächsisch im gesamten Reich als das vorbildhafte, feinste Deutsch, und alle Leute, die etwas auf sich halten, sind bestrebt, es vollendet zu beherrschen – freilich nicht das Kauderwelsch des Königs ...

Die Klugheit lehrt es leider (sagte Günther nachdenklich), zum Schein sich anzupassen. Denn die Freiheit ist ein eigen Ding: Ich tue, was ich will, und kann doch nichts wollen, als was Vernunft und Zeit und Ort und Stand befehlen.

Die goldne Mitte ist's, ganz recht (stimmte ich ihm zu), Horazens aurea mediocritas, die man erstreben sollte, sehr richtig, lieber Günther, das eine tun, das andere nicht lassen. Ein Esel, der sich dem Hof- und Zeitgeschmack nicht anbequemen will! Man hält mit Orden, Ämtern, Geld die Untertanen bei der Stange, und wo dies nichts fruchtet, tut's die Gewalt, die nackte, und ein schöner Vers, sosehr man dieses hoffen möchte, wird daran nichts verändern. C'est la vie, was soll man machen? Doch was ich Euch noch fragen wollte: Habt Ihr Euch, mein Guter, schon umgetan nach einflußreichen Gönnern hier in Dresden?

Ja, doch (sagte Günther), der Wirt vom Grünen Baum in der Großen Fischgasse ist mir wohlgesonnen und auch so einflußreich, daß er mir meine Schoppen anschreibt, bis ich die Stellung bei Hofe habe.

Und wodurch habt Ihr die Gunst dieses Halsabschneiders und Spelunkenwirts erworben, wenn ich Euch höflich fragen darf?

Ich habe auf meiner Laute ein paar Lieder hören lassen.

Eigene?

Auch das!

Nun, mein lieber Günther (sagte ich), so laßt Euch von mir raten: Seht Euch vor, derartige Schenken sind vorzügliche Quellen für die Dunkelmänner mit den langen Ohren. Ihr versteht?

Was kann mir lieber sein? (scherzte Günther, und seine kecke Unbesonnenheit machte mich beklommen) Die meisten Lieder extemporiere ich an Ort und Stelle – wenn jemand mitschreibt, hab ich damit einen Geheimen Sekretarius, der meine flüchtigen Ideen fixiert und der Nachwelt überliefert! Und das ganz, ohne zu bezahlen!

So lustig ist das leider nicht (sagte ich). Versprecht mir, daß Ihr zumindest die Satiren unterlaßt. Besingt die Frauen und den Wein und den Sommer, kurz, die Sonnenseite dieser Welt, oder meinetwegen auch ein ausgedachtes Reich der Harmonie, da kann Euch keiner an den Karren fahren.

Zum Licht gehört der Schatten (sagte Günther). Wer ohne Unterlaß zur Sonne starrt, entzündet sich die Augen und sieht nur noch die Hälfte. Sodann braucht er das Doppelte des Lichts, um überhaupt noch etwas zu erkennen. So mancher Fürst, mecht ich ma soin, ist ein Patient mit diesem Augenleiden.

Wie dem auch sei (sagte ich), wovon wollte ich erzählen? Mein Gedächtnis, Ihr verzeiht, ach: von den Gönnern! Und damit meine ich diejenigen erlauchten Personen, die bei Hof die Fäden ziehen. Dies sind zumeist die Damen, sie herrschen in der Stille, aber äußerst wirkungsvoll. Allen voran die Königsmarck, der es dank ihrer großen Klugheit gelungen ist, trotz des Verlusts der königlichen Buhlgenossenschaft in seiner Gunst und am Hof zu bleiben, sie hat auch von den Frauen hier den meisten Kunstverstand. Sodann die Frau von Prohengues, die Frau des Hauptmanns der Schweizer Garde. Ferner Frau von Spiegel, die frühere Fatime, eine Beute aus den Türkenkriegen und verflossene Kebse. Sie alle können für Euch den Boden vorbereiten, denn ein noch so edler Same bringt nichts hervor in trockener, harter Erde. Bedient Euch flink der Dichtkunst und der galanten Prosa, um der Damen Schönheit, Tugend, Weisheit ohne Scham zu loben beziehungsweise deren Fehler recht zierlich zu beschönigen. Ihre Eitelkeit wird so geschmeichelt und Euch von unschätzbarem Vorteil sein.

Ich weiß es gut (sagte Günther), bin ich doch seit meinem vierzehnten Lebensjahr vom Glück und Zwang der Gönnerschaft verfolgt. Meinen Platz auf dem Schweidnitzer Lyzeum verdanke ich Herrn Johann Caspar Thiem, kaiserlicher Hofmedikus unter Leopold I. und späterhin Obervorsteher des Kirchenkollegiums im Fürstentum Schweidnitz, ein Bekannter meines armen Vaters. Lernen und dichten zu dürfen, verdankte ich allein den Gönnern. Also warum nicht für jene dichten, sagte ich zu mir, die mir die Mittel dazu geben? Hört den in wohlgesetzten Alexandrinern gereimten Dank für die erwiesenen Gunstbeweise: Ich ehre diesen Tag des Himmels festen Schluß, / Durch den mein schlechter Kopf die freien Künste liebt. / Ach aber, daß ich selbst dabei beklagen muß, / Daß er mir zwar den Trieb, doch karge Mittel gibt. / Wie wird nicht alle Kunst und Weisheit oft verletzt, / Wo sich das schwere Joch, der Mangel, hat gesetzt. / Was aber klagt mein Sinn den treuen Himmel an? / Er zeigt mir ja bereits geneigte Freudenblicke. / Seht, was des Höchsten Huld und dessen Sorgfalt kann! / Die von der Dürftigkeit mir angelegten Stricke / Reißt eine hohe Hand in Hoffnung fast entzwei / Und macht von Kümmernis die arme Muse frei. – Frei? Gewiß, für eine Zeit. Doch zugleich auch abhängig. Bisweilen findet sich ein dicker Mäcenat, / Allein wodurch, warum? Ein niederträchtig Blatt / Bestürmt sein Felsenherz mit ungerechtem Schmeicheln, / Als sucht es Gott und ihm den Himmel abzuheucheln. / Dies Volk vergibt um Brot Unsterblichkeit und Ruhm, / Setzt Aff- und Hasenfleisch in Famens Heiligtum, / Macht Schneider grob und stolz, schilt Türmer hochgeboren / Und schlägt wie Padua oft Esel zu Doe-Toren . . . Mit vierzehn Jahren schrieb ich ein Gedicht zum Namenstag des Pastors Primarius, und zwar ganz in der Art meines ehemaligen Lehrers und jetzigen Feindes Schmolcke: Jeder muß dein Thummim lieben, / Weil dein Urim für und für / Auf dem frommen Herzen brennet, / Das kein wüstes Babel kennet . . . Thummim, Urim, Atlas unseres Heiligtums, Ceder unsres Libanon – das sind nicht meine Worte, sondern die der Auftraggeber, weshalb ich auch viel Beifall fand. Eitel Freude überall, man sah in mir den Schüler, der ihr Dichten und ihr Denken fortpflanzen würde. Mißmut dagegen allerorten, wenn ich schrieb, wie meine eigne Muse wollte. Meine frühe Liebe wurde gerügt und meine freie Kunst getadelt. Krause, meiner erster Feind, schrieb wider mich, Krause, der Säufer, das Klatschmaul, der orthodoxe Polyhistor, dieser Klügling, der kaum das griechische Jota kennt und dem ich folgendes ins Stammbuch schrieb: Ich sehe, wie die Laus dem auf der Stirne lauft, / Der zur Apologie ein Reimregister kauft, / Nachdem er kurz vorher die Leier weggeschmissen / Und bei dem Reimen sich die Nägel abgebissen ... Das und noch ein paar Späße dieser Art reichten aus, mir seinen lebenslangen Haß zu sichern. Ich schrieb als Schüler die gewünschten Gelegenheitsgedichte für die ehrenwerten Leute meiner Heimat, für die Milichs, Hahns, für Schmolcke, Fuchs, Thiem und Bock, und konnte so die Schule ehrenvoll beschließen und nach Wittenberg studieren gehen. Dort aber war es auch nicht anders, ich war gezwungen, paßgerechte Verse nach Maß für die Mächtigen der Stadt zu fertigen. So schrieb ich unter anderem mehrere Leichgedichte auf den Tod der Frau des berühmten Wittenberger Theologen Caspar Löscher, des Vaters des hiesigen Superintendenten. Und genauso ging es fort in Leipzig: Meine Kunst ging nach Brot, sie mußte es, der Not gehorchend, ich habe der Mode gedient und mir dabei die Zeit geraubt und bin in einer Welt voll Narren wohl selbst dazu geworden. Ich schrieb Gedichte auf Bibelworte, auf Wahlsprüche der Besteller oder auch des Empfängers, ohne ihn zu kennen, ich schrieb nach genau vorgeschriebenen Vers- und Strophenformen, nach Zeilenzahl, ich lieferte ganz wunschgemäß das Leben, die Taten und die Meinungen frei Haus, preßte künstlich Freuden- und auch Trauertränen, schmiß mit Zoten und auch Zärtlichkeiten in fremdem Namen nach fremden Empfängern, und es fiel mir alles leicht: Auf das glücklich erschienene Geburtsfest, welches der hochedle, hochachtbare und hochgelehrte Herr Doktor Michael Ernestus Ettmüller, Professor der Anatomie und Chirurgie wie auch Assessor der Medizinischen Fakultät zu Leipzig, den 26. August anno 1717 zelebrierte, im Namen der Tischgesellschaft ..., oder: Von Wirtschaft keuscher Liebe entwarf bei dem in Bunzlau gefeierten Longolius- und Kranzischen

Hochzeitsfeste folgende eilfertige Gedanken ..., oder: Ein Glückwunschgedicht für Gottfried Lange zur Wahl als Leipzigs Bürgermeister ..., oder: Als der hochedle und hochgelehrte Herr, Herr Johann Burckhard Mencke, die hochverdiente Würde eines Rectoris Magnifici in Leipzig zum viertenmal erhielt ..., oder ein untertänig dargebrachtes Freudenopfer zum Neujahrstag dieses Jahres an Herrn Woldemar Freiherrn von Loewendal im Namen eines anderen, der mich um diesen Gefallen bat, um damit dem Oberhofmarschall allhier zu gefallen. Für ein paar Taler, die ich bitter nötig hatte, reimte ich sodann, als sei die Hand vor mir nicht meine: Hochwohlgeborner Herr! Herr, dessen Blut und Geist / Des Fürsten rechter Arm, des Landes Joseph heißt / Und dem Verstand und Mut, der Zwilling hoher Gaben, / Den Kranz der Ewigkeit vorlängst geflochten haben, / Erlaubt es mir die Höh, worauf du täglich ziehst / Und über Erd und Volk mit freien Blicken siehst, / Durch dieses welke Blatt dein Antlitz zu gewinnen ... Zeile um Zeile, der Bogen mußte gefüllt werden mit diesem mir so fremdem Kram, ich wärmte die schon öfter aufgetischte Kohlsuppe zum hundertsten Male auf und servierte sie als Fricassée à la mode dem zärtlichen, will heißen: verdorbenen Geschmack unserer galanten Welt. Ein Leichgedicht auf den Tod seiner Tochter erwarb mir vor drei Jahren Professor Menckes Gunst in Leipzig, und er empfiehlt mich nun der Euren, woraus man schließen darf, daß ich die Gönner auch in Zukunft brauchen werde, weil mich die reine Poesie nicht nähren will.

Meine Gunst besitzt Ihr schon, mon ami (sagte ich), doch Ihr braucht die Gunst des Hofes. Wenn Ihr von ihm das Geld zum Leben wollt, dann, dies finde ich gerecht, müßt Ihr ihn als erstes akzeptieren. Gegen ihn erreicht Ihr nichts, mit ihm alles, wenn Ihr wollt.

Es ist vertrackt! (rief Günther) Verdien ich mir das Leben, verrate ich die Poesie! Bleib ich ihr treu, werd ich's nicht überleben!

So ist es, junger Freund (sagte ich und war erfreut ob seiner klaren Einsicht). Der Hofstaat ist zu übermächtig und läßt dem einzelnen nichts ab. Insofern ist es nur vernünftig, daß Ihr ihm dient, zumal er ja kein bloßes Ungeheuer ist, sondern zudem viel Gutes tut.

Sich selbst, ja, das ist nicht zu übersehen (sagte Günther spitz).

Nein, für das Land und die Bewohner (sagte ich).

Da bin ich sehr begierig (sagte Günther), das zu hören.

Seht (sagte ich und sah, daß ich genötigt war, weiter auszuholen bei dieser ökonomischen Lektion) das florierende Berg-, Post- und Münzwesen, seht die Einfassung der Straßen mit Bäumen und das Aufstellen der steinernen Meilensäulen, seht die Verbesserung der Landkarten, die Gründung der Malerakademie, seht alles, was unser großer König anregte und ordnete. Die Kostbarkeit der vielen Paläste, der Reichtum ihres Ausputzes, der Glanz und Schimmer des Hofes samt der Menge seines auserlesenen Adels, dessen sogenannte Verschwendungen, das Heer der vornehmen Staats- und Hofdiener und die beständigen Anstalten zu des Fürsten Ergötzlichkeit dienen nicht nur zum Ruhm und Ansehen und daß ein König königlich lebe, sondern sie gereichen zugleich zum Zuwachs des Landes, indem alles dergestalt sinnreich eingerichtet ist, daß der Adel seine Übung, der Künstler seinen Aufenthalt und Unterhalt, Handel und Wandel sein Gewerbe und der Handwerksmann seine Nahrung dabei finden, der Regent aber durch seine Regalien und sonstigen Einkünfte in der Lage ist, bei allen Vorfällen bei Hofe und im Lande Rat und Hilfe zu wissen, wie sich solches bei den bevorstehenden Beilager-Solennitäten glänzend erweisen wird.

Verzeiht, Monsieur de Besser (sagte Günther), dies klingt mir gar zu lieblich und zu glatt. Wo bleibt das Volk in dieser wunderschönen Rechnung? Die nicht gerade wenigen, die rechtlos sind und gänzlich abhängig von der höchsten Gnade? Haben sie nicht allein das Recht, stillschweigend zu gehorchen? Ist nicht ihr größtes Verbrechen, an der Göttlichkeit der Regierung zu zweifeln? Ist der Stillstand nicht Gesetz? Sitzen die Klügsten nicht in den Comptoirs und verrechnen Leben und Vernunft? Was kostet Heu, was kostet Wolle? Wo Kunst und Menschsein weichen, ist's da nicht um aller Heil geschehn? Ist Aufbegehren nicht gleich Gotteslästerung, da es gegen die gottgewollte Ordnung ist? Ist Kritik nicht überflüssig an der besten aller Welten? Ist der Satyr nicht ein übler Nestbeschmutzer, dem man das Maul verbieten muß? Was ist die Religion? Orthodox! Was sind die meisten Pfaffen? Lästrer, faule Bäuche, Tartüffs, Zänker und Schwätzer, die die Wahrheit fliehn und Beruf und Gott im Beutel tragen! Alles, auch das Schlechteste, ist Gottes Fügung: Es fällt kein Spatz vom Dach ohne seinen Willen. Die Jesuiten sagen es ganz offen: Man muß die Vernunft gefangennehmen, um selig zu werden. Die Masse vegetiert, und Brot und Spiel bekommt sie nur, wenn sie gar zu vernehmlich mault. Die Pietisten, diese Mucker, predigen den Himmel, sie wollen nichts mehr mit der Erde hier zu schaffen haben. Die Raben jauchzen, man würgt die Tauben, die Reichen spotten der Armen Last! Und Ihr wollt mir erzählen, daß, wenn die Oberen nicht in Saus und Braus leben würden, es denen unten schlechter ginge, als es ihnen derzeit geht? Mit Verlaub, Monsieur, das stellt die Sache auf den Kopf! Die Obrigkeit, die den Armen gegenüber schuldig ist, erzwingt von ihnen außerdem noch Steuern und lebt auf diese Weise völlig taxfrei in Christo. Sehr gerecht, fürwahr!

Ihr seid ein wenig naseweis, mein Lieber (sagte ich ganz mild), wenn Ihr die Ausgaben der Fürsten tadelt, denn der im Kampf um das Staatswohl stehende Regent braucht die Erholung von der Mühe des Regierens. Der Fürst kann das ganze Volksvermögen verbrauchen und noch mehr dazu, wenn er es nur bald wieder unter die Leute kommen läßt, denn er ist der Magen des Landes, die Steuern sind seine Speise, verdaut er diese nicht, so werden die Glieder absterben und der Magen mit ihnen verderben. So, lieber junger Freund, wird ein Schuh daraus, so sehen es gelehrte Ökonomen.

Ich kenne (sagte Günther) die Sermones wohl, die käufliche Speichellecker flink verfertigen. Ich beuge nicht das Knie vor jedem, der ein großes D vor seinem Namen trägt und sich Gelehrter nennt. Oft genug sind deren Ergüsse nur gelehrt verbrämte Rechtfertigungen des bestehenden Unrechts. Oder wie soll man das anders nennen, wenn einer dieser honorablen Professoren schreibt, daß nicht Glückseligkeit, sondern Zufriedenheit das höchste Ziel der Menschheit sei? Die Menschen, schreibt der Knechtsgelehrte, sollen sich derweil in alle Unfreiheit ergeben schicken, die Lösung harret ihrer in einem besseren Dasein, dem Jenseits. Und wie abgefeimt er das begründet: Der Gefangene könne zwar nicht spazierengehen, das könne der Freie aber im Winter meist auch nicht, sitze der

Gefangene im Dunkeln, so komme er leichter dem Ewigen Licht nahe, lebe er von Wasser und Brot, so bekomme er nicht das Podagra, erkranke er an Wassersucht von der schlechten Luft im Kerker, so sei er doch den hitzigen Fiebern nicht ausgesetzt, die in freier Luft enstehen, werden ihm die Freuden des Heims genommen, so habe er doch die Freiheit, mit Gott und seiner Seele zu reden. Ein feiner Gelehrter das, findet Ihr nicht auch? Ich kenne ihn von Leipzig. Rüdiger heißt die promovierte Sau.

Ein wenig roh und nackt (gab ich zu). Doch andrerseits: Was wird aus einer Welt, allwo es kein Oben und kein Unten, sprich: keine Ordnung gibt? Empfohlen sei Euch Thomas a Kempis, der es als ein großes Gut bezeichnet, unter eines Herrn und Obern Gehorsam zu leben und nicht sein eigner Herr zu sein. Lauf, wohin du willst, sagt er, so findest du keine Ruhe, denn in demütiger Untertänigkeit unter der Regierung eines Oberen. Oder, hört, wie weise: Es ist not, daß wir etwas von unserer Meinung ablassen, um des lieben Frieden willen – ist deine Meinung gut und du stehest davon ab und folgest einem anderen um Gottes Willen, so wirst du viel Nutzen stiften.

Wem?

Wie?

Wem dies Nutzen stiftet, frage ich (sagte Günther), cui bono?

Der dies schrieb (sagte ich), war ein reiner Gottesmann, kein gelehrter Speichellecker, wie Ihr beliebt zu sagen.

Die Oberen (versetzte er darauf) finden immer jemanden, der erklärt, warum sie oben bleiben müssen! Wie anders ist der reine, offene Gelehrte: Sein Kopf ist nicht von Staub bepudert, im Auge treffen Ernst und Freundlichkeit zusammen, sein Schmuck sind Redlichkeit und Kunst, sein Herz beherrscht Verdruß, Gefahr, Stand, Schrecken, Stolz und Geld, er geht stets der Wahrheit nach und sagt sie freiheraus, dringt allzeit auf Beweis und läßt die Dummen glauben, befiehlt allein sich selbst und hat kein Wesen über sich. Gehorcht er den Fürsten dieser Erde, so nur, um mit List die Wahrheit an das Tageslicht zu fördern.

Ein Ideal (bemerkte ich). Schwerlich wird man einen solchen Mann in praxi finden.

Ich kenne einen (sagte Günther), der diesem nahekommt. Es ist Thomasius in Halle, wohin ich gern gegangen wär, wenn nicht die Mittel fehlten. Wäre er von Leipzigs Orthodoxen nicht vertrieben worden, hätte ich ihn dort noch hören können. Köstlich, wie er die Scholastiker striegelt, indem er einen solchen Hohlkopf vorschlagen läßt, die Theologie solle untersuchen, ob David schon Coffee getrunken, weil Abigail ihm unter anderen Präsenten gedörrte Bohnen überbracht, in der Physik soll man per deductionem dartun, es könne Wasser geben, das nicht naß sei, und die Mathematik solle endlich eine christliche und positive Wissenschaft werden, indem sie nur noch addiere, weil dies mit dem Kreuz geschehe, das Subtrahieren solle man verbieten. Da Thomasius die Verfolgten zu seinen Freunden nahm, konnte dem Verfolgten keiner helfen. Er mußte vor dem Haftbefehl aus Sachsen fliehen und merkte dann in Halle bald, daß die Pietisten dort nicht so große Menschenfreunde waren, als sie sagten, da sie alle verdammten, die nicht ihre eigne Meinung teilten: überhebliche, altfränkische, melancholische, unduldsame und moralisierende Sauertöpfe und mißgünstige Mucker, geduckt am Boden lebend, doch mit dem Geist im Himmel, mönchisch in sich selbst gekehrt, eifernd wider Tanz, Musik und andre Lustbarkeiten, sogar die Markttage verfluchten sie als des Teufels Feiertage. Er aber erklärte das Streben nach Glück zum Grundzug der Menschennatur, den Staat jedoch zu nichts anderem als einem Instrument, Störungen dieses Glücksstrebens auszuschließen. Daran sei der Staat zu messen, das Recht folgt der Natur, nicht umgekehrt. Die Jurisprudenz kommt nicht aus den 10 Geboten, sondern aus natürlicher Vernunft. Das sittliche Recht schafft die rechte Sittlichkeit. Welch glänzender Gedanke! Der Wohlanständige sagt: Was du willst, daß dir geschehe, das tu den anderen. Nicht die Gewalt herrscht, sondern die Liebe, die Überzeugung, die Vernunft. Es gibt Liebe ohne Gerechtigkeit, nicht aber Gerechtigkeit ohne Liebe, und der kann kein guter Politicus sein, welcher nicht ein guter Ehticus in der Tat ist. Schauen wir die Oberen nach diesem Satze an! Thomasius lehrte das Recht auf Glück und das auf Würde, bestritt, daß Gott, nachdem er die Erde geschaffen, es für gut hielt, aus einer besonders kostbaren Materie die Könige zu schaffen, seinem Bilde gleich, und sagte, nur das Volk könne fürstliche Majestät verleihen. Er verlangte, die Folter aufzuheben, leidenschaftlich, hört: O frevelhafte Verkehrtheit bei Ausübung der Strafgewalt! Was ist ungerechter, was kann der Gerechtigkeit Entfremdeteres gedacht werden, als arme Sterbliche, die noch unüberführt sind, mit so grausamen Strafen zu zerfleischen, welche zu denken ein Gemüt schaudert, dem noch ein leises Gefühl von Menschlichkeit übrig ist? Er kämpfte tapfer gegen Hexenwahn und Aberglauben, bezeichnete protestantische Hexenfeuer als Ersatz der katholischen Autodafés. Er schrieb, daß alles Eigentum aufhören und alles gemein sein müsse, weil jedwedes Eigentum aus dem Mangel der Liebe und aus der Uneinigkeit entstanden sei, auch wären alle Güter im Anfang des Christentums gemein gewesen, Gott selbst wolle, daß kein Mensch reich oder arm sei, und er schlägt vor, die Liebe in die Menschen zu pflanzen, um die Gemeinschaft der Güter zu erreichen. Er – der große, unbequeme Streiter wider Grausamkeit, Dummheit und Wahn!

Thomasius ist mir nicht unbekannt, mein lieber Günther (sagte ich), er ist nur um ein Jahr jünger. Er hat gewiß Verdienste, doch ist er in einigem zu weit gegangen. Verdienste hat er um die deutsche Sprache, gut, er war der erste, der vom Katheder die deutsche Sprache hören ließ, er machte Schluß mit dem Vorurteil, das Deutsche sei einfältig, plump und platt. Dafür gebührt ihm Dank.

Wieso ist er zu weit gegangen? (fragte Günther) Ist der ein Störenfried, der den liebgewordenen und bequemen Wahn zerstört? Wir sehen zwar gerne unsere Leibgestalt im Spiegel, sagt Thomasius, aber das Porträt unseres Gemüts, welches wir doch am besten kennen sollten, sehen wir mehrenteils für die Gestalt anderer Leute an.

So ist es, mon poete (sagte ich). Der undankbare Preußenkönig ist in seiner Phantasie nicht König, sondern Oberst eines Regiments, er ist Soldat und nebenher noch König. Regieren ist für ihn nur eine Last, das Exerzieren aber seine Lust.

In der Medizin gibt es viele solche Fälle (sagte Günther), da gibt es Leute, die meinen, ihre Füße seien Flossen, andere fürchten, ein Stern könne ihnen direkt auf den Kopf fallen, und betreten fortan nicht die Straße, Leute bilden sich ein,

Gott zu sein, König, Papst, ein andrer meint, er sei ein Tier, und geht auf allen vieren ...

Ein Freund von mir (sagte ich), der ehrenwerte Abt von Loccum, Herr Molanus, glaubt seit geraumer Zeit, ein Gerstenkorn zu sein, und wagt sich nicht mehr aus dem Hause, aus Furcht, von einem Huhne aufgepickt zu werden.

Noch schlimmer (sagte Günther) wird es, wenn der Wahn nicht nur einen Mann befällt, sondern eine ganze Nation, denn Wahn ist übertragbar wie die Pest. Wer gesund bleibt, ist ein Feind, ein Verrückter und ein Fremder. Die Wörter sind die Krankheitsträger, Wörter wie zum Beispiel Religion, alleinseligmachender Glaube, Sünde, Offenbarung und noch viele andre, die sich ständig wandeln. Man gibt den feindlichen Parteien Farben und wähnt, die Grünen seien besser als die Blauen, man stirbt für Schwarz und Weiß, Gelb und Grün – so wird der Wahn zum Wahnsinn! Man schlägt sich für Symbole, die Rose, den Adler, die Lilie und schmeißt dafür das Leben weg!

Nur Kinder lassen sich von derlei Blendwerk täuschen (sagte ich), der abgeklärte Geist sucht die Wahrheit in der Mitte und weiß, daß Staatsräson und Wahrheit zwei grundverschiedne Dinge sind.

Kinder bleiben viele ihr ganzes Leben lang (sagte Günther). Weil: Man sieht darauf, daß sie nicht erwachsen werden. Unmündig werden sie gehalten, so daß sie schief gebildet sind und lebenslänglich hinken. Der Staat ist derzeit nicht, was er sein sollte: Er drückt die Menschen – und weckt nicht ihre Neigung, Begabung und Empfindung, er hetzt sie gegen Nachbarvölker, als hätte die Erde nicht Platz genug für alle! Schlächter werden so zu Helden, und die Gelehrten und Poeten polieren emsig deren Ruhm für Geld! Ist nicht ein Lips Tullian um vieles edler als ein Sulla, Attila und Alexander?

Nur (sagte ich) ist dieser sogenannte edle Räuber nicht in der Schlacht oder im Bett gestorben, sondern vor vier Jahren hier hinter dem Schwarzen Tor beim Hochgericht samt den vier Spießgesellen durch das Schwert enthauptet und sodann gerädert worden. Und 20 Tausend haben zugeschaut.

Er lebt im Herzen des Volkes als Gerechter fort (sagte Günther).

Ein schwacher Trost im Grabe (sagte ich). Ihr wißt so gut

wie ich, die Menschen sind einfältig und abhängig von Augenblickseindrücken, und wer solche finden will, die sich täuschen lassen, erreicht allemal sein Ziel. Die beste Geschichtsschreibung richtet sich nach der Nützlichkeit und pfeift auf Tugend und Recht, das Nützliche ist für sie das Rechte. Der Erfolg allein verleiht Moral und Recht! So sah die Welt der oft geschmähte Machiavelli, denn er beurteilt die Fürsten, die keiner Gerichtsbarkeit unterstehen, stets nach deren Endzweck: Der Fürst sucht sein Leben und seine Gewalt zu erhalten, die hierfür angewendeten Mittel werden als ehrenhaft hingenommen und von jedermann gelobt werden, wenn sie diesem Zweck dienen. Die Macht ist das Gesetz! Und der Zweck heiligt alle Mittel! So einfach ist das alles.

Einfach schauderhaft, das ist es! (rief Günther) Empörend, die gesamte Menschheit als ein Stück Eisen zu betrachten, das des Fürsten Hammer nach Belieben dehnen, strecken, schneiden, biegen kann!

Die Menschen sind schlecht (sagte ich), wenn sie die Not nicht zwingt, gut zu sein.

Der Mensch ist gut! (Günther wurde heftig) Er ist vielleicht nicht sehr vernünftig, doch ist er nicht ohne Vernunft. Das unterscheidet ihn vom Vieh. Beim Tier herrscht die Gewalt, beim Menschen sollten Gesetz und Sittlichkeit bestimmen.

Machiavelli sagt (repetierte ich): Ein kluger Fürst kann und darf sein Wort nicht halten, wenn sich dies gegen ihn selber wenden würde und die Ursachen, um derentwillen er es gab, aufgehört haben. Wären alle Menschen gut, so würde dieser Rat schlecht sein. Da sie aber nicht viel taugen und ihr Wort gegen dich auch nicht halten, so bist du nicht gezwungen, es gegen sie zu halten . . ., einem Fürsten fehlt außerdem nie der Vorwand, der den Bruch beschönigt . . . Am weitesten kommt, wer den Fuchs am besten spielen kann. Notwendig ist nur, diese Eigenschaft zu verbergen und sich gut zu verstellen.

Der einzelne (sagte Günther bitter) darf also Schicksal mit dem Leben vieler spielen? Der König ist nicht für die Menschen da, sondern diese leben für den Staat, den König und seine vollziehenden Minister?

Was wollt Ihr, bester Günther? So ist es nun einmal, und Ihr wärt ein gutmütiger Narr, wenn Ihr das nicht anerkennen wolltet.

Was gegenwärtig ist, muß nicht auf ewig derart bleiben. Die gutmütigen Narren, wie Ihr sagt, haben schon so manches angestoßen, trotz Spott, Verfolgung und auch Tod bewegten sie den Gang der beweglichen Geschichte. Die Begeisterung für eine beßre Zukunft hat schon so manchen Berg versetzt, mag der einzelne auch daran zugrunde gehen, er hat die Richtung angezeigt, andre werden weitergehen.

Ach, lieber Günther, Ihr seid jung (sagte ich und seufzte), und es ist Eurem Alter durchaus angemessen, so zu denken und zu reden! Doch sag ich Euch als Älterer: Wir sind nicht mehr als Fliegen auf dem Apfel, den man die Erde nennt! Trägheit, Vermessenheit, Irrtum, Leichtsinn und böse Gewöhnungen sind unsre Übel, und das wird sich nicht ändern.

Wo, Monsieur (sagte Günther), steht das geschrieben? Warum sollten nicht Güte, Vernunft, Bescheidenheit auf Erden herrschen? Was wir bitter nötig haben, ist die freie Untersuchung der Wahrheit. Das muß man freilich ernsthaft wollen! Lassen wir das Unnütze beiseite! Arbeiten wir alle für ein einzig Ziel – und das Verschiedene wird eine Einheit werden! Kennt Ihr den Lieblingsspruch des Thomasius, Monsieur? Er stammt von Tacitus und heißt: Der Beschränktheit derer läßt sich lachen, die glauben, daß durch gegenwärtige Gewalt die Erinnerung künftiger Zeiten ausgetilgt werden könne!

Mein lieber Günther (sagte ich), das Feuer ehrt Euch. Ihr müßt es nur zu Eurem Nutzen mit kleiner, wohldosierter Flamme brennen lassen, so wird es Euch wärmen, anders aber wird es Euch versengen. Medium tenuere beati, die beste Straße ist der Mittelweg!

Ich weiß nicht, ob ihn diese meine Worte zu größerer Vorsicht bekehren konnten, ich zweifle, ob solches überhaupt von einem Manne möglich ist, und frage mich, ob nicht die Umstände selbst ihn dazu zwingen müssen. Ich jedenfalls gab mich weiter leutselig, ließ durch die Müllerin Coffee servieren und plauderte mit Günther noch eine Weile, bis er sich von mir verabschiedete und ich ihn bat, am Montag wiederum zu kommen.

Post festum und privatissime, was heutigentags bei Hof geschah: Kam der Graf von Szemberk, Bischof von Posen, allhier an und logiert beim Königlichen Berg-Rat Ditten am neuen Zwinger. Nachmittags Probe zum Damen-Rennen in dem Großen Garten. Abends Probe vom Karussell in der Orangerie, wobei Illumination war, sowohl mit Lampen als auch Fackeln.

12. Augustus, Clara

Monsieur Délateur beehrte mich am frühen Nachmittag und hatte wiederum sehr fleißig recherchiert. Er ließ mich wissen
1. von Günthers Aufenthalt im Grünen Baum,
2. von den Gedicht-Kopien, so er bei seiner Visitation des Quartiers angefertigt,
3. von der Unterrichtung Günthers durch Mademoiselle Fleurette,
4. von Günthers Lager am Elbufer,
5. von seiner Vergangenheit ein paar Details, vorzüglich solche aus Wittenberg und Schlesien, sowie
6. von einem Einzeldruck, der einem Manne namens Gorn gewidmet ist.

Ad 1: Donnerstagabend, Grüner Baum, Große Fischgasse. Erstens fiel der Günther dort durch seine studentischen Manieren auf, nämlich durch Saufen, Führen loser Reden und Gesang. Zweitens durch das Rezitieren von Gedichten. Und drittens durch das öffentliche Trictrac-Spiel. Der kleine, versoffene Informant des Monsieur Délateur, offenbar ein Neuling im Bespitzeln, wollte auf der Stelle die 20 Taler zur Belohnung. Doch das Geld bekommt er ohnehin nicht von der Polizei, sondern – welch schöne Sparsamkeit und sinnreiche Verquickung von Denunzianten und Denunziertem – von dem Angezeigten, sobald der schuldig gesprochen ist. Wie man daran sehen kann, bekommen auch die Denunzianten nichts geschenkt und müssen sich ihr Brot mit redlichem Bemühen verdienen. Monsieur Délateur befand, daß Singen, Saufen und Salbadern allein nicht strafbar sind, ebensowenig wie das Rezitieren von Gedichten, jedenfalls, wenn diese harmlos die Abwechslung im Lieben besingen (wovon er mir eine Text-Kopie überreichte, siehe ad 2). Und was das Trictrac-Spielen anbetrifft, so gibt es zwar das Mandat wider das gewinnsüchtige und betrügerische Spielen in Bier- und Weinkellern, Coffee- und Trinkstuben mit Karten, Würfeln und beim Billard, hier bekommt die Strafe allerdings der Wirt, der dies gestattet, nämlich je nach Befinden 20 Taler respektive Gefängnis. Im übrigen überwachen dies eigens dazu bestellte Visitatores, die es höchst ungern sehen, wenn ein Unbestallter ihr Geschäft verdirbt. Und schließlich hat der G. nicht für Geld spielen können, da er keins besitzt. Mithin habe sich der G. nicht, was heißen soll, noch nicht gesetzeswidrig aufgeführt, Aufmerksamkeit aber wäre nie von Schaden, riet Monsieur Délateur dem armen und durstigen Zuträger, vielleicht sprängen am Ende doch die 20 Taler noch heraus. Der G. habe ein bißchen über die Stränge gehauen, resümierte Monsieur Délateur vor mir, sich mit niederem Volk, worunter sogar einige sorbische Fischer aus der Vorstadt gewesen, vermischt, sei aber bei Schankschluß, schwankend zwar, doch friedlich über die Brücke nach Altendresden in sein Logis gegangen – also nichts, wogegen die Polizei einschreiten müßte. Indes: Notiert gehört so etwas, es rundet bei Bedarf das Bild.

Ad 2: In der Kammer Günthers fand Monsieur Délateur (übrigens mit Wissen der Wirtin, Witwe Weber, die jeden Morgen bei der Gräfin Reuß in der Küche hilft und ergo schweigen muß, will sie Verdienst und Stelle länger noch behalten) mehrere geheftete Oktavblätter, worin alles steht, was Günther eingefallen ist: Gedichte, Ideen zu Gedichten, Versbriefe an seine Freunde, Fragmente, Kritzeleien. Aus dem letztdadierten Heft kopierte Monsieur Délateur ein neues Carmen mit dem Titel: Als er sich über den Eigensinn der heutigen Welt beklagte.

Und das geht so:

Man muß doch mit den Wölfen heulen,
Drum fort, betörter Eigensinn!
Ich will mich in die Leute teilen
Und lachen, wie und wo ich bin.
Ein Sauertopf mag immer schelten
Und unsre Zeit dem Satan weihn,
Denn untersucht er tausend Welten,
Wird kein sonder Mangel sein.

Das ist wohl wahr: Es gibt viel Toren.
Das macht, sie wachsen ungesät,
Und wer nicht schiert, der wird geschoren,
Sobald er nur den Rücken dreht.
Aus Komplimenten und Flattieren
Erkennt man den Politikum,
Will einer nun nicht Hunde führen,
So kehr er stets den Mantel um.

Bei Höfen sinnt man nur auf Mittel,
Einander klug zu hintergehn;
Der flickt fast stündlich an dem Titel,
Der lehrt die Hörner zierlich stehn,
Der dritte wird bei Wild und Jagden
Durch viel Beschwerde selbst zum Vieh,
Und kömmt ein Untertan zum Klagen,
So spuckt der fünfte vor das Knie.

In Städten steht es nicht viel besser,
Da herrschen Schwelgerei und Neid,
Man schneidet mit dem großen Messer
Dem Nächsten in sein Ehrenkleid;
Wer uns von vorne grüßt und lecket,
Der spuckt uns über Achseln nach,
Und wer sich nach der Decke strecket,
Den schimpft ein jegliches Gelach.

Die Weiber sind gar ausgelassen,
Sie tun es frei beim Mondenschein,
So hitzig, daß auf allen Gassen
Die Pflaster ausgeritten sein . . .

Dies die ersten Strophen eines Ergusses über die Übel unsrer Zeit. Monsieur Délateur fand das Nennen dieser Übel kolossal verleumderisch, so vor allem die zwei Zeilen: Bei Höfen sinnt man nur auf Mittel, / Einander klug zu hintergehen, sowie den Passus mit den komplimentierenden und flattierenden Politikern, doch ich beruhigte ihn, indem ich auf den Sinn, den tieferen, zu sprechen kam. Der nämlich kam mir sehr zupaß, falls ich es richtig interpretiere: Zwar nennt der

G. die Misere noch beim Namen (dies ihm jetzt austreiben zu wollen wäre unklug, es würde ihn nur bockbeinig werden lassen, hat er erst einmal die Stelle, gibt sich das von ganz allein), doch er klagt, dies ist der Lauf der heutgen Welt, er klagt – und klagt nicht an: ein Unterschied, ein feiner, doch gewaltig und entscheidend, aus dem hervorgeht, daß der G. nunmehr langsam einzusehen scheint, daß er am Lauf der Welt nichts ändern kann. Man sehe nur die letzte Strophe:

Nun sagt mir, soll ich anders leben,
So lacht mich jeder Pinsel aus.
Nach Wahrheit, Zucht und Tugend streben
Baut jetzt fürwahr kein steinern Haus.

Ich mach es so wie meinesgleichen,
Und wer mir's drum verdenken will,
Der höre diesen Guten streichen
Und nehm ihn mit und schweige still.

Drum fort, betörter Eigensinn: So steht es schwarz auf weiß am Anfang des Gedichts. Er will sich in die Leute teilen – brav und weiter so! Was will man vorerst mehr? Man muß doch mit den Wölfen heulen: Zugegeben, das ist nicht sehr galant gesagt, noch grollt der Donner seines Unmuts nach, jedoch ist der Zorn schon mit einer Prise jenes wundersamen Pülverchens vermengt, das man Resignation nennt. Sie hat so manchen schon von eigner Hand gefällt und ist ein vortrefflich geeigneter Boden für die Überredung, sich in die Welt, so, wie sie nun einmal ist, zu schicken. Ich hoffe nur (dies dachte ich bei mir und verschwieg dem Monsieur Délateur wohlweislich diesen Zweifel), der gute Günther hat dies wirklich anerkannt und spielt nicht lediglich in seinem Carmen einen Gedanken wie der Akteur auf der Bühne eine fremde Rolle.

Wie dem auch sei, meinte Monsieur Délateur, Klage hin, Anklage her, verdächtig sei das Ganze, er sehe streng aufs Wort und würde Günther raten, künftighin nur solche Gedichte zu verfertigen wie jenes, welches er im Grünen Baum von sich gegeben und welches heißt: Auf die ihm so beliebte Abwechslung im Lieben. Hier die unvollständige Mitschrift:

Verflucht nicht, ihr Mädchen, mein flüchtiges Lieben!
Die Jugend, ihr wißt's wohl, hat Feuer und Mut;
Es kauft ja ein jeder am liebsten frisch Gut,
Drum laß ich mich niemals vom Vorwurf betrüben,
Ich wäre von Flandern und striche herum;
Das tu ich und denke: Wer schiert sich was drum!

Der Wechsel vergnüget die menschlichen Sinnen,
Dies lehrt uns der Umgang und auch die Natur;
Das Weltlicht verändert fast stündlich die Spur,
Und einerlei Farbe wird selten gewinnen;
Auch Zucker bringt Ekel durch steten Genuß,
Und Fleisch alle Tage nährt bloß den Verdruß . . .

Ich gönne ja jedem sein eigen Ergötzen,
Drum laßt mich zufrieden und gönnt es auch mir.
Denkt jemand zu lieben, der tu es noch hier,
Eh Zeit und Verhängis den Scheidebrief setzen.
Die Welt hat nichts Süßers als dies, was man liebt,
Drum leb ich und liebe, solang es was gibt.

Nett, fürwahr, dies Gedicht könnte sogar Ihro Majestät gefallen: die Sinnenlust als Gegenstand, Plaisir als oberstes Gebot, der Frauenwechsel als Naturgesetz – ganz nach dem Geschmack des potenten Potentaten! Zudem ist es politisch völlig unverfänglich, denn solange solch ein Wechsel, und nur dieser!, besungen wird und, Gott behüte, kein anderer, ist dies nicht nur gnädig erlaubt, sondern geradezu erwünscht. Weiter so, möchte man laut rufen, und: ausschließlich so, dann kann man hier sein Glück wohl finden! Darin war ich mit Monsieur Délateur einer Meinung.

Ad 3: Freitagabend im Hause der Zawadzka. Ein Haus unter vielen Dresdener Häusern, in dem die Wände Ohren und die Türen Augen haben, doch dort speziell eingerichtet für jene, die zu ihrer Lust nichts weiter brauchen als einen Blick durchs Schlüsselloch oder das Geräusch des Liebesakts. Monsieur Délateur bat die Madame, jenes Boudoir für die Unterrichtung zu wählen, an das sich ein kleiner Raum anschließt, in dem man ganz bequem auf weichen Fauteuils sitzen und das Boudoir observieren kann. Über Mademoiselle Fleurette hatte mein Vigilant natürlich auch Erkundigungen eingezogen, und wenn man die Geschichte hört, so muß man anerkennend sagen: Madame Zawadzka hätte keine Passendere wählen können. Man erinnert sich gewiß an jenen legendären Prinzen, der vor ein paar Jahren in Oederan auftauchte und den Honorablen dieser Gegend höchste Hofgunst versprach, so sie ihm aus einer vorübergehenden finanziellen Krise, deren Grund er aus höherem staatspolitischem Interesse verschweigen müßte, aushelfen würden. Der Prinz war jung und schön wie der im Märchen, über die Maßen liebenswürdig und gewandt im Konversieren, Reiten, Fechten und im Tanzen. Niemand zweifelte an seiner Echtheit, alle suchten seine Gunst für Geld, bis ein Kammerdiener des Grafen von Rochsburg, der privatim eifrig adlige Stammbäume malte, den falschen Prinz als die 20jährige Anna Sybilla Apitz aus Lunzenau entlarvte. Der Graf von Rochsburg, der dies nicht glauben wollte, verfügte eine Untersuchung, und ex inspectione corporis erkannte man das wahre Geschlecht des Prinzen. Nun müssen die enthüllten Reize der holden Weiblichkeit den hochbetagten Grafen so entzückt und befeuert haben, daß er den Skandal niederschlug und Anna Sybilla zur Geliebten nahm. Er ging mit ihr auf Reisen, führte sie ein in die adlige Gesellschaft, kam auch mit ihr nach Dresden, machte mit ihrem Liebreiz und ihren vollendeten Manieren überall Furore, bis sie eines Tages spurlos verschwand, der Lustgreis sich allein auf seine Burg zurückbegab, und jene Anna Sibylla Apitz, nunmehr als Fleurette, den Harem der Madame Zawadzka um eine weitere Perle vermehrte. Sie soll, so schloß Monsieur Délateur die Geschichte der Fleurette, derzeit die Favoritin des Oberhofmarschalles sein. Gut zu wissen. Diesem Mädchen also stand unser Günther gegenüber, und nach ein paar Artigkeiten begann Fleurette sogleich mit der Lektion, zuerst mit den verschiedenen Verbeugungen, die alle ausnahmslos der Gelenkigkeit des Rückgrats dienen, der allerersten Fertigkeit bei Hofe. Der G. soll sich dabei anfangs mürrisch bis störrisch gezeigt haben, jedoch nicht ungeschickt, der Charme Fleurettes brach alsbald seinen Widerstand, und Günther übte fleißig das Werfen des Fußes nach hinten, das Beugen mit aufgerichtetem Blick, was ziemlich schwierig, doch unumgänglich ist. Bald schon schien es den beiden Spaß zu machen, Günther scherzte und parodierte das Gehen in Absatzschuhen dergestalt, daß beide herzhaft lachten. Lektion zwei, das zierliche Schreiten bei Hof, war bald geschafft, es folgte Lektion drei: der Handkuß als galante Reverenz bei hohen Damen. Dies nun schien dem Günther ganz außerordentlich zu schmecken, denn er stellte sich absichtlich linkisch an und küßte sich, scheinbar beflissen übend, allmählich und sehr zärtlich Fleurettens Arm hinauf, bis er zuletzt die Schulter und den Hals erreichte und die Mademoiselle nach anfänglichem Sträuben dabei verdächtig stille hielt. Sie ließen sich auf einem Sofa nieder und sprachen derart leise miteinander, daß Monsieur Délateur nichts mehr verstehen konnte, wiewohl das auch nicht nötig war, sprachen doch die Gesten und die Augen beredt genug. Nach einer guten Weile stand der Günther auf, stellte sich vor Fleurette in Positur und rezitierte ein Gedicht, wovon der Lauscher in der Höh nur vier Zeilen konservieren konnte:

Mein Scheitel graut vor Not, viel Hoffnung ist beschnitten
Und mancher schöne Tag ohn eine Lust dahin.
Doch acht ich alles nichts; ein Augenblick im Lieben
Bezahlt uns, wer es weiß, zehn Jahre teurer Zeit.

Liebeswerben, Süßholzraspeln, da war kein Mißverständnis möglich, und Monsieur Délateur ließ die Zawadzka von dem schändlichen Ausnutzen des Unterrichts wissen. Diese ging ins Boudoir und beendete die Lektion für diesen Tag. Es wäre aber noch sehr viel zu lernen, sagte Günther artig. Demnächst wolle sie das Tanzen lehren, sagte züchtig die Fleurette. Morgen, sagte die Zawadzka, worauf Günther ihr einen der soeben erlernten Handküsse gab und sich mit zierlichem Hofschritt entfernte. Man wird sehen, was daraus entsteht, ein Techtelmechtel muß auf jeden Fall unterbunden werden. Dies ist nicht Zweck der Übung, und Baron von Loewendal ist, bei Gott, nicht irgendwer, der sich solches bieten ließe.

Ad 4: Der Platz unten an der Elbe, wo der G. bei schönem Wetter Maulaffen feilhalte und Verse in sein Heftchen kritzele, sagte Monsieur Délateur, sei ungünstig gewählt, weil allda in vierzehn Tagen die Pontonbrücke über den Fluß geschlagen werde, um die Infanterie zum Empfang des hohen

Brautpaares darüberzusetzen. Es wäre dem G. gütlich anzuraten, diese Stelle künftighin zu meiden, bevor er mit den Militärs zusammenstoße, die nicht sehr zimperlich mit Zivilisten seien. Am andern Ufer werden Infanterie und Kavallerie postiert, etwas weiter unten liegt der Landungssteg, allwo die österreichische Braut mit ihrer Barke von Pirna her anlegen wird, dort stehen auch die Zelte zum Empfang, dort formiert sich der große Festzug, kurz, ein Dichter würde da nur stören, und Folgsamkeit in diesem Punkte läge im Interesse seines eignen Wohlbefindens.

Ad 5: Monsieur Délateur hatte herausgefunden, daß Günther schon als Knabe von zwölf Jahren gewisse aufrührerische Neigungen zeigte, nämlich als Anführer des sogenannten Kinderbetens in seiner Geburtsstadt Striegau im Jahre 1707. Dieses öffentliche, demonstrative und provokatorische Beten der Kinder nach dem Beispiel der schwedischen Armee feierte kniefällig den Schwedenkönig Karl XII. als Befreier, beschwor die Glaubensfreiheit und richtete sich mithin eindeutig gegen die habsburgisch-katholische Obrigkeit, war also mithin antikaiserlich, was insofern noch heute von Bedeutung ist, als Sachsen schon damals mit Schweden verfeindet und mit Österreich befreundet war, also wäre, folgerte der Ordnungshüter, dieses kindliche Beten auch ein Affront gegen Sachsen gewesen. Mir ging das ein wenig weit. Schlesien gehörte nun einmal zu den Provinzen, die im letzten Jahrhundert am meisten zu leiden hatten, dort hauste der Dreißigjährige Krieg ganz furios, die Schweden gingen damals, und die Jesuiten kamen. Sie rekatholisierten das Land mit Gewalt und Tücke, so daß von 15 Hundert lutherischen Kirchen nur wenig mehr als 200 übrigblieben. Den Protestanten war es verboten, ihre alten Lieder zu singen, in denen vom Papst als Antichrist die Rede war, sie durften auf die Polemik der Katholiken nichts antworten, alle Posten wurden mit Papisten besetzt, Einspruch gegen ihre Verfügungen war unzulässig, Steuern und geistige Bedrückung stiegen ständig — bis die protestantischen Schweden wiederum mit Heeresmacht erschienen (deshalb der Jubel, deshalb das Beten) und Karl XII. Wien die Konvention von Alt-Rahnstädt diktierte, welche die alten Freiheiten der schlesischen Protestanten wiederherstellten. Das Kinderbeten Günthers müßte also eigentlich in Sachsen etwas zählen, das noch immer den Vorsitz des Directorium Corporis Evangelicorum hat, jedoch nur eigentlich, nicht wirklich, wie man sieht.

Ein weiteres bedenkliches Detail fand Monsieur Délateur in Günthers Wittenberger Studienzeit. Die hohen Kosten für Kranz und Ring des gekrönten Poeten sowie für die Feier mit Freunden am 3. Mai 1716 ließen seine Schulden derart wachsen, daß er sich der drohenden Verhaftung durch die Flucht entziehen wollte. Eine neue Variante! Solches aber wurde von einem der Obrigkeit treu ergebenen Kommilitonen entdeckt und angezeigt, und G. mußte in den Schuldturm Wittenbergs, allwo er fieberhaft Auftragsgedichte schrieb, die jedoch nicht die Summe des Lösegelds erbrachten. Zwei seiner Spießgesellen, Petersen und Birnbaum sollen sie geheißen haben, hätten nun die Flucht geplant und im Juni auch ins Werk gesetzt. Der Petersen geheißene Kumpan soll dabei er- oder angestochen worden, den beiden anderen jedoch die Flucht aus Wittenberg gelungen sein. Mithin habe sich der G. gegen sächsisches Recht vergangen, es bleibe ihm als Rechtsvollstrecker ein Rätsel, räsonierte Monsieur Délateur, weshalb die Flucht nicht hart geahndet wurde, jedoch was damals nicht geschehen sei, könne bei Gelegenheit durchaus noch nachvollzogen werden. Wahrscheinlich habe sich der Rektor Mencke aus Leipzig für ihn in Wittenberg verwendet, die gelehrten Professoren steckten doch ohnehin alle unter einer Decke. Doch der Arm der Polizei reiche weiter als der Kopf dieser Herren, schloß Monsieur Délateur gleichermaßen vage wie bedrohlich. Ich kannte die Geschichte anders und nahm mir vor, meinem Freund, Professor Hassen in Wittenberg, zu schreiben und von ihm Auskunft über die damalige Affaire zu erbitten. Nota: Wobei ich selbstverständlich weiß, daß bei zurückliegenden Ereignissen die Wahrheit oft der Legende weicht, weil man die erzählen kann, wie sie in die Rechnung des Erzählers paßt.

Ad 6: Monsieur Délateur präsentierte einen Einzeldruck aus Leipzig, einen Versbrief mit Glückwünschen zum Doktorhut eines gewissen Christian Adam Gorn aus Jauer, eines Freundes Günthers aus der alten Heimat, zwar unter Pseudonym, doch unzweifelhaft aus Günthers Feder, wo es unter anderm heißt:

Du hast dich mit Gewalt der Finsternis entzogen,
Die rechte Bahn erwählt, des Schöpfers Trieb erwogen,
Die Kräfte der Vernunft gereinigt und verstärkt,
Der zeugenden Vernunft den Handgriff abgemerkt,
Die Ursach untersucht, die Wirkung mit verglichen
Und, wenn du was gesetzt, es zehnmal ausgestrichen,
Als auf der schnellen Post wie mancher hingeschmiert,
Der über Hals und Kopf so wie ein Hund gebiert
Und, wenn nun Ton und Wort mit Not zusammenhenket,
An Sachen und Verstand wie Thrax an Gott gedenket.

Und etwas weiter unten kommt der Günther auf sich selbst zu sprechen:

Und so, es ist wohl wahr, ergötz ich Ohr und Brust
An tiefer Wissenschaft mit unschuldsvoller Lust,
Dergleichen auch Horaz und andre mehr genossen,
Die in sich selbst das Tor der Wahrheit aufgeschlossen,
Der Dinge Grund durchforscht, Geschicht und Zeit durchrannt,
Viel Torheit übersehn, der Liebe Wert erkannt
Und, was sie wohl geprüft und was sie selbst gefühlet,
In netter Sprach und Art der Nachwelt vorgespielet.
Dies ist allein der Grund, warum ich so viel Zeit
Und Wachen und Geduld der Poesie geweiht,
Nicht daß ich mir dadurch das Brot erfiedeln wollte,
Nein, sondern daß sie mich zur Weisheit führen sollte . . .

Monsieur Délateur sah in diesem Carmen nicht so sehr eine Herausforderung als vielmehr eine Unterlassung, denn nirgends, sagte er, erscheine bei diesem G. König August und dessen Sorgfalt für alles, was im Land geschieht. Undank gegenüber Seiner Majestät: Dies war gewiß nicht gänzlich falsch, jedoch bei weitem nicht des Pudels Kern. Mit diesen Versen stellt der Günther sich in die Reihe derer, die allein die nachprüfbare Wahrheit propagieren und die die zeugende Natur zum Vorbild aller Tugend und Vernunft erkoren haben. Die Poesie soll erziehen – welch Unsinn! Nicht mehr amüsieren? Sie soll veredeln, bilden, moralisch sein – welch himmelschreiende Überheblichkeit eines jungen Mannes!

Und wie selbstbewußt und zugleich locker er von den Mühen unsrer Kunst zu reimen weiß:

Was kostet's nicht für Schweiß, für Unruh, für Geduld,
Bevor uns die Natur den Einfluß ihrer Huld
In Geist und Feder senkt! Was hat man nicht zu lecken,
Wenn unsre Klarien nur Mißgeburten hecken!
Man lauret, sitzt und sinnt, verändert, schreibt,
durchstreicht,
Schmeißt Silb und Reim herum, versetzt, verwirft, vergleicht,
Eh Wörter und Begriff so wahr als zierlich passen
Und in des Lesers Ohr ein gründlich Etwas lassen.

Und ein paar Zeilen weiter haut er schon wieder auf seine Tadler ein:

Da kriegt das Maul zu tun, da schwatzt ein Tisch voll
Richter,
Da schiert und foltert man den unbekannten Dichter,
Da heißt's: Wer macht den Vers? Ist's Neukirch? Ja.
O schön!
Nein, nein. Wer denn? Kehr um! Pfui, laß den Bettel gehn!

Jaja, mein lieber Günther, oft macht allein der Name die Bedeutung des Geschriebenen, egal, wie miserabel es hingeschludert ist. Bei Leuten ohne Namen hingegen geht es so:

Der schilt es ein Pasquill, der nennt den Ausputz schlecht,
Weil weder Bengals Gold noch süß' und seltne Sachen,
Noch Ambra, noch Saphir die Zeilen kostbar machen.
Bald flucht ein Schulmonarch und bald ein Heuchelchrist,
Weil hin und her ein Wort nicht orthodoxisch ist . . .

Und auf der nächsten Seite kann man lesen, daß Günther durchaus kein Naivling ist und weiß, was heutzutag beliebt:

Denn alle, wie man hört, verachten rechte Gaben
Und wollen schlechterdings nur Lustigmacher haben.
Auch Leute, deren Amt und Bart und Stand und Zeit

Des Wohlstands Ernst begehrt, verstellen Gang und Kleid
Und Sitten, Red und Kopf mit abgeschmackten Dingen,
Verscherzen die Vernunft und fangen an zu springen
Und jauchzen überlaut, wenn irgendeine Schrift
Die ihrer Weichlichkeit gemäße Zote trifft . . .

Köstlich, wirklich köstlich, das muß ich frei bekennen! Doch dann verläßt den Günther wieder diese Lustigkeit, und er schlägt zu mit grobem Keile:

O lächerliche Zeit, dein Bild verdient den Brand!
O nimm für Sens und Ring zwo Pritschen in die Hand,
Sechs Schellen auf den Kopf, den Fuchsschwanz statt der Flügel!
So zeigst du, was du bist, den andern Eulenspiegel.

Dann zieht er gegen die Stümper vom Leder, daß es eine Lust ist:

Gebt Pflastertreter ab und stoßt an jeden Stein,
Es springt ein Tier heraus, das will ein Dichter sein.
Der kommt und reckt den Steiß, vergafft sich in sich selber,
Verdreht so Aug als Fuß wie abgestochne Kälber,
Trägt Hut und Busen voll, ertappt mich hier und dar
Und liest mir (Himmel hilf, jetzt hat mein Ohr Gefahr!)
Ein krankes Carmen vor und schielt bei jeder Zeile
Und räuspert, bis ich ihr ein falsches Lob erteile.
Ei, sprech ich, ei, das klingt! Ja, denk ich, hinten um,
Der Herr verschaffe sich ein Privilegium
Und laß als Erzpoet sein Bild in Kupfer stechen,
Die Trödler werden ihm den reichsten Lohn versprechen . . .

Dann wieder klagt er, daß niemand der Musen Elend mindert, träumt von Mäzenaten und verachtet sie im selben Atemzug und das Gedicht zu ihrem Lobe (er sprach letztlich diese Zeilen aus dem Kopf), sodann wird er nun wieder stolz:

. . . dem Donner zu entgehn
Und so viel Ärgernis nicht länger auszustehn,

Entlief ich, wie gesagt, mit angefochtner Ehre
Und halb verbrannter Haut dem Phöbus aus der Lehre,
Das tät ich und gewiß; jedoch da mancher Freund
Noch unparteiisch liest und lobenswürdig scheint,
So laß ich, weil ich kann, die heisre Flöte schallen,
Den Tadlern zum Verdruß, der Wahrheit zu Gefallen ...

Der Wahrheit naturellement, mit kleinrer Münze zahlt er nicht, zu hoch tönt mir das hehre Wollen! Er will der Menschheit nutzen, doch auf den schnöden Lohn verzichten – weshalb ist er dann hier in Dresden? Die Gefahr liegt tiefer, als das Auge des Monsieur Délateur von Natur aus reichen kann: Wenn nämlich diese Leute dermaleinst unabhängig von Mäzenen sind und allein von ihrer Dichtung leben können, kann keine Macht der Erde sie mehr hindern, ihre Träume lauthals auszuschreien! Das kündigt sich in diesen Zeilen an, und mir würde bange werden vor solchen Zeiten, stünde nicht der forsche Ton der Güntherschen Gedichte in krassem Gegensatz zu seiner Lage, die wahrlich wenig Hoffnung zeigt, daß sich sein Leben noch dem Inhalt des Gedichts vollendet. Noch steht nichts wirklich zu befürchten, gottlob. So sagte ich es auch dem Monsieur von der Polizei, der dazu schwieg und bald darauf mein Haus verließ.

Wenig später brachte der Bote des Oberhofmarschallamts noch den Entwurf für den großen Ball, welcher montags, den 4. September, bei Hofe auf dem Riesen-Saal gehalten werden wird. Es lagen bei ein Text für ein Mandat, welches durch die Fouriere am Tag des Balls den Damen in der Stadt bekanntgemacht werden soll, des Inhalts, daß sich diejenigen, welche standesgemäße Robe besäßen, um sieben Uhr in den Paradezimmern einfinden sollten, sowie ein Aufriß des Riesen-Saales, in welchen die Positionen der Prinzen, Bischöfe, Prinzessinnen, polnischen Senatoren und der anderen hohen Herrschaften eingezeichnet waren. Baron von Loewendal bat nunmehr mich, die Arten der Sitzgelegenheiten nach dem Reglement zu nennen. Also schrieb ich: Für den König und die Königin ein Thron mit Baldachin, für das Prinzenpaar je eine Chaise a bras, für die Suite der Prinzessin gepolsterte Tafelstühle und für die übrigen Herrschaften ordinaire Stühle beidseits des Riesen-Saales. Die Arbeit ging mir zügig von der

Hand, so daß ich schon bald, zufrieden mit mir selbst, die Feder beiseite legen konnte.

Zu guter Letzt noch post festum das Bemerkenswerte vom Tag bei Hofe: Frühmorgens Probe zum Ballyen-Rennen und dem Fuß-Turnier auf der Osterwiese mit dem völligen Aufzuge. Dabei haben Musketiere, so kommandiert gewesen, Granaten geworfen, ein Musketier aber selbständig Feuer gegeben, von welchem der Major Carlowitz, so sich beim Ballyen-Rennen aufgehalten, unter den rechten Arm geschossen worden sowie ein gaffender Knabe in den Schoß, welcher auch gleich darauf verstorben. Nachmittags Damen-Ballett-Probe auf dem Riesen-Saal. Kam der Bischof Tarlo von Polen allhier an.

13. Augustus, 10. nach Trinitatis

Vergangene Nacht peinigte mich schon wieder dieser Traum, der mich seit fünf Jahren fast regelmäßig überfällt, es ist stets der gleiche. Eine Kugel bewegt sich auf mich zu, ich lieg und starr auf sie und hör ihr dumpfes Rollen, das immer näher kommt und lauter dröhnt, groß ist die Kugel, riesengroß, und sie wird noch immer größer, ich will fliehen und kann doch nicht fort, gebannt, gelähmt erwarte ich mit Grausen, daß sie mich überrollt – und wache immerzu vor dem schlimmen Ende auf. Schweißgebadet lag ich in meinen Kissen und suchte das beunruhigende Bild aus meiner Seele zu verdrängen, indem ich alle Schuld der vollen Blase gab. Denn wie jedesmal, wenn mich die mörderische Kugel heimsucht in meinem Schlafe, spürte ich den Druck im Unterleib. Ich stand auf, schaffte mir Erleichterung und nahm mir vor, in Zukunft nicht ein einzig Gläschen Wein vor dem Zubettgehen mehr zu trinken, selbst wenn, wie gestern abend wegen der befriedigenden Erledigung der Sitzgelegenheiten-Frage beim Ball am Vierten des September, ein guter Grund dafür vorhanden ist. Mit diesem weisen Vorsatz legte ich mich aufs neue nieder, nunmehr in Erwartung eines satten, tiefen Schlafs. Doch als ich morgens dann erwachte, erinnerte ich mich, daß ich ein zweites Mal von Träumen überfallen worden war. Ein Faktum, das mich überraschte, zumal der Traum noch ziemlich klar vor meinem Auge stand und nicht wie sonst im Tageslicht verblaßte und sich wie eine flüchtge Wolke bei dem Versuch auflöste, ihn im Wachen festzuhalten. Ein sonderbarer Traum.

Ich ging auf einem Feldweg vor mich hin, auf einem Weg mit ausgefahrenen Räderrillen von den Bauernwagen und einem grünen Streifen in der Mitte, Schmetterlinge gaukelten vorüber, der Wind bewegte die sommerlichen Gräser wie Meereswellen. In der Ferne stand ein ärmlich Bauernhaus, ganz so, wie es in Sachsen üblich ist, ich lenkte meine Schritte darauf zu. In der Tür sah ich zwei alte Leutchen stehen, die mich offenbar erwarteten. Warum, das wußte ich nicht, doch sollte es sogleich aus meinem eignen Mund erfahren. Wo ist das Kind (hörte ich mich sagen), ich will es mit mir nehmen. Die beiden schauten mich nur an, es waren Blicke, die nichts mehr überraschen kann. Ich sah darin ein Zögern, einen insgeheimen Vorbehalt, und ging den Weg zurück. Warum? Weshalb? Ich weiß es nicht. Doch damit war der Traum noch lange nicht zu Ende, denn ich fuhr mit einemmal in einer Kutsche wiederum in Richtung auf das Haus. Der Weg mit den Rillen und dem Streifen, Schmetterlinge, Wind. Als ich aus der Kutsche stieg, sah ich am Wagenschlag mein Wappen, deutlich das Einhorn rechts und links den schwarzen Adler. Die Kutsche schien das Elternpaar zu überzeugen. Wo ist es? (fragte ich) Schweigend geleiteten mich die beiden in das Innere des Hauses, das mehr eine Kate war, und ich sah auf der Stufe einer steilen, hölzernen Stiege, die zum Boden führte, einen Jungen von etwa siebzehn Jahren sitzen, mit blondem Haar und angenehmen Zügen, die für einen kurzen Augenblick, ja, da war kein Zweifel möglich, die von diesem Günther waren. Einen kurzen Augenblick, schreib ich und muß der Wahrheit halber schreiben, es war wohl nur ein Blitz vor meinem Auge, ein kurzes Leuchten und Vergehn. Dann, als ich nach ihm fassen wollte, begann der Jüngling – ich friere jetzt noch, wenn ich daran denke – zu schrumpfen. Zugleich, es war ganz grauenhaft, begann er etwas auszustrahlen, begann zu gleißen wie das Jesusknäblein auf den italienischen Gemälden hier in Dresden, hell, doch nicht so warm und inniglich, sondern gänzlich kalt, weiß und blau. Gefährlich kalt und doch heiß glühend, sich verzehrend – ich weiß die merkwürdige Verwandlung trefflicher nicht auszudrücken. Da höre ich die Eltern schreien: Schlagt es tot, schnell, tötet es! Und ich, wie unter einem fremden Zwang, ich, der ich dergleichen nie getan, ich töte das inzwischen einem Hasen oder einer Fledermaus ähnliche Menschentier mit einem Schlag der Hand in seinen Nacken ...

Was Wunder, wenn bei derart detestablen Träumen der Schlaf alles andre als erquickend war und ich mich fühlte, als hätten mich sämtliche Furien der Nacht gebeutelt und geschwächt, als hätten sie mich durchgekaut und ausgespien. Überdies zeigte mir ein Blick aus meinem Fenster einen trüben Himmel, und über die Seeberg-Bastei fegte ein erstaunlich starker Wind: Unfreundlich, kalt und feucht präsentierte sich der Sonntagmorgen. Nichts lockte mich, aus dem weichen, warmen Bette aufzustehen, kein Frühstück, kein Coffee, der doch sonst mein täglich Labsal ist, ein Ekel war in mir vor aller Speise.

Ob eine Festung durch Sturm oder andere Gewalttätigkeiten oder auch nur durch Hunger fällt, so dachte ich bei mir, die Festung ist doch allemal verloren, es sei auf diese oder jene Weise. Also auch, wenn ich der mangelnden Lust zum Essen unterliege. Was braucht es dazu einen bösen Magen, hitziges Fieber, böse Träume, Seitenstechen oder gar den Schlagfluß? Ich verliere durch meine Appetitlosigkeit und daß ich nichts genießen kann, ebenso gewiß mein Leben, als wenn ich eine oder auch alle großen Krankheiten miteinander hätte. Dabei kündigen sich diese in steigendem Maße an, und je mehr ich auf sie achte, desto wilder werden ihre Zeichen. Es ist ein ständig Kribbeln, Beißen, Nagen, Bohren im Innern meines Körpers, als ob in ihm irgendwelche bösen Würmer am Werke wären. Manchmal des Nachts spür ich ihr Kriechen auf der Haut, ich schrecke hoch, seh sie sich winden, seh sie nagen – weiße, dicke Würmer mit scharfen Zangen vorn am Kopf, die jedoch, sobald die Kerze angezündet, mit einem Schlag verschwunden sind. Lediglich die Krümel auf dem Bettuch zeugen noch von ihrer Existenz. Eine Zeitlang suchte ich mich dadurch zu beruhigen, daß ich sie zu Ausgeburten meiner eigenen erregten Phantasie erklärte (zumal der Medizin dergleichen Würmer nicht bekannt – doch, frag ich, was ist der schon bekannt?). Das mit den Würmern mag noch gehen, ich schüttele die Krümel aus dem Bett, wende die Bezüge und lege mich bei brennender Kerze erneut zum Schlafe, doch was ist mit den anderen Schmerzen, die im Innern unbarmherzig zerren und die sich nicht vom Bettuch schütteln lassen? Was mit dem Schleim, der so oft den Rachen hinunterrinnt? Wo kommt er her, wo läuft er hin? Was ist mit meinem Hirn, das sich ganz unvermutet, mitten am Tag und aus völlig heiterm Himmel, zusammenkrampft, als hätt es spitze Krallen und wolle sich in einem Anfall kranker Lust selbst zerquetschen? Wie soll ich diese Leibesübel ignorieren? Wie die Kopfschmerzen, die Magenbeschwerden, die Schlafstörungen, die Reizbarkeit, die Unlust und die allgemeine Müdigkeit? Ich habe Angst. Angst vor Krankheit, Armut, Tod. Ich habe Furcht, beim Dichten zu versagen, ich fürchte es und laß es deshalb lieber bleiben, ich erwarte es – und es tritt ein. Ich werde meinen Arzt zu Rate ziehen, wenngleich ich dessen Kunst von vornherein nicht sonderlich vertraue. Crescunt anni, decrescunt vires, ja, so ist's, die Jahre nehmen zu, die Kräfte ab.

Ein mißvergnügter Tag, das sah ich wohl voraus, kam auf mich zu. Gleichwohl zwang ich mich aufzustehen: Ich kleidete mich sorgfältig, tönte die auffällige Blässe des Gesichts mit etwas Rouge und konnte so nach einer Stunde mit dem Ergebnis meiner ablenkenden Geschäftigkeit durchaus zufrieden sein. Noch immer war ich schlank, noch immer war mein Mund voll reiner Zähne. Zwar hat das Alter mein Gesicht, insonderheit die hohe Stirn, etwas tiefer gefurcht, zwar läßt die Brille, die ich nicht etwa wegen eines Mangels trag, sondern um die Augen zu erhalten, mich etwas älter scheinen, jedoch ansonsten stand ich sicher auf den Beinen, und im Anzug steckte ich so knapp als wie der jüngste Mann.

Nach dem Frühstück begab ich mich in meinen Bücher-Saal, vorerst nur zu dem Behuf, mich weiter abzulenken, doch dann stieß ich beim Blättern auf einen Dichter, der mir natürlich schon zuvor bekannt, dessen Werk und dessen Leben mich jedoch gerade heute ganz erheblich fesselten. Ja, er gab mir durch sein beispielhaft klug geführtes Leben den Gleichmut wieder und vertrieb die nächtlichen Schatten endgültig aus dem Gemüt. Ein antiker Hofpoet, der 88 Jahre wurde (was ich sogleich in meine Liste schrieb): Simonides von Keos, der vor zweitausend und zweihundert Jahren die Mächte seiner Zeit besang. Die Weisen kommen zu der Tür der Reichen, sagte er und steuerte sein Lebensschiff getreu nach diesem Satze: In Athen verherrlichte er die Republik, am Hof des Skopas in Thessalien sang er zum Glanz und Ruhme der Skopaden, zuletzt dann schmückte er den Thron des Tyrannen Hieron und genoß die Gunst des Herrn, bis er, geehrt, mit Gütern reich gesegnet und vor allem hochbetagt, in Syrakus ganz friedlich aus dem Leben schied.

Dies Leben ist Beweis genug, daß sein Eigner weise war, denn es gibt Leben, die allein deshalb bedeutend sind, weil sie so lange währten. Sie bekommen allein durch das erreichte Alter recht, gleichgültig, wie sie das erreichten. Andere wiederum mögen vielleicht tugendhafter sein, geraten dadurch mit den Oberen in schlimme Händel, verliern dabei ihr Leben, sei's durch das Schwert, den Strang oder auch nur durch das Elend – ihr kurzes Leben gibt ihnen unrecht, mögen sie auch später, nach dem Tode, recht behalten haben.

Wenig Kraft hat der Mensch, sagt Simonides, und die Sorgen drücken ihn nieder, kurz ist sein Leben, und nimmer enden die Mühn, stets bedroht ihn der Tod, dem niemand entgeht, da er das Schicksal ist der Guten sowohl wie der Bösen. Oder: Die Tugend, sagt man, wohnt auf unwegsamen Felsen, umringt von tanzenden, behenden Nymphen, und keines Menschen Auge kann sie sehen, eh ihm der Schweiß, der ätzende, nicht ausbricht, da tapfer er die Höh erklimmt. Ja, das ist artig ausgedrückt, wiewohl ich hierbei glauben möchte, daß meinem guten Simonides der Schweiß, der ätzende, zu keiner Zeit aus seinen edlen Poren ausgetreten ist. Wozu auch, wenn sich im Hades ohnehin alle wiedertreffen, der Böse wie der Gute, der Reiche wie der Arme, und dort allein die Jahre oberhalb des Totenreiches zählen? Lang gelebt heißt klug gelebt: Nie sag ein Mensch, was werden wird, allein die Gegenwart ist wichtig. Dir, Simonides, folg ich gern! Besonders wenn ich lese, daß du der erste warst, der darauf bestand, die Poesie zum Lobe eines Herrn von dem Gelobten mit Geld vergütet zu bekommen. Das nenn ich einen Dichter, der versteht, die Worte zierlich zu gebrauchen, den Beutel wohl zu füllen, Zeit und Fürsten das Genehme vorzusingen, dabei ein hohes Alter zu erreichen und so den Ruhm und Namen in die Nachwelt fortzupflanzen! Folge der Mode, sagte der Franzose, oder verlaß die Welt! Diesem munteren Rigorismus ist wahrlich nichts hinzuzufügen.

Meine Laune war erheblich heiterer geworden. Ich las noch eine gute Weile in Simonides' Schriften, auch in denen seines Konkurrenten Pindar, und legte mich nach einem kleinen, doch exzellenten Mittagsmahl zum Schlafe nieder, um ausgeruht zu sein, wenn der Kanzlist Grotegut zur allsonntäglichen Coffee-Stunde zu mir kommt.

Und er kam, pünktlich wie der Leipziger Rat, wie man so zu sagen pflegt, Punkt drei Uhr stand er vor der Tür. Daniel Friedrich Grotegut, der Pünktliche, der Verläßliche, der akkurat Genaue, dem man sein Schicksal im Gesicht und in der Haltung ablesen zu können glaubt: die niedrige Geburt wie die hohe Begabung, die Dankbarkeit, daß er die Fürstenschule Grimma besuchen durfte, wie die Bitterkeit, daß dann das Geld nicht weiterreichte zum Besuch der Universität, das Abfinden mit einem lebenslangen Dasein als Kanzlist wie der aufgegebene Traum eines Lebens als Gelehrter. Ein wenig wunderlich, das ist er schon, denn er bewohnt als alter Hagestolz allein zwei Kammern unterm Dache gegenüber, er wäscht, er kocht für sich und duldet keine Frauenhand, weil sie die sonderbare Ordnung, die auf den ersten Blick, so gab er zu, tatsächlich wie ein Chaos wirken könne, mit ihrer übertriebenen Sucht nach Reinlichkeit zerstören würde. Ein Eheweib sei auch deshalb nicht auf das Tapet gekommen, weil sein Salär so unzumutbar schmal, daß es unmöglich noch durch zwei zu teilen wäre, so sagt er jedenfalls, ich allerdings, ich glaube, er wollte die paar Taler, die ihm am Monatsende bleiben, ohne ehelichen Zank für seine allererste Leidenschaft gebrauchen: für Bücher über Weltgeschichte und ferne Ländereien. So geht er treu und brav seit fünfundzwanzig Jahren tagtäglich in die Hofkanzlei, steht dort den ganzen Tag am Pult und schreibt, kommt abends heim und versenkt sich in die geliebten Bücher. Er ist bisher über Sachsens Grenzen nie hinausgekommen, und gleichwohl kenn ich hier in Dresden keinen, mit dem das Plaudern über Gott und alle Welt angenehmer wäre. Für ihn bin ich ein Auserwählter und Begnadeter, und er läßt es nie an wohltuender Ehrerbietung mangeln, er ist, mit einem Wort, ein Muster jenes bürgerlichen Beamten, wie der Gelehrte Schröder ihn beschrieb: ängstlich, schüchtern, schwächlich und deshalb treu und ergeben bis zur Selbstverleugnung.

Bürgerliche, schreibt Professor Schröder, sind den Fürsten als Berater und Beamte zu empfehlen, weil sie gehorsamer und dankbarer sind als die Adligen, da sie durch ihr Amt genährt werden, der Unfriede ihre Nahrung beeinträchtigt und mithin der Magen ihnen Ruhe und Frieden anbefiehlt: Wenn sie nur ihr Brot haben, sind sie lustig und geben dem Fürsten mit Freuden, wessen dieser bedarf.

Uns verbindet, daß wir alle beide dem Oberhofmarschall zugeordnet sind, wenn auch auf äußerst unterschiedlichem Niveau, und wenn dieser oder jener sich bislang gewundert haben mag über meine intime Kenntnis der täglichen Vorgänge bei Hof, so sei es hier an dieser Stelle dem geheimen Diarium anvertraut, daß ich dies dem Grotegut verdanke, der in der Kanzlei das offizielle Hof-Journal zu führen hat und der mir der engen Freundschaft wegen die verkürzte Abschrift täglich durch den Türschlitz steckt. Des weitern führt er dort das königlich-polnische und kurfürstlich-sächsische Hof-Buch, in welches fein säuberlich alle Hofbediensteten mit Namen, Alter, Datum der Geburt, Art der Bedienung, jährlicher Besoldung eingeschrieben werden plus den Vermerken, woher die Besoldung bezahlt wird, wann die Person zum Hofe gekommen und wann sie wieder abgegangen ist – alle sind davon erfaßt, vom Oberhofmarschall bis hinunter zu den Küchenmägden und den Stall-Personen (diese allerdings summarisch, ohne ihre Namen zu erwähnen).

Der liebe Grotegut scheint das Vertrauen seines Dienstherrn zu genießen, des ersten Manns bei Hofe, des Herrn Woldemar Baron von Loewendal, seines Zeichens bestallter Oberhofmarschall, Geheimer Kabinettsminister, Wirklicher Geheimer Rat, Kammerpräsident und Oberbergwerksdirektor. Als Oberhofmarschall lancierte ihn die Cosel, der König gab ihr damals gerne nach, da Wackerbarth auf diesen Posten spekulierte, der jedoch zur ohnehin schon bedenklich starken Partei des Generalfeldmarschalls gehörte, was des Königs Politik gefährdet hätte, die ständig darauf sieht, daß sich die höfischen Parteiungen die Waage halten und sich auf diese

Weise gegenseitig neutralisieren. Loewendal hat der Cosel sein Avancement schlecht vergolten, denn als der König sie von seiner Seite haben wollte, bat er den Oberhofmarschall (bat, schreibe ich, und jeder darf sich dabei denken: Wer tun kann, was ihm gefällt, befiehlt, wenn er um etwas bittet), sich in amouröser Absicht zu der Cosel zu verfügen und sie durch eine Liebschaft zu kompromittieren. Der Oberhofmarschall gehorchte, die Cosel aber roch den Braten und mag bei dessen Balzen ihren ehemaligen Protegé abgrundtief verachtet haben. Jedoch, was soll's, sie sitzt nunmehr auf Stolpen, Loewendal noch immer hier.

Die Müllerin geleitete den Kanzlisten in meinen Bücher-Saal, und während der das Neueste vom Hof berichtete, brachte sie die extragroße Sonntagskanne mit Coffee. Der Kron-Marschall und Herr Potocki aus Polen sind heute allhier angekommen, und am Nachmittage begann die Probe zur italienischen Opera namens Teofane im neuen Opernhause, welche alldort am 13. des Festmonats aufgeführt werden wird: Mehr war vom heutigen Tage nicht bekannt geworden, weshalb ich hiermit den Bericht am Ende des Diariums sparen kann.

Monsieur Grotegut jedoch zog etwas Gedrucktes aus seiner Tasche, ein Mandat von Gottes Gnaden, Friedrich August, welches allen Leuten, die nicht eben schlecht bei Kasse sind, ausgehändigt worden ist oder derzeit wird. Er reichte mir den Zettel wortlos, und ich las: ... demnach Uns zu einer gewissen landesväterlichen Absicht zu wissen nötig, wieviel und was für welche gerichtlichen Depositen-Gelder hin und wieder im Lande vorhanden sind, also ist hiermit Unser Begehren, ihr wollet über die bei euch im Vorrat liegenden Gelder, die nicht auf der Distribution stehen, binnen acht Tagen vom Empfang dieses Schreibens an bei 20 Taler Strafe eine richtige und vollständige Spezifikation zu Unserer Landes-Regierung einsenden, daran geschieht Unser Wille und Meinung, Datum, Dresden ...

Woraus man schließen darf (sagte ich und nahm bedeutungsvoll einen Schluck Coffee), daß die Kosten für das Fest unserm Landesvater arge Sorgen machen.

In der Kanzlei (sagte darauf Grotegut und führte ebenfalls die Tasse an den Mund) sind wir angehalten worden, recht sparsam mit Papier und Tinte umzugehen. Im Fall der Nichtbeachtung dieser Weisung droht uns ein Abzug vom Gehalt.

Wie das? (sagte ich und lachte) Sollt ihr enger schreiben oder kleiner oder gar die Beistriche aus den Sätzen exkommunizieren?

Das nun gerade nicht (sagte Grotegut), jedoch sollen wir die Seiten füllen bis zum Rand und lange und bekannte Wörter kürzen, wie zum Beispiel Königliche Majestät zu K Punkt M Punkt.

Jaja (sagte ich), wer den Pfennig nicht ehrt, ist des Talers nicht wert. Man sieht auf diese Kleinigkeiten, weil man Millionen braucht. Doch so beschwerlich derlei ist, hat alles seinen Sinn, wenn ein Fest dabei am Ende steht, das Europa staunen machen wird, das Sachsens Ruhm befestigt, den Großen dieser Welt Vergnügen spendet und dem kleinen Mann Brot und Arbeit gibt.

Arbeit, das mag stimmen (sagte Grotegut), bei allen Heiligen, wir schreiben täglich wie die Teufel! Briefe nach Bayreuth, Weißenfels und Merseburg. Ob Trompeter und Pauker für September ausgeliehen werden können. Listen über diejenigen Hofbedienten, die Ende August angenommen und nach den Festivitäten wieder entlassen werden, also Pagen, Lakaien, Heiducken, Küchen- und Kellerpersonal, Silberputzer und so weiter. Spezifikationen über die bei der Ankunft der prinzlichen Hoheiten abzufeuernden Kanonen, fein säuberlich in doppelter Ausfertigung wird aufgeschrieben, daß 24 Kanonen vom Schloß 72 Schuß und 30 Kanonen von den Brigantinen 90 Schuß beim Empfang abzugeben haben, desgleichen bei der Abfahrt und so weiter. Anweisungen über die Reserve der Garde du Corps zur Zeit der Solennitäten, jeder einzelne benannt, vom Rittmeister, Lieutenant, Wachtmeister, Korporal, Trompeter bis hin zu dem Gemeinen. Die Aufstellung der Kleider, die von Ihro K Punkt M Punkt während des Festes von Tag zu Tag getragen werden, am 2. September ein cremosinsamtenes Kleid mit Rosetten und Diamanten, am 3. ein Droquet pouceau mit goldener spanischer Garnitur und so fort für jeden Tag bis zum 30. September. Die Notifikationen der Kostenberechnungen. Die wirklichen Kosten. Namenslisten, Weinbestellungen, Tafel-Skizzen. Anweisungen an die Hofsilber-Kammer, was zu welchem Anlaß in welcher

Anzahl aufzustellen ist. Eine Liste mit den Gewinnen der Lotterie, alles einzeln aufgeführt: das goldene Besteck, die Tabatiere, das Etui . . . Jedoch das ärgste ist der Briefverkehr mit unsern hochwohlgeborenen Herren Adligen vom Lande, der schon einige Monate sehr heftig währt und worinnen sich nicht wenige der eingeladenen Landadligen alleruntertänigst entschuldigen, daß sie in ihrem Alter und bei ihrer überaus kränklichen Leibes-Konstitution die Reise nach Dresden leider, leider nicht anzutreten in der Lage sind. Das hat viel Ärger hier gemacht, K Punkt M Punkt haben angeordnet, daß diese Widerborstigen ein Attestatum medicum beizubringen haben, worin ein graduierter Arzt die malade Verfassung nach bestem Wissen und Gewissen bestätigt. Wir also schreiben wiederum und vermerken unterdes: will allergehorsamst erscheinen, soll ein Attestatum beibringen oder – hat ein Attestat beigebracht, dies mit roter Tinte. Unserm sächsischen Adel scheint der Preis zu hoch zu sein für ihr Erscheinen, haben sie doch alles selber zu bezahlen, Kleidung, Pferde, Kutsche und Logis, zudem wird ihnen anbefohlen, nicht länger als acht Tage in Dresden zu verweilen und keinesfalls vor dem 29. August hierorts zu erscheinen. Zum Hofschmuck: ja, zum eigenen Vergnügen: nein. So zahlen sie denn lieber ihrem Arzt ein kleines Sümmchen, und der bescheinigt ihnen flink, daß sie fast dem Tode nahe sind und unmöglich nach Dresden fahren können. Hü und hott, hin und her, so geht das nun seit Wochen. Die hohen Herren lassen schreiben. Jedoch wer schreibt? Unsereins. Bis uns die Gelenke schmerzen.

Wer schreibt, der bleibt (versuchte ich ihn aufzuheitern).

Ja, gewiß (sagte Grotegut, und Bitternis sprach aus seinen Worten), wenn man darüber seinen eigenen Namen setzt wie Sie, Monsieur. Doch nicht als anonymer Schreiberling, der nun zwar keine Dichtung schreibt, doch gleichfalls Wohlgesetztes wie Mandate und auch Briefe. Unter denen steht dann lediglich L. S., loco sigilli, namenlos: anstelle des Siegels, o Schmach, oder ein Vorgesetzter unterzeichnet flott, als hätte er's geschrieben.

C'est la vie, mein lieber Grotegut, ich verstehe Ihren Kummer (sagt ich). Doch, sagen Sie, was hört man so im Marschallamt über den avisierten zweiten Hofpoeten? Ist er dort schon im Gespräch? Und wenn, dann wie?

Die Meinung des Barons, die kenn ich nicht (sagte Grotegut), weil dieser sich nicht so weit gehenläßt, mit mir ein Wort zu wechseln. Und wenn, dann diktiert er lediglich in meine Feder. Jedoch die höheren Kanzleibeamten, die reden schon von diesem Günther. Wie? Nicht sehr vorteilhaft, bei meiner Treu. Dabei bestreitet niemand seine Fähigkeit zum Dichten, die mag so glücklich, reich und fruchtbar sein, als man solches immer wünschen kann. Allein, so willig man ihm dieses zugesteht, so wenig toleriert man seine Sitten, die, so redet man, derart miserabel sind, daß man am sittlichen Gehalt seiner Poesie, berechtigt, wie ich meine, zweifelt. Erst neulich ging einer unsrer Herren Räte durch das schmale Friesengäßchen. Und wer kommt ihm da entgegen? Jener stolze Dichter. Und wiewohl man einen höheren Hofbeamten ohne Müh und ohne Brille gut am äußern Habitus erkennen kann, wich der Poet nicht aus, sondern – der Herr Rat, um einen Aufprall zu vermeiden! Völlig unbeeindruckt ging der Günther grußlos seinen Weg, als hätte er den Herrn überhaupt nicht wahrgenommen, als sei er Luft für ihn!

Vielleicht (so warf ich ein) war er nur in Gedanken? Vielleicht rumorte grad ein Vers in seinem Kopfe?

Mag alles sein, Herr von Besser (sagte Grotegut). Doch bei allem, was recht ist, ich für mein Teil, ich habe dafür kein Verständnis! Bescheidenheit ist eine Zier, und wer nichts begehrt, dem geht nichts ab. Unsereins, das dient von früh bis spät, der Lohn ist karg genug, und es kümmert keinen, ob unsereiner das besonders gerne tut. Wir müssen es, um uns zu nähren und zu kleiden, und können uns noch glücklich schätzen, daß wir dienen dürfen. Und dann kommt ein Poet daher, der sich offenbar für etwas Gottgesandtes hält, er schlendert durch die Gassen, frönt dem Müßiggang und klagt dann über sogenannte Neider, die ihn angeblich am Glücke hindern. Bei meiner Seel, melancholische Grillen sind das und nichts weiter! Denn ginge er einer ehrlichen Arbeit nach wie Leute meines Schlags und brächte er durch liederliche Verschwendung nicht alles, wovon er lange leben könnte, an einem Abend durch, dann brauchte er nicht zu darben und würde uns verschonen mit seinen Klagen über seine selbstverschuldete Misere. Soviel ich weiß, hat es ihm an hohen Gönnern, Wohltätern und Patronen zu keiner Zeit gemangelt, und wenn er sich diesen akommodiert und sich nicht so wankelmütig und groß aufgeführt hätte, als wenn er keiner Hilfe bedürfe, so hätte er sein Glück schon früher gemacht, denn es ist ihm nachgelaufen. Das Glück, Monsieur, ist eine dumme Kuh: Es läuft den größten Ochsen zu. Und wer Unglück haben soll, stolpert hin im Grase, fällt auf den Rücken und bricht sich seine Nase. So, Monsieur, seh ich die Sache, ich, ein bescheidener, doch ehrlicher Kanzlist, der sich im Schweiße seines Angesichts sein Brot verdient und der gleichwohl zu Höherem befähigt war. Mäßigen, Dulden, Dienen, Sichbescheiden, das alles scheint im Wortschatz dieses Günther überhaupt nicht vorzukommen.

Was Sie da sagen, lieber Grotegut, ist für mich sehr interessant zu wissen (sagte ich), sind Sie doch für mich so etwas wie des Volkes Stimme. Vox populi, vox Dei, den Pöbel ohne Bildung kann man da nicht zählen, allweil er völlig ohne Stimme ist. Ich kenne das Problem: Wenn Günther sich nicht zügeln kann, wird er allerorts mißfallen. Doch ich habe Hoffnung und, nebenbei, auch Mittel, das wilde Feuer seiner Phantasie zu löschen, wobei ich allerdings die Glut erhalten muß, denn kalte, tote Asche würde mir nichts nutzen. Ein nettes, kleines Feuer, gebändigt im Kamin, an welchem man die Finger wärmen kann – das stelle ich mir vor.

Ich wünsche Ihnen Glück dazu, Herr von Besser (sagte Grotegut), jedoch ich habe meine Zweifel. Wem nicht zu raten ist, dem ist auch nicht zu helfen. Der Mensch ist nur im Äußern wandelbar, im Innern bleibt er stets derselbe. Den Säufer zieht's, obgleich das Fleisch bereits am Knochen schlottert, immer wieder in die Schenke, der galante Weiberheld wird trotz aller Treueschwüre diese immer wieder brechen, der Törichte wird niemals weise und fräß er noch so viele Bücher, der Grausame nicht gerecht, der Wolf wird nicht zum Lamm und mag er körbeweise Kreide schlingen, und der Aufmüpfige wird nicht über Nacht ganz still und lieb. Nehmen Sie zum Beispiel – Löscher. Ich war heut früh in seiner Predigt. Wie soll ich sagen? Wenn der Fuchs predigt, so nehmt die Gänse in acht.

Erzählen Sie! (sagte ich) Ich hörte ihn am Donnerstag von der Kanzel wüten. Hat er sich heute moderiert?

Am Anfang (sagte Grotegut) sah es eine Weile danach aus.

Er nahm das Thema dieser Woche aus Lukas 19 vor, erzählte die Geschichte des Einzugs Jesu in Jerusalem, wie er weinte angesichts der kranken Stadt, wie er warnte vor Verfall – dabei sprach unser Superintendent ganz leise, und man konnte meinen, er weine ebenfalls, doch dann, als Jesus in den Tempel ging und die Händler darin sah, erhob er seine Stimme zum Orkan und rief: Mein Haus ist ein Bethaus, ihr aber habt's gemacht zur Mördergrube! Da wußte jeder: Jerusalem ist Sachsen und der Tempel Dresden. Ganz deutlich wurde es, als er die Worte aus der Bibel las: Und er lehrte täglich im Tempel, aber die Hohenpriester und Schriftgelehrten und die Vornehmsten im Volk trachteten ihm nach, daß sie ihn umbrächten; und fanden nicht, wie sie ihm tun sollten, denn alles Volk hing an ihm und hörte ihn. Löscher erläuterte sodann ein Wort, das er zuvor schon stark hervorgehoben hatte: die Vornehmsten, so sagte er, hießen im Griechischen die Ersten, was bedeute, daß damit die Obersten, die Ältesten, kurzum die Obrigkeit bezeichnet sei. Nun sprach er vom Betrug des Reichtums, Jakobus 5, und zitierte: Wohlan nun, ihr Reichen, weinet und heulet über euer Elend, das über euch kommen wird! Euer Reichtum ist verfault, eure Kleider sind mottenfräßig geworden ... Ihr habt wohlgelebt auf Erden und eure Wollust gehabt und eure Herzen geweidet am Schlachttag. Ihr habt verurteilt den Gerechten und getötet, und er hat euch nicht widerstanden. So seid nun geduldig, liebe Brüder, bis auf die Zukunft des Herrn. Siehe, ein Ackersmann wartet auf die köstliche Frucht der Erde und ist geduldig darüber, bis sie empfange den Frühregen und Spätregen ... So hielt sich unser Oberhirt getreulich an den Bibeltext, die Worte Dresden, Sachsen, Adel fielen nicht ein einziges Mal, und doch wußte jeder, was und wen er meinte. Kann man da, ich frage Sie, Herr von Besser, von Moderieren sprechen?

Auf jeden Fall (sagte ich) kann ihm keiner was am Zeuge flicken.

Ein Schlaukopf, dieser Löscher (dachte ich im stillen), er weiß genau, daß ein paar treffliche Exempel die halbe Predigt und der beste Prediger die Zeiten selber sind.

Doch Grotegut wollte weder von Günther noch von Löscher plaudern, der Sinn stand ihm – jedesmal bei unserem Coffee-Plausch übermannt ihn diese nahezu perverse Lust –

nach Philosophieren. Und wenn ich dieses große Wort dafür benutze, so setz ich einschränkend hinzu: Was er so unter Philosophieren versteht – alles hausgemacht und bodenständig, ohne Brillanz und tiefere Kenntnis dieser edlen Wissenschaft. Und doch war sein altbackenes Parlieren nicht unangenehm für mich, vielleicht gerade deshalb, da ich ganz entspannt und ohne Mühe den letzten Endes liebenswert-kauzigen Grübeleien dieses Dachkammer-Denkers folgen kann.

Ein Leben (so begann der Grotegut), ein Leben ist zu kurz, als daß man auf eine wesentliche Änderung der Zeiten warten könnte. Töricht, das zu hoffen, denn die Hoffnung ist das Seil, daran wir uns zu Tode ziehen. Der Sand der Zeiten rinnt, das Leben, es rinnt schneller. Alles braucht seine Zeit, denke ich, und die Wahrheit braucht am längsten, sie, die die Zeiten fortbewegt. Ist es nicht so? Gewiß. So mancher meint, es sei damit getan, die Wahrheit zu befördern, die Zeiten könnten hernachmals nicht anders, als eilends dieser nachzufolgen. Jedoch, wie sieht es wirklich aus? Ganz anders. Die Zeiten selbst, die träge in sich selbst verharren und jede Änderung vermeiden wollen, sie hindern sie, die verbieten ihr das Wort, und wenn das nicht möglich ist, stopfen sie die Ohren derer, die sie hören sollen, und wenn sie doch Gehör gefunden hat, nimmt man diese Ohren und zieht sie kräftig lang, hilft dies nun aber alles nichts, schneidet man sie einfach ab, doch irgendwie und irgendwann, niemand weiß es näher zu erklären, ist sie nicht mehr aus der Welt zu schaffen, und jene, die sie bisher verfolgt haben, stellen sich nun plötzlich hin und sagen, ohne rot zu werden: Jawohl, so ist's, ich habe andres nie gedacht, vielleicht gesprochen, doch das nur, um das Schlimmere inzwischen zu verhindern. Ist es nicht so? So ist es. Auf solche Wandlung kann man lange warten, ein Leben reicht dazu nicht aus. Ich, Herr von Besser, sage mir: Wer will haben gute Ruh, der höre, seh und schweig dazu. Andernfalls wird man mit Sicherheit konfus im Kopf. Sehen Sie nur, was für Unsinn selbst in unsern doch nun wirklich sehr gelehrten Zeiten noch passiert. Der Chemiker Kunckel ist Ihnen sicherlich dem Namen nach bekannt, er hat die schönen roten Gläser, die wie Rubine funkeln, in seinem Laboratorium erfunden. Die schätzt man auch in Dresden hier, jedoch das andre von ihm nicht, das will man überhaupt nicht hören: Er hat bereits vor dreißig Jahren schlüssig nachgewiesen, daß kein Gold herzustellen ist durch die Transmutation anderer Metalle. Jeder kann es lesen, jeder kann es hören, wenn er nur will, doch offensichtlich will man nicht, denn unser jüngst verstorbener Porzellanerfinder Böttger bekam noch vor nicht allzu langer Zeit zu hören: Tu mir zu Recht, Böttger, sonst laß ich dich hängen! Nun wäre alles nicht so schlimm, wenn man überlegen lächelnd sagen könnte: Vorbei, vorbei, diese unwissenden Zeiten sind endgültig passé und kehren niemals wieder! Was aber müssen wir erleben? Ich schweige lieber, Herr von Besser, eh ich mich durch mein empörtes Ungestüm zu einer Äußerung verleiten lasse, die ich nicht mit meiner sonst untadeligen Untertanentreue in Einklang bringen könnte! Nein, nein, ich schweige wie ein Grab!

So reden Sie schon (sagte ich, insgeheim ganz köstlich amüsiert, äußerlich jedoch seriös und ernst). Spannen Sie mich, bitte, nicht länger auf die Folter! Guter Freund! Verehrter Grotegut! Was ist es denn, das Sie so fürchterlich erregt?

Johann Hektor von Klettenberg (flüsterte mein Philosoph).

Aber der sitzt doch auf dem Königstein! (rief ich mit Absicht übertrieben laut) Klettenberg, ha, der! Auf den kann man getrost und munter schimpfen!

Doch wissen Sie, mein Herr, mit aller Sicherheit (fragte Grotegut), ob er da wirklich sitzenbleibt oder ob er nicht eines schönen Tages hochgeehrt wieder durch Dresdens Gassen schreiten wird? Ich nämlich habe alles über ihn gesammelt und habe mir dies aufgeschrieben, es ist, so zu sprechen, ein Räuberleben von der höhern Art.

So erzählen Sie, liebster Grotegut (sagte ich ermunternd), Sie könnten mich mit nichts im Augenblicke mehr beglücken als mit der Geschichte.

Weil ich ihn nun gar so heftig drängte und er im Grunde auch nichts weiter wollte, als hübsch gedrängt zu werden, erzählte er mir endlich die Geschichte Klettenbergs, die wahrlich abenteuerlich ist und wunderbar zu einem beschaulichen Sonntagnachmittag und einer großen Kanne Coffee paßt. Der Einfachheit halber geb ich sie hier mit meinen eignen Worten wieder, da Grotegut allzu geheimnisvoll und schwerfällig erzählte.

Also, Johann Hektor von Klettenberg ist einem vornehmen Frankfurter Geschlecht entsprossen, dem es sowenig am Vermögen wie an guter Gelegenheit fehlte, den Sohn zu all demjenigen erziehen zu lassen, was ihn dereinst zum Dienst an Gott und Vaterland tüchtig machen konnte. Doch die Mühe war umsonst, die Bosheit steckte diesem Kind im Herzen. Früh schon suchte er allerlei Händel, man verschärfte zwar die Zucht, doch ohne sichtbaren Erfolg. Als sein Alter reifer wurde, schien es so, als ob er anfinge, sich zu ändern, jedoch die vermeintliche Besserung bestand allein darin, daß er seine Untugenden schlau verbergen lernte. Hochmut, Üppigkeit und Verschwendung waren die Bücher, in denen er täglich las, bis er eines Tages mit einem nahen Anverwandten in Streit geriet und diesem flugs den Degen durch das Herze bohrte. Klettenberg entfloh, ohne seinen Lastern zu entfliehen, denn in der Pfalz ließ er sich mit dem Eheweib eines Partikuliers in verbotnen Umgang ein. Sein Gesicht war wohlgebildet, Taille und Leibsgestalt nicht unförmig, seine Rede angenehm, und diese Gaben der Natur nutzte er zu der Verführung des besagten Weibes, deren Ehemann – wir stoßen peu à peu zum Kernstück der Geschichte vor – seit langen Jahren verschiedene chemische Prozesse studierte, wobei er nicht nur viele Geheimnisse bei der Verwandlung der Metalle gefunden, sondern auch, so munkelte man, die sichere Tinktur in den Händen habe, um das feinste Gold hervorzubringen. Klettenberg überredete das verbuhlte Frauenzimmer, daß sie ihrem Manne treulos werden, die Goldtinktur entführen und mit ihm in die Welt reisen sollte. Gedacht, getan, die verruchten Kreaturen nahmen ihren Fluchtweg stracks nach – aha: Sachsen. Die göttliche Langmut sah ihnen nach, doch ihr eigenes Gewissen empfahl den beiden nicht, in Buße sich zu kehren: nein! Das ehebrecherische Diebesduo setzte seinen Weg ganz fröhlich fort, und zwar in der strafbaren Absicht, den Dresdener Hof dergestalt zu hintergehen, daß sie dort ansehnliche Geldsummen schneiden und auch sonst einen angenehmen Aufenthalt erlangen möchten. Die beiden kamen also allhier an, und niemand wußte, wes Geistes Kind der Herr von Klettenberg und seine Frau Gemahlin denn nun wirklich waren. Insofern hielt es nicht allzu schwer, einen Gönner zu finden, der Klettenberg bei Hofe protegierte. Zwar wollte man anfangs dem Goldmacher wenig Glauben schenken, weil die Exempel einiger ähnlicher Erzbetrüger noch in frischem Andenken waren, doch Klettenberg erreichte seinen Zweck, indem er mit der entwendeten Tinktur eine Probe bei Hofe machte, die dem Anschein nach alle Zweifel vorerst zerstreute. Vielleicht, das füge ich hier ein, wollte man auch gar nicht allzu heftig zweifeln, da Gold so dringend nötig war wie nichts sonst im Sachsenland. Kurzum, jene, die davon überzeugt waren, daß der Lapis philosophorum oder sogenannte Stein der Weisen keine unmögliche, wenngleich höchst rare Sache sei, hatten nichts mehr einzuwenden, da man ihnen versicherte, daß alle erdenkliche Vorsicht gebraucht und dem Klettenberg streng auf die Finger gesehen worden sei. Der Goldartist sagte nun sehr artig, er könne mehr davon beschaffen, sofern man ihm nur Freiheit, Mittel und was er sonst noch nötig habe, verschaffen wolle. Er gab vor, ein honetter Mensch und redlicher Kavalier zu sein, und hierfür mußte man ihn auch so lange halten, bis man das Gegenteil erfuhr. Klettenberg nannte sich bald königlicher Kammerherr und Amtshauptmann zu Senftenberg, erhielt nicht wenig Taler zu seinem Unterhalt und für das Laboratorium und versprach, binnen gewisser Zeit die Goldtinktur in solcher Quantität zu elaborieren, daß der königliche Hof ein viele Millionen betragendes Einkommen erhalten solle. Jedoch, o böses Bubenstück, was geschah? Klettenberg hielt geraume Jahre nebst seiner Maitresse, die er als seine Ehefrau ausgab, einen übermäßigen Staat, spielte, schwelgte, machte ungeachtet seines großen Gehalts häufig Schulden, legte sein zanksüchtiges Gemüt bei jeder Gelegenheit offen an den Tag und bekümmerte sich am wenigsten um sein Versprechen. Und obschon mehrmals die nötige Erinnerung an ihn erging, so war es ihm ein leichtes, sich auf allerlei Weise zu entschuldigen. Er wurde dabei immer kecker, er schwor und verschob den Termin des Goldregens nach jedem Schwur aufs neue, bis seine Anstalten, den Reißaus zu nehmen, nicht mehr verborgen blieben und er im Jahre 1717 in Ungnade fiel. Das war, als ich nach Dresden kam, und ich weiß, er wurde in seinem Quartier arretiert und täglich von vierzehn Mann rund um die Uhr bewacht. Eine hohe königliche Kommission untersuchte nun die Sache, man überführte ihn der Bosheit und der Missetat und entschied sich für den Tod. Doch, um es offiziell zu sagen, der großmütige König August ließ Gnade vor Recht ergehen und gab Ordre, Klettenberg auf die Festung Königstein zu schaffen. Andre Gründe? Jeder mag sich diese selber denken. Dies geschah vor fünf Monaten. Der Festungskommandant, Herr von Kyau, ließ den lügnerischen Alchimisten nebst seinem Hündchen in ein besondres Behältnis schließen, aus welchem aber Klettenberg so schnell als möglich wieder fortzukommen trachtete. Am 11. Mai, in der bekannten Hexennacht, zerschnitt er seinen Mantel, knüpfte daraus einen Strick und kletterte daran die entsetzliche Höhe hinab, kam auch ohne Blessuren hinunter an die Elbe und wollte sich in einem Kahn auf die andre Seite bringen lassen. Allein, der Bauer, mit welchem Klettenberg, der sich als ein böhmischer Student ausgab, des Übersetzens halber redete, mutmaßte – nicht ohne Schickung des gerechten Himmels, wie man glauben darf – unter dem schwarzen Umhang etwas Verdächtiges, ja, es deuchte ihm noch überdies, daß er gesehen, wie derselbe Mann als Gefangener nach dem Königstein geführt worden war. Da dies alles dem Bäuerlein sehr langsam dämmerte, verging eine ziemliche Zeit, so daß die Flucht mittlerweile oben auf der Festung entdeckt und dem Kommandanten angezeigt wurde. Dieser befahl augenblicks, daß etliche Mann dem Entwichenen nachsetzen sollten. Und siehe da! Als Klettenberg sich just hinter einem Busche am Wasser verkriechen wollte, ergriffen ihn hurtig die Häscher und führten ihn gebunden auf den Königstein zurück, worauf er ein weniger bequemes und viel schärferes Gefängnis zum Quartier bekam. Soweit ist die Geschichte geschehen, doch ist sie damit nicht zu Ende. Wie sie zu Ende gehen wird? Nun, entweder kann der Teufelsbraten doch noch fliehen, oder aber, was mir das Wahrscheinlichste dünkt, er wird enthauptet, sobald das Fest vorüber ist. Und wenn sein Kopf dann in den Staub des Festungshofes fällt, wird eine Träne übers Angesicht des Königs rollen, und jeder darf den Himmel loben: Ach Gott, hab Dank, was haben wir für einen mildherzigen Monarchen, er weinet selbst den Sündern nach! Wird das nicht ein schönes Ende der Geschichte werden, die so manchen braven Mann nach uns noch rühren und erbauen kann?

Ich möchte daraus schließen (sagte Grotegut mit seinem Hang zum Verallgemeinern, das oft nicht mehr als ein Vereinfachen ist), daß adlige Scharlatanerie mehr gilt in unsern Zeiten als bürgerliche Redlichkeit.

Nun, nun (sagte ich – nicht mehr, worauf sich Grotegut, der philosophische Hasenfuß, sofort revidierte).

Bei Gott und allen guten Geistern (sagte er, von sich selbst erschrocken), wenn es so klang, als ob ich damit alle meinte . . ., um Gottes willen, nein, ich meine diesen Einzelfall . . .

Wissen Sie, mein lieber Grotegut (sagte ich), dergleichen Gegensätze bringen nichts, es gibt die Scharlatane hier wie da. Hört einmal her, was schon Horaz dazu zu sagen wußte: Kommt ihr Bürger erst einmal richtig zu Gelde, dann kommt das Geld zuerst und nachher erst die Tugend!

Dies, fand ich, konnte man zugleich als gutes Schlußwort gelten lassen, zumal der Nachmittag allmählich in den Abend überging. Grotegut, der ein fein entwickeltes Gespür für derlei hat, ahnte, daß die Coffee-Zeit vorüber war, und empfahl sich unter vielem Dank.

Ich indessen las ein wenig noch im Aristoteles, im Menantes und Boileau, im Ovid, Horaz, auch bei Neukirch, Canitz und in meinen eignen Werken, um für morgen mich zu rüsten, da Günther kommen wird und ich mit ihm über Dichtung disputieren will. Dies Gespräch wird viel entscheiden, dabei geht's um seine Seele.

14. Augustus, Eusebius

Günther pries das Wetter so beredt, bis ich einverstanden war, das Gespräch in freier Luft zu führen. Der Vormittag war in der Tat nicht übel: nicht mehr zu kühl, noch nicht zu heiß, ergo wohltemperiert, was mich hoffen ließ, unsere Konversation möge gleichermaßen ausgewogen geraten. Jedoch bestand ich drauf, eine Sänfte zu benutzen, teils aus Gründen der Bequemlichkeit, teils der Etikette halber, da als unfein gilt, wenn Leute meines Standes eignen Fußes durch den Schmutz der Gassen und der Felder steigen. Also schickte ich die Müllerin zum Markt mit dem Geheiß, mir eine Porte-Chaise zu mieten für den Vormittag.

Zwar schmerzte mich zuerst das schöne Geld, das ich den beiden Trägern zahlen mußte, doch ging mir dann der Vorteil auf, mit dem ich auch den Wegfall meines Bücher-Saales als imposanter Hintergrund kompensieren konnte: Ich nämlich saß gepolstert, hatte ein Bein locker über das andere geschlagen und blätterte, den linken Ellenbogen lässig ins Fenster der Sänfte gestützt, ein wenig im Menantes. Dergestalt schwebte ich im Gleichschritt meiner Träger gleichsam wie auf Wolken rhythmisch auf und nieder – während Günther hurtig traben mußte im Tempo dieser muskulösen Mietlinge, links zur Seite nebenher, leicht gekrümmt und mit schräg gehaltenem Kopf, um mich in meiner sanften Schwebe zu sehen und zu hören. Entfernte er sich ein paar Schritte von der Sänfte, könnte er mich zwar mit gradem Rücken sehen, dafür jedoch nicht hören. Und lautes Sprechen meinerseits, was ihm den aufrechten Gang ermöglicht hätte, war für mich nicht akzeptabel, da ich das für plebejisch halte. Für die Leute sah unser kleiner Zug gewiß so aus, als unterhielte sich ein hoher Herr mit seinem subalternen Sekretär. Mir war es recht. Zudem verliehen mir die mitgenommenen Bücher Sicherheit, die Poetiken von Menantes, von Horaz und von Boileau und auch meine eignen Werke, denn der Günther hatte nichts bei sich, um gegebenenfalls etwas nach der Quelle zu zitieren.

Wir hatten justament das Pirnische Tor passiert und bewegten uns nun längs der Fortifikationen auf die Elbe zu, als ich solcherart das Poesie-Gespräch begann:

Hört, mein Lieber, wie ein Kollega seine Verse schreibt! Ich finde den Spaß soeben in Menantes' Büchlein von der rechten Art zu dichten. Mir ist, schreibt er, eine gewisse Person bekannt, welche alle ihre Verse, mit Respekt zu melden, ausscheißt. Denn wenn er sich nicht bei dem geheimen Bürgermeister befindet, wo man mit niedergelassenen Beinkleidern Audienz haben muß, so ist's ihm nicht möglich, etwas auszusinnen. Zwar obgleich der Ausfall garstig, so sind dennoch die Einfälle recht gut und stinken nicht ... Köstlich, wirklich köstlich, findet Ihr nicht auch?

Wär's nicht von diesem Menantes aufgeschrieben (sagte Günther wenig heiter), könnt ich beinah drüber lachen. So aber seh ich diesen ehmals geilen Bock, der nunmehr frömmelt, diesen Dutzenddichter, der seine greisenhafte Lüsternheit in einem Topf Coffee ersäuft, heuchlerisch das hausbackne Glück besingt und die Triebe leugnet, denen er sich doch, als er noch jung gewesen, nur allzu gerne und ohne jeden Skrupel überlassen hat!

Damit nun waren wir gleich in medias res, schneller noch, als ich gedacht, allerdings auch kontroverser als gehofft.

So dürft Ihr das nicht sehen (sagte ich deshalb). Er hat mit vierzig wohl gelernt, den Ärger zu vermeiden, den er mit zwanzig Jahren hatte: Da nämlich ist er aus Hamburg ausgewiesen worden. Wieso, warum? Weil er in einem satirischen Roman die Wahrheit über Hamburgs Bürger schrieb. Es ist nun einmal so, daß nicht die Entrüstung ernten, die Skandalöses tun, sondern jene, die ebendies beim Namen nennen. Aus so gearteten Erfahrungen entwickelt sich die weise Einsicht, beim Hantieren mit der Wahrheit äußerst vorsichtig zu sein.

Und (sagte Günther) sie künftig ganz zu meiden? Und stattdessen süffisante Bücher zu schreiben wie dieses da in Eurer Hand. Allein der Titel: Die allerneueste Art, zur reinen und galanten Dichtkunst zu gelangen – Herrgott, wie hübsch und nett! Das klingt grad so, als sei die Poesie ein Jabot aus Spitze, das man sich mit ein wenig Fingerfertigkeit zur Zierde um den Kragen schlingt, natürlich nicht nur von der neuen Art, beileibe auch nicht von der neuesten, sondern freilich von der allerneuesten!

Ihr seid mir allzu ungerecht (sagte ich beschwichtigend), er hat doch immerhin der deutschen Poesie geholfen.

Früher: ja (sagte Günther), da konnte man von ihm noch etwas lernen! Heute aber hilft er nur sich selbst. Heute sammelt er in Halle auserlesne Gedichte berühmter und geschickter Männer und übersieht dabei mit viel Geschick alle die Poeten, die nach seiner Meinung wider die Tugend oder wider alle Regeln der Kunst – die natürlich er alleine kennt – verstoßen, so auch mich!

Er hat nicht wenig dazu beigetragen (sagte ich), den Schwulst der Schlesier aus den deutschen Carmen zu verbannen.

Und doch war er genötigt (fügte Günther an), den Stil der Gegner zu benutzen, weil er an dessen Stelle nichts zu setzen hatte! Menantes und die andren Kritiker der alten Schlesier verwarfen zögernd nur und halben Herzens deren kraftvolle Raserei und glänzenden Schwulst. Jedoch was brachten sie mit ihrem Labern und ihrer kärglichen Erfindungskraft? Allein die Schwächlichkeit!

Doch gaben sie der Poesie das Maß zurück (sagte ich).

Ihr Maß heißt Mäßigkeit (sagte Günther hart). Ihr Stoff Gelehrsamkeit. Ihre Moral blutleere Heuchelei. Sie sind ehrgeizig, berechnend und modedienerisch, die Herren Hofdichter, allesamt!

Allesamt? (fragte ich nicht ohne Schärfe) Ist Euch, mein hitziger junger Freund, der besondere Umstand bekannt, daß ich in ebendemselben Jahr geboren ward, worinnen der berühmte Freiherr von Canitz auf die Welt kam, welcher nicht nur an dem Berlinischen Hof, wo auch ich mein Glück erreichte, zu den höchsten Ehrenämtern aufstieg, sondern auch einer unserer besten deutschen Poeten war, der, genau wie ich, zuerst die gar zu hochtrabende Schreibart vermieden und den guten Geschmack wieder bei uns eingeführt?

Bei Canitz, geb ich zu, findet sich mitunter Gold (sagte Günther), auch Neukirchs Flöte verdient zuweilen Ewigkeit, doch halt ich mehr von Opitz und vom Geist des alten Gryphius, sowie von Flemings klarem Spiel. Über allen aber stehen bei mir die Alten: Homer bewegt und lodert, Virgil beschreibt genau, Ovid ist voll von prallem Leben, Anakreon macht trunken, Catull kann zärtlich sein, Horaz ist reich und hoch . . . Die neue Kunst fällt ab, doch hält Petrarca mit, und was Boileau, Racine, Molière geschaffen haben, reicht aus, um den Bedarf zu decken. Der Deutsche kommt, wie immer, viel zu spät in seinen Filzpantinen: fein ängstlich, fein gelehrt, fein ordentlich und gründlich!

Mir fiel an diesem Punkt der Rede auf, daß wir uns heftig voneinander fortbewegten. Dabei ist es viel vorteilhafter, wenn anfangs das Gemeinsame herausgestrichen wird. So wie es die Jesuiten tun, wenn sie auf Beute gehen: Ihr glaubt ja wohl an unsern Gott im Himmel? fragen sie ganz zuckersüß, was jedermann sofort bejahen wird, weil alle den Geruch verbrannten Menschenfleisches in der Nase spüren. Sehr schön, die Frage aller Fragen ist geklärt, nun läßt sich's trefflich disputieren.

Wir sind uns doch darinnen einig (sagte ich), daß dem Natürlichen, dem Ungekünstelten die Zukunft gehört, so wie es Boileau in seiner L'art poétique verkündet hat? Die Lohensteins und Hofmannswaldaus sind passé, nicht wahr? Ich selbst vollzog die Wandlung im Laufe meines dichterischen Lebens.

Auch ich bin, weiß der Teufel, keine Jungfer, die ahnungslos von Reinheit spricht (sagte Günther, mir zur großen Freude). Als ich begann, stahl ich beim Lohenstein wie auch bei andren Schulmonarchen. Ich flocht die Namen vor die Verse und ging oft um ein A drei Stunden auf und nieder. Auch fuhr ich öfters auf den Dielen übers Meer und holte mir ein Gleichnis aus Amerika, und war kein Reim drauf, setzte ich erneut die Segel und fand denselben in Marokko oder Mexiko. Erhob ich einen Kerl zuweilen um ein paar Taler, so fing ich prächtig an: Orakel unsrer Welt! Ich drechselte mit Fleiß auf hoher und galanter Fährte Worte, Silben und Verstand – auch wider die Natur! Beschrieb ich dazumal ein schönes Kind, so rieb ich ihren Mund mit den immer gleichen Scharlachbeeren. Da klappte mir kein Vers, der nicht auf Stelzen ging! Dies tat ich, als ich noch unreif war und mein innres Gären den Schaum als erstes von sich gab. Erst später lernte ich so peu à peu mich und die Wahrheit kennen ...

Ach, mein lieber Günther (sagte ich nahezu gerührt über diese Wendung des Gesprächs), wiewohl unterschiednen Alters, haben wir doch viel gemein! Ein Großteil meiner Dichtung – ich sehe es so klar wie nie zuvor, ich sehe es und wag davon zu sprechen –, ein Großteil ist behängt mit rauschend Flittergold und schwülstigen Gedanken, mit Rosenknospen, Marmorballen, mit Ambra und Balsam. Seide hieß bei mir nicht Seide, sondern Wurmgespinst, Purpur Purpur nicht, sondern toter Schnecken Blut, Blitze Blitze nicht, sondern lichtverdeckte Keile. Es gab gar einiges aus meiner Feder, dessen ich mich derart schämte, daß ich die gedruckten Exemplare überall in deutschen Landen selbst für teures Geld erstand, um sie dann im heimischen Kamin heimlich zu verbrennen. Unter anderem das Gedicht auf das Leben und das Sterben des jungen Herrn von Maydel, wovon ich Euch erzählt.

Wie sehr man bei derlei Auftrags- und Modereimereien auf den Hund kommt (fügte Günther so nahtlos an meine Beichte an, daß man es nicht anders als geschmacklos nennen muß), beweist der Dichterling Picander, bei dem sich Herzog Johann Adolph von Sachsen-Weißenfels schriftlich und ein für allemal höchst aufgebracht verbat, künftighin noch einmal das einfallslose und bisher obligatorische Reimpaar Sachsen – wachsen zu benutzen.

Ja, Picander! (rief ich amüsiert und blieb dabei, weiter die Gemeinsamkeiten zu betonen) Ich hab, wie Ihr, von Natur aus zur Poesie Neigung gehabt und mit der Zeit erfahren, wie unrecht man tut, Kinder davon abzuhalten, wozu sie Lust haben. Zumal die Dichtkunst, woran man mich in meiner Jugend hat hindern wollen, zu meinem Glück nicht allein viel beigetragen, sondern mir auch die meisten Einkünfte gebracht hat, sintemalen mir allein Seine Königliche Majestät von Preußen viele Tausende dafür geschenkt ... War Euer Monsieur Vater nicht auch gegen Eure Poesie, mein Guter?

Er war's nicht nur (sagte er), er ist es noch. Die Poesie versuchte er mir auszuprügeln, doch geht Natur, ihr sei gedankt, noch immer über Zwang!

Jaja, wir Dichter (seufzte ich), wir haben es nicht leicht. Erst mit den Vätern ...

Dann mit den Vaterländern (fügte Günther an).

Wer rät uns schon in früher Jugend zum Richtigen und Guten? Und wem ist schon wie mir das große Glück beschieden, in jungen Jahren sein Fortkommen bei einem mildtätigen Hof zu finden?

Das große, Herr von Besser? (fragte Günther) Das große Glück?

Mich irritierte dieser Einwurf, aber für Sekunden nur, denn ich beschloß, die Skepsis dieses Hungerleiders mit einem in den leuchtendsten Farben gemalten Bild vom höfischen Leben hinwegzufegen.

Nota: Unglauben bekämpft man mit dem Überzeugen, wobei die eignen Zweifel diesem pädagogischen Effekt zu opfern sind: Wo wird die freie Einsicht letzten Endes zwingend.

Jawohl, das große (sagte ich). Der Hof, mein lieber Günther, laßt mich das in voller Überzeugung sagen, ist zu unsren Zeiten die einzige und allersicherste Schule, die Gemüter der Poeten aufzuwecken. Mit Bedacht sag ich: die einzige, mon cher ami. Man lernt dort eben jene wohlfließende Zierlichkeit, die die Lehren der alten Dichter ebenso bedient, wie sie sich dem Geschmack des Hofes und der heutigen Welt bequemt. Ich bin – nein, unterbrecht mich nicht und hört mir, bitte, ruhig zu – so glücklich gewesen, ansehnliche Gönner zu finden, die sich meine Beförderung auf das eifrigste angelegen sein ließen und mich noch überdies mit reichen Geschenken überhäuften. O welch süße Zeit! Da kam, um nur einiges zu nennen, das Dankschreiben des Kurprinzen für ein Gedicht anläßlich des Beilagers der Prinzessin Amalia und des Prinzen von Mecklenburg-Güstrow, im Ton so gnädig und im Effekt so einträglich: Hochgelehrter, lieber Besonderer und Getreuer, so schrieb der Kurprinz sinngemäß, Wir haben das von euch aufgesetzte Gedicht wohl erhalten, welches Uns angenehm gewesen, also haben Wir euch auch hiermit gnädigen Dank sagen wollen und werden euch im übrigen Unsre Huld allezeit vorbehalten und bei Gelegenheit deren wirklichen Genuß empfinden lassen ... Das klang schon aufgeschrieben gut, noch besser klang es in der Kasse, als dieser Kurprinz Kurfürst wurde und später Preußens erster König ... Als derselbe seiner ersten Gemahlin durch den Tod beraubt wurde, schrieb ich flink ein Leich-Gedicht und erhielt, als ich dieses dem zärtlich-betrübten, durchlauchtigsten Witwer in Potsdam vorlesen durfte, nicht nur drei ansehnliche Schau-Münzen, sondern auch viele mündliche Versicherungen künftig zu erhoffender besonderer Gnade. Gnade und Huld, mein junger Freund, lassen sich bei Hof ziemlich exakt in Taler umrechnen, mann kann dabei sehr viel gewinnen ...

Und wieviel (fragte Günther frech) dabei verlieren, was nicht in Taler umzurechnen ist?

Wiederum ein ernüchternder Interruptus, doch ich tat, als hätte ich ihn überhört, und nahm, um mich erneut zu sammeln, die noch losen Bogen der zweiten Auflage meiner Werke zur Hand, die im nächsten Jahr erscheinen sollen mit dem schönen Titel: Des Herrn von Bessers Schriften, beides in gebundener und ungebundener Rede, soviel man derer teils aus ihrem ehemaligen Drucke, teils auch aus guter Freunde schriftlicher Communication hat zusammenbringen können, Leipzig, im Jahre 1720. Es beginnt in der Abteilung eins mit den Staats- und Lobschriften, bringt unter zwei die heroischen Gesänge, dann unter drei die Leich- und Trostschriften, unter vier die Beilager-Gedichte und unter fünf schließlich die galanten Carmen, worunter ich auch das gesuchte fand: Ruhestatt der Liebe oder Der Schoß der Geliebten.

Wir waren mittlerweile bei der Elbe angelangt, gingen, respektive schwebten in meinem Falle, nun den Uferweg entlang und näherten uns der Ziegelei. Unterhalb von dieser wies ich die Träger an, die Sänfte abzusetzen, weil die Zeilen meiner Poesie allzu arg vor meinen Augen tanzten. Ich kündigte dem Günther, der sich im Grase niederließ, das Gedicht als ein Exempel an, das sinnfällig belegen kann, wie sehr der Hof Sitten, Geschmack und Poesie zu veredeln vermag, und begann zu deklamieren:

Bei diesen brennenden und schwülen Sommer-Tagen
Ließ Cloris jüngstens sich in ihren Garten tragen,
Kurz nach der Mittag-Zeit, zu suchen eine Kluft
Von kühler Witterung und schattenreicher Luft.
Sie setzte sich sofort bei einem Baume nieder
Und streckte bald darauf die anmutsvollen Glieder,
Ermüdet und erhitzt, ins frische Gras hinein,
Und schlief, darin versenkt, im ersten Schlummer ein . . .

Ich rezitierte laut und volltönend, kostete den Wohlklang des harmonischen Wortflusses und der eleganten Reime und fand, ich zeichnete den Günther mit dieser exklusiven Lesung ganz ungewöhnlich aus. Ich schwelgte in der Beschreibung von Cloris' Alabasterleib, dem aufgeschnürten, bloßen Busen, sowie dem Westwind, dessen weicher Odem sich bemüht, den Rock zu heben, bis er sanft den Gürtel löst und den Flor um ihren Schoß und damit der Liebe Paradies aufdeckt, das Liebste, was man an den Frauen kennt und das man sich bis dato doch zu nennen scheute.

Es sah, von vorne zu (hier fehlt der beste Pinsel),
Als wie ein Grotten-Haus, wie jene Morgen-Insel,
Wo die Glückseligkeit den Tag zuerst beschaut,
Und wo die Nachtigall in lauter Rosen baut.
Die zwo von Elfenbein so rund gewölbten Hüfte
Verdeckten diesen Sitz als ein paar gleiche Klüfte,
Durch deren Schutz kein Sturm auf das Gestade streicht
Und dieses Lust-Revier dem steten Sommer gleicht.

Kein Apfel kann so frisch sich an dem Stengel halten,
Kein Purpur-Pfirsich ist so sanft und zart gespalten,
Kein kleiner Raum der Welt hat so viel Überfluß
Als in der Cloris Schoß der weiße Nabel-Schluß ...

Ich kenne dieses Carmen gut (unterbrach mich Günther just an jener Stelle, da der Schäfer Celadon diese Köstlichkeiten schaut und diese ungefragt genießt). Professor Mencke schenkte mir die Werkausgabe von 1711, allein, ich mußte sie versetzen, weil mein Magen mit Papier nicht abzuspeisen war.

Und wie (so fragte ich) gefällt Euch das Gedicht?

Mit Verlaub (sagte Günther), zuviel gelehrte Expektoration.

Wie? (fragte ich und muß derart verdutzt ausgesehen haben, daß dieser rüpelhafte Kerl, der sich gewiß als ehrlich bezeichnet haben möchte, mir zu allem Überfluß seine Grobheit noch erklärte).

So nennt man (sagte er ganz ungerührt) in der Medizin den abgehusteten Schleim der Bronchien.

Ich weiß (sagte ich und konnte mich, gottlob, beherrschen). Doch Ihr wißt offensichtlich nicht, daß dies Gedicht nunmehr schon 30 Jahre alt? Es hat jedoch zu seiner Zeit nicht wenig Retendissement erregt, ja, ganz Deutschland kannte es und war entzückt! Selbst der große Leibniz war bezaubert, er überreichte es der Kurfürstin Sophie, und die war hingerissen ... Ich fasse die Bewunderer fürstlichen Geblüts nicht in einer Hand. Es traf den Nerv der Zeit und machte mich in Ewigkeit berühmt. Und wenn ich mich nicht täusche, so habt auch Ihr dergleichen Pikanterien gedichtet, ich denke da an Euren sogenannten Hochzeitsscherz. Macht mir die Freude und rezitiert daraus, dann können wir vergleichen. Erhitze die Adern durch sanftes Bewegen, Und klatsch ihr die Backen mit freundlichen Schlägen ..., hieß es nicht so bei Euch?

Und küß ihr die Augen und netz ihr das Kinn ...

Beleidigend lustlos erfüllte Günther meine Bitte und rezitierte aus dem Kopf die gewünschte Stelle:

Bald grüble von weitem, bald wälze dich hin,
Bald strecke den Vorwitz der listigen Finger,
Bald kneipe die runden und wallenden Dinger
Und küsse nach vieler Erfindung und Art
Und forsche, was Amor am tiefsten verwahrt.
Besinn ich mich richtig, so wird sie dich strafen,
So dichtet sie anfangs ein nötiges Schlafen,
So nennt sie dich lose, so zückt sie und rückt,
So weit sich's im Bette der Breite nach schickt.
Sie droht dir und droht nur, sie will sich erbosen,
Sie stemmt sich, den Angriff zurücke zu stoßen:
Sie wehrt sich mit Tränen, sie krümmt sich und spricht
Und weinet dazwischen: Ach, tu es doch nicht!
Doch tu es nur immer ...

Und so weiter und so fort (beendete Günther abrupt den zierlich fließenden Gedächtnis-Strom).

Nun (sagte ich), und wo ist da ein Unterschied?

Verzeiht, Monsieur (sagte er), da ist ein großer. Ich darf's in diesem Falle ohne den Verdacht der Hybris sagen, hab ich den Hochzeitsscherz doch nur übersetzt, Johannes Secundus gebührt die Ehre. Bei Euch schaut der galante Leser dem Liebesspiel heimlich zu, bei Secundus aber wird dem Leser die Kunst zu lieben öffentlich gelehrt. Ihr verdeckt mit Wortgirlanden die nackten Tatbestände, er hingegen schildert sinnlich und ganz offen. Eure Schöne wird im Schlafe überrumpelt, bei Secundus aber tummeln sich zwei wache Liebende. Bei Euch wirkt die Natur wie ein großes, schwüles Bett, dort aber ist das einfache, kleine Bett voll von Natur.

Ja (bekannte ich), ganz recht, ich habe mich bemüht, das versteckt Intimste so reinlich zu benennen, daß es nun länger nicht im schnöden Dunkel zu liegen braucht, ich habe das bisher Unaussprechliche fein ziseliert umschrieben, angedeutet, ausgeschmückt. Das, worüber man nur flüsterte oder aber offne Zoten riß, war nunmehr aussprechbare Poesie. Ich denk, das wär zu honorieren?

Honneur und Honorar (sagte Günther), sagtet Ihr nicht selbst, Ihr hättet dies schon reich empfangen? Merkwürdig finde ich indes, daß nicht das Lüsterne, sondern das Offene öffentlich gescholten wird.

Merkwürdig, wieso? (fragte ich) Die sogenannte Offenheit ist meist nichts anderes als pure Dreistigkeit, sittenlos und daher sträflich.

So sträflich (fragte Günther lediglich rhetorisch), daß man die Offenen mit ansteckenden und pestilenzischen Seuchen behaftete Personen nennt, die man in die Hölle jagen sollte, damit niemand an der Gottseligkeit und am Glauben Schiffbruch erleiden möge?

Diese vertrockneten Moralapostel, die so reden (sagte ich), könnt Ihr gelassen ignorieren, seid Ihr bei Hof bestallt. Dort sitzt Ihr geschützt im Weichen und im Warmen, der kalte Schweiß der strengen Eiferer rinnt von Euch ab wie Wasser. Bei Hofe braucht Ihr Amor die Flügel nicht zu stutzen, und ich will Euch auch gerne zugestehen, daß Ihr bei dieser Übersetzung aus dem Latein viel Leichtigkeit, Humor, ja, Charme bewiesen habt, der Euch dem Hofe warm empfiehlt.

Danke, Herr von Besser (sagte Günther ungewöhnlich freundlich und, wie mir schien, gänzlich ohne Nebenluft). Es gibt von Euch auch Carmen, die ich schätze, so einige Gedichte auf Eure erste Frau.

Ein Kompliment – ganz neue Töne! Ich hörte sie mit Wohlgefallen, ich genoß sie regelrecht, obwohl sie doch nur billig waren. Ich suchte diese Carmen in den losen Bogen und fand sie auch schon bald.

Belise starb und sprach im Scheiden:
Nun, Lisis, nun verlaß ich dich!
Ich stürbe willig und in Frieden,
Liebt eine dich so sehr als ich.

Wenn auch die Schäfer-Namen stören (sagte Günther), so ist es doch empfunden. Es ist, Ihr hört es sicherlich nicht gern, fast etwas Volksliedhaftes dran . . .

Doch, doch (sagte ich), zumal es äußerst selten bei Euch ist, daß Ihr von meinen Werken etwas gelten laßt. Ich danke Euch, mein lieber junger Freund, wenngleich ich mich mitunter frage, woher Ihr die Kühnheit Eures Urteils nehmt.

Mir schien der Augenblick geeignet, den Spaziergang fortzusetzen. Also winkte ich den beiden Trägern, meine Sänfte anzuheben. Willig packten sie mit ihren Pranken zu, froh, so dünkte mich, daß des untätigen Wartens nun ein Ende war, verwundert, wie man über derlei krudes Zeug derartig lange reden und sich womöglich gar davon ernähren kann. Was auch immer in den ausdrucksarmen Mienen spielen mochte, das Innere der Leute dieses Schlags wird mir ewiglich verschlossen bleiben. Aber daß dort etwas schlummert, eine Kraft, ungeschlacht und sich selbst noch unbewußt, spürte ich an diesem Vormittag, wenn auch vage.

Ich sprach zu Günther, wie man sich der Dichtkunst als eines Mittels bedient, die Gunst seiner Förderer beizubehalten, indem man ihre Verdienste, ohne zu erlahmen, gegen den Neid und die Anwürfe anderer verteidigt, ihre Fehler in Tugenden verkehrt und so ihren Namen gülden glänzend macht. Dies kann nur geringschätzen, der die Kraft nicht kennt, womit eine sinnreiche Schrift die Herzen zu überzeugen weiß. Denn dergleichen Lobschriften stopfen schon zu Lebzeiten den Abgünstigen das Maul, während den Wohlgesinnten die belohnenswürdigen Eigenschaften recht deutlich in die Augen fallen, und so bleibt, dem Neid zum Trotz, allein das Gute bei der Nachwelt, auch dann noch, wenn die widrigen Einwendungen, mit den Feinden zugleich, längst verworfen oder abgestorben sind.

Mein Pegasus (sagte drauf der Günther) will nicht mehr für ein paar Groschen von der Erde geradenwegs nach oben in den Himmel traben.

Mir scheint (sagte ich), Ihr laßt bei Eurem Urteil stets den Zweck der Poesie beiseite.

Die Poesie als Zweck, Monsieur?

Ihr tut, als wüßtet Ihr das nicht (sagte ich). Das Lobgedicht verfolgt, wie sein Name sagte, den Zweck, eine Person zu preisen. Die Staats-Schrift, den Ruhm einer Regierung zu verkünden. Die Leich- und Trost-Gedichte, den Tod eines Hingeschiedenen zu beweinen und den Schmerz der Hinterbliebenen zu lindern. Die Beilager-Gedichte, Hymens Bande zu besingen. Und so weiter. Doch wem sag ich das?

Ihr meint die Auftragsreimereien (sagte Günther). Ich aber die reine Poesie. Bei ihr ist mir ein Zweck verdächtig.

Was andres ist denn ein Gedicht (fragte ich) als die sinnreiche Veranschaulichung eines lehrreichen Satzes? Also ist der Zweck dabei die moralische Erbauung.

Für mich ist Poesie viel mehr (sagte Günther trotzig). Sie bebildert nicht nur die Moral.

Freilich, freilich (gab ich zu). Christian Friedrich Hunold, also der Menantes, schreibt auf Seite eins, daß ... die Poesie etwas Göttliches in sich begreife und hierinnen den Rang vor allen anderen Disziplinen habe ...

Doch wenn ich nicht irre (warf Günther ein), so schreibt derselbe Hunold flott auf Seite zwei, wir sollten unsre Zuflucht zur Poesie nehmen, wenn uns an der Affection eines Patrons oder an den Caressen eines Frauenzimmers gelegen sei? Wenig göttlich und sehr irdisch, findet Ihr nicht auch?

Ihr nehmt, mein Lieber (sagte ich), das Göttliche zu wörtlich. Wie sollte etwas göttlich sein, was jedermann erlernen kann? Dann wäre jeder Regel-Kenner ja ein kleiner Gott?

Regeln machen keine Poesie (sagte Günther heftig). Es ist wahrhaft zum Lachen, wenn Harsdörfer in seinem Poetischen Trichter verheißt, jedem die deutsche Dicht- und Reimkunst in nur sechs Stunden einzugießen. Der Blödsinn schreit zum Himmel!

Ohne alle Regeln (gab ich zu bedenken) wird die Poesie zur flachen Narretei. Durch ungeschickte und gemeine Kerls sind die Zeiten schon dahin, da große Herren einen Poeten mehr respektierten als einen Geheimen Rat. Durch diese windigen Gesellen ist das Wort Poet so sehr beschädigt worden, daß heute jeder zuerst an einen Pritschmeister denkt oder, um das Kind bei seinem Namen zu nennen, an einen kurzweiligen Rat, sprich: einen Hofnarren ...

Ihr sprecht mir aus dem Herzen (sagte Günther – Gott sei Dank, setz ich hinzu, da ich mit dem Narren-Thema einen heiklen Punkt getroffen hatte, den Günther aber völlig ignorierte, wohl, weil dies Amt für ihn so unannehmlich ist, daß er es auch in Wirklichkeit für ganz unmöglich hält). Doch ich bleib dabei: Nicht die Regeln machen Poesie, sondern umgekehrt: Aus der Poesie ergeben sich die Regeln! Da nun die Poesie lebendig ist, wird sie immer gegen ihre eignen Regeln stoßen, sie weiten und sie sprengen wie ein Küken seine Schale. Die Harmonie des Ganzen zählt, nicht das einzelne Gesetz!

Zur Vollkommenheit (sagte ich), so schrieb ich einst in meinem Aufsatz von der Eloquenz, zur Vollkommenheit gehören überaus viele Stücke, aber das Geringste kann machen, daß etwas unvollkommen und unangenehm ist. Das wollt Ihr doch nicht leugnen?

Keineswegs (sagte Günther).

Und ebensowenig sicherlich (fuhr ich fort), daß die Kunst eine Nachahmung der Natur und daß sie beide den ewig gleichen vernünftigen Gesetzen unterworfen sind?

Wie sollte ich? (fragte Günther) Stammt dies doch aus Boileaus Lehrgedicht.

Und daß in der Kunst (fragte ich weiter) das Schöne zugleich das Wahre ist?

Und umgekehrt (fügte Günther an).

Und daß das Wahre durch die Vernunft erkennbar ist ...

Das Wahre (sagte Günther merkwürdig gedehnt), das Wahre durch Vernunft erkennbar ... Das klingt recht schön, so allgemein gesagt, im besondren aber bringt es nichts als Ärger.

Man muß das Wahre still erkennen und nicht ohne List verbreiten (sagte ich). Zuviel auf einmal macht die Menschen wirr und läßt sie um sich schlagen. Fein höflich ausgedrückt, in kleinen Dosen, recht hübsch verpackt, nicht gar zu scharf: So werdet Ihr nichts zu befürchten haben.

Wie lob ich mir Horaz (rief Günther), der schrieb: Den Malern und Poeten hat es von jeher freigestanden, alles, was sie wollten, zu wagen! Alles, hört Ihr, alles!

Was Ihr da sagt (versuchte ich ihn zu beruhigen), nennt Boileau törichtes Ungestüm ...

Bei Plato hieß das: göttlicher Wahnsinn (unterbrach mich Günther), und das klingt entschieden anders!

Törichtes Ungestüm (beharrte ich), das der Poet auf jeden Fall vermeiden sollte. Er sollte die Affekte, die er darstellt, nie selbst teilen. Kühlen Kopfes muß man die Vernunft befördern, nicht schreiend und mit roten Ohren ...

Das klingt grad so (sagte Günther), als wär Vernunft dasselbe wie Berechnung. Doch Poesie ist keine kalte Tüftelei!

Bedenkt (sagte ich), daß man sich leicht verletzt, wenn man sein Gleis durch Dornenhecken bricht. Wohl dem, der sich in Schranken hält, die Worte zierlich setzt und ohne jede Schärfe bindet.

Bei Schranke (sagte Günther heftig) denk ich sogleich: beschränkt!

Ja, Ihr! (rief ich nun auch ein wenig heftiger) Ihr mit Eurem penetranten Ich! Euch fehlt im Denken wie im Dichten zum ersten eins: das Demütige, das Dienende, das Einsichtige, das Bescheidene. Nachgerade schamlos tönt Ihr allerorten: Ich! Ihr tut gerade so, als sprächet Ihr für alle, als wüßtet Ihr allein, was richtig und was nötig ist. Die Oberen, die das Steuer in den Händen halten, sind doch nicht allein schon deshalb dumm, weil sie da oben sind. Ich bitte Euch, macht diesen Fehler nicht! Sie wissen mehr von widrigen und günstigen Winden, vom falschen und vom rechten Kurs als alle die, die auf den Ruderbänken sitzen, auch mehr als die, die in der Takelage sich ein Liedchen singen. Sie nämlich stehen auf der Kommandobrücke, wo alle Meldungen zusammenlaufen, sie sind das große Hirn, das alle Einzelheiten kennt.

Wenn sie so allgewaltig sind (meinte Günther), dann sollten sie auch selber dichten! Da sie aber diese Fähigkeit offenbar nicht haben, ja, nicht haben können wegen eben ihrer Selbstgefälligkeit, müssen sie mit uns notgedrungen vorliebnehmen.

Es gibt da Zwänge, Härten, Unausweichlichkeiten (fuhr ich fort), deren Gründe Ihr als einzelner von Eurer Warte aus nicht sehen könnt. Ihr nennt es bösen Willen, dabei ist es das einzig Mögliche, ergo das Notwendige und mithin das der Zeit und den Umständen Gemäße, also das Vernünftige . . .

Wenn ein Dichter von sich selber spricht (sagte Günther), dann mit der Hoffnung, daß er für viele spricht. Für alle die, die so nicht sprechen können, die aber doch gleich denken und empfinden. Ich . . .

Ich, ich, ich! (rief ich nun wirklich aufgebracht) Der Hochmut spricht aus Euch und vielen Eurer Zeilen! . . . Ihr mögt mich rühmen oder tadeln, / Es gilt mir beides einerlei. / Wen wahre Lieb und Weisheit adeln, / Der ist allein vom Sterben frei . . ., die Stelle, par exemple, ist von dieser Art. Überall das Ich! Wo ist da Platz für Gott und die von Gottes Gnaden? Wie Ihr vielleicht vergessen habt, wird der Adel noch immer vom Fürsten verliehen! Ihr aber adelt Euch mit eigner Hand und stellt Euch im selben Atemzug selbst zu den Unsterblichen, wiewohl da Gott auch noch ein Wörtlein mitzureden hat, denk ich!

Was in dem Gedicht ist (sagte Günther ruhig), das war in meinem Kopf, und was in meinem Kopfe war, das ist in meiner Zeit. Ich kann nicht anders dichten, als ich denke.

Ihr seid sehr stolz, mon cher ami (sagte ich und versuchte die Wogen der Empörung in meinem Inneren zu glätten), zu stolz für diese Welt, und etwas mehr Bescheidenheit stünd Euch nicht übel zu Gesicht. Wißt Ihr, wie ich mich als Poeten sehe? In einem meiner Lobgedichte auf den Großen Kurfürsten schrieb ich vor Jahren: Du weißt, ich zähle mich erst unter die Poeten, / Seit Friederichs Befehl mich öfters singen heißt . . .

Auf Befehl singen . . . (sagte Günther), das kann für mich nicht taugen. Mein Talent verdank ich keinem Fürsten.

Ihr seid in allem eine Spur zu apodiktisch, lieber Freund (sagte ich sehr mild). Wenn Ihr schon nichts auf meine Worte gebt, wie wäre es, wenn Ihr auf einen alten Griechen hören wolltet, den Ihr ja sicher akzeptiert? Der Dichter Pindar schlägt da etwas vor, worauf man sich, denk ich, mit allem Anstand einigen kann. Lobe willig, sagt er, was vor dir steht, ist es fort, so magst du wieder andres denken. Nun, ist das nicht ein favorables Angebot?

Ein Angebot zur favorablen Heuchelei (sagte Günther grob und ohne jegliche Verbindlichkeit). Die Poesie ist keinem Herrscher steuerpflichtig, und sei er noch so mächtig, sondern allein der Wahrheit. Wenn es die Herrscher mit der Wahrheit halten wollen, um so besser – für die Herrscher!

Für die Herrscher: Daß ich nicht lache! (rief ich nun wirklich amüsiert) Ihr seid entweder lebensmüde oder aber sehr naiv, wenn Ihr im Ernst so sprecht. Die Macht hat auch Gewalt . . .

Ich weiß (sagte Günther derart unverfroren, so voller Leichtsinn, daß man Mitleid mit ihm haben mußte, Furcht und Mitleid, geradeso wie in einer griechischen Tragödie). Doch das mir und allen anderen angeborene Recht der Natur erlaubt mir allemal eine abgedrungene Gegenwehr! Mein Vorsatz ist, niemandem ohne gegebene Ursache zu nahe zu treten. Gibt man mir aber mit Gewalt die Schleuder in die Hände, so kann mir niemand verargen, wenn ich, der Goliath sei so groß, als er wolle, mich zu beschützen alle Kräfte zusammennehme.

O Gott, so dachte ich bei mir, der redet sich um Kopf und Kragen. Wenn er zumindest leiser sprechen würde! So aber schrie er die Sätze über Feld und Elbe, ohne sich darum zu kümmern, daß wir nicht allein waren. Geb's Gott, so betete ich innerlich, daß die Träger wirklich und ausschließlich Träger sind und nicht Zuträger noch nebenbei.

Die Poesie hat eine innere Moral (rief Günther unbeirrt und gestikulierte dabei im Gehen), sie darf nicht schweigen aus Bequemlichkeit, muß sich bekennen, auch wenn es nicht sehr ratsam ist.

Was mehr, mein lieber Günther (fragte ich gedämpft), als die Oberfläche kann der einzelne schon sehen von der inneren Verfassung eines Landes?

Die Oberfläche, sehr richtig (sagte Günther). Doch wie man einen Kürbis kauft und sorgfältig die Färbung der Schale betrachtet, mit den Fingern fühlt und auf die Schale klopft, um den Tönen zu lauschen und daraus auf die innere Beschaffenheit zu schließen, ebenso kann man bei genauer Beobachtung, dem Einsatz aller Sinne und dem Schlusse auf das Wesen hin den inneren Zustand eines Landes poetisch erahnen.

Poetisch erahnen ... (ich sprach die Worte scherzend nach, doch war ich nahe am Verzweifeln). Und habt Ihr es erahnt, wem soll die Ahnung nutzen? Ihr glaubt doch nicht im Ernst daran, daß Eure Ahnung irgend jemand hören will? Schaut Euch doch um! Die Leute haben andre Sorgen. Kleinere, gewiß, doch für sie lebenswichtige. Helft denen doch, aber wollt nicht gleich der ganzen Menschheit helfen! Geschichte wird nicht von der Poesie gemacht, den Zahn muß ich Euch ziehen, auch wenn es schmerzt. Der Gang der Zeiten, mag er für Ungeduldige wie Euch auch schleichen, folgt andren Regeln als ein Madrigal. Das Riesen-Uhrwerk dreht kein einzelner ... Und wer's versucht, der wird im Räderwerk zerdrückt! Ihr verkennt das Wesen der Dichtkunst, wenn Ihr meint, sie müsse die Unruh des großen Uhrwerks sein. Mit Worten, lieber Freund, ist dabei nichts getan, und wenn Ihr Euch auf sie verlaßt, werdet Ihr verlassen sein.

Würden Worte nichts bewegen (widersprach der Günther),

dann könnte man auf die Zensur verzichten. So aber muß man darauf achten, daß gewisse Worte nicht und andere auf jeden Fall verwendet werden. Aus Worten, Herr von Besser, baut man Fundamente, auf denen alles ruht. Indem man diese Worte spricht, gibt man zu erkennen: Ich gehör dazu. Verläßt man sie, fällt man in ein großes, dunkles Loch: sprachlos und verlassen. In dieser Lage muß alles neu geschaffen werden: tragfähige Worte, haltbare Begriffe, klare Bilder – Wort für Wort ein neues Fundament, auf dem man aus dem dunklen Loche findet. Gerade jene Worte, die so reibungslos und selbstverständlich von den Lippen gehen, muß man überprüfen, weil sonst das Denken in den anerzogenen Grenzen gefangen bleibt und sich darin im Kreise dreht. Man muß den Kreis verlassen.

Vor uns breitete sich der Uferstreifen, an dem das große Lager zum Empfang des kurprinzlichen Paares aufgeschlagen werden wird. Selbstverständlich kannte ich die Pläne und konnte detailliert die wohldurchdachte Ordnung des Ganzen schildern. Noch ehe ich damit beginnen konnte, fragte Günther unbekümmert:

Ihr wollt gewiß noch hören, was geschieht, wenn man bemerkt, daß der Kürbis innen faulig ist?

Um Gottes willen, nein, das wollte ich mitnichten hören! Doch Günther spürte meine Drangsal nicht, er wollte sie nicht spüren.

Nun denn, Monsieur (rief er so laut, als müsse er sich auch den Bäumen in der Ferne deutlich machen), so hört: In der Republica litteraria gibt es keinen Diktator, der verbieten könnte, alles bei seinem Namen zu nennen! Denn res publica heißt: öffentliche Sache!

O Not und Pein, genus irritabile vatum, das reizbare Geschlecht der Dichter, welch treffliche Benennung! Sie geilen sich an Worten auf und können nimmer enden, sie merken nicht, daß allzu scharf auch schartig macht.

Hier an dieser Stelle, lieber Günther (begann ich mein Ablenkungsmanöver so beiläufig wie möglich), wird die große Parade beginnen, und zwar werden hier die Infanterie-Regimenter Aufstellung nehmen. Zuerst als Janitscharen kostümierte Grenadiere, dann das Bataillon Tymar, daneben das Bataillon Tresky, gefolgt von zwei Regimentern Garde-Grenadieren, schließlich das Bataillon der Königin und das des Kurprinzen . . .

Günther folgte mit den Augen meinen Fingerzeigen, doch war sein Hirn noch gänzlich bei der alten Sache, wie ich zu meinem Leide hören mußte.

Das Amt der Poesie (sprach er, wobei mir schien, er spräche mehr zu sich selber als zu mir), das Amt der Poesie besteht nicht im Schmarotzen, es stört den eklen Stillstand in den Köpfen und den Herzen und läßt durch Scherzen und Erbauen die Menschen stille wachsen. Die Poesie, sie ist kein süßes Höllengift, um die Wahrheit zu ersticken, sie schmückt die Weisheit und gibt der Tugend Zoll, zu welcher sie das Volk in Bildern führt. Sie deckt mit Recht der Laster Grund und Schande auf und offenbart den Ruhm der Redlichen auf Erden. Das alles ohne Scheu vor der Gefahr und ohne Absicht auf den Lohn. Der Vorsatz treibt auch mich . . .

Nach der Infanterie (fuhr ich mit meinem Schildern fort) kommt die Kavallerie, aufgestellt in schöner Ordnung unterhalb von Major Knautens Hof und Magister Hahnens Vorwerk, die Ihr da hinter diesen Bäumen stehen seht. Erstens eine Schwadron Kommandierte, zweitens eine Schwadron Karabiniers, dann die Garde du Corps, wieder Karabiniers, hinter ihnen Dragoner, dann die Chevalier-Grenadiere und eine Schwadron Hatschiere . . .

Noch immer war der Günther nicht am Ende, es war, als spulte er an einem Endlos-Faden, von welchem man nur hoffen konnte, daß er irgendwann einmal zerriß.

Die Poesie (sagte er) malt nicht das verklärte Bild der Gegenwart, so wie sie mancher sehen möchte. Sie malt das wahre Bild der Welt, so wie sie ist – in ihrer Schönheit und mit allen ihren Fehlern, Unvollkommenheiten und Gebrechen, und rät dem Leser, sich mit seiner angeborenen Vernunft darin vernünftig einzurichten. Auch läßt sie sich von ihrer Phantasie entführen in vorgestellte Welten, in denen Traum und Wirklichkeit ohne Bruch verschmelzen. Insofern ist sie frei – das heißt, sie muß es werden – von den wechselhaften Opportunitäten des Tages und den Launen eines Herrschers, wie einen Wanderer mit einem fernen Ziel im Auge das veränderliche Wetter auch nicht beirrt oder gar vom Weg abbringt.

Hinter der Kavallerie (sagte ich, ebenso beharrlich) wird

der Landungssteg gezimmert, flankiert von zwei Batterien zu jeweils sechs Kanonen. Diese werden bei der Ankunft zum Salut abgefeuert werden. Das von Mauro entworfene Schiff der Erzherzogin Maria Josepha – sie wird allein elbaufwärts schiffen, da der Prinz von Pirna nach hier reiten wird – hat vor und hinter sich 15 holländische Jachten. Am andern Ufer aber, seht (ich nötigte den Günther hinzusehen), werden reichgeschmückte Schiffe zur Begrüßung ankern, 32 an der Zahl, davon sieben Kriegsschiffe mit 60 Kanonen und neun Brigantinen mit 30 Kanonen, die anderen Schiffe kunstvoll dekoriert nach ihren sinnreichen Namen: der Vogtländische Kreis, der Leipziger und der Thüringer Kreis, der Meißnische, der Erzgebirgische, der Lausitzer und der Kur-Kreis, der Stern, die Rose, die Perle, die Sonne, die Krone, der Engel, das Einhorn, der Elefant und der Adler. Ich wette, Eure Phantasie ist nicht in der Lage, diese Pracht zu malen, es wird, so zu reden, phantastisch werden!

Die Poesie (er hatte sich in dieses Wort als wie ein Hund verbissen) ist für das neue Denken wie für die Schwachen und die Stummen. Sie ist Gewissen und sie ist Tribun. Sie war es immer, die rechte, die reine, insofern bin ich für das Alte. Mag der sein Glück ruhig machen, der neue Moden liebt! Ich bin zu grob dazu und bleibe lieber, wer ich bin, und lebe, wie ich kann. Ich habe meinen Kiel zu oft der Torheit überlassen, die Sünde reut mich jetzt, so klein sie damals schien. Doch tief im Innern bin ich immer gleichgeblieben: Man nennt es Eigensinn . . .

Und hier (fuhr ich mit den Erläuterungen fort) wird sich der große Festzug in die Stadt formieren, die Länge reicht bis Blasewitz, das Ihr von dieser Stelle noch nicht sehen könnt. Die Anordnung ist wahrlich königlich, es wird ein Bacchanal fürs Auge werden. Poesie, wenn Ihr so wollt, die Poesie der Macht!

Poesie der Macht! (knurrte Günther grimmig) Und was ist mit der Macht der Poesie?

Der königliche Postzug eröffnet den Reigen (ich blieb bei meiner Schilderung, zu Recht, wie sich nun zeigte, war Günther doch, wenn auch noch indirekt, auf sie soeben eingegangen), es folgen die Handpferde der Kavallerie, die Jägerei, dann Hatschiere, dahinter die Lausitzer Noblesse, die Provinzpferde, die Meißnische Noblesse, wieder eine Schwadron Hatschiere, darauf Dragoner, gefolgt von den reichgeschmückten Wagen der Kavaliere, hinter denen wiederum Grenadiere, Handpferde und Kürassiere, sodann die Sächsische Equipage, gefolgt von Kürassieren, die Polnische Equipage, gefolgt von Grenadieren, die Generalität, hinter ihnen Dragoner, Hofkavaliere führen den Zug des Prinzen an, zwischen dem und der drauffolgenden Leibkarosse der Prinzessin kommt eine Schwadron der Garde du Corps, dann aber folgen die königlichen Kutschen ... Jeder der genannten Züge ist mehr als hundert Meter lang, so könnt Ihr Euch in etwa denken, wie einmalig groß und prächtig alles werden wird ...

Ich lauschte aus dem linken Sänftenfenster – der Günther war verstummt, wirklich und wahrhaftig, er war am Ende seines Monologs. Zwischen den Bäumen zeigten sich die Dächer des Dorfes Blasewitz: Zeit zur Umkehr, wir waren ohnehin zu weit gegangen, viel zu weit, wenn ich bedachte, daß ich dafür zu zahlen hatte. Ich gab den beiden Schößelträgern den Befehl: Retour nach Dresden, und zwar den Weg quer durch das Wäldchen, so würden wir den Weg verkürzen.

Weil Königliche Majestät gelegentlich hier jagen, war das Wäldchen voll Getier, eigens dazu hergeschafft, Hirsche und Rehe, aber auch Fasanen. Allerdings war dieser Wald noch gänzlich ungeordnet, die Bäume und die Sträucher wuchsen, wie der Same fiel, auch der Verlauf der Wege war ohne jeden Sinn: nirgends Symmetrie und Plan wie in dem nahebei gelegenen Großen Garten. Tröstlich war indes, daß ich mich durch diese wildgewachsne Unvollkommenheit zumindest angemessen fortbewegte. Gehen, finde ich, ist der Naturbetrachtung nur hinderlich, die Anstrengung stört den Genuß, man ist fixiert auf seinen Körper: den Schweiß, das Atmen, das Setzen des Fußes, das Schlagen nach Mücken – die Idylle wird Tortur. Zumal in der noch unberührten Landschaft, der vom Geschmack noch unverfeinerten Natur. Ihr entströmt der Dunst des Unanständigen – man sollte deshalb tunlichst Abstand zu ihr halten, den Abstand beispielsweise einer Porte-Chaise. So, aus der Sänfte heraus betrachtet, mag sie ganz reizvoll sein, von nahem aber sieht man nichts als Schmutz, Kot, Aas, morsches Holz, schimmliges Laub, Moder und Verwesung, in einem Satz: das brutale Werden und Vergehen in seiner ganzen, gleichgültigen Grausamkeit. Ein Reh von fern – wie elegant! Doch in der Nähe – wie enttäuschend: blöden Glotzauges, schreckhaft, voller Ungeziefer, umschwirrt von grünen Fliegen und einen infernalischen Hautgout ausströmend! Beim Jagen sieht man ebenfalls darauf, daß man dem Viehzeug nicht zu nahe kommt: Man schießt aus der Entfernung, sitzend oder stehend unter einem Schirm, man rennt den Tieren nicht etwa aus eignen Kräften nach, dies besorgen ausgesuchte Leute, die das Schußwild vor die Flinten treiben. Indem man auf die Tiere schießt, ißt und trinkt man mit viel Sitte, man scherzt und neckt die Damen, die den Lärm und Pulverdampf erschröcklich finden und bei jedem Knall kleine, spitze Schreie von sich geben, wirlich allerliebst und reizend. Bei den Moritzburger Festen werden so an einem Tag dreihundert Stück Wild erlegt, anschließend tafelt man im Freien, läßt Bacchus leben und nächtigt derart angeregt unter Baum und Busch, wobei es, wie man sich leicht denken kann, nicht ganz so unschuldig wie im Paradiese herzugehen pflegt. Gleichfalls hochbeliebt sind die sogenannten Wasserjagden. Bei denen wird ein Rudel Tiere in das nasse Element getrieben, feste Zäune ringsherum hindern sie an weitrer Flucht. Ein imposantes Schauspiel, denn das Wasser scheint zu kochen, die Tiere stoßen und drängen durcheinander, schwimmen verzweifelt im Kreise und werden dann bequem vom Ufer aus erledigt oder aber von den Booten, indem die Kavaliere den Tieren auf die Schädel schlagen, sie stechen, schießen so lange, bis das Wasser, zwar rot von Blut, doch wieder ruhig wie vordem fließt.

Ich teilte Günther einige von den Gedanken mit, der aber meinte, daß er gerne gehe, er bekomme durch das Laufen ein Gefühl für Weite, für die Größe der Natur. Nun gut, er spürt sie in den Waden, ich hernach beim Zahlen, suum cuique, jedem das Seine! Er wolle, sagte er, die Natur mit allen Sinnen spüren, sie sehen, hören, schmecken, tasten und auch riechen – ich aber frage: Ist das nicht nachgeradezu pervers?

Mag er doch meinen, was er will, dachte ich sodann, wenn er sich sonst dem Hof bequemt! Ist er erst einmal da, wird er das Angenehme schon zu schätzen wissen, einmal auf den Geschmack gekommen, wird sich das falsche Denken schon von ganz allein verlieren. Man muß ihm nur das Angenehme schmackhaft machen, der Rest besorgt sich von allein.

Ich fragte ihn nach seinem zweiten Unterricht bei Mademoiselle Fleurette, der ganz in diesem Sinne appetitanregend wirken soll. Diese Absicht schien sich zu erfüllen, denn Günther berichtete ohne jede Widerborstigkeit, ja, man kann sagen, mit sichtbarlichem Spaß. Der Tanz stand gestern auf dem Plan, insonderheit das Menuett, und Günther, das verrückte Huhn, tanzte, um mir seine Fortschritte augenfällig zu beweisen, neben der Sänfte her ein Stückchen in den Wald hinein, kleiner Schritt, zwei Beugeschritte, kurzer Steifschritt, das zweimal, nicht ungeschickt, doch in der Umgebung einfach – närrisch. Ich lobte ihn und sprach vom Nutzen des galanten Tanzens, welches den Leib profiliere, die Gesundheit konserviere, das Gemüt rekreiere und Lob, Ehre und Beförderung produziere, außerdem habe es schon oft die Bahn gebrochen zu guten Mariagen. Im Scherze fragte ich ihn, ob sie auch die Gaillarde geübt, jenen Tanz mit Kuß und Wiederkuß, doch als Günther auch das bejahte, verging mir jäh das Scherzen. Bei allen guten Geistern – keine Tändelei, beschwor ich ihn, er aber lachte: Wieso Tändelei, Monsieur? und rezitierte einen Vers, der an sich nicht schrecklich ist, doch mich in dem Zusammenhang erbleichen ließ:

Ein kräftiger Verstand, ein Alter ohne Sorgen,
Ein Ehstand sonder Hohn, mein treues Saitenspiel,
Ein klein' und eigner Herd, ein Leben ohne Borgen
Und ein gesunder Leib sind meiner Wünsche Ziel.

Dem fügte er noch an, daß er, sei er als Hofpoet bestallt, auch einen Hausstand gründen müsse, zu welchem der Vollständigkeit und des Ergötzens halber auch notwendigerweise ein Weib gehöre.

Gewiß, gewiß (sagte ich bestürzt), nur denkt Ihr dabei hoffentlich nicht an Fleurette?

Die Antwort Günthers beruhigte mich mitnichten, er meinte lachend, eine kleine Blume sollte es schon sein. Kleine Blume: petite fleur – Fleurette! War dies etwa sein Kosename für Loewendals Domäne, war es, um Himmels willen, schon so weit gediehen? Ich werde Monsieur Délateur ernsthaft auf die Sache hetzen müssen.

Das Wäldchen ging nun in Getreidefelder über, der Weg vollführte einen scharfen Knick nach rechts und lief sodann schnurgerade auf Dresdens Mauern zu, es war der Weg, den auch der Einzug am Zweiten des September nehmen wird. Vor uns ertönten Hammerschläge und aufgeregtes Rufen, und bald schon sahen wir die Ursach dieses Lärms: Ein Bauplatz mitten auf dem Weg. Die Ehrenpforte, fiel mir ein, ein Triumphtor für das hochzeitliche Paar. Indem ich näher schwebte, merkte ich, daß der Bauplatz in hellster Aufregung begriffen war. Wir hörten, Königliche Majestät würden in wenigen Minuten hier erscheinen und sich vom guten Fortgang der Arbeit überzeugen wollen: Zwei Kammerherren waren ihm vom Großen Garten aus vorausgeritten und hatten dies verkündet. Der Baumeister hüpfte wie ein Gnom auf glühenden Kohlen zwischen den Erdhügeln, Bretterstapeln und Farbtöpfen auf und nieder und schrie die Leute an. Wir sahen, wie schnell noch ein paar Teile, wenngleich noch lang nicht fertig, provisorisch angenagelt wurden, wie andere mit Reisigbesen den ärgsten Dreck zu Seite fegten, wie alles hektisch durcheinanderwirbelte, enfin, der Bauplatz war ein Emsenhaufen. Der Baumeister raufte sich die Haare, nestelte an seinem Rock, brüllte einen seiner Leute an, er solle sich zum Teufel scheren, rief gleich darauf alle Mann zusammen, auch den, der sich doch eben noch zum Teufel scheren sollte, und übte mit ihnen den Ruf: Es lebe der König!, was erst beim zehnten Male leidlich klappen wollte. Es war auch hohe Zeit, denn man sah bereits die achtspännige königliche Kutsche kommen, in der Sonne blinkte ab und an das Gold.

Die Träger setzten unbefohlen meine Sänfte ab und entblößten ihre Schädel, und ich stieg ohne Zögern aus, beugte meinen Rücken und verharrte so, bis mir die Geräusche sagten, des Königs Schimmel hätten nunmehr angehalten und Ihro Gnaden wären ausgestiegen. Es lebe unser König! Der Chor gelang, kräftig und aus voller Lunge scholl er übers Feld. Ich hob den Kopf und sah die Majestät: Sie lächelten. Taten sie dies, weil sie guter Laune waren oder weil der Baumeister noch immer mit gebeugtem Kreuz am Boden kniete, und zwar, weil er sich derart eilig hingeworfen, mit einem Knie in einem Topf mit gelber Farbe?

Nu, Leute, wie geht's denn äsu voran? (dies die Worte Seiner Königlichen Majestät: einfach, herzlich, doch mit einem Satz das Wesentliche treffend)

Der Baumeister sprang nun auf die Füße, wobei das linke Knie von gelber Farbe troff, und erstattete Rapport, entrollte hierbei den Entwurf, lobte den in höchsten Tönen sowie den Kunstgeschmack des gebenedeiten Landesvaters und versprach feierlich, alles getreu nach Zeichnung auszuführen. Der König nickte wohlgefällig, ging ein paar Schritte auf das Bauwerk zu, sah einmal hinauf und einmal herunter und sprach:

Das Baneel da unten – ab damit! Verstanden? Da wolln Wir goldne Amoretten sehn!

Sprach's und schritt unter den Beteuerungen des Baumeisters, des Königs Wille werde augenblicks geschehen, zurück zur Kutsche, wie anders sonst als majestätisch. Beim Öffnen der Kutschentür sah ich im Innern die von Osterhausen sitzen, Brillanten, fast nabeltiefes Décolleté, weißgepuderte Perücke ..., die Tür schlug zu, und staubaufwirbelnd entfernte sich der königliche Konvoi.

Wir aber waren Zeugen der raschen Entschlußkraft Seiner Majestät geworden, seines scharfen Auges und hochentwikkelten Kunstverstands, kurz, seines unvergleichlichen Weitblicks und seiner wunderbaren Allmacht. Auch Günther schien davon beeindruckt, kein Wunder, sah er den König doch zum erstenmal. Er hatte sich wie alle tief verneigt und richtete sich nun langsam wieder auf, indes ich zurück in meine Sänfte stieg.

Es ist (sagte Günther wie benommen), als ob das Ganze wie an Fäden läuft ..., und doch gibt es die Fäden nicht ... zwingend ohne sichtbarlichen Zwang ..., als ob, so mecht ma soin, ein Gott erscheint und allein durch sein Erscheinen alles ... ordnet, fügt und richtet ...

So ist es, lieber Freund (sagte ich, nunmehr wieder schwebend). Der König kann mit einem Wort Armeen in Bewegung setzen oder aber Frieden stiften, ein leichtes Neigen seines Hauptes kann einen einzelnen vernichten oder auch erheben, er kann mit einem Blick Hütten niederreißen wie Paläste bauen, er hat im kleinen Finger mehr an Kraft als tausend Pferde in den Beinen. Die Macht ist er, der Staat ist die Person.

Ich gebe zu (gestand Günther), mir sind die Knie weich geworden . . ., die Hände feucht, der Mund ganz trocken . . . Es strahlt von diesem einen Manne etwas aus, was mehr ist als der Mann allein . . . und dem ich mich nicht entziehen kann . . . Ich kann es nicht, selbst wenn ich wollte . . . Mir ist, als wäre da etwas in mir, was ohne meinen Willen handelt . . . Ich beuge mich, ich zittre an den Gliedern und bebe innerlich . . ., und gleichzeitig ist mir, als löse sich etwas, als weiche eine schwere Last von mir . . . Ist das nicht seltsam, Herr von Besser?

Mir schien es klüger, hierauf nichts zu sagen und den Günther lieber den eigenen Gedanken zu überlassen, zumal sie in die rechte Richtung wiesen. Er hatte sich gebeugt und war darob verwundert, gut. Schon das zweite Beugen wird er ohne Wundern fertigbringen, wenn er es auch noch registriert. Beim dritten Beugen schließlich wird es wie von selbst geschehen, und kein Gedanke wird daran verschwendet werden. So ist der Dinge Lauf, Gewöhnung ist dem Menschen wichtig wie die Nahrung. Und obwohl ich doch mein Poesie-Gespräch mit dem jungen Feuerkopf als mißlungen werten mußte, schöpfte ich aus dem zuletzt Gesagten neue Hoffnung auf Erfüllung meiner Pläne.

Nach dem Passieren des Pirnischen Tores fragte ich, wann wir uns wiedersehen würden, es müsse bald sein, sagte ich, denn jeden Tag könne der Termin der Vorstellung bei Hof verkündet werden, bis dahin sei noch einiges zu tun. Günther wollte sich am nächsten Tag mit einem ehemaligen Kommilitonen aus Wittenberg treffen, der dort Theologie studiere, hier nunmehr ein Praktikum bei Löscher absolviere, er sei ihm durch Zufall auf der Straße begegnet, Christian Marbach sei sein Name. Ich nutzte die Gelegenheit, die beiden zu mir einzuladen. Günther akzeptierte dieses Angebot und schied von mir mit dem Versprechen, morgen nachmittag zu kommen.

Vor meiner Türe zahlte ich die Träger aus, es war ein unverschämtes Sümmchen, trat in mein Haus und fand auf meinem Flur zwei Stück beschriebenen Papiers. Das eine hübsch gefaltet, doch ungesiegelt, von Frauenhand geschrieben und nach Lavendel duftend, in welchem, als ich es entfaltet, stand: Madame Zawadzka empfiehlt sich respektvoll dem Herrn Geheimen Kriegs-Rat und Maître des Cérémonies und nimmt sich die Freiheit, ihn zu benachrichtigen, daß morgen abend, präzise 7 Uhr, zwanzig schöne Nymphen, fleckenlose Jungfrauen, die berühmten Venusfeste, wie sie in Otaheiti begangen werden, nach der Instruktion und unter Führung der Königin Oberea (welche Rolle von mir selbst übernommen wird) ausführen werden ... Herzallerliebst, ein Venusfest auf Otaheiti, ich wußte, wie das Spielchen geht, gähnte herzhaft und legte das verführerische Schreiben vorerst einmal beiseite.

Das andre Stück Papier war der Bericht von Grotegut, und er enthielt wie üblich den heutigen Extrakt des Hof-Journals, welchen ich an dieser Stelle wiedergebe und damit zugleich die Feder von mir lege, allweil mich eine tiefe Mattigkeit befällt, die sicherlich von dem Spaziergang rührt. Hier also der Grotegutsche Text: Frühmorgens begaben sich K. M. mit Ihro Hoheit dem Königl. Prinzen nach dem Großen Garten, allwo sie fast 100 Fasanen und Rebhühner geschossen. Nach diesem unterredeten sich beide eine gute Weile miteinander, da dann Ihro Hoheit von K. M. Abschied nahmen, deroselben die Hand küßten und dero Reise nach Wien per posto antraten, um alsda dero Beilager mit der Josepha, Erzherzogliche Prinzessin, zu vollziehen.

Und auf dem Rückweg von der Unterredung, die sicher hohe Politik zum Inhalt hatte, trafen wir den König, dachte ich und legte mich zufrieden zum Schlafe nieder: Welch bedeutender Augenblick und welch großes Glück, denn ich bin fast dabeigewesen ...

15. Augustus, Mariä Himmelfahrt

Morgen für Morgen steh ich auf: wozu?

Geschäftig fülle ich die Tage, errichte mit den Händen Dämme gegen die Vergänglichkeit und sehe, wie die Zeit mir durch die Finger rinnt. Es fällt mir nun noch ein, was ich auch meistern kann, und da ich nichts mehr meistere, fällt mir auch nichts mehr ein. Seit mich die Poesie geflohen hat, bin ich wie eine Südsee-Muschel: außen bunt, bizarr und präsentabel, doch innerlich gefüllt mit nichts als einem hohlen Rauschen.

Die Frauen als Indiz: Sie sehen in mir nurmehr die Persönlichkeit und übersehen gänzlich die Person. Ihre neutrale Höflichkeit raubt mir das Geschlecht. Ihr Blick ist sächlich, im schlimmsten Falle mütterlich, keine jähe Röte überzieht die zarten Wangen, kein kühner Blick von mir macht sie verlegen, artig parlieren sie mit mir über Poesie und Zeremonienwissenschaft, und keine Faser ihres Leibs spürt unter meinem Hofrock die Lüste und Begierden pochen. Vor einem Monat erst saß ich bei einer Tafel neben einer Demoiselle, die ich mit Komplimenten überhäufte, wiewohl sie außer ihrer Jugend (wieso: wiewohl?) nichts Sonderliches anzubieten hatte, ich balzte wie ein Auerhahn im ersten Frühling – sie nahm es hin, als sei ich nicht von ihrer Art, als sei ich nicht vorhanden. Doch dann, beim Aufstehen von der Tafel, ergriff sie meinen Arm, und ich vermeinte einen leichten Druck gespürt zu haben: Die Ungewißheit, ob dies nun ein geheimes Liebeszeichen von ihr war oder ob ich als Ersatz die Rolle eines Stuhles übernommen hatte, raubt mir seitdem die Ruhe. Seit jenem Tag versuche ich etwas zu dichten, was das Dilemma klären könnte, ein paar gereimte Zeilen, mehr andeutend als erklärend; fragend, prüfend, doch im Bewußtsein meiner Stellung; zwar werbend, doch so, daß ich, falls sie, heuchlerisch empört, darüber lachen sollte, dennoch der Lächerlichkeit entgehe. Ich komme damit nicht zu Rande und nenne bislang nur zwei Zeilen Früchte meiner wochenlangen Mühen:

Was forderst du mein Herz zum Lohn?
Ist es dein Ernst, hast du es schon . . .

Mein Herz . . ., gütiger Himmel, als ginge es dabei ums Herz! Es ist ein Spiel, man tut, als ob. Ein Spiel, bei dem man klüger vorher weiß, ob die Gespielin sich ernstlich an die Regeln halten will:

Ist aber es ein bloßes Scherzen . . .

Nein, der Reim bringt mir das Wort zurück, das ich partout vermeiden will. Früher hätte ich dergleichen Skrupel nie gehabt, da schrieb ich Herz und meinte Fetzer, und jeder wußte, was ich meinte. Früher suchte ich den Eingang zu den Herzen da, wo er zu finden ist, ich schrieb es auch ganz ohne Scheu: da, wo die Weiber offen sind. Früher habe ich bedenkenlos gefordert, da klangen meine Verse so:

Eröffne mir das Tor zum Lande,
Wo Zucker rinnt und Wollust Tafel hält . . .

Ja, früher – nach dem dunklen Jahre 1688, in welchem im April der Kurfürst Friedrich Wilhelm starb und ein paar Tag vor dem Weihnachtsfest die geliebte Kühleweinin –, da stieg ich stetig auf mit meinem neuen Herrn, dem dritten Friedrich und spätern ersten Preußenkönig. Zwar starb im Jahr darauf mein kleiner Sohn, zwei Töchter hatten vordem schon das Zeitliche gesegnet, doch 1690 wurde ich als Zeremonienmeister urkundlich bestallt und in den erblichen Adelsstand erhoben, mein Avancement vollzog sich Schlag auf Schlag: 7 Hundert Taler, Geheimer Rat, Erbschaft, Gesandtschaft nach Lüttich, Wiederkehr, Blütezeit der Poesie, zehn Jahre später schon – ich hatte unterdes das Gönner-Pferd im Lauf gewechselt: Danckelmann fiel, von Kolbe kam – Oberzeremonienmeister, 12 Hundert Taler, Zeremonienmeister des Schwarzen Adlerordens, Orden der Großmut . . ., man sieht, es war kein Grund, mein Schicksal zu beklagen, wenngleich der Tod der Kühleweinin so leicht nicht zu verwinden war. Der Günther hat schon recht, wenn er die Carmen lobt, die mit ihr zu schaffen haben: Die Liebe ist ein vorzügliches Ingrediens der Poesie, und meine Kühleweinin habe ich geliebt. Geliebt wie keine Frau, die nach ihr kam. Ich glaube fast, es war das erste- und das letzemal, daß ich wirklich, nämlich selbstlos liebte.

Was willst du mehr, ich meide dich,
Ich will dich andern überlassen,
Nur, hast du ja kein Herz für mich,
So hab auch keines, mich zu hassen.

Das schrieb ich, als ich um sie warb. Und als sie von mir ging, wollte ich es lange nicht begreifen. Ich glaubte, ihre Schönheit könne selbst im Tode nicht vergehen, und ließ nach Jahren

Gruft und Sarg der Kühleweinin öffnen: Jenen Anblick werd ich nie vergessen – ich fand die Schöne ganz entstaltet ...

Wiewohl ich, das sei zugegeben, auch als frischer Witwer nie ganz liebeleer gewesen, erwehrte ich mich nun der Macht der Liebe länger nicht und lebte mit verschiedenen sogenannten Damen in häufig wechselnden Amouren. Mein Feuer loderte derart heftig und häufig nebenaus, daß ich in Gefahr geriet, meinen guten Ruf den liederlichen Weibern preiszugeben. Damals verstand ich den hochberühmten Bayern-Pater mit dem spanischen Namen nicht, wenn er so laut von seiner Wiener Kanzel wider alle Weiber donnerte, daß es ganz Europa hören konnte, wenn er sie Kotbutten, Mist-Confect, gefirnißte Erdschollen, muffende Krautköpf, glänzende Madensäcke, gemalte Sautröge, polierte Luder, verzuckertes Aas, versilberte Eiterbatzen und verwüsteter Wust schimpfte und die hoffärtigen Frauenzimmer, die mit ihrem von Gott gegebenen Bildnis nicht zufrieden waren und es mit allerlei Mittelchen zu verbessern trachteten, vor dem Teufel warnte, der ihren roten Anstrich zu gegebener Zeit gehörig braun machen werde.

Heut verstehe ich den Santa Clara besser: Mitunter hasse ich die Weiber fast, insonderheit die jungen und die schönen, ja, mitunter das Junge und das Schöne insgesamt, ganz gleich, wie es sich zeigen mag. Verwundert habe ich gelegentlich bei mir bemerkt, wie mich das Alte und das Häßliche in Wallung brachte, es stieß mich an und zog mich an, früher habe ich es einfach übersehen.

Damals reizten mich kokette Edeldirnen, die sich meistens Tänzerinnen nannten, die höfischen, gemeinnützigen Buhlerinnen, deren Schoß ihr Adelsprädikat und zugleich ihr Capital, ihr Entreebillett bei Hof und das Entree zur Fleischeswonne war. Ich sehe jede noch vor mir: Syvia, Albanie, Rosilis, Phillis, Röschen, Laura und wie die Mädchen alle hießen, ich sehe sie und könnte mich verfluchen, daß ich von ihnen lediglich viele genossen habe, denn viele heißt: nicht alle.

Einer dieser Liebeskünstlerinnen war ich so verfallen, daß mich eines Tags der Kurfürst fragte, wie die Krankheit heiße, die mich so lange schon ans Bett gefesselt halte. Conradine, sagte vorlaut ein Herr Rat. Wahrlich, eine hübsche kleine Krankheit, sagte Friederich mit Gunst, legt Euch nur gleich wieder hin, mein lieber Besser, so hab auch ich die Krankheit gleichen Namens auskuriert. Ich wußte, daß die schöne Conradine auch dem Kurfürst beigelegen hatte, doch störte mich das nicht, im Gegenteil, es steigerte mein Hochgefühl: War ich in ihr, fühlte ich mich nicht nur ihr, sondern auch dem Fürsten nahe. Es war ein Reiz besondrer Art, er spornte derart meine Lenden, daß ich in Conradines Bett, was Häufigkeit und Dauer anbetrifft, die stolzesten Triumphe feierte. O Friedrich, o Conradine, welch süße, innigliche Zeit des Rausches und der Liebe!

Später, als der Rausch verflogen war, gedachte ich die schal gewordne Flüchtigkeit durch eine feste Bindung zu ersetzen, doch hatte ich mit einer Wiederheirat wenig Glück: Die Jungfer Lehmann in Leipzig, Tochter eines Superintendenten, gab sich zögerlich ob der Gerüchte über meinen wüsten Lebenswandel, die reiche, adelige Madame aus Magdeburg zog einen andern vor, und die Witwe des Generals Weiler, vormals Fräulein von Blumenthal, wollte nicht, obgleich ich ihr solch schmeichelhafte Verse schrieb, wie diese:

O Verhängnis in dem Lieben,
Wer entfliehet deiner Pein!
Der ich lange frei geblieben,
Muß anjetzund deinen Trieben
Mehr als jemals dienstbar sein.

Sie wollte einfach nicht! Wollte mich nicht: Ich war, entre nous, erschüttert. Heute, weise, seh ich allerdings, daß ich zu dieser Zeit auch nicht ernstlich wollte, ich liebte das galante Liebeständeln schon zu sehr, das haben die drei Damen wohl gespürt. Enfin, so bin ich bis jetzt unbeweibt geblieben und war bisher damit zufrieden, nur in letzter Zeit macht mir der Mangel arg zu schaffen. Was früher mit dem jugendlichen Charme zu regeln war, muß nun der strapazierte Beutel Übernehmen. Zudem scheint mir, daß ich in meinem Alter mehr begehrenswerte Weiber als in meiner Jugend sehe – eine bittere und, dummerweise, gegenläufige Entwicklung, da die Auswahl ständig wächst, die Möglichkeiten aber ständig schrumpfen. Es ist fürwahr fatal. Ich träume immer öfter von der Lust, ich träum von ihr und denke doch zur selben Zeit, wie lächerlich enttäuschend die ganze Chose ist: Da ziehen sich zwei Menschen aus, kriechen zueinander, berühren sich und atmen fortan so, als ob sie um die Wette liefen, sie gleiten ineinander wie die Tiere, bewegen äußerst komisch ihre Hüften und die blanken Hinterteile, klammern, drücken, stoßen, schwitzen, stöhnen, schreien – je nach Temperament, stillen ihre Lust und zerstören, schmerzgezeichnet im Gesicht, damit die Erwartung, lösen sich, stehen auf und ziehen sich wieder an, das Spiel ist aus, um auf gleich stupide Weise immerfort wiederholt zu werden, hundertfach, tausendfach, millionenfach. Welch voluminöse Vergeudung! Welch degoutanter Kreislauf von Begierde und Enttäuschung! So betrachtet, ohne alle Illusion und ohne jedes Sentiment, wäre etwas für den kostenlosen Hausgebrauch, das jederzeit verfügbar ist, derzeit mehr als wünschenswert.

Ich rief die Müllerin in meinen Bücher-Saal und wies sie an, die Bücher und die Borde vom Staube zu befreien, und zwar die ganz unten sowie die ganz hoch oben. Auf diese Weise mußte sich die Gute sehr tief bücken respektive sehr hoch strecken, und ich konnte so den Anblick von ansonst Verborgenem, der sich hin und wieder bot, von meinem Sessel aus genießen. Dabei spielte ich mit dem Gedanken, mich von hinten ihr zu nähern und sie mit einem unverhofften Griff in das weiche Fleisch zu überraschen, doch ließ ich es dann lieber bleiben. Wer nun aber denkt, mein Verzicht auf diese Handlung hätte mich im Inneren befriedet, der irrt, denn ich dachte nun fortwährend, wie es wäre, wenn ich griffe ... Überhaupt denke ich viel zu oft an derlei delikate Sachen, es gibt Stunden, wo in meinem Kopf nichts als ein großes Bett der Wollust aufgeschlagen ist ... Manchmal sah die Müllerin zu mir, worauf ich, wie ertappt, die Augen niederschlug, und wiewohl kein Anlaß dafür war, vergällten mir die Skrupel alle Lust am Schauen. Ich befahl der Müllerin, sie solle mit dem nervtötenden Staubgewedle auf der Stelle enden, griff mir verstimmt ein Buch und suchte krampfhaft dessen tanzende Buchstaben zu Worten zu ordnen. Es war der Pindar, der – mein Gedächtnis ist, wie man sieht, noch ganz excellent intakt – im hohen Alter von 80 Jahren in Argos während einer Festvorstellung im Theater in den Armen eines schönen, geliebten Knaben sanft entschlief. Ich übertrug den Namen dieses Großen in die Liste derer, die über vierundsiebzig Jahre lebten, bedauerte, daß ich die Knaben nicht so mag wie er, las vom Los der Seligen (Der Sonne Licht strahlt den Frommen / Des Nachts, wie am Tage . . .), fand darin den grausen Tod so ekelhaft verzuckert, daß ich nicht anders konnte, als die Scharteke wegzulegen, aß ohne Appetit zu Mittag und verfügte mich ins kalte, liebeleere Bett zum lebenverlängernden Mittagsschlafe.

Mich gegen drei zu wecken war der Müllerin befohlen, damit ich meinen Coffee noch in Ruhe trinken könnte, bevor der Günther mit dem Marbach käme: Coffee gleich für drei war mir denn doch zu teuer.

Ich hatte just den letzten Schluck genossen, als die beiden an die Türe klopften. Der Marbach absolvierte die Begrüßung formgewandt und ehrerbietig, wie überhaupt sein ganzes Wesen auf den ersten Blick mehr Reife, mehr Verbindlichkeit, mehr Zucht und Strenge als das Günthers zeigte. Obwohl in etwa gleichen Alters, schien er vom ganzen Habitus dem Günther gut zehn Jahre voraus zu sein: runder insgesamt, ausgeglichener und mithin gesünder, ein junger Mann, der wußte, was er wollte, konnte und – vor allem – durfte, einer, würde ich spontan behaupten wollen, der seinen Weg wohl machen wird. Lediglich ein Detail störte mich an ihm: ein Zahn. Ein Zahn, schreib ich so harmlos und so glimpflich und weiß, es ist das denkbar unpassendste Wort dafür, im Grund beleidigend für alle andern Zähne auf der Welt, denn so genannt zu werden, verdiente dieses ungeheuerliche, dies infernalische und infame Monstrum nicht. Es ragte wie ein imposanter Wasserspeier an den Domen aus des Mundes Mitte, spießte, schräg vom Oberkiefer kommend, gelb und wuchtig über die gesamte Unterlippe und verschwand selbst beim völligen Verschluß des Mundes nicht einmal zur Hälfte. Zudem hatte Marbach die Marotte, nach jedem dritten Wort den Fluß der Rede anzuhalten, seine Zungenspitze aus dem Mund zu schnellen und mit ihr, gehörig feucht, versteht sich, das Monstrum ringsherum, von hinten und von vorne, von rechts und links, nach einem festen Ritus zu belecken, worauf er diese und zugleich den mit nach vorn beförderten Speichel zurückzog respektive – sog, was jedesmal so klang, als schlürfe jemand heiße Suppe . . .

Ich sprach zu Anbeginn von Löschers Predigt am letzten Donnerstag und fragte den jungen Herrn Magister, wie er zu den Worten seines Lehrers stehe.

Auf der Kanzel (sagte Marbach sehr bedacht und leckte seinen Zahn), auf der Kanzel läßt sich vieles sagen, da darf nicht widersprochen werden.

Ein vorsichtiges jungen Pfäfflein, sieh da!, dachte ich bei mir und versicherte dem Mißtrauischen, daß er offen sprechen könne, ich gehöre zwar zum Hof, doch sei ich keiner von der Sorte, der ein vertrauliches Gespräch mißbrauche.

Nun (sagte drauf der Marbach), wie Ihr sicher wißt, weht derzeit ein rauher Wind zwischen Schloß und Kirche. Im März wurde der Herr Superintendent auf Beschluß des Geheimen Kabinetts vorgeladen. Bei Hof war man entrüstet...

Bei Hof, mein lieber junger Herr Vikar, das ist mir zu pauschal gesagt (unterbrach ich den Magister). Löscher weiß sehr wohl um die Stärke seiner Hof-Partei, zu der solche importante Namen zählen wie Wackerbarth, Flemming, Bünau, Lubomirski, Loß, Schönberg, Miltitz, Vitzthum, Kyau, Bose, Loewendal – und, nicht zuletzt, auch meiner.

Einige Herren katholische Generale (verbesserte sich Marbach daraufhin) waren entrüstet über Löschers scharfen Brief an den papistisch gewordenen Prinzen...

Ich weiß (sagte ich). Graf von Werther sagte mir danach, Löscher habe dies zu begreifen geschienen und sich dergleichen zu enthalten und Moderation zu geben versprochen. Etwas später allerdings sagte mir derselbige, daß Löscher sich dessenungeachtet am Palmsonntag wiederum auf der Kanzel gar heftig erwiesen habe.

Ganz recht (sagte Marbach). Er wurde wiederum zitiert und angewiesen, sich künftighin aller anzüglichen Expressiones und Invektiven zu enthalten. Man drohte dort mit Suspension und Remotion. Zudem wurden die drei Geheimen Räte von Zech, von Alemann und von Seebach dazu bestellt, die Schriften Löschers zu zensieren und Meldung an das Geheime Kabinnett zu geben, sobald etwas wider die Obrigkeit oder Andersgläubige darin erscheine. Darüber hinaus sitzen seit April diesen Jahres beständig mehrere geheime Agenten in seinen Predigten, die mitzuschreiben und Anzeige zu erstatten haben, wenn ein ungehöriger Ausdruck fällt.

Die Lage ist fatal (resümierte ich).

Wieso fatal? (meldete sich Günther) Normal, das ist es, wenn die Oberen einen mutigen Bekenner derart einzuschüchtern trachten!

Fatal insofern (sagte ich), als ich den Geheimen Rat von Seebach neulich sagen hörte: Der Herr Superintendent entschuldigt sich mit seinem Gewissen, nun gut, das pflegt immer die Ausflucht derer zu sein, die der hohen Obrigkeit nicht parieren wollen.

Unschön, in der Tat (sagte Marbach), wenn man einem so integern Mann wie Löscher die Gewissensgründe absprechen zu müssen glaubt.

Bei Hof (sagte ich) nennt man Löscher nur den Vize-Gott, weil er sich, unter uns gesagt und für meinen Geschmack, auch mitunter wie ein solcher gibt. Seine Zeitschrift, die Unschuldigen Nachrichten von alten und neuen theologischen Sachen, affektiert zum Beispiel eine Universalzensur aller deutschen theologischen Schriften ...

Ein zensierter Zensor (sagte Günther lächelnd und stopfte seine pestilenzische Tabakspfeife), was es nicht alles gibt.

Man spricht auch offen (fuhr ich fort), daß man ihn, sollte er sich nächstens gar nicht moderieren, aus Sachsen hinauskomplimentieren wird. Eine durchaus gängige Methode: Spener wurde ebenfalls gegangen ...

Das wird man heute nicht mehr tun! (sagte Marbach fast ein wenig impulsiv) Hoffe ich (fügte er dem leise an).

Und warum nicht? (fragte ich)

Die lutherische Kanzel ist schon zu hoch für den Papst (sagte Marbach), um wieviel mehr also für mich, der ich ein bloßes Weltkind bin: Wenn ich nicht irre, sind das die Worte von Augustus Rex.

Zudem ist Sachsen (sagte Günther) das Mutterland des Luthertums, auf Sachsen blickt die lutherische Welt.

Steht innere Unruhe ins Haus (sagte ich), fürchtet man die auswärtige Kritik zuletzt.

Und doch wird alles Drohen meinen großen Lehrer nicht darin beirren (sagte Marbach), weiterhin wider den Sittenverfall, wider die Ausbreitung des Unglaubens und wider die Seelenfängerei der Jesuiten zu predigen, getreu dem Psalm-

Wort: Ich will mir meinen Mund nicht stopfen lassen, Herr, das weißt du.

Bravo! (rief der Günther und inhalierte gierig seinen eklen Tabaksdampf)

Mein Lehrer Löscher (ließ sich Marbach wieder hören) fühlt sich als erster Volkstribun von Sachsen. Eine Theologen-Rolle, über die man, finde ich zumindest, streiten kann.

Streiten – weshalb? (fragte Günther) Tribunen braucht das Volk, denn es hat nur die drei Vorrechte: zahlen, gehorchen und schweigen!

Seh ich es recht (sagte ich), so wettert der Herr Superintendent in erster Linie wider die Papisten?

So ist es (stimmte mir der Marbach zu). Er wird zu diesem Casus am Donnerstag in seiner Predigt etwa dieses sagen: Ohne die Hohen in der Welt oder sonst jemand zu schmähen, der sich zur römischen Kirche bekennt, müssen wir sagen, daß das heutige Rom dennoch die untrüglichen Zeichen der apokalyptischen Hure trägt . . .

Es fängt sehr sachte und sehr löblich an (sagte ich) und endet ganz verheerend, weil Königliche Majestät, der Prinz und hohe Militärs katholisch sind. Indem er Rom derart beschimpft, beschimpft er sie zugleich . . .

Ja und? (rief Günther) Soll er doch donnern wider jenen römschen Geist, der nicht nur der größte Widersacher der Lutheraner ist, sondern auch der ärgste Gegner der Vernunft. Wenn sich solch ein mutiger Mann wie Löscher hier in Dresden mit dem Professor Wolff in Halle verbündete gegen diese Jenseitsbeter und Hirnverdunkler, wenn evangelisches Christentum und neues Denken gemeinsam fechten würden, dann wäre diese Schlacht recht bald geschlagen! Dann würde manches Überlebte, das keiner Idee mehr fähig ist, gleich mit hinweggefegt auf immer!

Du, Johann Christian, hast dich seit Wittenberg nicht im mindesten verändert (sagte Marbach lächelnd, wurde aber sofort wieder ernst). Doch irrst du, wenn du meinst, Löscher wär ein Freund der Thomasianer, der Wolffs und Leibniz und des ganzen Schwarms der sogenannten neuen Philosophen. Es geht ihm um die Reinheit unsrer Lehre, und die verteidigt er nach allen Seiten. So gegen die Unierung mit den Reformierten, weil nichts schwerer zu definieren ist als ein Reformierter und diese unreine Vermengung der lutherischen Lehre die Spitze abbrechen würde. Gegen den Pietismus von Lange und von Francke in Halle und der Generalin Hallard hier in der Pirnischen Gasse, gegen jenen Pietismus, der mit seiner überspannten Moralität die rechtgläubige Theologie vernachlässigt, damit die Lehre erweicht und letztlich die Kirche zersetzt. Gegen so manche neumodische Glaubensrichtung, die neben die große, lutherische, altbewährte Kirche ein eignes, kleines Kirchlein bauen möchte und solch gefährlichen Schwachsinn behauptet wie: das Kirchengehen mache keinen Christen, die Verfolgung Andersgläubiger gebäre immer mehr andersgläubige Adhärenten ... und so weiter. Gegen den Papst in Rom und seine Abgesandten, die Herren Patres des Jesuitenordens in der Kleinen Brüdergasse mit dem Pater Nonhard an der Spitze, die widerrechtlich Paare trauen, mit Geld den Übertritt erkaufen, Schmäh- und Streitschriften publizieren, Jesuitenschulen gründen, kurz, alles tun, um die lutherische Kirche hier in Sachsen zu vernichten. Und schließlich und endlich, doch wahrlich nicht an letzter Stelle, gegen die sogenannte freiere Art zu denken, gegen den philosophischen Indifferentismus, der die Frage nach der Wahrheit ohne den beantworten will, der sich selbst die Wahrheit nennt, jene Vernünftelei, die das Christentum in seiner letzten Konsequenz ganz in Frage stellt. Ich kann dir versichern, daß Löscher, unser sächsischer Elias, nur eine Wahrheit kennt: das Augsburger Bekenntnis, die reine lutherische Lehre nach Wittenberger Art. Du weißt, wovon ich spreche ...

Ich weiß, mein kluger Krischan (sagte Günther). Wittenberger Art ist es, jede Frage, selbst die geringste und die lächerlichste, so zu behandeln, als ob es sich um den Bestand oder die Auflösung der Kirche, ja um die Seligkeit oder Verdammnis des einzelnen handele. Rechtgläubig, rechthaberisch, reinlichkeitsbesessen, dogmatisch, orthodox, scholastisch: das ist Wittenberger Theologenart. Und ihre Lieblingsworte sind: unverfälscht, alleinseligmachend, ein für allemal ... Ich hab es nicht vergessen, doch erinnere ich mich genauso lebhaft, wie wir uns als Studenten so manches Mal daran belustigt haben, wie wir darüber unsre Witze rissen, wie wir der alten, staubbedeckten Herren Splitterrichter lachten, der Murmeltiere, die vor Heiligkeit statt Brot die Bibel fressen, die meinen, ganz allein gerecht zu sein, und jeden, der dem widerspricht, mit Fluch und Predigt kränken. Schulfüchse, die den Kopf voll griechischer Läuse haben und stockmuffig nach Altertümern stinken, Baalspfaffen, Krümelkakker …

Hör auf! (rief Marbach schmerzlich, als würde er gefoltert) Ich kann dich so nicht reden hören! Ich duld es nicht!

Ach, was? (fragte Günther) Du duldest's nicht? Hast du nicht vor zwei Jahren noch mit uns allen laut gelacht? Warst du es nicht, der seine Herren Professoren von der Theologen-Fakultät beim abendlichen Bier kreuzkomisch parodierte? Bist du nun der Krischan von damals oder nicht?

Ich bin's (sagte Marbach und leckte heftiger an seinem Zahn), doch der von damals bin ich nicht, denn ich bin nicht mehr neunzehn.

Ich sah dem Günther an, daß ihm die Wandlung seines Freundes naheging. Es war ganz amüsant, zu sehen, wie er an der bittren Pille würgte, wie er sie, enttäuscht und gleichermaßen ungläubig, nicht schlucken wollte. Amüsant in jenem Sinne, als es eine alte Wahrheit ist, daß ein Teil der jungen Leute, die in ihrer Jugend anders denken als die Alten, späterhin die besten Ketzermachen werden, eben weil sie dieses Andersdenken am eignen Leib erfahren haben. Amüsant auch, weil die Hoffnung auf den Wandel allein durch eine neue Jugend töricht ist, da die Alten immer Weg und Mittel finden, die Jungen in ihr Welt-Gefüge einzupassen: mit der Verlokkung auf Karriere, Geld, Titel, Ämter, Orden, kleine Privilegien, kurz, auf ein angenehmes Leben. Zudem gilt für die Theologen das schöne alte Sprichwort gestern so wie heute: Die uneinigen Pfaffen werden eins über des Ketzers Haar. Nur Günther will das offensichtlich nicht begreifen.

Hast du denn wirklich (fragte Günther fast beschwörend) unsere heißen Disputationen schon vergessen? Unsere Abende mit den alten Freunden, mit Georg Caspar, dem Bruder meiner liebsten Leonore, mit den Brüdern Reibnitz, mit Birnbaum und mit Petersen?

Es war schon damals nicht so harmonisch (sagte Marbach kühl), wie du es nun im nachhinein glauben machen willst. Wir Theologen hatten immer schon gewisse Vorbehalte gegenüber euch, den künftigen Medizinern, Mathematikern und Philosophen. Zudem hast du einen Namen nicht genannt, der fest zu diesem Kreis gehörte: Tobias Ehrenfried Fritsche, meinen engsten Freund in Wittenberg und nunmehrigen Herrn Amtsbruder. Zufall? Wohl kaum!

Fritsche, der Ehrgeizling! (rief Günther) Fritsche, dem ich im vergangnen Jahr von Leipzig aus zur Magisterwürde gratulierte ...

Im Tone allerdings so launig (warf Marbach ein), daß man meinen konnte, du veralberst ihn mit seinem neuen Titel.

Ach! (sagte Günther spitz) So schnell vergißt ein Herr Magister die Studentenspäße und kapriziert sich auf die Etikette? Sagt Ihr, Monsieur de Besser, ob es ehrenrührig war, wenn ich schrieb, daß sich das Herr Fritsche gar zu seicht anhört, daß dagegen das Magister Fritsche so zärtlich wie die Ohrenbeichte klappt und klingt, die Dorchen in dem Bette singt? Magisterküsse schmecken süßer als Mandelmilch und Honigseim ... Magister finden reichre Weiber, dieweil die Kraft im Titel steckt ... Mein Gott, ein Spaß, dazu noch unter Freunden – er aber ist beleidigt!

Nun gut (sagte Marbach), das hätte noch verziehen werden können, doch dein Gedicht auf Gorns erhaltene Doktorwürde wird er dir nie verzeihen. Es ist auch arg, wie du ihn dort als albernen Choerilus verspottest ...

Ich ihn verspottet? (Günther schien ehrlich erstaunt) Nicht daß ich wüßte! Er hat's von selbst auf sich bezogen! Ich meinte einen anderen in Schlesien, der allerdings zum hiesigen Superintendenten gute Fäden spinnt, damit nach Wittenberg zur Löscher-Sippe und zu den orthodoxen Lehrern von Fritsche und von dir ...

Du schriebst an einer Stelle (sagte Marbach), bestimmt nicht ohne Vorbedacht, das Wörtchen: Ehrenlied. Wie nahe, frag ich dich, ist da der Name: Ehrenfried? Gib es doch zu!

Das ist gut! (rief Günther, auf bittre Art belustigt) Vortrefflich, in der Tat! Das habt ihr allerdings gelernt: das schulfüchsische, inquisitorische Wortedrehen und -drechseln!

Nenn es, wie du willst (sagte Marbach überlegen), doch ruht Magister Fritsche nicht, dir deinen Spott mit gleicher Münze heimzuzahlen!

Ich habe davon schon gekostet (sagte Günther), sein Gift

bestärkt die ohnehin giftige Meinung in der Heimat wider mich. Und das völlig ohne Grund! Er ies, wie man in Striegau sagt, a meschantes Luder. Ich werde dem Magister in einem Brief die Leviten lesen müssen, auf daß er sich besinnt. Er hat nicht alle Weisheit ganz allein gefressen! Und ich fürchte seine Drohungen und Donnerkeile nicht! Schändlich allerdings, wie er meiner Armut spottet und wie er die Legende meines Leichtsinns nährt. Du, Krischan – oder soll ich lieber Herr Magister Marbach sagen? –, du weißt es doch am besten, daß mir stets die Mittel fehlten, um leichtsinnig zu leben. Du weißt, wie ich mit Ernst studierte, um später die Gesundheit meines Nächsten zu bedienen. Und Fritsche wünsch ich Glück, wenn er mehr Geld als ich besitzt. Doch daß er damit protzt und meine Dürftigkeit verlacht, scheint mir nun wirklich nicht sehr christlich! Ganz böse macht er mich, das geb ich zu, wenn er meine Dichtung als bedeutungslos verspottet: Nicht alle können große Kirchenleuchten werden, doch gehören zum Bau des vortrefflichsten Tempels kleine Füllsteine und schlechter Sand so gut wie große Quaderstücke und ausgehauene Marmorsäulen – mit diesem Troste werd ich nimmermehr ermüden, auch unter den abscheulichsten Nachreden der Mißgünstigen die Gemütsruhe zu bewahren, die aus dem ehrlichen Vorsatz entspringt, meine und anderer zeitliche und ewige Glückseligkeit nach Vermögen zu befördern! Das und noch ein paar Worte mehr werde ich dem Verleumder Fritsche eines Tages schreiben, auf daß er dann sein Schandmaul hält!

Ich würde diesen Brief nicht schreiben (sagte Marbach), er rührt mehr auf, als er beruhigt.

Ich sehe schon (rief Günther und war dabei, die Tür auf immer zuzuschlagen), du bist zu Kreuz gekrochen! Hast deinen Frieden mit der Welt gemacht und richtest dich darin gemütlich ein! Wie es im zwölften Hiob steht: Ja, ihr seid die Leute, mit euch wird die Weisheit sterben!

Das in der Natur Verborgene (konterte Marbach kühl und bibelfest) kann der Mensch ergründen, die Weisheit Gottes ist unergründlich, der Weg zu ihr ist Gottesfurcht, Hiob 28. Wo will man die Weisheit finden? Und wo ist die Stätte des Verstandes? Niemand weiß, wo sie liegt, und sie wird nicht gefunden im Lande der Lebendigen, gleichfalls Hiob 28.

Also hätten Leibniz, Wolff, Thomasius gar nicht nachzudenken brauchen (fragte Günther), sondern besser Rüben ziehen sollen?

Die Verwirrung manches Kopfes wäre uns erspart geblieben (sagte Marbach ruhig).

Verwirrung nennst du nunmehr das (rief Günther aufgebracht), was wir so begeistert in uns aufgesogen haben? Weißt du nicht mehr, wie wir den Leibniz in Latein gelesen? Die Schrift von Wolff, die Vernünftigen Gedanken von den Kräften des menschlichen Verstandes und ihrem richtigen Gebrauch in der Erkenntnis der Welt? Die Schriften von Tschirnhaus, Pufendorf und Thomasius? Hast du das in der Tat vergessen?

Vergessen nicht (sagte Marbach und leckte mehrmals den monströsen Zahn), doch im Glauben überwunden. Ich bin Theologe, Leibniz war ein Philosoph. Er rückte die geoffenbarte Religion durch sein Verstandesdenken in den Hintergrund, diese aber ist mein Brot, also bin ich gegen ihn. Ich muß es sein, will ich nicht den Ast absägen helfen, auf dem ich samt der Kirche sitze.

Den Leibniz (warf ich an dieser Stelle ein) nannte man im Volk den Glöbenichts. Ich mein, es läßt tief blicken, wenn sogar der Pöbel den Braten riecht.

Und nicht zuletzt aus ebendiesem Grunde (fügte Marbach an) sind wir in Wort und Schrift gegen diese Art zu denken . . .

Wer ist das: wir? (fragte Günther)

Ich, Löscher und die gesamte Kirche (sagte Marbach). Wir sind gegen die ärgerlichen und seelenverderblichen Bücher, die allerorten auf dem Markt erscheinen, wir sind gewillt, die Wunde mit dem Eisen auszuschneiden, radikal, bevor sie sich verbreitert.

Radikal gegen Bücher und das Denken? (fragte Günther provozierend) Ich hoff, ich habe mich verhört.

Nein, radikal! (nun wurde Marbach seinerseits rabiat) Denn ohne ein Geheimnis kann keine geoffenbarte Religion bestehen!

Und weil sie ohne nicht bestehen kann (hakte Günther nach), darf bei Strafe niemand das Geheimnis lüften!

Das Geheimnis wird kein Sterblicher je lüften (sagte Marbach überzeugt).

Warum dann diese Furcht, mein Guter? (fragte Günther keck)

Professor Wolff in Halle (sagte Marbach und umspielte züngelnd seinen Zahn) will die christlichen Wahrheiten mathematisch beweisen und schnappt dabei wie der Hund in der bekannten Fabel nach dem Schatten und läßt das Fleisch fahren! Die ganze Welt wird bei derlei Denken zur Maschine! Die Wunder werden aus der Welt geschafft! Zu guter Letzt wird man dann Gott als feste Größe aus dem Denken streichen! Die Gefahr ist groß, ihr muß begegnet werden! Denn ihr Mund ist glätter denn Butter, und haben doch Krieg im Sinn, ihre Worte sind gelinder denn Öl, und sind doch bloße Schwerter, Psalm 55. Gott, zerbrich ihre Zähne in ihrem Maul, zerstoße, Herr, das Gebiß der jungen Löwen! Psalm 58.

Die Reinerhaltung (fragte Günther weiter) stellst du also über alles?

Wer sich absondert (Marbachs Stimme klang ein wenig drohend), der sucht, was ihn gelüstet, und setzt sich wider alles, was gut ist. Sprüche 18. Vertilge sie ohne alle Gnade, so steht es geschrieben im Psalm 59, vertilge sie, daß sie nichts seien und innewerden, daß Gott Herrscher sei in aller Welt.

Du würdest also auch wie unsre lutherischen Väter im heimatlichen Schlesien (fragte Günther unbeirrt) die Verstecke der Schwenckfelder und Calvinisten im Riesengebirge an die Jesuiten verraten, damit sie sich bei der Gewaltkur durch die katholischen Inquisitoren dorch lieber für die evangelische Kirche entscheiden? Und du wirst dich sicherlich, kehrst du als Herr Pfarrer nach Schlesien zurück, auch an den Pietistenverhören vor dem Konsistorium in Brieg beteiligen, wirst die einfältigen Schwärmer zu gefährlichen Ketzern erklären und sie inhaftieren? Wirst denunzieren und verfolgen?

Wenn es dem rechten Glauben nutzt (sagte Marbach ruhig). Man muß sich entscheiden. Der Gerechte wird sich freuen, sagt der 58. Psalm, Vers 11, wenn er solche Rache sieht, und wird seine Füße baden in des Gottlosen Blut . . . Denn wie sich ein Vater über Kinder erbarmt, so erbarmt sich der Herr über die, so ihn fürchten, Psalm 103.

Mein Gott, Krischan! (sagte Günther entsetzt und vorwurfsvoll) Was ist aus dir geworden? Denk an Lukas 11, wo es über Jesus und die Schriftgelehrten heißt: Wehe euch Schriftgelehrten!, denn ihr habt den Schlüssel der Erkenntnis weggenommen. Ihr kommt nicht hinein und wehret denen, die hineinwollen. Da er aber solches zu ihnen sagte, fingen die Pharisäer und Schriftgelehrten an, hart auf ihn zu drängen und ihm mit mancherlei Fragen zuzusetzen, und lauerten auf ihn und suchten, ob sie etwas erjagen könnten aus seinem Munde, daß sie eine Sache wider ihn hätten ... Oder Lukas 7: Johannes der Täufer ist gekommen und aß nicht Brot und trank nicht Wein, so sagten die Schriftgelehrten: Er hat den Teufel. Des Menschen Sohn ist gekommen, ißt und trinkt, so sagen sie: Siehe, er ist ein Fresser und Weinsäufer ... So einer willst du werden? Ich kann es immer noch nicht glauben. Sag mir doch, was der gesunde Menschenverstand gegen die überaus höfliche und zurückhaltende Denkungsart eines Leibniz haben kann, was gegen die, die weder den Plato noch den Aristoteles, sondern einzig und allein die gesunde Vernunft zur Richtschnur brauchen und die ihre Lehrsätze nicht mit großbärtigen Autoritäten, sondern mit vernünftigen und wohlbegründeten Ursachen behaupten, was!

Nun wurde es speziell, und ich hatte Mühe, dem Streit der beiden weiterhin zu folgen, da sie blitzschnell mit Begriffen um sich warfen, die mir nicht viel sagten: Glaube als die von Gott geoffenbarte Wahrheit, Vernunft als die Verkettung dieser göttlichen Wahrheiten, das Böse und das Gute und die Willensfreiheit des Menschen, die prädeterminierte Wahrheit, Zufall und Bestimmtheit, prästabilierte Harmonie – die beiden schienen sich in den Begriffen auszukennen, als wären ihnen diese mit der Muttermilch zugleich eingegeben worden. Ich aber sah bei dem Disput, will sagen, ich fühlte mehr, als ich beweisen könnte: Der Günther hatte recht, der Marbach jedoch war im Recht. Ein feiner Unterschied der Sprache, der im Leben ganz gewaltig ist. Wer von den beiden in seinem Leben den kürzeren ziehen würde, lag auf der Hand, sagt man doch auch: Der Pfaff liebt seine Herde, doch die Schafe mehr als die Widder. Und das ist nicht nur bei den Pfaffen so.

Magister Marbach dozierte über die Vergänglichkeit von

allem, was nicht göttlich ist, sprach von Eitelkeit, Jammertal und Jenseitstrost, vom vergeblichen Bemühen der Menschen und von der Erlösung durch den Tod, er zitierte ellenlang die Bibel, so daß ich, aus derselben schöpfend, in der Lage bin, zumindest die Passagen seiner Rede im vollen Wortlaut ins Diarium zu bringen.

Ich weigere mich (sagte Günther), unsern Eintritt in die Welt als den Eintritt in das Weinen zu bezeichnen! So sagt ich es in einem Carmen:

Ist denn nun die Natur ihr selbst so gar zuwider,
Daß sie durch solchen Fleiß bei Zeugung unsrer Glieder
In jedem Menschenhaupt ein Tränenfaß erbau,
Und denkt sie nicht vielmehr, bei Scherzen, Lust und Lachen
Ein an der Freundlichkeit ihr gleiches Bild zu machen?

Ein Geschlecht vergeht (zitierte darauf Marbach aus dem ersten Prediger), das andere kommt, die Erde aber bleibt ewiglich. Die Sonne geht auf und geht unter und läuft an ihren Ort, daß sie wieder daselbst aufgehe. Der Wind geht gen Mittag und kommt herum zur Mitternacht, und wieder herum an den Ort, da er anfing. Alle Wasser laufen ins Meer, doch wird das Meer nicht voller . . . Es geschieht nichts Neues unter der Sonne . . . Es ist zuvor auch geschehen in den langen Zeiten, die vor uns gewesen sind.

Der Magister zitierte so ausführlich und mit solch salbungsvoller Stimme aus dem Buch der Bücher, daß der Günther zusehends ruhiger wurde. Den Grund möchte ich jedoch eher darin sehen, daß er resigniert begriffen hatte, einen Freund verloren zu haben, weniger darin, daß er Marbachs Argumente überzeugend fand.

Was geschieht, das ist zuvor geschehen (unterstützte ich deshalb den Marbach), und was geschehen wird, ist auch zuvor geschehen, und Gott sucht wieder auf, was vergangen ist. Ich glaub, das steht im dritten Prediger, wenn ich nicht irre, Herr Magister?

Einzig unvergänglich (sagte Günther trotzig) ist des Dichters Ruhm! Das Leben aber ist ein Dampf, der eine kleine Weile auf der Erde schwebt und gleich darauf im Nichts verschwindet! Ich klage nicht, ich klage an! Und manchmal will mir scheinen, Ovid und Hiob sind in meiner Brust zu einem Mann geworden. Wie sagte Hiob? Ich bin der Reden so voll, daß mich der Odem in meinem Innern ängstet . . ., ich muß reden, daß ich mir Luft mache . . . Und wie Ovid in der Verbannung? Götter des Himmels und Meeres – was bleibet mir denn als Gebete?

Ich, Johann Christian (sagte Marbach), würde dir mehr Bußfertigkeit empfehlen.

Buße? Bitte, Herr Magister, wenn's beliebt, sofort! (rief Günther närrisch und mimte Buße zwischen Ernst und Spaß) Gerechter Gott, in was für Zeiten gerät nicht unser Lebenslauf! Du fragst, warum man mich in keiner Kirche sieht? O Herr, weil mein Herz der Heuchler Umgang flieht. Ich habe kein Vergnügen je verschmäht, die Liebe hat mich jedesmal besiegt, wenn Anakreon in meinen Zunder blies, bei allem Ärgernis und allen Sorgen verdarb ich gleichwohl niemals Scherz und Küssen. Doch nun will mir das Blut in meinen Adern und die Luft in meinen Lungen stocken, das Auge tränt, die Haare fallen aus, das Elend hat den Lenz des Lebens mitgenommen, das Erbteil ist verraucht, die Gönner sind verblichen, des Vaters Herz verstockt, die Mutter krank, die liebe Schwester ohne Recht und Stimme, der beste Freund dahin. Mein Fleisch neigt in der Blüte sich, bevor die Welt die ausgereiften Früchte sah, so daß ich dich, gütiger Gott im Himmel, fragen möchte, wozu mich die Natur überhaupt hervorgebracht! Die Heuchler und die ehemalgen Freunde schreien: Ich als verworfenes Kind sei schon verloren und keiner Gunst und Hilfe wert. Ach Gott, sprich, bitte, bitte, noch einmal: Es werde Licht!

Günther (sagte Marbach streng), du verstehst, wenn ich über deine Geschmacklosigkeiten nicht lachen kann!

Vollauf, Herr Magister Lobesam (sagte Günther und deutete eine Verbeugung an). Es ist auch nicht so komisch, mecht ich ma spreche, wie es vielleicht klingt.

Ich sah, der Bruch zwischen diesen beiden jungen Menschen war perfekt, die alte Freundschaft war erloschen. Nun saßen sich zwei Fremde gegenüber, zwei Fremde mit verschiedenen Sprachen. Ich sah nicht ein, weshalb ich dabei etwas kitten sollte, fand es auch vorteilhaft für mich, daß der

Günther so peu à peu begreifen lernt, wie ihm mit seiner Unerbittlichkeit am Ende wirklich niemand bleibt, und hob die Arme in gespielter Hilflosigkeit, zuckte mit den Schultern und gab den beiden zu verstehen, daß es wohl das beste sei, man beende das Gespräch, im Grunde wäre alles ausgesprochen. Und ich schloß die Unterredung versöhnlich mit dem Predigerwort: Wo viel Weisheit ist, da ist viel Grämens, und wer viel lernt, der muß viel leiden ... Versöhnung war ohnehin nicht mehr zu stiften, doch wahrte ich damit zumindest meine freundliche Neutralität nach allen Seiten.

So gingen denn die beiden unversöhnt. Sie achteten darauf, daß sie nicht zugleich mein Haus verließen. Günther zögerte ein Weilchen, fragte mich, wann wir uns wiedersähen, und ging erst, als Marbachs Schritte in der See-Gasse verklungen waren respektive ich ihm sagte, daß ich ihn, wenn er versprechen könnte, sich etwas zu mildern, am Samstag im Salon der Frau von Spiegel präsentieren wolle, dem Salon, in dem so manche glänzende Karriere schon ihren Anfang nahm, er solle eine diesbezügliche Nachricht im Logis erwarten und sich ansonsten möglichst ruhig verhalten. Günther versprach's mit leichter Lippe.

Ich aber hatte mich zu sputen: Das otaheitische Venusfest der Königin Oberea begann in einer Stunde. Ich überlegte, ob ich eine Pille vom Cantharis-Käfer nehmen sollte, kam aber zu dem Schluß, daß die spanische Fliege ganz umsonst meine süßen Triebe kitzeln würde, da die zu erwartenden Darbietungen anregend genug ausfallen dürften. Außerdem nahm ich mir aus Ersparnis-Gründen vor, lediglich das Auge dort zu weiden und mich jeden körperlichen Schäferspieles zu enthalten, denn wenn das Essen und das Trinken bei solchen Festen schon sündhaft teuer sind – um wieviel mehr ein Mädchen zum Dessert! Also kleidete ich mich um, diesmal ohne die helfende Hand der Müllerin – sie befand sich außer Haus, ihre alte und wohl kranke Mutter in der Vorstadt zu besuchen –, tupfte etwas Rouge auf Stirn und Wangen, puderte die Perücke, verschloß die Tür und ging die fünf Minuten Wegs zur Schreibergasse.

Eine gepflegte Atmosphäre empfing mich, von der ich fast versucht bin, sie anständig zu nennen, jede Form von Lärm und Hast waren aus dem sonst so turbulenten Haus verbannt, man hörte keinen lauten Tritt, da selbst in allen Winkeln Fußtapeten ausgebreitet waren, und die aufwartenden Mädchen an der Tür und auf der Treppe sprachen leis und sittsam wie die Engel. Ich war erstaunt, daß die Gesellschaft im kleinen Saal des Hauses bereits erwartungsvoll versammelt war. Die Vorhänge waren trotz des hellen Abendlichts vorgezogen, Kerzen brannten an den Wänden, weiche Fauteuils standen längs der Wände, zwischen ihnen kleine Tische mit Wein darauf und erlesenem Confect, nur die kleine Bühne war den neugierigen Blicken noch durch einen Samtvorhang entzogen. Man sprach kaum miteinander, sah angestrengt am anderen vorbei, und lediglich die Mädchen, die in durchsichtigen Gewändern die Herrschaften bedienten, suchten die etwas steife Peinlichkeit mit ihren geschmeidigen Bewegungen, mit Scherz und Lächeln aufzulockern.

Die Gesellschaft war, was man illuster nennt. Ich sah Marquis de Fleury, seines Zeichens Kabinettsminister, ein nicht sehr gescheiter, doch honetter Mann, der Intrige und Vergnügen gleichermaßen liebt; neben ihm den Herrn von Watzdorf, was mich verwunderte, war doch Graf Vitzthum mit dem Prinzentroß nach Wien gereist und hatte Watzdorf also freie Bahn für die Poussade mit der Gräfin, von welchem Geheimnis man bei Hofe ziemlich offen sprach; sowie den Geheimen Rat von Seebach, jenen hochgestellten Polizei-Beamten, von dem erst heute nachmittag die Rede ging und der ganz ohne Zweifel das Polizei-Mandat wider die öffentliche Hurerei in dieser Runde glatt vergessen haben dürfte. Etwas abgesondert saßen die zwei bürgerlichen Gäste, der Perükkenmacher Fromholdt und Döring, der Juwelier, beide reicher ausgeputzt als die Herren von Stand, doch geduckt, devot und fast ein wenig ängstlich, ohne Anlaß, wie ich meine, denn so manch klingender Name hier in dieser Runde besitzt nicht ein Hundertstel der Taler, die sie in ihren Geschäften auf der Schloßgasse zu liegen und zu stecken haben: Dies sicher auch der Grund, weshalb Madame Zawadzka die bürgerlichen Herren lädt. Und wiewohl ich gegen beide nichts einzuwenden hatte und ich, im Gegenteil, zu Monsieur Fromholdt die besten Beziehungen unterhielt, störte mich die Anwesenheit der beiden, warum, weiß ich näher nicht zu sagen. Vom alten Sachsen-Adel, der die Bürgerlichen am konsequentesten wie Luft behandelte, waren die Herren von Flotropp, von Heynitz und von Schlieben gekommen, alte Herren allesamt, vergilbt und pergamenten wie die Urkunden ihrer ersten Erwähnung in Sachsen. Von den Gesandten sah ich die von England, Rußland, von Holland und Savoyen, sie alle nickten mir als ihrem Introducteur diplomatisch zu. Den Preußen Posadowsky entdeckte ich natürlich nicht, er kann sich derlei Freuden bei seinem soldatisch strengen Herrn nicht leisten. Sodann sah ich eine ganze Zahl von gräflichen und freiherrlichen Personen, die bereits zum großen Fest gekommen sind und sich gewiß auf ihre Art vorbereiten auf das große Fest der dreißig Tage. So den Wiener Grafen Molar, Graf Schiwilitzky aus Böhmen, den General Graf von Ranzau aus Holstein, der hier beim Schönfärber Richter in der Webergasse wohnt, Lord Marquis de Winchester aus Engelland, der sein Quartier bei Frau Appellations-Rätin Conrad bezogen hat (augenscheinlich ohne amouröse Dienste), einen Graf Kinsky aus Prag, sodann den Dom- und Kammerherrn Carl Albrecht Schenk Freiherr von Landsberg, den Baron Wanschora aus Schlesien (der mir zu ungeschlacht aussah, als daß er Günthers Verse kennen konnte), Monsieur de Buren aus Bern in der Schweiz und den einzigen Mann unter fünfunddreißig Jahren: den bärtigen, schwarzgelockten und feurig um sich blickenden Obristlieutenant Mazzini aus Italien. Ergo mit mir zweiundzwanzig Personen.

Voilà, der Vorhang teilte sich und gab die entzückend dekorierte Bühne frei: im Hintergrund eine Stoffmalerei mit allerlei südlichen Gewächsen, bunten Vögeln und einer glühend roten Sonne, auf dem Boden große grüne Kissen, auf ihnen, wie auf schwellendem Moos sich rekelnd, zwanzig schöne junge Mädchen, die mit nichts bekleidet waren als ein paar Pfauenfedern im Haar und vor der Scham, unter ihnen Arismene, Phillis und Mathilde. Zur Seite saß ein Flötenspieler, ebenfalls im Adamskleid, doch mit braunem Puder mohrenhaft getönt, er spielte eine traute Schäferweise, deren Tempo sich behutsam steigerte. Nun betrat die Königin die zauberhafte Szene, die füllige Madame Zawadzka im Kostüm der Oberea, geschmackvollerweise nur die fleischigen Arme nackt, ansonsten voll bekleidet, sie hob die Arme in die Höhe – und wie von Zauberhand gezogen, erhoben sich die

Mädchen von den Kissen und begannen mit geschloßnen Augen träumerisch zu tanzen. Sie drehten sich und zeigten so von allen Seiten ihre rosigen Süßigkeiten, ich hörte neben mir den Grafen Molar mehrmals schlucken. Im Tanze nun erwachten diese Südsee-Nymphen aus dem süßen Schlafe, reckten ihre anmutsvollen Glieder und ließen ihre liebesfeuchten Augen schweifen. Da klatschte Königin Oberea dreimal in die Hände, die Mädchen duckten sich in gespielter Furcht zu Boden, wobei sie freilich sehr pikante Posen fanden, und aus den beiden Bühnenseiten sprangen je zehn athletische junge Burschen, braun gepudert wie der Flötenspieler, einen Blätterkranz im Haar und ein großes Blatt vor dem Geschlecht: Sie stampften einen wilden Tanz, die Mädchen schlugen in vorgetäuschter Scham die Hände vors Gesicht, wobei sie durch die Finger schelmisch nach den Burschen schielten . . ., enfin, ich will nicht alle choreographischen Einzelheiten schildern . . . Nachdem die Muskelprotze etwas sanfter tanzten und sich je einem Mädchen näherten, erhoben sich die Schönen und tanzten mit ihnen gemeinsam den otaheitischen Venusreigen. Das zog sich lange hin, und ich als Kenner muß gestehen: Die Choreographie war geschickt gemacht, da sich durch langsames Steigern die Begierigkeit des Publikums erhitzte und sich der Höhepunkt wirklich erst dann ergab, als einige der Gäste bereits ungeduldig nach dem Eigentlichen riefen, am lautesten der Domherr Schenk. Nun erst legten sich die Nymphen auf die großen grünen Kissen . . . Ich schreibe: legten – und unterschlage damit die pikante Vielfalt auf der Bühne: Nur einige legten sich, doch auch da in Varianten, da kniete eine, dort beugte sich ein Leib im Stehen vorneüber, hier stimulierte sich ein Hürchen hurtig mit dem Godemiché, mit einem Satz: es wiederholte sich nicht eine einzige Pose. Und die Burschen, inzwischen sichtbarlich erregt, schritten nunmehr zum eigentlichen Liebesakt . . . Ein hohes Lob der Ehrlichkeit! Denn auf der Bühne wurde nichts nur angedeutet, wie man es in primitiven Etablissements erleben kann, hier wurde ohne alle Täuschung das Liebesfest gefeiert: Man sah auf offner Bühne die Leiber schwitzen, hörte das Stöhnen der Lust, sah die zuckenden Glieder und schließlich, als unbezweifelbaren Beweis, die Lava der Liebe strömen.

Der kühle Mann aus Holstein, General von Ranzau, war davon so enthusiasmiert, daß er seine Flasche Wein polternd und splitternd vom Tische riß, und der Obristlieutenant Mazzini griff einem der dienstbaren Mädchen zwischen die Beine, zog sie zu sich auf den Schoß und spielte sicherlich mit ihr an Ort und Stelle das Spiel der Bühne nach, hätte diese sich ihm nicht mit viel Geschick und Zierlichkeit entzogen.

Der Wink der Königin von Otaheiti kam zur rechten Zeit. Der Vorhang fiel, und aus so mancher Brust der Gäste stieg ein Seufzer des ehrlichen Bedauerns, doch war die nächste Überraschung schon bereit. Rechts zur Seite öffnete sich eine Doppeltür, man sah einen Raum, in dessen Mitte eine Tafel stand und auf dieser ein opulentes Mahl. Madame bat uns, an dieser Platz zu nehmen, wünschte guten Appetit und viel Vergnügen, klatschte sacht in ihre Hände, worauf die Mädchen, die uns zuvor in durchsichtigen Gewändern umschmeichelt hatten, nunmehr gänzlich nackt bei Tisch servierten. Als wir die ersten Leckerbissen auf der Zunge spürten, erschien ein Mädchen als Diana, angetan mit einem kleinen Fell, einen Bogen in der Hand, doch im Köcher keine Pfeile – aus gutem Grund, denn dorthinein tat sie das Geld, das sie von jedem nun kassierte. Als sie mir den Betrag ins Ohr geflüstert hatte, erlag ich beinahe dem Schlagfluß, doch konnte ich vor aller Augen nicht entrüstet tun und zahlte mit bemühtem Lächeln den Betrag. So unbeschreiblich mich die schönen Taler schmerzten, ich mußte Madame meine Anerkennung zollen, denn sie könnte sich wahrhaft nicht geschickter für das nahende große Fest als Liebestempel für die hohen Herrn aus aller Welt empfehlen.

Jedoch – meine Laune war getrübt. Ich sah nun plötzlich, daß es sich bei den Mädchen keinesfalls, wie angekündigt, um fleckenlose Jungfern handelte, sondern schlicht um ganz gemeine Dirnen, die sich nicht einmal die Mühe machten, eine verfälschte Jungfernschaft oder Sophisticatio virginum vorzutäuschen, wie es manche Buhle tut, indem sie die allzu früh abgebrochene Rosenblüte durch allerhand adstringierende Mittelchen wie den Extrakt von Eicheln, Schlehen, Myrrhen wieder zu ergänzen sucht. Mir fiel auch auf, wie diese Dirnen die Geilheit lediglich markierten, denn wenn es stimmen sollte, was in meinem Lexikon geschrieben steht, daß die Geilheit bei den Weibsbildern eine kontinuierliche Begierde sei, die von einer hitzigen, saftreichen, zärtlichen und wollüstigen Struktur des Leibes herrühre, so kann ich mir dies bei diesen Tag für Tag mehrmals benutzten Damen schlechterdings nur schwerlich denken. Hier ist keine Jungfer, die man schottentöricht nennen könnte, keine, die wegen des verbotenen Beischlafs beständig an ihn denkt und ihre Einbildung derart strapaziert, daß sie erstlich traurig wird aus mangelnder Gelegenheit, dann unruhig und schließlich vor Begierde rasend, hier ist keine so wild darauf wie eine junge Kuh im Frühling, die aus Mangel eines Brömmers immerfort den anderen Kühen aufhuckt, noch sind ihre Augen so feurig wie ein giftiges Karfunkel-Geschwür, kurz vor dem Tode desjenigen, der damit infiziert ist – nichts davon, hier regiert allein der Spalt, der die große Öffnung für Madames noch viel größere Talerbüchse ist. Denn diese Mädchen sind überall, also auch in Dresden, ein höchst wichtiger Zweig der Kommerzien, und dieses Handwerk geht sowohl in den eigens dazu eingerichteten Gebäuden wie auch bei den einzelnen Personen auf der Straße so gut wie in einer Manufaktur vonstatten, nämlich mechanisch und ohne alles Bewußtsein.

Als nach einer Weile die Königin Oberea als Madame Zawadzka bei Tisch erschien, ergriff ich die Gelegenheit, sie nach Fleurette und Günther auszufragen.

O boże, niepokoi mnie! (rief Madame in ihrer Muttersprache, ein untrügliches Zeichen, daß sie etwas arg erregte) Floritschka, das dumme Ding! Das große Glück hat sie, der erste Mann bei Hof ist ihr Galan, er kommt nur einen Tag, zahlt aber für die ganze Woche, damit kein andrer sie befingern möchte. Seht Ihr sie heute abend, Monsieur Besser? Nein, naturalnie nie, sie darf sich schonen! Was möcht sie mehr, die Undankbare, co? Und was tut das dumme Ding? Vergafft sich in den Hungerleider, den brotlosen Poet! O smutne, straszne, okropne, cholera! Geht es so weiter, muß ich dem Oberhofmarschall berichten. O Maria, wie dumm sind doch wir Weiber, wir glauben jedesmal den geilen Männerlügen, obrzydliwie, ekelhaft . . .

Mir war nicht neu, daß Madame im Grund die Männer haßte und Zärtlichkeiten nur mit jeweils einem ihrer Mädchen tauschte, das, wenn es noch frisch im Hause, den Kunden vorenthalten wurde, mir war's bekannt und nicht recht verständlich bei einer einst so fleißigen Kokotte, doch sollte mich das wenig stören, solange sie nicht dafür wirkt, das Paradiespförtlein der Weiber generell für männliche Besucher zu verrammeln, und das tut sie mit ihrem Haus weiß Gott nun wahrlich nicht.

Madame berichtete sodann von Einzelheiten, unter anderem, daß der Günther die Fleurette außerhalb des Unterrichts treffen möchte und sie dieserhalb auf sein Zimmer eingeladen habe. Die Zawadzka war nicht sicher, wie sich Fleurette verhalten würde: Dies Mädchen sei ganz unberechenbar, wie sie als falscher Prinz von Oederan hinlänglich bewiesen habe. Einerseits erfülle sie die auferlegten Pflichten ohne Murren, andrerseits tue sie die aber so, als ob ihrem Körper etwas widerfahre, was die Seele nicht im mindesten beflecken könne. Der Günther wiederum übersehe ihr Gewerbe und rede und flirte, als sei Fleurette ein unbescholtnes Frauenzimmer, vielleicht etwas verdorben, doch keineswegs schon ganz verloren. Kurzum, die beiden würden sich bei Fortgang dieser Täuschung gegenseitig ruinieren. Ich versprach Madame, Günther ernstlich zu verwarnen, und Madame wollte ihrerseits die Fleurette scharf im Auge halten, wir waren uns also einig.

Die Zawadzka sog nun Luft in ihren ungeheuren Busen und sah sich wie ein Feldherr nach der Tafel um. Von dem Stand der Schlacht offenbar befriedigt, bat sie nunmehr mich, mir eine Buhle auszusuchen für den Abend und die Nacht, schließlich sei das Fest nicht des Redens wegen arrangiert. Ich lehnte ab, worauf Madame zungenflink versicherte, es sei auch durchaus möglich, eins der Mädchen mit nach Haus zunehmen, falls man die vertraute Betten-Landschaft brauche, um den Bolzen für den Schuß zu richten, ein Wink genüge und das Jagdglück sei perfekt. Ich blieb standhaft, was mir um so leichter fiel, als Madame den Aufpreis nannte, ich hob das Glas und trank es auf ihr Wohl. Madame tat mir Bescheid, getröstet, wie es schien, daß ich zumindest mit dem Weinverbrauch ihr Geschäft florieren ließ.

An der Tafel herrschte mittlerweile frohes Treiben. Kichern, Schmatzen, Gläserklirren drangen an mein Ohr, die älteren Herren nippten an den Speisen und ließen sich von nackten Dirnen streicheln, der Italiener hatte eins der Mädchen rittlings auf dem Schoße sitzen und gab ihr und sich selbst die Sporen, Fromholdt und Döring zogen ihre Beutel und zählten der Madame Münzen auf die Hand, worauf sie mit zwei üppigen Blondinen still verschwanden, die Herren Diplomaten hatten eine Kurtisane rücklings auf den Tisch gelegt und spielten auf der blanken Haut Karten, Baron Wanschora hing selig schnarchend und betrunken halb auf dem Tisch, halb unter ihm, der Dom- und Kammerherr hatte sich den Rücken frei gemacht und feuerte eine Hure an, ihn mit einem Büschel Pfauenfedern unbarmherzig, wie er schrie, zu geißeln, der Graf aus Prag und der aus Böhmen sangen lautstark heimatliche Weisen und ließen sich von zwei Hetären den Wein gleich aus der Flasche in die Kehlen schütten – doch leerte sich die Tafel merklich, und einer nach dem andern separierte sich mit einem engagierten Liebesengel. Fleury und Watzdorf waren schon gegangen, also trank auch ich die Neige meiner Flasche bis auf den letzten, teuren Tropfen und verließ das sündige Souper, wobei ich mich auf der Treppe noch einer hartnäckigen Hure zu erwehren hatte, die meine Hand nahm und an ihre Brüste führte, um mich so doch noch zu kirren und um weitre Taler zu erleichtern. Doch die Tugend errang durch mich auf dieser Treppe einen ihrer schönsten Siege.

Als ich endlich draußen auf der Straße stand, gewahrte ich, wie der Wein in meinem Kopfe kreiste und ich bedauernd an die eben ausgeschlagenen Wonnen dachte. Auch gestaltete sich der Heimweg etwas kompliziert, da der Boden unter mir, die Häuser vor und neben mir und der Himmel über mir außer Rand und Band geraten waren. Zur Elbe hin sah ich am Firmament einen großen Feuerschein, so als ob der neue Zwinger brenne, ich weiß noch, wie ich dachte: Soll er doch brennen, soll doch die ganze Welt zugrunde gehen . . ., ich drohte dem Mond, zeigte ihm die Zunge und lachte laut, als dieser sich darauf hinter einer Wolke oder Rauch oder hinter dem Staub der berstenden Erde verbarg . . .

Sich in diesem Zustand in ein kaltes, leeres Bett zu legen, kam einer Folter gleich, und so entstand der Wunsch nach etwas Warmem, Weichem, das mich in die Arme nahm und hielt und wiegte und aufnahm in Geborgenheit.

Ich machte also nicht im ersten Stockwerk meines Hauses halt, sondern erklomm mit Mühe und Gepolter die Stiege zu der Kammer, wo ich etwas Warmes, Weiches wußte. Ich erinnerte mich nicht mehr, was ich im einzelnen anstellte, um zu der Müllerin zu kriechen, doch muß ich, als sich nach dem Klopfen nichts im Innern rührte, gerufen haben, und dann, als sich immer noch nichts regte, hab ich wohl geklinkt, getrommelt und gerüttelt, da ich die Tür verschlossen fand, ja, ich muß wohl, durch die stumme Weigerung erbost, angekündigt haben, die Türe einzuschlagen. Bei den ersten Schlägen öffnete die Müllerin, sie sah mich mit furchterregendem, funkelndem Auge strafend an und wies mich darauf hin, daß, wenn ich die Tür einschlüge, ein Stellmacher diese reparieren müsse, den ich zu bezahlen und sie zu besorgen hätte. Sie denkt eben praktisch, und praktisch dachte auch ich. Mit dem gellenden Schrei: Märt mich ne an, Muschee! wich sie vor mir zurück und verschanzte sich mit hochgereckten Schultern und angewinkelten Knien hinter ihrem Federbett.

Was wollt Ihr hier in meiner Hornsche? (fragte sie mit aufgerissenen Augen) Das is ä eenmenschiges Bette, Muschee!

Ei, du Prachtschabe, dachte ich in meinem Suff, dich werde ich schon fangen, und ließ zum Auftakt einen Schwall galanter Worte auf sie niederprasseln. Als der jedoch ohne alle Wirkung blieb, näherte ich mich dem warmen, weichen Fleisch und suchte es zu fassen. Die Müllerin kroch fast in die Wand hinein und tat, als es nicht weiterging, etwas, was sie hätte unterlassen sollen: Sie schlug nach meiner Hand. Diese Ungehörigkeit beleidigte nicht nur mich als Mann, sondern auch meine hohe Stellung: Dies muß es wohl gewesen sein, daß ich ihr mit Entlassung drohte, wenn sie mir nicht auf der Stelle zu Willen wäre.

Da änderte sich mit einem Schlag die Lage, von da ab erinnere ich mich auch genauer, es war, als wiche meine Trunkenheit wie Rauch bei einem starken Wind: Die Müllerin schlug das Federbett zur Seite, gab ihre Schanze auf, legte sich flach auf den Rücken, spreizte ihre Beine und sagte seltsam tonlos: Bitte sehr, lang zu ... oder etwas in der Art. Daß sie jedoch dabei den Kopf zur Seite wandte und leise in das Kissen weinte, ernüchterte mich ganz ungemein, denn ich kann Weibertränen nicht ertragen. Ich ließ mich schwer auf einen Schemel fallen und bat sie, ihren Körper zu bedecken.

Nee, nee (schrie da die Müllerin), Ihr könnt mich ham,

könnt mich zwing', nehmt Euch herrenmenschig das Recht nur mit Gewalt! Mei Körper wird Euch heute Liebe geben, mei Herz den lebenslangen Haß! Na, macht schon, Ihr kennt Euch ja schon bei mir aus! Macht schnell, na, macht schon, damit's schnell vorüber is!

Ich beschwor die Müllerin, nicht so zu schreien, da die Nachbarn sonst erwachen könnten.

Dann macht doch endlich! (schrie sie weiter) Wie lange wollt ihr mich noch triezen?

Mir war die Szene äußerst peinlich, von Lust auf warmes, weiches Fleisch und wortloses Vergessen konnte nunmehr keine Rede sein.

Ich bitt, Muschee, nehmt mich, wenn Ihr bremmersch seid! (die Müllerin verfiel ins Flehen) Ich brauch die Stellung hier, ich brauch das Geld. Ich hab 'ne kranke Mutter, die außer mir sonst niemand hat. Ein Leben lang hat se geschuft', jetzt isse am Ende ohne einen Pfennig Geld. Wenn Ihr schon mit mir keen Mitleid habt, so habt doch wenigstens mit ihr Erbarmen!

Mein Kopf war nun vom Weinrausch frei, ich sagte ihr, daß sie nicht entlassen sei und daß sie meine Lust fürderhin nicht mehr zu fürchten brauche. Ich war, ich gesteh es ein, beschämt und hätte mich am liebsten heimlich, still und leise davongeschlichen, doch die Müllerin rührte mit ihren Worten in mir etwas an, was ich schon verschüttet glaubte.

Wollt Ihr (so fragte sie und sah mich dabei an) Euer Bild mit eigner Hand verunstalt'n, wollt Ihr das? Ihr wißt so viel und seid so dumm, verzeiht, Muschee! Einst hatte ich Euch gern, später hab ich Euch geachtet – und das wollt Ihr zerstör'n? Ist Euch das so egal? Aber wer sagt Euch denn, daß Ihr mich nicht eenes scheenen Tages braucht? Wenn Ihr krank werd' – wer pflegt Euch dann? Etwa Eure galanten Betzen? Vielleicht bin ich's, die Eure Hand im Sterben hält? Weeß mersch denn, Muschee? Wie wollt Ihr mir im Angesicht des Tods noch in die Augen blick'n? Und wer sagt Euch, daß Ihr nicht mein' Fürspruch eines Tages braucht? Ja, ganz recht, Ihr – meinen! Wer sagt Euch, daß es so, wie's heute is, auch morgen bleib'n wird? Das Gepolierte scheiert sich schnell vom Tische! Denkt Ihr nich auch manchmal daran, daß am Jüngsten Tag das Unterste zuoberst kommt und das Obere nach unten? Denn so kann's nich ewig bleib'n! Ich kenn viel Leute, die auf einen Ausweg hoffen, freilich nich von Eurem Stand, Muschee, denn der Kirchenturmknopp denkt immer, er is was Feiners als der Grundsteen! Die meist'n suchen Trost im Himmel oben, doch gibt's auch welche, die auf ein' andern Messias hoff'n, een', der von unten kommt, aus unsrer Mitte, und der uns sagt, was wir tun müssen für die Gerechtigkeit. Die armen Denker werden's sein, die mit dem Mitleid im Herzen und dem zornigen Verstand! Ich weeß nich, ob ich's noch erleb'n werd, aber komm' wird's! Komm' muß es! Andre nach uns werden's besser machen. Das ist's, was unsereens tagtäglich aufrecht hält. Denn blieb's für immer, wie's nu emal is, es lohnte nicht zu leb'n. Wer nischt wagt, werd net verklagt, und umsonst is nur der Tod, un nich emal der, denn der kost's Leben ...

Ich war erstaunt, dies von der Müllerin zu hören, dieser niederen Person, die sich ihr Leben lang um Kochen, Einkauf, Saubermachen gekümmert hatte, einer Haushälterin, die nur buchstabierend lesen konnte und eine grauenhafte Klaue schrieb. Nun rührte die mich mit ihrer Rede an und brachte es zustande, daß mir wieder einfiel, wie das hieß, was ich schon verschüttet glaubte: Gewissen. Denn an dieses rührte diese Frau. Das war so ungewohnt, daß mir die Worte fehlten, ich saß sprachlos und betäubt.

Um mich nicht gänzlich lächerlich zu machen, erhob ich mich und verließ stumm die Kammer, stieg hinunter in den Keller, griff mir eine große Flasche Madeira, legte mich ins Bett und trank, bis mir das Bewußtsein schwand ...

Am Morgen las ich dann Groteguts Auszug aus dem Hof-Journal und erfuhr darin, was ich hatte brennen sehen: Nachmittags Französische-Opern-Probe, so von Damen und Kavalieren gespielet wird, im Großen Garten. Nachts zwischen 11 und 12 Uhr brannte Schumanns Lusthaus im Garten an der Elbe ab.

16. Augustus, Rochus

Ein Tag wie Blei: grau und schwer. Katerstimmung: körperlich. Lustlos erfülle ich Chronisten-Pflicht und notiere, was geschah: Kamen der Herr Szenewski, Bischof von Kujawien, der Herr Graf Szembeck, Bischof von Przemyśl, und der Herr Kron-Kanzler allhier an. Nachmittags Probe im Großen Garten, Damen-Rennen. Frühmorgens fuhren K. M. nach Altendresden.

17. Augustus, Liberatus

Noch immer diese graue Schwere im Hirn und in den Gliedern. Katerstimmung: moralisch. Ich wollte niemand sehen und nichts hören, mir fiel auch gar nichts ein, deshalb heut nur das Hof-Geschehen: Frühmorgens waren K. M. im Zwinger.

Kurz und bündig, kein Wort mehr, es war, als ahne Grotegut etwas von meinen Leiden.

18. Augustus, Cordula

Zwei ganze Tage hatte ich im Bett verbracht: Am ersten fehlte mir die Kraft, am zweiten fehlte mir der Mut, um aufzustehen. Weidwund verkroch ich mich in meinen Höhlenbau und leckte meine Schwielen, wollte nichts und niemand sehen und auch nicht gesehen werden. Am wenigsten naturellement von der Müllerin, die wenn schon nicht der letzte Grund meiner traurigen Verfassung, so doch der Anlaß dazu war. Sie klopfte, als ich mich am Morgen nach besagter Nacht nicht zeigte, mehrmals an die Tür und fragte mit besorgter Stimme – deren Mitgefühl mich labte, deren Mitleid mich jedoch ergrimmte –, was mit mir sei und ob sie meinen Hausmedikus Doktor Neefen aus der Wilschen Gasse rufen solle. Was aber, frage ich, sollte mir dieser aderlassende Gesundbeter, wenn die Wunde tief im Inneren verborgen war? Ich bat mir absolute Ruhe aus und befahl, die Mahlzeiten vor der Türe abzustellen und sich danach eiligst zu entfernen. Sobald ich draußen nichts mehr hörte, huschte ich zur Tür, spähte vorsorglich durch einen Spalt und holte mir die Speisen mit einem tierhaft schnellen Griff in meinen leiderfüllten, dunklen Bau . . .

Heute aber kann ich mich der äußern Welt länger nicht entziehen, sie faßt nach mir und zieht mich mit Gewalt zurück in ihr Getriebe.

Nota: Wer wie ich allein der Anerkennung durch die äußre Welt sein Lebenslehen dankt, wird unweigerlich ihr tributpflichtiger Vasall, er ist zwar Herr, jedoch sein eigener zuletzt.

Die Müllerin servierte mit dem Frühstück, gewissermaßen als Garnierung, neben ihrem Spruch: Kopp kihl, Fisse worm, macht'n besten Dukter orm, einen Brief von Mencke und teilte mir zudem noch mit, daß der Muschee Spitzel, den gestern sie nicht vorgelassen habe, heute wiederkommen wolle. Ich nahm mir vor, gleich nach dem Frühstück aufzustehen und die Müllerin zu meiden oder doch zumindest so zu tun, als ob nichts geschehen sei, denn Vergeltung würde mich als Getroffenen verraten, Vergebung aber meine neugefundne Kraft gebührend unterstreichen.

Menckes Widersetzlichkeit war es, die mich schnurstracks auf die Beine brachte, denn der feine Herr aus Leipzig antwortete auf meinen Brief, daß ich die zwanzig Taler als Bürgschaft für ein ausgeliehenes Buch nicht zu zahlen willens bin: ... der gewünschte Band habe sich leider unsichtbar (sic!) gemacht und stünde, so er ihn finde (sic!), zu meiner Disposition ... Der Band sich unsichtbar gemacht – das klingt, als ob das unbelebte Buch sich meinem Wunsch willentlich entziehe, als ob nicht er es sei, der im Ton so höfliche Herr Mencke! Es ist fürwahr ein Hohn, eine Brüskierung ohnegleichen und eine nur dürftig verbrämte Unverschämtheit, da ich wohl weiß, welch pedantische Ordnung in des Professors Bücher-Sammlung herrscht! Ich werde den Herrn Hof-Rat eine Zeitlang mit Verachtung strafen und deshalb auch seine neugierige Frage, wie es mit dem Günther stehe, vorerst einer Antwort nicht würdigen. Ich werde ihn in seiner Ungewißheit schmoren lassen, ihm seine Sorgen nicht zerstreuen, denn solche hat er zweifelsohne, wenn er schreibt: ... Wahrheit zeugt Haß, und wer nicht durch seine Stellung als Hofmann oder ordinierter Prediger geschützt ist, gibt denen, welche sich durch eine Satire getroffen finden, durch die scharfe Schreibart, die aus dergleichen Schriften unmöglich zu entfernen ist, Gelegenheit an die

Hand, daß sie ihn als einen Verleumder und Majestätsbeleidiger anzeigen und in Leib- und Lebensgefahr bringen können ...

Ganz recht, mein Herr, möchte ich ihm sagen, Sie formulieren gut, Erfahrung führt die Feder, sind doch auch Sie, selbst Sie – die Vorsicht in Person – schon in Mißkredit geraten, als Sie bei der Durchsicht einer Schrift etliche ärgerliche Stellen übersehen haben: Sie mußten fünfzig Gulden zahlen, der arme Drucker Gleditsch hundert gar. Recht so, daß Sie um den Günther bangen, denn Sie waren's doch, der zu Günthers Leipziger Satiren privatim laut und schallend lachte und öffentlich hübsch behutsam darüber schrieb, daß Sie, obwohl man die Satiren nicht ohne Lachen lesen könne, sich doch enthielten, von deren Inhalt auch nur ein Wort in Ihre gelehrte Zeitschrift zu setzen, weil Sie nicht begehrten, sich in anderer Leute Zänkerei zu mischen. Wie überaus feinsinnig Sie einmal von sich selber sprechen und das andere Mal distanziert von „man"! Ich gebe zu, Herr Leisetreter, das ist geschickt gemacht, doch wenig ehrenvoll, so will mir scheinen, wenn Sie den unerfahrenen Günther quasi unbekleidet nach draußen in die grimme Kälte schicken, derweil Sie selbst am warmen Ofen hocken bleiben. Ich habe ernsthaft das Gefühl, daß ich mich hierbei menschenfreundlicher verhalte, wenn ich dem Günther rate, die scharfen Sachen überhaupt nicht mehr im Mund zu führen, sich statt dessen an die bekömmliche und vor allem nahrhafte Kost des Hofes zu gewöhnen.

Wie sagt man im Französischen so schön? Qui s'excuse, s'accuse: Wer sich entschuldigt, klagt sich an. Es gibt nichts, was mir ferner läge! Doch indem ich dieses schreibe, fällt mir jählings auf, daß ich ebenjenen Eindruck im Diarium als Ganzem strikt vermeiden muß. Wenn nämlich überhaupt wer schuldig ist, so bleibt es mehr als zweifelhaft, wen der Spruch ereilt: mich – oder die Zeit, die unbeeinflußbaren Umstände unserer Geburt, den Zufall, der uns ungefragt auf die dünne Schale dieser Erde wirft. Und weil dem so ist, müssen mir die Nachgeborenen den Grundsatz der Justitia zugute halten: in dubio pro reo, im Zweifel für den Angeklagten.

Mir blieb weiter keine Zeit zu den ohnehin unzweckmäßigen Gedanken, denn es erschien, wie angekündigt, Monsieur Délateur. Als erstes zeigte er die Abschrift eines Briefes, den

Günther vor zwei Tagen an einen Studenten der Theologie namens Michael Christoph Brandenburg in Leipzig geschrieben. Ganz in Versen, wie Monsieur Délateur nicht ohne Anerkennung sagte. Ich bat, den Inhalt vorzulesen, was er willig, doch höchst ungeschickt begann, da er keinerlei Gefühl für den melodiösen Fluß der Posie besaß.

Freund, welchen Fleiß und Geist vom Pöbel unterscheidet,
Freund, dem der Musen Gunst vor tausend andern lacht,
Freund, dessen Tugend bloß der Prüfung wegen leidet
Und dessen Redlichkeit sich nie zur Larve macht . . .

Vor zwei Tagen, dachte ich, also einen Tag nach der Enttäuschung mit Marbach, seinem einstigen Gefährten, dito Theologe. Daher die Beschwörung, daher die fast magische, dreifache Wiederholung des Wortes Freund!

Das kann ich leicht gestehn, ich bin ein Mensch wie alle
Und hab aus Unverstand und Jugend viel versehn,
Allein, wer zeigt mir wohl den Freibrief vor dem Falle?
Mein Fehler ist und wird noch oftermals geschehn.

Was wir mit Gottes Hilfe hoffentlich verhindern können (sagte ich, indes Monsieur Délateur den Versen weiterhin Gewalt antat).

Die Not macht freilich dumm, und wen die Sorgen kränken,
Der hat Gemüt und Hand von andrer Arbeit voll,
Als daß er mit Vernunft auf Rat und Rettung denken
Und sonder falsche Wahl die Mittel treffen soll.
Ein Mensch, dem Hitz und Schmerz der Sinnen Kräfte brechen,
Vergießt für Tränen Blut, nimmt Gift für Mithridat . . .

Mithridat? (stockte Monsieur Délateur und sah mich fragend an) Was ist das?

Eine Arznei (sagte ich), gewissermaßen ein Gegengift, das aus über fünfzig Substanzen besteht und nahezu gegen jede Krankheit hilft respektive, so zu sagen, helfen soll.

Verstehe. Nichts Konspiratives. Gut (Monsieur Délateur schien befriedigt und fuhr fort zu lesen).

Man wird so wie ein Schiff von Stürmen hingerissen,
Man ist den Träumenden im Phantasieren gleich,
Man kriegt aus Ungeduld ein schläfriges Gewissen
Und sündigt durch den Fluch auf jeden Unglücksstreich.
Denn da ich endlich seh, wie wenig mein Gemüte,
Das andern gern vergibt, Entschuldigung erhält,
Da gar kein treuer Freund und keines Gönners Güte,
So gut er helfen kann, mein Herz zufriedenstellt,
Da Neid und Heuchelei mich bloß aus Bosheit richten,
Da Lüge und Betrug noch täglich Netze strickt,
Da die, so Tag und Nacht auf krumme Ränke dichten,
Geiz, Ehbruch, Torheit, List mit weichen Kleidern schmückt,
Da Wachen, Sorg und Müh mir kaum das Brot erwerben,
Da alles, was ich tu, den guten Zweck betrügt,
Da Stümper prächtig gehn und Weise Hungers sterben . . .

Die Stelle, s'il vous plaît, wiederholt, Monsieur (sagte ich und war beruhigt, als dies im Allgemeinen blieb).

Da Stümper prächtig gehn und Weise Hungers sterben
Und da mein Glücke schon fünf Jahre schlafen liegt,
So werf ich endlich auch den Anker aus den Händen
Und laß es, wie es will, ohn alle Sorgfalt gehn . . .

Sollte dies, so dachte ich bei mir, die Abkehr von seinem Stolz bedeuten? Resignation? Das Steigen vom hohen Roß der reinen und der selbstbewußten Poesie? Ohn alle Sorgfalt – was will er damit sagen? Ich wurde nicht recht schlau daraus.

Man mag mich treten, ziehn, verstoßen, schmähn und schänden,
Ich zwing es, mich verstockt und lachend auszustehn.
Ich werde nicht mehr rot, ich suche keinen Titel,
Verachte Kunst und Fleiß, schlag Ehr und Schimpf in Wind
Und halte mich nunmehr an andre Freiheitsmittel,
Die über die Vernunft des Aberglaubens sind . . .

Hieß das, er bequemt sich meinem Rat? Hieß das, er läßt von seinem hehren Anspruch endlich ab und findet sich in die Umstände, wie sie nun einmal sind? Hieß das, er ist so stark verbittert, daß er künftig alle seine edlen Illusionen fahrenlassen will? Hieß das, er bereitet sich innerlich auf den Dienst bei Hofe vor? Hieß es das, oder war's nur der Versuch, sich selbst zu überreden? War die Nonchalance lediglich gespielt? Schrieb er das, um sich selber zu verletzen, um den Schmerz über seine wenig hoffnungsvolle Lage durch den weitaus größren Schmerz der Selbstverstümmelung zu überschreien? War es Lust an Selbstkasteiung? War es Spott? Verächtlichmachung seiner selbst? Wie dem auch sei, ernst scheint es ihm jedenfalls damit zu sein, sonst würde er nicht schreiben:

Freund, bist du, was du scheinst, und liebst du mich von Herzen,
So wünsch und gönne mir Erbarmung oder Tod . . .

Erbarmung oder Tod: Erbarmen vor dem König bei der nahenden Audienz? Ich hoffte, daß ich nicht nur hoffte, was ich wünschte.

Nur fordre keine Kunst. Der Wurm verdirbt die Bücher,
Die Faulheit frißt den Stahl, der Regen Fels und Stein,
Das Alter und der Staub zerreißt die stärksten Tücher;
So geht der Musen Lust bei langer Trübsal ein . . .

So weit, so gut (sagte Monsieur Délateur bei dieser Zeile). Bis hierher ist es Dichterkram, doch nun wird es politisch.

Dies werd ich jetzt gewahr, jetzt, da ich Friedrichs Wunder,
Jedoch nur überhaupt, am Pindus singen will.
Sein Hof und sein Verdienst gibt Willen, Zeug und Zunder,
Und dennoch steht das Blut in Herz und Adern still . . .

Mit Friedrich (kombinierte Monsieur Délateur) meint der G. Seine Königliche Majestät von Gottes Gnaden, Friedrich August.

Erstaunlich, Eure Fähigkeit (bemerkte ich, im Innern lächelnd), dergleichen Texte zu entschlüsseln. Doch fahrt, ich bitt Euch, fort!

Denn reiz ich gleich den Kiel zur Rechnung hoher Taten,
So seh ich gleichwohl nichts, als was die Ohnmacht schreibt.
Du könntest, großer Karl, den armen Künsten raten,
Was aber hilft August, den kein Mäcenas treibt?

Da ist die Stelle! (rief Monsieur Délateur) Hier mengt er sich in Politik! Zieht Kaiserliche Majestät in Wien unserm König vor! Zieht ihn herab! Nennt ihn ohne Ehrfurcht August. Das ist stark! Das erfüllt den Tatbestand der Majestätsherabwürdigung! Eindeutig, wenn man will!

Um Himmels willen, dann wollt nicht! (rief ich amüsiert und zugleich erschreckt) Euer Mißtrauen in Ehren, Monsieur, es ist ja Eure Profession, doch bedenkt, daß Ihr, Tag für Tag damit beschäftigt, auch mitunter Gefährdendes entdeckt, was allein in Eurem Kopfe existiert. Das ist nur zu verständlich, doch in diesem Falle laßt Euch sagen, daß Ihr irrt, denn nicht auf Politik zielen Günthers Worte, sondern auf die Poesie. Ich gestehe gerne ein, daß sie im höchsten Maße vorwitzig genannt zu werden verdienen, zumal gerade unser heißgeliebter König Gigantisches für die Künste vollbringt, ja, sie sind sträflich unbedacht, doch polizeilich strafbar sind sie meiner Meinung nicht. Seht, mein Lieber, wenn ich Euch so nennen darf, auch ich könnte mich herabgewürdigt fühlen, wenn er schreibt, daß August kein Mäcenas treibt. Denn wer, wenn nicht ich, ist hier in Dresden sein Mäcen? Wer ist es, der ihn fördert und ihn bei Hofe präsentiert? Seht, ich verzeihe ihm die kleine Undankbarkeit – um wie vieles leichter wird ihm da unser großmütiger und gnädiger Monarch vergeben?

In Ordnung (sagte Monsieur Délateur). Aber in die Akten muß es. Ein ordentlicher Strick hat viele Fäden.

Dabei nun ließ ich es bewenden, und Monsieur Délateur legte mir als zweites den Spitzel-Bericht aus Leipzig vor, der gestern mit Kurierpost eingetroffen war und in dem geschrieben stand:

Nachdem wir im Verfolg der uns aufgetragenen Visitation

des Anno 1695 im schlesischen Striegau gebornen Günther, Johann Christian, in allhier befindlichen Akten nichts Einschlägiges haben finden können, so beeilen wir uns, den hoch- und vielgeehrten Herren Kollegen in der Residenz das sorgfältigst in Erfahrung Gebrachte zu berichten. Obenbenannter ist an hiesiger löblicher Universität vom Juni 1717 bis zum August diesen Jahres als Studiosus medicinae in den Matrikeln verzeichnet gewesen. In Betracht all dessen, was er in Ansehung der Religion und insonderheit der Grundsätze, von welchen die öffentliche Sicherheit, Ruhe und Ordnung abhängen, geäußert, sowie, was an schriftlichen und mündlichen Expressiones recherchiert werden konnte, auch in Betracht, daß die Lenkung der akademischen Jugend mit weit mehr Beschwerlichkeiten als ein anderes Regiment verknüpft, kann hierorts ausgesagt werden, daß Obenbenannter weder unter der Universitäts- noch Stadt-Jurisdiktion auffällig und aktenkundig geworden. Er war, wie alle Schlesier hier, Angehöriger der polnischen Nation, welche sich jedoch durch weniger nationalistische Excesse ausgezeichnet als die Nation der Holsteiner, Friesen und der Franken. Darüber hinaus gehörte er dem Collegium disputatorium Svidnico-Javraviense an, welchselbiges häufig Schmausereien und gelehrte Disputationen veranstaltete, wovon ein von uns engagierter und allda eingeschleuster Studiosus nichts weiter zu vermelden gewußt, als daß viel getrunken, gesungen und gescherzt und über allerlei gelehrte Themata gesprochen worden ...

Das klingt recht mild (sagte ich erfreut).

Zu mild (entgegnete Monsieur Délateur). Man weiß doch, was für eine regellose, freche und aufmüpfige Bande die Studenten sind. Wir haben allweil Ärger mit den Universitäten. Nicht nur mit dem Saufen, dem Huren und dem Duellieren, nein, auch mit politischen Delikten. Erinnert Euch nur an den fünften Juli vor genau fünf Jahren, als die Nation der Bremer und der Pommern sich auf dem Markt in Wittenberg zusammenrottete: Mit Fackeln sind sie unter aufrührerischem Gebrüll um das Rathaus herum, lagern sich mitten auf dem Platz, machen aus den zusammengelegten Fackeln Feuer, schließen darum einen Kreis und trinken kniend und mit entblößtem Degen auf die Gesundheit des Königs in Schweden. Auf den Schwedenkönig, unsern ärgsten Feind! Da hört der

Ulk auf, da wird es bitterernst, da muß eingeschritten sein, zur Haft gebracht, relegiert, bestraft . . .

Ja nun! (bremste ich den Eifrigen) Von solchen Dingen steht in dem Bericht nicht eine Zeile. Im Gegenteil, es wird gesagt . . . Obenbenannter, welcher den Titel Poeta laureatus in Wittenberg erworben, sei mit etlichen Gedichten hervorgetreten, die in Leipzig und anderswo äußerst populär geworden . . . Um Euch, Monsieur, einen Geschmack davon zu geben, der Euch ganz natürlich fehlen muß, was, um alles in der Welt, kein Vorwurf ist, sondern nur die Formulierung eines Faktums, so nenn ich par exemple seinen vaterländischen Gesang auf Prinz Eugen, den Türken-Sieger. Und wenn es Euch nicht zu sauer wird, werde ich ein Studentenlied von ihm zum besten geben . . .

Wenn Ihr das für nötig haltet (sagte Monsieur Délateur, indes ich den Stapel mit Gedichten holte, der sowohl Gedrucktes als auch Handschriftliches, von Mencke Geschicktes oder von Günther Überlassenes enthielt).

Voilà, so hört:

Brüder, laßt uns lustig sein,
Weil der Frühling währet
Und der Jugend Sonnenschein
Unser Laub verkläret.
Grab und Bahre warten nicht;
Wer die Rosen jetzo bricht,
Dem ist der Kranz bescheret . . .

Wie ich sehe (unterbrach ich mich), langweilt Euch die Poesie, deshalb nur zu Eurer knappen Kenntnis den Anfang eines weiteren Studentenliedes.

Müdes Herz,
Laß den Schmerz
Mit dem Atem fahren!
Lebst du doch
Jetzo noch
In den besten Jahren.
Toren denken vor der Zeit
An die Nacht der Eitelkeit;

Gnug, wenn das Alter zwingt
Und den Kummer mit sich bringt.
Alle Not,
Die uns droht,
Kommt vom eignen Wahne;
Daß das Weh
Bald vergeh,
Bohrt man nicht im Zahne . . .

Ha, im Zahn! (rief Monsieur Délateur, und sein Lachen klang wie ein trocknes Husten)

Es gefällt Euch? (fragte ich) Sehr erfreulich, drum hört vielleicht noch ein Stücklein aus der Mitte.

Glaubt doch nur,
Epikur
Macht die klügsten Weisen;
Die Vernunft
Seiner Zunft
Sprengt die Foltereisen,
Die der Aberglaube stählt,
Wenn er schlechte Seelen quält
Und des Pöbels blöden Geist
In die Nacht des Irrtums reißt . . .

Verstehe (sagte Monsieur Délateur, dessen Miene sich verfinstert hatte). Freigeisterei. Sauflieder, aufputschender Gesang. Kolossal bedenklich.

Bedenklich? (fragte ich) Wieso? Ist es nicht von Nutzen, wenn sich die Jungen die Hörner beizeiten abstoßen? Danken sie es uns nicht später mit desto größerer Gefügigkeit? Denn geschieht dies nicht, so werden sie verbockt, langweilig und träge. Das ist, wie wenn Ihr einen Schnupfen nicht auskuriert und deshalb wochenlang mit dickem Schädel durch die Gassen schleicht. Laßt sie doch ein wenig über die Stränge schlagen, laßt sie doch springen wie die Fohlen auf der umzäunten Weide, denn dressiert werden sie später allemal! Nur sind sie dann nicht schwache Mähren, sondern starke Hengste, die ihre Muskeln ausgebildet haben.

Trotzdem (sagte Monsieur Délateur beharrend), Zucht und Ordnung müssen sein.

Schon (sagte ich darauf und zwang mich zu Geduld). Doch die Frage ist, ob man die Zügel so straff hält, daß sie sich daran scheuern und juckig werden müssen, oder ob man die Leine etwas länger läßt, so daß sie wähnen, völlig frei zu sein, wenigstens für eine kleine Weile.

Sicherheit geht vor (sagte Monsieur Délateur, und es klang wie eine Litanei). Pariert muß sein.

Ja, gewiß doch (sagte ich, bekümmert von so viel Unbeweglichkeit), doch zurück zu dem Bericht. Hier steht: ... Obenbenannter hat allhier zwei Liebschaften gehabt, wovon die eine unsres Wissens unerfüllt geblieben, die andere jedoch bis zu seinem Fortgang angehalten, und wiewohl die letztere heimlich und wider den erklärten Willen der Vormundschaft der Demoiselle geschah, kann dies wegen der weitverbreiteten Unsitte der Studiosi, sich liederlichen Weibspersonen ehelich zu versprechen und sie umgehend zu schwängern und fortan in ungesetzlichem Verlöbnis und wilder Ehe zu leben, nicht als unüblich angesehen werden ...

Kein Gehorsam gegen Obrigkeit und Eltern (sagte Monsieur Délateur).

Gehorsam ist für die von den Eltern losgelassenen jungen Springer (sagte ich erklärend) etwas Altväterliches, sie sind dessen überdrüssig. Sie wollen, wie sie selber sagen, ein frei Gemüt bei allem zeigen ...

Und dieses frei Gemüt macht Leipzig, wie bekannt (sagte Monsieur Délateur), zum Hurenbabel und zum Sündenpfuhl. Die dortigen Ratswächter haben es nicht leicht, besonders bei den Messen. Jeder Händler, der etwas nach Fremde riecht, wird von den Dirnen flugs ins Bett gezerrt ...

Worin er sich erleichtert (ich erlaubte mir den Scherz) und sie ihn: Ein auf gegenseitigem Vorteil beruhendes Geschäft, wie es auf Messen durchaus üblich ist.

Monsieur Délateur jedoch hatte für derlei Scherze keinen Sinn, weshalb er konsequenterweise auch nicht lachte. Ohne mich im weiteren um die Verbissenheit des Geheimagenten zu bekümmern, fügte ich in meinem Kopf zu dem Bericht aus Leipzig, was ich von Günthers Liebesabenteuern wußte.

Die erste, unerfüllte Liebe war die zu Rosette. Das verraten die Gedichte, in denen Anakreons weinbeseelter Atem weht und über denen unsichtbar Horazens feuchtes Motto schwebt: Nulla placere diu ... Gedichte, die von Wassertrinkern geschrieben werden, haben keine lange Lebensdauer.

Ihr drückt mich zwar, ihr schwanenreinen Hände,
Ihr drückt mich zwar, doch leider nur aus Scherz ...

So klagt der arme, nichterhörte Günther, doch klagt er dazumal noch sehr galant: Anna Rosina Lange, die verehrte Schöne, spielt mit ihm, spielt das Gesellschaftsspiel der vornehmen Leipziger Bürger, der Geldsäcke und der Gelehrten, und der junge Dichter wird als begabtes Unikum bei diesem Spiel geduldet und benutzt. Die Bürgerlichen schmücken sich sehr gern mit provokanten Narren, sie wollen so der Welt ihre Toleranz beweisen, doch geht's mit Ernst an ihre kommerziellen Pfründe, greifen sie geschwind und ohne Skrupel zum Gesetzesknüppel: Es ist fürwahr nichts Neues unter der Sonne.

Nach dem Hauche deiner Lippen
Geht der Sehnsucht schneller Kahn:
Ist die Lieb ein Meer voll Klippen,
Nimm nur mich zum Anker an!

Er wirbt, er fleht, er buhlt um ihre Gunst, er flötet sanft wie eine Nachtigall im Mai und streut verzweifelt Rosen.

An Rosen such ich mein Vergnügen,
An Rosen, die die Herzen ziehn,
An Rosen, die den Frost besiegen
Und hier das ganze Jahr durch blühn ...

Doch die so besungene Rose hält ihn sich vom Leibe, läßt ihn sich an ihrem Duft berauschen, vom Nektar kosten nicht. Und er schreibt derweil Arien von solcher Süßigkeit, wie ich sie heute von ihm wünschte, galant im Stile des bon goût.

Befördert, ihr gelinden Saiten,
Den sanften Schlummer süßer Ruh ...

Er dichtet gar ein Carmen auf Doktor Gottfried Langens Erwählung zum Bürgermeister und empfiehlt sich so Rosettens vornehmer Verwandtschaft.

Du wunderst dich vielleicht, berühmt' und kluger Mann,
Woher ich so viel Herz und Freiheit nehmen kann ...

Mich wundert's nicht: Es ist die Sehnsucht nach dem schönen Leben, der angenehmen Lebensart, den sauberen Salons mit dem gelehrigen Geplauder, der Welt der kapriziösen Kleider mit der Schnebbentaille, der Pfänderspiele und der Schönheitspflästerchen, dem Reich der schönen, unbeschwerten Seele, es ist die Sehnsucht nach dem Traumland Schönheit, in dem die primitiven Sorgen ausgeschlossen sind. Ich weiß, was er geträumt, ich kann es aus Erfahrung nachempfinden, und es ist schon kurios, wie sich die Dinge gleichen: hier ich und meine Kühleweinin, dort Günther und Rosette. Es ist, als wiederhole sich Geschichte, zumindest ist sie sich verblüffend ähnlich: dieselbe Stadt, zwei junge Männer, zwei junge Mädchen, diese arm, jene reich, Werben gegen Widerstände, Neider, Haß, Verleumdungsklagen, in beiden Fällen Bürgermeister-Tradition in der Familie ... Und doch, nach vierzig Jahren, welch unterschiedliches Verhalten! Ich kämpfte, bis ich sie erwarb, er jedoch entsagte. Ich hatte Glück, er Pech, so könnte man es nennen, doch scheint mir das zu simpel ausgedrückt: Es ist, als ob bestimmte Menschen das Glück, das sich ihnen durchaus wohlgesonnen nähert, ungewollt und doch höchstselbst verschrecken ... Günther entsagte seinem Traum, wurde krank und siech, und es fehlte ihm nicht viel, daß er, der eben noch in erdachten Himmeln weilte, die kalte Erde spüren mußte. Eben noch die bunte Welt der Rosen, nun der schwarze Tod mit Bilsenkraut, eben noch in der Unendlichkeit der Phantasie, nun ganz plötzlich Schlußakkord, Finis, Abschiedswort, Grabesspruch und letztgeäußerte Gedanken.

Was mein Herz und Leib gelitten, ist nur jenem recht bekannt,
Der mich etwa nur zur Plage in dies Marterhaus gesandt.

Unruh, Kälte, Hitz und Durst, Hunger, Elend, Armut,
Blöße,
Schande, Mißgunst, Ärgernis, Krankheit und Verfolgungs-
stöße,
Fälschliche Beschuldigung, blinder Eifer, Elternhaß
Und verlogne Freundschaftsmäuler, o wie schmerzlich
peinigt das!

Eben noch verdüstert, nimmt er sodann beklemmend heiter Abschied von den Freunden und der Welt, und er ist dabei erst ganze zweiundzwanzig Jahre alt.

Sollt auch einer unter euch um mein Grabmal Kräuter
lesen,
O so wünsch er mir dabei ein geruhiges Verwesen
Und erinnre seinen Nachbarn: Hier schlief unser Bruder
ein,
Der uns oftermals ermahnte: Brüder, laßt uns lustig sein!

Den Tod vor Augen, fallen die galanten Rosenblätter von ihm ab, und es werden seine spitzen Dornen wieder sichtbar, wenn er bittet, daß der liebste Tod noch ein wenig warten möge.

Denn ich muß mich allerdings, eh mir Herz und Augen
brechen,
An der liederlichen Schar meiner wilden Feinde rächen.
Tretet her, ihr frechen Spötter, höre, du erhitzter
Schwarm,
Jetzo streck ich meinen Eifer wider deinen stolzen Arm.
Der, so allen Hochmut stürzt, fluche deinen bösen Sitten,
Die sowohl mein Ehrenkleid als mein Glück und Wohl
beschnitten;
Er erleuchte deine Torheit und bekehre deine List,
Die so schädlich als verborgen und so bös als höflich ist ...

Schaurig, wenn er sich am Schluß verabschiedet, bitter und doch übermütig, falls das Wort hierbei erlaubt.

Lebe wohl, betörte Welt, leb, ich wünsche dir's zum Possen,
Ob ich gleich in dir bisher wenig gute Zeit genossen.
Auf dem Schauplatz deiner Erde stellt ich einen Jüngling vor,
Der vorher nicht viel besessen und doch täglich mehr verlor.
Hat sich etwa noch dein Zorn nicht genug an mir gerochen,
O so sättige dein Maul mit den abgefleischten Knochen.
Dieses Spiel mit meinem Körper gönn ich dir zur Dankbarkeit,
Weil du mich durch so viel Stöße einmal aller Last befreit.

Doch der Tod ließ ihn noch einmal von der Hippe springen, schaufelte ihn zurück ins Leben, und das brachte ihm die zweite Liebe lipsiensis: Leonore . . .

Ich hatte Monsieur Délateur wahrlich fast vergessen und sah erst jetzt, wie er unruhig mit dem Fuße wippte. Ich schlug ihm deshalb vor, mir den Bericht zur weiteren Einsichtnahme dazulassen und selber seinen offensichtlich drängenden Geschäften nachzugehen. Er schien damit mehr als einverstanden, da ihn meine lange Schweigsamkeit sichtlich enervierte, nur bat er mich, den Bericht nach der Lektüre sicher in einem verschließbaren Behältnis zu verwahren und ihm beim nächsten Besuch unversehrt auszuhändigen, denn das Schriftstück sei geheim, nur für den internen Dienstgebrauch bestimmt, und er käme in Teufels Küche, wenn von unseren Vertraulichkeiten etwas ruchbar würde. Ich sagte ihm dies zu, lenkte seinen Spürsinn noch einmal auf Fleurette und Günther, und er entfernte sich, wie üblich, durch die Hintertür.

Leonore also. Sie war, soviel ich weiß, verlobt mit einem ehrenwerten Manne, von Günther tituliert als bosheitsvoller Mops, sie selbst allem Anschein nach eine recht flotte Jungfer, die, weil sie eine Waise war, mit ihrer Stiefmama im selben Haus wie Pfeiffer wohnte, Günthers violinespielender Kumpan. So war es leicht, mit ihr anzubandeln, doch die Pest . . . ergriff den Leib der Schönen, ihr Mund warf Jäscht und Schaum, die Augen wurden welk, und sie hätte das Zeitliche gesegnet, wäre nicht ihr treuer Thyrsis, der kein andrer als der Medizinstudent Johann Christian Günther war, gekommen, den Liebe mehr als Fieber wärmte und der in ihrem Schoß die starke Sehnsucht stillte – worauf, welch Wunderwerk, die Kranke lachte, hüpfte, drückte, was den Gevatter Tod verdroß, kurz, Leonore ward gesund ... In Wirklichkeit, stelle ich mir vor, mag es weniger märchenhaft gewesen sein und Günther weniger beschwingt: zweimal die Todesnähe, erst bei ihm, nun bei der Geliebten, eine dunkle, harte Zeit. Als die jedoch zu Ende, erwachte im leidgeprüften Günther eine Lebensgier respektive, so zu reden, eine Liebesgier, da er erkannt zu haben glaubte, daß ihm allein die Liebe geben könne, was ihm das Leben weigert. Ich kenne das: Es ist die Flucht zum Weibe, das Verkriechen vor der kalten, kantigen und undankbaren Welt in wonnigliches, warmes, weiches Fleisch, es ist die Sehnsucht nach Geborgenheit in zärtlichschwachen Frauenarmen, es ist der süchtige Versuch, in die maternalischen Gefilde zu retirieren, die uns vormals ausgestoßen wie die ersten Menschen aus dem Paradies, es ist der Wunsch, wieder Kind zu werden und sich so der allzu ernsten Welt noch einmal zu entziehen, die Illusion zu hegen, daß noch nicht alles vorbestimmt, sondern alles offen ist, es ist das mutlose Verlangen, ausschließlich mit der Haut zu sprechen, alldieweil die Welt der Wörter so verlogen ist. So wird, was bei Rosette noch platonisch, plutonisch. Bei beiden aber ist es mehr Traum als Wirklichkeit, Träume, die er fast gewaltsam herbeiwünscht, er, kindlich, trotzig, dichtet sich eine gemeinsame Zukunft, da ihm die Gegenwart mißlingt. Und wenn die Not auch Abschiedswetter schickt, schreibt er, so find ich doch, wie einst Äneas, eine Höhle, in der mich Dido schützt und sichre Lust erquickt ...

Du siehst es mir wohl an, ich bin ganz ausgelassen,
Scherz, Lachen, Spiel und Vers sind bloß mein Zeitvertreib,
Die Zirkel haben Ruh, die Bücher müssen passen,
Und was mein Umgang wünscht, sind Jungfern, Magd und Weib.

Er achtet wieder auf sein Äußeres und beschreibt die Prozedur der modischen Erneuerung in Versen voller Laune:

Das abgeschabte Kleid wird mühsam ausgekehrt,
Es müssen Schnallen, Schuh von Kreid und Kohlen gleißen,
Die gröbste Krause wird gestickter Arbeit wert ...
Sechs Löcher in dem Strumpf, fünf Federn in den Haaren,
Das hielt ich ebenfalls für ehrlich und galant,
Und war der Branntewein im Antlitz ausgefahren,
So kneipt ich öffentlich die Blattern mit der Hand.
Vor roch mein Haar nach Staub und schmutzigen Papieren,
Jetzt muß Violenmehl den halben Rock beschnein ...

Das Heldenlied auf Prinz Eugen, auch diesen selbst, woran er einst so große Hoffnung hängte, schätzt er nunmehr gering. Er schreibt es unvorsichtig offen hin, daß ihn zuvor die Ehrsucht trieb, den Siegern nachzusingen, jetzt aber dächte er: Bleibt, Helden, wo ihr wollt! Er will anjetzt den Frauenzimmern geben, was vormals Prinz Eugen bekommen sollte; und wie nicht anders zu erwarten, reißt ihn die neue Leidenschaft ins Bodenlose fort – was Wunder, hat er sich doch bisher bei allem unbeherrscht, absolut und extrem gebärdet.

Ich schwatze mit mir selbst, bald fang ich an zu lachen,
Bald hält der Spiegel her, bald wünsch ich weiß nicht was,
Bald träumt mir ohngefähr von lauter weichen Sachen,
Womit ich nächst gescherzt, als jemand bei mir saß.
Die faule Poesie bekommt jetzt neuen Zunder,
Die Reime laufen mir zu Paaren in den Kiel:
Und dies macht Lesbia. Drum nimmt mich nicht mehr wunder,
Warum mir erst vorher der Vers verdrießlich fiel.
Es fehlt ihm rechter Zug, es fehlt an ihrem Munde,
Hier quillt der Musenbach, der Geist und Feuer bringt ...

Und den Freunden, die über ihn wohl lachten und seine Wandlung eine blinde Posse nannten, ruft er übermütig zu: Mag sein, mag sein, doch wenn ich rase, ras ich mit Vernunft! Rasen mit Vernunft? Zwei Worte, die sich auszuschließen scheinen. Doch Günther weiß, wovon er spricht: Es ist Verzweiflung, Gottverlassenheit und ein Auflehnen gegen den

Jenseitstrost, er will die Welt nicht, will nicht sich selbst verneinen, er will, so wie er ist, als Mensch und als Poet in der Wirklichkeit wirklich leben, doch wird er – ich versetze mich in seine Seele – daran gehindert, der Gesellige wird zum Ausgestoßenen, die Ordnung dieser Welt mißt ihn nicht nach seinem neuen Maß, sondern nach ihrem alten, er ist der nicht zu Messende und der Maßlose, der sich nun mit Bedacht selbst zum Narren macht, er hält die Narrenmaske vors Gesicht, um so zum einen der Welt den Spiegel vorzuhalten, zum anderen jedoch, seine Traurigkeit dahinter zu verbergen.

Die Welt ist jetzo voller Narren,
Und darum bin ich einer mit,
Und der hat wohl den größten Sparren,
Der aus gemeinem Gleise tritt;
Indessen wird der Schluß nicht trügen,
Daß mancher auch kann wacker lügen.
Man lügt bisweilen nach der Mode,
Und nach der Mode lüg auch ich;
Ein jeder schwimmt im Narrensode,
Ihr Narren, was verdenkt ihr mich?
Ihr Narren lügt, so will ich lügen,
Bis daß wir alle Kappen kriegen . . .

Wenn er, so denk ich mir, den Narren in Leipzig freiwillig und gratis spielte, weshalb sollte er ihn hier in Dresden nicht, gut bezahlt, wieder spielen können? Wie sagt Horaz? Süß ist's, zur rechten Zeit den Narr zu spielen. Sehr wohl! Ein Narr ist einer, der an nichts mehr glaubt, einer, der aus Bitterkeit seine Späße fabriziert, einer, der auf nichts mehr hofft, ein Enttäuschter – ergo, ist daraus zu folgern, darf ihm neben der Pritschmeister-Stelle nichts bleiben. Keine weitre Möglichkeit, kein Traum von einem Leben außerhalb des Hofes, keine Hoffnung auf Fleurette und keine auf die Leonoren, weder auf die in Schlesien noch auf die in Leipzig, denn zwei Mädchen, welche auf ihn warten, sind précise zwei zuviel. Zumal die Leipziger Bekanntschaft noch ganz frisch, wie ein Gedicht beweist, das noch keine vierzehn Tage alt und welches heißt: Als er ohngefähr auf dem Kirchhof mit seiner Leonore zusammenkam. Ein verheißungsvoll galanter Titel und inwendig ein atemberaubend kühner Wurf, denn Günther gibt der Fleischesliebe auf dem Gottesacker eine Heimstatt. Es fängt ganz harmlos an, man hört vorerst den Günther klagen, daß sich Baum und Vieh nach Wunsch und Lust vermählten, der arme Mensch jedoch aus Furcht und Aberglauben ein blöder Sklave sei.

Es sind, du weißt es wohl, fast mehr als sieben Wochen,
Seitdem wir uns bereits nicht mehr vertraut gesprochen,
Seitdem mein dürrer Mund den reinen Kuß entbehrt
Und Sehnsucht und Verdruß mein trocknes Mark verzehrt.
Wir sind in einer Stadt, ja gar in einer Mauren,
Jedoch weil Haß und Neid auf unsern Umgang lauren,
So sind wir halb entfernt. Dies ist ein härtrer Stand,
Als wär sie in Stockholm und ich in Morgenland ...

Doch da überrascht ihn hinterrücks die buhlerische Schöne und flüstert süß wie ein gefallner Engel:

Der Kirchhof nimmt uns ein und stillt mein heiß Verlangen,
Dich, eh du reisen sollst, noch einmal zu umfangen.
Wie hab ich mich gesehnt, wie hab ich nicht so oft
Bei Nebel und bei Nacht auf diese Lust gehofft!

Schließlich legt die Schöne ihr Haupt in seinen Schoß, ein angeblicher Zephir-Wind entblößt den halben Busen, und Günther schraubt, wie er es nennt, mit sanften Fingern des Busens Rosenknopf ... Das ist nun allerdings gewagt, insonderheit in Leipzig mit seiner strengen Geistlichkeit. In Dresden hier ist so etwas nicht mehr als ein Kavaliersdelikt, worüber Löscher sich vielleicht ereifert, der Hof dagegen wohlwollend schmunzelt, er könnte sich sogar bei einigen der hohen und der höchsten Herren, die das Extravagante lieben und zu denen ich durchaus Seine K. M. zählen möchte, mit solchen Versen erhebliche Meriten erwerben, wogegen ich nichts einzuwenden habe, doch finde ich, er überschreitet damit schamlos die der galanten Poesie gezogenen Grenzen! Denn es muß sehr wohl fein säuberlich geschieden sein, was realiter in der Welt und was davon in die Dichtung fließt! Das Leben ist, so wie es ist, die Poesie hingegen soll dies Jammertal versüßen! So war es und so soll es bleiben, alles andere betrachte ich als Unart, die die galante Poesie befleckt. Er aber scheint dies nicht zu scheuen und spricht auf der geweihten Friedhofserde solchermaßen:

Betrachte dieses Feld, den Schauplatz kalter Leichen,
Hier triumphiert der Tod, hier stehn die Siegeszeichen
der starken Eitelkeit, hier siehst du, liebes Kind,
Was Hoheit, Witz und Pracht und was wir Menschen sind.
Den Pöbel schreckt der Ort mit Knochen, Furcht und Särgen,
Uns aber muß er jetzt mit Lust und Trost verbergen;
Ja, was noch größer scheint, so muß ein jeder Stein
Und dessen grünes Moos uns statt der Warnung sein:
Ihr Menschen, fangt die Zeit, bedient euch eurer Jahre
Und nehmt den Frühling mit! So weckt uns selbst die Bahre,
Die andre traurig macht, so führt sie uns zur Lust ...

Diese Verquickung von Liebesgeflüster und Todesnähe finde ich ganz schauerlich, impertinent und paradox: der Tod als etwas, was das Leben steigert! Es ist, als sei dem Günther der Sensenmann bei seiner Krankheit so vertraut geworden, daß der ihn künftig nicht mehr schrecken kann. Er meidet dessen Umgang nicht, wie es die meisten Menschen tun, indem sie krampfhaft nicht an ihn zu denken suchen, er bezieht ihn in sein Leben ein und scheint mit ihm ganz inniglich zu leben. Damit läßt er das Übliche weit hinter sich, so unter anderem den Glauben an den himmlischen Fortbestand nach dem irdischen Vergehen. Er überwindet die lähmende Furcht vor seinem zukünftigen Tod, indem er ihn vergegenwärtigt, und er wagt mit dieser neugewonnenen innren Freiheit das Äußerste, geht bis zum Rand der Möglichkeiten und fürchtet sich nicht vorm Eklat. Ich beneide seine großen Würfe mit der leichten Hand, und mich gruselt es zugleich, wenn er beschreibt, „wie sich die beiden zwischen Gräberkreuzen mit Küssen und Verlangen und dem Zeugnis gleicher Gunst scharf und gierig an Armen, Brust und Mund empfangen, mich gruselt vor der Abgeklärtheit seines Denkens. Er geht zu weit, und er soll mir ja nicht damit kommen, daß die Wirklichkeit zu weit gegangen sei: Ich glaub ihm unbesehen, daß es so gewesen ist und nicht ausgedacht, um das Gedicht extrem zu steigern und einen kitzligen Effekt damit zu haschen, doch, wie gesagt, das eine ist die Wirklichkeit, das andere die Kunst!

Ich hätte mich als derart junger Mensch niemals unterstanden, solch reale Vorkommnisse in ein Gedicht zu bringen, und ich habe Dinge auf der Welt gesehen, deren Gegensätzlichkeit sich durchaus zum Kunstmittel geeignet hätte, zum Kunstmittel des steigernden Kontrastes. So eine Hinrichtung in Paris, ein Karneval der Ausschweifung: Der angeregte Pöbel vergriff sich in aller Offenheit an den Frauen auf der Straße, brach johlend in die Freudenhäuser ein, hurte, soff auf seine simple Weise, doch bezeugte die Vollstreckung dieser Todesstrafe nicht nur die vorhandene Ausartung der bereits verdorbenen Menschen, sondern auch die der besseren Gesellschaft, denn es gehörte zum bon ton, daß man sich für enorme Preise einen Fensterplatz erkaufte, der eine freie Sicht auf die Marterstätte bot, man stellte Betten vor die Fenster, schaffte Wein heran und Speisen und erschien vor der Hinrichtung in ebenso üppigen wie freizügigen Kostümen in diesen gemieteten Séparées, wo man bei offenem Fenster eine durch das Todesschauspiel raffiniert kontrapunktierte Fete érotique mit Avant, Pendant et Après beging, bei der die anwesenden Damen und Herren ihre abgeschlafften Sinne durch den Anblick der Leiden des Opfers derart spannten, daß sie, als unten auf dem Platz der Kopf blutspritzend rollte, mit hörbarem Stöhnen und Seufzen das Gipfelglück der Lust genossen. Auch eine Steigerung durch den Kontrast, wenn man so will, doch ist mir niemals eingefallen, aus diesem Vorgang ein Gedicht zu fertigen, wiewohl der geschilderte Gegensatz von Lust und Tod mit Sicherheit effektvoll ausgefallen wäre. Nun gut, auf jeden Fall zeigt alles dies, in welch verwirrter und bedrängter Lage Günther sich befindet: einerseits die Abkehr von der bösen Welt, andererseits die Suche nach dem Guten, par exemple eines Partners, der seine offenbare Einsamkeit durchbricht und ihn wieder in die Weltenordnung fügt.

Als letztes vermeldete der Bericht aus Leipzig, daß ... Obenbenannter sich einige Male öffentlich despektierlich über hiesige löbliche Alma mater sowie über einige daselbst wissenschaftliche Exercitien erteilende Herren Professores geäußert ... Ich weiß, worauf sich das bezieht, und ich erinnere mich an eine Stelle aus dem Entlarvten Crispinus, die ich für mein Teil ganz köstlich finde:

Wer wacker schwatzen kann, Registerschreiber braucht,
Mit Namen um sich wirft, davon die Ohren gellen,
Den unverschämten Kiel in Gall und Lügen taucht,
Zehn alte Schinken liest, den elften herzustellen,
Wer, sag ich, etwan kaum ein Dutzend Drucker kennt
Und herzuschnattern weiß, was Brown und Hobbes glaubte,
Welch Weib des Isaaks Braut am Hochzeitsabend haubte,
Wieviel Gelehrte sein, die man Johannes nennt,
Der heißt galant gelehrt; ich rede mit der Mode ...

Ist das nicht ein herzallerliebst und haargenau gemaltes Bild der bürgerlichen Herren Hochgelehrt? Ich weiß, hier widersprech ich mir und dem Prinzip, die Kunst nicht mit der Wirklichkeit zu mengen. Aber stimmt es nicht, was er von den Herren Quacksalbern schreibt, die sich so gern als Meister über Tod und Leben sehen?

Und obgleich manches Pferd den Sattel kaum verdient,
Das Unkraut wie der Weiz, ja, oft noch fetter grünt,
Der Esel Gold und Samt, die Schweine Perlen tragen
Und Pfuscher insgemein auch Ehr und Ruhm erjagen,
Ja, obgleich Cunz und Marx, die wohl nicht mehr verstehn
Als etwan, wieviel Gran auf einen Skrupel gehn,
Ein einziges Rezept für jede Krankheit geben
Und doch das große D aus Weiberschürzen heben ...
Man schindet Baum und Tier, man prägelt, brennt und röstet
Fett, Erz und Mumien. Man zweifelt, wagt und tröstet,
Bis daß die Seel entfährt. Man schröpft, purgiert, verschreibt,
Man fragt die Bücher aus, befördert, stillt und treibt
Schweiß, Monat und Urin und hilft, mit einem Worte,
Der mühsamen Natur fast nie am rechten Orte ...

O wie gut, so dachte ich bei mir, daß die Spitzel dort in Leipzig von sächsischer Gemütlichkeit und in dem Gedichte Stellen übersahen, die, wenn auch im Gewand der mythologischen Satire, ungeschminkt politisch sind, so, wenn er die Barbarei darüber jammern läßt, daß die Faust der Wissenschaft ihre Bahn durchlöchert und die Länder sich aus ihren finstern Ketten wickeln, so, wenn die Arglist klagt, daß die Verfolgung nur die träumende Vernunft verstärke und der Weisen Menge mehre, so, wenn der Günther sagt, daß der Geist, der die Weisheit liebt, wenn auch das Fleisch verzagt, ein Eden in der Brust, sein Glück im Willen tragen wird . . .

> Bedächte dies das Volk, so noch im Finstern irrt,
> Wie ernstlich würd es sich aus dem Verderben reißen;
> So aber läuft es blind, wenn Geiz und Hochmut kirrt
> Und Hände geiler Lust der Regung Körner schmeißen.
> Es zählt nicht, was es hat, es wünscht nur, was ihm fehlt,
> Verschiebt die Besserung von einer Zeit zur andern,
> Läßt die Gelegenheit mitsamt der Sterne wandern,
> Sieht nur, was heut ergötzt, und nicht, was morgen quält,
> Es träumt, solang es lebt, und muß mit wenig Jahren
> Und mit dem lieben Vieh in eine Grube fahren . . .

Ein Klopfen an der Tür riß mich aus dem gefährlichen, doch gottlob bislang unentschlüsselten Pamphlet-Gedicht: Er und das Volk, das könnte was ergeben . . . Die Müllerin war's, ein Omen?, eingedenk der Worte: . . . die armen Denker werden's sein . . .? Sie reichte einen Brief herein, auf dem ich Graf Wakkerbarths Siegel sah und in dem zu lesen stand, daß die Vorstellung der Kandidaten für das Pritschmeister-Amt am Montag um elf Uhr im Audienzgemach Ihro K. M. stattfinde.

Mon Dieu, am Montag schon! Ich schickte die Müllerin sofort zu Monsieur Hinterstocker mit dem Bescheid, er solle heute noch die Anprobe für Monsieur Günther vorbereiten und morgen den kompletten Rock in mein Domizilium tragen lassen. Inzwischen schrieb ich eine Nachricht für den Günther, beinhaltend in aller Kürze dies: Heute Hinterstocker Anprobe Rock, morgen achtzehn Uhr Treff bei mir, Montag elf Uhr Audienz bei K. M. Als die Müllerin von Hinterstocker wiederkehrte, gab ich ihr die Notiz für Günther sowie einen blumenreichen Brief an Madame von Spiegel (in welchem ich die hohe Dame bat, ihr morgen abend meine Reverenz erweisen zu dürfen und ihr zugleich einen jungen, hoffnungsvollen Dichter vorzustellen) und wies sie an, diese augenblicklich zu besorgen. Es war eine Stunde der Geschäftigkeit, die mir, obgleich sie mich ermüdete, Genugtuung verschaffte, indem sie mir bewies, daß ich durchaus noch alle Fäden in den Händen hielt.

Voyons, zum guten Schluß das Hof-Journal: Frühmorgens waren K. M. spazierengefahren. Nachmittags war Damen-Rennen-Probe in dem Großen Garten.

19. Augustus, Sebaldus

Zum neuen Rock, der pünktlich angeliefert worden war, lieh ich dem Günther Strümpfe sowie eine Allongeperücke nach der allerletzten Art, die mir Monsieur Fromholdt, da derzeit Apollons Lockenkopf in der Mode zähle, kürzlich aufgeschwatzt, die ich jedoch nicht trage, da die kastenförmige Perücke nach dem Zuschnitt Jupiters meinem Rang und Alter, wie ich finde, angemessener ist. Und obgleich der Rock vortrefflich paßte, die perlfarbenen Strümpfe mit dem flohfarbenen Rock und der elfenbeinern schimmernden Perücke bestens harmonierten, wirkte Günther darin fremd, steif und unbeholfen, wie hineingeborgt, ja, fast ein wenig dümmlich sah er aus, plump, unsicher und ungelenk, um nicht zu sagen: wie ein furchtgelähmter, grauer Floh zwischen Daumennägeln, kurz vor dem Zerdrücken. Er zog ein nicht sehr glückliches Gesicht, trauerte vermutlich seinem abenteuerlichen Habit nach, womit er hierorts angekommen und welches er in seiner nachgerade überheblichen Nichtachtung der Mode gewiß praktisch, zweckmäßig und ungezwungen fand. Und weil er mich, als er so wie ein tumber Ochs vorm neuen Tore stand, ein wenig dauerte, pries ich den neuen Aufzug mit beredter Zunge nicht nur als elegant, kleidsam und äußerst vorteilhaft, sondern auch als notwendig, als unabdingbar lebenswichtig im Hinblick auf sein alsbaldiges Bewährungsfeld, den Hof.

Auf dem Wege zum Salon der Frau von Spiegel kam mir die Idee, mit ihm die jüdische Kassandra zu besuchen, daß diese ihm wie mir die Zukunft weissagen möge. Günther war, obgleich er, wie er sagte, solch abergläubischer Orakelei nicht glaube, spaßes- und interessenhalber bereit, die okkulte Prophetie über sich ergehen zu lassen.

In der Wilschen Gasse, zwischen Schuhmacher Schmalz und Lederhändler Freyer, hauste die Dresdener Pythia in einem unterirdischen Gewölbe, worin ehemals Felle lagerten, weshalb es auch bei ihr, wie ich mich erinnerte, bestialisch stank.

Auf unser Klopfen öffnete sich die Orkus-Tür knarrend wie von Geisterhand, indes die alte Hexe, in einem gewaltigen Sessel sitzend, uns mit bohrendem Blick fixierte. Mich verblüffte der selbsttätige Türmechanismus wie schon beim erstenmal, Günther aber zeigte wenig ehrfurchtsvoll auf eine Schnur, die von der Tür zum Sessel führte, womit das Geheimnis länger keines war. Hinter der Alten auf einem Bord blakte ein siebenarmiger Leuchter, so daß ihr Angesicht im Dunkel blieb, was aber, wie ich wußte, durchaus von Vorteil war, da es alles andre als des Ansehens wert. Im Halbdunkel der feuchten Wände Davidsschilder, vor ihr auf dem schwarzbespannten Tisch die Thora-Rolle mit dem Pentateuch, Amulette, ein magisches Zahlenquadrat mit der Quersumme 15 senkrecht, waagerecht und auch diagonal: Kamea des Bleis genannt, magische Buchstabenquadrate und hebräische Schriftbänder: Senoi, San'senoi und Samangeloph drinnen, Lilith draußen – wobei meines Wissens die ersten drei Schutzengel sind und Lilith Adams Weib vom ersten Tag der Schöpfung, der Dämon Lilith, die Nächtliche, die Säuglinge verdirbt. Die Alte öffnete den Mund.

Trocknen Gaumens sagte ich, daß es um die Zukunft dieses jungen Mannes ginge.

Sein Name! Das Jahr seiner Geburt! (hörten wir, und als Günther dies gesagt, begann das kabbalistische Geraune) Kadosch, kadosch, G die Sieben, U die Einundzwanzig, N die Vierzehn, Zwanzig, Acht, Fünf und Achtzehn, also dreiundneunzig, hilni haja hila hiluk, 1695 quer: einundzwanzig, die hinzu, also 1716, dazu die Dreiundneunzig, also 1809. Eins: das A, Acht: das H, kadosch, kadosch, heilig Sephirot, die

Stimme des Wassers im Rauschen der Ströme, die Stimme der Wogen in blauer See, wenn im Lenz der Südwind einher sie wälzt, erschallt die Stimme lobenden Liedes einher vom Throne der Herrlichkeit, ein Schwall von Tönen, ah, ein großes Gebrause, tausendstimmig rauscht es einher, ah, ah! A und H, Sabbathai Zewi, Messias, großer Rabbi, sprich, steh mir bei, A und H, das ist Ahasver, Buttadio, der von Gott Verstoßene, der Wanderer, der ewig, ja, Wandern im Kreis, du sollst warten auf mich, heißt es, bis ich wiederkomme, Ihr werdet wandern, junger Mann, wandern, wandern bis an Euer Ende, ans Ende . . . hilni haja hila hiluk kulja . . .

Und wann, sagt mir, wann wird das sein? (fragte Günther)

Bringt zwei weiße Turteltauben, drei Maß alten Wein, reinen Weihrauch und einen Topf mit klarem Honig, dann wartet drei Monde, denn in der dritten Nacht, wenn alles zu Asche verbrannt, Eingeweide, Weihrauch, Honig, Wein, werden die Engel zu mir sprechen, so steht es im Buche Rasiel.

Bei ihren letzten Worten streckte die Alte eine Hand aus, und da Günther keine Anstalten machte, gab ich ihr einen Zweidritteltaler, einen Coselgulden. Sie schloß darauf die Augen und nahm von uns fürderhin keinerlei Notiz.

Warum (fragte Günther von der Orkus-Tür) wird sie nicht aus der Stadt geschafft wie die andern Juden?

Weil sie (sagte ich) hohe und auch höchste Herren zu ihren Kunden zählt, par exemple Kabinettsminister, die sich von ihr beraten lassen, oder Hofleute, die sich Liebes-Amulette bei ihr kaufen für die Stärkung ihrer Lenden.

Abrakadabra, Hokuspokus! (rief Günther) Ich will fürwahr ein Dummkopf heißen, wenn ich den Wein nicht selber trinke! Ich brauche die Magie der bedauernswerten Alten nicht, um die dunklen Schatten auf meinem Wege selbst zu ahnen. Wenn Mond und Schlaf die Welt erfüllen und wenn die Einsamkeit der Kammer das Dunkle klarer macht, wenn das Tageslicht den Augen keine Schranken setzt, dann sinn ich hin und her und spiele mit Gedanken. Da sehe ich den bösen Lauf der Dinge im Spiegel vorgestellt, da seh ich Narren blühen und kluge Leute schrauben, da seh ich Kriege, Hunger und die Pest, in Ehen Zank, in Freundschaft Unbestand, in Tempeln Hochmut, Sprücheklopferei und Heucheln, in Schulen Finsternis und Wortgezänk, in Themis' Haar ein

Spinnennest. Und das verjagt mir oft den Schlaf aus Auge, Bett und Kammer, bis mich die Träume überkommen. Die Träume, deren Schattenwerk das vor mir Liegende erhellt. Erst neulich streifte mich solch ein nächtliches Gesicht. Ein Jüngling trat in meinen Traum, ein einstmals lebenslustiger und schöner, doch nun erbärmlich anzuschauen. Er floh vor Armut, Haß und Neid aus seinem Vaterland, die Notdurft gab ihm Kraft. Allein, die Krankheit packte ihn und warf ihn auf ein strohgefülltes Armenlager, der Hunger fraß in Fleisch und Bein, die Lügen sogen Mark und Blut, die Laster warfen auf ihn Steine, die Unschuld, welche helfen wollte, wiewohl sie selbst nichts hat, ward vom Aberglauben weggejagt, und das Schicksal sprach: O halte aus, du bist noch nicht genug geschunden! Ganz in der Nähe dieses Trauerspiels seine Vaterstadt, worin die Glocken dröhnend läuten. Auf dem Weg zur Kirche ein Schwarm von Leuten: strenge, saubre Herren, bleiche, stille Frauen, es waren dies die Anverwandten. Er rief, er schrie, er weinte und er bat und reckte seine Arme, doch war nicht einer, der ihn in dem infernalischen Gebimmel hörte, keiner war, der nach ihm sah. So rief er, der sonst dem Himmel nicht vertraute: Ach, Gott, ich trotze deinem Zorn, ich fleh nicht mehr um Gnade, und wenn du mir kein Vater bist, so bitt ich dich als Richter: Zuerst vergiß dein Kind, sodann verstoße mich! Doch als dieser auch nicht hörte, floh der Jüngling weiter seinen Weg. Er konnte nirgends bleiben, steckte alle milden Seelen mit seinem Unglück an, erreichte mit den letzten Kräften die Mauern einer Stadt und legte sich zum Sterben nieder. Bat noch um Nahrung, einen halben Topf nach schlesischem Maß, doch ehe ihn die Gabe erreichte, fuhr der scharfe Strahl vom Himmel nieder. Sein Grabmal war ein wüster Ort, fern der Heimat in der Fremde, und als ich im Traume näher trat, sah ich auf dem Grabstein – meinen Namen und mein Bildnis, eingemeißelt in den kahlen Stein ... Sagt selbst, Monsieur de Besser, ist dieser Traum nicht viel konkreter als das abergläubische Geunke?

Konkreter schon (sagte ich), doch tröstlicher gewißlich nicht. Ich verstehe nicht, wie Ihr Euch jetzt, vor der alles entscheidenden Audienz, solchen Träumen überlassen könnt.

Träume (sagte Günther) werden keinem Zensor vorgelegt.

Seht Euch lieber um (sagte ich und zeigte auf den Zwinger,

an welchem wir justament vorübergingen). Seht die neuen Fontänen, sechzehn an der Zahl, die Orangerie und die erhöhten Sitze, worauf die Gäste zu ihrer Distinktion sitzen sollen und mit aller Bequemlichkeit den Divertissements folgen werden, seht das neue Opernhaus, worin Königliche Majestät den italienischen und französischen Virtuosinnen, die zu den Opern und Komödien allhier angestellt, gnädigen Accueil und besondere Complaisance gewähren werden . . .

Und Königliche Majestät (setzte Günther meine Rede fort) werden die biegsamen Schönen nicht allein wegen ihrer Tanz- und Singkunst würdigen, sondern sich zu Ihro Ergötzlichkeit mit ihnen auch außerhalb des Musentempels apart vergnügen.

So ist es, junger Freund (sagte ich).

Ich weiß, daß es so ist (sagte Günther). Ich weiß auch, wär ich nicht geboren, liefe alles, wie es läuft. Da ich aber existiere, frag ich mich mitunter, was ich mit alledem zu schaffen habe. Mir ist das alles herzlich gleich: Zwinger, König, Oper. Und doch drängt es sich auf, will meine Zeit, mein Leben, meine Kunst. Es will mich wie ein Leviathan umarmen und verschlingen!

Was sollen diese unnützen Gedanken, mon petit ami? (rief ich) Ich versteh Euch wirklich nicht! Heute, maintenant, zählt allein, was Ihr für eine Figur im Salon der Frau von Spiegel macht. Das sollte Euch beschäftigen, denn daran kann Euer Erfolg am Montag hängen!

Und was schlagt Ihr vor, Monsieur? (fragte Günther)

Was wißt Ihr von der Dame? (fragte ich zurück)

Nicht mehr, als daß sie von Geburt eine Türkin ist (sagte er).

Die der kurfürstlich-brandenburgische Generallieutenant von Schöning beim Sturm auf Ofen als Sklavin mitgenommen (informierte ich den Unwissenden). Als Siebenjährige wurde sie getauft, und wenig später schenkte sie von Schöning der Frau von Prebendau. In deren Gefolge sah sie Friedrich August, und bald schon wurde man an ihrer Leibesstellung gewahr, wie die Beziehung Früchte trug. Das Kind, ein Knabe, ist der Graf von Rutowski. Als der König ihrer überdrüssig, verheiratete er sie mit dem Obrist-Lieutenant von Spiegel, und jetzt ist die Dame mittlerweile um die Vierzig, eine füllige orientalische Matrone, die sich nunmehr stärker auf Gelehrsamkeit und Kunst denn auf Wollust und die Triebe kapriziert. Da die abgelegte Maitresse die Gunst ihres königlichen Cicisbeos beibehalten konnte, ist sie, wie nicht schwer zu raten, von großem Einfluß auf Ihro Gnaden und den ganzen Hof.

Und womit, meint Ihr, sollte ich ihr zu Gefallen sein? (fragte Günther)

Conversazione, lieber Freund (sagte ich), Conversazione; der Flirt mit Worten, liebreich und nett, nicht zu gelehrt, nicht zu schlüpfrig, jedoch von allem eine Spur, disputiert nicht: plaudert – Ihr werdet es gleich vorgeführt bekommen.

Ein livrierter Diener öffnete und geleitete uns in den ersten Stock, woselbst die Räume lagen, in denen der Salon abgehalten zu werden pflegte.

Im ersten Raum spielte man das derzeit so beliebte Spiel: Jeu de la main chaude. Man saß im Kreis auf Stühlen, meist junge Frauenzimmer und galante Offiziere, wobei einer der Herren Kavaliere seinen Kopf im Schoße einer Dame bergen mußte und in dieser deliziösen Stellung den Urheber eines ihm erteilten Schlages zu erraten hatte. Riet er ihn nicht oder nannte er den Falschen, gebot die Regel dieses Spiels, daß er vor seiner Schoßdame auf den Knien ein Gedicht aufzusagen hatte. Eben tat dies ein junger Rittmeister mit dem Carmen: Deines Leibes runde Enge / Zeige mir mein Grabmal an, / Daß ich nach beliebter Länge / Wieder auferstehen kann. Darauf barg er erneut den Kopf im Schoß der Schönen, offenbar mit großer Wonne – denn nicht von ungefähr war das Spiel derart en vogue. Wie oft wird da nicht mit Absicht falsch geraten, um noch länger in der trauten Nähe der Venusgrotte, des Muscheltals und Hymens Walstatt zu verweilen! Wir hörten noch den Anfang eines weiteren Strafgedichts: Fruchtbar betaut von duftigen Lebenssäften, / Die übern Rand der Muschel ausgeströmt, / Wuchs um das Grottchen der geteilten Kugeln / Das Graswerk . . ., dann hatte uns der Lakai quer durch den Raum zu einer Tür geführt, hinter welcher die seriöseren Gäste ihre Konversation betrieben.

Frau von Spiegel, die im gemischten Kreis als einzige auf einem hochlehnigen Stuhle saß, erhob sich bei unserem Entree, hieß uns huldreich willkommen und stellte uns sodann die Gesellschaft vor, premièrement die ranghöchste Dame, nämlich Frau Generalfeldmarschallin Gräfin von Flemming, deren Gatte zu ihrem ehelichen Kummer noch immer in Wien befindlich, sodann zwei adelige Jungfern aus dem Hause Ponigkau und Haugwitz, Hof-Rat Allio aus der Scheffelgasse, Frau Hauptmann Wolffin, Kriegskommissar Siegmund, der drei Häuser von mir wohnt, den Stadtrichter, Monsieur Zoyffer, den königlichen Leib-Medikus Doktor Schlegel und den Verleger und Hof-Drucker Johann Conrad Stößel.

Wenn Ihr gestattet, Herr Geheimer Kriegs-Rat (sagte Frau von Spiegel und wies uns mit den Augen Stühle an), und auch Ihr, mein junger Herr Poet, so bitt ich Sie, unsere durch Ihr Erscheinen unterbrochene Konversation wieder aufnehmen zu dürfen. Demoiselle von Ponigkau warf just die höchst pikante Frage auf, wer wohl die Kleidung erfunden haben mag. Worauf Demoiselle von Haugwitz meinte, dies müsse ohne Zweifel ein kleiner, häßlicher und buckliger Zwerg gewesen sein, knochig und mißgestaltet, denn jemand, der gut gewachsen ist, denkt kaum daran, sich in Kleidern zu verstekken.

Ja, man könnte füglich fragen (Hof-Rat Allio, ein intriganter und galanter Mann mit spindeldürren Spinnenbeinen, nahm den Faden wieder auf), warum die Menschen wohl dazu gekommen sind, den Akt der Liebe, une action si naturelle, si nécessaire et si générale et si douce, wie ein Franzose sagt, vor den Blicken anderer zu verbergen?

Das Schamgefühl, mein Herr (sagte die Frau Generalfeldmarschallin, eine Stütze Löschers hier in Dresden).

Scham? (rief Jungfer Haugwitz, die diesen Titel sicherlich schon lang verloren) Scham – wovor?

Haben die Herrschaften (fragte Doktor Schlegel, ein vornehmer und leiser Herr, doch von ungeheurem Einfluß auf den König) schon einmal einen Hund beobachtet, der sich einen Knochen stiehlt? Er zieht sich damit zurück in einen dunklen Winkel, woselbst er diesen mit Genuß verspeist.

So wär's allein der Futterneid der Männer? (fragte die Wolffin, die junge, attraktive Frau eines pensionierten alten Haudegens aus dem Schwedenkrieg, welcher Krieg und Liebe nur rückschauend noch betreiben mochte)

Allein wohl nicht (sagte Frau von Spiegel). In der Liebe ist es nur der Anfang, der charmant ist. Und ebendeshalb macht es solchen Spaß, immer etwas Neues zu beginnen.

Ganz recht, Madame (pflichtete ich ihr bei). Variatio delectat. Abwechslung erfreut.

Und die Treue? (fragte Frau von Flemming)

Die Treue (sagte die kokette Mademoiselle von Ponigkau) verdummt die Frauen nur.

Ja, man könnte füglich sagen (meinte Hof-Rat Allio), die Frau, die allen gleichermaßen offenherzig ist, wird keinem ungetreu, weil sie allen angehört.

Man sollte bei statthabender ehelicher Langeweile (sagte Kriegskommissar Siegmund, der bezeichnenderweise nie geheiratet hatte) zur Ehegattin solchermaßen sprechen: Der Zweck der Ehe besteht darin, einander glücklich zu machen, da wir es nicht sind, ist es unnütz, sich auf die Beständigkeit zu versteifen ...

So sich nichts anderes mehr versteifen will ... (warf die Wolffin ein und erntete damit Gelächter).

Die ehelichen Ketten (rief Fräulein von Haugwitz kämpferisch) haben alle Unfreiheit und Übel über die Liebe gebracht!

Ja, man dürfte füglich fragen (Hof-Rat Allio meldete sich zu Wort): Wenn uns Moral und Tugend nicht glücklich machen – wozu, zum Teufel, sind sie dann da?

Ohne Tugend (sagte Frau von Flemming) geht die Welt zugrund.

Da möchte ich Frau Gräfin ergebenst beipflichten (sagte Stadtrichter Zoyffer, ein kreuzserviler Mann nach oben und unbarmherzig hart gegen jedermann von der Rotüre). Obgleich, halten zu Gnaden, die freie Lebensart mitunter Verbrechen auch verhindern kann, ich spreche aus Erfahrung. Kürzlich hörten wir von einem solchen Fall. Ein unverhofft heimkehrender Gatte sah, wie seine Frau einem Kavalier gerade die letzte süße Gunst gewährte, doch dieser gutsituierte Ehemann zog nicht etwa seinen Degen und stach den Nebenbuhler blutig ab in seinem Bette, nein, er sprach mit Contenance zu seiner nackten Frau: Sie sind sehr unvorsichtig, meine Liebe, wenn nun ein anderer als ich dazugekommen wäre? Sagte es und schloß ganz sacht die Tür, worauf Madame ihren erschreckten und wohl abgekühlten Liebhaber ermunterte, das Werk der Liebe hurtig zu vollenden.

Pfui, wie entzückend! (rief die kleine Ponigkau)

Ein Skandal (sagte die Frau Gräfin tonlos).

Madame, verzeiht, wieso? (fragte Frau von Spiegel, die einzige in der Runde, die sich erlauben durfte, Flemmings Frau zu widersprechen) Sind Ekel und Langeweile nicht ganz unausbleiblich in der Ehe? Wie sollte aber etwas ein Skandal sein, wozu man durch den Ehekontrakt geradezu gezwungen ist?

So ging der Streit noch eine ganze Weile, doch ich bemerkte mit Entsetzen, daß sich Günther nicht daran beteiligte, nicht etwa, weil er sich nicht traute, sondern weil ihn das Thema sichtlich überhaupt nicht interessierte, sichtlich: das war daran das Schlimme, also sah dies nicht nur ich. Dabei drehte ihm die kleine Ponigkau die ganze Zeit verliebte Augen, und es wäre leicht für ihn gewesen, auf ihre offensichtlichen Offerten einzugehen. Doch Günther schien oder wollte dies nicht bemerken, wie er auch nicht spürte, daß er, wenn er länger schwieg, die Runde arg brüskierte. Daran änderte auch der Umstand nichts, daß noch ein Herr das Gespräch boykottierte, nämlich Stößel, der Verleger.

Aus dem Nebenraum klangen Kichern und Absatzklappern, die Tür flog auf, und einer der betreßten Kavaliere stellte sich in Positur und deklamierte das Gedicht: Als sich Adalie eine falsche Brust gemacht. Daß deine Bietzgen itzt so groß und pausischt sein, / Will mir, Adalia, gar nicht in den Kopf hinein. / Drum laß mich nur bei dir ein wenig visitieren. / Du sollst, ich wette, bald den hohen Berg verlieren. / Ich weiß, ich ziehe dir zwölf Stücken Lappen raus, / Dann sehn sie wie ein Beet mit Jüden-Kirschen aus.

Sind sie nicht süß, die jungen Leute? (rief Frau von Spiegel, hell entzückt) Laßt uns, meine liebreichen Freundinnen und Freunde, nun ein kleinen Imbiß nehmen!

Hierauf entfernte der Lakai von einer Nische einen Vorhang und gab damit den Blick auf diverse Gaumenfreuden frei, auf welche sich die jungen Leute sofort stürzten, indes wir, die seriöseren Jahrgänge, unseren Appetit etwas verhaltener befriedigten. Frau von Flemming zeigte mir, indes wir aßen, ein Carmen über die jüngsthin vollzogene Vermählung eines Kammermohren mit einer Mohrin und wollte dazu meine Meinung hören. Ich las es durch, sah unten den Autornamen mit Joh. U. König angegeben und sagte der Frau Generalfeldmarschallin, es sei durchaus galant im Stil und mithin ganz vortrefflich, doch sei es, da das Eigene fast gänzlich fehle, mit Verlaub, nur Dutzendware. Die Gräfin aber wollte offenbar Kritik nicht hören, also modifizierte ich mein allzu schnelles Urteil mit salbungsvollen Worten, worauf die hohe Dame sich befriedigt zeigte und mir huldreich dankte. Ich aber dachte mir: Aha, noch einer, der hier in Dresden seine Fäden spinnt, ich werde auf ihn achten müssen!

Ich plauderte mit diesem und mit jenem und verlor dabei meinen Schützling Günther aus dem Auge. Als ich ihn jedoch nach einer Weile nirgendwo entdeckte, ging ich ihn suchen – und fand ihn abseits der Gesellschaft, in einem Antichambre, in angeregtem Gespräch mit Stößel. Dabei saugte er ganz ungeniert an seiner Pfeife und stieß solch gewaltige Schwaden blauen Dunstes in die Luft, daß mir Unheil schwante, war doch allgemein bekannt, daß Frau von Spiegel eine heftige Gegnerin des Krautes war, weil, wie sie in ihrem Salon verkündet hatte, ihr Gatte ebenfalls diesem Laster frönte und beständig aus dem Maule stank wie eine Kuh aus ihrem, sit venia verbo, Arsch. Günther aber schien dies nicht zu wissen, und hätte er's gewußt, hätte er es nicht beachtet, denn er hielt gerade enthusiastisch eine Rede über sein Idealbild des Verlegers.

Er ist kein kommerzieller Krämer (hörte ich ihn schwärmen), er ist ein Mittler von Gedanken! Und der Gedanke hat den Anspruch auf das Recht, statt dem Recht und seinem willkürlichen Gebrauch untertan zu sein. Durch das Recht geschützt, nicht verfolgt, Recht nach dem Grundsatz: Egalität der Mittel, was heißt: Auf Gedanken dürfen nur Gedanken folgen. Ein Verleger sollte Bücher lieben, närrisch lieben: Dies das Wichtigste, sonst hat er sein Amt verfehlt und sollte lieber Mehl verkaufen oder toten Fisch! Denn das Buch ist eine ganz besondre Ware: verletzlich, kostbar, edel. Bücher sind die wohlfeilsten Freudenspender hier auf Erden, doch sie fordern eins: Sie wollen mit ebensoviel Überlegen gelesen sein, wie sie geschrieben worden sind. Der Verleger ist die Hebamme des Gedankens, er bringt ihn ans Licht der Welt, er nabelt ihn vom Autor ab und sieht darauf, daß der dabei möglichst überlebt. Ja, der beste Verleger regt gar Gedanken an, animiert zu neuen Werken, gibt diese in Auftrag und fördert sie mit Rat und Tat. Er ängstigt seinen Autor nicht, sondern er ermutigt ihn: Denn wenn man ständig überlegen muß, wie man etwas sagt, vergißt man leicht, was man sagen wollte. Und der Verleger sollte sich dem Autor nicht allein deshalb überlegen fühlen, weil er besser kalkulieren kann, ich meine auch – politisch kalkulieren! Der Verleger ist ein Freund, der das geistige Produkt des Autors auf Ehrenwort verwaltet, vervielfältigt und unter die Leute bringt und damit sich und den Autor, diesen möglichst nicht zu kärglich, nährt ...

Herr Günther, haltet ein! (rief Stößel lachend) Was Ihr da sagt, versteh ich gut, das könnt Ihr im Vertrauen glauben, doch kennt Ihr die Zwänge nicht, unter denen unsereiner steht! Es sind erstens kommerzielle, denn schließlich haben wir das finanzielle Risiko, und zweitens sind's gesetzliche, denn schließlich haben wir die Obrigkeit, und die hat die Aufsicht über das Bücherwesen. Auf dem Reichstag zu Speyer wurde beschlossen, daß keiner etwas zu drucken Macht haben solle, was nicht zuvor von seiner Obrigkeit ersehen und also zu drucken ihm erlaubet wäre. Nach den geschärften Zensur-Verordnungen von 1702 und 1717 ist es unsereinem bei Gefängnis-Strafe streng verboten, sogenannte famöse Schriften abzudrucken, etwas gegen des Kurhauses Recht und Interesse zu verlauten, auf Krankheiten hinzuweisen, selbst wenn sich der Staatskörper im Fieberkrampfe windet, Kontroversen zu entfachen, fremde, vor allem befreundete Mächte zu diskreditieren, unanständige und wider die christlichen Gebote sowie Zucht und Sitte verstoßende Expressiones abzudrucken, hohe Personen durch Kritik zu beschädigen, et cetera, et cetera. Die Liste ist sehr lang und wird von Jahr zu Jahr noch länger. Deshalb ist es angeraten, unverfängliche Büchlein zu drucken wie zum Beispiel dieses hier: Das beliebte und gelobte Kräutlein Toback, oder Allerhand auserlesene historische Merkwürdigkeiten vom Ursprung, Beschaffenheit, Wirkung, sonderbaren Nutzen, Gebrauch und Mißbrauch des Tobacks, aus berühmter Männer Schriften gesammelt und allen seinen Liebhabern zur ergötzenden Vergnügung und Zeitvertreib mitgeteilet von J. G. H. ..., welches harmlose Kompendium ich Euch, mein lieber Freund, hiermit schenke, da Ihr dem Kräutlein, wie ich sehe, ebenfalls verfallen seid.

Vielen Dank, danke (sagte Günther und nahm das Buch entgegen). Doch sagt mir, wie die Zeiten weiterliefen, wenn alle Herren Verleger auf der Welt nur solche Bücher druckten und die Schriften des Thomasius, von Wolff, Leibniz, Pufendorf und so weiter nicht erscheinen würden?

Stößel lachte wieder, und es war das Lachen eines Mannes, der mehr weiß, als er sagt, und der sein Herz nicht auf der Zunge trägt. Er würde, ich war sicher, Günther eine wohldurchdachte und fein ausgewogene Antwort geben, so daß ich mich entfernen konnte, um in der Gesellschaft festzustellen, wie groß der Schaden bereits war, den Günther angerichtet. Vor dem Entree tupfte ich etwas Parfüm auf meinen Rock, weil sich in den der Tabaksmief schon einlogiert, öffnete die Tür geschwind und schloß sie auf ebensolche Weise, um die dicken Nebelschwaden vom Salon fernzuhalten. Frau von Spiegel sah mich kommen und nahm mich bei dem Arm.

Liebster Monsieur Besser (sagte sie mit Schmollmund und drohte mit dem Finger). Was ist das für ein stummer Fisch, den Ihr mir als Poeten angekündigt?

Er ist (so sagte ich) erst kurz hier in der Residenz und noch vom Glanz geblendet. Sprachlos, ihr versteht? Seht es ihm nach, Madame!

Hof-Rat Allio stand ganz in unsrer Nähe und kam herbei, als ich dieses sagte.

Pardon, Herr Kriegs-Rat (sprach er zu mir, sah jedoch auf Frau von Spiegel). Früher war Euer kleiner Protegé nicht so stumm, man könnte füglich sagen, er fühlt sich allhier nicht so wohl als wie unter seinen Zechkumpanen. Er war auch hier in Dresden schon munterer, im Grünen Baum, da hat er gar die Laute zu seinen frechen Liedern hören lassen.

Ihr erlaubt, Madame? (Doktor Schlegel war zu uns herangetreten, verbeugte sich galant vor Frau von Spiegel und sagte seine Meinung freiheraus; er als Leib-Intimus des Königs konnte sich's erlauben) Ich finde diesen Günther sehr sympathisch, gerade weil er, Herr Hof-Rat, schweigen kann. Ich finde, man sollte ihm allein schon deshalb eine Chance geben, weil er von meiner ehrenwerten Zunft, wobei ich nur bedauere, daß er sich partout aufs Gedichteschreiben legen will und nicht auf die Medizin, denn die Heilkunst bietet viel mehr Sicherheit als die Dichtkunst, da die Menschen zum Leben und zum Sterben kaum einen Poeten, doch ganz sicher einen Doktor brauchen.

Die Sache Günthers stand trotz der giftigen Bemerkungen des Hof-Rats also noch nicht so schlecht, wie ich befürchtet hatte, doch war es ratsam, ihn zum Gehen zu bewegen, bevor der Schaden größer wurde, bevor der Günther, par exemple, mit einem der Uniformierten in Streit geriet. Denn dies lag ziemlich nahe, da die Herren Offiziere alle jungen Leute ohne Uniform gemeinhin schwächlich und alle Leute niederen Ranges minderwertig finden und der Günther als Vorbeding für den Beruf des Offiziers die anspruchslose Schlichtheit des Verstandes nannte, da dem militärischen Stumpf- und Wahnsinn nichts gefährlicher sei als das Denken. Noch aber war er ins Gespräch vertieft mit Stößel, und es gelang mir, dieses sehr diskret zu beenden, indem ich den Verleger auf die Speisen hinwies und er den Wink verstand. Günther aber überzeugte ich, daß es Zeit zu gehen sei.

Ihr habt Euch, lieber Günther (sagte ich ihm unwirsch unten auf der Gasse), nicht sehr klug betragen.

Herr von Besser (sagte dieser), haltet mich bitte nicht für undankbar, ich bitte Euch von Herzen. Ich will gerne tun, was Ihr empfehlt, um als Poet bei Hof mein Brot zu finden.

Ihr hättet Euch (sagte ich mit deutlichem Vorwurf in der Stimme) an der Konversation beteiligen sollen!

Ich fürchtete (sagte Günther), daß, wenn ich den Mund aufmache, mir etwas entschlüpft, was dem Inhalt und dem Ton der Unterhaltung wenig dienlich ist. Ich schwieg, um niemanden zu inkommodieren.

Da habt Ihr recht getan, mein Lieber (sagte ich), doch wird von Euch bei Hof nicht höfliches Schweigen erwartet, sondern elegante Unterhaltung, Witz, Charme und kurzweilige Späße. Ihr hättet heute abend getrost eine Probe davon geben können, denn am Montag um elf Uhr im Schloß, da müßt Ihr es – auf Gedeih und Verderb.

Ich weiß, Monsieur (sagte Günther), und ich will es, glaubt mir das! Ich will tun, was notwendig ist, doch will ich mich nicht selbst anpreisen. Der Kaufmann macht durch allzu großes Rühmen, wie Horaz sagt, die Ware, die ihm feil ist, nur verdächtig.

Ihr dürft nicht soviel Skrupel haben (sagte ich), die anderen sind da nicht so zimperlich. Denkt an Euren Konkurrenten Poisson, der wird alles daransetzen, Euch vor dem König auszustechen. Denkt auch daran, daß Ihr hier in Dresden schon Feinde habt, so, par exemple, den Hof-Rat Allio, der Euch herabsetzt, wo er kann. Leute seines Schlages, zu kurz gekommene Kläffer, und davon gibt es jede Menge, könnt Ihr nur mit dem Erfolg in die Schranken weisen, den Erfolglosen bespucken sie, den Erfolgreichen beten sie an. Erfolg um jeden Preis, das ist Eure Pflicht, oder Untergang: dazu seid Ihr verdammt. So scharf müßt Ihr die Dinge sehen!

Wir gingen durch die Gasse beim Stalle, links lag das Löwenhaus im Dunkel, vor uns der Reitplatz, der Redouten-Saal, der Zwinger und der Nordflügel des Schlosses mit dem Georgentor.

Dort (sagte ich, blieb stehen und zeigte auf das Tor) meldet Euch am Montag eine halbe Stunde vor elf Uhr beim Hauptmann der Schloßwache, sagt, wer Ihr seid und daß Königliche Majestät Euch erwarten. Eine Wache wird Euch sodann geleiten, ich werde Euch im Riesen-Saal erwarten, précise an der Tür zum ersten Antichambre, wir gehen dann zusammen durch die Ante Camera und das Tafelzimmer zum Audienzgemach Seiner Majestät. Vergeßt nicht, was ich Euch gesagt zur Art der Anrede, zur Lautstärke Eures Sprechens, zur Haltung vor dem König! Und erscheint in makelloser Kleidung, ich bitte Euch darum, in Eurem und in meinem Interesse!

Ich sah bei Günther keinen Widerspruch, er schien bereit, alles zu beherzigen. Ich wiederholte noch einmal, was gefordert werden würde: ein Madrigal, ein Sinngedicht und ein Gedicht zum Lobe Seiner Majestät. Günther nickte, und ich spürte die Gewißheit, ihn auf alles vorbereitet und alles getan zu haben, was in meinen Kräften stand. So schieden wir mit einem festen Händedruck, es lag fast etwas Freundschaftliches darin, ein stummes gegenseitiges Verstehen . . .

Günther wandte sich dem Elbtor zu, und ich lenkte meine Schritte in die andre Richtung, zur Schloßgasse zu und dem Alten Markt.

Zu Hause fand ich von meinem treuen Grotegut, was am heutigen Tag Wichtiges bei Hof geschah: Frühmorgens Probe vom Ballyen-Rennen auf der Reitbahn. Nachmittags holte eine Kompagnie Bürger die Fahnen für die Bürgerschaft aus dem Zeughaus ab, als erstes weiße und zweitens gelbe, alle mit den Kurschwertern. Wurden neue Küchenmeister und Bratmeister verpflichtet. Probe vom Damen-Ballett. Ging der Herr Hof-Marschall Loos nach Berlin. Kam der Herr Kron-Schatzmeister Prebendau allhier an.

20. Augustus, 11. nach Trinitatis

Am Sonntagvormittag überraschte mich der dringliche Besuch des Boten vom Oberhofmarschallamt: ein Omen dafür, wie nah das große Fest bereits schon war – es sind nunmehr nur dreizehn Tage noch – und wie fieberhaft es in den Ämtern vorbereitet wurde. Der Bote brachte mir den gönnerhaften Gruß von Loewendal sowie einen erschreckend dicken Stoß Papier, den ich bis zum Abend visitieren sollte. Er enthielt den Entwurf des Feuerwerks vor dem Holländischen Palais am 10. Tag des Festmonats September, welches den Gott Jason, den Namen Maria Josephas und andere Sujets mit Schwärmern, Luftkugeln und Raketen an den Dresdener Himmel zaubern wird. Mir oblag, die Instruktion für das ranggerechte Placement innerhalb des Palais anzufügen, also schrieb ich: In den unteren Stock sollen die fremden Damen und Kavaliere, ingleichen die übrigen Damen von Qualité aus der Stadt, soviel als Platz darinnen, kommen, wobei man den Damen, deren Männer nicht mit in das Palais gelangen können, freistellt, ob sie in die für sie bestimmten Logen folgen wollen – indessen müssen die Herren Kommissare wohl achtgeben, daß nicht allzu viel, sondern nur die Vornehmsten eingelassen werden ... Und so weiter und so fort. Daran schrieb ich gut zwei Stunden.

Hernach setzte ich mich an den weitaus größern Brocken, nämlich an die Beschreibung der anwesenden ausländischen Herrschaften und die Reihenfolge ihrer Vorstellung vor der königlichen Familie, über welche Abhandlung ich schrieb: Remarques de Mr. Besser sur le Ceremoniel de la Famille Royale et d'autres points. Dazu sah ich mir die bereits fertige Specification der zu erwartenden Gäste an: über 400 Personen von Stand, beginnend mit 11 fürstlichen, gefolgt von 84 gräflichen, 57 freiherrlichen sowie einer Unzahl adeliger Personen, alle einzeln aufgeführt mit Namen, Titel, Nummer und dem Namen der Gasse und des Wirts ihrer Einlogierung. So erfuhr ich, gewissermaßen nebenbei, daß auch bei mir zwei adelige Personen wohnen werden: zwei schlesische Edelleute, ein Herr von Kühn und ein Herr von Nickisch, wobei mir letzterer Name bekannt vorkam.

Die reglementgerechte Reihenfolge bei der Defilier-Cour festzulegen war eine knifflige und wenig dankbare Aufgabe, wußte ich doch aus Erfahrung, wie die hohen Herren mit den oftmals nur handtuchgroßen Ländereien untereinander in schlimme Händel gerieten, wenn einer, den sie gerne hinter sich gesehen hätten, bei der Cour vor ihnen rangierte. Die Fürsten und die Grafen sind dabei die Ärgsten, und ich erinnerte mich der Berliner Querelen anläßlich der Investitur des Grafen von Hanau in den Schwarzen Adlerorden.

Ihro hochgräfliche Gnaden kamen pompös angereist und hatten mit dem König mehrere Diskurse, bei denen aber nach dem höchsten Willen hauptsächlich ventiliert wurde, ob man auch in den Monaten Junio und Julio Forellen mit Würmern fangen könne oder nicht. Die Filigranarbeit überließ man heut wie damals mir: Ich hatte dem Grafen die Modalitäten der Investitur mitzuteilen, so unter anderem, daß der Herr von Dillenburg jemanden von den ansässigen Ordensrittern beauftragt habe, in seinem Namen dem Aktus beizuwohnen. Der Illustrissimus von Hanau jedoch nahm dies als Affront und erklärte schroff, wenn hochbesagte Hochfürstliche Durchlaucht nicht in Person anhero käme, er dies nicht zu ertragen willens sei. Sodann bestand er drauf, daß die Investitur wie bei einem Reichsfürsten geschehen solle, und merkte an, daß die Formula juramenti aus dem königlichen Statutenbuch, die ein jeglicher Ritter zu beschwören hatte, etwas Bedenkliches enthalte, was den wohlhergebrachten reichsständischen Gesetzen zuwiderlaufe. Ich sagte ihm, man sähe keinen Grund, diese Formel ausschließlich ihm zuliebe umzuformulieren, um so mehr, als diese bisher von allen sowohl fürstlichen als auch gräflichen reichsständischen Personen auf die nämliche Weise prästiert worden wäre. Daraufhin beklagte sich der Herr bei Hofe über mich, und der Geheime Rat von

Ilgen als Ordens-Sekretarius wurde losgeschickt, einen Kompromiß zu finden: Der Graf solle die übliche Formel akzeptieren, brauche sie aber nicht laut auszusprechen, sondern nur dero hochgräfliche Hand auf das Statutenbuch zu legen und das Wörtlein ja zu sagen. Der Graf indes bestand darauf, die Formel laut zu lesen, verlangt aber einen Zusatz zu der Eidesformel, weil er sich nicht präjudizieren lassen wolle und er nur Ihro Kaiserlichen Majestät in Wien und dem Reich und sonst niemandem mit Pflichten beigetan. Ich war dagegen, weil dieses Beispiel Schule machen könnte, doch befahl der König, daß dem Grafen Genugtuung geschehen sollte. Am Tag der Investitur holten ich und der jüngste Ordensritter nach altem Brauch den Grafen ab, auch hierfür gab es feste Regeln, so die, daß der Vortritt uns gebührt, dem Zeremonienmeister und dem Ordensritter vor dem Kandidaten. Doch der Graf machte wieder Difficultäten und weigerte sich, nach uns die Kutsche zu besteigen, so daß wir über eine Stunde heftig stritten, wer vor wem seinen Fuß in die Chaise setzen dürfe, bis mir der Gedanke kam, beide Chaisen-Türen zu benutzen und zu gleicher Zeit hineinzusteigen. So gelang dann endlich doch die Transaktion, doch als der Herr Graf, zwar mit erheblicher Verspätung, endlich den Ritterschlag erhielt, traf mich beinah ein andrer Schlag – der meiner überstrapazierten Nerven.

Um solche Rangeleien zu vermeiden, wog ich jeden Namen mit Gefühl, tarierte wie ein Juwelier Gold- und Silberstaub und saß an diesem Kunstwerk der Zeremonienwissenschaft noch einmal gut vier Stunden. Ich ließ die Müllerin auf ihrem Essen sitzen, verzichtete auf meinen Mittagsschlaf und schrieb die letzten Namen auf die Liste, als Grotegut zur sonntäglichen Coffee-Stunde kam.

Auch mein Kanzlist mußte heute ein paar Stunden ins Kanzleihaus am Georgenbau, man war dort allerdings so kulant, zwischendurch den Gang zum Gottesdienst zu gestatten. Als erstes teilte er mir mit, was er bis jetzt an Bemerkenswertem für das Hof-Journal gesammelt, und dies soll justament hier folgen: Vergangene Nacht hat der kürzlich engagierte italienische Notist Barussi, welcher wegen Wechselschulden von den Ratswächtern in Arrest gesetzt worden, zwei Wächter mit Bier, worin er eine Essenz gemischt, vergiftet, worauf der eine bald darauf verstorben, der andere aber tödlich darniederliegt, Barussi indes hat sich an einem Seil zum Fenster heruntergelassen und entfernt. Mittags speisten K. M. im Roten Zimmer, die Tafel war für elf Personen, wobei sich die Kammermusik hören ließ. An der Tafel, die noch immer währt, bezeigten sich K. M. den anwesenden Herren Polen und Kavalieren sehr lustig und vergnügt, notandum dieser Tag der Vermählungstag Ihro Hoheit des Prinzen zu Wien . . .

Wegen dieses Datums mußte unser Superintendent (setzte Grotegut hinzu, indes die Müllerin mit der Coffee-Kanne kam) heute morgen in der Kreuzkirche vor seiner Predigt ein Dankgebet gen Himmel schicken. Der König hatte angeordnet, daß dies in allen Stadtkirchen zu geschehen habe. Löscher tat's mit drei, vier beleidigend knappen Sätzen ohne Saft und Kraft: . . . es bestünde Ursache, Gott zu danken für die Hochzeit zu Wien . . ., er tat dies ohne jede Inbrunst und ließ deutlich merken, was er von der katholischen Kopulation hält. Um so saftiger predigte er sodann vom Pharisäer und vom Zöllner . . .

Bevor Sie mir davon berichten, liebster Grotegut (sagte ich und griff zur Kanne), laßt uns einen Schluck Coffee genießen, ich denk, wir haben es verdient.

Weiß Gott, ich wollt, das Fest wär schon vorüber (sagte Grotegut und stöhnte). Bei allem, was recht ist, mehr als seine Pflicht kann man fürwahr nicht tun.

Doch (sagte ich im Scherz), man kann verlangen, sie mit Begeisterung zu tun.

Begeisterung, Herr von Besser? (sagte darauf Grotegut, der meine Scherze meistens nicht verstand) Begeisterung ist, will mir scheinen, etwas, das von innen kommt und nicht verordnet werden kann. Mein Grundsatz ist: Wolle fromm, denke frei, handle froh, trage frisch! Ich mühe mich nach Kräften, doch wenn ich es so offen sagen darf, begeistert bin ich keineswegs.

Sie dürfen, mein Bester, Sie dürfen (sagte ich, im verborgnen lächelnd). Auch ich bemerke an mir mitunter eine seltsame Verdrossenheit, von der ich jedoch hoffe, daß sie nur von meinem Alter rührt. Die mangelnde Begeisterung kömmt premièrement woher? Nun: Wer nicht gehört wird, hat auch wenig Lust zum Sprechen. Ist es nicht so? Doch nun erzählt von Löschers Predigt!

Er begann (erzählte mein Kanzlist) mit der bekannten Stelle aus Lukas 18, die von dem selbstgerechten Pharisäer und dem bußfertigen Zöllner handelt und mit den Worten endet: Denn wer sich selbst erhöhet, der wird erniedrigt werden, und wer sich selbst erniedrigt, der wird erhöhet werden.

Eine Anspielung (fragte ich) auf den Griff Seiner K Punkt M Punkt nach der Kaiserkrone?

Davon fiel kein Wort (sagte Grotegut), Löscher sprach von der großen Pflicht, sich selber kennenzulernen, und von der richtigen Beurteilung unsrer selbst.

Sieh da, der schlaue Fuchs! (entfuhr es mir)

Zuerst sprach er von der Schändlichkeit, viel Rühmens und Aufsehens von seinen Verdiensten zu machen und sich über andere zu erheben. Die Selbsterkenntnis nannte er eine der ersten christlichen Tugenden.

Nur ist das nicht so leicht (sagte ich). Besonders wenn man oben sitzt, denn der eitle Mensch will immer besser sein, als er wirklich ist, und wenn er manchmal nicht umhinkann, seine Fehler wahrzunehmen, so sucht er allerlei Entschuldigungen hervor und bleibt bei seinen Fehlern, weil er aufrichtig zu sich selbst nicht sein kann, nicht sein darf, bei Strafe seines Untergangs.

Sie wiederholen beinah wörtlich, was Löscher predigte (sagte Grotegut, und es tat mir wohl, wie er mich darob bewunderte).

Wir sind ja auch im Geiste (sagte ich) nicht so weit entfernt, wir stehen nur im Leben in verschiedenen Lagern. Glauben Sie etwa, mein lieber Grotegut, daß die Soldaten, die sich in den Kriegen gegenseitig schlachten, persönlich etwas gegeneinander haben? Was die denken, ist den Feldherren beider Seiten ganz egal, Hauptsache, sie schlagen wacker aufeinander ein. So ist nun mal der Lauf der Welt.

Ja, aber (widersprach der Grotegut und erschrak darüber fast ein bißchen) könnte es nicht anders werden, wenn die Menschen, gerade die geringen, mehr von sich selber hielten? Zuweilen, sagte nämlich Löscher, halten die Menschen aus schändlicher Niederträchtigkeit weniger von sich, als sie von sich halten sollten. Es sind unedle Gesinnungen, welche ihnen das Maß der ihnen von Gott mitgeteilten Kräfte und Gaben verbergen.

Unedle Gesinnungen nennt er das? (fragte ich) Das, was die Ordnung unsrer Welt ausmacht?

Selbst die Geburt und ein höherer Stand, so Löscher (sagte Grotegut mit heiligem Eifer), worauf doch die Menschen so stolz zu sein pflegen, können nicht vor Niederträchtigkeit bewahren ...

Oho (sagte ich), da wird es wieder Ärger geben!

Man muß sich (referierte Grotegut weiter Löschers Predigt), um seine Pflichten zu erfüllen, oft diesen oder jenen herrschenden Vorurteilen widersetzen oder sie zu verachten wissen, man soll in dem Amte, worein man gesetzt ist, freimütig sein und gewisse Wahrheiten nicht verschweigen, weil sie unangenehm sein können, oder man soll gewisse Ungerechtigkeiten nicht dulden, man soll ohne Ansehen der Person diese oder jene Unordnung untersuchen und zu hemmen trachten ...

Bei Hof (sagte ich) wird man dies trotz der schlauen Diese und Jene in der Rede als Aufwiegelung der Bürgerlichen und des niedern Volks betrachten. Wenn jemand solche Worte laut und deutlich auf dem Markt verkündete, wäre er binnen kurzem arretiert.

In der Kirche (sagte Grotegut) klingt es doch ein wenig milder, man hat das Kreuz vor sich, an welches der genagelt ist, der sich nicht wehren wollte.

Und das ist auch ein Grund (sagte ich), weshalb man in den Kirchen derart reden darf.

Löscher sagte, daß man von dem Strom der Vorurteile fortgetragen werde, daß man schweige, wo man seine Stimme erheben müßte ...

Alles richtig, alles gut (sagte ich), nur ist der Rufer in der Wüste eine ziemlich traurige Gestalt, und der gespickte Hase bei der Folter soll sehr schmerzhaft sein.

Man läßt der Ungerechtigkeit so ihren freien Lauf (Grotegut momorierte noch immer Löschers Worte, und dies ließ ahnen, wie aufmerksam er dessen Worten gelauscht hatte). Wenn man auch noch soviel Gewissen hat, man handelt, als ob man die Unordnung nicht sähe. Und woher, meine Geliebten, kommt dieses? Dies kommt daher, daß man aus sklavischer und kriechender Gesinnung weniger von sich und seinen Kräften hält, als man von sich halten sollte. Was kann es, fragt man, nutzen, daß wir auch nur einen Versuch wagen? Was ist unsere Kraft? Das scheint die Sprache der Bescheidenheit zu sein, aber es ist nur die Sprache eines sklavischen Gemüts!

Er hat gut reden (sagte ich verstimmt ob dieser ehrenrührig grobgeschnitzten Rede), ihn schützt der Pfaffenrock. Wenn aber jemand tut, was er so forsch verlangt – wie kann er das, was dann mit dem geschieht, verantworten vor sich und seinem Gott? Der Günther, par exemple, ist so einer, der auf dergleichen Worte schwört, gottlob, er geht nur selten in die Kirche und weiß es auch seit kurzem, daß die Pfaffen etwas andres wollen als seine Philosophen.

Jaja (sagte Grotegut), manch einer will fliegen, eh er Federn hat. In der Kanzlei, Herr von Besser, hat Ihr Schützling keinen guten Leumund, man erzählt sich, daß er im Hause der Zawadzka aus und ein geht und wohl etwas haben soll mit einem ihrer Mädchen. Unverschämt, sagt man, wir, die wir treu seit Jahren Tag für Tag im Amte dienen, würden es nicht wagen, dieses den Edelleuten vorbehaltene Etablissement zu betreten, ganz abgesehen davon, daß wir nicht die Mittel dazu haben, er aber, dieser hergelaufene Dichterling, besucht dies Haus, als stünde es ihm dienstrangmäßig zu. Was soll man dazu sagen? Übermut tut selten gut, sag ich dazu.

Und was sagen Sie (fragte ich den Entrüsteten), wenn ich ihn dorten eingeführt aus ganz bestimmten Gründen?

Dann will ich nichts gesagt haben (antwortete Grotegut, und die Schamesröte schoß ihm ins Angesicht), pardon, Monsieur.

Schon gut, mein Lieber (sagte ich verzeihend), sagen Sie nur immer, was man spricht und was Sie denken, denn ich muß wissen, wie die Stimmung ist. Und heute ganz besonders, da der Günther schon morgen früh um elf vor Ihro K Punkt M Punkt stehen wird. Ich hoffe nur, es ist von all dem Negativen über Günther noch nichts ans königliche Ohr gedrungen.

Lang ist der Weg dahin (sagte Grotegut mit seinem Dachkammer-Philosophen-Blick), umgekehrt ist er um vieles kürzer.

Wie, lieber Grotegut, soll ich das verstehen? (fragte ich und wußte, daß er, wenn er so in Rätseln sprach, etwas in petto hatte)

Nun (sagte er und nestelte an seinem Kragen), ich trage da etwas bei mir, von welchem ich nicht sicher weiß, ob ich es Ihnen zeigen soll. Es ist auch so, daß ich, seitdem ich im Besitz desselben bin, nicht mehr ruhig schlafen kann, zusammenschrecke, wenn sich jemand mir von hinten nähert, ein Kreuz schlage, wenn es auf meiner Stiege nächtens knarrt . . .

Reden Sie (drängte ich den Braven), Sie wissen doch, daß ich verschwiegen bin!

Es handelt sich um eine Schrift (sagte Grotegut und zog ein Bündel zusammengefalteter Zettel aus der Innentasche seines Rocks), eine Schrift, die seit Tagen unter den niederen Hofbeamten zirkuliert, eine anonyme Schrift über unsern, Gott sei ihm gnädig, König, die so detailliert ist, daß der Anonymus entweder einer der engen Vertrauten ist oder aber einer, der dies vortäuscht und einem der engen Vertrauten schaden will. Man weiß nichts Genaues nicht. Ein Name jedoch fällt am häufigsten.

Und welcher ist das? (fragte ich)

Der des (sagte Grotegut, der Hasenfuß, und senkte seine Stimme zu einem Flüstern), um Gottes willen, Herr von Besser, bei meiner Seel, ich vergeh vor Angst, der des . . . Generalfeldmarschalls, o Gott!

Aha, interessant! (sagte ich) Und Sie haben eine Abschrift, ja? So lesen Sie! Lesen Sie, ich bin begierig, das zu hören!

Und es lauscht niemand an der Tür? (fragte Grotegut und setzte seine Brille auf)

Niemand (sagte ich), seien Sie beruhigt!

Der König ist ein Fürst (las Grotegut und berührte mit der Nase fast die engbeschriebnen Zettel), der König ist ein Fürst von kräftiger Natur, und verließe er sich nicht allzusehr darauf, sondern lebte mit mehr Mäßigung, würde er zweifellos ein hohes Alter erreichen.

Das stimmt (sagte ich), erst neulich hörte ich vom französischen Gesandten, daß man in Versailles allen Ernstes glaubt, König Augusts Hirn sei schon ein wenig verrückt vom vielen Saufen. Er habe es zu arg getrieben, könne er doch bald ein Serail eröffnen mit allen seinen Maitressen und ihren Kindern, schreibt eine Dame von der Pfalz, die an Frankreichs

Hofe lebt, denn ein Herr, der sein Leben so abscheulich debauchiert hat wie dieser, muß im fünfzigsten Jahr mehr verschlissen sein als ein anderer im siebzigsten. Ich aber finde, daß, wer in Versailles lebt, wenig Anlaß hat, sich in diesem Punkt moralisch zu entrüsten.

Sein grenzenloses Mißtrauen (las Grotegut) scheint nicht zu seinem scharfen Verstand zu passen, denn wer scharfen Verstand besitzt, ist im allgemeinen frei von Argwohn.

Das ist sehr hinterfotzig ausgedrückt (rief ich amüsiert), denn es besagt eindeutig unterm Strich: Er hat keinen Verstand, jedenfalls keinen allzu scharfen. Lest weiter, das Schriftlein ist ganz allerliebst!

Genußsucht und Ehrgeiz sind seine beiden Haupteigenschaften, aber die Genußsucht überwiegt. Sehr oft ist sein Ehrgeiz von seiner Genußsucht gehemmt worden, aber nie ist das Umgekehrte eingetreten. Er besitzt umfassendes Wissen . . .

Aha (sagte ich). Steht da auch, von welcher Art dies ist?

Das nicht (sagte Grotegut), denn es geht gleich weiter mit seiner mangelhaften Erziehung, wie hier steht: Es ist schade, daß er nicht wie ein Fürst erzogen worden ist, sondern mit Wüstlingen und Dirnen gelebt hat, deren Anschauungen er sich zu eigen machte.

Da ist viel Wahres dran (sagte ich). Er ist von Klengel in Architectura civilis et militaris unterrichtet worden, ein wenig in Französisch, er hat gelernt, in Elfenbein zu schnitzen, vor allem aber lernte er, daß ein Prinz früh das weibliche Geschlecht frequentieren sollte, um sich später nicht aus purer Notdurft ungünstig zu verlieben, er hat gelernt, sich zu verkleiden und sich zu verstellen, wie Jupiter als Schwan bei Leda, kurz, das Hauptaugenmerk seiner Erziehung lag weniger auf der Ertüchtigung seines Kopfes als vielmehr auf der seines Geschlechts. Und dieses ist fürwahr nicht schlecht entwickelt! Wie aber bei dergleichen buhlerischen Naturen oft zu sehen, sind sie wenig logisch und konsequent, sondern neigen zur Phantasterei, im besten Fall zur Kunst.

Infolge seiner mangelhaften Erziehung, steht hier (Grotegut war sichtlich peinlich, was er las), hat er wenig aus der Weltgeschichte gelernt, denn wiederholt hat er Idealisierungen der Geschichte für historische Wahrheit gehalten, so daß sich manches Überspannte bei ihm findet.

Das ist recht gut beobachtet (sagte ich, indes mich Grotegut erschreckt ansah), denn K Punkt M Punkt sehen sich am liebsten als Cäsar, Pompejus, Crassus, Octavian, Antonius, wobei er nicht viel mehr von diesen großen Römern weiß, als daß sie große Römer waren, er sieht sich als Titan, Gigant, Atlas, Herkules, er sieht Sachsen als das große Reich der Mitte in Europa, in welchem Preußen, Habsburg, Bayern, Hannover und alle andern deutschen Staaten aufgegangen sind, er meint, daß die Wettiner Anspruch auf die Kaiserkrone haben, weil Kaiser Heinrich VI. im Jahre 1196 mit den Fürsten in Würzburg ein Abkommen schloß, daß die Kaiserwürde nach dem Absterben des Mannesstammes auf die weibliche Nachkommenschaft übergehe, und dadurch nach dem Tode Kaiser Friedrichs II. die Kaiserwürde an seine Tocher Margarete, Gemahlin Albrechts von Meißen, und ihren Sohn, Friedrich den Freudigen, fiel . . ., das ist nun fünfhundert Jahre her, und da er die Geschichte nicht zurückzudrehen vermag, träumt er sie und auch sich selbst zurück . . .

Ich weiß nicht – soll ich weiterlesen? (fragte Grotegut) Was Sie da sagen, Herr von Besser, macht mich nicht froh. Wie sagt man gleich? Zuwachs an Kenntnis ist Zuwachs an Unruhe. Soll ich wirklich weiterlesen?

Bitte, mein Liebwertester (sagte ich).

Er ist (las er widerstrebend) generös und freigebig.

Freigebig? (warf ich ein) Das ist leicht untertrieben, wenn man weiß, daß unser Augustus Rex den begehrten Damen als erstes Willkomm künstliche Blumenbuketts aus Diamanten und Rubinen überreicht!

Gleichwohl haben ihn manche für geldgierig gehalten (Grotegut fuhr fort im Text), und sogar Minister haben fest geglaubt, auf ihn ihr Glück zu bauen, wenn sie ihm nur Geld schafften. Darin hätten sie recht gehabt, wenn Geldgier seine stärkste Leidenschaft wäre. Aber er verlangt Geld nur, um seine Wünsche zu befriedigen.

Pecunia non olet, sagte Vespasian, als er die Latrinensteuer erhob, Geld stinkt nicht (sagte ich). Ich erinnere mich, wie er im Jahre 1706 dem Herzog von Marlborough ungefragt 14 Tausend sächsische Soldaten schickte, um Subsidien-Gelder dafür zu kassieren, der Herzog aber Ordre an die sächsischen Truppen schickte, daß sie nicht wagen möchten, sich der Reichsarmee weiter zu nähern. In Preußen hat man damals über diese Schlappe nicht schlecht gelacht, doch ein Jahr später gelang es August, für 900 Tausend Gulden sieben Regimenter an Holland und England zu verleihen, nun gut, wer weiß es nicht: Geld regiert die Welt.

Er verlangt nicht (las Grotegut), daß man ihm Geld auf unerlaubten Wegen schafft, aber wenn es jemand auf diese Weise auftreibt, so ist ihm die Annahme nicht peinlich, und wenn er die Schuld auf einen anderen abwälzen kann, glaubt er sich von jedem Vorwurf frei.

Das ist normal (sagte ich), anormal wäre, schlag nach bei Machiavelli, wenn er nicht so handelte.

Der Ehrgeiz und die Sucht, Beifall und Bewunderung der ganzen Welt zu gewinnen, haben ihn gelegentlich dazu verleitet, in der Kenntnis von Nichtigkeiten zu glänzen, wodurch er oft wichtige Staatsgeschäfte von großer Tragweite aufgehalten hat . . .

Also auch er, dachte ich bei mir, verblüfft mit nichtigen Details, um sein nachlassendes Gedächtnis zu kaschieren, ein Problem des Alterns oder eines Mannes, der mit dem Thron zugleich den Gipfel seiner Unfähigkeit bestiegen hat: ein, wie ich finde, zutiefst menschliches Problem! Ich fühlte mich in diesem Augenblick dem König nah wie selten. Grotegut indes las weiter, wenn auch sichtlich unter größten Schmerzen und Bedenken.

Unter den Vergnügungen (las er) hat es ihm die Liebe am meisten angetan. Er hat jedoch nicht so viel Wonnen darin gefunden, wie er gern glauben machen will. Zwar hat er aufsehenerregende Liebschaften gehabt, die er, namentlich am Anfang, gern mit dem Schleier des Geheimnisses umgab, aber er ist nicht der Kühnste in der Liebe gewesen, wie er selbst sagt. So hat er sich kaum je der Gefahr ausgesetzt, zurückgewiesen zu werden.

Das ist ebenfalls sehr höflich ausgedrückt (sagte ich). Ich weiß gar nicht, liebster Grotegut, warum Sie fortwährend nach der Türe schielen. Seine ersten adeligen Liebesdamen legten ihm gewissermaßen ihre Unschuld selbst ins Bett. Als er, par exemple, das Fräulein von Kessel um Erleichterung bat, sagte diese ohne Zögern, daß sie empfindlich dafür sei, und als er ihr für 60 Tausend Reichstaler Diamanten schickte, war die Chose perfekt. Aurora, Gräfin von Königsmarck, zeigte ihm gleich beim Kennenlernen ihr Schlafgemach und sagte: Ach, Sie mögen sich bei mir einfinden, unter welchen Umständen es Ihnen beliebt, so sind Sie allzeit liebenswürdig in meinen Augen. Die nächste, Gräfin Esterle, war, weil sie ihren Ruhm keineswegs in einer strengen Tugend suchte, sofort bereit, seine Liebeskrankheit zu lindern. Die Kessel verheiratete er mit Hauchwitz, dem Statthalter von Wittenberg, die Königsmarck bekam für ihren Sohn den Titel Graf von Sachsen, die Esterle ein goldnes Ohrgehänge im Wert von 40 Tausend Gulden. Als man sie in Warschau mit dem Prinzen Wiesnowiski in flagranti überraschte, ließ August sie wissen, daß sie binnen 24 Stunden aus dem Königreich verschwinden solle. Dabei hatte man auch ihn einst im Bett der Gräfin überrascht, worauf sich der gehörnte Gatte, Graf Esterle, bei Kaiser Joseph stracks beschweren ging. Der galante Amphitryon wurde aber sofort sanft, als er erfuhr, daß seine Alkmene dem sächsischen Jupiter beigelegen hatte, und unterschrieb einen Vertrag, in welchem unter anderm stand, daß er seinem Recht als Ehemann völlig entsagen und ihr nimmermehr beiwohnen würde und daß er die Kinder, mit welchen seine Gattin niederkomme, unstreitig für die seinigen anerkennt, es möchten Söhne oder Töchter sein, so sollten sie das Wappen von Esterle führen. Ganz Wien fand die Affaire köstlich: Die verheiratete Gräfin als öffentliche Beischläferin des verheirateten Kurfürsten. Übrigens, mein Lieber, seit dieser Zeit hat unsere geliebte Königin geschworen, August nicht mehr beizuschlafen, und das hat sie, so hört man jedenfalls und kann es getrost glauben, bis heute festiglich gehalten.

Ich weiß nicht, was ich denken soll (flüsterte der sittsame Grotegut), das ist wie Sodom und Gomorrha.

Dabei kennen Sie noch nicht einmal die Hälfte (rief ich lachend aus), denn nach der Esterle kam Fatima, heute: Frau von Spiegel, dann die Prinzessin Lubomirska, die Gemahlin des Kron-Großkämmerers, die nach ihrer Scheidung hier nach Dresden zog und sich bald den Titel Reichsfürstin von Teschen erschlich respektive, so zu reden, erschlief. Die Königin ging, als die Lubomirska hier nach Dresden kam, auf

Schloß Pretzsch bei Wittenberg, wo sie noch immer betend sitzt. Man erzählt sich, daß K Punkt M Punkt nach einem Besuch bei ihr in Pretzsch im nahen Forst eine Jagd veranstalteten, bei der sich Ihro Gnaden sehr bald mit der Maitresse ins dickste Unterholz verloren und dergestalt wieder daraus hervorkrochen, daß alle Hofleute sahen, wie angenehm dem König und seiner Buhlerin die Jagd gewesen. Nach der Teschen kam die Cosel, vormals Ehefrau des Staats- und Kabinettsministers Hoym. Diesem wurde versichert, der König werde die Gefälligkeit zu vergelten wissen, wenn er hingegen eigensinnig sei und sich der Scheidung widersetzen wolle, die er ohnehin nicht hintertreiben könne, so würde der König eine Empfindlichkeit behalten, deren Wirkung er über kurz oder lang gewahr werden würde.

Man sagt (Grotegut war sichtbarlich erschüttert), daß Löscher mit des Königs Billigung vor kurzem auf Stolpen war, wo er die Gräfin Cosel in ihrem Turm verstört vorfand. Sie soll sich dort mit der Schwarzen Kunst befassen ...

Mag sein, mag alles sein (sagte ich). Sie hat ihre Zeit gehabt, eine große Zeit, wo wir in Preußen meinten, sie, und nicht der König, regiert in Sachsen und die Polen. Nach ihr kam die kleine Duval aus Warschau, dann die Tänzerin Duparc, die er in Brüssel kennenlernte und nach Dresden lud, wo sie ihm sagte: Sie sehe, er besitze Verstand wie ein Franzose, er habe auch das gleiche hitzige und feurige Gemüt, allein es diene ihm zur Nachricht, daß, ob sie zwar keine bestialische Jungfrau vorstelle, sie nicht willens sei, sich preiszugeben, bevor ihr Herz gewonnen. Nun, das ließ sich leicht erringen: mit der Hauptrolle in der nächsten Oper und einigen diamantenen Erkenntlichkeiten. Nach der Duparc die Mademoiselle Clement, darauf die Gräfin von Dönhoff, die die Cosel endgültig von ihrem Platze drängte, darauf das Fräulein von Dieskau, und jetzt, wir sind schon in der Gegenwart, mein Lieber, ist es die Demoiselle von Osterhausen. Wie Sie sehen, ist das Ganze ziemlich übersichtlich, er hat auch nicht mehr als acht Kinder, alles andre ist Legende.

Hier steht jedoch (sagte Grotegut und deutete mit seinem Finger auf die Stelle, die er meinte), daß er tatsächlich nie sehr wählerisch in seinen Liebschaften gewesen sei. Er hatte sie gewöhnlich mit Frauen, steht hier, die schon durch andere

Hände gegangen waren. Ja, er hat nicht einmal Kurtisanen, sogar bis zu den gemeinsten, verschmäht.

Gewiß, gewiß (sagte ich), da war die sogenannte Trompettina, die berühmteste Dirne von Venedig, da waren ungezählte Bürgermädchen, Tänzerinnen, die Zawadzka, und so manche dralle Bauerndirne, die er en passant zu sich winkte. Doch lesen Sie, ich bitte, weiter.

Ich, ich kann nicht (stotterte Grotegut, und ich sah, wie das Papier in seinen Händen zitterte), verzeihen Sie, ich kann so nicht von unserem König sprechen, ich kann es nicht, weil ich mich ständig frage, ob man's darf.

Der treuherzige Grotegut! Ich ließ mir die Zettel von ihm geben und las darin mit viel Vergnügen. So unter anderm dies: Nach der Galanterie hat ihm die Baukunst die größte Freude gemacht, und darüber herrscht nur eine Meinung, daß er davon viel versteht.

Ja, dachte ich bei mir, er wirft einen Blick auf die Pläne seiner Architekten und fuhrwerkt dergestalt darin herum, daß die armen Kerle Blut und Wasser schwitzen, weil sie wissen, daß das unmögliche Gekritzel niemals Form annehmen kann, und dann setzt er mit königlicher Gebärde unter diesen Plan: Fiat, Augustus Rex.

Auch geht von ihm die Mär, daß er ein äußerst subtiler Kunstkenner sei – nun, ich habe davon nicht sehr viel gespürt, er bestimmt zwar, wie viele Tänzerinnen bei einer italienischen Komödie auf der Bühne umherhopsen sollen, doch vom Inhalt will er kein Wort wissen. Er sammelt zwar ganz ungeheuer für seine Raritätenkabinette, so Handzeichnungen und Kupferstiche, Münzen, Gemmen, Gemälde, Porzellan, mathematische und physikalische Instrumente, Bücher, doch sammelt er dies alles, wie er Frauen sammelt: um sich selbst darin zu spiegeln, weil er sie zu seinem Ruhm begehrt, was ja nicht gleichbedeutend damit ist, daß er sie wirklich schätzt und liebt.

Doch auch hier, las ich sodann, hat er nichts zum Abschluß gebracht, denn seine Neigung, den Beifall aller zu haben, läßt ihn häufig alles ändern, so daß er zwar mancherlei anfängt, aber nichts zu Ende führt.

Ganz recht, mehr war dazu nicht zu bemerken.

In gewissem Sinne hat er ein gutes Herz.

Das ist gut: in gewissem Sinne! Der Anonymus weiß die deutsche Sprache meisterlich zu führen.

In sehr vielen Dingen läßt er sich nicht überzeugen, besonders wenn er sich schon entschieden hat. Wenn man dann nicht zustimmt, so macht ihn das ärgerlich.

Nun ja, auch das ist menschlich, es ist nur eben meist verhängnisvoll, wenn ein Regent beliebt, sich nur in diesem einen Punkte menschlich zu erweisen.

Er selbst wechselt oft Absicht und Entschluß. Wenn die begründetsten Einwände ihn nicht von einem nachteiligen Entschluß haben abbringen können und wenn man ihn tun läßt, was er will, so bekehrt er sich hinterher aus freien Stücken.

Freilich, hinterher, wenn das Kind bereits im Brunnen liegt, wenn das Unheil trotz allen Jubels nicht mehr zu übersehen ist.

Er hat es gern, wenn man ihm die Wahrheit sagt, aber er schätzt es nicht, wenn es öffentlich geschieht.

Weiß Gott, kann ich dazu nur sagen, wer schätzt das schon! Wer von den Mächtigen verflucht den Tag nicht, an dem die Buchdruck-Kunst erfunden wurde?

Trotz der Popularität, um die er sich bemüht, hält er ungemein auf seine Würde. Bei Gelagen nimmt er nichts übel, aber vieles mißfällt ihm, und bei aller Bezechtheit entgeht ihm nichts ...

Letztes Jahr, im Mai, ich war Zeuge, fand solch ein üppiges Gelage im Garten der Gräfin Dönhoff statt: Die Damen erschienen als Schäferinnen kostümiert und wurden an die Kavaliere verlost, die sie sodann im Lauf des Abends in die versteckten Kabinette zu stilleren Vergnügungen führten. Der König soff dabei am ausdauerndsten, und als er sah, wie die polnischen Magnaten, die einen guten Ruf im Saufen hatten, einer nach dem anderen alle viere von sich streckten, befahl er, niemanden mehr hinauszulassen, der noch auf zwei Beinen gehen könne. Einer der polnischen Edelleute bat darum, sein Wasser gnädigst abschlagen zu dürfen, August jedoch verwehrte dies, so daß der Arme durch die Hose urinieren mußte. Ich habe König August selten so herzhaft lachen hören. Auf Flemmings Gut in Hartha trank dero geheiligte Person mit zehn Personen an einem Abend sechsundsechzig Flaschen Wein, ein Spaß, weil sich die Herren dort Société des antisobres oder Gesellschaft zur Bekämpfung der Nüchternheit nennen. Im letzten Jahr die Felddienstübung von sechs Regimentern mit anschließendem Essen und Gelage: Man sprach dort so gewaltig den berauschenden Getränken zu, daß keiner mehr den anderen erkannte, denn Flemming fiel dem König um den Hals und duzte ihn, die Dönhoff suchte den betrunkenen Generalfeldmarschall vom König wegzuziehen, der aber wies mit dem Finger auf sie und rief: Du kleines Hurchen, schweig du nur still, du bist mir doch ein gutes Hurchen!, worauf die Dönhoff schallend lachte, August sein Pferd bestieg, jedoch auf der anderen Seite herunterfiel und auf der Stelle einschlief. Was gibt es nicht für Feste hier in Dresden! Götterbankette, maskierte Carrousels, Damen-Ringrennen, Fuchsprellen, Fasanenjagden, Gänserennen, Wirtschaften, Schlittenfahrten (zu denen, wenn kein Schnee vorhanden, die Bauern der Umgebung den mit Ochs und Wagen vom Gebirge herunterkarren müssen), Venusfeste, Saturnfeste, Karneval, Tierhatzen – und alles endet stets mit einem Bacchanal.

Da er, so las ich, seinen Hof genau kennt, stellt er sich in seinem Gespräch auf den ein, mit dem er gerade spricht. Er sagt dem einen das, was der nach seiner Meinung über den andern denkt, und umgekehrt dem andern das, was der über den ersten denkt . . .

Genauso ist es: einfach, aber wirkungsvoll; wie überhaupt bei dem Geschäft des Herrschens nicht das Feine gilt, sondern alleine der Effekt.

Er ist keineswegs boshaft, aber er kann dazu gebracht werden . . .

Boshaft vielleicht nicht, gleichgültig ganz sicher, denn immerhin, so wußte ich, wurden hier in Dresden in vierzehn Jahren über achtzig Menschen hingerichtet, und zwar öffentlich, die Delikte hießen: Fahnenflucht, Feigheit vor dem Feind, Plünderung, Raub, Diebstahl, Kindstötung, Mord. Noch immer wird gerichtet im Geiste Mosis, Auge um Auge, Zahn um Zahn: Schwert für Mord, Galgen für Diebstahl, Säcken für Kindstötung und Falschmünzerei, Feuertod für Hexerei und Brandstiftung, Erschießen für Feigheit vor dem Feind. Es wird gerädert und gevierteilt, die alten und die armen Straßenhuren werden mit Staupenschlag aus der Stadt getrieben, die Tortur, der gespickte Hase, die glühenden Kohlen gelten noch immer als bewährtes Mittel der Wahrheitsfindung, da es besser ist, daß ein Unschuldiger leide, als daß ein Verbrechen ungesühnt bleibe. Wie heißt es dazu so schön in der Constitutio Criminalis Carolina von Kaiser Karl V.: ... Aus Liebe zur Gerechtigkeit und um des gemeinen Nutzens willen ... Nein, boshaft ist das alles nur für schwache Nerven!

Er ist weichherzig – na bitte, dachte ich, da haben wir es schwarz auf weiß –, er ist weichherzig, doch will er es nicht wahrhaben. Auf den Ruhm anderer ist er eifersüchtig. Eine Kränkung vergißt er nicht leicht, aber er verzeiht sie. Er tut, als ob er sich verstellt, aber er tut nur so. Das hat ihm früher, als er noch keinen ständigen Rat hatte – aha, hier verrät er sich, der gute Flemming, denn er ist's, der dem König in allen auswärtigen Dingen rät –, einen sehr schlimmen Ruf in der Politik eingetragen. An fremde Höfe schickte er vielfach Gesandte mit Instruktionen, die nicht mit denen anderer Gesandter übereinstimmten, so daß sich oft Widersprüche bei den Verhandlungen ergaben, denn während der eine Gesandte an einem Hofe etwas verhandelte, hintertrieb es der andere an einem zweiten ...

So etwas nennt man, wenn's gelingt, staatsmännisches Geschick, und Flemming, immer vorausgesetzt, er ist der Mutmaßliche, weiß naturellement genau, daß Diplomatie mit Wahrheit und mit Ethos nur sehr entfernt etwas zu schaffen hat.

Der König, schreibt der Anonymus, möchte ein zweiter Alkibiades sein, indem er sich ebenso durch seine Tugenden wie durch seine Laster einen Namen macht ...

Ein Alkibiades? Dies scheint mir deshalb etwas hoch gegriffen, weil dieser zwar ganz skrupellos, aber doch zumindest ein Feldherr mit succès gewesen ist, was man vom sächsischen Augustus schwerlich sagen kann: In Wien war man heilfroh, als er das Oberkommando in Ungarn abgab, um sich wieder den Damen zu widmen, der Schwedenkrieg war eine einzige Blamage, und wenn überhaupt jemand das Kriegshandwerk in Sachsen versteht, dann ist es Flemming, der jedoch kein Sachse, sondern Pommer ist.

Er gibt gern Feste und Belustigungen, auf die er sich versteht. Da er aber auf alle Kleinigkeiten eingeht, hindert er sehr viele in ihrer Arbeit. Da er ferner nicht allem gewachsen ist, kommt oft Unordnung heraus, und er selbst macht sich wie auch denen, die dafür zu sorgen haben, schreckliche Arbeit . .

Wer wüßte dieses Klagelied besser zu singen als ich, der Zeremonienmeister seines Hofes? Er ist inventiert und ordiniert, doch was dabei herausschaut, ist meist nicht viel mehr als ein pompöses Chaos. Warum sonst würde mir der Oberhofmarschall die ganzen Pläne für das Fest zum Visitieren schicken? Die Stelle sprach mir aus dem Herzen und nannte trefflich meinen Kummer. Wohingegen mich die beiden nächsten Sätze arg verwunderten.

Für einen bedeutenden Fürsten hat er die vortrefflichsten Eigenschaften. Er ist edel, voller Mitgefühl und tapfer wie sein Degen . . .

Fehlte nur, dachte ich, daß nun alle die Legenden folgen, die der König offenbar mit Wohlgefallen sprießen sieht: daß er als Knabe mit Löwenmilch aufgezogen worden, daß er Taler mit bloßen Fingern zerknickt, silberne Becher in der Hand zerdrückt, einen Trompeter mit einem Arm über eine Brüstung hinaushält und Hufeisen verbiegt, was er sich sogar beurkunden ließ: Anliegendes Hufeisen haben Seine K. M. und Kurfürstliche Durchlaucht zu Sachsen mit Dero eigenen Händen am 15. Februar 1711 im 41. Jahr Ihres Alters voneinander gebrochen . . . Ich kann nur sagen: Ich habe so etwas mit meinen eigenen Augen niemals gesehen, aber desto häufiger davon erzählen hören.

Die meisten seiner Maitressen und seiner Minister täuschen sich in ihm. Seine Maitressen denken, er liebe sie, so, wie er sagt. Aber er hat sie nur zu seiner Freude, und da die Genußsucht ihn vornehmlich beherrscht, so kann er viel ertragen, um seine Freude nicht zu verlieren. Aber wenn das, was er von seinen Maitressen hinnimmt und was diese als Beweis seiner Neigung auffassen, sie unverschämt macht, verläßt er sie vernünftigerweise . . .

Ganz recht, dies wird als nächste das Fräulein von Osterhausen zu spüren bekommen, die, so munkelt man bei Hof, dem König ständig in den Ohren liegt, sie offiziell als Erste Maitresse anzuerkennen und solches auch nach außen zu bekunden. Dem König ist das Spiel zuwider, läßt sich denken, denn er hatte wahrlich Trouble genug mit seinen offiziellen Nebendamen. Die Osterhausen will das Fest der nächsten Wochen dazu nutzen, um sich vor den Augen aller Welt auf den ersten Rang zu katapultieren, der König aber riecht den Braten und hält die Schöne hin.

Wenn sein Vertrauen die Minister glauben läßt, sie seien ihm unentbehrlich geworden, und wenn sie mehr nach ihrer Laune als nach seinem Willen regieren wollen, so läßt er sie sein Mißtrauen merken. Das bringt die aus der Fassung, die ihr Amt nur auf seine Gewogenheit aufgebaut haben ...

Hier brach die Abschrift ab. Ich hob den Blick und sah, daß Grotegut schon sehnlichst auf das Ende der Lektüre wartete.

Eine wirklich kenntnisreiche Charakteristik unseres Souveräns (sagte ich). Können Sie mir, lieber Freund, davon eine Kopie anfertigen?

Wenn Sie gestatten, Herr von Besser (sagte Grotegut), so laß ich Ihnen gleich die meine, mir ist das ohnehin zu dangereux. Ich weiß nicht, ob es purer Zufall war – jedenfalls ist letzte Woche meine Stube mit einem Nachschlüssel eröffnet worden, mein Schränkchen und die Tischlade waren gewaltsamerweise erbrochen, im Hause sprach man von zwei Spitzbuben, welche man allhier bei der Polizei gesehen.

Sie müssen den Fall melden (sagte ich), Sie haben das Recht auf Ihrer Seite.

Ach, Herr von Besser, lieber nicht (sagte Grotegut). Wie sagt man doch? Wo Gewalt recht hat, hat das Recht keine Gewalt ... (er unterbrach sich) Hat da nicht eben jemand angeklopft?

Ich hatte nichts davon bemerkt, doch hörte ich sodann die Müllerin mit jemand sprechen und wenig später Schritte auf den Stufen – Grotegut ließ mit einer Behendigkeit, die mich erstaunte, die Zettel unter der Tischdecke verschwinden – doch war es nur der Bote, der die visitierten Akten holen wollte. Grotegut jedoch war so verschreckt, daß er sich sogleich verabschiedete, um nicht, wie er sagte, das dienstliche Gespräch mit seiner Gegenwart zu stören. Ich entließ ihn mit ein paar aufmunternden Worten, händigte dem Boten die Früchte meines Fleißes aus und fühlte, als auch der gegangen war, wie sich eine süße Mattigkeit meiner Glieder bemächtigte. Ich beschloß, ins Bett zu gehen, um morgen bei der königlichen Audienz meine Interessen mit voller Spannkraft wahrzunehmen.

Und als ich so hinüberdämmerte, dachte ich mit recht gemischten Emotionen an die morgige Audienz: Ich mußte klug die Balance halten zwischen meinem Engagement für Günther und meiner Distanzierung, falls er sich unmöglich machen sollte, denn man fällt auf die Seite, an die man sich lehnt, wie man in Frankreich sagt.

Lieber Gott, so sprach ich mein Nachtgebet, mach, daß des Königs Laune morgen huldvoll ist und Günther tut, was Ihm gefällt. Vater unser, der du bist im Himmel, erbarm dich deines alleruntertänigsten, müden Knechts, der oft – ich gesteh es unumwunden, da vor deinem Auge ohnehin nichts zu verbergen ist – gesündigt, doch, o Gott, du mußt es glauben, nicht aus bösem Willen, sondern weil mich die Verhältnisse hienieden dazu zwangen, vergib, wie du vergibst den größern Sündern neben mir, geheiliget sei dein Name, Allmächtiger, Großherziger, Allgütiger, denn siehe, meine Lage ist prekär: Ich bin nur noch geduldet wie ein altes, treues Pferd, das jahrelang den Pflug brav für verschiedene Herren zog und dessen Kräfte nunmehr merklich schwinden, ich will ja nur, o Herr, daß ein Jüngerer sich neben mich ins Joch begibt und den Pflug mit seinen frischen Kräften zieht, sag, Herrgott, ist das zuviel verlangt, Gottvater, ich ruf zu dir aus sorgenvoller Angst, ich weiß, daß du, Tröster, Führer, Helfer, Lenker, Retter über den Gestirnen, der Menschen Schicksal in den Händen hältst und wie ein Wasserbächlein leiten kannst, o Herr, ich fleh dich an, dein guter Geist geleite mich auf ebener Bahn bis an mein Ende und verhindre meinen weitern Niedergang, großer Gott; richte es, ich bitte dich, so ein, daß zumindest morgen bei der Audienz im Schloß alles nach meinem Wunsch und Plan geschieht, und ich werde dir, so du mir diese Huld erweisen willst, danken bis in alle Ewigkeit. Amen!

21. Augustus, Anastasius

Voyons, der große Tag, der Tag der Vorstellung bei Hofe war herangerückt, und ich schritt zu später Morgenstunde, angetan mit meiner feinsten Hof-Gala, zum Schloß, passierte das Georgentor, ging über den Großen Schloßhof und stieg die breiten Stufen zu den königlichen Gemächern hinan.

Als ich den Riesen-Saal betrat, sah ich darin zwei Gruppen stehen, und indem ich näher trat, erkannte ich auf der einen Seite der großen Flügeltür mit der reichverzierten Supraporte Günther, der damit löblich pünktlich war, und auf der andern Seite einen Schwarm von Leuten, die sich um Poisson und – ich traute meinen Augen vorerst nicht – um Baron von Mordax scharten. Der Baron grüßte mich mit einem Neigen seines Hauptes und einem, wie mir schien, eindeutig triumphierenden und höhnischen Lächeln, was mir mit einem Schlag den Ernst der Lage offerierte: Mordax also protegierte den Komödianten Poisson und hatte offenbar, von mir sträflicherweise gänzlich unbemerkt, bereits vorab bei Hof avec succès für ihn geworben, was die sympathisierende Traube der Hofleute um ihn und seinen Protegé hinlänglich bewies. Günthers Gegenspieler trug zu seinem dummdreisten Gesicht, das ihm von Natur verliehen war, einen roten und einen grünen Strumpf, an den gelben Hosen Schellen an der Seite, ein Wams aus bunten Flicken und einen grünen Jägerhut, auf welchem in einem kleinen Käfig zu allem lächerlichen Überfluß noch ein lebendiger Pirol auf- und niederhüpfte: Mit diesem Aufzug empfahl sich Poisson schlau als der, der wohlgeeignet für die Pritsche ist. Mein Zugpferd Günther wirkte, bedachte man, worum es heute ging, in seinem neuen Hofrock und der Allongeperücke gegen dieses passend närrische Kostüm seines Kontrahenten eine Spur zu ernst, zu abgeklärt und zu seriös, hinzu kam, daß er, als ich ihn begrüßte, nur schlecht eine gewisse Gereiztheit verbergen konnte und sich offenbar sehr unbehaglich fühlte. War er nicht gefeit gegen die königlichen Dimensionen des Georgenbaus, den Glanz des Interieurs und seine spiegelblanke Weitläufigkeit? Beeindruckten ihn die ehrfürchtige Stille im Vorhof der Macht und die abschätzigen Blicke, das Geflüster und Gekicher aus der

Gruppe um Mordax und Poisson, die sich bereits als Sieger fühlten? Hatte ich ihn noch zu wenig auf all das vorbereitet? Ich war mir keiner Schuld bewußt, und um ihn aufzumuntern, flüsterte ich ihm zu, daß er sich vom Glanz nicht blenden und von dem Klüngel gegenüber nicht ins Bockshorn jagen lassen solle, der Poisson sei ein plumper Possenreißer, der zwar trefflich grimassieren könne, doch keinen Vers von Maß zustande bringe, und die Schranzen, die ihn da umgäben, seien Leute ohne Einfluß, wobei ich Mordax davon ausnahm, Mordax, meinen Kontrahenten, Mordax, der zu seinem Amt auch gern noch Zeremonienmeister wäre. Günther nickte zu allem, was ich sagte, doch ich glaubte zu bemerken, wie die Worte ihn im Innern nicht erreichten und wie er sich, einer Schnecke gleich, der sich etwas gefährlich Unbekanntes nähert, peu à peu zurückzog in sich selbst.

Noch war es vor der Zeit, als die Tür geöffnet wurde und der Oberhofmarschall erschien. Loewendal begrüßte die Parteien, verkündete, daß Ihro Königliche Majestät die große Gnade haben werden, uns in Bälde zu empfangen, und wies uns unsere Plätze an: Rechts vom König solle Herr von Mordax mit seinem Kandidaten stehen, links von ihm ich und Günther, bis dahin sollten wir uns noch gedulden und unterdes etwas Erquickendes zu uns nehmen. Er schnipste mit den Fingern, worauf einige Pagen Wein kredenzten und so lautlos, wie sie gekommen waren, mit Loewendal wieder hinter der Tür verschwanden.

Günther trank sein Glas in einem Zug, ich hingegen nippte nur daran, um klaren Kopfes vor den König hinzutreten. Und wiewohl ich nun wahrlich nicht das erstemal zur Audienz gerufen war, mußte ich bemerken, wie sich meiner Seele eine seltsame Unruhe bemächtigte, hing doch mein Geschick diesmal nicht allein von meiner eigenen Zungenfertigkeit, sondern wesentlich von der des Günther ab: Versagte er, versagte ich mit ihm. Doch wie in allen entscheidenden Momenten meines Lebens konzentrierte ich mich ganz auf den Erfolg, weil ich wußte, daß alles Zweifeln nur vom Übel ist und als Schwäche gilt. Selbstsicherheit hilft siegen, von sich selbst überzeugt sein überzeugt auch andere! Diesen guten Rat gab ich dem Günther noch auf den Weg, als wiederum die Tür aufging, die Pagen die Gläser zurückerbaten und Loewendal uns winkte, ihm zu folgen.

Wir traten ein ins erste Antichambre, in dem man rechter Hand die Türen zur Kanzlei des Königs und zur Retirade sah, schritten durch die hohe Tür rechts von dem wuchtigen Kamin und gelangten in die Ante Camera, die der Innenarchitekt Le Plat erst kürzlich neugestaltet hatte und an deren Decke man ein Gemälde von Louis de Silvestres Hand bewundern konnte, das König August als sächsischen Herkules präsentierte, der mit jugendfrischer Kraft die Laster allesamt zu Boden stößt. Im sodann folgenden Tafelgemach sahen wir eine Unzahl von durcheinanderwieselnden Bediensteten bei ihrem kunstreichen Metier. Sie waren justament dabei, eine voluminöse Tafel auf die anmutigste Weise mit Pyramiden, Fontänen und anderen sinnreichen Inventionen zu zieren, wobei den Fontänen die herrlichsten und wohlriechendsten Essenzen, wie Rosen- und Zimmetwasser, entströmen werden. Es wurden auch einige Berge aus Zuckerwerk aufgestellt, welche kleine Öffnungen hatten, aus denen bei Tafelbeginn die raffiniertesten Parfüms ausströmen werden sowie kleine Flammen, so daß diese wie feuerspeiende Vulkane aussehen werden. Dazu kamen noch zwei Brunnen, als weiße Adler ausgeformt, aus deren Schnäbeln sich später weißer und roter Wein ergießen wird – mithin eine gaumenkitzelnde Augenweide, eine wahrhaft königliche Tafel für mehr als zehn Personen, womit der König wieder einmal demonstrierte, daß er alle Wohlfahrt, die er besitzt, mildigst mit seinen Untertanen zu teilen willig ist – er könnte schließlich alles auch alleine essen. Mir lief der Speichel im Munde zusammen, auch Günther zeigte sich frappiert, er starrte auf die Tafel, als straften ihn die eignen Augen Lügen.

Nun also ging es ins Audienzgemach. Vor der Tür zu diesem standen zwei Heiducken mit gekreuzten Hellebarden, die Tür daneben, die zum königlichen Betgemach, war verstellt von einem Beitisch zum Tranchieren. Loewendal winkte den ungarischen Zerberussen, worauf die zur Seite traten und uns den Weg freigaben zu Ihro Majestät. Mir schlug das Herz im Halse, mußte ich doch fürchten, daß Günther einen Fauxpas gegen das Audienz-Reglement beging.

Mit einem schnellen Blick erfaßte ich die symmetrische

Komposition der königlichen Gruppe: Der Monarch saß erhöht auf einem blausamtenen Fauteuil, über sich einen himmelblauen Baldachin mit Sonne, Mond und Sternen, hinter ihm zwei Kammerherren, vor ihm je ein Kammermohr und ein Kammerpage, vorne links auf einem Stuhl die Demoiselle von Osterhausen, vorne rechts die dick gewordene Aurora Gräfin von Königsmarck, jetzige Pröbstein von Quedlinburg. Loewendal verneigte sich und stellte uns dem König vor: Zuerst Mordax und Poisson, was mich ziemlich wurmte, dann erst mich und Günther. Doch: à jour sein war jetzt die Devise.

König Friedrich August war bekleidet mit einem hermelinverbrämten Mantel von kirschrotem Sammet, das tiefblaue Futter bestickt mit weißen Adlern und goldenen Kronen. Die von Osterhausen trug eine weiße Robe de cour, wobei das Kleid mehr einem Negligé glich, denn es begann, nudis verbis, erst unterhalb der Rosenknospen ihrer wirklich deliziösen Brüste, die sich in der Tat nicht zu verstecken brauchten. Die Königsmarck war da dezenter in ihrer karmesinroten Robe de cour mit Busentuch und einigen geschmackvoll arrangierten Aquamarinen. Sie lächelte uns freundlich zu, wohingegen die Osterhausen uns völlig ignorierte und nur Augen für den König hatte. Die Gräfin wurde ebenfalls von ihr geschnitten, die gegenwärtige Favoritin war wohl über die Anwesenheit der verflossenen pikiert – das war nicht unwichtig zu wissen.

Der König trug wie ich eine mächtige Karreeperücke, doch mich erschreckte das Gesicht darunter, das mir als jünger in Erinnerung war. Trotz des Puders und der Schminke sah ich, wie schlaff die Haut geworden, wie schwer die Augenlider, wie der einstmals reckenhafte Körper nunmehr nur noch massig wirkte, wie der Mund fast schmerzlich lächelte und wie sich unterm Kinn ein zweites und ein drittes zeigte: Man sah dem König heuer seine neunundvierzig Jahre an, die Jugend, die zur Schau zu stellen er sich immerdar bemüht, war vorbei, und trotz alledem verblieb dem Angesicht das Majestätische durch die starke Nase, die dichten schwarzen Augenbrauen, die wuchtige Stirn und den Blick, der zwar getrübt und träge, doch im Zentrum der Pupille noch immer so gefährlich glimmte wie bei einem müden, alten Löwen.

Nu (sprach der König), Loewendal, was ham die beeden

für Meriten? Mir wolln das unverzüglich von den Sekundanten der Kandidaten hörn!

Messieurs (sagte Loewendal zu mir und Mordax), s'il vous plaît.

Großmächtigster, Allerdurchlauchtigster (sagte Mordax, bevor ich noch den Mund aufmachen konnte), Eure Königliche Majestät, in Dero Person wir einen Ulysses und Achilles zugleich antreffen, besitzen durch die gütige Vorsehung des Höchsten den ungemeinsten Vorzug auf der Welt und den Gipfel menschlicher Würde, welche man mit Verwunderung und gebückt zu verehren und glückselig zu preisen pflegt ...

Baron (unterbrach ihn der Regent), sprecht zur Sache oder schweigt! Mir könn Unsre Zeit nich so verdempern, die Geschäfte drängen!

Monsieur de Besser, s'il vous plaît (sagte Loewendal).

Ich, gewarnt vom Unmut Seiner Majestät, fing die Sache schlauer an als Mordax und pries den Günther stracks in den höchsten Tönen, wobei ich nur gelegentlich, gewissermaßen sparsam und deshalb desto wirkungsvoller, meine allertiefste Ehrfurcht und alleruntertänigste Verehrung für Majestät in meine Rede flocht.

Bong, mei lieber Besser (unterbrach auch mich der König, doch liebenswürdiger im Ton), Unser Leibarzt Schlechel hat Euern Jüngling schon genug gerühmt. Nu soll der sich mit dem Vochel da selber präsendieren.

Monsieur Poisson (rief Loewendal), s'il vous plaît!

Wiewohl ich gar gern gestehe (sagte Poisson, und es klang, als lese er vom Blatt), daß die ungemeine Klugheit und Welterfahrenheit, die übermenschliche Riesenstärke, der heroische Geist, die weltgepriesene ..., äh, die weltgepriesene ...

Generosität und Clemenz (raunte Mordax neben ihm).

... die weltgepriesene Generosität und Clemenz (wiederholte Poisson), die heldenmütige Tapferkeit, die bewundernswürdige Gemütsstandhaftigkeit, solche Dinge sind, welche meine Zunge zu beschreiben nicht capabel ist, weil, wenn man erzählen wollte, wie oft Ihro Königliche Majestät, den man, äh, den man den deutschen Simon ...

Simson! (soufflierte Mordax) Simson!

... den man den deutschen Simson nennt (fuhr Poisson in seinem angelernten Texte fort), eiserne Stäbe zerbrochen, silberne, kupferne, zinnerne und andere Gefäße wie Papier zusammengedrückt und -gerollt, so würde es jeder, der dies erzählen hört, für Fabeln und Romane halten ...

Schluß mit dem Großgebratsche! (der König wurde ungeduldig) Er sieht zwar lustig aus, schwätzt aber daher wie jeder, der sich Uns zu Füßen wirft, um einen Vorteil rauszuschlagen. Loewendal, laßt die Kandidaten mit dem Concours anfangen, Unsre Zeit pressiert. Womit soll's denn losgehn, das Duell der Dichter?

Euer Gnaden (sagte Loewendal), mit dem Lobgedicht, wenn es Euch beliebt.

Nu! (rief der Serenissimus) Allez!

Das Lobgedicht auf Königliche Majestät, Messieurs! (rief Loewendal) Ihr, Monsieur Günther, zuerst: ex tempore und wohlgereimt!

Günther stand und starrte vor sich hin, so daß ich mir nicht sicher war, ob er die Aufforderung Loewendals überhaupt vernommen. Er stand, als wäre er zu Stein geworden und der sonst so flinke Geist aus ihm gewichen. Alle Blicke waren nun auf ihn gerichtet, der König trommelte mit dero Fingern auf die Lehne seines Fauteuils, Poisson schnitt Grimassen und tippte an den Käfig, worauf der Pirol erschreckt ein paar hohe Töne von sich gab, was wiederum die Osterhausen mit gurrendem Entzücken registrierte – kurzum, die Situation war peinlich und wurde ruinös, wenn Günther weiter schwieg.

Günther! (flüsterte ich ihm deshalb zu und stieß ihm in die Seite) Günther, Ihr seid dran!

Es war, als wenn er von weither käme, er wischte sich die Augen, erwies dem König artig seine Reverenz und begann in wohltönenden Versen zu sprechen, indes mir ein schwerer Stein vom Herzen fiel:

Die Musen sind mir hold und nennen mich ihr Kind,
Dem Kunst und Wissenschaft anstatt der Güter sind.
Mein Wunsch ist auch nicht groß und kleiner als ich selber,
Sein Bitten ehret nicht des Reichtums goldne Kälber,
Er strebt nicht über sich, er mag kein fettes Amt.
Wen einmal die Geburt zur Niedrigkeit verdammt,
Der sucht wie ich gewiß nicht ...

Halt! (unterbrach der König und wandte sich zur Königsmarck) Sie, Gräfin, verstehn doch was davon. Der räsoniert ja egalweg nur über sich? Kann so was noch als Lobgedicht bezeichnet werden?

Sire (sprach die Königsmarck mit Würde), ich möchte meinen: ja, zumal die Verse ohne Fehl und Tadel sind und mit Gentillesse und Propreté fließen.

Und Sie, mei Fräulein? (fragte er die Osterhausen)

Ich weiß nicht (hauchte die und schlug die schönen Augen schmachtend zu ihm auf), je ne suis, ob man ein Gedicht auf sich selbst noch ein Lobgedicht auf Eure Majestät nennen kann, ich höre darin eine anmaßende Bescheidenheit und sehe eine Verbeugung mit erhobenem Haupt.

Dies sagte sie gezielt und spitz in der Gräfin Richtung. So also lief das Spiel: Die Königsmarck für Günther, weil sie selbst Gedichte schrieb und auch angenehm die Gambe und die Laute schlug, vielleicht auch, weil ihre Busenfreundin, die von Spiegel, ihr von ihm erzählt; die Osterhausen gegen ihn, ganz simpel deshalb, weil die Königsmarck für ihn; und der König zwischen den Maitressen.

Eh bjent (sagte er zu Loewendal), sagt dem da mit dem Vochel, er soll dadermang weitermachen.

Monsieur Poisson, s'il vous plaît!

Poisson, die kleine Ratte, sprang mit einem Satz nach vorn, wobei er sich im Sprung zusammenkrümmte und die Glieder zu einem Kratzfuß schlang, der komisch wirken sollte und der die Osterhausen auch zum Kichern brachte. Hierauf hob er den Zeigefinger achtungheischend in die Höhe und begann zu reimen, doch so, daß es im Innern schmerzte:

Held, aller Helden Held,
Nichts gleicht Euch auf der Welt,
Nichts im Himmel und auf Erden,
Wen wir auch immer fragen werden.
Ihr seid so mächtiglich und groß,
Ihr seid so gütig und so . . . und so . . .

Hier blieb er stecken, er stotterte und rollte verzweifelt mit den Augen, doch ein Reim auf groß wollte ihm nicht kommen.

Nu? Und weiter? (fragte Friedrich August ärgerlich)

Ihr seid so gütig und so ... und so ...

Poisson schien am Ende seiner Kunst, jedoch war er gewitzt genug zu improvisieren und aus dem Vogelkäfig den Pirol herauszunehmen und den zu fragen, ob ihm etwa ein Reim einfiele. Da dieser aber ängstlich schwieg, nahm er den Käfig von seinem Kopf, setzte den Vogel, ihm mit dem Finger drohend, wieder hinein und schlug einen Purzelbaum.

Trä bjeng, genug der Faxen! (befahl der König) Mir sehen, daß Er gelenkig ist, und sehen's mit Vergnügen. Doch wolln Mir jetzo Verse hörn. Vielleicht fällt nu dem ernsten Dichter etwas zu Uns ein!

Monsieur Günther, fahrt bitte fort mit Eurem Lobgedicht (sagte Loewendal, wobei mir schien, daß seine Sympathie mehr auf unsrer denn auf Mordax' Seite lag, also, schloß ich, wußte er gottlob noch nichts von Günthers kecker Unvorsichtigkeit bei Mademoiselle Fleurette).

Günther zögerte erst ein wenig, setzte aber dann sein Carmen an jener Stelle fort, wo er geendigt hatte. Ich hoffte, daß der König dies nicht als ungehörig werten würde.

Wen einmal die Geburt zur Niedrigkeit verdammt,
Der sucht wie ich gewiß nicht höher aufzusteigen
Als etwa Epheulaub an tiefen Cedernzweigen.
Mein König und mein Herr, dein Ruhm, dein Gnadenschein
Soll bei gelehrter Ruh mein Fleiß und Schutzgott sein,
Erlaube, daß ich stets mit Ehrfurcht und mit Liebe
Mein schlechtes Saitenspiel an deinen Taten übe.

Gut, gut (sagte der Monarch), Mir sehen schon, Er greift die Verse aus der Luft und hat Talent zum Verseschmieden, doch wollen Mir anjetzo was zum Lachen hörn. Langweilen könn Mir Uns auch bei den Akzisesachen, da is kee Poete vonnöten! Was is jetzt dran, mei lieber Oberhofmarschall?

Das Madrigal, Euer Gnaden (sagte der).

Madrigal – ach, geht Mir weg! (rief der Landesherr) Das hörn Mir demnächst mit Musik viel besser in der Oper, Mir wolln jetzt was zum Lachen hörn, dixi!

Dann kommen wir zum Scherzgedicht? (fragte Loewendal)

Oui, oui, Uns recht (sprach der König). Und worüber solln die beeden scherzen?

Wenn ich etwas proponieren darf, mein Herrscher und Gebieter (flötete die Osterhausen), so wäre es doch allerliebst, wenn jeder der beiden Kandidaten jeweils etwas Lustiges über seinen Gönner reimte? Der Monsieur Günther über Herrn von Besser, der Poisson über unseren Monsieur Directeur de plaisir.

Trä scholi, meine Liebe! (rief der König) Also allongs, meine Herren Dichter! Gräfin, Ihr seid einverstanden?

Wenn es Euch beliebt (sagte diese diplomatisch).

Mon Dieu, dachte ich bei mir, was soll das nur geben? Eine abgefeimte Gemeinheit von dieser übermütigen Maitresse, diesem jungen Ding, die sehr wohl die Tochter meiner Tochter sein könnte! Ich sah zu Günther und sah mit Schrecken, wie er wieder Abstand nahm von dem, was ihn umgab, wie ein Schleier über seine Augen fiel und er sich aus diesem Raume träumte. Und das gerade jetzt, da er mit allen seinen Fähigkeiten hier gefordert war! Was für ein Mensch! Das war seine große Stunde – er aber überließ sich den Gefühlen, die man sich hier nicht leisten konnte! Ich betete zu Gott, daß er sich besann und das Gewünschte tat, allerdings, wenn es irgend ging, ohne mich dabei ernstlich bloßzustellen. Vorerst jedoch war der andre an der Reihe, er verneigte sich vor dem König bis zum Boden, scharrte hinten mit dem Fuße aus, stellte sich in Positur und begann, daß es zum Gotterbarmen war.

Wem unterstehet das Plaisir, Sire, in dieser Stadt?
Wer visitiert zuerst die Mädchen auf der Bühne und im Bett?
Wie heißt der Lieferant der ... der ungepflückten Röschen?
Wer nascht zuerst den Nektar ihrer zuckersüßen Döschen?

Ah, wie sinnlich und wie lieblich! (stöhnte die von Osterhausen und ließ erregt den Busen auf- und niederwallen)

Wem unterstehen die Taler für die Mädchen?
Wer schaufelt stets davon ins ... eigne ...

Poisson! Schweig still! Du Hurensohn! (Baron von Mordax stieß diese Worte aus und erbleichte, da Königliche Majestät und auch alle anderen jedes seiner Worte verstanden hatten)

Baron Mordax, unterbrecht den Lustigmacher nich! (rief der König streng) Und Er, Plumpatsch, mach Er getrost so weiter! Sehr interessant, was Er da sagen will, sehr interessant!

Wie Ihr befehlt, großmächtigster König und allerdurchlauchtigster Kurfürst (dienerte Poisson devot).

Wer schaufelt stets davon ins eigne Lädchen?
Wie heißt der schlaue Dachs?
Der heißt: Baron von Mordax.

Bravissimo! C'est parfait! (rief Demoiselle von Osterhausen und klatschte in die Hände)

Nu, und was sagen Sie daderzu, meine liebe Gräfin? (fragten Majestät die Königsmarck)

Ich, Sire (sagte diese), finde es bedenklich, wenn solch ein Individuum honorable Leute des Unterschleifs bezichtigt, je regrette, ich kann über derlei Ungezogenheit nicht lachen.

Faschös, unerfreulich in der Tat (sprach der König düster). Meinen Sie, es sei nicht schicklich, die Tatsachen beim Namen zu nennen, die Mir ohnehin schon kennen? Oder glaubt Ihr, Mir wüßten nich, daß die Hälfte der Akzisegelder egalweg an den Händen meiner ehrenwerten Herrn Minister klebenbleibt? Nolens volens, eener muß die Wahrheit sagen, basta. Warum nich dieser Malefizkerl da?

Majestät, er lügt! (rief Baron von Mordax)

Dazu liebster Mordax, später und ein andermal (sprach der König leise und im Ton so zart, daß es bedrohlich klang – was mich natürlich freute). Und nu der andre da!

Monsieur Günther, s'il vous plaît, das Scherzgedicht (rief Loewendal und sah mich bedauernd an).

Doch Günther rührte und rückte sich nicht. Er war nicht etwa aufgeregt, was durchaus verständlich und verzeihlich gewesen wäre, er stand ganz ruhig, er schwitzte nicht, und keine Röte tönte sein Gesicht – was aber war mit ihm? War er zu stolz, sich mit einem solchen Stümper wie Poission zu messen? Zu stolz, da Stolz hier ein Luxus war, den er sich nicht leisten konnte? Bereits als Poisson seinen Gönner so skrupellos bezichtigte, hatte Günther einen solch angewiderten Ausdruck im Gesicht, daß ich nur hoffen konnte, er bliebe unbemerkt. Warum nur stand er stur und steif und wollte seinen Mund nicht öffnen? Ich wünschte mir verzweifelt, er nähme keine Rücksicht auf mich und meine Ehre und brächte den König auf meine Kosten zum Lachen, denn war es nicht weit wichtiger, daß er hier siegte und damit meine Position für die Zukunft stärkte, als daß er mich im Augenblick verschonte?

Monsieur Günther, s'il vous plaît!

Mein lieber, bester Günther (flüsterte ich ihm zu). Ich fleh Euch an, sprecht ein paar Strophen, ganz gleich, was, nur sprecht!

Er aber blickte mich nicht einmal an und hielt die Lippen fest geschlossen. Da erhob sich Gräfin Königsmarck und näherte sich Günther. Sie faßte ihn am Arm und lächelte ihn an. Ich sah in ihren Augen ein mütterliches Mitgefühl, so als verstehe sie und sähe das Unabwendbare schon voraus.

Junger Mann (sprach sie sehr sanft), Sie halten das Glück in Ihren Händen, sprechen Sie, ergreifen Sie die Chance, tun Sie's bitte mir zuliebe!

Günther sah die Gräfin an, und es schien, als wolle er gleich schreien oder weinen. Was sollte das? Er war kein Kind, und wenn, dann ein höchst trotziges und ungehorsames, das man nicht hätscheln, sondern strafen sollte!

Ich kann nicht (sagte er), verzeiht, Madame.

Günther! (sagte ich) Bei allem, was ich für Euch getan: sprecht!

Ich kann nicht! (wiederholte er)

Ihr müßt! (befahl ich, ergrimmt über diese Widerspenstigkeit und dieses degoutante Selbstmitleid)

Ich . . . (sagte Günther vor sich hin und schlug die Augen nieder), ich . . .

O grand Malheur! In der Stille hörte man das Klappern von Geschirr, Geflüster und Betriebsamkeit aus dem Tafelzimmer, der König sah zur Tür, dann zu Günther und wurde zusehends ärgerlich. Die Königsmarck schüttelte bedauernd und traurig ihren Kopf und ging zu ihrem Platz zurück. Mordax grinste hämisch. Poisson schnitt Fratzen. Und Loewendal sah sich ratlos nach dem König um.

Nu? Was is? (hörte ich ihn ungehalten fragen) Will Er reden oder nich? Nich? Nein? Also manchmal könnte mer reneweg aus der Haut huppen, wemmer nur gleich wüßte, wohin. Schluß mit dem Kuttelmuttel, aus, fini! Es is zum Alteriern: Der eine Skribefax, der kann nich reimen, und der andre da, der will es nich! Eh bjeng, Mir ham ferner keene Zeit zu solchem Mumpitz! Die Schose wird demnächst entschieden: Heut sagen Mir nich esu und sagen auch nich esu, denn wemmer esu oder esu sagt, heißt's gleich, Mir hätten esu oder esu gesagt! Punktum und Schluß!

Messieurs! (rief Loewendal, nachdem der König ihm einen Wink gegeben hatte) Audienz beendet!

Wir beugten unsre Häupter und zogen uns im Rückwärtsgang zurück, nur Poisson, der arge Schleicher, scherte noch einmal aus und schenkte der von Osterhausen den Käfig samt Pirol, den diese auch entzückt und gnädig nahm. Im Tafelgemach rauchten schon die Zuckerberge, auf dem Tranchiertisch vor dem Betgemach dampfte ein mit Hühnern, Gänsen und Feder-Wildbret gefüllter Hirschbraten, der Pagenhofmeister, die Pagen, etliche Kammerjunker und der Herr Oberkämmerer standen schon in Positur, die Leuchterkerzen brannten, und vor der Tür des Riesen-Saales warteten bereits die Tafelgäste, ich erkannte in meinem Ärgernebel nur den Grafen Foscari, den Palatin Gablianowski, Bischof Tarlo, Graf Szemberk, die andern hohen Herrschaften nicht, die zu dem Jubelfest schon angereist, ich war gewissermaßen blind vor Zorn.

Noch im Riesen-Saal zog ich den Günther in eine Fensternische und schimpfte ihn undankbar, eigensinnig, querköpfig, bockbeinig, halsstarrig, treulos, wankelmütig, rücksichtslos, ungezogen, unbotmäßig, zügellos und egoistisch, ich litt keinen Mangel an entsprechenden Invektiven, ex abundantia cordis os loquitur, wes das Herz voll ist, des gehet der Mund über.

Warum nur habt Ihr nichts gesagt? (fragte ich erregt und wütend) Warum nicht, sagt mir das!

Ich wollte – doch ich konnte nicht (sagte Günther leise und

sah dabei zu Boden). Warum – ich weiß es nicht. Mir war ganz wunderlich zumute. Wie ich so vor dem König stand, war es, als müßte ich mich schon daran erinnern. Ich lag auf meiner Wiese unten an der Elbe und sagte mir: Weißt du noch, wie es war, als du vor dem König standest? Ich lag unter meinem lieben Baum ...

Welchem lieben Baum, in drei Teufels Namen? (fragte ich) Seid Ihr von Sinnen?

Die alte Linde an der Priegnitz (sagte Günther). Ich sah in ihre Krone, und es kam mir vor, als sei die Audienz etwas ganz Inzidentes, ein lachhaft kurzer Augenblick, der, noch ehe er begonnen, schon vorüber ist, der wie ein Hauch vergeht und von dem nichts bleiben wird. Versteht Ihr, Herr von Besser?

Nein! (rief ich) Nein, kein Wort!

Ich versteh's ja selber kaum, es waren Bilder, die mich überfielen. Dann wieder war mir, als sei ich ein Fisch, der, aus seinem Element gerissen, nun das Fliegen lernen soll. Flieg, Fisch, hörte ich, flieg! Ich wollte atmen, wollte mich bewegen, doch war da nichts als lauer Wind, ich glaubte zu erstikken ...

Monsieur de Besser! (ich hörte meinen Namen rufen, es war Baron von Loewendal) Auf ein Wort (sagte er außer Atem und zog mich in die nächste Fensternische), Ihr habt noch eine Chance, doch müßt Ihr sie geschwind ergreifen, sonst gewinnt die Osterhausen die Partie. Morgen fahren Majestät nach Bora, um zu jagen, Euer Günther könnte ihm im Dorfe dort oder vor dem Jagdschloß Glauschnitz eine Lobschrift überreichen. Entschuldigt mich, ich muß zur Tafel, und das mit einem kranken Magen, also: morgen, Bora ...

Ich ging zurück zu Günther und sagte ihm, daß noch nicht alles verloren sei, wenn er sich jetzt zusammennehme und alle überflüssigen Gedanken und Gefühle stracks beiseite lasse und sich konzentriere auf das fast verspielte Ziel: ad eins die Pritschmeister-Stelle, ad zwei das Hofpoeten-Amt. Mir schien, er war sich durchaus seiner Schuld bewußt, denn er erkundigte sich, wo Bora liege, wann die Gelegenheit am besten sei, und verabschiedete sich von mir hastig vor dem Georgentor mit dem Versprechen, sofort in sein Quartier zu eilen und mit der Lobschrift zu beginnen.

Ich aber ging nach Hause, und jeder kann sich denken, wie enttäuscht ich war und bitter. Ich aß und legte mich zum Mittagsschlaf und versuchte mich damit zu trösten, daß sich die Sache vielleicht doch noch zum Guten würde wenden lassen. Es war ein schwacher Trost, denn ich erwachte unverändert mißgelaunt, der Schlaf hatte mich nicht im mindesten erquickt.

Lustlos notierte ich in mein Diarium, was Grotegut vom heutigen Tage zu berichten hatte: Meldete der Türmer, daß gegen Meißen ein kleiner und großer Rauch wäre. Wurde der italienische Notist Barussi wieder eingebracht. Carrousel-Probe mit dem völligen Zug, Versammlung auf der Oster-Wiese, von der marschierten sie über die neue Brücke und den Festungsgraben in die Orangerie.

Vor dem Zubettgehen suchte ich aus meinem abschließbaren Schränkchen die Pariser Miniatur, auf der sich schamlos ein paar Nackte im Bett vergnügen und die mir öfters schon die Phantasie entzündet hatte. Ich bohnte lustlus eine Weile, löschte aber dann die Kerze, weil mich die mechanische Bewegung zwar ins Schwitzen, doch keineswegs in Wallung brachte, und zog die Nachtmütze über die Ohren, da ich mich schlechter fühlte als vorher, schlaff, ausgelaugt und mutlos. Zwei- oder dreimal schreckte ich noch hoch, kurz vor dem Hinübergleiten in den Schlaf tat mein Körper eine heftige, unwillkürliche Bewegung, das Herz verkrampfte sich, alldieweil ich dachte, schläfst du jetzt ein, entschläfst du für immer. Die Kopfhaut juckte, der Puls raste, und die Todesangst dröhnte mir im Ohr . . .

Mitten in der Nacht wurde ich erneut geweckt, ich träumte, daß der Tod an meine Türe klopft, doch war es die Müllerin im Nachtgewand.

Was? Jetzt um zwei Uhr? (fuhr ich auf)

Es ist der Muschee Günther (sagte sie), er will Euch etwas zeigen.

Ich warf mir meinen Hausrock über und ließ bitten. Günther sah aus, als wäre er sein eigner Geist, als hätte er drei Nächte nicht geschlafen und eine Woche nichts gegessen, bleich, abgezehrt und mit fiebrig glänzenden Augen. Er überreichte mir fünfzehn eng beschriebene Seiten, über welchen stand: Untertänigste Lobschrift auf Ihro Königliche Majestät in Polen und Kurfürstliche Durchlaucht von Sachsen, Herrn Friedrichs Augusti unvergleichliche Taten. Dies allerdings ließ mit einem Schlag meinen Zorn verrauchen und meine Müdigkeit vergehen, ich bat den Günther, im Bücher-Saale Platz zu nehmen und zu warten, bis ich alles gründlich gelesen hätte. Es war erstaunlich, was sich meinem Auge bot, und so begann das Carmen:

Die Ehrfurcht spricht mich los, mein König und mein Held,
Wofern mein schwacher Vers auf jede Silbe fällt
Und, da dein Antlitz mir sein himmlisch Feuer zeiget,
Mein ungeübter Mund aus blöder Demut schweiget
Und, was er sagt, kaum weiß. Es ist zwar längst bekannt,
Wie gern dein Heldenmut und gnädiger Verstand
Die Einfalt leiden mag, nachdem die Sanftmutsgaben
Dich, eh du Kronen trugst, bereits gekrönet haben.
Dies weiß die Welt wie ich, und gleichwohl schlug jüngsthin
Der Strahl der Majestät den ungewohnten Sinn;
Denn als mein Pegasus vier Schulen machen sollte,
So stund der lahme Gaul, als wenn er taumeln wollte.
Herr, wirkt dein naher Blick auch da schon gar zu scharf,
Wo niemand dessen Blitz und Rache fürchten darf,
Was muß er dort nicht tun, wo Feind' aus Schröcken laufen
Und wo dein Eifer spricht: Da liegen sie bei Haufen?
Vergangen ist vorbei, mein König kann verzeihn.
Lauft, Dichter, lauft und rennt, neun Musen anzuschrein!
Bei Fabeln ist kein Trost, mein Kiel nimmt Friedrichs Güte
Zur Göttin seiner Kunst und fühlt schon im Gemüte
Den Einfluß ihrer Kraft. Drum geh ich grade zu,
So wie man Gott ersucht, nach dessen Beispiel du,
O Herr, dein Reich bestellst. Die Großmut ist bescheiden
Und weiß wie du, o Held, den Mißbrauch nicht zu leiden,
Daß jeder, der das Ohr mit falschen Saiten quält,
Dir, was du bist und tust, aus Eigennutz erzählt,
Die Wort' auf Stelzen setzt, aus Hochmut dunkel schreibet
Und dein so helles Lob in Nacht und Nebel treibet.
So schwer man sich vor sich, mein König, hüten kann,

So wenig ficht mich noch dergleichen Schwachheit an.
Ich reime, wie es fließt, erkenne meine Blöße
Und seh sie nirgends mehr als jetzt an deiner Größe,
Die, was sie scheint, auch ist. Ich säße gern in Ruh
Und schwiege länger still; die Wahrheit läßt's nicht zu,
Die Wahrheit, so allein mein redlich Herz regieret
Und jetzo mit Gewalt zu deinem Throne führet.
Wie manchmal zürn ich nicht mit unsrer armen Zeit,
Die jetzt fast gar nicht mehr der Nachwelt Urteil scheut
Und, Herr, vor deinem Ruhm, der doch wie Adler steiget,
Noch keinen Maro weckt und wenig Besser zeuget ...

Ein ganz vorzügliches Stückchen galanter Poesie! Ich war entzückt von seinem eleganten Fluß, ich war gerührt, in einem Atemzug mit Publius Virgilius Maro genannt zu werden, doch nachgerade neidische Bewunderung ergriff mich ob der Geschicklichkeit, das allgemeine Königslob mit dem soeben Geschehenem zu verbinden und en passant und ohne Bruch im Stile zu erklären, warum sein Mund am Vormittag bei der Audienz verschlossen blieb:

An Stümpern fehlt es nicht; kein Nord kann so viel schnein,
Kein Sperlingsheer so stark um Ernt' und Garben sein
Und kein noch junger Arzt so viel gen Himmel jagen,
Als Leute solcher Art sich vor dein Antlitz wagen.
Der stopft ein Madrigal mit Spruch und Ziffern voll
Und prophezeit, wie hoch dein Leben steigen soll,
Als legte, blinder Wahn, die Vorsicht der Gestirne
Den Schlüssel ihres Rats den Narren ins Gehirne.
Dort kreißt ein schwacher Berg; was bringt er? Eine Maus.
Er beißt die Nägel wund, versetzt, flickt ein, stößt aus
Und macht mit seiner Müh die Titel hoher Namen
Als Anagrammatist zu Krüppeln und zu Lahmen.
Der dritte will recht hoch und macht das Anfangswort:
Held, aller Helden Held! Und kann nicht weiter fort ...

Das klingt, als wär es aus dem Handgelenk geschüttelt. Wie leicht und kühn das ist! Er lobt und verleugnet sich und seine Meinung nicht, er wagt es gar, den Konkurrenten abzukanzeln, und er begründet dies so überaus geschmeidig, daß ich nicht anders konnte, als darob zu staunen:

Sieh, Herr, wie wenig ich den Toren schenken kann,
Ich greife sie sogar vor deinen Augen an,
Nicht etwa, weil sie dir so gern gefallen wollen,
Nein, darum, daß sie sich nur schlecht erklären sollen.
Denn Hoheit braucht nicht Glanz, und Schminke gibt
Verdacht ...

O weh, dachte ich bei mir, das kann ins Auge gehen! Das unserm König, dessen Grundsatz lautet: Pracht kündet Macht, und der nicht nur seine Falten im Gesicht wegzuschminken sucht, sondern auch so manchen Fleck im Lande. Die Stelle muß er tilgen und die folgenden gleich mit:

Was ziert ein Konterfei? Der Farben Meng und Pracht?
O nein, die Ähnlichkeit muß Bildern Wert und Leben
Wie Einfalt der Natur die größte Schönheit geben.
Kein Argwohn findet auch bei meiner Muse Statt,
Weil, Herr, dein Ruhm schon längst den Neid zum
Zeugen hat,
Ich aber allemal, soviel ich red und schreibe,
So eigensinnig bin und bei der Wahrheit bleibe ...

Der Günther kann den Stolz nicht lassen, und er begreift nicht, daß seine Wahrheit nicht gefragt ist, er will nicht anerkennen, daß die königliche Allmacht sagen darf: Wahr ist, was ich sage, wahr ist, was mächtig ist, weil ich es sage. Auch hier schrieb ich an den Rand ein großes: Deleatur, es möge gestrichen werden! Zwischendurch polierte Günther aber sehr gekonnt die Verdienste Augusts auf, so par exemple, wenn er schrieb, daß dessen Geist die Weisen selbst beschämt, er dem Frevel Galgen baut und der Tugend Kränze windet – das war wahrhaftig gut gelobt, eben weil das Lob nur ganz entfernt mit der Wahrhaftigkeit zu schaffen hatte. Ein wenig beschlich mich gleichwohl der Verdacht, der Günther zeichne hier sein Ideal, sein Idealbild eines Herrschers, und halte dies dem König zur Läuterung vors Angesicht. Die Völker spätrer Zeit werden sich mit Verwunderung vor deinem Namen biegen, schrieb der Günther und zählte Siege auf, von denen ich nicht wußte, wo sie stattgefunden haben sollen, doch tut das weiter nichts zur Sache.

Nota: Man muß sich allerdings beim Lob davor hüten, den Gegenstand des Lobens so hochzujubeln, daß die Diskrepanz zwischen dem Geschönten und der Wirklichkeit gar zu deutlich wird.

Solches aber stand bei diesen Zeilen zu befürchten, man kann das Lob auch übertreiben, so nämlich, daß es umkippt in sein Gegenteil:

> Die Liebe für dein Volk geht allen Sorgen vor,
> Dein Aug und dessen Schutz ist unser Wall und Tor.
> Du kennst dein Land wie dich, bist selbst sein reichster Segen
> Und schonest dich . . . nur unsrer Wohlfahrt wegen . . .

Ist das nicht offensichtlich Spott? Dabei ist es so ernsthaft formuliert, daß an den Worten selbst nichts auszusetzen ist — und doch klingt es nach Ironie. Du kennst dein Land wie dich: Wer weiß, daß König August von seinem Land kaum mehr als seine beiden Residenzen in Dresden und in Warschau kennt, kann sich nun selber denken, daß er auch sich selbst unkenntlich ist. Wenn Günther dann von den Ministern sagt, daß sie dem König ohne Schmeicheln raten, so weiß es jedermann und der König ganz zuerst, daß dies eine nette, nichtsdestoweniger aber eine fette Lüge ist. Und wenn er von den Militärs behauptet, sie seien nicht ein fauler Staat gezwungner Tapferkeit, die bloß das Aug ergötzt und nur mit Waffen spielet, so sagt er verneinend, wie es ist: ein altbewährtes Kunststückchen der Rhetorik.

> Und wo man hört und sieht, da sieht und hört man Spuren
> Von Friedrichs Majestät. Venedigs Pracht und Stand
> Ward dort vom Sannazar der Götter Werk genannt,
> Und zwar nicht sonder Grund. Ich weiß nicht, ob ich fehlte,
> Wofern ich Dresdens Wert ihm an die Seite zählte;
> Dies aber weiß ich wohl, daß diese große Stadt,
> Soviel sie von sich selbst von Würd' und Ansehn hat,

Kein höher Vorzugsrecht vor ihresgleichen führet,
Als daß sie jetzt August und dessen Hofstaat zieret.
Die Elbe, so doch sonst den Zwang der Freiheit haßt,
Erduldet hier mit Lust der schweren Brücke Last,
Die jetzt dem tapfern Herrn an Größ' und Stärke gleichet
Und wie sein Heldenmut vor keinen Stürmen weichet.
Dies alt' und teure Werk, das über tausend geht,
Erwartet weiter nichts zu seiner Majestät,
Als daß ihm Friedrichs Bild und dessen Ehrensäule
In Marmor oder Erz den letzten Glanz erteile.
Das Auge wird entzückt, wohin es sich auch lenkt,
Und da sein Vorsitz hier den Wall zu schätzen denkt,
So blendet ihm schon dort der Zwinger das Gesichte:
Wie, macht es denn der Tag um diese Gegend lichte?
Wie, oder greift wohl gar der Dächer goldner Schein
Dem Lichte dieser Welt in Amt und Klarheit ein?
Dies ist gar viel gesagt, jedoch so weit zu glauben,
Daß Ampeln und Metall der Nacht viel Stärke rauben.
Die Meng' ermüdet fast die Saiten und den Kiel ...

O gewiß, ich kann mir durchaus denken, daß Günther langsam müde ward beim Schreiben dieser Herrlichkeiten, schade nur, daß er sich nicht verkneifen kann, seine Empfindungen sogleich aus einer Seele aufs Papier zu gießen!

Es streiten Kunst und Wert; der Grotten Muschelspiel
Beschämet die Natur durch ihre Seidenhände,
Das Wasser hat Vernunft und dringt durch Luft und Wände,
Wohin die Kunst befiehlt. Es leben Stein und Holz
In toter Schilderei; der Marmor macht sich stolz,
Nur, wo ich's sagen darf, des Königs Tritt zu fühlen.
Aurora scheinet selbst mit solcher Pracht zu spielen ...

War dies ein verdeckter Dank für die Gräfin Königsmarck? Ich traute dies dem Günther durchaus zu, wie ich es auch für sehr wahrscheinlich hielt, daß er das Bild mit dem vernunftbegabten Wasser, das durch Luft und Wände dringt und von der Kunst befehligt wird, nicht nur auf den Zwinger bezogen haben will. Doch überwog bei weitem noch das Positive, er zog gar Rom heran, um Dresdens Größe darzustellen:

O sollte doch nur jetzt ein Römer auferstehn,
O sollt er doch nur hier um Tor und Festung gehn,
Es überlief ihn gleich bei Schanzen, Stück und Mauer
Ein Schweiß der Tapferkeit und ehrerbietig Schauer;
Und käm er in die Stadt und nähm er da in acht,
Was dort dein großes Fest für Zubereitung macht,
So schlöß er ganz gewiß aus so viel Ehrenbogen,
Es kämen bald Adon und Venus eingezogen ...

Sehr geschickt, wie er da die bevorstehenden Solennitäten mit einbezog und das kronprinzliche Paar! Ich schöpfe neuen Mut: Wer, wenn nicht Günther, war dafür geeigneter, das große Fest und die hohen Herrschaften würdig zu besingen? Poisson? Daß ich nicht lache! Ein Harlekin, aber doch kein Dichter für staatsrepräsentative Gesänge! So wie Günther muß man dichten können:

Verherrlichter August, wie weit verlier ich mich!
Je mehr ich sagen will, je stärker breiten sich
Die Strahlen deines Ruhms, o allzeit großer König!
Viel rühmen viel von dir, und alles ist noch wenig.
Tu, was du denkst und willst, ficht, scherze, gib, befiehl,
Nimm Masken bei der Lust, halt Renn- und Ritterspiel,
Verkleide dich zur Jagd, begib dich auf die Wellen,
Der Sturm kennt Cäsars Geist, du kannst dich nicht verstellen,
Der König blitzt hervor. Mund, Antlitz und Person
Fällt allen Malern schwer, und dies beweist uns schon,
Es habe die Natur, die nichts umsonst vollendet,
Die beste Zeugungskraft an deiner Brust verschwendet
Und, als sie deinen Leib so stark und schön gebaut,
Des Überflusses Bild zum Muster angeschaut,
Daß, wenn sich nun dein Geist zur Eitelkeit bequemte,
Kein Haus gemeiner Art den hohen Geist beschämte.
Indem nun, großer Held, dein Wachen und dein Schwert
Den Zeitregistern Glanz, den Völkern Ruh gewährt,
Da Hoch und Niedrige sich unter dir ergötzen,
Pracht, Segen, Lust und Schutz das Land in Freiheit setzen,
Da Künstler aller Welt geehrt vom Hofe gehn,
Musik und Malerkunst in hohen Gnaden stehn,
Da, sag ich, auch sogar dein Reich den Bettlern nützet

Und Aufsehn und Verbot das schlechte Wild beschützet,
Ach, warum klagt allein die arme Poesie?
Sie kommt, sie fällt und faßt dein väterliches Knie
Und weint dich freundlich an und sucht in deinen Armen
Und sucht und hofft es auch, ein königlich Erbarmen.
Sie irrt verwaist herum, kommt nirgends an und ein
Und muß in deutscher Luft des Glückes Schauspiel sein.
Man drückt sie in der Stadt, man spottet ihr bei Hofe
Und nennt sie nur aus Scherz die abgedankte Zofe.
Dergleichen harter Schimpf geht ihrem Adel nah,
Worauf doch Rom, Athen und Frankreichs Ludwig sah ...

Wahrlich, das heißt dem Schicksal kühn in seinen Rachen greifen und den König bei seinem wunden Punkt zu packen, nämlich dem großen Ludewig in keiner Weise nachzustehen. Mit Emphase bricht Günther nun Lanzen für die Poesie:

Wir Deutschen leiern noch, und hat gleich mancher Schwan
Sich etwa hier und da mit Müh hervorgetan,
So heißt's doch wohl nichts mehr als etwas angefangen.
Was macht es? Kein August bestätigt ihr Verlangen.
Ich weiß wohl, was der Neid von unserm Singen spricht:
Die Dichter wären bloß zur Faulheit abgericht,
Ihr Fleiß bestünd in nichts als unverschämten Reimen,
Er hülfe keinem Staat, vergliche sich den Bäumen,
Die sonder Früchte blühn. Allein der Einwurf gilt
Nur denen, die Apoll für Meistersänger schilt,
Nicht denen, die Natur und Glut und Wahrheit treiben,
Der Mißgunst und der Zeit Gesetze vorzuschreiben ...

Bei der Stelle mit den Schwänen, die sich hier und da mit Müh (sic!) hervorgetan ..., setzte ich ein dickes Fragezeichen an den Rand: Wer war hier gemeint? Ich fürchte: wir, die galanten Hofpoeten unsrer Tage. Das war stark, und gleichwohl war es nicht übel, wie der Günther erst der Poesie zu ihrem Wert verhalf, um sie dann als unverzichtbar darzustellen:

Daß uns Achillens Zorn noch vor den Augen brennt,
Das flüchtige Geschrei Ulyssens List noch kennt

Und daß wir von Marcell, so jung er auch gewesen,
Viel frühe Tapferkeit und herbes Mitleid lesen,
Wer macht's? Ein blinder Greis. Wer tut es als Virgil?
Mein König, glaube nicht, als ob mein stolzer Kiel,
Womit ich deiner Höh ein niedrig Opfer zolle,
Aus törichter Begier dein Lob vergöttern wolle.
Du bist durch dich schon groß, ich dürftig, schlecht und klein ...

Und nachdem nun bündig dargelegt, wie die Kunst der Dichter den Ruhm der Potentaten dauerhaft ins Gedächtnis der Menschheit meißelt, bietet sich der Günther für diese Steinmetzarbeit an:

Es mögen andre gehn und in des Glückes Bund
Den grauen Adelsbrief mit frischem Blute färben
Und für ihr groß Geschlecht ein größer Gut erwerben!
Ich lob und ehre sie und liebe meinen Stand
Und will zufrieden sein, wenn Friedrichs Gnadenhand
Den Musen Schatten gibt, ich aber nur im stillen
Ein ewig Heldenbuch mit dessen Ruhm erfüllen
Und einmal sagen kann: Ihr Musen, gute Nacht,
Hängt Kiel und Saiten auf! Ich hab ein Werk vollbracht,
Damit getrau ich mir, sogleich den Rest vom Leben
Mitsamt der Dichterkunst ohn Unruh aufzugeben!

So schloß das Opus. Ich zählte sorgfältig die Zeilen und endete bei dreihundertachtundachzig. 388 Zeilen, ich schreibe dieses Phänomen noch einmal in Ziffern, geschrieben in zwölf Stunden! Das war abnorm! Das war genial! Und es war beschämend.

Ich nahm die losen Seiten, ging in meinen Bücher-Saal und zeigte Günther keineswegs, welche Bewunderung ich für ihn hegte, sondern lediglich eine gewisse Befriedigung, so als ob das Ganze nur allzu selbstverständlich wäre nach der morgendlichen Pleite. Ich lobte durchaus seinen Fließ und die damit bezeugte Bereitwilligkeit, die Scharte vom Vormittag wieder auszuwetzen, doch ich benannte streng die von mir angestrichnen Stellen und forderte ihn auf, die flugs zu streichen.

Nicht eine Zeile! (sagte Günther unzugänglich) Wißt Ihr,

wie ich mich an dem Elaborat gequält? Denkt Ihr, es macht Vergnügen, die Poesie so schamlos zu entweihen? Ich habe mich dazu gezwungen, und um mich dabei nicht zu erbrechen, hab ich mir erlaubt, in dem süßen Teig ein paar Bitterkerne zu verstecken. Ich bin so frei in meiner Unfreiheit, anders kann ich den Zwang zur Einsicht nicht ertragen! So oder gar nicht, Herr von Besser, das ist mein letztes Wort!

Gut (sagte ich und lenkte damit ein), der König wird es ohnehin nur überfliegen, ihn wird mehr die Menge als der Inhalt interessieren. Also gut, mein lieber Günther, so rat ich Euch als väterlicher Freund: Schreibt alles noch einmal fein säuberlich auf glatte Bogen und begebt Euch dann nach Bora, vergeßt nicht: Es liegt nördlich an der Poststraße Leipzig–Breslau, und sucht die Aufmerksamkeit des Königs in einer günstigen Minute zu erringen. Nun aber sputet Euch, die Nacht ist fast vorüber, ich wünsche Euch viel Glück dazu!

Als Günthers Schritte durch die Gasse hallten, sah ich, an meinem Eckfenster stehend, über der Seeberg-Bastei den ersten hellen Morgenschimmer. Ich stand und sann und sah, wie sich am Horizont der Himmel färbte, und die Morgenröte warf einen milden Hoffnungsschein auf mein Gesicht.

22. *Augustus, Alphonsus*

Es muß weit nach vier gewesen sein, als ich mich zu Bett begab, denn ich schlief den ganzen Tag. Im Halbschlaf dann am Nachmittag dachte ich an Günther, der in Bora oder Glauschnitz sein Lobgedicht zu überreichen suchte, und seltsam: Es war mir nahezu gleichgültig, ob ihm das gelang, wiewohl ich es doch wünschen mußte und es realiter auch wünschte. Ich erschrak ob meiner Indolenz: War es schon so weit mit mir gekommen, daß mich selbst die Aussicht auf Erfüllung meiner Wünsche deprimierte?

Post festum der Bericht vom Hofe: Frühmorgens Ballyen-Rennen-Probe auf der Rennbahn. Abends kam der Hofschatzmeister Graf Osolimski allhier an. Abreise der jüngstvermählten kronprinzlichen Hoheiten mit 257 Pferden aus Wien.

Sans phrase und alle Arabesken directement zu dem, was heut allein von Wichtigkeit für meine Pläne: Ich hatte kaum das Frühstück eingenommen, als Monsieur Délateur erschien. Er barmte anfangs über die Belastung, die ihm Günthers Überwachung zunehmend bereite, und gab mir mit diesen Klagen zu verstehen, daß ihm das Handgeld angesichts des Aufwands nicht mehr reiche. Er hatte Günther gestern den ganzen Tag beschattet, weil der sich seiner Meinung nach vom Morgen an sehr merkwürdig verhielt, so par exemple, als er unüblicherweise mit seinem Degen gegürtet und in seiner abgerissenen Kleidung aus dem Hause trat und also zu befürchten stand, er führe etwas Vergeltendes im Schilde und wolle sich an irgend jemand aus der Hofgesellschaft rächen für sein Versagen vor dem König, zumal man allerorten wisperte, ein Mißgünstiger habe ihm eine alchemische Tinktur in den Begrüßungstrunk geträufelt, die zungenlähmend wirke.

Ich dementierte das Gerücht, freilich, wie so oft bei derlei Sachen, ohne das Gegenteil beweisen zu können, und forderte den Vigilanten auf, chronologisch und vor allem perpetuierlich von Günthers Tagesablauf zu berichten.

Hier der von mir nacherzählte Bericht des Spitzels: Es war zu vorgerückter Morgenstunde, als Günther Altendresden in nördlicher Richtung verließ. Monsieur Délateur folgte diesem auf dem Fuße, zwar in gehöriger Entfernung und gedeckt durch Busch und Wald, doch war nicht zu vermeiden, daß Günther offenbar etwas bemerkte von seinem zweiten Schatten. Im Dorfe Bora auf dem Anger angelangt, setzte Günther sich auf den Wirtshausstufen nieder, und es sah aus, als döse ein bezechter Wanderbursch in seinem Rausche vor sich hin. Die Sonne stand schon im Zenit, als Hörnerklang das Nahen einer Jagdgesellschaft vermeldete. Doch Günther schlief noch immer und erwachte erst, als Hufgetrappel, Roßgewieher und Gebell bereits im Dorfe widerhallten und der König an der Spitze einer grünbetreßten Kavalkade auf den Anger sprengte. Wie vom Blitz getroffen sprang der Günther flugs auf seine Beine und eilte spornstreichs auf den König zu, wobei er im Lauf irgendwas aus seinem Rock zu zerren suchte

– für jeden, der die Szene ohne Vorspiel sah, mußte es so scheinen, als stürze ein Betrunkener aus der Schenke geradenwegs auf den ersten Mann im Staate zu, und zwar im Zustand der Verwirrung, also unberechenbar und mithin höchst gefährlich. Das Pferd des Königs scheute und stieg steil auf seine Hinterhand, und wäre der Monarch nicht ein derart excellenter Reiter, hätte ihn sein edler Schimmel wohl ärschlings in den Staub geworfen. So aber brachte er das Tier zum Stehen. Die Mühe und der Zorn verfärbten seine Züge. Er fluchte so mordsmäßig laut, daß die Begleitung hinter ihm die Köpfe duckte, und überschüttete den Günther mit einer Flut von Namen, die alle ausnahmslos dem Tierreich angehörten. Der so Geschmähte aber hatte unterdes einen Kratzfuß fabriziert und aus seinem schmuddeligen Rock ein feingerolltes Manuskript genestelt. Was, schon wieder eene gottverdammte Petition? brüllte da der König und verwünschte alle jene, die ihm niemals Ruhe gäben mit ihrer Bettelei, ihrem Wehgeschrei und Jammern, es sei anjetzo an der Zeit, härter mit Mandaten und der Polizei gegen jene vorzugehen, die mit ihrem permanenten Meckern das Ansehen des Königreiches vor den Augen des Auslandes herunterzerrten und beschmutzten und sich in ihrer perfiden Frechheit auch nicht scheuten, die Gesundheit des Fürsten zu gefährden, Kanaillen, Wegelagerer, Verbrecher, entweder verschwinde der vor Ihm da instantanément, oder Er vergesse Seine königlichen Manieren und balbiere den mit Seiner wohlbekannten Eisenfaust!

O Gott, so dachte ich bei mir, der Günther ist perdu! Es war, als hätten sich Glück, Schicksal, Zeit und Zufall über seinem Haupt verschworen und zögen mich mit ihm zugleich in ihren bösen Bann, das Unglück ballte sich wie ein Gewitter über uns zusammen – und doch hoffte ich noch immer auf eine Wetterwendung des Geschicks, weshalb ich auch begierig dem Fortgang des Berichtes lauschte.

Zwei der berittenen königlichen Leibwachen hätten sich im Augenblick auf Günther gestürzt, wäre nicht das Fräulein von Osterhausen auf ihrem Zelter an des Königs Seite getänzelt und hätte ihm gesagt, daß der Bittsteller kein andrer als der maulfaule Poet von gestern sei, der sicher schriftlich wiedergutzumachen wünsche, was mündlich er verabsäumt habe, leider zu spät, denn Majestät hätten ihr erst heute morgen fest versprochen, daß die Pritsche dem Monsieur Poisson verliehen sei. Der König nickte nebenbei, und es war kein Hellseher vonnöten, um zu erkennen, wie lästig ihm das alles fiel. Einem seiner Kammerherren gab er den Befehl, das Schriftstück in Empfang zu nehmen, und den Oberhofjägermeister wies er an, voranzureiten und alles, was sich künftig bei der Jagd störend in die Quere stelle, ohne Pardon fortzuräumen, auszumerzen und hinwegzufegen. Wolfdietrich von Erdmannsdorf gab seinem Pferd die Sporen und hätte Günther wohl unter die Hufe genommen, wäre dieser nicht zur Seite und zurück auf die Wirtshausstufen gesprungen. Kurz darauf entschwand der königliche Pulk am Dorfausgang, und von dem Auftritt zeugten nur die aufgewühlte Erde und ein paar frische Pferdeäpfel, Tor und Fenster schlossen sich.

Günther aber drehte sich auf seinem Absatz um, öffnete die Wirtshaustür, setzte sich an einen Tisch der Schankstube, holte Feder und Tinte aus seinem Rock – mein Monsieur Délateur observierte alles durch ein Fenster –, riß aus seinem Taschenbuch ein paar Seiten und begann zu schreiben. Die Wirtin, die ihn anfangs mißtrauisch, dann aber zunehmend mitleidig und kopfschüttelnd betrachtete, brachte ihm nach einer Weile eine Schüssel Suppe und wehrte ab, als der geheimnisvolle Gast ihr seine Geldverlegenheit bedeutete. So schrieb er gut drei Stunden und ließ sich durch nichts stören. Selbst als sich die Schenke zur Vesperbrotzeit füllte, schrieb er wie besessen weiter, und nur einmal ließ er sich in ein Gespräch verwickeln in ein Gespräch mit zwei alten Bauern, die dem „spachten Herrn Studente" ein Maß Braunbier vor die Nase stellten und dabei ihrem Unmut über ihre Lage so unbeherrscht die Zügel schießen ließen, daß der Polizeispion vor dem Fenster jedes Wort mühelos verstehen konnte und mir die lästerlichen Reden in der bäuerlichen Mundart wiedergab: Mer kennt vor Ärger in den Landesfarben anloofen, sagte der eine, mir wern eso beschissen, daß mer allweil stinken, sagte der andere, haste zwee Hufen Land, mußte dich vieräachtzsch Stund'n mit Gespann und noch ämal vieräachtzsch uff'm Feld vom Gutsherrn abmarachen, fuffzehn Tage Schofe schern, sagte der eine, unsereener aber darf keene halten, warf der andre ein, eenfuffzich Klafter Hulz, zählte der erste auf, hundertunzwee Schock Reisig, sechzehn Sticker Garn miss' mer liefern, daderzu kommt dann noch de Fron, zählte der zweite auf, beim Schloßbau, bei der Jagd, beim Dreschen, bei Kindsgeburten uff 'm Schloß, als Boten, jo, jowoll, der Herr schlampampt derweile, der waß 'n Hund zu fihrn, doß 'r ihm nich uff'n Strick scheißt, mir aber missen wechen jedem Koof, Verkoof, Ehekrom, wechen jeder Magd und jedem Knecht zum Herre loofen, sagte der eine, jo, aber der fragt nich, wenn er oder andre Herrenmenscher unsre Felder bei der Jagd zerwihln und zernischeln wie grad heite wieder, andersch kann's eem dabei wern, sagte der andere, aber nich besser ... Offenbar fragte Günther was dazwischen, denn der erste rief: Nischt, dös hat ka Sinn, Mut hammer schu, 's fählt nur an der Korasch, 's is nu so, wie's is! Und als der Günther wieder etwas fragte, brüllte der andre: Biste närrsch? Wohin denn, Herr Studente? Wu der Hos kheckt, du is er un liebsten!

Ich bat den Monsieur Délateur, seine komödiantischen Talente nicht weiterhin zu strapazieren und zum Kern zurückzukommen, weil mich das bäurische Gebärmel im Grund nicht interessierte, und der Vigilant zog etwas pikiert aus seinem Armaufschlag drei schon erbrochne Briefe, die Günther am Abend in Bora der Postkutsche nach Leipzig anvertraut und die sich Monsieur Délateur kraft seines Amtes vom Postillone wiedergeholt hatte, indem er sie im Namen des Königs beschlagnahmte.

Nun gab er sie mir zu lesen und fügte an, sie sollten heute noch mit dem Kurier der Geheimen Kabinettskanzlei nach Leipzig, der wegen andrer Sachen gegen Mittag abginge und gewissermaßen auf einem Ritt die Leipziger Filiale informieren konnte, die Antwortbriefe abzufangen, zu kopieren und die Originale wohlverschlossen dem Günther hier in Dresden zuzustellen, die Kopien dagegen ihrem Herrn Kollega, also ihm.

Der erste Brief von Günther war an dessen Freund Michael Christoph Brandenburg gerichtet und hatte diesen Wortlaut: Monsieur mon Frère, liebes Brüderchen, ich weiß nicht, ob ich mein Geschick hier in Dr. mehr schelten als bewundern soll. Ich seh es so und anders an, allein, überall treffen mich die gleichen sauren Blicke. Ich komm in alle Szenen blind, ich trete auf die Bühne, und so ernst und wohlgeübt mein Anfang ist, wird letztlich doch ein Umstand sein, der mein Bemühn vernichtet. Siehe Hiob 13, lieber Brandenburg: Wieviel ist meiner Missetaten und Sünden? Laß mich wissen meine Übertretung und Sünde. Warum verbirgst du dein Antlitz und hältst mich für deinen Feind? Willst du wider ein fliegend Blatt so ernst sein und einen dürren Halm verfolgen? ... Der Himmel, lieber Freund, ist mir durchaus nicht hold. Gut, sag ich mir, sei nur nicht selbst dein größter Feind und werde, wenn dich alle hassen, dir selber nicht verachtenswert. Ich kenne meine Fehler ziemlich gut, jedoch sind einige davon derart beschaffen, daß ich sie ungeachtet aller angewandten Mühe unmöglich verhindern kann, weil sie mein Wesen sind, andre wiederum sind alberne Schwachheiten, die ich mit allen Menschen teile (insonderheit die Liebe zu den Weibern), noch andre, und zwar die meisten, scheinen an mir nur denen so verächtlich, welche alles das, was sie nicht können oder dürfen, augenblicks zur Todsünde erklären. Du kennst mich so gut als dich selber, und also bin ich der Plage enthoben, mit vielen Modewünschen und Versicherungen meiner Aufrichtigkeit deiner Geduld im Lesen beschwerlich zu fallen. Um eines bitte ich dich jedoch dringlich: Sende mir nur so bald als möglich eine zulängliche Erzählung von alldem, was sich seit meiner Abwesenheit in Leipzig zugetragen, zuvörderst von L., meinem süßen Mädchen! Ich bin in Sorge ... Daß ich das Beste nicht vergesse: Der Aufschlag auf Franzbranntwein und Knastertabak soll dreifach höher steigen, dies hör ich eben hier in einem Kretscham. Mein Gott! Wie ich jetzo lebe, darüber muß ich dich der Kürze der Zeit und der zu frischen Widerwärtigkeiten wegen noch vertrösten. Lebe wohl und bleib mein Brandenburg wie ich ... dein Günther.

Der zweite war an Ihro Magnifizenz Johann Burckhard Mencken adressiert und lautete also: Monsieur mon patron, ich suchte, wie du weißt, vor einem Mont bei dir Rat und zog mit Hoffnung hier nach Dresden: Die gute Meinung kam, die gute Meinung fiel, ich änderte den Ort, doch nicht das Trauerspiel. Der Inhalt ist nicht neu, es ist der immer gleiche: Verlaß die reine Poesie! Doch sooft ich ihr auch aus Vernunft zu entfliehen suche, so oft erhascht sie mich mit ihrer allzeit größeren Liebe. Die Reime binden mich, es ist Natur und Hang.

Viel Dichter (und was sich dafür hält) klagen nur, um ihre mageren Gedanken aufzustacheln, sie betteln um den Schmerz, zu dem sie sich erst zwingen müssen, von fremder Traurigkeit und Weinen künstlich angeregt, glauben sie sich selber nicht, was andere bewegen soll. Doch glaub mir, ich brauche nicht zu nähren, was ich im Überfluß besitze: Die Not erklärt sich schlecht und redet, wie sie denkt. Ich habe nie begehrt, was mehr als Notdurft ist, ein Alter ganz in Ruh, das vom Erworbenen lebt, ist allezeit mein Wunsch gewesen. Es tut empfindlich weh, da ich von Natur nach Lob und Weisheit strebe und so viel Nächte an die freie Kunst gewandt, daß ich gleichwohl kein glücklich Ziel und angenehmes Ende finde. Ich muß in diesen Zeiten mit Gesundheit, Geist und Fähigkeiten – mit meinem anvertrauten Pfunde Wucher treiben und sehe doch, wie alles durch die Finger rinnt. Man hat so viel zu tun, sich vor sich selbst zu hüten, daß weder Wahn noch Schein noch Prahlerei der Wahrheit hinderlich, der Einsicht schädlich sei. Doch verzweifeln will ich nicht! Mein Elend hat Vernunft!!! Die arme Tracht, die wohl auch etwas ungezwungen ist, die macht mich liederlich vor jenen honorablen Leuten, denen vom Huren, Suff und Fraß die Hände zittern, die ihre Westen von Damast mit Schulden füttern, dem Nächsten Unrecht tun, mehr plaudern als verstehen und allezeit wie Puppen an den Fäden hängen – sie schielen, wenn man grüßt, verächtlich nach der Seite und heißen überall galant und klug. Verzeih mir, großer Mann, gerechter Schmerz will mir entweichen. Ich danke deiner großen Huld und war ihrer doch nicht wert. Ach, wär ich dir anjetzt noch fremd, ich suchte eilends deine Gunst, denn als Fremdling hast du mich aufgenommen, dein Name trieb mich an, um nur ein gutes Wort von dir zu hören, du hast den Musen Brot gegeben und hast mich hier empfohlen ... Wie jemals dank ich's dir? Ist's möglich, daß auch ich der Welt noch nutzen kann, so schreib mir dies – ich weiß es nicht. Was fang ich an? Wo soll ich hin? Du wirst noch früh genug erfahren, was hier mit mir geschehen, doch bitt ich dich um eins: Nimm das Geschwätz nicht für die Wahrheit! Ich werde deine Güte nicht einmal noch mißbrauchen ... Oh, daß ich doch geboren bin! Das Glück sei alleweil dein treuer Freund ... votre très humblement Serviteur Joh. Christian Günther.

Ich muß gestehen, daß mir diese Zeilen trotz meines Zorns auf den Verfasser nahegingen, ich mußte mich beherrschen, nicht gerührt zu sein und mich vor dem Spitzel seelisch zu entblößen. Also nahm ich mir den dritten Brief, gerichtet an Günthers Leipziger Leonore und enthaltend ein Gedicht, welches hier nun folgen soll:

An seine Schöne

Bora, den 22. Aug. a. 1719
Nun, Kind, ich kann dich nicht mehr bitten,
Behalt mein Herz in treuer Brust.
Das Denkmal deiner muntren Sitten
Erweckt mir auch von weitem Lust,
Und wo ich reise, wohn und bin,
Da folgt mir dein Gedächtnis hin.

Ein Waldhorn klingt bei Abendstunden
Von weitem durch die Gärten schön,
Es reizt das Blut verliebter Wunden
Und läßt die Geister flüchtig gehn;
Jedoch ergötzt mich das Gehör
Von deinem Wohlsein noch viel mehr.

Das Glücke spielt mir tausend Possen
Und lockt mich auf des Hofes Eis,
Ich folgt ihm klug und unverdrossen,
So gut ich seine Tücke weiß;
Die Vorsicht leite, wie sie will,
Ich halt in allen Wettern still.

Die Gegend, wo ich jetzo dichte,
Ist einsam, schatticht, kühl und grün;
Hier hör ich bei der schlanken Fichte
Den sanften Wind nach Leipzig ziehn
Und geb ihm allzeit brünstiglich
Viel tausend heiße Küss' an dich . . .

Es folgten noch drei weitere Strophen, in denen Günther gleichermaßen eindringlich die Treue seiner letzten Liebe mit gespielter Leichtigkeit beschwor, die Treue jenes Mädchens, das sich ihm wohl unter dem Beding versprochen hat, daß er die

Stelle hier bei Hof erhält. Deshalb kein Wort von der Audienz, nichts von dem Zusammenstoß in Bora, allwo er bei der Niederschrift traurig in der Schenke hockte und keineswegs bei einer schlanken Fichte, wie er schrieb. Wie hoffnungslos mußte ihm zumute sein, wenn er so verzweifelt das Scheitern seiner Hoffnung vor diesem Mädchen leugnete? War in dem Carmen nicht ein unterdrücktes Weinen? Ein Schrei nach Schutz? Ein Bitten, ihn zu streicheln? Eine dichterisch vollzogene Flucht in die weichen, warmen Arme des Vergessens, die Sehnsucht nach dem Trost des Weibes . . .

Es war schon seltsam, wie ich nach Lektüre dieser Briefe dazu neigte, alles zu verstehen und Günther mithin alles zu verzeihen! Diese offne, schlichte Sprache, die er seinen Freunden gegenüber sprach: Bitter stieß mir dabei auf, daß ich ihn offensichtlich nur zum Widerspruche reizte und er mir nicht zum Freund geworden war. Sollte ich mich etwa an sein Unglück binden? Einen Freund gewinnen, um dafür alles andre zu verlieren? Auf mein Herz mehr hören denn auf meinen Kopf? Mir war klar, daß ich mich schon bald entscheiden mußte. Oder hatte ich mich schon entschieden? Konnte ich mich überhaupt entscheiden, nachdem mein ganzes Leben bisher nur in eine Richtung lief? Machte es mir lediglich Vergnügen, so zu tun, als wär ich frei zu wählen? War ich ein Gefangener meiner eigenen Vergangenheit? Ich weiß nicht, wie mir war, ich wußte nur, daß mich der Monsieur Délateur bei den Gedanken störte, und also fragte ich ihn schroff, ob sein Bericht zu Ende sei.

Keineswegs, Herr Geheimer Kriegs-Rat (sagte er), der Hauptspaß kommt noch, will sagen, wollte nur der Reihe nach erzählen, ordentlich, wie es sich gehört.

So spannt mich länger auf die Folter nicht (sagte ich und konnte mir nicht denken, was nun nach dem Debakel noch kommen sollte).

Doch war des Ärgerlichen immer noch kein Ende, denn Monsieur Délateur erzählte mir, wie er dem Günther zurück nach Dresden folgte und wie sie bei Einbruch der Dunkelheit das Weiße Tor erreichten. Der Günther ging zu seinem Quartier in der Meißnischen Gasse, und der Spitzel wollte diesen just aus seinen Augen lassen, als sich aus dem Schatten eines

Hauses gegenüber eine Gestalt löste und hinter Günther in der Tür verschwand: ohne Zweifel ein Frauenzimmer, mit einem Schleier vorm Gesicht und auch sonst verhüllt, was darauf schließen ließ, schloß messerscharf der Ordnungshüter, daß sie unerkannt zu bleiben wünschte. Dies nun belebte den bereits erschlafften Spürsinn des Spitzels neu, und er schlich sich hinters Haus, wo kleine Gärten lagen, und erklomm ein Holzgerüst an der Wand des Hauses, welches Kletterrosen stützte. So gelangte er neben Günthers Fenster und sah im Raum – ich hatte es mir schon gedacht – die Mademoiselle Fleurette aus dem Hause der Zawadzka. Nichts blieb dem Auge und dem Ohr des Vigilanten vorenthalten, denn die beiden ließen eine Kerze brennen und schlossen auch das Fenster nicht. Mademoiselle Fleurette, die Monsieur Délateur nur die Hure nannte, fragte Günther, wie es ihm ergangen sei und ob er die Stelle habe: Sie wußte nichts, weder von der Vorstellung bei Hofe noch von der Wanderung nach Bora. Günther erzählte ihr von allem, wobei er mit vor den Kopf geschlagenen Händen an seinem Tische saß. Er schimpfte auf das Glück und nannte es ein blindes Weib, einen Wetterhahn und ein Verderbungsmittel, doch wurde seine Stimme mit der Zeit zusehends leiser, bis sich in sie ein Zittern mischte und Mademoiselle Fleurette ihn fragte, ob er weine. Und als er hierauf nichts sagen wollte, zog ihn das Mädchen (die Hure, so Monsieur Délateur) von seinem Stuhle hoch und nahm ihn in die Arme. Mein Lieber (sagte sie), weint nur, immer weint, das hilft. Sie strich ihm über seinen Kopf, und man hätte meinen können, die Trösterin sei seine Mutter und nicht eine stadtbekannte Hure.

Monsieur! (sagte ich mit Nachdruck) Keine Ressentiments! Laßt dieses Wort, dieses Mädchen hat in seinem Kopf vielleicht mehr an Verstand als die gesamte Polizei von Dresden!

Mag sein (sagte er), doch wird sie nun mal in unserem Geheimen Kabinetts-Archiv in der Acta Hurerei geführt. Ich hab durchaus nichts gegen diese Damen, ich meine: persönlich, im Gegenteil, doch Amt ist Amt und Pflicht ist Pflicht und damit eine Hure eine Hure.

Schön (sagte ich, von so viel Starrsinn müde), doch ich bin nicht Herr von Alemann, Ihr nicht in der Kanzlei, also läge es durchaus in Eurer liebwerten Möglichkeit, hier in meinem Haus jenes Wörtchen zu vermeiden.

Verstehe (sagte er). Also sie ist, wie Ihr sagt, nicht dumm. Was aber wiederum gefährlich werden kann. Besonders wenn nicht dumme Leute ihre Meinung auf der Zunge tragen. Die Mademoiselle redete von der Undankbarkeit der Mächtigen, die die Machtlosen willkürlich zu ihren Zwecken gebrauchen und ganz nach ihrer Laune ziehen und stoßen, aussaugen und wegwerfen, streicheln und schlagen ... Spare mir die Einzelheiten aus der Praxis dieser Hu ..., dieser Mademoiselle. Ganz aufschlußreich, nebenbei, welche Herren wo mit wem und wie häufig verkehren. Und was sie im Rausche reden. Sollte stärker diese Quelle anzapfen. Nun gut. Sodann äußerte sie dies: Ehrlichkeit sei nur vom Übel, die Welt wolle betrogen sein, und wer von Geburt nichts weiter habe als seine Haut, müsse die verkaufen, so teuer es irgend gehe, auch wenn einem brechalbern und speiübel dabei werde. Sie sprach davon, wie ekelhaft es sei, den hohen Herren Erleichterung zu schaffen ... Hiervon keine Einzelheiten, wenn's beliebt. Gut. Auch sie vergoß nun Tränen, und es dauerte nicht lange, daß die beiden sich schluchzend und seufzend in den Armen lagen und sich herzten und sich drückten ... Soll ich fortfahren, Herr von Besser?

Ich nickte mit dem Kopf und stellte mir die Szene vor, deren Schluß ich schon im voraus wußte: Der Vigilant in der Rosenhecke sah, wie der Kerzenschein verlosch, und war nunmehr allein auf seine Ohren angewiesen. Er hörte bald ein Rascheln und ein Flüstern, dann knarrte Holz, und es begann ein Schmatzen und ein Kosen, daß es dem Lauscher in der luftigen Höhe schwerfiel, die Balance zu halten auf den dünnen Leisten. Er hörte noch, wie sie ihn Krischan nannte und er sie petite fleur, dann wußte er genug und kletterte nach unten, nicht ohne sich die Hände an den Dornen zu verletzen, welche Kratzer er mir zum Beweis vor die Augen hielt.

So weit also ist es nun gekommen (sagte ich mehr zu mir selbst als zu dem Monsieur Délateur).

So weit, daß ich es melden muß, genau, Monsieur (sagte er).

Wem? (fragte ich) Euerm Chef?

Dem nicht unbedingt (sagte er mit einem Lächeln). Wiewohl durchaus sein kann, daß mich beim Vigilieren wiederum ein anderer vigilierte und ich mich dienstlich strafbar mache, wenn ich den Fall nicht melde. So nämlich überwachen wir uns gegenseitig, doppelt hält besser.

Wem, wenn nicht Euerm Chef (fragte ich), wollt Ihr die Sache melden?

Dem Herrn Oberhofmarschall natürlich (sagte er).

Wieso natürlich?

Weil er sicher dankbar dafür ist.

Das (sagte ich) möchte ich bezweifeln, denn wer ist schon hocherfreut, wenn ihm jemand eine neue Zacke zum Geweih überreicht?

Dann muß ich es anders sagen (korrigierte sich der Spitzel): Weil er sich sicher dankbar erweisen wird.

Aha (sagte ich), und mit wieviel rechnet Ihr?

Nun (sagte er), ein paar Taler dürften nicht zu hoch gegriffen sein.

Ich griff stumm und angewidert in die Tasche meines Rocks und gab ihm ein angemessenes Schweigegeld. Sodann entließ ich diese Kreatur, die ich jedoch, Gott sei's geklagt, noch brauche.

Ich war von dem Bericht enttäuscht und wütend und wußte nicht so recht, worüber ich mich mehr echauffieren sollte: über Günthers plumpe Ungeschicklichkeit in Bora oder über dessen Poussade mit Fleurette, die mich erheblich inkommodieren konnte, hatte ich ihn doch an sie vermittelt. Mir wurde angst und bange bei dem Gedanken, es könnte etwas davon ruchbar werden, es mußte also, koste es, was es wolle, im verborgnen bleiben. Ich verstehe schon, warum es dazu kam, und ich habe weiß Gott im allgemeinen nichts dagegen und viel dafür, bin ich doch selbst schon oft in aussichtsloser Lage in irgendeinen Schoß geflüchtet, doch hielt ich mein Verlangen bis zuletzt im Zaum und habe mich beherrscht, wenn Ranghöhere vor mir ihren Fuß in einer Tür zur Wollust hatten. Ich durfte gar nicht daran denken, was passiert, wenn Loewendal, der mir bis jetzt gewogen, davon erfährt: Allein die Vorstellung trieb mir den Handschweiß aus den Poren.

Zum Glück fiel mir in der Bedrängnis der weise Satz Horazens ein: Gedenke dir in harten Zeiten den Gleichmut zu bewahren. Also versuchte ich mich zu beruhigen und mit klarem

Kopf Bilanz zu ziehen. Was blieb zu tun? Was ist zu retten? Oder ist alles schon verloren? Wie stellte sich konkret die Lage dar? Die Pritsche war vergeben. Somit das Sprungbrett für die zweite Hofpoetenstelle. Doch die Hofpoetenstelle selbst war es noch nicht. Poisson ist zweifellos zu ungebildet, um diese Stelle zu erringen. Er wird beim Schnepperschießen seine dummen Verse machen, aber mehr auch nicht. Also ist mein Plan, bei Hof mit einem fremden Pegasus zu pflügen, durchaus noch nicht passé. Die Frage ist nur, ob Günther nach dem schwarzen Tag von Bora überhaupt noch eine Chance hat. Wenn nicht, dann bin auch ich verloren, da ich derzeit außer Günther niemand wüßte, an den ich meinen Lebensabend hängen könnte. Poeten seiner Qualität gibt es nicht wie Sand am Meer, ich war, dies stellte ich betroffen fest, ohne Alternative. Also beschloß ich, wenn er nächstens käme – und kommen mußte er demnächst –, trotz allem Vorgefallenen mild zu ihm zu sein und mit ihm gemeinsam zu überlegen, was zu tun uns übrigbliebe.

Mit diesem guten Vorsatz legte ich mich nach dem Essen zum Mittagsschlafe nieder, in welchem mir ein Traum die liebe Kühleweinin wiederbrachte, und erwachte an den Gliedern wohlgestärkt und freundlich in der Seele. Ich trank just meinen Topf Coffee, als er kam – und mit seinem ersten Satz alles zunichte machte, was ich mir vorgenommen hatte.

Ich bin betrogen (sagte Günther, kaum daß er saß).

Wieso: betrogen? (ich glaubte meinen Ohren nicht zu trauen) Und von wem? Vielleicht habt Ihr die Güte, mir das zu erklären!

Von niemand sonst als von mir selbst, Monsieur (sagte er). Weil ich mich, der Not und vielem guten Rat gehorchend, zu etwas zwang, was ich nicht gegen mich vermag.

Berichtet lieber (sagte ich, weil es doch so scheinen mußte, als wüßte ich vom gestrigen Debakel nichts), wie Eure Lobschrift bei dem König angekommen.

Das ist schnell erzählt (sagte Günther). Ein Poet betrat die Bühne, fand sie menschenleer, und weil er die Nacht vordem kein Auge zugetan, nahm Morpheus ihn in seine Arme. Theaterdonner weckte ihn, Zeus im Bunde mit Diana sprengte auf den Plan und entlud seinen göttlichen Groll, als der Sterbliche seine himmlischen Wege kreuzte. Blitz und Donner, Furcht und Schrecken, Fluch und Verderben sausten auf das Menschlein nieder. Der Irdische kam nicht zu Wort. Der Göttliche entschwand in einer Wolke. Und nach drei Minuten war das schlechtbesuchte Schäferspiel bereits zu Ende.

Ihr habt ganz augenscheinlich (sagte ich) den Zeitpunkt schlecht gewählt, denn Gehör und Gunst zu finden ist wie eine Bataille vorbereiten. Ihr müßt wie ein Feldherr alles planen: das Terrain sondieren, den schwachen Punkt der Gegenseite auskundschaften und die eignen Truppen gut postieren. Der König war, als Ihr Euch diesem nähertet, vermutlich schlechter Laune, vielleicht hatte sich der Jagdbeginn durch die vielen Gäste und ein zu langes Tafelhalten auf dem Schloß verzögert – es läßt sich denken, wie ungnädig er reagierte, als Ihr ihm in die Quere kamt!

Ich weiß nicht (sagte Günther), ob man so das Mißgeschick erklären kann. Ich denk, es liegt viel mehr an mir als an der schlechten Laune Seiner Majestät.

Das denk ich auch! (rief ich) Allerdings, ein wahres Wort!

Ja, gewiß (sagte er), ich weiß, daß Ihr das denkt. Ich meine es jedoch ein wenig anders, ich meine, daß ich wohl nie der mit Orden behängte, mit Geld überhäufte und mit Titeln geschmückte Günstling eines Fürsten werde. Wahrscheinlich bin ich ungeeignet für dergleichen Ämter, und ich beginne langsam zu begreifen, daß man erkennen muß, wozu man fähig ist und wo man folglich hingehört. Ich kann keinem Fürsten nach dem Munde reden, getreu nach der Devise, die anscheinend als Tugend gilt: Wes Brot ich esse, des Lied ich singe. Andre, die dies können, fühlen sich offenbar beteiligt an der Allgewalt, weil sie in deren Bahnen denken. Sie wähnen sich harmonisch eingebettet in den Lauf der Welt, den sie sich wie ein Uhrwerk denken, das unaufhörlich in ihrem Sinne tickt. Sie sind allein deshalb nicht böse Menschen, versteht mich recht, Monsieur, doch reden sie, wie sie's verstehen, und begründen alles trefflich, was auf ihren schmalen Leisten paßt, sie biegen hin und schneiden ab, damit nur ja nichts übrigbleibt zum Denken.

Warum (so fragte ich) schimpft Ihr auf andre Leute, da Ihr doch selbst Euer Glück in den Händen hieltet und es, wenn schon nicht weggeschmissen, so doch täppisch fallen ließet?

Wie aber kommt es dann (entgegnete mir Günther), daß

Leute mit weit größeren Talenten vor mir noch mehr als ich gelitten haben? So mancher, dem alles nach Wunsch gedeiht, meint, ein jeder sei seines eignen Glückes Schmied: Monsieur, darüber muß ich lachen! Was mich betrifft, so glaube ich, es ist verdiente Schuld, doch was zuviel ist, ist zuviel. Zuviel zerreißt den Sack! Bei so viel Schmach verliert der Geduldigste die Hoffnung! Ich frage Euch: Wer geht wohl stets den Weg der Tugend? Geduld, Gelassenheit, treu, fromm und redlich sein, und wie die Tugenden sonst noch heißen mögen, ich gebe ihnen nun mit reifem Wohlbedacht das Abschiedswort, und daß ich ihnen diente, das nenn ich eine Sünde. Wo steckt denn nun der liebe Gott, der helfen will und kann, wo, ihr Lügner, die ihr den Armen Trost versprecht und mit dem Maule Rettung, Rat und Kraft, wo ist er denn, der selbst den größten Sünder, wie ihr sprecht, in seine Arme nimmt? Ach, ewige Geduld! Ich weiß nicht mehr, wohin. Von außen quält mich des Unglücks starke Flut, von innen Angst und Reue. Man schreit, ich als verworfenes Kind sei wirklich schon verloren und folglich keiner Gunst noch Hilfe wert, man wütet gegen mich mit Donner, Blitz und Intrigieren, verstößt mich ungehört und macht mir durch Verdammen den Weg zur Besserung auf allen Seiten schwer ...

Klagen, Günther (sagte ich), das könnt Ihr wahrlich gut, doch hilft uns das nicht weiter. Ihr übertreibt, wie alle Dichter übertreiben, und sucht die Schuld bei Euch zuletzt. Wen klagt Ihr an? Hat Dresden Euch nicht freundlich aufgenommen? Habt Ihr hier nicht viel Aufmerksamkeit genossen?

Vielleicht zuviel, Herr von Besser (sagte Günther mit merkwürdigem Unterton). Oder glaubt Ihr, ich merkte nicht, daß mich, sobald ich meinen Fuß aus dem Hause setze, ein Spion verfolgt?

Ihr seht Gespenster, lieber Günther (sagte ich), die Aufregung der letzten Tage hat Eure Sinne überreizt.

Mitnichten (sagte er), ich weiß es sicher, doch hüt ich mich, deshalb in Panik zu verfallen. Denn warum sollte ich? Des Königs Häscher können jedermann jederzeit, wenn sie nur wollen, greifen und verschwinden lassen. Ein Grund dafür ist immer da, wenn man ihn braucht. Wenn ein Exempel nötig ist, wird es geschaffen, und das sogenannte Recht wird hierzu hingebogen. Insofern kümmert mich das Ganze wenig, ich rede, schreib und lebe, als wären diese Schleicher nicht vorhanden. Wer nicht Courage zeigt, den buttert man jetzt unter! Sollen sie ruhig sammeln, sollen sie doch hinter jedem laufen, denn je mehr es werden, desto besser: Ein ganzes Volk ist schwerlich zu verhaften.

Mir war das Thema, wie sich denken läßt, nicht sonderlich sympathisch, und deshalb redete ich dem Günther ins Gewissen, sein kleines Ich zum eignen Wohle zu vergessen und endlich einzusehen, daß man bedingungslos die eignen Fähigkeiten dem großen Ganzen subordinieren muß, um Fortune zu haben. Günther aber konterte mit Vers 11 aus Prediger 9: Ich wandte mich und sah, wie es unter der Sonne zugeht, daß zum Laufen nicht hilft schnell sein, zum Streit hilft nicht stark sein, zur Nahrung hilft nicht geschickt sein, zum Reichtum hilft nicht klug sein, daß einer angenehm sei, dazu hilft nicht, daß er ein Ding wohl kann, sondern alles liegt an Zeit und Glück ...

Was sollte das? Günther suchte Gründe für sein Scheitern, und er fand sie nicht in sich, sondern schob sie einer von ihm unabhängigen Instanz in die Schuhe, die er Zeit oder Schicksal oder anders nennen mochte. Darauf sagte ich, daß von ihm nicht mehr gefordert würde, als öffentlich den Mund zu halten und vernehmlich das Lob der gottgewollten Obrigkeit zu singen, was ihm, wie mit dem Lobgedicht auf K Punkt M Punkt bewiesen, doch nicht sonderlich beschwerlich falle. Sonst sei er völlig frei und ledig aller Sorgen.

Ja, gewiß (sagte Günther), frei zur Vergewaltigung der Poesie! Steht eine Hungersnot ins Haus, schwärmt der hörige Poet vom besseren Jenseits, steht's im Inland schlimm, schleppt er emsig Katastrophen aus dem Ausland an, herrscht die Despotie, wirft er das grauenhafte Bild vom führungslosen Chaos an die Wand, werden Zweifel an der Allmacht laut, übertönt er sie mit Lob und beflissener Untertänigkeit, herrscht ein strenger Winter, übermalt er den mit grellen Sommerfarben, er bleicht gar Mohren, wenn's gefordert ist, kurz: Viel schwatzen, nichts verstehen, Erlügen und Erstinken ist seine ganze Kunst! Er ist ein Zwerg, der sich durch die Berührung mit denen von Gottes Gnaden zum Riesen mausern möchte, doch hat noch der geringste von den unbestechlichen Poeten mehr Klugheit in dem kleinen Finger als dieser im Gehirne! Ich jedoch red und nehm kein Blatt vors Maul, und blinde Furchtsamkeit soll meinen Fleiß nicht hindern, der Afterwelt das Geschwür des Irrtums aufzustechen und so der Finsternis der Lügenwelt heimzuleuchten!

Günther, Günther (sagte ich), Ihr schwärmt schon wieder! Was hilft Euch Euer innres Feuer, wenn draußen kalter Regen niederfällt und Eure Flamme schnell verlöscht, sobald Ihr sie ungeschützt nach außen lodern laßt? Ihr steht mit Euerm Mut allein auf weiter Flur und werdet so hinweggeblasen wie eine Mücke! Paßt auf, daß Ihr, wenn Ihr so weitermacht, nicht bald das Fluchen besser als das Reimen könnt, denn die Wut macht kurze Verse. Nicht jeder Zorn verleiht den Versen Kraft! Und Eigensinn macht hart, und das Harte bricht, wie Ihr wißt, nur allzu schnell. Dies rat ich Euch als Freund, als väterlicher, jedoch ich muß gestehen, daß ich ansonsten ziemlich ratlos bin, was unsre Pläne anbetrifft. Das beste wäre sicherlich, wir würden eine Weile warten, bis sich der Rauch verzogen hat, und sähen dann in klarer Luft nach vorne. Bleibt noch, ich bitte Euch, in dieser Stadt und wartet ab, doch tut nichts, ich fleh Euch an, was Euch in neue Fährnisse verstrickt! Ich werde nach Euch schicken, sobald mir etwas eingefallen ist und sich Gelegenheit ergibt, in einem neuen Anlauf die Hofbarrieren zu überwinden ...

Mir schien, als wäre Günther einsichtig. Er saß in sich gekehrt und schweigsam da: Zumindest war die Kraft zum Widerspruch in ihm versiegt. Wie er da so saß, tat er mir leid, und ich dachte, daß seine Attacken vielleicht nichts andres waren als der Ausdruck seiner Hoffnungslosigkeit und der Beginn eines Rückzugs in sich selbst. Doch durfte ich mich nicht zu sehr dem einfühlsamen Mitleid überlassen, zumal er mich ja nicht in sein Vertrauen zog und mir den wahren Zustand seiner Seele vorenthielt, ich sagte mir: Wenn zwei auf einem Pferde reiten, muß einer hinten sitzen. Ich war mir immer noch der Nächste, und also mußte ich an mich und meinen Fortbestand als erstes denken. Ich war in der Bredouille, und zwar durch Günthers Schuld: So war die Lage, kurz beschrieben. Und er, der mich dahinein manövriert, würde mich daraus nicht entsetzen, dies konnte ich allein nur tun, von ihm war keine Hilfe zu erwarten. Also mußte ich alle Register meines Scharfsinns ziehen, und dazu mußte ich alleine sein.

Da Günther ohnehin nur schwieg, wiederholte ich den Vorschlag, uns für heute zu vertagen, und Günther ging mit dem Versprechen, mich sofort aufzusuchen, wenn eine Nachricht von mir käme oder sich bei ihm etwas Entscheidendes vollzöge.

O mal chance, vermaledeite, je mehr ich mich bemühte, einen Ausweg aus dem Mißgeschick zu finden, desto weniger fiel mir dazu ein! Meine Gedanken bewegten sich im Kreise, mal schien mir, die Bewerbung Günthers sei hoffnungslos vertan, da der König ihn ganz gewißlich nicht ein zweites respektive drittes Mal anhörte und auch der Oberhofmarschall nach Bora wohl schwerlich seine Sympathie für Günther beibehielt, sondern vielmehr den königlichen Zorn zu mir herunterdelegieren würde, mal dachte ich, daß der Abend klüger als der Morgen ist und die Zeit viele Wunden heilt. Besonders tröstlich aber war das alles nicht.

In dieser üblen Stimmung meldete die Müllerin den Besuch meines alten und werten Bekannten aus der Berliner Zeit, des hiesigen Königlichen Konzert-Meisters und weltberühmten Virtuosen Woulmyer. Mit seinen musikalischen Arrangements hatte ich so manches Fest in den preußisch-brandenburgischen Schlössern Charlottenburg, Wusterhausen, Potsdam, Oranienbaum und Berlin glänzend ausgerichtet, und uns verband auch sonst so einiges, nicht nur, was Wein und Weib betraf, sondern weitaus mehr die Gabe, den holden Duft der günstigen Gelegenheit meilenweit vorauszuriechen. Klein und wohlgenährt kam er mir immer wie ein Küchenmeister vor, der auf Pfannen und in Töpfen mundgerechte Leckerbissen zaubert, doch dabei den eignen Magen keineswegs vergißt.

Sei mir vieltausendmal gegrüßt, mein lieber Besser (rief er vertraulich aus: ein Privilegium, das er sich selbst verliehen hatte). Wie geht es uns denn so?

Die agile Heiterkeit des Menschen stieß mich nur tiefer in mein Ungemach, also sagte ich ihm, ohne freilich Einzelheiten zu erwähnen, daß meine Geschäfte momentan nicht zum besten stünden.

Ich hab davon gehört (trompetete Woulmyer heraus). Dein Günther . . .

Wieso: meiner? (fragte ich, im Ton abgrenzend scharf)

Pardon, pardon, ich meinte nur (beeilte er sich, das falsche

Wort zurückzunehmen). Man sagt, der Günther sei des Weines voll vor Seine Majestät getreten und habe statt zu dichten nur gerülpst.

Albernes Gerede (sagte ich).

Mag sein, mag alles sein (sagte er und lächelte), doch dürfte er damit erledigt sein, und, du weißt es so wie ich, Undank ist der Güte Lohn: Wenn jemandes Günstling den königlichen Sinn verdunkelt, fällt der Schatten auch auf seinen Förderer. Das ist wie bei mir und meinen Musikanten: Pfeift einer falsch, hält man sich zuallererst an den Dirigenten.

Was wollte der von mir? Wollte er mich warnen? Oder wollte er mir Angst einjagen und sich daran ergötzen? Ich wurde nicht recht schlau aus ihm, zumal er gleich darauf das Thema wechselte und auf die Proben zu den zahlreichen Opern und Komödien zu sprechen kam, welche im Festmonat September allhier in Dresden zur Vorstellung gelangen. Er schwätzte von den herrlichen Kostümen, der prächtigen Ausstattung, von den Seitensprüngen des italienischen Tonmeisters Antonio Lotti mit dieser und mit jener, von der Stimmkraft der Sänger Senosino und Bercelle, und ich weiß nicht, wovon er noch qualsterte, die Worte entströmten seinem Mund wie einer warmen Quelle: angenehm einschläfernd. Schließlich begann er von einem Manne zu erzählen, der sich auf den Opernbühnen in ganz Deutschland einen Namen schon gemacht und den zu kennen er die Ehre habe, ja, er übertreibe nicht, den Freund zu nennen er sich glücklich schätze. Ich war begierig, den Namen dieses hochgerühmten Lumens zu erfahren, doch Woulmyer ließ mich zappeln.

Er hat (sagte er verschmitzt) das vortreffliche Singspiel Die wiederhergestellte Ruhe oder Die gekrönte Tapferkeit des Heraklius geschrieben, welchselbiges er seinerzeit dem Herzog Anton Ulrich von Braunschweig-Wolfenbüttel widmete. Nun, errätst du seinen Namen? In diesem Jahre wurde seine Opera Die getreue Alceste auf dem Hamburger Theater vorgestellt, worin die Musik von Kapellmeister Schürmann ist und allein fünfzehn italienische Arien enthalten sind, fürwahr ein Meisterwerk. Nun?

Ich zuckte mit den Schultern.

Er ist (Woulmyer führte das Rätselraten fort) derzeit hier in Dresden, um sich die Veranstaltungen zu dem bevorstehenden hohen Beilager mit anzusehen, und hat gleichwohl bereits allhier bei Gelegenheit einer von Ihro Majestät prächtig ausgerichteten Hochzeit bei Hofe für einen seiner Kammermohren mit einer Mohrin ein kurzes Sinngedicht verfertigt, was aber leider nicht den Weg zum Hof gefunden, sondern nur als Handschrift zirkuliert . . .

Ach! (rief ich aus) Den meinst du, den Johann Ulrich König? Gewiß, ich kenne dieses Carmen, und es findet meinen Beifall.

Das wird ihn überglücklich machen, wenn ich es ihm berichte! (rief Woulmyer entzückt) Denn er kennt keinen größern Wunsch, als dir zu gefallen, er verzehrt sich förmlich, dich, alter Freund, kennenzulernen, er sieht zu dir hinauf wie zum Gott im Dichterhimmel . . .

So? (fragte ich, weil ich dies etwas übertrieben fand und gern erfahren wollte, ob es nicht vielleicht doch die reine Wahrheit war)

Mir soll auf der Stelle die Zunge im Munde verdorren, wenn ich lüge! (rief Woulmyer pathetisch aus) Du bist für ihn, was für uns Musiker der große Maestro Händel! Du bist für ihn die Sonne unter den Gestirnen, und er wünscht nichts sehnlicher, als sich einen Augenblick an den Strahlen deiner Größe wärmen zu dürfen, kurz: von dir empfangen zu werden . . .

Nun (sagte ich, erfreut von soviel Ehrerbietung), wenn das so ist, dann will ich ihm die Gunst gewähren.

Und wann? (fragte Woulmyer flink)

Sagen wir: am Mittwoch, übermorgen (sagte ich, bemüht, mir die Genugtuung nicht anmerken zu lassen). Um drei Uhr zum Coffee!

Woulmyer war offenbar erleichtert und seiner Sache, die er auf dem Herzen hatte, ledig, denn seines Bleibens war nun nicht mehr lange, er entschuldigte sich mit Proben für die Opera la Pastorale, die am Sonntag, dem 3. September, allhier erklingen wird.

Als er hinaus war, überdachte ich das Ganze und fragte mich, ob das Zufall zu nennen sei. Auch hier fand ich zu keinem Ende und beschloß, alles auf mich zukommen zu lassen und mich möglichst nicht durch zu vieles Denken selber zu verwirren. Ich ging nach unten, hörte die Müllerin in ihrer Küche am Abendbrot scharwerken, bückte mich nach dem Zettel Groteguts, ging nach oben und notierte die Marginalien zum heutigen Geschehen bei Hof: Frühmorgens exerzierten K. M. die Chevalier-Garde auf der Festung mit den Partisanen. Nach diesem besahen Sie sich die Bürgerschaft. K. M. blieben aber nicht alldort.

Offenbar, so dachte ich bei mir, waren K. M. nicht zufrieden mit der Bürgerschaft und brachen die Visite ab, um sie an einem andern Tag zu wiederholen. Die Bürger werden aufmüpfig, man hört und sieht so allerlei . . .

24. Augustus, Bartholomäus

Trotz des langen Schlafes – ich fand erst elf Uhr aus dem Bette – wich Woulmyers Besuch nicht aus meinem Sinn, mir schien, ich hätte mich sogar im Traum damit beschäftigt und es wäre mir darin, Deus ex machina, ein Erlöser engelgleich erschienen, ein Engel mit dem bürgerlichen Namen König. War dies ein mysteriöses Zeichen? Ein Wink des Traumgotts, da ich im Wachen nichts dergleichen je gedacht?

Was wußte ich von dem galanten Schwaben? Daß er just in jenem Jahr geboren wurde, da der Große Kurfürst und meine heißgeliebte Kühleweinin starben, daß er also jetzt einunddreißig Jahre alt war und mithin ein junger, unverbrauchter Mann, doch schon reifer (und ergo, war zu hoffen, ruhiger) als der Günther. Wie mein Vater hatte der seinige nach dem dreißig Jahre langen Krieg des besseren Fortkommens wegen den Adelstitel abgelegt, und dies war durchaus ein Umstand, der mich mit ihm verband. Früh verwaist, soll der Knabe als Mündel eines Theologen aufgewachsen sein, schließlich eine Hofmeisterstelle angenommen haben und mit seinem Zögling nach Braband und Flandern gereist sein. Allerdings weiß niemand was Genaues, denn man munkelt auch, er sei einem Kloster in Schwaben entlaufen, habe säuisch gesoffen und gehurt und am Operntheater in Braunschweig die Jungfer Schwarzin, die dort leidlich sang, doch weidlich buhlte, mit Erfolg belagert. Kurz nachdem die bereits arg lädierte Feste gefallen, trat die drangierte Jungfrau auf und sang Lieder, deren Texte ihr der Eroberer gewissermaßen auf den Leib geschrieben hatte. Mit ihrer zarten, doch wenig zagen Hilfe suchte er zuerst an Braunschweigs Hof ein Auskommen zu finden, er dedizierte dem Herzog seine Werke und schrieb für ihn Gedichte wie, par exemple, dies: An den Herzog Anton Ulrich von Wolfenbüttel bei Präsentierung gestickter Pantoffeln im Namen eines Frauenzimmers, die solche eigenhändig broderieret . . ., nachzulesen im Journal der Deutschübenden Gesellschaft, Jahrgang 1715. Mit seinen galanten Singspielen, die durchaus Witz und Wendigkeit (und vielleicht nur dies) erkennen ließen, errang er jedoch nicht, was er damit erringen wollte, und so versuchte er sein Glück in andern Städten. In Hamburg gelang es ihm, in die Gunst des Bürgermeisters Bostel zu gelangen, der ihm eine allerdings recht karg bezahlte Stelle an der dasigen Oper zuschanzte. Auch wurde er gut Freund mit den Dichtern Brockes, Rickey, Triewald und Fabricius, mit welchen er die löbliche Deutschübende Gesellschaft zu Hamburg gründete. Nach einem üblen Mordanschlag jedoch, dessen Motive stets im dunkeln blieben, verließ er die Stadt und reiste via Süden. Unterwegs schlug er eine Sekretär-Stelle in Weißenfels aus, scheiterte in Leipzig und kam dann hier nach Dresden. Das war vor rund zwei Jahren, und alle Leute, die sich noch daran erinnern können, sprechen ausschließlich von der Schwarzin, die, wie sie versonnen lächelnd sagen, mit vielen Gaben neben dem Gesang gesegnet und allzeit weitherzig und entgegenkommend gewesen wäre. Doch offenbar blieben ihm und ihr die Pforten zum Erfolg verschlossen, weshalb das Paar irgendwann bei Nacht und Nebel sang- und klanglos aus der Stadt verschwand.

Nun also war er wieder hier, diesmal ohne dieses Sing- und Sündenweib. Man sagt, sie habe ihm die Treu gebrochen, was aber schwerlich möglich ist, da niemand brechen kann, was nie vorhanden war. Sein zweiter Anlauf hierorts zeigt, daß er so leicht nicht lockerläßt und nun offensichtlich behutsamer zu Werke gehen will, behutsamer, sag ich, doch gewiß nicht weniger hartnäckig, was allein dadurch hinlänglich bewiesen ist, daß er bereits die geneigte Aufmerksamkeit der Frau Generalfeldmarschallin errungen hat. Wer sich so zielgerichtet dieser einflußreichen Dame nähert, ist mehr als ernst zu nehmen. Jetzt also tat er seinen nächsten überlegten Schritt: zu mir; und, ich muß es anerkennend sagen, der Zeitpunkt war nicht schlecht gewählt. Wie heißt es doch in einem englischen Sprichwort? The early bird catches the worm, der Vogel, der früh auf ist, fängt den Wurm.

Gewiß, der galante Schwabe ist poetisch ein Handwerker ohne Günthers göttlichen Sendungsglauben, doch diesem dadurch überlegen, daß er seine Dichtung einem Zwecke unterordnet, nämlich dem ganz praktischen, einen auskömmlichen Verdienst damit zu finden: Er dichtet, um zu nutzen, nämlich sich. Er richtet sich nach dem Geschmack der Mode, man findet bei ihm kaum beschauliche Natur, dafür viel Pracht und Sinnenkitzel, elegantes Pathos, schmückendes Beiwerk, alles eingekleidet in eine nette, glatte, doch keineswegs den Regeln in allen Punkten genügende Form. Oberflächlich, ja, das war vielleicht das Wort, das treffende – doch verlangte man derzeit anderes vom Dichter? War er damit nicht nachgerade prädestiniert, bei Hof Gefallen zu erregen? Viel mehr als Günther, der sich von seinem Ich partout nicht trennen will? Wie, wenn ich diesen fürderhin für mich benutzte? – Und meine Sympathie für Günther? Ja nun: Wer verliert, hat unrecht, wie man in Frankreich sagt. Soll ich mich aus dummer Anhänglichkeit etwa an den ewigen Verlierer binden? Ist diese Tugend in diesem Falle nicht nachgerade sträflich? Und, fiel mir ein, würde sich ein anderer des galanten Schwaben nicht flugs bedienen, wenn ich aus blöder Tugendhaftigkeit die Chance vertat? Würde, par exemple, Mordax einen Augenblick lang zögern, mir mit diesem Mann bei Hof das Wasser abzugraben? Wird mir die Nachwelt angesichts der prekären Lage nicht verzeihen, wenn ich, durch die Umstände gezwungen, ausschließlich meine Interessen wahre? Meine Interessen, die zugleich die des Hofes und die der edlen Dichtkunst sind, da ich für den Hof einen Dichter suche, der von Dresdens Größe und der Eleganz der deutschen Verskunst kündet? Ist dies nicht fürwahr ein nobles Ziel? Andrerseits – ich schwankte wie ein dünnes Rohr im Winde – wird mir der galante Schwabe niemals Verse solcher Wucht wie Günther liefern, dazu ist er von zu flacher Statur. Und: Noch war Hoffnung bei dem Günther, wenn auch nur ein Fünkchen. Sollte ich nicht lieber warten, bis sich die Gelegenheit ergab, diesen

Funken zur vollen Flamme anzublasen? Was tun? Ich wünschte, einer wäre hier und sagte mir, was zu tun zugleich zweckmäßig und tugendhaftig wäre!

Um meiner quälenden Unentschlossenheit zu entfliehen, holte ich die Liste mit den Namen derer, die über vierundsiebzig Jahre wurden, und fand, als ich die großen Namen vor meinem geistigen Auge Revue passieren ließ, bedeutsamerweise zwei, die genau dieses mir vorhergesagte Alter erreichten: den Griechen Euripides und den galanten Italiener Guarini, der, wie ich bei dem Soldatenkönig, bei seinem Herzog Alfonso in Ungnade fiel und sich gleichwohl einen angenehmen Lebensabend in Urbino sicherte. Allerdings drängten sich mir wiederum jene in der Mehrzahl auf, die weit vor der magischen Vierundsiebzig von hinnen schieden, so Horaz, Cicero, Aretino, Molière, Machiavelli, Hofmannswaldau und der Geiler von Kaisersberg. Tröstlich war bei dieser schauerlichen Übermacht der vorzeiten Dahingeschiedenen, daß mir zum Schluß noch Joost van den Vondel einfiel, der, sage und schreibe, das gesegnete Alter von zweiundneunzig erreichte. O daß mir dieses doch vergönnt!

Da mich der Gedanke an den Tod hatte unwirsch werden lassen, schrieb ich lediglich noch auf, was sich bei Hof begab, und schloß dann das Diarium, um es morgen, wie ich hoffte, weniger schwankend fortzusetzen: Kamen Wolffersdorf, Bölau, Vitzthum, Lagnasco, Barnowski, Zidimski mit drei Extraposten von Wien allhier an, dito Graf Tarlo aus Polen und Großkämmerer Großmann.

25. Augustus, Ludovicus

Die Importanz eines Menschen erkennt man unter anderem daran, ob er zu den anderen gehen muß oder ob die andern zu ihm kommen: Insofern ist es einerseits kein schlechtes Zeichen, wenn ich, um meine Fäden wohl zu spinnen, kaum mehr das Haus verlassen muß, doch andrerseits, befürchte ich, entgeht mir vieles, was die andern meinesgleichen treiben, denn auch sie weben täglich ihre kunstvollen Gespinste, und es kann durchaus sein, daß sich eines Tages nicht eine

Fliege mehr in meinem Netz verfängt, da sich die Artgenossen intrigant gegen mich verbündet haben. Also wäre ratsam, mehr präsent zu sein, doch Monsieur Délateur eröffnete am frühen Morgen schon den Reigen derer, die mich zu sprechen wünschten.

Er überreichte mir ohne Kommentation die Kopie eines Briefes, den Günther am Vortag an Gottlieb Milich, seines Zeichens Kaiserlicher Rat und Mannsgericht-Assessor, in Schweidnitz geschrieben hatte, an jenen bürgerlichen Freigeist, der dem Gymnasiasten Günther äußerst wohlgesonnen war und dies, dem Briefanfange nach zu urteilen, auch heut noch ist:

Vergnügt dich, teures Haupt, ein Blatt von Ehrfurchtsküssen,
So nimm ihr jetzt so viel, als dein Verdienst begehrt,
Dem Musen, Hof und Stadt viel Kränze flechten müssen
Und Schlesiens Parnaß den höchsten Sitz gewährt.
Kommt Pflicht und Dankbarkeit in etwas spät zurücke,
Verzeih es dir nur selbst, dein Brief ist schuld daran . . .

Welcher Brief? (fragte ich den Vigilanten) Ist Euch der etwa durch die Lappen gegangen?

Kaum möglich (sagte der). Vermute, er wurde vor meiner Observation geschrieben und empfangen.

Dein Brief, in dem ich zwar viel Rat und Trost erblicke
Und der mir doch dabei nicht wenig weh getan.
Wodurch? Mit Wohltun? Ja, ein ehrliches Gemüte
Nimmt, was es nicht verdient, mit Röt und Traurigkeit . . .
Was hatt ich damals nicht für Hoffnung und Vergnügen,
Da Schweidnitz meinen Fleiß in erster Blüte sah,
Da mancher wies und sprach: Der wird vor andern siegen
Und kommt an seltner Kunst den alten Dichtern nah!
Umsonst. Nun hab ich längst den Ehrgeiz fahrenlassen,
Durch Spiel und Wissenschaft den Namen zu erhöhn,
Da Gönner, Freund und Gott mein irdisch Wachstum hassen
Und Wünsche frommer Brust wie Frühlingseis vergehn.
Bisweilen zeigt mir zwar die Schickung beßre Strahlen,

Allein sie zeigt sie nur und quält mich noch so scharf,
So wie die Fabeln dort des Pelops Vater malen,
Der Flut und Äpfel sieht und nicht genießen darf.
In Dresden sieht man nichts als lauter güldne Zeiten . . .

Aha, jetzt wird es interessant, jetzt galoppiert sein Pegasus, und wundern sollte es mich nicht, wenn ihm des Günthers Übermut zusätzlich die Sporen gäbe:

Land, Dörfer, Stadt und Hof sind pracht- und jubelvoll.
Wie geht's am Helicon? Es riecht nach armen Leuten,
Worunter ich gleichwohl viel Nettes dichten soll.
Nächst wurd ich mit Gewalt an unsern Hof gezogen,
Viel Gönner schwatzten mir Befördrungsmittel vor;
Ich kam und sah, und sieh, ich war so gut betrogen
Als jener, der das Fleisch bei Schattenwerk verlor . . .

Da haben wir's: unverschämt und insolent! Undank ist der Güte Lohn: Woulmyer hat ganz recht. So despektierlich also sprach er von seinen Gönnern und mithin von mir! Und was hieß hier: betrogen? Wie das? Von wem? Wodurch? Was sollte das bedeuten?

Mein ganzer Vorteil war ein leer' und magres Leben.
Ein Kerl, der Reime quält und nach der Pritsche mißt,
Kommt an und sticht mich ab, nicht wegen netter Proben,
Nein, sondern weil er nur ein beßrer Hofnarr ist.
Ich gönn ihm auch den Ruhm; doch kann ich dies wohl sagen:
Es geht mir etwas nah, daß gründlich-kluger Fleiß
Und wahre Wissenschaft so oft den Bloßen schlagen
Und Phoebus nirgends mehr gewisse Zuflucht weiß . . .

Nun gut, damit hat er so unrecht nicht, ich hatte Ähnliches zu leiden, doch ging mir dieser Brief nicht so ans Herz wie vordem der an Mencke – etwas hatte sich in mir verändert: Ich spürte, wie der Abstand zwischen mir und Günther mit jeder Zeile größer wurde.

Der Pöbel hält und schilt uns Dichter oft für Toren;
Mein Beispiel zwingt mich fast, der Meinung beizustehn.
Wie öfters hab ich nicht die magre Kunst verschworen,
Und gleichwohl kann ich ihr nicht lange müßiggehn.
Ich hab es stets gehört und leider selbst erfahren,
Wie wenig unsre Zeit den armen Künsten gibt.
Kein Joseph findet sich in ihren Teurungsjahren,
Kein Ludwig, dessen Ruhm ihr kluges Spielen liebt.
Nichtsdestoweniger entzückt mich noch ihr Scherzen,
Und selbst mein Ungemach bringt manchen Einfall bei;
Verschwör ich sie gleich oft, so geht es nicht vom Herzen,
Denn weil der Mund noch flucht, so schreibt die Hand aufs neu . . .

Offenbar, so las ich aus den Zeilen, die nun folgten, ließ Günther selbst so ziemlich alle Hoffnung fahren, mit der Dichtkunst hier noch etwas auszurichten, denn er fragte sich, was ihm außer ihr noch bliebe:

Wie soll ich besser tun? Den Predigtstuhl besteigen?
Drei Dinge schrecken mich: Gewissen, Wahn und Tod.
Wie? Oder soll ich gar das Recht der Witwen beugen?
Das geht wohl auch nicht an, ich werde bald zu rot.
Wie, wenn ich also nun die Kunst des Vaters triebe?
Zwei Gründe reizten mich zu diesem an:
Der Wert der Wissenschaft und dann des Nächsten Liebe;
Nur schade, daß man nie mit Ehren heilen kann.
Nach Hofe taug ich nicht, ich hab ein treu Gemüte
Und bin der Wahrheit Freund, die wär allein mein Fall.
So fänd ich nirgends Ruh, sosehr ich mich bemühte,
Und außer meiner Kunst verlier ich überall.
Ja, spricht man, weißt du nicht, wir sind der Welt geboren,
Des Landes Glück und Wohl erfordert unsre Pflicht.
Gar gut. Ich hab auch diese Dienste nicht verschworen
Und leugne den Beweis der alten Wahrheit nicht.
Was nützt nun, schreit der Neid, der Dichterorden?
Vielleicht noch mehr als die, so fürstlich Schaden tun,
Des Landes Mark entziehn, nach eigner Willkür morden
Und bei der Armen Flehn auf . . . Purpur ruhn . . .

Seid Ihr, Herr Königlicher Rat (fragte Monsieur Délateur, der augenscheinlich mein Erschrecken wohl bemerkt, als ich dies las), bei der Stelle mit der Willkür und dem Fürsten? Lest weiter, denn es kommt noch dicker!

Was bringt ein Junker ein, der Gut und Feld verschlimmert,
So Wild als Bauern hetzt, der Ahnen Geld verzehrt,
Für Lanzen Gläser bricht, viel Afterschläge zimmert
Und, wenn das Dorf entläuft, sich von der Krippe nährt?
Wem dienet Maximin, den Geiz und Hochmut plaget,
Der stets um Wucher schwiert, bei fremdem Schaden lacht
Und, wenn ihn das Fallit kaum vor den Galgen jaget,
Sich bei des Himmels Zorn noch gute Tage macht?
Vielleicht kann wenigstens mein Dichten
Durch manchen guten Spruch ein einsam Herz erbaun;
Denn dieses lernt daraus, wenn Neid und Torheit richten,
Der Sachen Eitelkeit in etwas überschaun.
Wer Narren striegeln sieht, den macht die Strafschrift klüger,
Und wen der Kummer drückt, der stillt ihn, wenn er liest,
Wie manch gelehrter Tor und reicher Landbetrüger
Ein lächerliches Spiel des klugen Satyrs ist.
Die Götter fuhren sonst in Rauch und Nebel nieder,
So wie sie uns Homer noch unter Augen legt;
Die Wahrheit hüllt sich auch in Fabeln netter Lieder,
Weil doch des Pöbels Blick ihr Feuer schwer verträgt . . .

Auf solchen Unflat steht Festungshaft (bemerkte Monsieur Délateur). Sein Glück, daß dieser Brief vertraulich ist.

Laßt mich, mein lieber Herr (sagte ich), den Brief in Ruh zu Ende lesen.

Ich bleibe, was ich bin, und bleib ich auch verlassen,
So schmeck ich den Genuß gelehrter Einsamkeit,
Die, wenn mich Glück und Freund und Geld und alles hassen,
Mir auch bei Salz und Brot viel Selbstvergnügen weiht.
Wenn andern Pferd und Tanz die starken Wechsel mindert,
Wurf, Todos und Bricoll den halben Schlaf entführt,

Ein schöner Tag aufs Dorf den Sommerfleiß verhindert
Und Gondel und Musik Gefahr und Neid gebiert,
So sitz ich bald daheim, bald aber in dem Grünen
Und Phoebus und mein Kreuz, sonst niemand, neben mir.
Da muß mir oft die Not zum Seelenfrieden dienen,
Denn wenn die Muse spielt, weicht aller Schmerz von hier.
Bald gibt mir Boileau die Geißel in die Hände,
Bald senkt mir Nasons Geist viel süße Flammen ein.
Mein Gönner, tadle nicht die Schwachheit zarter Brände;
Wer Lieb und Brunst nicht kennt, der kann kein Dichter sein . . .

Ich hatte wohl, vom angenehmen Silbenmaß verführt, den Versbrief laut gelesen, denn Monsieur Délateur unterbrach mich an der Stelle.

Jaja, die Brunst (sagte er wie nebenbei) hat manchem schon den Sinn vernebelt und, eh er sich's versah, den Hals gebrochen. Ich fürchte . . .

Was? (fragte ich und ahnte schon, worum es ging) Laßt die dunklen Andeutungen, sprecht in Fakten, aber en détail, wenn ich bitten darf!

Nun (sagte er), die kleine Hu . . ., pardon, Demoiselle Fleurette war gestern abend wieder bei dem G., ich habe ihr Gespräch belauscht. Und seh mich dieserhalb gezwungen, die Affaire oben anzuzeigen.

Wie das? (fuhr ich ihn an) Vorgestern noch habt Ihr Stillschweigen gelobt und dafür auch kassiert!

Ja: vorgestern! (sagte er) Doch gestern war von Flucht die Rede. Flucht aus Sachsen. Mademoiselle kam im Bett auf die Idee – nach der ersten Brunst. Auch davon en détail, Herr von Besser?

Monsieur, keine Dreistigkeiten! (rief ich, von der Impertinenz gewarnt) Kurz und bündig: Was waren ihre Worte?

Sie heulte, Herr Geheimer Kriegs-Rat (sagte Monsieur Délateur, wieder in gewohnt devotem Ton). Vorbei war ihre Überlegenheit vom ersten Schäferstündchen. Widerlich, rief sie, Liebe für Geld zu heucheln, weil die Oberen nicht allein gefürchtet werden wollen, sondern auch geliebt, wenn schon nicht in den Herzen ihres ganzen Volkes, so doch wenigstens mit den Körpern seiner Töchter! Sie wolle fort, weit fort und irgendwo in einem andern Land mit G. von vorn beginnen. Er können ihren Unterhalt als Arzt verdienen und nebenbei Gedichte schreiben. Sie wolle ihm die Socken stopfen, Kinder schenken und züchtig ihren kleinen Hausstand führen ...

Rührend (sagte ich, um nicht angerührt zu werden). Und Günther, was sagte der dazu?

Der war zuerst begeistert. Verständlich: berauscht von ihren Liebes- respektive Leibeskünsten. Dann aber ward er zusehends zögerlich. Noch sei bei Hof ein Hoffnungsschimmer. Ihr, Herr von Besser, hättet zu Geduld geraten. Er, Günther, sei kein Dieb, der sich heimlich, still und leise aus der Stadt zu stehlen habe. Außerdem erwarte er noch Post aus Leipzig, die wichtig für ihn sei. Und – das war neu für mich – nächsten Dienstag komme sein Freund Hahn mit frischer Zeitung aus Schlesien ... Kurz und gut, ich laß die heißen Liebesschwüre hier beiseite, für mich ist klar: Aufgeschoben ist nicht aufgehoben. Kann sein, die Mademoiselle überredet doch den G., die Vögel fliegen aus – und ich steh da und krieg die Prügel! Nein, nein, so weit geht die Freundschaft nicht! Angezeigt muß sein, auch wenn mich die beiden dauern. Ich meine: mich als Mensch! Als königlicher Untertan und vor allem als Beamter ist es jedoch meine Pflicht und Schuldigkeit ...

Schon gut, schon gut, keine edlen Arien (sagte ich und winkte ab). Tut, was Ihr nicht lassen könnt.

Von nun an konnte ich über Günther nicht länger meine Hände halten, man stelle sich das vor: Ein hoher Würdenträger stiftet einen Subalternen zur Pflichtverletzung an! Nicht auszudenken, was geschähe, wenn solches an das Licht der Sonne käme. Von nun an würde Günthers ohnehin schon lekker Nachen den großen, unberechenbaren Winden ausgesetzt, und ich, der Lotse, ging von Bord, und mit mir würden andre gehen, nämlich alle jene, die den Ratten gleich das Unheil stets von ferne riechen.

Monsieur Délateur hinterließ mir noch die Abschrift eines Carmens aus Günthers Taschenbuch, polizeimäßig unergiebig, wie er sagte, und ich las das gestern erst entstandene Gedicht, nachdem der Vigilant gegangen war. In welcher Stimmung Günther diese Zeilen geschrieben haben mochte, nannte schon der Titel, der da hieß: Er muntert sein Gemüte auf.

Du wirst noch wohl, verzagtes Herz,
Vor Unmut in die Erde sinken.
Was helfen Tränen für den Schmerz?
Du mußt ganz andern Julep trinken.
Wo ist dein großmutvoller Sinn
Mitsamt dem tapfern Vorsatz hin,
Durch Fels und Müh emporzusteigen?
Betrachte doch den Unterschied
der Lieder alt- und dieser Zeit:
Was wird die Nachwelt von dir sprechen?

Du weißt vor Unglück nicht wonaus;
Geduld, die Vorsicht sinnt auf Wege.
Du bist nur selbst dein Marterhaus
Und machst dich selbst zum Guten träge.
Ja, sprichst du, mein Gewissen beißt,
Indem es mir die Fehler weist,
Wodurch ich fast schon gar verdorben;
O halt es nur noch künftig rein,
Die Hoffnung wird bald grüner sein,
Du bist ja wohl noch nicht gestorben ...

Tragisch oder komisch, wenn man will: Der Günther macht sich Mut, dabei sind die Würfel längst gefallen, er weiß es nur noch nicht. Er glaubt, er hat noch Möglichkeiten, vier, wenn ich alles überschaue: Noch macht er sich, ad eins, Hoffnung auf die Hofpoetenstelle und, ad zwei, auf die Fleurette, außerdem auf, drittens, Leipzig und auf, viertens, Schlesien, wo seine beiden Leonoren ihn erwarten, er glaubt daran, weil ihm nichts andres übrigbleibt. Wie sich die Dinge hier entwickeln, ist es mehr als fraglich, ob die beiden ersten Möglichkeiten überhaupt noch ernsthaft welche sind, fällt Dresden fort, bleiben Leipzig noch und Schlesien, kommt aus Leipzig nächstens schlechte Kunde, bleibt ihm nur noch Schlesien, wo aber seine Feinde lauern ... Man sieht, wie schnell die helle Hoffnungskerze zu einem Stummel schrumpfen kann. Selbst wenn das Ärgste nicht eintritt – ist Günthers Vita nicht schon jetzt ein hübsches Paradigma für den gleichermaßen forschen wie naiven Irrglauben der neumodischen Vernünftler, der Mensch könne, wenn er nur wolle, alles das erreichen, was er wünscht? Willensfreiheit – welch hehre Phrase! Ja, gewiß, er könnte es – wenn er, premièrement, sich nicht selbst daran hindern und nur zu dem Zwecke leben würde, der Welt seinen Willen einzugeben, und wenn, en deuxième, über ihm nichts wäre, was einen ungleich stärkeren Willen als er hat und auch die Macht, diesen mit Gewalt dem schwachen Einzelmenschen aufzuzwingen. Denn irgendwann und irgendwo wird über ihn entschieden: Und zeigt der Daumen auf die Erde, wird all sein Bemühen, und sei es noch so redlich, nichts mehr fruchten. Er lebt zwar noch, was inklusive hoffen heißt, doch ist der große Fuß schon angehoben, der ihn, die lächerliche Laus, zertreten wird.

Der Ernst kommt nimmermehr zu spät,
Bereute Sünde läßt sich hüten.
Die Mißgunst, so dich jetzo schmäht,
Muß endlich in sich selber wüten,
Sobald du nämlich klüger gehst
Und mit geschickter Art verstehst,
Die alten Scharten auszuwetzen.
Dies kann nun anders nicht geschehn,
Als derer Beispiel anzusehn,
Die Kunst und Weisheit höher setzen . . .

Zu spät, das Urteil ist gefällt, und das wird überdauern, mag er sich künftig drehen und wenden, wie er will. So oder ähnlich wird die Nachwelt ihn beschreiben: Er war ein entschiedenes Talent, begabt mit Sinnlichkeit, Einbildungskraft, Gedächtnis, Gabe des Fassens und Vergegenwärtigens, fruchtbar im höchsten Grade, rhythmisch bequem, geistreich, witzig und dabei vielfach gebildet, er besaß alles, was dazu gehört, im Leben ein zweites Leben durch die Poesie hervorzubringen, wir bewundern seine große Leichtigkeit, in Gelegenheitsgedichten alle Zustände durchs Gefühl zu erheben und mit passenden Gesinnungen zu schmücken, jedoch (jetzt folgt das große Aber) wußte er sich nicht zu zähmen, und so zerrann ihm sein Leben wie sein Dichten durch seinen rohen und wilden Charakter respektive, wenn man will, seine Charakterlosigkeit und sein unfertiges Betragen, wodurch er sich auch das Glück verscherzt, bei Hofe angestellt zu werden, woselbst ihn der Dichter Johann von Besser, ein Stern erster Größe an Deutschlands Dichterhimmel, protegierte, um den Festlichkeiten Schwung und Zierde zu geben und ihre vorübergehende Pracht zu verewigen ... Geschickt zu sein, das hatte mir der Günther auch bei seiner Auskunft hier versprochen, und ich gesteh ihm durchaus zu, daß er es auch gewollt, doch hat er's letzten Endes nicht vermocht. Insofern ist er selbst sein Marterhaus, ganz recht. Und sich wandeln? Ja, man kann's probieren, doch ob es etwas nutzt, ist die Frage. Denn ist das Siegel erst einmal geprägt, kann das Wachs beliebig Zusammensetzung, Form und Farbe ändern, zum Schluß bekommt es doch das immer gleiche Muster aufgedrückt. In Günthers Petschaft stehn die Worte: liederlich, hemmungslos, ungezähmt, regellos, versoffen und verhurt, anarchisch, unglücklich; und quer darüber: Er ist an allem selber schuld. Und jeder, der ihn kennenlernt, sieht zuerst das Zeichen auf der Stirn, mag Günther tun und sagen, was er will, die Schublade wird geöffnet, er hineingetan, die Schublade geschlossen, aus der sich zu befreien nur wenigen gelingt. Man ruft, man schiebt und stößt, man kratzt, man flucht, man fleht, bis daß die Kräfte uns verlassen und wir uns in das Schicksal finden, das Schicksal, das solcherart viel mehr von irdischen Mächten vorherbestimmt denn von geheimnisvollen Himmelskräften. So sucht der Günther auch die Gründe für sein Mißgeschick nicht hoch dort droben, sondern auf der Erde, wobei er sich allerdings, für mein Gefühl, zuviel über Selbstverständlichkeiten wundert:

Erhitze dich durch andrer Ruhm,
Betrachte, sag ich, deinesgleichen;
Wie mancher Musen Heiligtum
Glänzt schon von ihren Ehrenzeichen.
Den ziert Asträens Sternenkranz,
Der heißt der Kanzel Licht und Glanz,
Den führt der Kranken Heil zum Glücke,
Drei zieren schon des Fürsten Stand,
Und zweien schickt Bellonens Hand
In Ost- und Westen holde Blicke.
Dies sind jetzt die, bedenk es recht,
Die noch mit dir vor wenig Jahren

Da, wo man lernt und scherzt und zecht,
Vertraut- und gleiche Brüder waren.
Wie mancher ist darunter stolz,
Der damals als ein grobes Holz
Dir auf den Schulen schmeicheln mußte,
Wenn ohngefähr der Prüfungstag
Ihm nächtlich in Gedanken lag
Und nichts als dich zum Helfer wußte.
Jetzt wird er als ein großes Tier
Dir kaum noch über Achsel danken.
Ach faules Herz, wo bleiben wir?
So brich doch mit Gewalt die Schranken ...

Welche Schranken? ist zu fragen. Es sind zu allen Zeiten Leute aufgestiegen, und selbst wenn sich der Teufel höchstpersönlich auf den Thron setzen würde, gäbe es den Hofmarschall, den Feldmarschall, den Zeremonienmeister. Nicht der Auserwählte ist das Beständige der Weltenordnung, sondern dessen Diener, deren Amt erhalten bleibt, auch wenn der Name an der Spitze wechselt. Ihre erste Tugend ist, jedem Herrn zu dienen. Warum also die Bitterkeit, daß nicht der Klügste auch am höchsten steigt, wenn Klugheit nicht als erste Tugend gilt? Bei Dienern zählt nicht Name, sondern Titel, die erklommene Stufe auf der vom Schweiß des Aufstiegs glatten Treppe. Will einer nun nicht auf sein Ich verzichten, so liegt der Grund des Mißerfolgs nicht in dieser löblichen Weltenordnung, die auf Bestand gerichtet ist, sondern in ihm selbst. Dort muß er die Schranken brechen, was aber, wie ich aus Erfahrung weiß, oftmals auch das Rückgrat brechen heißt ... Günther ist zu stolz, auch nur daran zu denken, er flüchtet lieber in die Arme Euterpes, Calliopes, Eratos, Polyhymnias, saugt an deren Brüsten – und sein innrer Mut wächst, wie die äußern Chancen schrumpfen.

Die Musen kennen bloß mein Pfund,
Dem Phoebus schenk ich Fleiß und Leben,
Er hat mir den beredten Mund,
Ich aber ihm das Herz gegeben.
Und steht mir Meditrinens Treu
Mit allzeit frischen Kräften bei,

So soll mein Nachruhm ewig grünen.
Ich aber will nach meiner Kraft
Mit Redlichkeit und Wissenschaft
Der Welt zu Gottes Ehren dienen.

Ach, er sieht es nicht, daß Poesie, Redlichkeit und Wissenschaft die untauglichen Mittel sind, hier und jetzt sein Glück zu machen! Ist es nicht töricht, alle erdenklichen Tugenden sichtbar aufs Panier zu schreiben, wenn es nur eine honorierte Tugend gibt: die unfehlbare Allmacht anerkennen und ihr dienen? So ist es nun einmal, und manchmal will mir scheinen, als lebte Günther nicht in unsrer Zeit, sondern in einer, die er sich denkt und von der er hofft, daß sie kommen möge, woran ich aber ernsthaft – und berechtigt, wie ich glaube – zweifle ... Der Nachruhm ist der Halm, an welchen sich stets jene klammern, die ihr Leben nicht zu meistern wissen, sie geben stets die Schuld den andern, der Zeit und den Verhältnissen, sie trösten sich damit, zu früh auf die schnöde Welt geworfen worden zu sein, gebärden sich als unverstandene Tugendbolde, als Genies, die keine Regeln kennen, und waren mir von jeher schon ein Graus, da sie nur den Fluß der Dinge stören, der ohne sie viel ruhiger fließen würde.

Ich wurde zusehends ärgerlich, je länger ich an Günther dachte. Mir meine Laune zu verderben, war er nun doch nicht wert, und ich beschnitt die Grübeleien radikal, indem ich hinunter in die Küche stieg, der Müllerin in ihre Töpfe schaute (und auch wohl nebenbei auf ihre strammen Rosenballen, wiewohl ich dies mir doch verkneifen wollte), mit großem Appetit zu Mittag speiste und mich zu Bett begab, um frisch zu sein, wenn der galante Schwabe am Nachmittag zum Coffee käme.

Voilà, er kam, wenn auch viel zu früh, denn die Müllerin mußte mich erst aus dem Schlummer lösen, und obwohl er gut und gerne zehn Minuten hatte warten müssen, bis ich korrekt bekleidet war, stürzte er, als ich ihm die Tür auftat, behende dienernd auf mich zu, als ob er geradenwegs im vollen Dauerlauf aus Hamburg käme: fürwahr, ein guter Mime. Er war erstaunlich untersetzt, bedachte man sein junges Alter, doch keineswegs behäbig, sondern ganz im Gegenteil von sonnigem Gemüt, leichtblütig, heiter und kregel, ein Sanguiniker, wie er im Buche steht, dabei sorgfältig gekleidet, ein wenig, wie mir schien, zu körperbeton, wodurch das feine Tuch an Bauch und Achsel spannte, ein wenig zu auffällig in der Farbe, aber sonst makellos und ohne jedes Stäubchen.

Excellenz! (rief er emphatisch und griff nach meiner Hand, als wolle er sie fressen) Meister schwanengleicher Gesänge! Ich danke Euch vielmals für die unvergleichliche Güte, mich auf Woulmyers Empfehlung zu empfangen ...

Seid mir willkommen, mein lieber Monsieur König (sagte ich, im Ton gleichermaßen seriös wie generös). Es brauchte dieser Empfehlung nicht, denn wenn es Eure poetischen Schriften nicht schon lange getan hätten, so würde es jetzo Eure Person, indem ich mich des von jenem griechischen Weltweisen bei einer gleichen Gelegenheit getanen Ausspruchs gegen einen Fremden bedienen kann: daß nämlich auf Eurer Stirn das beste Empfehlungsschreiben zu lesen.

Ihr seid zu gütig, Excellenz (erwiderte er zungenflink). Ich habe mir von jeher eine Ehre daraus gemacht, allen möglichen Fleiß daranzuwenden, damit ich meine Schreibart nach der Euren auszurichten vermag ...

Ich bin entzückt, Monsieur (parlierte ich und bat ihn in meinen Bücher-Saal), dies just von Euch zu hören, von Euch, den man in Hamburg den deutschen Virgil nennt und der schon so viel an Kunstfertigkeit hat bewiesen.

Meine geringen Verdienste (sagte er, indem er sich niederließ und kapriziös die Beine überschlug) sind ein eitles Nichts, denk ich an Euch, Heroe lieblichster Reime!

So tauschten wir geraume Weile Komplimente, wobei der Schwabe mir nichts schuldig blieb, bis daß die Müllerin den Coffee servierte. Monsieur König demonstrierte im Umgang mit der Tasse die allerbesten Manieren und bat mich dann, etwas von seinem Helden-Lob auf Ihro K Punkt M Punkt vorlesen zu dürfen, welches er vor kurzem angefangen und welches er am Tag des Einzugs untertänigst dem Monarchen präsentieren wolle.

Laßt hören (sagte ich), ich bitte Euch darum, mein lieber Monsieur König.

Gebietet Einhalt (sagte er und zog aus seinem Rock das Manuskript), wenn es Euern unbeschreiblich feinen Kunstverstand allzu grob beleidigt: Helden-Lob Seiner Königlichen Majestät in Polen und Kurfürstlichen Durchlaucht zu Sachsen, Herrn Friedrich Augusts, bei Gelegenheit der jüngstvermählten königlichen und kurprinzlichen Hoheiten.

Von so vielen Tausenden, die heute dich verehren,
Läßt auch ein Fremder dich allhier ein Lob-Lied hören;
Ein Fremder, der dir längst dem Namen nach bekannt,
Weil er dir zweimal schon ein Opfer angebrannt,
Und dieses hohen Paares durchlauchtigstes Vermählen
Dir damals schon gewußt vorläufig zu erzählen . . .
Was Wunder? Daß dich dann auch alles lieb gewinnt?
Und daß sein Vaterland hier jeder Künstler find't.
Daß alle Musen schon aus fremden Ländern gehen,
Und nun in deinem Schutz und reichem Solde stehen.
Ach, seufz ich bei mir selbst, wenn dies mein Aug erblickt:
Warum hat die allein der Himmel so beglückt . . .

Monsieur (rief ich), es ist schon nach diesen wenigen Zeilen mit einem Wort zu sprechen: fulminant! Sowohl was die allerneueste Art, höflich und galant zu schreiben, anbetrifft, als auch den Inhalt, der sich aufs geschmeidigste dem Hofe anempfiehlt.

Ihr beschämt mich, Herr von Besser (sagte er), doch gestattet, daß ich noch weiterlese:

Zug, Anstalt, Ordnung, Lust geschieht allein durch dich,
Und alles, was geschieht, ist unverbesserlich . . .

Einen Moment, Monsieur! (sagte ich und kam auf die Idee, das Entgegenkommen dieses Menschen zu erproben) Wenn Ihr gestattet, so laßt mich fragen, ob bei dem Worte unverbesserlich nicht alle unumgänglich auf den Namen Besser fallen werden und denken könnten, es zielte solches darauf hin, daß mein Entwurf zum Einzuge vor unserm Herrscher nicht beliebt geworden?

Ich schwöre, hochwohlgeborner Herr von Besser (sagte Monsieur König, sichtlich aufgeschreckt), daß ich nicht im mindesten daran gedacht und solches als ein Fremder auch gar nicht wissen konnte. Gleichwohl werde ich, wenn Ihr eine andre Formulierung wünscht, dies selbstverständlich stante pede tun, um Euch so meine hochachtungsvolle Bewunderung zu bezeugen.

Nun (sagte ich), Ihr müßt entscheiden, Monsieur, es ist Euer Carmen, und mir steht nicht an, meine Wünsche Eurer Dichtung aufzupfropfen . . .

So ging es hin und her, wobei ich äußerst liebenswürdig blieb und bei der inkonvenablen Stelle alles in sein Belieben stellte. Er aber repetierte, daß er sich überglücklich schätze, mir eine Gefälligkeit zu erweisen, und bat darum, mir noch die Hauptgedanken seines Lob-Gedichtes mitzuteilen. Nun war zwar ziemlich hochgegriffen, dies als Gedanken zu bezeichnen, doch durchaus in der Ordnung, wenn er die Absicht kundtat, das Glück der Sachsen zu besingen, von August regiert zu werden, was damit hinlänglich bewiesen sei, daß alle brennend wünschten, jenen ja nicht zu verlieren. Er wolle niemals etwas kriechend sagen, fügte der galante Schwabe an, doch wolle er sich auch behutsam wagen, er wolle schmackhaft dichten, das Edle rühmen und Gedanken, Fall und Maß in strenger Ordnung setzen, auf daß zuerst das Ohr gekitzelt werde und sodann das Herz ergötzt . . . Das paßte wunderbar in meine Pläne, wenn es als poetisches Programm auch ziemlich mager war. Wie sehr er seine Feder jedwedem Geschmack anpaßte, erwies sich wenig später, als ich auf seine Opern zu sprechen kam und vorsichtig bemängelte, daß ihr erstaunlicher Erfolg von aufgesetzten, äußeren Effekten rühre. Und was sagte darauf dieser wendige Charmeur?

Ihr habt ganz recht, Monsieur de Besser, auch mir sind diese Äußerlichkeiten in meiner Seele zutiefst zuwider, doch sind mein Geschmack und der des Publikums zwei verschiedne Sachen. Wenn ich also eine Gärtnerinnen-Witwe und andere lustige Personen einführe, so bloß denjenigen zu Gefallen, welche meinen, daß sie ihr Geld sehr übel angewendet, im Fall sie nichts zu lachen haben.

Dies waren seine Worte, und es erübrigt sich, sie zu kommentieren. Wie schlau und weitsichtig dieser Mensch in allem war, offenbarte sich ein weitres Mal, als er mir die ersten Druckbogen seines noch in diesem Jahr erscheinenden Buches zeigte, auf dessen Titelblatt Theatrum ceremoniale stand. Dies überraschte mich nun doch, denn offensichtlich spekulierte dieser schlaue Schwabe neben der Hofpoetenstelle auch auf das Zeremonien-Amt. Ich blätterte den Inhalt durch und sah, daß er im wesentlichen von andern abgeschrieben war und nichts Neues brachte, aber doch den Autor, Johann Ulrich König, als profunden Kenner der Materie empfahl. Er merkte wohl etwas von meiner Beunruhigung und versicherte sofort, daß ich für ihn der unübertreffliche Meister der Zeremonien-Wissenschaften wäre und er nichts sehnlicher erhoffe, als mein Schüler sein zu dürfen, dem vielleicht dereinst das Erbe meines beispielhaften Schaffens zu verwalten gestattet sei. So allerdings ließ sich die Sache hören, gleichwohl war Vorsicht angeraten: Nachfolger helfen gern, wie man aus der Historie weiß, ein bißchen nach, wenn es ihnen gar zu lange dauert, bis der begehrte Platz durch natürlichen Abgang vakant. Ich erinnerte mich meiner allzeit nützlichen Maxime: Lebe mit deinem Freunde, als ob er dein Feind werden könnte, und gleichwohl hatte ich bei allem Argwohn keine Furcht vor ihm. Er war gewiß ein Intrigant, doch von bescheidenen Gaben: Daß er mich mit furioser Wucht an die Wand drückte, stand nicht zu befürchten.

Also gab ich ihm die Liste der Paarungen für die Mercerie der zwölf Nationen, wie ich sie schon gelegentlich des Soupers beim Grafen Vitzthum vorgeführt, und schlug dem Monsieur König vor, ein Gedicht darauf zu machen, wodurch er sich dem Hofe nachdrücklicher empfehlen könne als mit dem Lob-Gedicht, da derartige Elogen nicht eben selten seien. Er war von der Idee begeistert und dankte mir sehr überschwenglich, was mich im Innern lachen machte, nahm er mir doch damit die Bürde eignen Dichtens ab. Wenn ich den Ehrgeiz dieses auf Avancement geilen Burschen solchermaßen klug benutzte und seinen Dank für Arbeiten einheimste, die im Grunde meine Sache waren, so durfte ich getrost in die Zukunft schauen. Bei dieser Aussicht wurde mein Gemüt fast heiter, und ich zeigte aufgeräumt dem Herrn aus Schwaben das Seltenste aus meinem Bücher-Vorrat, vorerst freilich das Seriöse – die Erotika mochten später folgen, wenn wir vertraulicher geworden. Auch bemerkte ich ganz nebenbei, daß mir daran gelegen, die Bücher-Sammlung profitabel zu veräußern, allerdings mit dem Beding, daß diese bis zu meinem Tod hier in meinem Bücher-Saal unverändert stehenblieb. Damit hatte ich ihm indirekt zu verstehen geben wollen, daß von mir keine finanzielle Hilfe zu erwarten sei, doch wie erstaunt war ich, als er mir eilfertig seine Hilfe anbot, solch ein Geschäftlein abzuschließen, er sei darin nicht unerfahren. War dies nicht nur so dahingesagt, dann war der Mann fürwahr ein Geschenk des Himmels!

Nach drei Stunden angenehmer Unterhaltung war ich so froh gestimmt wie selten in der letzten Zeit, ich schöpfte neuen Mut und sah die Jahre, die mir noch vergönnt, in einem hoffnungsvollen Licht. So bat ich ihn, mich öfters und ja bald wieder zu besuchen, was er mir auch versprach, sobald er meinen Wunsch, der ihm Befehl, die Mercerie betreffend, in meiner Schreibart nachempfundne Verse umgesetzt.

Ein konzilianter Mensch, wenn auch von weit geringeren Geistesgaben als der Günther, oder, so zu sprechen: exactement deshalb. Mit Leuten mittlerer Begabung und scharfem Ehrgeiz läßt sich alles machen. Da sie ständig an die Grenzen ihres Unvermögens stoßen und doch den Hang zum Großen haben, sind sie weich und formbar nach Belieben: Erhöht man diese nun und redet ihnen ein, daß sie die Ersten sind, glauben sie's bald selbst.

Nota: Feder und Tinte erröten niemals, wie man in England trefflich sagt.

Dem Monsieur König prophezei ich heute schon eine glänzende Karriere: Er ist der Kommende, der Titel und Taler gleichermaßen scheffeln wird, Geheimer Sekretär, Hof-Rat, Zeremonienmeister, Mitglied der Societät der Wissenschaften, wie ich geadelt schließlich, ein Mann, der Gratia und Fama erringen wird und um dessen Gunst sich schließlich andre balgen werden. Ohne Anspruch, wie er ist, wird ihm der äußere Erfolg genügen, und ich werde mich geflissentlich davor hüten, ihm von der späten Reue eines solchen Lebens auch nur ein Wörtchen zu erzählen. Es wird problemlos mit ihm werden, doch langweilig zugleich, dachte ich an Günther: Der glich dem Meer, wie ich es auf meiner Überfahrt nach Engelland erlebte: mal ruhig, mal bewegt, doch immer unergründlich tief und unberechenbar; der schwache Schwabe aber war ein flaches Binnenwasser mit nervösen Wellen, die, wie seine Verse, Bewegung mit viel Mühe simulierten: ein Sturm im Wasserglas. Günther war für mich eine ständige Herausforderung, etwas, was mich reizte, irritierte, provozierte und erregte, mich nie kaltließ und mir dadurch zeigte, daß ich noch lebendig war. Ich unterdrückte aber jede Trauer, die sich in meine neugefundene Zuversicht mischen wollte, und sagte mir, daß man sich auch bescheiden können muß: Die Tigerzähmung war mißglückt, jedoch das Schaf gefunden.

Zu guter Letzt noch, was das Grotegutsche Hof-Journal aujourd'hui berichtet: Frühmorgens fuhren K. M. nach dem Feuerwerk zu Schiffe über die Elbe ins Holländische Palais. Gegen Abend ging der Kurier Fickler von hier nach Prag. Besahen K. M. die Janitscharen in ihrer neuen Montur. Damen-Fest-Probe im Großen Garten, nachmittags. Abends speisen K. M. beim Herrn Geheimen Kabinettsminister Graf Lagnasco.

26. Augustus, Samuel

Die Luft stand schon am frühen Morgen drückend und schwül in meinem Schlafgemach, Schweiß und Kopfweh kürzten meinen Schlaf. Seit Wochen ließ die Sonne kein Wölkchen vor ihr Angesicht, sie strahlte so beflissen, als wolle sie zu Sachsens größtem Jubelfest das Land mit ihrem Himmelslicht zusätzlich vergolden. Die Absicht war gewißlich sehr löblich, doch verbrannte das Getreide auf dem Halm, der Fluß floß nur mehr träge und entblößte seinen trocknen Schlamm am Grund, das Gras vergilbte, und die Menschen wurden mürrisch. Das permanente Strahlen würde, hielt es so unvermindert an, in der Dürre enden. Lachend in die Katastrophe. Elend: goldüberglänzt, Sonnenglast über einem toten, leeren Land: makabre Bilder ...

Ich wischte diese düsteren Phantasmen fort und machte mich zum Ausgehen fertig, als die Müllerin vom Alten Markt zurückkam und vermeldete, daß keine Porte-Chaise zu haben sei, da heut die große Probe vor der Stadt.

Welche große Probe? (fragte ich)

Nu, Muschee (sagte sie). Heut is doch der Heidenteebs! Die beßren Dresdner Bürger müss'n heute strammstehn vor dem König, und wer da nich Puttchen, Puttchen macht, hat's bei Hof verschissen. Deshalb sin se alle nausgerammelt aus der Stadt. Also ooch de Schößelträger mit den Sänften. Alles hat ääm ooch sei Aberchen, Muschee!

Ja, naturellement, heute wurde das Spalierbilden unter den Augen Seiner Majestät geprobt, denn nächsten Samstag war der Einzug schon! Heute präsentierte sich die Bürgerschaft in ihren eigens dafür angefertigten Uniformen, welche schon das ganze Jahr hindurch Anlaß heftiger Querelen waren, da die Bürger diese nicht aus eigner Tasche zahlen wollten, der König sie jedoch kraft seiner Herrlichkeit dazu verpflichtete. Sie traten an mit ihren Bürger-Fahnen, einst stolze, selbstbewußte Zeichen ihrer Zunft und Stadt, nun nicht mehr als bunte Lappen, die zum Ruhm des Kur- und Königshauses flattern durften. Sie probten das Spalierstehen für den königlichen Sohn und dessen welsche Braut und wurden solcherart degradiert zur jubelnden Staffage, zur Kulisse, zum belebten Schmuck am Rand der Straße: ein bittrer Tag für sie – für den Hof dagegen einer des Triumphes.

Die Gassen waren denn auch ziemlich leer, nur am Alten Markt herrschte hektische Betriebsamkeit, denn dort zimmerte man noch immer fieberhaft an den Triumphtoren und den Ehrenlogen, Grenadiere standen davor Wache. Die Rohform war schon zu erkennen: gewaltig, festlich, und doch letzten Endes lediglich bemaltes Holz, Opera bombastica, Illusionsspektakel. Ich schlenderte unter den Markisen der Läden und hielt mit einer Hand ein parfürmiertes Tuch vor meine Nase, da die Hitze aus den im Rinnstein dahingurgelnden Abfällen einen pestilenzischen Brodem ausbrütete. Vor der Kreuzkirche verhielt ich meinen Schritt, denn ich sah neben dem Portal eine Menge stehen und, indem ich näher trat, ein Mandat des Gouverneurs der Stadt, welches solchermaßen lautete:

Es wird hiermit zu jedermanns Wissenschaft publicieret, wasmaßen Ihro K. M. allergnädigst befohlen haben, daß bei nächstbevorstehendem Einzuge Ihrer Hoheit des Königlichen Prinzen und Dero Herzgeliebtesten Gemahlin Hoheit die Straßen und Gassen sowohl in der Stadt als den Vorstädten, wodurch der Einzug gehet, von dem häufigen Gedräng und Durcheinanderlaufen der Leute frei gehalten werden sollen, dahero auch an sämtliche Regimenter geschärfte Ordre dahin erteilet ist, daß kein Mensch, er sei, was er wolle, weder vor noch in den Rücken sich dränge, über die Gassen gehe, damit der Einzug nirgends gehindert werden möge. Es dienet demnach einem jedweden zur Nachricht und Warnung, daß im Fall sich ein oder anderer unterstehen sollte, mit Gewalt in oder durch die Linien, so die Regimenter formieren, zu dringen oder die geringste Unordnung zu verursachen, die mit adjoustierten Bajonetten auf ihren Posten stehende Infanterie allerorten befehligt ist, die Leute zwar anfänglich mit aller Bescheidenheit abzuweisen, wenn aber dies nicht verfangen sollte, die Unbändigen mit Schlägen zurückzutreiben sowie sich im äußersten Falle des Gewehrs zu bedienen und ihre committierte Ordres zur Exekution zu bringen ...

Neben uns, die wir das Mandat zur Kenntnis nahmen, waren zwei Steinhauer damit beschäftigt, einige lose Steine in das Mauerwerk des Gotteshauses wieder einzufügen, sie unterhielten sich dabei ganz ungeniert, was die Lektüre des Mandats erheblich störte, zumal sie eine fürchterliche Mundart sprachen.

Da war von Abmarachen die Rede, von Toten auf dem Bau, von Antreiberei und Leuteschindern und von einem Kumpan, den sie Breetnischel nannten, der vom Gerüst stieg, um seine Notdurft zu verrichten, und, zurückgekehrt, von dem Bau-Aufseher befragt, was er gemacht habe, antwortete: Adem gehult un Luft geschnabbt, daß mer nich erstick'n, worauf der vermaledeite Dingrich von Aufseher, wie sie sagten, schrie: Geräsoniert wird nich! und ihn niederschlug. Die beiden echauffierten sich darüber: Das geht iber de hechsten Babbelbeeme, rief der eine, pfui Meppe, rief der andere und hieb auf seinen Stein, daß die Splitter spritzten, und schließlich schwärmten beide von der guten, alten Zeit, wo noch der Grundsatz galt: Wemmer nur immer zwee gesunde Beene hot, doß mer kann der Arbeed aus 'n Wege gahn ... Und dann verstand ich ein paar Sätze nicht, ich notiere hier die Brocken: Un all's nur, dadermit de Oberschten breesewedeln und schlampampen könn ..., herrenmenschige Plumpatsche die ..., itze wollnse sogar den Himmel öluminieren und mit derartschen Halunkenazjonen welsche Kompelmente heemsen ... Mach sich einen Vers drauf, wer die Kerls versteht, ich nicht.

Ich las indessen weiter, wobei ich einen Blick im Nacken spürte, mich jedoch nicht umzudrehen wagte: Es wird noch überdies zu jedermanns Wissenschaft angeführet, daß jeder Wirt in seinem Hause und Quartiere Sorge habe, damit die Leute nicht alle vom Hause weglaufen, um den Festivitäten zuzusehen, wie sie denn dasselbe ebensowenig Mägden und Kindern anvertrauen, sondern allezeit viel tüchtige Leute zu Hause lassen sollen, damit alle Dieberei, so in der Zeit gar leicht geschehen könnte, nebst besorglicher Feuergefahr äußersten Fleißes vermieden werden möge, wonach sich also jeder zu richten und sothane gute Absicht von selbst zu befördern, also auch vor Schimpf und Schande zu hüten wissen wird, Signatum Dresden, den 25. Aug. 1719 . . .

Une dune dissen (hörte ich den einen Steinhauer fragen), wer hot do geschissen?

's hot ä alder Maa gedaa, der sen Forz net holten kaa (antwortete der andere).

Ich spürte eine Hand auf meiner Schulter und sah, nachdem der erste Schreck vorüber, den Referendar Biskupek vom Geheimen Rats-Kollegium, der offenbarlich glaubte, zu einer solch intimen Geste befugt zu sein. Biskupek, von dem die Fama sagt, daß dessen armer Vater Opfer seiner Majestätsverehrung wurde, als er, seines Zeichens Dorfschulze von Ottendorf, es sich partout nicht nehmen lassen wollte, den König höchstpersönlich willkommen zu heißen, der just im nahen Walde Schwarzwild jagte, und trotz der Warnungen der Treiber wacker und mit heißem Herzen durchs dunkle Dikkicht brach, bis er auf diese schweinsgemäße Weise direkt vor die Flinten der königlichen Suite geriet, von derselben selbstverständlich für eine Wildsau gehalten und abgeschossen wurde. Der treue Royalist war auf der Stelle mausetot und hinterließ im Dorf eine Waise, ebenjenen jungen Biskupek, der durch die Fürsprache der Cosel eine Ausbildung und schließlich die Referendar-Stelle im Rats-Kollegium erhielt. Ich kannte ihn nur flüchtig, er aber tat, als seien wir fast blutsverwandt.

Herr Geheimer Kriegs-Rat! (er sprach gepreßt und leise, wodurch die Rede etwas seltsam Konspiratives bekam) Schön, Euch zu sehen, wunderschön! Ich darf Euch doch ein Stück des Wegs begleiten?

So fing er an, und so ging es unaufhörlich fort, indes wir uns langsam in Richtung Pirnisches Tor bewegten: Mit Punkten schmückte er die Sätze nie, auch machte er nie Atempausen – er strömte gleichsam über, dieser Mensch. Wer seine Zunge so demonstrativ nicht im Zaume hält, ist entweder ein Agent provocateur oder einer, den der Hafer sticht – in beiden Fällen war Schweigen äußerst angebracht.

Jaja, die Springflut der Mandate (raunte er an meiner Seite), erst neulich das, wonach man von Königen, Fürsten und Herren mit Respekt zu reden hat und die Zeitungsschreiber vorsichtig verfahren sollen, auch den Gästen in den Bier- und Coffeestuben wird bei Strafe anempfohlen, von großen Potentaten, Fürsten und so weiter nicht verkleinerlich zu reden, auch nicht von deren Vorhaben und Aktionen, jaja, wir verbieten dem Volk das Maul, weil wir uns vor ihm fürchten, sehen Sie, Herr von Besser, ich habe die weniger glorreiche Seite der Staats-Medaille Tag für Tag vor meinen Augen: Überfälle auf Posthäuser, Haftanweisungen, manipulierte Gewichte, Tumulte bei der Werbung für die Armee, Schulden hoher Adliger, Unterschleife, Ausweisung von Juden und Zigeunerbanden aus dem Lande, Räuber zu Pferde, die selbst in größere Städte einfallen, das Armen- und das Bettelwesen, Büchersachen und Zensur, Hurerei und Dieberei, Malefiz-Sachen und Duelle, Verstöße gegen die Kleiderordnung, Steuerhinterziehungen, Trunkenheit, heimliches Bierbrauen und Schnapsbrennen, Mord und Totschlag, Unruhen in Polen, wo es fast normal ist, daß unsere Postillone vom Wagen gerissen und verprügelt werden, die Pferde entführt und die Kutschen verbrannt . . ., jaja, Wohlstand, Ruhe, Glück und Ordnung sind, wie man sieht, Sachsen-Polens alltägliche Befindlichkeit . . .

Woher nahm der Mensch bloß den Kredit, mit mir in diesem Ton zu plaudern? Als er ohne Zäsur derart weiterschwätzte und wir indes auf der Weißen Gasse gingen, überlegte ich, ob dies vielleicht mit dem Günther in Zusammenhang zu bringen wäre: Dachte dieser Biskupek vielleicht, daß ich, nur weil ich Günther vorübergehend protegierte, auch dessen Denkart war? Und: Wenn er dies dachte, könnten dies nicht dann auch andre denken? Kannte er den Günther überhaupt?

Ja, gewiß (flüsterte der Biskupek), und ich bewundre Euren Mut, ihn dem Hof ins Nest zu setzen, Respekt, Herr Rat, Respekt, ihn, der in unsern bleiernen Zeiten, wo das Licht nur schwach durch trübe Wolken schimmert, doppelt soviel Kraft verbraucht als einer, der in erleuchteten Zeiten schreiben darf . . .

So also, dachte ich bei mir, sahen das die Gleichaltrigen Günthers, so also konnte man mein Engagement für diesen deuten: als wider den Stachel löckenden Mut, als Zivilcourage, die ich gern für mich in Anspruch nehmen würde, wenn dies heuer nicht nachgerade Selbstmord wäre.

Und dann geschah etwas, ein grauenhaftes Intermezzo, was selbst dem redseligen Referendar für eine Weile den Mund verschloß. Als wir uns der nächsten Straßenecke näherten, bogen aus der Gasse, Das Loch genannt, erst eine Frau, dann mehrere, die allesamt blutig-rohes Fleisch in ihren Händen krampften und sich fluchtartig damit entfernten. Das Blut troff von den Händen auf die Kleider, die Schuhe und das Pflaster – ein Anblick, der mir fast das Herz im Leibe stehenbleiben ließ, da es im ersten Augenblick so aussah, als hielten die Weiber ihre eignen Eingeweide. Da, wo Das Loch in der Kleinen Bittelgasse endet, sahen wir eine so schaurige Szene, daß mir die Beine wegzuknicken drohten: Im Schmutz der Gasse lag eine tote Kuh, und eine Herde Weiber und niederes Gesindel war dabei, hastig aus derselben Fleisch herauszureißen und -zuschneiden. Das geschah fast lautlos und mit einer solch verbissenen Behendigkeit, daß schon nach wenigen Minuten die blanken, bleichen Knochen des Tiers zum Vorschein kamen. Hatte jemand sich ein Stück gesichert, blickte er sich um wie ein gehetztes Tier und verschwand mit seiner Beute: Das war die Anarchie, ein Karneval der niederen Instinkte, ein Blutrausch und die Vorhölle der Emeute. Gerade riß ein in Lumpen gehülltes Subjekt das Maul des Tieres auf, packte dessen Zunge und schnitt sie mit dem Messer ab: Mich würgte es im Halse, und es fehlte wahrlich wenig, daß ich mich übergeben hätte. Dann hörte man Geschrei vom Frießengäßchen, doch war dies nicht etwa die Polizei, die sich selbstverständlich ebenfalls zur Probe außerhalb der Stadt befand, sondern der Impresario der Komödien-Kompagnie, welche seit drei Tagen am Hasenberg beim Haupt-Zeughaus täglich Komödien aufführte: Er jammerte und schrie, er raufte sich die Haare und prügelte das Pack, das noch immer und wie rasend in der blutigen Masse wühlte und die Schläge wie Mückenstiche ertrug. Wir entnahmen dem Wehgeschrei des Komödien-Direktors, daß dies seine Kuh war, die den zahlreichen Kindern der Komödianten Milch gab und wohl auch bei den Schäfer-Szenen muhend mitagierte: Sie war entlaufen, vor wenigen Minuten erst, beherzte Leute suchten sie zu fangen, doch als das Tier, von dem Lärm erschreckt, durch die engen Gassen preschte, dabei Passanten niederriß und schließlich hier an dieser Stelle stürzte, schlug ihr ein Grobschmied mit dem Vorschlaghammer den Schädel ein, worauf das blutrünstige Gemetzel seinen Anfang nahm. Der Impresario rief so durchdringend laut nach der Polizei, daß es in der Gasse schallte und das Diebesgesindel nun doch mit seiner Beute die Flucht ergriff. Zurück blieb der ausgeschlachtete Kadaver, es sah aus, als ob ein Rudel Wölfe mitten in der Stadt gewütet hätte ... Biskupek mahnte, daß es auch für uns Zeit zu gehen sei, bevor die Stadtwache hier einträfe und womöglich uns belästige.

Wölfe (sagte ich, noch immer schaudernd), entmenschte Bestien, Tiere.

Der Hunger (sagte Biskupek), es ist der Hunger, Herr von Besser, der ist es, der aus Menschen Wölfe macht, in der Provinz unsres stolzen Landes sieht es noch viel ärger aus als hier in der Residenz, erst letzte Woche erging ein Aus-Schreiben wegen des akuten Brot- und Fleischmangels in den Städten, worüber sich die Polizei wegen der gehäuften Delikte beschwert, darin wird anbefohlen, daß den Hungernden genugsam gebacken und geschlachtet wird, ein markig klingender, doch inwendig hohler Befehl, da nichts gebacken und geschlachtet werden kann, was nicht vorhanden ist ...

Der Referendar spulte nun, indes wir das Frießengäßchen, die Pirnische Gasse und das gleichnamige Tor passierten, von einem dicken Unmut-Knäuel einen Faden ab, dessen Herkunft sicherlich im subalternen Dienst zu suchen war, den der Mensch offenbar ganz herzlich haßte. Gleichwohl tat er täglich seine Pflicht, brav, geduckt, getarnt und gierig auf Karriere, er war der Typ des neuen Hofbeamten, der in sich gespalten ist: in ein amtliches und in ein privates Wesen, ein

Kopf mit zwei Gesichtern, mit zwei Lippen und folglich auch zwei Sprachen, die eine Hälfte angeekelt, die andere servil. Verglich ich ihn mit Grotegut, erschien mir der (und wohl auch ich ein wenig) fast wie ein Relikt aus längst vergangnen Zeiten, wie eine aussterbene Art, die noch fest und ungebrochen in einer heilen Weltenordnung wurzelte. War diese Zeit passé – und mit ihr: wir? Waren das die neuen Stützen bei Hofe? Wie, wenn Sachsens Thron in die Bredouille käme: Würden diese grimmigen Spötter ihn stützen? Oder ihn nicht vielmehr – stürzen? Florierte er, funktionierten diese Doppelzüngler, doch wehe, er verließ sich auf sie in der Not, denn dann ist er verlassen! Zeigte ich ihn an, wären mir die zwanzig Taler sicher, doch war mit solch lächerlichen Mitteln der allgemeine Sinneswandel nicht mehr aufzuhalten, zudem hielt ich es für nützlicher, die Meinung dieser jungen Leute anzuhören, die dereinst vielleicht zum Tragen kommt.

Ich gebe hier im folgenden nur wieder, was mir von seinem Raunen noch erinnerlich, denn er sprach so viel und schnell, daß ich mir unmöglich alles merken konnte:

Die Religion des Königs (sprach er unter anderem) ist weder lutherisch noch papistisch, seine Religion ist allein die Macht, dafür betet er und preßt das Land, indem er scheinheilig die Hände faltet, und doch: Was ist das für ein König – ein König ohne Krone? (das stimmte leider, füge ich hier ein, denn das Original der Polenkrone war immer noch in Stanislaus Leszczynskis Hand), Zentralgewalt braucht Männer, nicht diese gepuderten Menuett-Tänzer, die grausam sind, weil sie sich fürchten und weichliche Wünsche hegen wie diese: Man müsse in den Herzen der Untertanen regieren, völlige Unterwerfung der Menschen komme nur aus der Zuneigung, nicht aus der Furcht – so wird die eifrig studierte Weiberpsyche zur Staatsdoktrin, und Tricks, mit denen man vielleicht im Bette glänzen kann, zur hohen Politik, sie demonstrieren Macht durch Glanz, doch unter der Glasur nagt Rost, sie werden nicht mal mit dem eigenen Adel fertig, geschweige mit dem fremden, in den Erblanden trotzen die Landstände wider die Allmacht (das stimmt auch, denn sie bestehen drauf, daß der Monarch ohne ihre Bewilligung keine Schulden machen, keinen Krieg beginnen, kein Bündnis schließen, kein Geld aufnehmen, keine neuen Steuern einführen darf und so weiter, mithin darauf, daß der Souverän nicht souverän regieren darf), sie sträuben sich berechtigt, wenn sie die Vergnügen Seiner Majestät finanzieren sollen, des reichsten Fürsten unter ihnen, der so viele von ihnen unkontrollierte Einnahmequellen hat: den Bergbau und die Münze, das Jagdregal, die Wasserregalien mit den Fähren, die Flößerei und Fischerei, dazu noch diverse Mühlen, Weinberge, Kammergüter, Vorwerke, Klosterhöfe, Hammerwerke, außerdem das Monopol der Rentkammer, den Salzimport, die Zölle und Geleite, Landakzise und Fleischsteuer, das alles hat der König und hat doch immer Schulden, die die Stände zahlen müssen, sie sträuben sich berechtigt und sind doch Geister der Vergangenheit, da sie auf ihren Schlössern nur selber König spielen wollen, und sei es König über vier Feuerstellen, Zaunkönige, Könige en miniature, wie der Herr Burggraf zu Rheineck, der über zwölf Untertanen und einen Juden gebietet, oder wie die verwitwete Fürstin Eleonora zu Mansfeld, die erst in diesem Jahr die kursächsische Landeshoheit in Zweifel zog und Mansfeld zur unmittelbaren Reichs-Grafschaft erheben wollte – Heuschrecken sind sie alle, Heuschrecken, die wie der große Schwarm, der sich vor sechzehn Jahren von Ungarn bis nach Jena und Plauen fraß, den Reichtum des Landes vertilgen, hier sind es die Altadligen, in Polen heißt man sie Schlachtschitzen: Emeuten in Litauen, in Klein-Polen, im Karpatischen Gebirge, Malcontenten ziehen marodierend durch das Land, Straßenräuber morden, plündern, im Jahre 1715 wurden allein im Städtchen Tikoczyn 286 Räuber aufgehenkt, man begräbt die polnischen Spione bei lebendigem Leib, doch nutzt das alles nichts, die Freiheit ihrer Adelsrepublik geht ihnen über alles . . ., doch sind die über unserm Land schwebenden Hauptgefährlichkeiten nicht allein der übel eingerichtete Handel und das darniederliegende Gewerbe, das grundverderbte Münzwesen, die Ungewißheit der Rechte und die Saumseligkeit der Prozesse, die nichtswürdige Erziehung und die allseitige Bestechlichkeit (mir schien, als hätte ich nahezu die gleichen Worte schon einmal gehört respektive gelesen, und wenn ich mich recht besann, dann war das bei Monsieur de Leibniz, also war er angenommen von der Jugend, doch ich schwankte, ob ich mich darob wirklich freuen sollte), die überhandgenommene Gleichgültigkeit in Sachen des Glaubens und der Politik und der einreißende Atheismus, Spinozismus, Pietismus und Deismus, die religiösen Zwistigkeiten und die gleichsam mit einer fremden Pest angesteckten Sitten: Dies jedoch schwächt uns nur langsam und wird uns, wenn wir dem nichts beizeiten entgegensetzen, zwar irgendwann unfehlbar zugrunde richten, nicht aber so bald über den Haufen werfen – was aber alles auf einmal zerstören kann, ist ein innerlicher oder äußerlicher großer Krieg, denn dagegen ist dieser Staat ganz blind, schläfrig, verspielt, vertändelt, bloß, offen, zerteilt, unbewehrt und also notwendig entweder des bösen Feindes oder des lieben Beschützers Raub ...

So Biskupek beziehungsweise Leibniz, doch öffnete sich nun der Blick aufs freie Feld, und wir sahen, wie draußen an der Ehrenpforte ein mächtiges Gedränge herrschte. Die Probe war bereits in vollem Gange, die Huldigung des Königs durch die Bürger also schon vorbei. In weitem Umkreis standen Schaulustige, die zu Fuß, in Kutschen und in Porte-Chaisen gekommen waren. Auf einem Wiesenstück vor Magister Hahnens Vorwerk errichtete ein Heer von Hofbediensteten eilig ein Prunkzelt für Seine Majestät sowie eine lange Tafel, auf die sie Wein und Bier, Obst und gut ein Dutzend Spanferkel stellten. Links und rechts der noch immer halbfertigen Pforte waren drei Bataillone Bürger aufmarschiert, sie standen stramm in Reih und Glied in ihrem durchgehend weißen Habit mit der roten Paspelierung, was sehr gut aussah, und zwischen ihnen schritt der König, gefolgt von seinen Kammerherren und dem Kommandanten der Parade, dem Grafen Wackerbarth in seiner schmucken Generalsmontur. Der König gab sich leutselig, er klopfte diesem oder jenem anerkennend auf die Schulter, richtete dem einen oder andern Knöpfe oder Kragenspiegel – es hatte ganz den Anschein, als sei den Bürgern das große Glück beschieden, dem König zu gefallen. Nun traten die Oberoffiziere vor die Front und übten mit ihren Mannen die protokollarisch festgelegten Begrüßungsrufe. Bei dem Vivat klappte es vorzüglich, nur der Ruf: Es lebe die Erzherzogliche Kurprinzessin Maria Josepha! mußte mehrmals wiederholt werden, ehe er ebenfalls in voller Stärke und ohne Mißton übers Feld erscholl – dies lag nicht etwa an der Länge der Parole. Man weiß, wie wenig die braven Dresdener Lutheraner die bigotte Katholikin hier in ihrem Dresden haben wollen. Nach der gelungenen Stimmdressur durften sie sich rühren, indes der König sich mit Wakkerbarth beriet. Da offenbar den beiden die militärische Antrete-Ordnung im ganzen als zu steif erschien und sie bei dem glücklichen Ereignis mehr spontane Freude wünschten, ließ man noch eine Variante proben: Man zog die Front mehr auseinander und wies die Bürger an, impulsiv und begeistert mit den Händen zu winken. Als sie dies jedoch ziemlich lustlos taten – potzschwenzelenze! hörte ich den General mehrmals fluchen – und das Winken weniger wie eine überschäumende Freudenbekundung denn vielmehr wie eine schlappe Pflichtübung aussah, kam man auf das vorherige Arrangement zurück.

Na, sehr enthusiastisch sind die Bürger nicht (raunte neben mir der Biskupek), man weiß zudem, daß der Rat zu Dresden die Frage aufgeworfen, ob es für die Sicherheit der Stadt nicht konvenabler wäre, wenn man ihnen bei dem Einzug die Ehre gäbe, statt vor dem Tor in der Stadt zu paradieren, da die Bürger argwöhnen, wenn man die Tore der Stadt bei solcher Gelegenheit vor ihnen versperre, könnten die Pfaffen im Vereine mit etlichen katholischen Generalen die Kirchen besetzen und nach ihrem Belieben ohne Gegenwehr an sich reißen, allein, diese Skrupel fanden nicht nur kein Gehör, sondern wurden als Panikmache und Verleumdung abgewiesen, dieweil keine katholischen, sondern lauter lutherische Mannschaften in der Stadt verbleiben würden.

Wenn dies die Wahrheit war, und ich sah keinen Grund, daran zu zweifeln, dann erhellte sie allerdings die heimlichen Kümmernisse der meisten Bürger. Sie sind zwar noch geduckt, doch auf der Hut, sie beugen sich, doch unwillig, noch mucken sie nicht auf, doch mißtrauisch und trotzig sind sie alleweil: Man wird sie bis zum Fest bei Laune halten müssen. Ebendiese Absicht verfolgte offenbar die aufgebaute Tafel, zu der nunmehr der König lud, freilich nur die Oberoffiziere, die nun stattlich traktiert wurden und denen der König höchstselbst kräftige Räusche zutrank. Die Mannschaften indes und das Gros der Neugierigen retirierten in die Stadt.

Mir kam dabei gelegen, daß die Gräfin Manteuffel mich in ihre Chaise bat, denn so entledigte ich mich auf elegante

Weise des lästigen Referendars, der gebückt und diabolisch lächelnd in der aufwirbelnden Staubwolke verschwand. Vor dem Pirnischen Tor sah ich aus dem Chaisenfenster Günther, der, gegen den Strom der Zurückflutenden ankämpfend, justament die Stadt verließ. Ich ließ den Kutscher halten, bedankte mich sehr artig bei der Gräfin und stieg aus. Der Günther hätte mich glatt übersehen, er hatte den Kopf zwischen die Schulter gezogen und sah weder nach rechts noch links, ich aber stellte mich ihm in den Weg.

He, lieber Freund (rief ich), wohin so eilig?

Zum Großen Garten (sagte er). Unten an der Elbe haben die Soldaten mich mit ihrem rohen Lärm vertrieben.

Und warum so mürrisch, mon ami?

Nicht ohne Grund, Monsieur. Heute morgen war ich vorgeladen. Auf der Hauptwache verlas mir ein Wachtmeister ein Papier und ließ mich damit wissen, daß ich ausgewiesen bin und bis zum nächsten Samstag die Stadt verlassen haben muß.

Und weshalb? (fragte ich, obwohl ich mir schon denken konnte, wer und was dahintersteckte)

Da ich das Siegel nicht erkennen konnte (sagte Günther), fragte ich, wer dies verfügt und was der Grund, doch antwortete die Amtsperson, daß er den nicht kenne und wenn, sei er nicht verpflichtet, ihn zu nennen. Basta! Bisher geduldet, jetzt unerwünscht, bald wird man mir das Recht zum Leben streitig machen!

Na, na, nun übertreibt nicht gleich! (sagte ich begütigend) Nichts wird so heiß, wie es gekocht, gegessen. Ich finde schon heraus, wer das veranlaßt hat. Es wäre doch gelacht, wenn es mir nicht gelänge, dies Mißverständnis aus der Welt zu räumen. Wahrscheinlich geht es nur um das Quartier, zum Fest wird jedes Bett gebraucht. Kopf hoch, mein lieber Günther!

So sprach ich, ohne mich zu schämen, denn freilich kannte ich den Urheber der Schikane: Es war kein andrer als der Oberhofmarschall, prompt informiert von Monsieur Délateur. Insofern war dies keineswegs ein Mißverständnis, sondern Loewendals Vergeltungsschlag, den zu mildern ich weder die Absicht noch das Vermögen hatte. Ich log, weil ich zu feige war, dem Günther reinen Wein über seine Lage einzuschenken, ich hielt ihn hin, wiewohl ich doch bereits den galanten Schwaben zu meinem neuen Favoriten auserwählt. Es war nicht nur Berechnung, möglichst bis zuletzt zwei Eisen im Feuer zu behalten, es war auch ein Quantum Mitgefühl dabei, denn die Wahrheit war zu hart für diesen ohnehin schon angeschlagenen, weichen Günther.

Kopf hoch! (sagte er nun bitter) Wie Ihr das sagt, Monsieur, klingt es wie: Kopf ab! Und vielleicht wär es auch das Beste, denn mir geht eh alles schief. Ein Unglück kommt bei mir nicht nur selten allein, nein, es kommt zuhauf, ich bin der Erinnyen liebstes Kind.

Was ist denn noch, mein Lieber? (fragte ich besorgt)

Ach (seufzte Günther), nichts weiter als das Übliche: Artige Blicke vernebeln die Sinne, Lust, Flammen und Küsse sind giftig wie süß, Versprechen sind Worte und Worte verlogen, und wer sich verliebt, ist nicht klug, Glauben an Treue ein Wahn, falsche Sirenen die Weiber! Denn als ich von der Wache kam, um Trost und Rat zu suchen, ließ sich die Lügnerin verleugnen. Durch eine dritte Zunge teilte sie mir sachlich mit, es sei aus, die Liebe tot und jeder künftige Besuch ihr lästig. O hätt ich die Falschheit nur eher gewußt! Gestern geliebt, heut verlacht, gestern in den Schoß gerissen, heute von der Brust geschmissen, so ist aller Weiber Hinterlist, viel versprechen, wenig halten, sie entzünden und erkalten, eh ein Tag verflossen ist, ach, weg mit dir, weg von mir, ich breche die Fessel, ich löse mein Herz!

So klagte er sein Liebesleid, doch schien er schon in seinem Kopf die Verse für ein neues Carmen vorzuformen, er war mit den Gedanken anderswo, wiewohl er noch leibhaftig vor mir stand. Vielleicht, so überlegte ich, brauchte er das Unglück zum Schreiben wie andere die Luft zum Atmen? Vielleicht stachelte ihn das Leiden an? Vielleicht genoß er es auf höchst sublime Weise? Mir war nicht unbekannt, daß es Poeten gab, die böse Weiber nachgerade suchten, um sich von ihnen demütigen, beschimpfen und knechten zu lassen, sie brauchten das, um recht verzweifelt sein zu können und um ihren Schmerz kräftig zu ernähren, den sie dann in traurige Gesänge von großer Schönheit gossen. Manch einer braucht die Peitsche, um durch den Schmerz die Lust zu steigern, manch einer säuft sich die Verzweiflung an, um sich in Versen auszukotzen. Und selbst mein Ungemach bringt manchen Einfall bei – hatte er das nicht vor Tagen erst geschrieben? War Günther dieser Art, so konnte ich meine Skrupel fürderhin vergessen, alles Mitgefühl wäre völlig fehl am Platze, war er es aber nicht, dann sollte ich ihn schonen und ihm den bittern Trunk in kleinen, wohldosierten Mengen reichen. Also ließ ich aus meinem Mund Worte des Trostes strömen: über die ungetreuen Frauenzimmer im allgemeinen und über Günthers Seelenstärke im besonderen – und schließlich lud ich ihn für den Montag zu mir ein.

Doch bereits kurz nach unserm Abschied bereute ich diese philanthropische Anwandlung schon, da Monsieur König ebenfalls am Montag kommen könnte. Wie, wenn die beiden sich begegneten? Wie, wenn Günther mein Doppelspiel durchschaute und den Schwaben mir entfremdete? Wie, wenn beide von mir Abstand nähmen und ergo meine ganzen schönen Pläne sich zerschlügen?

Ich nahm mir vor, noch vorsichtiger zu sein und als erstes zu erkunden, was wirklich mit Fleurette geschehen, denn an simple Untreue mochte ich so recht nicht glauben.

In der Schreibergasse ließ ich mich bei Madame Zawadzka melden, und die sagte mir vertraulich, gestern in der Nacht wäre eine Kutsche vorgefahren, drei Lakaien seien in Fleurettens Zimmer eingedrungen, hätten sie genötigt, sich schnellstens zu bekleiden und keinen Lärm zu schlagen, und wenig später sei die Kutsche, an welcher im Mondschein das Wappen Loewendals glänzte, mit dem Mädchen in der Dunkelheit verschwunden. Heute morgen sei der Privat-Sekretär des Oberhofmarschalls bei ihr erschienen, habe ihr, gewissermaßen als der Eigentümerin des Mädchens, eine nicht geringe Summe ausgezahlt, und ihr angedeutet, daß die Mademoiselle auf das Loewendalsche Schloß in Elsterwerda verbracht worden sei. Mehr war aus Madame nicht herauszukriegen, doch wußte ich damit bereits genug. Ergo war Günthers erste Möglichkeit – ein Leben mit Fleurette – schon dahin! Mochte er getrost weiter an die Untreue des Mädchens glauben, denn die Wahrheit war noch ärger. Und wiewohl mich die Affaire nur am Rand betraf, senkte sich ein Schatten über mein Gemüt, welchen zu vertreiben mir nur schwer, doch im Lauf des Abends mit ein paar Glas Monferrato glückte.

Zum Abschluß noch das Hof-Journal vom Tage: Frühmorgens besahen K. M. die Bürgerschaft. Nachmittags Damen-Ballett-Probe auf dem Königl. Stall, Ballyen-Rennen-Probe auf der kleinen Rennbahn. Kam der Kurier Böhme allhier wieder an. Kam der H. Hofmarschall von Loos von Berlin wieder zurücke. Kam der kaiserliche Oberfutterschreiber H. Lucofski mit 37 Bedienten und 26 Wagen Ihrer Hoheit der Königl. Prinzessin von Wien allhier an.

27. Augustus, 12. nach Trinitatis

Der Appetit auf Weibliches befiel mich an diesem Sonntagmorgen so heftig, daß ich mir nach dem Frühstück das Gedicht vornahm, welches ich der Demoiselle überreichen möchte, die bei der Tafel vor sechs Wochen so zweideutig meinen Arm gedrückt. Die lebhafte Vergegenwärtigung ihrer Reize gab mir die Geduld, auf einen Reim zu warten, doch als nach einer guten Stunde noch immer keiner kommen wollte, reduzierte ich meine wollüstigen Wünsche und stellte mir bescheiden vor, ich wäre von ihr zum Lever geladen, säße in ihrem Boudoir und könnte mich an ihrer Morgentoilette delektieren, sähe, wie sie sich kämmt, die Korsage schnürt, das Strumpfband bindet, sich cremt und pudert, und genösse, wie sie mir die süße Gunst gewährt, die rückwärtigen Knöpfe ihres Kleides zu schließen.

Ist aber es ein bloßes Scherzen . . ., so weit war ich vorgedrungen, als Erato mir gnädig die vierte Zeile schenkte: So richt ich mich nach deinem Herzen . . . Ich schrieb das Carmen auf ein saubres Blatt Papier, doch wirkte es, so groß ich die Buchstaben auch malte und mit kalligraphischen Schnörkeln schmückte, noch immer äußerst mager. Hier konnte nur noch helfen, das wenige nett und sinnfällig zu arrangieren und artifizielle Symbole zu finden, die das Tor zum Reich der An- und Ausdeutungen aufstießen.

Zum ersten formte ich das Carmen so:

Was
forderst
du mein
Herz zum Ist aber es ein
Lohn? Ist bloßes Scherzen, so
es dein richt ich
Ernst, hast mich nach
du es dei nem
schon. Her zen.

Ich überreichte ihr den Schlüssel zu meinem Herzen respektive zum Gedicht: Das war zwar höchst galant, doch vielleicht noch immer zu eindeutig, also goß ich die Worte außerdem in diese Form:

Was forderst du mein
Herz zum Lohn? Ist
es dein Ernst,
hast du es
schon.
Ist
aber
es
ein
bloßes
Scherzen,
so
richt
ich
mich
nach deinem Herzen.

Ein Kelch, aus dem zu trinken mich gelüstet, gefüllt mit honigsüßem Nektar, ein Kelch, den von mir zu nehmen ich die Schöne bitte, ein Kelch, in dem wir unsre Wollust baden könnten – ich fand, dies Bild war angemessener: Es nannte mein Begehr und ließ doch alles offen. Gleichwohl war ich damit noch unzufrieden und formte außerdem ein Herz, das jedoch nicht symmetrisch werden wollte, einen Baum, der wegen der wenigen verfügbaren Wörter zu kahl geriet, und eine Rose, die jedoch eher einem zerknüllten Schnupftuch glich. So verbrachte ich den ersten Teil des Tages. Ein Gutes aber hatten diese Mühen doch: Der Appetit aufs Weibliche war dem auf ein opulentes Mittagsmahl gewichen.

Am Nachmittag kam Grotegut, der Gute, und zwar direktenwegs aus der Kanzlei. Er war heut schon halb fünf Uhr in der Predigt, da die Kanzlisten wieder nicht den Feiertag genießen durften – zuviel war noch zu schreiben vor dem großen Jubelfest. Als der Coffee auf dem Tische dampfte, kamen wir wie üblich als erstes zu der Löscher-Predigt.

Heute (berichtete mir Grotegut) sprach unser Superintendent über Markus 7: Vom Tauben und Stummen. Zuvor jedoch entledigte er sich seiner Pflicht, für die Reise des hohen Brautpaares Gottes Segen zu erbitten, er betete: Der Herr behüte dero Ausgang und Eingang, so wollen wir ihm mit Mund und Herzen danken, jetzt und in Ewigkeit, amen.

Dies klingt nun nicht besonders inniglich (bemerkte ich). Und wie fiel die eigentliche Predigt aus?

Mir schien (so sagte Grotegut), als rede er mit halber Kraft.

An Wunder mochte ich so recht nicht glauben, und doch begann der sächsische Elias nach Groteguts Bericht mit den Worten: Nach deiner weisen Einrichtung, o Gott, gehet alles in Ordnung, wenn derjenige, welcher dienen kann, es gerne tut . . . So sollte die Warnung also doch gefruchtet haben? Oder war dies nur ein momentanes Moderieren im Hinblick auf das große Fest, vor welchen Staatsaktionen, wie Löscher weiß, alle Mißtöner gemeinhin aus dem öffentlichen Jubelchor beseitigt werden? Jesus also legte die Hand auf den Taubstummen und siehe: dessen Ohren taten sich auf, und das Band seiner Zunge ward lose, der Heiland aber bat das Volk, sie sollten's niemand sagen. Doch je mehr er es verbot, je mehr verbreitete sich die Kunde. Ja, so ist es leider oft: Ein Verbot bewirkt genau sein Gegenteil. Sodann kam er darauf zu sprechen, daß Gott nicht unmittelbar helfe, aber Menschen schicke, die er zum Helfen tüchtig mache. Was sollte das bedeuten? Etwa: Nehmt euer Schicksal in die eignen Hände? Sancta simplicitas, das nannte Grotegut mit halber Kraft gesprochen? Nun kam er auf das Wort: Wahrlich, ich sage dir, was du getan hast dem geringsten meiner Brüder, das hast du mir getan – von da zu Matthäus 25 und dem erschrecklichen Urteil, das dereinst die Lieblosen empfangen werden – von da zum Paulus-Wort: Geben ist seliger denn nehmen. Geben aber könne nur, wer hat. Alle Habe aber sei bei den Großen ... Und von da führte Löschers Logik unweigerlich zu Salomo 6: Denn den Geringsten widerfährt Gnade, aber die Gewaltigen werden gewaltig bestraft werden. Darauf setzte er Hiob 19: Der Gottlose bebt sein Leben lang, und dem Tyrannen ist die Zahl seiner Jahre verborgen, was er hört, das schreckt ihn, und wenn's gleich der Friede ist, fürchtet er sich, der Verderber komme. Darauf Hiob 20 wie ein Peitschenschlag: Und wenngleich seine Höhe in den Himmel reicht und sein Haupt an die Wolken rührt, so wird er doch umkommen wie Kot ...

Fehlte nur noch (sagte ich zu Grotegut), daß er Lukas 18 von der Kanzel tönt: Es ist leichter, daß ein Kamel gehe durch ein Nadelöhr, denn daß ein Reicher in das Reich Gottes komme!

In der Tat (sagte er), damit schloß er seine Predigt. Woher wissen Sie das?

Es lag nahe (sagte ich). Und das nennen Sie, mein Lieber, moderiert?

Grotegut stotterte, Löscher habe ja nur die Bibel beim Wort genommen, und sah in seiner Arglosigkeit nicht, daß die Schrift je nach Bedarf jedermann das Rechte bot: Der, welcher gern das Oberste zuunterst kehren möchte, hält sich an die Bergpredigt, der, welcher oben sitzt, an Petrus 2, Vers 18. Doch darüber mit dem glühenden Löscher-Verehrer Grotegut zu disputieren wäre für die Katz gewesen, sagt man doch in Frankreich sehr trefflich: Es ist besser, mit Gott zu verhandeln denn mit seinen Heiligen. Ich fragte ihn deshalb nach Neuigkeiten aus der Kanzlei.

Bei meiner Seel (stöhnte er), ich kann vor Arbeit kaum mehr aus den Augen gucken. Heut morgen schrieb ich ein Reskript ins reine und brachte es, noch eh die Tinte trocken, zum Rat der Stadt, welcher ein Mandat erlassen soll, das den Fremden von Kondition, die sich allhier einfinden, um die Festivitäten anzusehen, nachdrücklich empfiehlt, sich unverzüglich beim Oberhofmarschallamt zu melden, um ihre Namen und Quartiere aufzeichnen zu lassen, damit man sie gebührend logieren kann. Als dies erledigt war, fand ich auf meinem Pult das offene Mandat wegen der geschwinden Exequierung der Räuber und Diebe und wider die zeithero im Lande überhandgenommenen gewaltsamen Einbrüche, welches schon im Jahre 1710, 1711, 1717 und im März diesen Jahres ergangen ist, wohl nicht sehr viel verbessert hat und nun in prägnanter Form nochmals an alle Prälaten, Grafen, Herren, die von der Ritterschaft, Ober-, Kreis-, Haupt- und Amt-Leute, Verwalter, Bürgermeister und Räte in den Städten, Richter, Schultheißen und Gemeinden, auch an alle restlichen Untertanen ergehen soll, wozu mehrere hohe Herren von der Kamerilla aus den vier Mandaten durch viele Striche eins zu machen suchten, welche Kritzeleien abzuschreiben ich die Ehre hatte. Sie kennen mich, Herr von Besser, und wissen, daß ich allzeit treu meine Pflicht erfülle und mir nichts ferner ist, als unser hohes Regiment zu kritisieren, doch manchmal will mir scheinen, viel Gesetz bringt auch viel Übertretung . . .

Ein Klopfen an der Tür ließ ihn verstummen. Es war jedoch die Müllerin, die mir ein kleingefaltetes Stück Papier übergab, vom Muschee Spitzel abgegeben, wie sie leise sagte. Und während nun die Müllerin unsere Tassen erneut mit heißem Coffee füllte, las ich geschwind die abgefangene und kopierte Antwort Brandenburgs an Günther. Danach winkte ich die Müllerin hinaus, die unterdes mit Grotegut geschwatzt und ihm, wie meinem Auge nicht entgangen war, drei Stück Gebäck mehr zugeschanzt als mir.

Schlechte Nachricht, Herr von Besser? (fragte Grotegut, meine Miene einfühlsam ergründend)

Nicht für mich (versetzte ich), aber für den Günther. Sein Studienfreund aus Leipzig teilt ihm schonend mit, daß sein Mädchen, das sich ihm versprochen hatte, einen Tag nachdem die Nachricht von seiner mißglückten Vorstellung hier bei Hofe dort kursierte, sich mit ihrem früheren Galan öffentlich verlobte.

Also war für ihn auch die zweite Möglichkeit dahin! Jetzt ging es wahrlich Schlag auf Schlag, erst Dresden und Fleurette, nun Leipzig und die Leonore: Günthers Lebensradius wurde immer kleiner.

Grotegut jedoch schien darin eine höhere Gerechtigkeit zu sehen, denn er ließ sich aus über die Verwerflichen, die alle

Moralgesetze frech verlachten und allein dem Naturtrieb frönen wollten.

Ja, Hochmut kommt noch immer vor dem Fall (sagte er). So geht es allen jenen, die da stolz verkünden: Ich suche nur mein eignes Bestes, befriedige meine natürlichen Begierden und genieße so viel Vergnügen, als ich immer kann, dies ist das Gesetz, das die Natur mir gibt, ich hab das Recht auf alles, was meine Begierden verlangen, ich bin durch nichts eingeschränkt als durch das Maß meiner eignen Stärke, ich darf alles, was ich kann, und bin keinem andern etwas schuldig ... So reden sie, die Maßlosen, von denen dieser Günther einer ist! Recht geschieht ihm und allen anderen, die mit ihren französischen Hütchen und galanten Strümpfchen angestochen kommen und deren Köpfe aussehen, daß man erschrickt und nicht weiß, ob es Schweinsköpfe sind oder ob sie Rußbutten feiltragen ...

Mit der Mode tun Sie Günther unrecht (sagte ich), ich habe ihn in den galanten Rock gesteckt.

Mag sein (sagte Grotegut), mir ist die innere Verfassung dieser Kraft- und Modeprotze auch ungleich wichtiger. Sie heben sich über alles und sagen ständig: Ich. Sie meinen in ihrer Verblendung, ihr Kopf, und was sie darin denken, sei wichtig für die anderen. Allein für alle, wenn aber ihnen diese nicht jubelnd folgen wollen, dann auch: Allein gegen alle, mit dem Kopf durch die Wand! Wirrköpfe, Irrlichter, Querulanten, die sich gegen alles Altbewährte stellen, das Gute übersehen und krankhaft immerzu im Schlechten wühlen. Ratten, Schmeißfliegen, Pinscher, die nagen, stechen, kläffen und zu anderem nicht fähig sind! Bei allem, was recht ist, Herr von Besser, ich meine, das wichtigste ist, daß man sich, allen Anfechtungen zum Trotz, ständig in Übereinstimmung mit der bestehenden Ordnung bringt, zu welcher nicht zuletzt die Sitten und der Staat gehören. Denn der Vernünftige und Billigdenkende ist davon überzeugt, in dem Staate, in welchem er lebt, ein solches Maß von Glückseligkeit zu finden, als die Vorsehung gerade für ihn bestimmt hat, und überläßt die Staatsverbesserung ihrer höheren Leitung. Natürlich ist nicht alles wohlgeordnet, noch nicht, das sehen nicht nur diese Kritikaster. Aber ist es nicht gerade die Mischung von Freiheit und Verbot, von Selbständigkeit und Abhängigkeit, bei welcher die Völker am glücklichsten sind? Und könnte ich nicht alles, was ich wollte, wenn ich wollte, was ich sollte?

Mein lieber Grotegut (rief ich höchlichst amüsiert), Sie sind ja heute außer Rand und Band!

Allerdings, denn mich regen alle jene furchtbar auf (fuhr er genauso eifrig fort), die nur zu kritteln haben – statt wie unsereins tagtäglich mit viel Anstand das Notwendige zu tun, was durchaus nicht nur vergnüglich ist und uns auch keinen Reichtum bringt! Doch sagt sich unsereins bescheiden: Die Armut schändet nicht ...

Aber sie drückt (warf ich augenzwinkernd ein).

Gewiß, sie drückt! (rief Grotegut) Doch muß man deshalb nicht gleich das große Ganze ändern wollen! Nehmen Sie den jungen Kritikaster, der vor Jahren hier Furore machte mit seiner anonymen Schrift. Ja, es ist leicht zu sagen: Ungerechtigkeit, Wucher, Falschheit, Schurkerei, Neid, Überhebung und Uninteressiertheit sind die Laster, welche den sächsischen Staat beherrschen, die Armee besteht aus lauter Schuldenmachern, Spielern, Wucherern, Betrügern und Schurken, schlimmer als die gewissenlosesten Advokaten, die Generale sind mehr bei Festen als im Feld, die Justiz ist bestechlich, der Landesherr eine Puppe in den Händen der Stände ... Ja, es ist leicht, mit dem Finger zu zeigen und keine Hand zu rühren. Doch wie ergeht es denen, die da so schlau alles besser wissen wollen? Wer sagt, was er will, wird hören, was er nicht will, wird sich damit ins Unglück stürzen und an seiner Unzufriedenheit zugrunde gehen.

Der Wolframsdorf, von dem Sie sprechen (sagte ich), starb aber nicht an seinem eignen Unbehagen, sondern an den Kerkerfolgen.

Ja, gewiß (sagte Grotegut), doch wär er ohnehin gestorben. Wer nämlich ständig an den wunden Stellen bohrt, der steckt sich dabei an und leidet fortan an der Sucht zum Kritisieren. Bleich und scheel ist denen nicht einmal das Höchste heilig, sie wollen alles niederreißen und wissen nicht, was Bauen heißt, sie sehen nicht – das heißt, sie wollen es nicht sehen –, daß die Magnifizenz notwendig zu einem Fürsten gehört, da er von Gottes Gnaden ist, Gott aber seine Magnifizenz ebenfalls in allen seinen äußerlichen Werken zu erkennen gibt, in dem großen Weltenbau, in der strahlenden Sonne, seinem schrecklichen Donner und Blitz und in der steten Abwechslung seiner unbegreiflichen Witterungen, also muß auch der Fürst in allen seinen äußerlichen Werken glänzen. Denn an ihm hängt der ganze Staat, er steht und fällt mit ihm. Man muß das alles von der positiven Seite sehen, Herr von Besser, das ist die Quintessenz meiner Überlegungen und meiner Existenz.

So hatte ich den braven Kanzlisten lange nicht gehört, er lebte förmlich auf, und seine grauen Wangen überzog ein zartes Rot. Er war noch nicht am Ende seines Generalangriffs wider alle Nörgler, doch nahm für einen Augenblick ein andres Phänomen meine Aufmerksamkeit gefangen: Ich hörte, wie die Müllerin unten im Souterrain ein mir von früher her vertrautes Liedlein sang.

Mein Schatz zog in die Welt hinaus,
Doch ich brach ihm der Treue Schwur,
Ach wollte Gott,
Er kehrte nie retour.

So trällerte es von unten, und mich durchströmte ein Gefühl, das mir die Bilder früherer Vertraulichkeit ins Gedächtnis rief: So unbeschwert und ausgelassen war die Müllerin zu unsern guten Tagen stets in meiner Nähe – jetzt aber sang sie nur, wenn sie mich aus ihrer Nähe wußte.

Grotegut jedoch holte mich mit seiner exorbitanten Laudatio auf den sächsischen Staat in die Gegenwart zurück.

Das Gute muß man an ihm sehen (sagte er) und ausschließlich das Gute würdigen, ja, man muß es Tag für Tag beschwörend wiederholen, damit Sachsen wachse und gedeihe. Denn was ist der sächsische Staat? Er ist der Allesnährende, der Ruhestifter, der Beschützer und Bewahrer und der Garant, daß die egoistischen Triebe des Menschen, der von Natur aus vorwiegend böse ist, nicht in einer allgemeinen gegenseitigen Vernichtung enden. Er ist mithin nichts andres als ein Pakt zur Selbsterhaltung des Menschengeschlechts. Aus diesem Pakt folgt ein Vertrag zwischen dem Herrscher, der an der Spitze des Staates steht, und denen, die sich ihm freiwillig und aus Einsicht unterworfen haben. Der Herrscher erhält die uneingeschränkte und unwiderrufliche Gewalt, was eben auch heißt, daß er entscheidet, was seinen Untertanen wahrhaft nützlich oder schädlich ist. Zwang! schreien die Uneinsichtigen, ja freilich, sage ich: freiwilliger Zwang. Unmündigkeit! zetern sie, ja, natürlich: aus Vernunft selbst gewählt. Sollten sie nicht, statt zu blöken, glücklich sein, wenn Sachsen mächtig ist? Und mächtig ist es dann, wenn das Land gut peupliert ist, denn Menschen sind der rechte Reichtum eines Landes, weil sie arbeiten und Steuern zahlen. Hinzu kommen die Kommerzien, denn ein Land ohne Manufakturen ist ein Körper sonder Leben, ergo ein totes Land, das beständig elend ist und nicht zum Flor gelangen kann. Der Plebs will das freilich nicht begreifen und jammert seine alte Leier, daß die Steuern ihn drücken und die Manufakturen ihn aussangen. Was folgt daraus? Daß man den Plebs bei der Nase zu seinem Vorteil schleifen und zum Glücke zwingen muß. Worin aber, so frage ich, besteht seine Haupt-Dummheit? Und ich antworte: Im mangelnden Glauben an die lichte Zukunft, an die Verheißung des Augusteischen Zeitalters. Bei Gott, ist Sachsen nicht jetzt schon stark und schön? Was wollen diese Nörgler? Sehen sie nicht die Menge der erzeugten Waren: das Getreide, das Vieh, die feine Wolle, die gebleichten und rohen Garne, den schönen Zwirn, Flachs und Leinwand, die blaue Farbe Kobalt, Giftmehle, Holz, Silber und Gold und andere Erze, Wein, Obst und Gartenfrüchte, Salz, Anis und Fenchel, das excellente Porzellan, die edlen Steine? Hat nicht Görlitz seine feinen Tücher, Zittau die vortreffliche Leinwand, Bautzen den Lederhandel, Reichenbach das starke Tuchgewerbe, Schneeberg die kostbaren Spitzen, Meißen den Wein, Wurzen, Eilenburg und Merseburg die schmackhaften Biere, Thüringen das Getreide, Anis und Wolle?

Nun (sagte ich hierauf), das klingt erbaulich und recht nett, doch ganz so rosig ist die Lage nicht, mein lieber Grotegut. Denn wo ist das viele Getreide und das Fleisch vom Vieh? Wird nicht das wenige verkauft nach Franken und nach Niedersachsen? Und wird die feine Wolle nicht mit schlechtem Nutzen unverarbeitet aus dem Land geführt, um sie hernach den Fremden desto teurer wieder abzukaufen? Und könnten nicht etliche Tonnen Goldes jährlich im Land behalten werden, wenn man statt des Kattuns die inländische Leinwand trüge? Und schwinden nicht die Holzvorräte unsrer Wälder, weil man zuviel aus dem Lande flößt und die Schmelzöfen und Eisenhämmer große Quantitäten konsumieren? Gold und Silber, einst der vornehmste Nervus Sachsens – sind sie nicht erschöpft? Und gibt der Wein an Elbe und an Saale den ausländischen Sorten nicht in der Güte ziemlich nach? Will sagen, er ist so sauer, daß er beim Genuß flugs alle Löcher schließt, was bedeutet, daß sauer nicht immer lustig macht.

Aber (sagte Grotegut) ist die Fruchtbarkeit des Sachsenlandes nicht so beschaffen, daß man es getrost die Schatzgrube Deutschlands nennen kann? Hat man Sachsen nicht mit dem Gelobten Land verglichen? Und ist der kurfürstlich-sächsische Hof nicht unstreitig einer von den allergrößten und magnifiquesten in ganz Europa? Und hat er nach der heutigen Beschaffenheit an Splendeur und Pomp den andern jemals etwas nachgelassen? Hat er nicht allen den Vorzug strittig gemacht?

Wem sagen Sie das, mein Lieber? (stimmte ich ihm schwunglos zu) Ich bin mit Ihnen völlig einer Meinung.

Sehen Sie, Herr von Besser! (rief Grotegut) Und ebendas dürfen wir uns nicht zerreden lassen von sauertöpfischen Nestbeschmutzern, unersättlichen Miesmachern, griesgrämigen Nörglern, unzufriedenen Miesepetern und schmähsüchtigen Schwarzsehern!

Es war schon seltsam, wie sich der sonst so reservierte Grotegut an diesem Gegenstand entzündete. Ich gebe zu, ich war erstaunt, denn bisher faßte ich die Staatsgetreuen in zwei Gruppen: in jene erste, die von der bestehenden Verfassung kräftig profitiert und eine Bedeutsamkeit erlangt, die weit über ihren naturgegebenen Fähigkeiten liegt, und in die zweite, welche von Geburt oder durch allzu viele Nackenschläge so schwach ist, daß sie das gewährte Gnadenbrot aus purer Notdurft loben muß. Grotegut aber paßte in beide Gruppen nicht hinein. War es bei ihm die Furcht, es könnte sich durch lose Reden, die Widerhall im Volke fänden, an seinem mehr schlecht- als rechten Leben etwas zum noch Schlechteren wenden? Daniel Friedrich Grotegut – ein genügsamer Ja-Sager, dessen Träume im Sand der Zeit versikkert sind und der nun ausschließlich das Erreichte, und sei es minimal, bewahren will, der aufgegeben hat, jemals über sie hinauszuwachsen, der seine ihm gezogenen Grenzen kennt und vor allem anerkennt und der sich beschieden hat. Er als einer der vielen Namenlosen des stillen Mittelmaßes, dem das Ungewöhnliche unheimlich und suspekt ist, er als einer der harmlosen Dulder, die jedoch fuchtig werden können, wenn dahergelaufene Unruhestifter ihren Seelenfrieden stören wollen und so an ihre nur vernarbten Wunden rühren. Die Angst vor Schmerz läßt diese Friedfertigen mitunter prophylaktisch um sich beißen. Angst ist das Zentrum ihrer Seele, Angst vor Veränderung, Angst vor dem Stock – und wenn mir auch der Grotegut sympathisch ist, wahr ist und bleibt: Wer den Stock fürchtet, kann nur mit dem Stock regiert werden. Jeder bekommt, was er verdient. Punktum.

Post festum noch die von Grotegut gegebene Hof-Nachricht: Heute kamen Ihro Durchlaucht Prinz Wilhelm von Hessen-Kassel allhier an, welcher im Regimentshaus logieret.

28. Augustus, Pelagius

Am Vormittag arrangierte ich im Schloß das Zeremoniell zur Begrüßung der Königin, die morgen hier erwartet wird und nach königlichem Willen mit grand Honneur empfangen werden soll. Huldigung des Hofes, Defilier-Cour, Musik und Tafel: Dies alles einzurichten war nicht weiter schwierig, zumal der König mich durch einen seiner Kammerherren wissen ließ, der Mademoiselle von Osterhausen solle im Reglement, wörtlich, keine Extrawurst gebraten werden, sie habe sich morgen wie auch bei den bevorstehenden Festivitäten der Königin öffentlich zu subordinieren.

Hiernach begab ich mich zum Oberhofmarschallamt, um bei Loewendal zu eruieren, ob die Affaire zwischen Günther und Fleurette mir bei ihm geschadet habe. Der Baron ließ mich eine Weile in einem Antichambre warten, ehe er mich bitten ließ und sich excusierte mit dringenden Geschäften. Sein Ton und seine Miene waren dabei förmlich, doch nicht eisig, die frühere Freundlichkeit dahin, doch war es Gott sei Dank kein totaler Bruch, denn er bat mich, den Entwurf des großen Mars-Festes fachgerecht zu visitieren.

Und unter uns, mein lieber Besser (sagte er zum Abschluß zwischen Tür und Angel), Ihr habt gewiß inzwischen eingesehen, daß dieser, äh, Günther, Euer kleiner Protegé, ein eklatanter Mißgriff war. Es wäre höchst desiderabel, wenn Ihr uns solche Troubles künftighin ersparen würdet. De gustibus non est disputandum. Vergessen wir die Sache, ein für allemal!

Mon Dieu, das war für mich noch einmal glimpflich abgegangen! Für Günther aber war es ganz verheerend, denn ohne Loewendals Placet war bei Hofe keine Stelle zu besetzen. Damit war der Traum vom zweiten Hofpoeten für jetzt und alle Zeiten ausgeträumt, das Tor für Günther zugeschlagen, der Riegel vorgeschoben – und nur einer wußte nichts davon: der, über den der Stab in diesem Augenblick gebrochen worden war. C'est la vie.

Wie viele honorable Gäste bereits in Dresden eingetroffen sind und welche Komplikationen sich daraus ergeben können, erlebte ich auf meinem Heimweg in der Scheffelgasse, da, wo das Haus des Hof-Rats Allio dem der Zinzendorfs gegenübersteht. Zwei vierspännige, mächtige Karossen hielten in der viel zu engen Gasse drohend voreinander, so dicht, daß sich die Pferdemäuler feucht berührten, indes die beiden Kutscher auf den Böcken wütend ihre Peitschen schwangen.

Zurück! (schrie der eine) Mein Herr ist der edle Graf von Prebentowski!

Aus dem Weg! (schrie der andere) Meiner ist der hochedle Graf von Marteniz!

Wir sind Kron-Vorschneider bei Ihro Königlichen Majestät in Warschau! (schrie darauf der erste) Fort mit dir, Halunke!

Wir sind Obrist und Hofmeister bei Ihro Durchlaucht der Kaiserlichen Prinzessin! (schrie darauf der zweite) Saukerl, uns gebührt die Vorfahrt!

Volk lief herbei, die Gassenjungen johlten, die Kutscher brüllten über Kreuz, die Lakaien sprangen kampfbereit von den Kutschen, die Pferde wieherten und scheuten: Ein Tumult entstand, den ich bei meiner Kenntnis des Reglements im gesamten Heiligen Römischen Reich durchaus hätte schlichten können, lag doch, auf den ersten Blick, klar zutage, daß der Tranchierer des Königs im Range vor dem Hofmeister der Prinzessin rangierte. Doch auf den zweiten Blick, überlegte ich, konnte man auch andrer Meinung sein, kam doch Graf Marteniz vom Kaiserhof in Wien und gehörte zum Hofstaat ebenjener Braut, die in sechs Tagen hier ihren triumphalen Einzug halten wird. Es war also klüger, wenn ich mich entfernte und den Streit den Kutscherlungen oder -fäusten respektive gräflichen Degen überließ.

Nota: Denn einem Friedensstifter zwischen den Parteien ergeht es nicht selten wie einem Huhn zwischen zwei Hähnen, es wird von beiden, ja nach Laune, entweder getreten oder gehackt.

Zu Hause angekommen, sah ich den Entwurf zum Mars-Fest durch, das am elften Tag der Solennitäten auf dem Alten Markt inszeniert werden wird mit einem prächtigen Zug von Herolden, Trompetern, Paukern, einem Corps Trabanten zu Pferde, einer Compagnie Musketiere, einem Kadettencorps, einem Trupp Pikeniers und den Esquadrillen, vieren an der Zahl und farbig unterschieden, rot, gelb, grün und blau, die erste geführt vom Prinzen zu Weißenfels, die zweite vom Reichsgrafen Vitzthum, die dritte vom General Baudis, die vierte vom Oberschenk Rackenitz, jede Esquadrille zu acht geharnischten Rittern mit Straußenfedern, die Chefs meliert mit Pfauenfedern, ihnen zur Seite Kadetten in Rot, Orange, Violett, Grün, Zitrone, Bleumerant, in der Mitte aber fahren im Triumphwagen Gott Mars nebst acht verkleideten Riesen, Mars ist naturellement K Punkt M Punkt höchstpersönlich. Nach dem Aufzug auf den Platz beginnt das Turnier mit Schwertern und mit Lanzen, welches die hohen Gäste bequem von den Logen aus besehen können, und zum guten Schluß feuern die Musketiere in die Luft und werfen Pappgranaten: ein vorzüglicher Entwurf, an dem nichts auszusetzen war, ein Entwurf des Königs, wie mir Loewendal versichert hatte, also einer, an dem darüber hinaus nichts auszusetzen ratsam war.

Gegen Mittag brachte mir die Müllerin einen Brief von meinem Wittenberger Intimus, Professor Hassen, welcher zum größeren Teil aus weitschweifigen Klagen bestand und erst am Schluß auf die von mir gewünschten Auskünfte betreffs des Günther einging.

Neulich, schrieb er, als ich tags zuvor ein von der hiesigen löblichen Akademie mir aufgetragenes ernsthaftes Vermahnungspatent wider die nächtlichen Schreier an mein Haus geheftet, hat sich nachts darauf zugetragen, daß unter grausamem Geblöke eine Rotte von ungefähr zehn studentischen Personen mit Steinwürfen auf meinen Torweg gedrungen, worauf ich erschreckt nur allein diese Worte zu meinem oberen Kammerfenster hinausgerufen: Ihr Herren, was hat Ihnen doch mein Haus für Leids getan? Die Rotte aber, näher laufend, schrie einmütig mit abscheulichen Stimmen, jedoch ohne deutliche Worte, riß einen großen Fensterladen aus der Wand, warf mit schweren Steinen in die Fenster, wovon einer, gottlob bereits am Kissen matt, die Magd in ihrem Bett berühret, durch göttliche Vorsehung aber nicht verletzet, sodann erbrach sie noch die Türen und die Fenster zu den unteren Stuben, und hierauf ging das unmenschliche Geschrei mit Steinwerfen und Schießen die Juristengasse hinunter auf den Markt. (Die Corpora delicti, so Steine in natura und zerschmetterte Türen und Fenster, sind nicht allein von den Ministris academicis, sondern auch von allen Vorbeigehenden, zuvörderst aber meinen Herren Commensalibus und Domesticis gesehen worden.)

Nun folgten Klagen über die Zumutung durch das Dresdener Oberkonsistorium, die Wittenberger Professoren sollten über ihre Lektionen schriftliche Nachweise führen und diese zur Kontrolle einsenden, sowie über den Erlaß des Königs, der übrigens auch den Titel Rector magnificentissimus führt, erklärend dies: Daß die Studenten der Universitäten Leipzig und Wittenberg unfähig sind, Wechsel auszutellen, und daß ihnen nicht übermäßig geborgt werden solle. Dies und das Mandat wider die Selbstrache, die Friedensstörungen und Duelle und vor allem die Heranziehung der Studenten zur Generalkonsumtionsakzise samt der Härte der Strafen bei Nichtzahlung derselben sind die Ursachen, die seit Jahren den Besuch der Universität um die Hälfte vermindert haben, während die nahe liegende brandenburg-preußische Akademie in Halle in um so größerem Flor stehe. Die schrumpfende Anzahl der Studiosi, schreibt Hassen, läßt natürlich auch die Honorare für uns Professoren schrumpfen, wir Gelehrten, schreibt er, sind übler dran als jeder Tagelöhner, dem sein Lohn in continenti gereicht und, wenn dies nicht geschieht, für eine himmelschreiende Sünde angesehen wird, die hohe Wissenschaft jedoch geht pekuniär am Stock. Letzte Woche habe zudem das Oberkonsistorium verfügt, daß, solange die hohen Fleischpreise andauerten, den Konviktoristen, wie bereits zu Leipzig, bei Tisch statt Bier gutes, reines Wasser und statt des nach der Speisenordnung wöchentlichen Rindfleisches dann und wann gutes Pferde- oder Schöpsenfleisch mit etwas Gemüse vorgesetzt werde, item solle bei akutem Brotmangel das Abendbrot ohne Verminderung des zu zahlenden Tischgeldes wegfallen, dafür sollte man zum Mittagstisch eine etwas größere Brotration reichen. Und schließlich gab mein Hassen ein Reskript in vollem Wortlaut wieder, das die Überwachung der jüngeren Dozenten durch die älteren in betreff ihrer kirchlichen und politischen Haltung befahl: Hiermit versehen wir euch, daß ihr insonderheit auf die jüngeren Dozenten aufmerksam seid, was sie in Ansehung der Religion und der Grundsätze, von welchen die öffentliche Sicherheit, Ruhe und Ordnung abhanget, äußern, und, wenn aus ihren Schriften oder ihren mündlichen Vorträgen sich ergibt, daß sie hierin zu begründeten Befürchtungen Anlaß geben, nicht nur am Ort ernstliche Maßregeln dagegen nehmen, sondern auch nach Beschaffenheit der Umstände deshalb nach hier berichten werdet ...

So klagte der gelehrte Herr, wobei er gegen letzteres Reskript am wenigsten einzuwenden hatte, und kam auf diese ausgiebige Weise erst nach sechs Seiten zu dem, was mich wirklich interessierte, beziehungsweise, so zu sprechen, zu dem, was mich einstens interessiert hatte, nämlich zu Günthers Wittenberger Zeit. Seines Wissens, schreibt Professor Hassen, sei ein Studiosus namens Günther wegen seiner Schulden und der Gefahr der Flucht in den Karzer gesteckt worden, nachdem er die Torheit besessen, unbedingt gekrönter Dichter werden zu wollen, ein Titel, den man kaufen könne und der keinen Vorteil bringe, der aber teuer sei, insonderheit wegen des obligatorischen Banketts. Kurzum, die Sache sei seinerzeit nicht weiter spektakulär geworden, zwei Kumpane Günthers hätten in der Nacht die Flucht geplant, ein Delikt, was in Wittenberg nicht gerade selten sei, und es wäre alles auch unblutig und in aller Stille vor sich gegangen, wenn nicht einer der Gitterstäbe mit lautem Klirren aus dem Mauerwerk gebrochen und der Pedell, ein altgedienter Grenadier mit Holzprothese, davon wach geworden wäre. Denn dieser sei hinunter ins Verlies gelaufen, habe sich vom

Gang eine rostige Hellebarde gegriffen und habe diese dem letzten der Studenten, der gerade durchs Fenster stieg, kräftig in den Rücken gestoßen, dies jedenfalls war des Pedells Version. Später hörten wir, schreibt Hassen, daß der Günther und ein gewisser Birnbaum, der ebenfalls in hiesigen Matrikeln verzeichnet gewesen, in Leipzig Unterschlupf gefunden hätten, während von dem anderen, Jakob Petersen mit Namen, wenn ich nicht irre, Monate später aus Rendsburg die Kunde drang, er sei seiner Verletzung erlegen. Viel mehr wisse er beim besten Willen nicht, und man habe sich auch seitens der Akademie nicht sonderlich beflissen um die Aufklärung dieser Affaire bemüht, da sie nur eine unter vielen gewesen sei und der Ruf der Alma mater unter solchen Widerwärtigkeiten, so man sie an die große Glocke hänge, nur leide. Von Günther selber wisse er so gut wie nichts, doch habe ihm ein Herr Kollege gesagt, der Günther habe ihm aufs teuerste versichert, daß er, sobald er von den Schulden frei, nach Halle gehen wolle, um in Mathematik bei dem berühmten Wolff etwas Rechtes zu tun und die Medizin mit Ernst anzugreifen, im Dichten hingegen wolle er sich mäßigen. Dies aber scheint beim bloßen guten Vorsatz geblieben zu sein, denn der Herr Kollege zeigte mir ein Carmen dieses Günther, das wohl kaum das Prädikat „gemäßigt" erhalten könne: Pack ein, pack ein – so hieß es da –, du dumme Welt, / Ich schreibe, wie es mir gefällt, / Und achte nicht dein töricht Hassen; / Denn leb und schreib ich dir nicht nett, / So soll, so darf dir auch nichts taugen,/ Du selbst bist in der klugen Augen/ Das Lächerlichste Quodlibet . . ., mit welcher Haltung, schloß der Professor seinen Brief, sich dieser junge Mann nur schwerlich für erbauliche Hofgesänge eignen dürfte, ergebenst Euer Freund und Diener . . .

Ein Warner mehr, doch nun zu spät. Allein, daß Mencke ihn empfahl, der Mann, den Hassen für einen verkappten Atheisten hielt, hätte mir zu denken geben müssen. Wie dem auch sei, Schaden macht klug, die Sache war vorbei, empfohlen war, sie schnellstens zu vergessen, doch wollte mir das nicht sogleich gelingen: Günthers Vita und die Grübelei, wie ich mich aus dieser elegant wieder herausmanövrieren könnte, verfolgten mich bis in meinen Mittagsschlaf.

Zur Coffee-Zeit kam überraschend der galante Schwabe und überreichte mir das fertige Gedicht für die Mercerie, welches er, wie er beteuerte, nach dem augenöffnenden Studium meiner Verse zu der Berliner Scherenschleifer-Wirtschaft auszurichten sich bemüht habe. Das war sehr angenehm zu hören, und auch die Verse waren angenehm geformt, leicht und beschwingt, unbelastet von Gedanken, so wie es dem Anlaß angemessen war. Schon der Titel floß galant und zierlich: Eilfertige Gedanken auf die von Seiner K. M. angestellte Wirtschaft der zwölf Nationen bei einem dazu angeordneten prächtigen Jahrmarkt und nächtlicher Illumination der ganzen königlichen Orangerie, erst denselben Abend schriftlich überreicht, hernach nach alphabetischer Reihenfolge zum Druck gegeben von Johann Ulrich König. Er begann den Strophen-Reigen mit dem Wirt, also Seiner K Punkt M Punkt:

Das ist ein guter Wirt! Das ist ein reicher Mann,
Der solchen Jahrmarkt hält, so Wirtschaft führen kann,
Und seinen Garten gar dem Himmel ähnlich machet,
Daß er im Dunklen auch mit hundert Augen lachet.
Sagt! wird nicht jede Lamp und jegliche Latern
Ihm hier ein Ruhm-Gestirn und uns ein Freuden-Stern?

Das würde diesem Wirt zweifellos behagen, und auch die andern würden daran nichts auszusetzen haben. So der Kurprinz, Haupt der Perser, von dem der Dichter sagt:

Mit Recht hat dich das Los in Perser-Tracht verhüllet,
Man sagt, du habest schon den halben Mond erfüllet . . .

Oder die Kurprinzessin, Haupt der Perserinnen:

Ich hoffe, daß man bald bei dir ein Wunder sehe,
Und eine Perserin mit Christen schwanger gehe . . .

Exquisit, die Anspielung auf die Früchte nächtlichen Vergnügens zum Zwecke der gesicherten Thronfolge. Und auch General Graf Lagnasco, Haupt der Mohren, würde gegen diesen Reim nichts einzuwenden haben:

Wär jeder Mohr so klug und tapfer, Herr, als du,
Europa hätte wohl vor ihnen selbst nicht Ruh ...

Lediglich Frau Oberhofmarschallin von Loewendal, Haupt der spanischen Damen, könnte in den ihr gewidmeten Zeilen eine versteckte Anspielung vermuten:

Dein wunder-schmaler Leib scheint so für diese Tracht
Wie dieses schöne Kleid für deinen Leib gemacht ...

Denn Madame ist, nudis verbis, spindeldürr, weshalb der Oberhofmarschall auch besser gepolsterte Damen, wie par exemple die Fleurette, bei gewissen vergnüglichen Verrichtungen favorisiert, doch hielt Madame sich selbst für wunderschmal und nicht etwa, wie jeder sehen kann, für nachgerade unansehnlich spack und spitzig. Am meisten Mühe hatte sich der flotte Dichter mit dem Mann gegeben, dessen Gunst bei Hof entscheidend ist, nämlich mit dem Generalfeldmarschall Graf von Flemming, Haupt der Spanier:

Wie wohl und nach Verdienst hat dich das Los bedacht!
Durch diese spanische recht ritterliche Tracht!
Für einen Staatsmann kann kein Kleid sich besser schicken,
Und selber Mars weiß dich nicht edler auszuschmücken.
Wer wissen will, wie groß dein Herr, seh dich nur an,
Weil an dem Diener man das Haupt erkennen kann,
So einen König muß ein Mann von solchen Gaben
Und solchen Diener auch nur so ein König haben.

Eine nicht ganz üble Arbeit für den Anfang (sagte ich untertreibend, um mich dem Schwaben gegenüber zu behaupten).

Euer Lob, mein großer Meister, ist allein der Lohn, nach dem ich sehnlichst dürste (sagte er). Und deshalb hab ich Euern Wunsch, das eine Wort in meinem Helden-Lob betreffend, flugs und mit großer Freude erfüllt, wenn auch die Frau Generalfeldmarschallin, die, wie Ihr wißt, eine große Kennerin der Poesie, weder mit dieser Änderung noch mit meiner unzeitigen Gefälligkeit, wie sie es nannte, zufrieden war, indem sie, vielleicht nicht ohne allen Grund, die ersten Worte den letzten vorzog und behauptete, daß in dem Wort „unverbesserlich" ein so großer Nachdruck stecke, daß es mehr sage als alle Wörter zusammen in dem neuen Vers, zumal dieses Wort in dem Vers den Reim ausmache, was die Franzosen, wie bekannt, den Rime riche nennen, und deshalb der Schwung und der Endfall des Verses weit runder und wohlklingender sei als in der geschehenen Änderung. Nun, so unendlich ich das Urteil der Gräfin auch schätze, Eure Gunst, Monsieur de Besser, ist mein inniglichster Herzenswunsch und gab letztlich den Ausschlag, die Zeile „Und alles, was geschieht, ist unverbesserlich" zu ändern in: Du ordnest alles selbst, gibst alles selber an, / Und so, daß auch die Kunst daran nichts meistern kann ... Maestro, ich wünschte, Ihr wäret nun mit mir zufrieden!

Mein Lieber (sagte ich auf diese doppelbödige Rede), ich schätze diesen Euren Gefallen, den Ihr mir zu erweisen keinen Augenblick Abstand nahmt, desto höher, als ich selbst am besten weiß, wie sauer eine derartige Aufopferung meiner Eigenliebe geworden wäre. Ich nehme dies, mein Bester, als ein untrügliches Merkmal Eurer aufrichtigen Zuneigung und denke schon, ich werd Euch dies in naher Zukunft reich vergelten können.

Wir plauderten noch eine ganze Weile, wobei mir der galante Schwabe durch sein stetiges Bemühen, mir in allem recht zu geben, immer angenehmer wurde. Freilich weiß ich, daß solche Menschen nicht besonders zuverlässig sind und jedem, wenn es Nutzen bringt, zum Munde reden, doch war dies kein Anlaß zu Beunruhigung, solange mich der Hofbewerber zu seinem An- und Fortkommen dringend brauchte.

Als ich ihm nach zwei Stunden verblümt zu verstehen gab, daß meine Zeit, wie er gewiß verstehen würde, sehr kostbar sei, wiewohl ich weder etwas zu tun hatte noch wußte, was ich hätte tun können oder sollen, stand er willig auf, und ich geleitete meinen neuen Protegé persönlich bis zur Tür hinunter, um ihm so meine Gewogenheit zu demonstrieren. Dies aber war, wie sich im nächsten Augenblick erweisen sollte, ein grober Fehler. Ein Fehler, der mir noch den ganzen Abend Kopfzerbrechen machen sollte.

Denn als wir in der Türe standen, uns die Hände gaben und Monsieur König sich im Rückwärtsschreiten einige Male dankbar und devot vor mir verbeugte, schließlich gar vertraulich mit der Hand zum Abschied winkte, sah ich im Schatten der gegenüberliegenden Häuser einen jungen Mann, der just in diesem Augenblick im Begriffe stand, die Straßenseite zu wechseln und auf meine Haustür zuzukommen. Als er jedoch unsre Abschiedsszene sah, verhielt er seinen Fuß, starrte, wie mir schien, ungläubig auf mich und Monsieur König, dann jedoch, als der ihm sein Gesicht zuwandte und sich damit zu erkennen gab, drehte sich der Günther – denn kein andrer war der junge Mann – auf der Stelle um und ging schnellen Schritts dahin zurück, woher er soeben gekommen war. Ich hatte impulsiv die Hand erhoben, um ihn freundlich herzuwinken, doch ließ ich sie, von ihm unbemerkt, verwirrt und resigniert wieder sinken.

Das hatte ich befürchtet! Und mir war durchaus nicht wohl dabei, stellte ich mir vor, wie dem Günther jetzt zumute war: Nun wußte er, daß ich mich abgewendet hatte und daß für ihn in Dresden fortan keine Hoffnung blieb. Peinlich, daß er es so erfuhr, so abrupt und nicht durch meine behutsamen Worte, nicht in kleinen Dosen, sondern mit einem Schlag. Was würde er jetzt von mir denken? Was würde er anderen über mich erzählen? Und wie, um Gottes willen, würde ich in seiner Poesie der Nachwelt überliefert werden?

Ich überlegte hin und her, wie ich trotz allem in Günthers Angedenken als ehrenwerter Mann überdauern könnte, denn man kann nie wissen: Vielleicht überlebt gerade seine Poesie, wiewohl derzeit gar nichts dafür spricht, und ich und Monsieur König und die andern unsresgleichen werden von den künftigen Geschlechtern nach dem Urteil dieses Günther bemessen werden? Grausamer Gedanke, erschröckliche Vision! Mir wurde heiß und kalt bei dem Gedanken. Sollte ich ihm jetzt sofort einen Zettel schreiben und ihn zu mir bitten? Oder könnte dies von ihm als Eingeständnis einer Schuld begriffen werden?

Derart unschlüssig verbrachte ich den Abend, und es half auch nichts, daß ich fein ausführlich das Diarium hier schrieb, die Unruhe blieb unvermindert bis zum Schluß, da ich das Hof-Journal von Grotegut kopierte, das heute nur aus einem lapidaren Satz bestand: Vormittags waren K. M. ausgefahren.

29. Augustus, Johannes' Enthauptung

Am Mittag hatte Dresden wieder, worauf die Herzen aller luthertreuen Untertanen schon lange Zeit hindurch gehofft: die Königin. Zu Angesicht bekam das Volk sie jedoch nicht, da sie, von Meißen kommend, wo man auf der Burg zu nächtigen beliebte, in geschlossener Kutsche direkt zum Schlosse fuhr. Voller Würde entstieg sie auf dem Großen Schloßhof ihrer Equipage, doch man sah ihr an, es war die Würde des Erduldens: Die betrogene Gattin, die hintergangene Mutter, die in ihrem eigenen Reich wie im Asyl lebende Königin genügte ihrer Pflicht, vor den Augen der Welt zu repräsentieren, schien aber offenbar gewillt, prononciert zu demonstrieren, was ihr allein verblieben war – ihre standhafte Moral. Neben dem König, dessen Rock und Hände von Diamanten strotzten, wirkte ihre Kleidung nachgerade schlicht, ja provokant schlicht, meine ich, und so zeigte dieses äußere Indiz bereits die Kluft zwischen Sachsen-Polens Herrscherpaar.

Gleichwohl gab es niemand, den die steife, unterkühlte Begrüßung der beiden arg verwundert hätte, war die Geschichte dieser Ehe doch allgemein bekannt: Sie dauert nun seit sechsundzwanzig Jahren, davon die letzten dreiundzwanzig lediglich auf dem Papier. Und man darf zweifeln, ob die junge Christiane Eberhardine noch einmal ihrem Vater folgen würde, wenn er, der Ehre und nicht zuletzt der finanziellen Nöte wegen, in denen sein Markgrafentum Bayreuth seit Jahren steckte, zur Hochzeit mit dem Sachsen-Herzog riete. Zwar wurde sie ein Jahr später Kurfürstin von Sachsen und drei Jahre darauf gar Königin von Polen, doch mußte sie diese Erhöhungen mit persönlichen Erniedrigungen bezahlen, so, als ihr der königliche Herr Gemahl nach der Geburt des Kronprinzen das Amt Pretzsch samt Schloß zum Geschenke machte: ein Wink mit dem vergoldeten Zaunpfahl. Seither leben sie getrennt von Tisch und Bett, sie auf ihrem kleinen Elbschloß, er in seinen beiden Residenzen. Liebe? Welch unpassendes Wort in diesen lichten Höhen! Auch Potenz im Bette ist durchaus sekundär (zur Zeugung eines Thronnachfolgers reicht es allemal), primär ist allein die Omnipotenz im Staate. Was man von der Frau erwartet, ist die

Respektierung ebendieser Allgewalt – was man vielleicht heimlich hoffen mag, ist etwas Bewunderung. Wie aber sollte diese Christiane Eberhardine ihren Friedrich August bewundern, frag ich, wenn sie als sittsam erzogenes und sattsam gebildetes Bräutlein von ihm Briefe lesen mußte, die mehr Fehler als Wörter enthielten? Einen davon will hich hierin wiedergeben, ebenjenen Brief, den ich immer dann mit bitterem Vergnügen lese, wenn mir die Ungerechtigkeit der Welt aufstößt, die, vergäbe sie ihre Gunst nach den Kenntnissen in Orthographie und andern Geistesgaben, mich angesichts dieses Dokuments längst zum Kaiser oder Papst hätte küren müssen.

Durchleichtigst Princessin, schrieb damals der heutige König, nachdem ich Euer Liebgen eine gerauhme Zeit mit schreiben nicht aufgewahrtet, so kohme ich anitzo mit disen gegenwerdigen Zeillen meinen gehorsamsten Respekt an ihnen, wehrdeste Princessin, abzulegen, kahn auch nicht unberichtet lassen wie ich heitte das mir glickliche Ja-Wohrt von Dero Herren Vatter erlanget, welches aber nicht Contiction gewesen, ihndehm er mir seine Fehrsicherung auf solche Ahrt gegeben, woferne es mit Denemarck und Neiburg rickgengig wihrde, von welchen letzteren er es selber glaubte, so sohlte ich ihm in dem Fahl lieb seyn und mich seines Wohrtes fehrsichert halten, nunmehro bestehet es bey Ihnen, werdeste Princess, mich zu Dehro Dihner zu erwehlen, gedreister Knecht, Friedrich Augustus, Herzog von Sachsen . . .

Ich enthalte mich wohlweislich jeder weiteren Kommentation, da die Fürsten dieser Welt offenbar verborgene Qualitäten haben müssen, die dem Verstand normaler Sterblicher unzugänglich sind wie Gottes unerforschliche Ratschlüsse. Erwiesenermaßen ist die Beherrschung der Muttersprache kein Beding, um Haupt eines Fürstentums zu sein, wiewohl mich manchmal der furchtbare Verdachte befällt – und ich darob erschrecke, daß, wer die Sprache nur mangelhaft beherrscht, auch mangelhaft nur denken kann, da alles, was die Lippen formen und die Finger schreiben, im Hirne seinen Ursprung hat. (Diesen Passus werd ich später wieder streichen. Ich wünschte, alle würden die Feder so zierlich und behutsam führen wie ich.)

Damit genug hiervon (es sind schon viel zuviel von analogen Zweifeln, fürchte ich, in dies Diarium eingeflossen), zurück zu dem Empfang der Königin, bei dessen Defilier-Cour im Thron-Saal ich den Namen und den Titel der sich just verneigenden Notabilität laut zu rufen hatte, was ich trotz der Menge und dank meiner Routine mit Bravour meisterte und wobei ich nur gelegentlich auf den subalternen Souffleur mit der Liste in der Hand angewiesen war. Im Anschluß daran verlas ich laut die Namen derer, welchen die Ehre zuteil ward, zur Tafel geladen zu werden, und ich sah die gekränkte Grüngesichtigkeit bei denen, die übergangen worden waren, sowie die erblühende Genugtuung bei jenen, die einen Place d'honneur erhalten hatten. Betroffen war ich allerdings, als ich beim letzten Namen angekommen war und mich nicht erinnern konnte, meinen eigenen genannt zu haben. Doch überspielte ich die neuerliche Hintansetzung mit nonchalanter Munterkeit.

Und während die Auserwählten hinter geschlossenen Türen lukullisch speisten, versammelten die anderen sich im Riesen-Saal. Man stand herum und plauderte. Ich sah in einer Ecke die Evangelischen, Löscher und die Herren vom Oberkonsistorium, in einer anderen die Herren von der Societas Jesu, Pater Nonhard und Bota, den Beichtvater Seiner Majestät, beide Gruppen taten so, als wäre die andere nicht vorhanden; ich sah die hinterhältige Kanaille Mordax, die mir ein zuckersüßes Lächeln schenkte: ein Waffenstillstands- oder Friedensangebot; und ich sah, wie Madame von Flemming kam und in deren Sog – der galante Schwabe. Sieh an, sieh an, so dachte ich bei mir, er hat den Bogen raus, ich werde ihn verstärkt protegieren müssen, sonst heftet sich die Dame das Verdienst, ihn für den Hof geworben zu haben, an ihre Brust.

Gemunkel und Getuschel kamen auf, als die Tür des Tafelzimmers unvermittelt aufgerissen wurde und General Lagnasco, hochrot im Gesicht, mit hartem Schritt und ohne jemand eines Blicks zu würdigen, zum Ausgang stürmte. Was war geschehen? War er in Ungnade gefallen? Meuterte seine Chevalier-Garde? Oder freute sich das Volk vielleicht gar zu ausgelassen über die Rückkunft der Frau Königin? Man rätselte und kombinierte, die ausländischen Gesandten spitzten ihre Ohren, jeder wußte etwas, doch Genaues wußte keiner.

Also suchte ich Gelegenheit, das Geheimnis zu entschleiern. Ich hielt mich dabei an den Kammerherrn von Bomsdorff, der zu den Tafelbediensteten gehörte und von dem ich folgendes erfuhr: Kyau, der Erzschelm, bat bei der Tafel um Erlaubnis, das Spanferkel tranchieren und vorlegen zu dürfen, kaum war ihm dies bewilligt, spießte er dasselbe flugs auf eine große Gabel und tat, indem er ein Messer ergriff, als wolle er dem Spanferkel den Kopf abhauen, doch hielt er plötzlich inne und fragte General Lagnasco, ob er nicht, wenn er jetzt einen gewissen Herrn vor sich hätte, mit welchem er in Wien aneinandergeraten wäre, auf ebendie Weise verfahren würde, als er, Kyau, es nunmehr mit dem Spanferkel zu machen gesinnt sei. Si, Signore! versetzte dieser grimmig. Kaum aber hatte er dies ausgesprochen, als Kyau das Messer niederlegte, tief in den Hintersten des Spanferkels einen Finger steckte und diesen etliche Male genüßlich durch den Mund zog. Alles lachte, selbst die Königin soll ihre steife Würde für einen Augenblick verloren haben, der General jedoch stand auf und bat den König, sich einer plötzlichen Unpäßlichkeit (sic!) halber entfernen zu dürfen.

Nachdem die Tafel aufgehoben worden war, mischten sich die gesättigten Notabilitäten wieder unter die Gesellschaft im Riesen-Saal. Ich trat zu einer Gruppe, der Vitzthum, Watzdorf, Posadowsky und ein Graf Scabioni aus Wien angehörten. Vitzthum erzählte just von den Hintergründen des Vorfalls bei der Tafel: In Wien, allwo die hohe Vermählung mit einer die Kraft der Augen übersteigenden Kostbarkeit ausgerichtet worden sei, hätte es auch Divertissements gegeben, bei denen das ansonsten strenge kaiserliche Hof-Zeremoniell zum Teufel gegangen sei, kurzum, bei einem derartigen Gelage habe General Lagnasco weinselig verkündet, man müsse die protestantischen Verräter überall in Europa mit Feuer und Schwert vertilgen, worauf ihn Flemming als Chef der auswärtigen Angelegenheiten ziemlich barsch in seine Schranken gewiesen und gesagte habe, der General solle aus seiner Schürzenjäger-Garde lieber richtige Soldaten machen, statt derart unverantwortlich töricht daherzureden, die hohe Politik betreibe man noch immer mit dem Kopf, nicht mit dem Maul — worauf der leicht entzündbare Südländer nur mit Mühe zurückgehalten werden konnte und wüste Verwünschungen gegen Flemming ausstieß ...

Ja (sagte Posadowski), si cum Iesuitis, non cum Iesu itis, geht ihr mit den Jesuiten, geht ihr nicht mit Jesus.

Wie darf man das verstehen, mein lieber Monsieur Preuße? (fragte Vitzthum lächelnd)

Nun (sagte der), man sieht den General recht häufig bei den Herren Patribus in der Kleinen Brüdergasse.

Vielleicht hat er zuviel zu beischten (sagte Watzdorf). Da hat der gute, alte Kyau schon ganz rescht: Der Signore Conte kriescht in jedes offne Loch, sei es nu bei einem Weibsen oder Feldmarschall, Loch is Loch, wie wir in Mansfeld spreschen.

Dem Wiener Grafen Scabioni – einer Erscheinung wie aus Porzellan: glatt, geschmackvoll und zerbrechlich – war unsere Art der Konversation offensichtlich ungewohnt, denn es gelang ihm nicht, zu lächeln. Also fragte ich, wie er sich hier in Dresden fühle.

O wunderbar, mein Herr (versicherte er höflich), nur muß ich mich, wenn Ihr gestattet, ein wenig wundern, da ein mäßiges Zimmer samt dem Bett zehn Reichstaler kostet, das nur wenig propre aber schon zwanzig, wobei, mit Verlaub, keinerlei extraordinäre Beköstigung wahrzunehmen ist ...

Ja freilisch, freilisch, lieber Graf! (fiel Watzdorf ihm ins Wort) Feste koschten Geld, viel Geld, und irgendeiner muß die Schose finanzieren. Was heißt hier: extraordinär? Dankt Gott, daß Ihr überhaupt beköstigt werdet, denn gerade dieser Tage ist eine neue Verordnung zur Herbeibringung genugsamer Lebensmittel publiziert worden und ins Land ergangen, wo, deutsch gesprochen, Schmalhans Küchenmeister ist.

Der Obersteuer- und Generalakzisedirektor kam nicht mehr dazu, die Misere weiter auszumalen, da sich Freiherr von Kyau uns zugesellte. Er holte aus der Innentasche seines Uniformrocks einen Stich und reichte ihn zur Ansicht in die Runde: Es war das Konterfei der habsburgischen Braut, und ich war, um es unverblümt zu sagen, entsetzt, denn soviel Häßlichkeit an einem Ort versammelt – das war ein Phänomen, ja fast ein Wunder der Natur. Da schien sich ein Pferd mit einer Kuh gepaart zu haben: die Augen feucht und schwer, als schwämmen sie den halben Tag in Tränen, die Nase wulstig und mit Löchern groß wie Haselnüsse, ein schmaler Mund, der sich im Bemühen, mild zu sein, verkrampfte, ein hurtig nach hinten fliehendes Kinn, unter welchem noch ein zweites hing, und ein kurzer, dicker Hals, der in eine ganz und gar nicht zierlich zu nennende Brustpartie mündete.

Ist es nicht reizend (fragte Kyau), unser liebwertes Kronprinzeßchen? Wird sie mit ihrer Schönheit nicht alle unsre Damen hier bei Hof beschämen?

Mein Gott! (rief Watzdorf, als er den Stich in Händen hielt) Sie wird hier aussehen wie eine Ente unter Schwänen!

Wobei dazu noch anzumerken ist (warf Vitzthum ein), daß dieser Meister Kupferstecher das Vorteilhafte kräftig unterstrichen hat. Ich habe sie in Wien gesehen, und, meine Herren, ich versichere Ihnen: Die Wahrheit ist noch um ein vieles schlimmer.

Ächa? (wunderte sich Watzdorf ehrlich) Das is doch gar nisch möschlisch!

Doch (sagte Vitzthum). Von einer ihrer Kammerdamen erfuhr ich, daß die Erzherzogin seit einem Jahr ein Gewächs unter der Zunge trägt, das die Ärzte Ranulam nennen. Dies hindert sie am Sprechen und, wie zu vermuten, auch am Küssen.

Worüber sich der Prinz nur freuen kann (bemerkte Kyau).

Deshalb hat sich die Leidende (fuhr Vitzthum lächelnd fort) entschlossen, allerhand von den Leibärzten vorgeschriebene Mittel, ja sogar auch das schmerzhafte Schneiden zu ertragen. Diese Marter hat viele Monate hindurch gedauert, ohne daß dem Übel abgeholfen wurde. Mithin verfiel man endlich nach langer Beratschlagung und als die Hochzeit näher rückte, auf den Gedanken, das glühende Eisen zu gebrauchen, obwohl die Ärzte auch von diesem äußersten Mittel keine Versicherung zu geben sich getrauten, daß es unfehlbare Hilfe leisten würde. Da sich die Erzherzogin natürlicherweise vor dem Brennen des glühenden Eisens fürchtete, so empfand sie einen inneren Antrieb, sich mit einem Gelübde zu Gott in die Fürbitte eines neapolitanischen Missionars, des großen Dieners Gottes, Patris Francisci de Hieronimo, zu empfehlen. Doch bislang reagierte man im Himmel nicht darauf.

Mag unsere geliebte Erzherzogin, Messieurs, äußerlich vielleicht nicht ganz vollendet sein (Scabioni fühlte sich bemüßigt, den lästerlichen Worten Paroli zu bieten), so hat sie die inneren Tugenden Glaube, Liebe, Hoffnung von früher Jugend an tagtäglich eifrig eingeübt, und es ist nur schwer zu sagen, mit welcher Ehrerbietung und tiefer Unterwerfung ihres Verstandes sie alles dasjenige angenommen hat, was durch die Heilige Schrift von Gott geoffenbart ist. Da liegt ihre Stärke, da weiß sie weder nachzudenken noch zu widersprechen. Was jedoch hier in Sachsen, wie mir scheint, hoffähig ist und à la mode.

Wenn die Fama richtig bläst (sagte Kyau), so glaubt die hohe Dame nicht nur eifrig, sondern ereifert sich auch eifrig über die Freigeister, welche sich nach eigenem Belieben eine Religion schmieden und ihren Verstand für den einzigen Schiedsrichter in Glaubenssachen anerkennen wollen?

Sehr wohl (sagte Scabioni), sie meint, gäbe es soviel Religionen als Köpfe, müßte daraus eine allgemeine Verwirrung entstehen.

Ist ihr bewußt (fragte Posadowsky), daß außer ihrem Gatten und dem königlichen Schwiegervater hier in Sachsen fast alle Lutheraner sind?

Gewiß (sagte Scabioni), doch wird sie das nicht hindern, den wahren Glauben zu verbreiten. Sie weiß es wohl, daß sie hier mit ihrem Glaubenseifer nicht bei jedermann Ehre einlegen wird, doch ist ihr daran herzlich wenig gelegen.

Oho! (rief Watzdorf dröhnend) Das kann ja lustisch werden!

Die Ehre Gottes geht bei ihr vor allem menschlichen Ansehen (fügte Scabioni noch hinzu), sie bestraft die Fehler, den Fehlenden aber liebt sie im Herzen.

Ei der Dausend, wie soll das denn gehen? (fragte Watzdorf)

Ganz einfach (sagte Kyau). Sie liebt die Irrenden im Herzen, da aber der Irrtum nun einmal im Kopf entspringt, muß man den, so leid es tut, vom Rumpfe trennen, bei aller Liebe im Herzen, versteht sich.

Bei der Hochzeit (sagte Vitzthum), vor der Kapelle der kaiserlichen Favorita am Kärntner Tor, hörte ich sie klagen, daß sie von den Bettlern gar zu ungestüm geplagt werde, wie sie denn niemals von der Kirche zurückkomme ohne eine gute Anzahl von Bittschriften, und sie schlug vor, einige nützliche Vorschriften zu Papier zu bringen, wodurch diese Belästigungen aufgehalten werden könnten. Auch trägt sie oftmals Bedenken, etwas für sich einzukaufen, was sie nicht unbedingt vonnöten hat, doch haben ihre Sorgen dann ein Ende, wenn sie hört, daß sie auf diese Weise einem bedürftigen Goldschmied, Bankier oder Kaufmann aus der Not helfen und also ihren Nächsten wie sich selbst lieben kann.

Die gute Seele! (sagte Kyau) Der Prinz hat wirklich Glück gehabt, ich hoffe nur, er sieht es ebenso, vor allem, wenn es das Beilager in praxi zu vollziehen gilt.

Nachts sind alle Katzen grau (sagte Watzdorf, zu Scabioni gewandt), nisch wahr, Herr Graf?

Der aber sagte gar nichts mehr, verbeugte sich galant und verließ die Runde, ich fürchte, mit nicht gerade positiven Impressiones. Der Riesen-Saal hatte sich unterdes nach und nach geleert, da sich das Königspaar nicht sehen ließ und also keine Haupt- und Staatsaktion mehr zu erwarten war. Im Hinausgehen fragte mich der Kyau, was aus meinem armen Dichterling geworden sei, und meinte, als er dies erfahren hatte, daß es für den vielleicht ein Glück im Unglück sei, da er Hofnarr alter Schule im Aussterben begriffen ist. Wenn der Narrenpossen sehen wolle, habe der dänische König verlauten lassen, sähe er den Staat vor Augen und in seinen Ämtern Narren ohne Zahl. Also, folgerte der Kyau, brauche auch der beamtete Poet künftig keine Pritsche in der Hand, um als Lob-, Leib- und Liebediener seines Herrn und mithin als rechter Narr erkannt zu werden. Vielleicht sei es für einen ernsthaften Poeten sogar nützlich, wenn ihn die widrigen Zeitläufte beutelten, denn man wisse doch: Wen die Welt zärtelt, dem will sie den Strick um den Hals legen. Im übrigen sei der Königstein mit Gefangenen überfüllt, er habe in den Verliesen jeden Zentimeter ausgenutzt, getreu dem Motto: Je enger der Käfig, je schöner die Freiheit, und habe sie derart befestigt, daß er Entweichungen halber ganz außer Sorge sein dürfe und nunmehr Muße habe, sich des einen oder anderen Zeitvertreibes zu bedienen. So habe er an seine Decke ein Gemälde pinseln lassen, das ihn, im Kackstuhl sitzend, zeige und worum sich der schöne Ausspruch ranke: Hier sitzt Kyau in dem Himmel / Und kacket in das Welt-Getümmel. Mit dieser Schnurre empfahl er sich und stieg in seine Kutsche.

Ich aber ging zu Fuß nach Hause, ziemlich müde, muß ich sagen, so daß ich nichts dringlicher wünschte als meine wohlverdiente Ruhe. Zudem überfiel mich ein heftiges Kopfweh, es war, als säßen links und rechts des Schädels solche Schrauben, wie man sie bei der hochnotpeinlichen Befragung noch immer an die Daumen legt. Doch ich fand die ersehnte Ruhe nicht, denn vor meinem Hause wartete bereits Monsieur Délateur.

Als erstes zeigte er mir Menckes Antwortbrief an Günther. Der feine Herr aus Leipzig schrieb, er sei betrübt ob des Debakels vor der Majestät, und gab sich keine sonderliche Mühe zu verbergen, wie tief enttäuscht er von seinem Schützling war, kein Wort davon, daß er sich wieder unter seine Fittiche begeben solle, im Gegenteil. Mencke lenkte ihn in die andre Himmelsrichtung und empfahl ihm nachdrücklich, die Vergebung seines Vaters zu erlangen, auf daß er sein Auskommen in Schlesien finde, freilich nicht als Dichter, denn die hehre Dichtkunst dürfe nicht zum Broterwerb erniedrigt werden. Sie ist noch immer, schrieb der reimende Professor, eine edle Bemühung müßiger Stunden, die sich nur der leisten könne, der genügend Mittel oder wenigstens einen auskömmlichen Unterhalt und bei seinen Amtsgeschäften die Freiheit hat, zwei oder drei Stunden des Tags für derlei verschwenden zu dürfen. Günther solle sich bemühen, mit einer allseits anerkannten Tätigkeit seinem Leben wenn schon nicht Flügel, so doch zumindest Stelzen zu verleihen, Stelzen, mit denen man im hinderlichen Sumpf der Armut zu waten meiden kann . . .

Sodann berichtete mir Günthers Schatten von dessen Treff mit Freund Hahn aus Schlesien, vorab jedoch rapportierte er, was er von den Hahns in Erfahrung bringen konnte.

Hahn, Sigismund, der Vater (der Spitzel schnurrte es herunter), in Leyden, Holland, promoviert, vorzeiten Leibarzt der polnischen Krone, nunmehr Stadtarzt in Schweidnitz, sein Haus – Schule der Spötter genannt; nun der Sohn: Hahn, Johann Gottfried, Mitschüler Günthers am Schweidnitzer Lyzeum, 1714 zum Studium nach Leipzig, zwei Jahre später Magisterwürde, bis zu deren Tod im selben Jahr verlobt mit Menckes Tochter, ein Jahr darauf die Doktorwürde, nunmehr seit einem Jahr Arzt, Breslau.

Bravo! (lobte ich die gründliche Recherche) Und worüber unterhielten sich die beiden?

Treffpunkt war der Brunnen der Justitia (sagte er), von da gingen sie zum Roten Hirsch, Pirnische, Ecke Schießgasse. Dieser Hahn wirkte neben G. wie dessen ältrer Bruder, ruhig, gesetzt, ja irgendwie gemäßigt. Unbemerkt in deren Rücken sitzend, hörte ich zwar viel, doch leider nicht das Flüstern.

Zuerst sei es ausschließlich um ein Mädchen gegangen, Lorchen nannte sie der Günther.

Nicht mehr in Schweidnitz? (soll der Günther laut gerufen haben) Aber wo, mein lieber Hahn, ist sie dann? Wo kann ich sie finden, wo?

Worauf sein Freund mit den Schultern zuckte und Günther zu bedenken gab, daß sie mittlerweile dreißig sei und vier lange Jahre treu auf ihn gewartet habe. Sie sei, so sagte er, gewiß aus Schweidnitz fort, weil dort die nach wie vor sehr regen Gegner Günthers die Luft für sie verpestet haben, sie ward gescholten als die verlassene Geliebte eines Liederjans und Haderlumps. Könne man ihr übelnehmen, wenn sie sich der philiströsen Niedertracht entziehe, zumal in besonders strengen Gegenden, wie letztlich in Bartelsdorf geschehen, ein gefallenes Mädchen zur Buße ihrer Fleischessünde mit einem Halseisen vor der Kirchentür angekettet wird?

O Gott! (hörte Monsieur Délateur den Günther stöhnen, sodann nur Seufzen noch, das Schneuzen in ein Tuch und Worte, die wie Reue klangen)

Nun fragte Günther nach seinem Vater, und Hahn gestand mit Stocken, daß der noch immer unversöhnlich sei: Er, Johann Christian, dürfe dies jedoch nicht rein persönlich nehmen, sondern müsse sehen, daß sein Vater, der ohne großen Einfluß, nicht begütert und deshalb von der Meinung der hohen Geistlichkeit abhängig, geradezu gezwungen sei, sich öffentlich empört zu zeigen, da sonst selbst seine kargen Einnahmen gefährdet wären, ja im schlimmsten Fall die Stelle als Physikus, und schließlich habe der alte Herr, aus seiner Sicht, noch andere Ursachen, sich gegen seinen Sohn hart zu bezeigen, erstlich das in Striegau zur Orgie aufgebauschte, angeblich ungeheuer wilde Leben als Student, zum anderen habe ihn der Vater wiederholt inständig ermahnt, das Dichten wo nicht völlig, doch in etwas auf die Seite zu setzen, um dem Studio Medico besser zu obliegen, besonders da die satirischen Gedichte auf Krause und Gesinnungsfreunde jenen gar zu scharf in die Haare fuhren und er als Vater des Übeltäters manches davon verantworten sollte.

Irren ist nicht schimpflich (sagte drauf der Günther), und wem ich Fehler zeige, den beleidige ich nicht!

Vielleicht, mein guter Günther (so die Entgegnung Hahns), legst du dich wirklich zu sehr auf die Poesie, denkst, die Gelehrsamkeit bestünde allein in ihr, und wähnst, sie könne dich schon mit der Zeit zu Ehre und Vermögen bringen?

Wissenschaft ist für die, die lernen, Poesie für die, die wissen! (soll der G. darauf geäußert haben) Ich liebe meinen Reim, solang ich Atem zieh! Ich kann nicht anders, ich brauch die Poesie wie die Luft zum Leben! Oder kannst du deiner Lunge, deinem Herzen untersagen, das zu tun, wozu sie die Natur geschaffen hat?

Hierauf habe Hahn geschwiegen, Günther jedoch wäre redselig geworden, wobei mein Name oft gefallen. Ich wollte naturellement sofort Einzelheiten hören, doch Monsieur Délateur bedauerte, da Günther angeblich geflüstert haben soll. Nun gut, der Spitzel will's mit mir möglichst nicht verderben: Oft büßt der Bote für die Nachricht, die er bringt. Mehr verstand der Lauscher, als die beiden auf ihre Zeit in Leipzig kamen – G. trank bereits den dritten Humpen Bier, während Hahn bezahlte –, sie wärmten alte Episoden auf und wollten fast vor Lachen bersten, als sie sich daran erinnerten, wie sie bei Barons Lautenspiel so taten, als ob sie dessen Kunst in rauschhaftes Verzücken setze, wie sie mit Gläsern warfen, ihre Degen zogen und sich gar entleiben wollten, da Schöneres als Barons Lautenspiel im Diesseits nicht mehr möglich sei, wie Baron schockiert die Flucht ergriff und wenig später das schallende Gelächter seiner Freunde hörte. Von Weibern ging die Rede, vom Schabernack, den man mit allem trieb, doch jäh verebbte diese Lustigkeit, als Hahn den Günther fragte, was er nun zu tun gedenke, wohin er gehen wolle.

Mein Freund (kleinlaut klang die Antwort Günthers, nach Monsieur Délateurs Bericht), ich weiß es nicht.

Hahn bot ihm zwar an, sollte er nach Breslau kommen, ihn dort bei importanten Leuten einzuführen, doch wohnen könne er in seinen engen Räumen nicht, im übrigen sei es höchste Zeit. So trennten sich die Freunde, Günther ging zum Großen Garten. Hahn bestieg die Postkutsche nach Frankfurt, seinem eigentlichen Reiseziel. Ende des Berichts.

Monsieur Délateur übergab mir noch die Kopie eines Carmens, exzerpiert aus Günthers Taschenbuch und gestern erst entstanden. Als er gegangen war, wurde mir bewußt, daß mit Hahns Besuch Günthers vierte Möglichkeit geschwunden war: Schlesien als heimatlicher Unterschlupf, das Vaterhaus als letzte Rettung, Leonore als verheißungsvolle Liebes-Insel im Meer des Mißgeschicks, alles war mit einemmal passé. Und so, resümierte ich, war es Schlag auf Schlag gegangen: Am Samstag schwand die Hoffnung auf Fleurette, am Sonntag die auf Leipzig, am Montag die auf den Hof und heute die auf Schlesien. Das war hart, gewiß, doch allein seine Schuld, sag ich, denn wäre er bedacht zu Werk gegangen, hätte er ein wenig mehr gerechnet und von seinem Stolz gelassen, von seinem nachgerade penetranten Selbstbewußtsein, dann wären die Türen, die einen Spalt ihm offenstanden, nicht zugeschlagen worden. Doch Günther ließ selbst jetzt nicht ab von seinem überzogenen Anspruch, wie ganz augenfällig das Gedicht bewies, das bezeichnenderweise den Titel trug:

Auf das Glücke
Du Abgott niederträchtger Sinnen,
Dich, falsches Glücke, red ich an,
Was willst du noch von dem gewinnen,
Der nun nichts mehr verlieren kann?
Du stäupst nur einen tauben Rücken,
Der Draht und Geißel müde macht
Und, ohne sich vor dir zu bücken,
Den aufgefangnen Streich verlacht . . .

Sind solche Zeilen etwa einsichtsvoll zu nennen? Sind sie nicht vielmehr trotzig? Nachgerade töricht stolz? So, wenn er schreibt: Eh ich kläglich fleh und heule, / Eh soll mein Fleisch zerrissen sein, oder: Der Schmerz erregt mir Jäscht und Geifer, / Den spei ich dir ins Angesicht. War dies nur angstgenährte Drohgebärde, war es nur großsprecherische Selbstbehauptung, um die Tränen der Enttäuschung zu verbergen, war es die große Geste des Aufbäumens vor dem Resignieren? Versicherte er sich seiner selbst, weil er sich seiner nicht mehr sicher war? Was soll man angesichts der Lage, in der er sich befindet, aus diesen Worten lesen?

Was ist das Absehn deiner Tücke?
Wie, soll ich vor dein' Altar knien?
Wie, soll ich mit beträntem Blicke
Dein schnelles Segel an mich ziehn?
Wie, soll ich, o du stummer Götze,
Der wahren Weisheit untreu sein
Und für den Kot geringer Schätze
Dir Herz und Ruh und Andacht weihn?

Ich leb, und das nur dir zu Trutze;
Du kriegst kein gutes Wort von mir.
Ein Narr verlangt nach deinem Schutze
Und klopft an deine Gnadentür;
Eh ich dein Tischgast heißen sollte,
Eh fräß ich Kleie, Leim und Stroh,
Und eh ich dir gehorchen wollte,
Eh dient ich gar dem Pharao.

Man seh nur deine großen Knechte,
Die Gold und Ehr und Stand erdrückt,
Sie machen die Gewalt zum Rechte
Und werden nimmermehr erquickt;
Sie hungern bei den vollen Schüsseln
Nach ruhiger Zufriedenheit,
Der Geiz beschwert sie nebst den Schlüsseln
Mit Argwohn, Müh und Furchtsamkeit ...

Er sucht noch immer nach den Gründen seines Scheiterns außerhalb von sich, doch eines Tages wird er auf sie in sich selber stoßen müssen. Jetzt lechzt man nach der Fürsten Speichel – was soll so eine Zeile? Sie ist nicht unwahr, nein, doch wozu, frag ich, ist die Benennung des Faktischen nutze? Erwartet er etwa, daß sich deshalb die derart bloßgestellten Tatsachen nach seinem Gusto ändern? Muß er nicht notwendig irgendwann begreifen, daß, umgekehrt!, er sich der Macht des Gegebenen fügen muß? Es tat mir weh, da sich auch in den folgenden Versen kein noch so kleiner Ansatz zu dieser Einsicht fand:

Mein Herz ist viel zu hoch geboren,
Als daß ich in der Sklaverei,
Zu der des Pöbels Mund geschworen,
Ein Schimpf für seinen Adel sei.
Die Weisheit ist mein Leibgedinge,
Mit dieser reis ich durch die Welt,
Und machen wir gleich kurze Sprünge,
So glaub ich, daß man seltner fällt.

Ja freilich, füg ich an, wenn man bereits darniederliegt, kann man nicht tiefer fallen: Dies als Vorteil hinzustellen heißt aus dem Versagen eine Tugend zimmern. Und so beschließt er dieses Carmen – mit der Beschimpfung des Glücks, das nun dafür herhalten muß, daß es ihm keine Chance gab:

Da hast du deine schönen Titel:
Du Wetterhahn, du blindes Weib,
Du Blaustrumpf, du Verderbungsmittel,
Du Hure für des Pöbels Leib,
Du Zauberbalg, du Torheitsschwester,
Du Wildfang, du Betrügerin –
Wer straft mich, daß ich im Geläster
An dir ein Atheiste bin?

Ihr selbst, Günther, Ihr selbst straft Euch! müßte man ihm in die Ohren schreien. Wortwuchtig prügelt ihr das Glück, ihr schimpft, klagt an, werft Euch in die Brust und schmäht und vermeidet so, was Euch nutzen könnte: nämlich nachzudenken über das, was wirklich ist! Denn ist das Wirkliche nicht auch zugleich das Notwendige? Das notwendig so Gewordene? Mein lieber junger Freund, möchte ich ihm sagen, so einfach ist es eben nicht: Es ist das Glück nicht, was Euch fehlt, es ist Euer eignes Unvermögen, Eure Wünsche und die gegebenen Möglichkeiten vernünftig zu bedenken und mit kühlem Kopf in Einklang zu bringen. Ihr wollt zuviel auf einmal und zu schnell. Ich spreche nicht von Anpassung (beiseite: nicht jetzt in diesem Augenblick), ich spreche von der Kunst, das Gewollte mit dem Machbaren zu verbinden, ich spreche auch davon, nicht durch selbstgerechte Raserei, durch irreales Schwärmen und durch die schwarze Trauer, die sich in blinden Zorn verwandelt, den Boden unter den Füßen zu verlieren, den Boden, der alles nährt und wachsen läßt, auch das, was ihm vielleicht dereinst ein andres Aussehen geben wird als heute. Das Glück, mein ungestümer Freund, ist eine von den Menschen erfundene Chimäre, und indem Ihr sie schlagt, schlagt Ihr in die Luft, statt Eure Kräfte auf das Wirkliche zu richten.

So sprach ich mit mir selbst und hätte gern mit Günther so gesprochen: frei von Vorurteilen, frei von dem Zwang, den andern zu gebrauchen, und frei von dem, was in den letzten drei Wochen mit uns geschehen war, von Mensch zu Mensch gewissermaßen, ich als der Ältere, dem der Jüngere, Begabtere das größere Erfahrungsmaß gerne zugesteht und bereit ist zuzuhören. So aber war es leider nicht: Die Umstände der Zeit hatten uns nicht selbstlos aufeinander zugeführt, und auf diese Weise hatte von Anfang an das Mißtrauen zwischen uns gestanden.

Ich wurde zwar in meinem vorgestellten Zwiegespräch mit Günther durch die Ankunft meines Logisgastes unterbrochen, doch führte diese wenig später schon auf ihn zurück, nämlich als der edle Herr von Nikisch und Roseneck aus Schlesien bei der Begrüßung einen Nebenblick auf mein Schreibpult tat und, sich für seine Neugier entschuldigend, meinte, daß ihm der Ton da in den Versen, verdammt und zugenäht, wundersam bekannt vorkäme.

Es handelt sich (sagte ich zuvorkommend) um Gedichte eines gewissen Monsieur Günther.

Johann Christian aus Striegau? (fragte er und wollte nicht aufhören, sich zu wundern, als ich dies bejahte) Potz Donner, die Welt ist doch ein großes Dorf! Ihr müßt wissen, dieser Günther ist gut bekannt mit meinen beiden Herren Söhnen. Der ältere von beiden gab in Leipzig als Student – von meinem Geld freilich – eine Tischgemeinschaft, bei welcher der Primus inter pares, wie sich mein gelehrter Herr Sohn neuerdings auszudrücken beliebt, ebendieser Günther war. Als mein Sohn im letzten Jahr auf unser Rittergut zurückkam, hatte er in seinem Kopf nichts als Flausen und in seinem Reisekoffer ein Abschiedsgedicht von diesem Günther. Daher kenne ich den Ton, denn ich habe diese Verse, die mein Sohn wie ein Heiligtum verehrt, oft gelesen, wollte ich doch gern verstehen, weshalb die Söhne so mißraten sind und, statt das Kriegshandwerk zu lernen, wie es bei uns schon immer Usus war, die Wissenschaft anbeten, Reime schmieden und sogar die Flöte spielen. Da las ich schwarz auf weiß: Dein Blut ist viel zu wert, auf Rasen zu verderben, drum nimm es nur vor Krieg und Streit in acht . . ., der Lohn der Wissenschaft ist doppelt größer als der des Degens . . ., ich suchte, so schrieb der Günther, in deiner Brust den Zunder aufzuwecken, und sieh, ich suchte kaum, so brach sein Glanz hervor . . . Parbleu, da wußte ich, wer meinem Sohn die Grillen in den Kopf gesetzt hatte! Du hast Gelegenheit, schrieb er weiter, Geld, Ehre, Stand und Ruh und, was die Hauptsach ist, den Trieb der jungen Dichter . . . Zu meinem Kummer, leider! Der Günther hatte meinem Filius eingeredet, daß man nicht von Geburt geadelt sei, sondern daß man erst durch die Bildung des Verstandes und des Herzens dem wahren Adel angehöre. Dem wahren Adel – hört Ihr die Anmaßung heraus? Mein Sohn hingegen war stolz darauf, von ihm als gelehrter Mäzenas bezeichnet zu werden, als . . . Edelmann mit einem durch die Kunst geläuterten Verstand. Ja, so gewählt drücken sich die jungen Leute heutzutage aus! Es ist fürwahr ein Kreuz!

Irgendwann (tröstete ich den betrübten Vater) werden sie erkennen, daß die Welt von ihren Worten ganz verschieden ist.

Das hoff ich, Herr von Besser (sagte er), ich hoffe es und helf zugleich ein bißchen nach.

Der Ritter und Herr von Nikisch und Roseneck war ein angenehmer Mann, ländlich schlicht und doch verständig, so daß ich ihn zu Abendbrot und einer Flasche Wein an meine bescheidene Tafel bat. Er revanchierte sich, indem er mir durch seinen Knecht einen schweren hausgemachten Räucherschinken überreichen ließ. Wir tranken und wir aßen und plauderten ganz unverfänglich, und so erfuhr ich im Verlauf des Abends allerhand von Günthers Kindheit, Jugend und von dessen Elternhaus. So von seinem Vater (dem Physikus und Invalidenmedikus, der wegen der hundertfünfzig Taler Kosten nicht promovieren konnte, ein glückloser Mann, den die Armut härtete, ein fanatischer Bewunderer der von Gott geschaffenen Natur, einer, der in seinem Garten Reiser pfropfte und den Lauf der Sterne überwachte, einer, der die Dichtkunst zur gestelzten Unnatur, zur Sünde, Lüge, Bettelei erklärte und nur das geduldig und genau ausgeführte Experiment gelten ließ, ein Vater, der dem Sohn solche Tugenden wie Gelassenheit, Redlichkeit, Demut, Frömmigkeit, Nächstenliebe und Geduld vorlebte und doch mit der Schlichtheit und Strenge der Erziehung in dem Knaben ohne Absicht eine Sehnsucht weckte, die Sehnsucht nach den schönen Dingen, nach der reinen Schönheit, frei von aller Nützlichkeit), von seiner Mutter (einer schwächlichen, ständig kranken, kurzatmigen Person, die dem Mann als Haupt des Weibes, nach biblischem Gebot, untertan war, mit Schmerzen Kinder gebar und den kargen Hausstand führte), von seinen bürgerlichen Herren Präzeptores am Lyzeum, die, wie sie verkündeten, aus der Lust am Lernen keinen Zwang, aus dem Tempel des Heiligen Geistes keine Folterstube und aus der Schule keine Sklaverei machen wollten und die mit dieser allzu freigeistigen Erziehung, meinte Herr von Nikisch, sehr wahrscheinlich den Grund zu den musischen Allüren der Schüler legten (den Günther habe man zudem sehr früh als poetisches Talent gefeiert und gefördert, man habe ihm gewissermaßen eingeredet, er sei der direkte Erbe der großen Schlesier, man habe ihm den schlesischen Helikon eröffnet, das Handwerk der Dichtkunst beigebracht und die alten Griechen und Römer warm ans Herz gelegt), von Günthers üblem Leumund in Schweidnitzer Kirchenkreisen (er soll mit seinem Schulfreund Friedrich von Bock oft bei Tabak und Tee gesessen haben, während der Diakon der Friedenskirche zur Heiligen Dreifaltigkeit seine Predigt hielt), von seinen ersten amourösen Abenteuern – dem Feuer der fleischlichen Unreinigkeit, wie die sittenstrengen Theologen Schlesiens sagen –, bei denen er die Heimlichkeit vermissen ließ und seinen Liebesüberschwang lauthals in die Welt hinausposaunte, so bei Johanna von Kotulinski, seiner Flavia, die er auf dem Gut der Bocks in Roschkowitz beim Schafehüten kennenlernte, ein Schäferspiel gewissermaßen, doch in natura, dazu noch auf geweihtem Boden, denn das Gut gehörte einst dem berühmten Dichter Lohenstein, und nebenan, auf Gut Brockut, schwebte Logaus Geist, der Fluß hieß Lohe, und auf dem Bergkamm stand eine alte Fichte, die man in den Carmen der großen Schlesier wiederfindet; doch als seine Flavia im selben Sommer starb, verliebte er sich wenig später in die Tochter des Stadtarztes Jachmann, Magdalena Eleonore, Lorchen, Lenchen, seine Magdalis, die er in seinen Carmen so ungehemmt besang, daß es die Sittenrichter auf den Plan rufen mußte: Eröffne mir das Feld der Brüste, / Entschleuß den wollustschwangren Schoß. / Gib mir die schönen Lenden bloß, / Bis sich des Mondes Neid entrüste! / Die Nacht ist unsrer Lust bequem . . ., und von seinen ersten Spott-Gedichten, die ihm die lebenslange Feindschaft einflußreicher Leute brachte (so ein Glückwunsch-Gedicht auf die Hochzeit eines jungen Magisters, worin der junge Günther alle Tadler dieser Heirat mit spitzer Feder striegelt: Verdammte Tadelsucht, du Seuche dieser Zeit, / Du Bastard der Vernunft, du Tochter der Megäre . . ., und dem er das Motto voranstellte: Könnt ihr euch des Lachens enthalten, Freunde?).

Und indem ich mich kraft meiner Einbildung in Günthers Seele hineinversetzte, verstand ich schon ein wenig mehr, weshalb er so geworden war, wie er nunmehr ist. Absurd: Ich näherte mich ihm innerlich, da die Trennung äußerlich vollzogen war. Vermutlich war es auch der Wein, der mich in eine solch rührselige Stimmung tauchte, denn wir hatten es, auf den Geschmack gekommen, nicht bei einer Bouteille bewenden lassen. Schließlich, kurz vor Mitternacht, schlummerte der edle Herr aus Schlesien ein, sein Knecht trug ihn in mein Schlafgemach, das ich ihm als Quartier überlassen hatte, während ich mich in meinem Bücher-Saal auf das Sofa bettete.

A la fin das Hof-Journal: Früh kamen Ihro Königl. Hoheit der Prinz von Pischelli allhier an. Ballyen-Rennen-Probe auf der Kleinen Rennbahn. Früh um 6 Uhr wurde die Compagnie Cadets in Gewehr exerziert. Kam der Pater Salerno allhier an. Kamen Ihro Durchl. Heinrich zu Sachsen mit dero Comitat von Spremberg allhier an, welcher im Regimentshaus einlogieret worden. Dito kamen Ihre Maj. die Königin von Pretzsch allhier an.

30. Augustus, Ernestus

Als ich auch an diesem Tag nichts von Günther hörte, kamen mir erschröckliche Gedanken. Hatte er bereits die Stadt verlassen? War er etwa in Verhaft genommen worden? Oder hatte er aus Kummer gar Hand an sich gelegt?

Um mir Gewißheit zu verschaffen, schickte ich die Müllerin zu ihm mit einem Zettel, worauf ich mit freundlichen Worten geschrieben, der liebe Günther solle sich so bald als möglich bei mir melden. Sie brauchte dafür gut zwei Stunden, wiewohl der Weg in einer Viertelstunde bequem zu schaffen ist. Der Tadel lag mir auf der Zunge, doch hielt ich ihn zurück, als sie mir sagte, daß sie Günther persönlich angetroffen und der versprochen habe, noch einmal zu mir zu kommen.

Sonst nichts von Wichtigkeit an diesem Mittwoch. Abgesehen davon, daß der Puls der Stadt immer schneller jagte: noch drei Tage nur bis zum Beginn des Festes! Drei Tage Frist für Günther.

Der Ordnung halber hier nun, was bei Hof geschah: Kam Ihro Hoheit der Herzog von Barby mit dero Prinz allhier an, welche im Regimentshaus logieren. Gegen 9 Uhr holte die Garde du Corps ihre neuen Standarten, so mit Gold und Silber, mit Fransen besetzt und gestickt, aus dem königl. Zimmer ab, worauf die ganze Esquadron zu Pferde durchs Schloß marschierte.

31. Augustus, Josua

Zwei Tage noch, und wiederum kein Günther! Ich machte mir nun ernstlich Sorgen und konnte nicht verhindern, daß ich den Verlust berechnete, der mir dadurch erwuchs: Da waren das Handgeld für Monsieur Délateur, die Rechnung für den Rock bei Monsieur Hinterstocker, Madame Zawadzkas Honorar für Fleurettens Unterricht, der Coffee, den er hier bei mir getrunken, an reinem Geld waren es gewiß an die hundert Taler, mithin der fünfzehnte Teil meines jährlichen Gehalts. Dies war ein Schlag ins Comptoir, den ich mir nicht noch einmal würde leisten können. Einen Augenblick lang schämte ich mich zwar ob meiner krämerhaften Rechnerei, doch vergab ich mir angesichts meiner finanziell prekären Lage. Immerhin: Früher wäre mir dergleichen niemals peinlich gewesen, ja, es wäre mir nicht einmal aufgefallen.

Ablenkung brachte mir der Bote vom Oberhofmarschall: zwei Fest-Entwürfe zum Visitieren, der eine für das große Damen-Fest im Großen Garten am 23. September, der andere für das Jupiter-Fest im Zwinger-Garten am 14. September. Das Damen-Fest wird mit einem großen Aufzug beginnen, wie üblich mit Pauken und Trompeten, diesmal gefolgt von vier Esquadrillen in Rot und Silber, Blau und Silber, Grün und Gold, Gelb und Silber, bei jeder von ihnen neun Damen in Triumphwagen, zwei Kavaliere voranreitend, neun Läufer um die Wagen, dahinter vier große offene Wagen mit je sechs Pferden, in jedem achtzehn Nymphen, Oboen und Waldhörner, am Schluß die Wagen mit den französischen Komödianten und den Damen vom Ballett – mithin ein galantes Spiel, bei welchem die Sklavinnen unserer Begierden als Göttinnen gefeiert werden. Am Abend dann wird der ganze Große Garten mit Windlichtern, Lampen und Kronleuchtern illuminiert, Tafel aber wird im Palais gehalten werden, 270 Personen sind zugelassen, nur die Damen sollen sitzen. Enden wird die Apotheose der Damen mit dem Tanz bis zum frühen Morgen, das heißt, tanzen wird, wer bis dahin nicht mit einer der Verherrlichten in die Büsche gekrochen ist. Ich fand an dem Entwurf keinen Makel, ebensowenig an dem Entwurf des Jupiter-Festes, welches mehr ein Vergnügen für die Augen denn für die anderen sinnlichen Organe werden wird: Die vier Elemente werden dargestellt, beim Wasser ist der Kurprinz der Chef, gekleidet in Blau und Silber, mit Korallen und Fischen behängt, die Darsteller der Erde in grünem Tuch, garniert mit Fruchtkörben, Eichenzweigen und Früchten, die Darsteller der Luft in Blau und Silber, mit Flügeln auf den Harnischen . . ., man sah die reiche königliche Phantasie in allen Teilen, gekrönt werden wird das Fest mit einem prächtigen Lanzenturnier.

Als ich mit der Durchsicht fertig war, legte mir die Müllerin ein Kuvert auf meinen Tisch, und als ich es erbrach, kamen zwei Gedichtkopien zum Vorschein und ein Vermerk des Monsieur Délateur, daß erstliches Gedicht Günthers Sudelbuch entnommen wäre, worin es kreuzweis durchgestrichen, das zweite aber aus dem Tagebuch, fein säuberlich geschrieben, G. selbst sitze stundenlang im Großen Garten und stiere, so er nicht besessen kritzele, Löcher in die Luft . . ., in Eile, untertänigst . . . und so weiter. Aha, der Spitzel macht sich rar, dachte ich bei mir, der Fall ist für ihn abgeschlossen, noch weiß er nicht, daß er damit keineswegs aus meinem Dienst entlassen ist.

Doch hier nun die Gedichte, zum ersten dies:

Kantate im Kgl. Garten
Getrennt, allein und doch vergnügt . . .
Geh hin, du falsches Blut,
Ich nehme freudig gute Nacht.
Das hätte ich doch noch nicht gedacht,
Daß Leonorens Wankelmut
Mich nicht mehr Tränen kosten sollte,
Für die ich sterben wollte . . .

Was für ein Holpern und ein Stammeln! Ich spürte die Betroffenheit des Günther, den Schmerz und sein verzweifeltes Bemühen, sich diesem nicht zu überlassen, doch gleichwohl konnte er es schwer verleugnen: Die aufgelöste Form verriet den aufgelösten Schreiber.

Das zweite Carmen allerdings war frei von solchen Mängeln, vermutlich, weil es nicht der ungetreuen Leonore Leipzigs nachtrauerte, sondern reue- und vor allem sehnsuchtsvoll das Bild der schlesischen Leonore beschwor:

Ode an sein Lenchen
So sollt und mußt es sein: Die Strafe folgt der Sünde,
Und so, verführter Geist, geschieht dir eben recht;
Es läßt dich endlich auch die Philirinde,
Dies ist es, was dein Herz mit neuem Kummer schwächt,
Dies ist auch, was dich jetzt mit Nachdruck lehren kann,
Wie weh du Lenchens Brust durch Flucht und Bruch getan.

Ach, freilich tut es weh, wenn solche Ketten springen;
Brecht, süße Fesseln, brecht! Ich bin genug gedrückt,
Mich soll kein frischer Kuß in neue Bande zwingen;

Da Philirindens Zorn die letzte Glut erstickt,
Und da mich ihre Flucht auf Erden elend macht,
So sag ich auf einmal der Liebe gute Nacht.

Ich wußte nicht so recht, ob er mit der Philirinde nun die Leonore Leipzigs oder Mademoiselle Fleurette hier in Dresden meinte, doch war dies letztlich nicht so wichtig, wichtiger war, wie er alle seine Sinne mit Macht nach Schlesien richtete.

Ja, ja, ich fühle schon die Rückkunft erster Triebe,
Mein Blut erinnert sich der damals reinen Treu,
Es wallt und jauchzt vor Lust und wählt die alte Liebe,
Damit sie dermaleinst des Ehstands Himmel sei.
Was denkst du dir, mein Herz? O gib dir selbst Gehör:
Du suchest Lenchens Gunst, sie liebt dich ja nicht mehr.

Ich weiß, sie liebt mich noch und kann mich nicht verlassen;
Die Neigung gleicher Art verband uns gar zu scharf.
Komm wieder, liebster Schatz, und will ich dich umfassen,
Solang ich nur noch hier der Luft genießen darf;
Ist etwas, das uns trennt, so ist's der Leichenstein;
So stärkt der Riß das Band: So sollt und mußt es sein.

Diese Zeilen gingen mir ans Herz – mehr zu sagen, verbietet mir mein Stolz: Wer kann schon über seinen Schatten springen? Wenn Günther morgen wiederum nicht käme, nahm ich mir vor, würde ich mich höchstpersönlich zu ihm hinbegeben.

Post festum das private Hof-Journal: Kam der Graf Moschinski als Kurier von der Erzherzogin allhier an. Probierten K. M. frühmorgens den Einzug vom Campement.

1. September, Egidius

Es gibt Tage, da schlägt man früh im Bett die Augen auf und wünscht im selben Augenblick, es wäre nicht geschehen: Vor uns steht der Tag als hoch aufgetürmte, graue Nebelbank, und hinter ihr, wir ahnen es mit fürchterlicher Hellsicht, wartet nicht etwa ein sonnenüberstrahltes Meer der Lebensfreude, sondern der gleiche triste Dunst, dessen Bannkreis wir unser liebes Leben lang nicht mehr verlassen werden. Ach, in jungen Jahren meint man noch, sich täglich zwischen nützlichem Tun (Horazens Carpe diem) und erquickendem Nichtstun (Nihil agere delectat) entscheiden zu können, später sieht man ein, daß man ein Gefangener ist, ein Gefangener seiner selbst, seiner Zeit und des Amts, das man in ihr bekleidet. Und darüber kann auch ein gewisser Komfort des Käfigs nicht hinwegtäuschen, denn wie sagen die Franzosen: Auch ein schöner Käfig füttert den Vogel nicht. Sarkastisch, aber wahr.

Doch enthob mich das Erscheinen Monsieur Délateurs bald schon meiner trüben Morgenstimmung: Ich würde, gleichviel ob ich wollte oder nicht, den Tag nutzen müssen, den letzten Tag vor dem Beginn des großen Jubelfestes.

Herr Königlicher Kriegs-Rat (so begann mein Vigilant sehr förmlich), melde, der G. versetzte gestern seinen neuen Hofrock beim Trödler in der Webergasse. Beglich darauf seine Schulden im Grünen Baum. Mithin deutet alles darauf hin, daß er morgen die Stadt verlassen will. Bis dato zahlte er auch das Quartier. Item gestern, ordentlich, wie es sich gehört.

Und wovon? (fragte ich) Etwa alles von dem Gelde für den Rock?

Jawohl (bestätigte er lapidar), gewiß.

Und mit welchem Geld will er bei Monsieur Hinterstocker zahlen?

Weiß nicht (antwortete der Spitzel). Weiß nur, Günther ist ein armes Schwein. Ein bedauernswertes, armes Schwein, jawohl. Dazu ganz harmlos. Ja, harmlos, denn mit seinen Versen kann er Sachsens Ruhm nicht schwärzen. Wie ich überhaupt, nachdem ich solch ein poetisches Individuum aus nächster Nähe observiert, daran zweifle, daß sie wirklich derart kreuzgefährlich sind, wie einige bei Hofe meinen. Sind sie nicht vielmehr Schwärmer, die gerne träumen? Die, wachen sie von Zeit zu Zeit aus ihren Träumen auf, die rauhe Wirklichkeit mit Schrecken sehen? Und die, je nach Moral und Temperament, nun anfangen, die im Vergleich zum Traum miserable Welt entweder zu verklären oder zu beklagen oder aber anzuklagen? Mein Gott, das muß doch zu verschmerzen sein! Davon wackelt doch kein Königsthron! Oder schießt die königlich-sächsische Armee neuerdings auch auf Spatzen mit Kartaunen? Scheint so, denn der G., so arm und harmlos er auch ist, bleibt ohne jede Chance. Mir tut, ehrlich zugegeben, der Günther leid. Auf ihn gehetzt, hab ich ihn dabei so gut kennengelernt, daß sich mein Verfolgungseifer mehr und mehr verlor. So gut, daß manches Gedicht, das ich rein als Indiz betrachten sollte, eine Saite in mir angerührt. So gut, daß ich einiges zu verstehen beginne, was ich eigentlich bekämpfen sollte. Ergo zu gut mittlerweile, als daß ich ihn weiterhin noch als Feind betrachten, könnte. Hab ihn mit der Zeit fast ein wenig liebgewonnen, ja, lieb, Monsieur.

Aha (sagte ich und wunderte mich nicht wenig über das, was dieser offenbar in sich gespaltene Mensch mir da offerierte und was ich in ihm nie vermutet hätte). Aha, so wie die Katz die Mäuse liebt, nicht wahr?

Mit Verlaub, Herr von Besser (entgegnete er darauf ziemlich resolut), Ihr irrt, wenn Ihr jedes Mitgefühl bei mir missen zu können glaubt! Bin auch nicht so reich und nicht von Stand, daß die Kluft zwischen mir und Günther grundsätzlich nicht zu überbrücken wäre. Bin letztlich auch nur ein kleiner Mann, der die Zeit, die auf Erden ihm gegeben ist, mehr schlecht als recht zu fristen sucht. Man hat's mir an der Wiege wahrlich nicht gesungen, daß ich andere zu überwachen und zu überführen habe. Glaubt mir, Monsieur, ich könnte mir was andres denken, um in der Welt mein Glück zu finden! Mich kotzt, verzeiht, mein Amt, der Mißbrauch meines Lebens, mitunter ganz erheblich an!

Soso (sagte ich verblüfft ob dieser aufwallenden Suada), ich verstehe, wenn auch nur schwer, doch bleibt es töricht, lieber Mann, dieses derart unbeherrscht zu offenbaren. Was glaubt Ihr denn, wie mir bisweilen im Innern meiner Seele zumute ist? Glaubt Ihr etwa, ich hätte keine Zweifel? Doch genug davon, eh ich meine Seele öffne – vor Euch: Es wär ein Witz!

Pardon, Monsieur de Besser (sagte er darauf, bemüht sachlich und entsprechend leise). Habe meinen Dienst und mich für einen Augenblick vergessen, nochmals: pardon. Unpassend und unverzeihlich in Zeiten, da Ehrlichkeit als Fauxpas gewertet wird. Seht es mir nach, Monsieur, es war die Erleichterung, die ich empfinde, daß ich den G. künftig nicht mehr zu observieren brauche. Nun denn: Mein Auftrag ist erfüllt. Zwei Gulden noch von Euch, dann sind wir quitt.

Jetzt mußte ich heraus mit meinem Wunsch, die Zusammenarbeit fortzusetzen. Also bat ich ihn, einen neuen Auftrag anzunehmen, was er freilich partout nicht wollte, zumal als ich gestand, es handle sich abermals um einen Dichter. Doch sosehr er sich dagegen sträubte – auch er war ein Gefangener seines Amts. Also setzte ich ihn an auf meinen neuen Protegé, auf Johann Ulrich König, den galanten Schwaben.

Man sollte, so ist aus Monsieur Délateurs zeitweiser Verwirrung zu schließen, die Spitzel öfter wechseln, da sie sich sonst zu sehr an die Bespitzelten gewöhnen, ja, die ihnen gar sympathisch werden können, und also die Gefahr besteht, daß – dies als die lustigste Version der Zukunft! – die Spitzel die Bespitzelten in ihre Arme schließen und sich fortan ihren Dienstherren verweigern. Diese bei Gott ziemlich unwahrscheinliche Wendung der Geschichte setzt allerdings voraus, daß die Spitzel einer höheren Moral gehorchen und keine bloßen Mietlinge sind. Denn die Leute, die allein dem Gelde dienen, funktionieren zwar als brave, gefühllose Apparate, sind jedoch in einem Punkte auch nicht gänzlich zuverlässig – sie dienen dem Meistbietenden. Die Leute aber, die da ernsthaft einer edlen Sache zu dienen glauben, geraten spätestens dann ins Grübeln, wenn sich das anvisierte Ziel auf dem Weg dahin peu à peu verflüchtigt. Insofern steht der tönende und dröhnende Koloß in der Tat auf tönernen Füßchen: Nicht, daß ihn ein Gedicht umstoßen könnte, gottbewahre, aber ein Gedicht, par exemple, kann in einem Kopf etwas bewegen, was, durch tausend andre Denkanstöße und durch aber tausend ähnliche Kopfbewegungen massenhaft vervielfältigt, schließlich zu etwas führt . . ., was, der Herr im Himmel steh uns bei, alle guten Geister je verhüten mögen.

Während des nachgeholten Frühstücks überlegte ich, daß ich Günther, erschiene er nicht heute, wohl nie mehr zu Gesicht bekäme. Pauvre diable, dachte ich, während ich leger bei Tische saß und mit Appetit die kleinen Morgen-Leckereien der Müllerin verspeiste, armer Teufel. Sodann akkommodierte ich mir die Perücke und harrte der Dinge, die da ohne Zweifel kommen würden.

Und en effet, als erster kam der Bote vom Oberhofmarschallamt, diesmal nicht mit Fest-Entwürfen, sondern mit einem Billett von Loewendal, beinhaltend dies: Ich solle mich morgen gegen elf Uhr im Lager an der Elbe einfinden, sofort die dritte der siebzig Karossen für die vornehmen Hofbedienten und Hofkavaliere besteigen und dort ruhig und geduldig auf den Beginn der Parade warten sowie, hierum bat Loewendal ausdrücklich, mich für alle Eventualitäten bereit halten, so irgendwelche Händel des Reglements wegen ausbrechen sollten und mit Kenntnis der Zeremonienwissenschaft geschlichtet werden müßten.

Als ich ein zweites Mal nicht ohne Genugtuung zur Kenntnis nahm, daß ohne mich offenbar bei derlei doch nicht auszukommen ist, meldete die Müllerin die Ankunft Günthers. Und weil ich mit dem Déjeuner noch nicht ganz zu Ende war, empfing ich ihn gleich unten in der Küche.

Sein Anblick – ohne Hofrock – schreckte mich, er kam, wie er vor 24 Tagen hierorts debütierte: mit seinem abgeschabten und geflickten Rock, den fadenscheinigen Culottes, dem aufdringlich roten Tuch aus grobem Linnen, gottlob ohne die bäurische Filzkappe mit der ordinären weißen Hühnerfeder.

Nun, mein Lieber? (sagte ich durchaus kulant) Wie geht es Uns denn so? (Und als der Günther mich und meinen Frühstückstisch hierauf nur stumm musterte, fügte ich noch an:) Seid Ihr hungrig, lieber Freund?

Danke, nein (sagte Günther stolz, doch ich sah seinen Kehlkopf, der bei diesen Worten krampfhaft auf und nieder fuhr). Morgen, Herr von Besser, verlaß ich Dresden durch das Schwarze Tor. Durchs Weiße Tor bin ich gekommen. Ich räume meinen Schlafplatz für die Festtags-Gäste. Ich räume den beiseite, der nirgends angenehm und überall im Wege ist: mich. Den Rock hab ich versetzt und Schulden und Quartier davon bezahlt. Den Rest davon, es sind noch 35 Taler, geb ich Euch mit Schuldschein und Dank zurück und bitte Euch, den Monsieur Schneider auszuzahlen. Ich verspreche Euch, den Fehlbetrag so bald, als es mir möglich ist, zu schicken. Desgleichen hier die geborgten Strümpfe und die Allongeperücke mit Dank zurück, ich hoffe nur, nicht allzu arg lädiert.

Mein lieber, armer Günther! (rief ich generös) Zum Nehmen zu stolz, zum Geben zu arm, wie? Seht, was ich mit dem Schuldschein mache: Ich reiße ihn in tausend kleine Stücke und werfe die zum Feuerholz! Laßt Eure ehrenwerten, doch uneinlösbaren Versprechen, die Schulden jemals zu bezahlen. Sagt lieber, was Ihr nunmehr anzufangen gedenkt!

Anfangen, Monsieur? (fragte Günther) Mir scheint, ich steure auf das Ende zu. Das Alter kommt mir vor der Zeit. Ich habe zeitig ausgedient. Mein Frühling ist bereits vorbei. Und mein Auge? Sieht dem allem lässig zu und richtet seinen Blick auf den in dieser Welt versagten Frieden. Mein Geist, mein Mut? Sind in Niedrigkeit erstickt! Ich frage Euch, Monsieur: Wo soll ich hin, wo ist mein Trost, wer ist mein Retter? Kein Mensch, kein Himmel, keine Götter stehn mir bei. O daß ich doch geboren bin! Aus Schlesien ging ich fort, weil ich mir kindlich sagte: Dein Vaterland versagt dir Glück und Stern, die warten sicherlich in andern Ländern. Nach Schlesien kehr ich nunmehr heim. Heim? Ich zwinge mich, den zagen Fuß in diese Richtung zu befehlen. Das Unglück zeigt seine ganze Tyrannei, es reißt und rast und stürmt, es fetzt an Zweig und Rinde und fällt den Hoffnungsbaum!

Ein frischer Sturm, mein lieber Günther (warf ich ein), kann leicht das Wetter ändern. Doch setzt Euch endlich hin und steht nicht weiter so nervös herum. Soll Euch die Müllerin zumindest einen Coffee brühen?

Günther setzte sich und nickte. Und die Müllerin, die sich seit geraumer Weile still im Hintergrund zu schaffen machte und dabei aufmerksam den Worten Günthers folgte, erhielt von mir die Weisung, zwei Täßchen Coffee zu bereiten, was sie strikt und leise wie ein Mäuschen unverzüglich tat.

Ich zieh das Unglück an (fuhr Günther fort), ein Sturm kann das nicht ändern. Was ich auch tu, es wendet sich letztlich alles gegen mich. Die Schickung peitscht mich aus, und über mich kommen weder Tau noch Sonnenschein. Von außen schlagen mich Haß und Wut, von innen drängen mich Blut und Angst. Und wenn ich etwas will, dann kann ich nicht: Das Verhängnis widerspricht allen meinen Wünschen. Dies, auf Dauer, macht den Geist verzagt und den Körper mürbe. Und dabei will und soll und muß ich leben! Ach! Ich ruf die Donnerwetter, damit ihr Schlag mein Elend heile, damit sie meinen Kopf zerschmettern, der doch nicht eher ruhen kann! Ich wurde schon mit Angst zur Angst geboren! Schon in der Mutter Schoß drohte mir ein blutig Morgenrot. Ach, wäre doch mein Geist bereits im ersten Bad erstickt, so brauchte ich den langen Umweg voller Qual nicht zu gehen! Ich frage mich mitunter, ob die Natur noch so ein Stiefkind hält? Wodurch nur bin ich schuld? Was habe ich verbrochen? Bin ich schon von Geburt verdammt? Warum hat mich der Himmel noch immer nicht vertilgt, nachdem die Erde solch ein Geschöpf wie mich ernährt, das nur zu seiner Schande lebt und ohne allen Nutzen ist? Was kann ich schon? Man hält mich für gelehrig und gelehrt, doch passe ich in keine Fakultät. Mir geht es gerade wie Thomasius: kein Theologe, denn das Predigen und das Streiten mit den Ketzern gehen mir ab, kein Jurist, denn das Jus ist grundverdorben, kein Mediziner, denn ich lieb wie er den Rheinwein mehr als die Perlessenz, kein Philosoph, denn von den Grillen der Metaphysik wachsen mir nur Würmer in dem Hirn . . . Ach, ich wollt, ich wäre länger nicht ein Ärgernis der dummen Welt!

Wieso der dummen? (fragte ich versuchend) Ich denke, mein aufgeklärter Günther, es ist die beste aller denkbar möglichen?

Ach ja, ach ja (sagte er mit Bitterkeit), ich möchte das noch immer gar zu gerne glauben. Schon, weil es die derzeit vernünftigste Erklärung der Welt ist. Ich sage mir: Du mußt es glauben! Und doch ist meine Erfahrung eine andre: Mein Geschick widerspricht den Worten der Vernunft. Ist es ein Wunder, wenn ich deshalb an der vollkommenen, überlegenen Weisheit zweifle? An der unendlichen Güte? Die einzig und allein das Beste wählt?

Das Üble, Schlechte und Böse (sagte ich) sind nach meinem Freunde Leibniz notwendig im harmonischen Ganzen. Man kann sich zwar eine Welt ohne Sünden und ohne Unglück vorstellen, doch sind das reine Hirngespinste. Ist es nicht so, daß oft ein Übles ein Gutes bewirkt, welches ohne diese Übel nicht eingetroffen wäre? Es ist höchst ungerecht von Euch, an der Vollkommenheit des Reiches Gottes zu zweifeln, ungerecht, weil selbstgerecht, indem Ihr Euch zum ewigen Chor der Unzufriedenheit gesellt!

Ich geb mir wirklich Mühe – Dank für den Coffee, Madame Müllerin (sagte Günther und schlürfte gleich den ersten siedendheißen Schluck), ich geb mir Mühe, wirklich, Herr von Besser, das von Leibniz vorgestellte Bild in der realen Welt zu finden. Ich leg die Worte für die Dinge auf die Dinge selbst – und bring sie nicht zur Deckung: Das Übel schaut an allen Ecken vor! Und ebendeshalb hab ich auch ein immerwährendes schlechtes Gewissen. Es liegt an dir, es liegt allein an dir, so raunt es mir im Schädel. Ich möchte Gott um Hilfe bitten: Ach, hilf mir wider mich, wenn Fleisch und Regung irren, damit sie die Vernunft durch keinen Dunst verwirren! Und dann frag ich mich wieder: Fall ich allein aus dieser Theorie heraus, trifft sie vielleicht für alle andern zu?

Mühegeben nennt Ihr das? (fragte ich) Ihr setzt Euch für die Welt und sagt sodann, da es Euch übel geht, die ganze Welt sei übel dran. Das aber reicht nicht hin, um Leibnizens Weltenbau im ganzen anzuzweifeln, junger Freund!

Wenn ich allein es wäre (unterbrach mich Günther heftig), ich würde es verschmerzen! Wenn ich allein das Äußerste litte, von jeglicher Hoffnung und Hilfe verlassen, wenn sich alle Geschicke allein auf mein Haupt verschworen hätten – das Elend, der Mangel hoher Gunst, die Schwäche des Körpers, der Hohn der Böswilligen und die Schwester des redlichen Herzens: die Armut –, ich würde dieses alles still erdulden. Doch seht Euch um! Die besten Geister betreiben in ihren einsiedlerischen Gehäusen mit großer Anstrengung schöne Nichtigkeiten. Und wenn sich einige finden, die, von gründlicher Sachkenntnis erfüllt, nach wohlverdienten Amtsehren streben, wird ihnen der Zugang von den Lippenbekennern, den Phraseuren, den Windbeuteln und Windmachern, den Bauchrutschern und Buckelkrümmern, den Augendienern und Scharwenzlern versperrt, oder sie werden vom bitteren Haß der reinen Gottesgelehrten oder den Ränken der Richter oder der Unverschämtheit der erfolgreichen Schwachköpfe verfolgt! Die meisten von denen, die gelehrt heißen wollen, richten allzeit ihr Trachten auf vergängliche Schätze und verlieren beim Schielen nach dem Lohn und dem Auftraggeber den gesunden Menschenverstand. Seht auch jene, die unter Gold und Wein und weichen Kleidern schwitzen! Es ist geschminkte Lust und übertünchte Last! Ihr Kreuz und auch ihr Schmuck sind einerlei Gewichte! Die Ruhe, die die Armut gibt, kommt denen nicht mal in den Träumen zu Gesicht! Sie schwelgen in der Fülle, doch macht die Wollust sie noch mehr als Sorg und Kummer grau! Und was ihr Herz begehrt, bekommt ihr starker Wille. Was aber ringt man so um Ruhm und Geld? Man seh die Reichen und die Großen: Sie haben beides nur zur Bürde. Was nutzt ein großer Überfluß? Er macht uns vor der Welt verdächtig, zeugt Hochmut, Gleichgültigkeit und Sorgen. Blendwerk alles, Betrügerei der äußerlichen Sinne! O stünde uns der Blick ins Innre frei! Was säh man da für Unruh, Angst und Pein, Begierden, Schweiß und Last und Sklaverei! Es foltert sie der Traum. Es martert sie der Tag mit scheußlicher Gestalt und zagenden Gedanken. Es streiten in ihrer Brust Grimm, Torheit, Geiz und Zweifel. Sie heißen Hochwohlgeboren und sind doch Sklaven ihrer Lüste und der Mode!

Dunnerlittchen (entfuhr es da der Müllerin), äsu is' recht!

Ich strafte sie mit einem Blick, worauf sie sich mit eingezogenem Kopf wiederum am Herd zu schaffen machte und emsig putzte, wo nichts mehr zu putzen war. Günther aber schien der Zwischenruf zu beflügeln.

Was macht der Orthodox, der alleinige Rechthaber in allen Dingen, der Alleswisser und Volksverdummer? Zank, Ketzer, Atheisten! Wer mehrt tagtäglich den riesengroßen Schwarm der Heuchler? Die selig-dummen Pietisten, die verklärt gen Himmel stieren statt mit wachem Auge hier auf unsre Erde! Es sind die eklen Sittenrichter, die, wenn sie am ärgsten denken, sich am frömmsten stellen und die sich selbst zu Heiligen kanonisieren, andere verachten und die befleckten Hände falten, die mit Gebeten Wucher treiben und nur den Schein, nicht aber die Sünde fliehen . . .

Haltet ein, haltet ein, mein zorniger junger Freund! (rief ich lachend, obwohl mich dieses emphatische Gedöns ziemlich nervte) Bei Euch bleibt sonst letzten Endes keiner ungeschoren. Ihr laßt ja wirklich nichts und niemand aus . . . Habt Ihr schon mal bedacht, daß Streit nicht lange währt, wenn das Unrecht immer nur auf einer Seite ist?

Ich sitze hier, Ihr da (antwortete der Günther). Soll ich so tun, als säße ich an Eurer Stelle?

Ich konnte nicht verhindern, daß ich mich nunmehr ernstlich über Günther ärgerte. Mich erboste das Unversöhnliche an ihm, das Unverbindliche beim Disputieren, und ich ahnte dunkel, daß sich dahinter jenes neue Selbstbewußtsein verbarg, das da glaubte, kompromißlos daherkommen zu können, weil es von seinem endlichen Triumph, irgendwann einmal, hartschädlig überzeugt war. Ich, der ich mich mein Leben lang immerzu als Mittler verstanden hatte, fand mich ganz ungewollt, doch eindeutig auf einer Seite wieder, zu der ich vom Verstand her immer eine feine Distanz gehalten hatte. Das war unangenehm, ärgerlich und – ungerecht, was ich Günther noch beweisen würde, das heißt, wenn er mich auch einmal zu Worte kommen ließ.

In unserer glorreichen Gegenwart (setzte er indes ungehemmt seine Schmähreden fort) regiert die unheilige Dreifaltigkeit von Kirche, Staat und deren flinken Speichelschlecks! Sie sitzen oben, gut gepolstert und geschützt, und lassen niemand hoch zu sich, der nicht von ihrer Denkart ist und Garantie gibt, deren Werk in deren Geiste fortzusetzen. In die erlauchten Höhen aufzusteigen, dazu verhilft nicht eigne Leistung, sondern einzig und allein das demütige Empordienen. Man muß so werden wie jene oben sind, um denen zu gefallen. Wer anders ist, der wird zurückgestoßen und geschmäht! Ich weiß, wovon ich rede. Sie machen mir die Dürftigkeit zur Schuld, ich werde den Verdacht, leichtsinnig zu sein, nicht los. Doch will ich dies aus blöder Furcht und Weichlichkeit nicht auf mir sitzen lassen. Ich sag die Wahrheit auch in Prosa: Das ist fein derb. Doch, frag ich mich in kummervollen Stunden, was wird es nutzen, wenn ich ständig wiederhole, daß mein Gemüt von Natur aus einen Hang zu allen Künsten hat, welche den Witz, das Gedächtnis und den Willen des Menschen sowohl bessern als belustigen können? Wenn ich inständig versichere, daß ich mich an nichts mehr vergnüge als an der Poesie und mit meinesgleichen vernünftig zu reden? Daß ich Schulgezänk und unnötige Grillenfängerei verachte? Dabei aber auch geduldig bin, wenn ein Pedant seinen angeborenen Hochmut mit der Verachtung meines Fleißes kitzelt? Mach ich mir nicht selber etwas vor, wenn ich mir sage: Mein Reichtum ist ein unverzagt Gewissen und ehrlich Herz, ich lebe froh, und wenn sie was erdichten, scher ich mich den Teufel drum? Man kann so eine ganze Weile tun, als sei man mit der Poesie und mit seinem reinen Gewissen alleine auf der Welt, doch irgendwann erwacht man und stellt fest: Du bist schon festgelegt! Das Urteil ist gefällt und festgeschrieben! Da kommst du nicht mehr raus! So jung und schon gezeichnet für das Leben! Was heißt: das Leben vorgezeichnet . . .

Ach Gottel nee (rief da die Müllerin), das haa ich alles selber absolviert, Ihr sagt das nur mit scheenern Worten!

Mir reichte es nunmehr endgültig. Ich wies die Müllerin hinaus. Ihre offenbar von Günther angerührte weiche Seele irritierte mich, ich kam mir vor wie von beiden eingeklemmt. Günther wollte wohl noch ihretwegen intervenieren, doch hielt er sich zurück, als er meinen angestauten Ärger sah.

Wie, Herr von Besser, sieht es aus, zieh ich nunmehr Bilanz? (fragte er statt dessen) Ich werde überall zurückgestoßen. Mein Beitrag zu dem großen Ganzen ist nicht gefragt und nicht gewollt. Die Türen sind zu. Ich bin der Ausgestoßene. Und so ergeht es allen, die so sind wie ich. Die, die da oben sitzen, züchten den ihnen genehmen Nachwuchs. Der Naturwuchs wird beschnitten, gejätet, niedergetrampelt. Sie aber treten von allein nicht ab. Nur der Tod kann ihre Throne räumen. Das ist ein Kreis, nach außen mit Stacheln hart bewehrt, in sich fest geschlossen, der Kreis der Auserwählten, der Selbstgewählten. Für mich ist nunmehr klar: Aus ist der Traum, jemals ein öffentliches Amt zu bekleiden. Ausgeträumt, und zwar fürs ganze Leben. Heute seh ich auch den Unterschied jetziger Zeit und meiner Jugend: Vormals dacht ich noch, mit der Zeit ein großes Tier zu werden. Ich griff mit feurigem Verlangen nach jenen Blumen, die den Klügsten blühen. Wo aber ist denn jetzt mein Ehrgeiz hin? Wo sind die Träumereien, womit ich oftmals aus den engen Schranken des kleinen Glücks geflogen bin? Was bleibt mir jetzt in solcher Lage?

Dies jedoch war nur rhetorisch gesprochen, ich schien für ihn lediglich das Medium abzugeben, das er brauchte, um beim Reden seine Gedanken zu verfertigen: eine undankbare Rolle für das Medium, also mich.

Was bleibt mir? (wiederholte er und antwortete wie üblich selbst) Der anbiedernde, schuhsohlenleckende Kniefall? Zu spät, Monsieur. Er würde nichts mehr ändern, ich würde damit außer hämischer Genugtuung meiner Feinde nichts ernten. Bleibt das Resignieren. Dies scheint das Naheliegende, das Normale. Denn es gibt unter den verschiedenen Ständen und

Klassen der Einwohner keine Gemeinschaft. Der hohe Adel hat nichts mit dem geringeren, der geringere nichts mit dem neueren, dieser nichts mit den Bürgern, die Bürger mit den Bauern nichts Gemeinschaftliches. Einer schließt den andern aus, ein jeder bleibt in seinem Kreise ... So deprimierend das auch ist – resignieren: nein. Resignierend stirbt man noch im vollen Leben! Doch durch der Weisheit und der süßen Liebe Triebe erschaff ich eine neue, eine beßre Welt – in mir! Über alles Äußere indessen will ich schweigen. Schweigen und auf die Anerkennung späterer Zeiten hoffen ...

Das, mein lieber Günther (hakte ich an dieser Stelle ein), ist ein ziemlich unsicheres Geschäft. Denn zu bezweifeln ist, ob sich die Qualität von ganz allein der Nachwelt überliefert. Mir scheint, der in seiner Zeit schon sehr Bekannte wird den Sprung in die Ewigkeit viel leichter schaffen, denn von ihm gibt es gedruckte Schriften ohne Zahl, sein Name ist aromatisiert vom Fluidum der Bedeutsamkeit und gehört zu seiner Zeit wie ein Duftwässerchen zu einer Dame, sein Ruf pflanzt sich wie ein Echo von Epoche zu Epoche fort. Ein Amt, ein Titel, Orden – dies alles, laßt Euch das von mir noch sagen, beeindruckt selbst die schärfsten Gegner. Warum, weshalb? Weil sie nur dem Inhalt nach verschieden sind, doch in der Form ganz gleich.

Ich frag mich oft, Monsieur (sagte drauf der Günther), ob das Urteil der Nachwelt von unsrer Zeit unabhängig ist. Ich möchte gerne glauben, daß die wahre Poesie ihren Wert erst im Verlauf der Zeit beweist. Doch wie, wenn einer nun gänzlich im Verborgenen bleibt? Wenn er Blatt für Blatt in seiner Stube häuft und niemand davon weiß? Wie, wenn er keinen müden Groschen je für seine Arbeit sieht? Kein Lohn für das, was er am besten kann? Wie, wenn durch die Armut sein Leib zerrüttet wird? Wie, wenn er früher sterben muß deswegen?

Wenn man sich einließ auf die Denkart Günthers, hatte sie durchaus etwas Verführerisches. Ich spürte, wie wir so in meiner Küche saßen, ich spürte, wie sich in Günthers Worten etwas Neues ankündigte, etwas noch Unentwickeltes, Keimhaftes, noch Verdecktes. Nicht rein, nicht sehr laut und deutlich, aber doch schon mit verhaltener Kraft und künftig, fürchte ich, unabweisbar.

Die Fragen, lieber Günther, sind berechtigt (sagte ich, vorübergehend wieder einmal mild gestimmt). Denn der, der schon zu seiner Zeit gewürdigt wurde, der wird auch in spätren Zeiten überdauern. Denn die Menschen glauben närrisch an die magische Autorität des Gedruckten. Gedruckt sieht alles aus, als wär's die letzte Wahrheit. Und die Nachgeborenen werden sagen: Wenn jemand so viel Publicité besaß, dann muß an dem doch etwas dran gewesen sein?

Noch härter trifft es die (sinnierte Günther, ohne auf meine Worte einzugehen, so daß mir schien, er spräche zu sich selbst), noch härter trifft es die, deren moralischer Anspruch höher ist als ihr poetisches Vermögen. Die nämlich opfern sich ganz unbemerkt.

Ein dummer Stolz, der Strafe wohl verdient (sagte ich).

Schlau ist es nicht (Günther gab mir überraschend recht, jedoch nur scheinbar, wie sich sogleich zeigen sollte). Denn die Schlauen, die Feisten und die Angepaßten überleben! Doch bei allem Zweifel bin ich letztlich davon überzeugt: Sie leben und sie überleben lediglich in ihrer eigenen Zeit, was heißt, sie leben zäh und eitel Zeit ab, leben aber nicht über sich oder ihre Zeit hinaus. Die Zeit danach wird sie rasch vergessen. Ob man von den Herrschern geliebt wird oder nicht, ist nicht entscheidend. Denkt an Ovid, den von Octavian Ungeliebten!

Doch war der Preis sehr hoch, den er zu zahlen hatte (gab ich zu bedenken).

Und doch (rief Günther, und seine Augen glänzten, als ob er Fieber hätte), und doch schrieb er stolz in der Verbannung: Dennoch hab mein Talent zum Geleit ich und freue mich dessen, / Nicht hat des Cäsaren Gewalt dieses zu treffen vermocht . . .

An andrer Stelle aber schreibt derselbe (sagte ich): Nimm mein Dichten von mir, und du nimmst auch dem Leben den Vorwurf. / Versen schreib ich es zu, daß ich ein Schuldiger bin . . .

Einst wird kommen der Tag (wieder Günther), wo ich die Trauer ablege, / Und das Gemeinwohl wird über dem eignen mir stehn . . .

Wie dem auch sei (ich wurde wieder ärgerlich), das Werfen mit Zitaten führt nicht weiter. Ein und dieselbe Quelle ist für vieles gut. Man sucht sich aus dem Opus einen Satz, reißt den hübsch fein aus seinem Sinnzusammenhang und streut ihn wacker ein, wenn man meint, seinem eigenen wackeligen Blödsinn kraft jener Autorität Kraft und Wahrheit einblasen zu können. Ihr, Günther, gleicht mit Eurer leichtfertigen Mäkelei wahrhaftig dem Ovid. Denn auch jener, der die Zeit der Anarchie nach Cäsars Tod nicht miterlebte und für den Ruhe und Ordnung selbstverständlich waren, auch jener stand den Erfolgen des römischen Augustus ohne Begeisterung gegenüber, wie Ihr ohne Begeisterung den Erfolgen des sächsischen Augustus gegenübersteht. Verständlich, habt Ihr doch die fürchterlichen Wirren und das Elend des dreißig Jahre langen Krieges nicht miterlebt. Ihr wollt die Welt so schildern, wie sie ist – was immer heißt, wie Ihr sie kennt und seht –, und vergeßt dabei, wenn Ihr die Mißstände mit scharfen Sätzen geißelt, daß jene, die den gegenwärtigen Zustand bewirkt haben, zufrieden damit sind und jeden, der dies Gefühl nicht teilen kann, mit gekränktem Stolz verfolgen. Gekränkte Eigenliebe verzeiht niemals, wie man in Frankreich sagt. Und wenn man alt geworden ist, ich sprech aus langjähriger Erfahrung, mein lieber, allzu junger Freund, liebt man den Status quo so wie sich selbst.

Versteh ich's recht, werft Ihr mir Undank vor? (fragte Günther) Unkenntnis der Geschichte gar? Nun denn, mein Herr, dann sag ich dies darauf: So segensreich Augustus, der römische, in seinen späteren Jahren für die Kunst gewirkt haben mag, so darf man darüber nicht vergessen, daß er vorher der blutige und skrupellose Cäsar-Rächer war, der alle seine Gegner rücksichtslos vom Boden tilgte. Später erst wurde er der Friedensfürst, der Beschützer der Dichter Vergil, Horaz, Properz, Tibull, der Förderer der Künste. Er hatte es wohl bitter nötig mit so viel Blut an seinen Händen, sich mit der Kunst zu schmücken! Ein Fürst der Künste hieß er nun, der allerdings den Dichter, der ihn nicht mit genügend Enthusiasmus lobte, ans Schwarze Meer verbannte. Er mußte gar nicht dagegen sein, um beiseite gestellt zu werden. Es genügte, sich nicht bedingungslos zu beugen und seinen Mund nicht allein dazu zu gebrauchen, was der Kaiser hören mochte. Ja, ich fühle mich Ovid verwandt! Wie er kann und will ich nicht mit Vorbedacht Verse lügen. Doch, ach!, auch die Wahrheit sagen fällt mir schwer.

Ich sah den Günther fragend an, denn das verstand ich nicht.

Seht, Herr von Besser (fuhr er fort), zum Lügen hab ich nun mal kein Talent, wie Ihr in Dresden hier gesehen habt. Und zum Hinausschreien der Wahrheit fehlt mir zunehmend die Überzeugung, alleine recht zu haben. Was ich möchte, ist, alles frei zu sagen, was ich fühl und denke, um dann dem geneigten Leser seine eigne Meinung freizustellen.

Damit seid Ihr für den Hof wahrlich höchlichst ungeeignet (sagte ich).

Quod erat demonstrandum (Günther lachte).

Wie könnt Ihr da noch lachen? (fragte ich) Ich meine, es ist ernst genug!

Verehrter Herr von Besser (sagte er darauf). Wenn ich dann und wann noch lache, geschieht es nur aus Bitterkeit. Doch hör ich gern, daß das, wonach ich griff, nun auf den Dichtersmann aus Hamburg fallen soll. Ich hoff, Herr Hofpoet von Besser, Ihr habt mehr Glück mit ihm als mit meinem Ungeschick. Er ist im Reimen sehr gewandt und läßt den Pegasus nach Hofart zierlich traben. Ein König wie August muß solchen König zum Poeten haben . . .

Mich dünkt (unterbrach ich Günthers ironische Rede), Ihr geht etwas zu weit!

Wieso? (fragte er, den Arglosen mimend) Ich sag das ohne jede Nebenluft, Monsieur. Denn es freut mich wirklich aufrichtig, daß Poisson, der mich bei Hof verschnitt, den fetten Bissen aus dem ungeschliffenen Maul verlor.

Das Thema war mir, wie sich denken läßt, nicht sehr angenehm, also mußte ich es wechseln, und zu diesem Zweck kam ich flugs auf unsern Ausgangspunkt zurück.

Bon (sagte ich und goß Günther ein Glas Rotwein ein), was aber gedenkt Ihr nun zu tun?

Ich? (fragte Günther, als käme er von ferne) Ich will künftig schweigen. Mag kommen, was da will. Mag's biegen oder brechen, komme Mitleid oder Tyrannei, beides ist mir ziemlich gleich. Mögen Lästerzungen stechen, die Mißgunst Zeter schreien, ich will schweigen. Mag's doch sein! Manchmal bringt ein Sturm das Schiff zum Hafen. Ich will schweigen. Und will hoffen. Hoffnung siegt. Geduld soll meine Stärke sein! Gelassenheit mein Schwert! Ich will mich mit Verachtung wehren. Ich will hoffen unverzagt. Mag draußen Neid und Sturm mit Gezeter rasen, ich sehe dem mit Großmut zu ...

Ihr – und gelassen? (fragte ich) Verzeiht, mir fehlt der Glaube: Ihr wollt es jetzt und werdet es nicht können. Doch sagt mir nun: Was hofft Ihr, und was habt Ihr vor zu tun? Konkret, mein lieber Günther, weicht mir nicht länger aus!

Konkret, konkret! (repetierte Günther ungehalten) Als erstes dies: Leonore und ihre Treu zu finden. Sodann will ich mich still der kleinen Welt bequemen. Der Schlüssel zu ihr aber liegt bei meinem Herrn Vater. Zu ihm muß ich deshalb zuallererst, und man wird sehen, ob er mich ein drittes Mal von seiner Schwelle weist. Ihm will ich Hand und Knute küssen. Ist der Vater, was er heißt, so wird das harte Vaterherz erweichen. Ich falle ihm in Zorn und Arm. Hat er mich doch mit großer Lieb und Müh gezeugt, ernährt, gelehrt, erzogen. Sagen will ich ihm mit Tränen in den Augen: Ach, mach uns beiden doch das Ende nicht so schwer! Verwirfst du mich, so kommst du um den Lohn. Wer wird dein Trost im Alter sein? Wer wird dein Frommsein, deine Redlichkeit der Nachwelt zum Exempel überliefern?

Wird ihn nicht gerade das aufs neue reizen? (fragte ich) Soviel ich weiß, verurteilt der Herr Vater vor allem Euer Dichten?

Ja freilich (sagte drauf der Günther), doch lassen kann ich's nimmermehr! Niemandem zuliebe! Natur geht über Zwang! Der strenge Vater verwarf schon früh mein Dichten als Grillenfängerei und forderte mich auf, den Bettel hinzuwerfen und den Brotkorb anzuhängen. Ich kroch in alle Winkel und frönte heimlich meinem Laster. Wird er dem ungezogenen Kind nicht verzeihen, wenn ich ihm heut vor Augen stelle, wie gottgefällig doch mein Leben jetzo ist? Such ich auf Erden mehr als ein stilles, weises Leben, ein ruhiges, kleines Glück? Steckt mir denn Bosheit in der Seele? Brennt mir die Rachgier in der Brust? Mängel sind uns angeboren, und auch ich bin davon nicht verschont. Doch schlüge Gott mit Blitzen und mit Keilen gleich auf jeden kleinen Fehltritt ein, o wie wenig würden Greise! Meine sogenannten schweren Sünden sind Mükken, die man zu Kamelen macht. Ich habe meinem offenen Gemüt oftmals freien Lauf gelassen: Dieses Laster – ist's ein

Laster – will ich künftig meiden. Doch ist es nicht unbillig, zu verlangen, den jugendlichen Sinn zur Unzeit zu brechen? Und reizt die Strenge beim Erziehen die feurigen Gemüter nicht nur zum Widerspruch? Wo die Strafe das Vergehen übersteigt, wird das Gemüt gebrochen statt gebessert! Irrtum, Fall und Schwäche fordern Liebe, die auf Besserung hofft und sie nicht erzwingen will. Alles, was ich denk und tu, wird durch meines Vaters Zorn vergebens, denn bin ich meinem Vater ein Greuel, muß auch allen andern vor mir grausen. Du hast ein Bild mit falschen Farben, so will ich zu ihm sprechen, und wenn du willst, nenn ich mich schuldig. Dir zuliebe will ich mehr bekennen, als ich selber weiß. Du, Vater, bist die Tugend in Person, denn hättest du mit krummen Ränken nach des Nachbars Gut geschnappt, hättest du deine stille Heilkunst wie ein Prahler öffentlich verkündet, hättest du viel Wind gemacht, so hättest du wie andere die Gräber und den Beutel flugs gefüllt und hättest bei all jenen, die den Blendern gerne glauben, bald als ein zweiter Paracelsus gegolten! Du begehrst allein dein täglich Brot. Du hast die Armen stets umsonst geheilt. Selbst wenn die Säufer in der Frühe in den Federn stöhnten, bist du hin und hast geholfen. Ich kann nicht begreifen, welcher Grund den höchsten Herrn im Himmel wider dich in Zorn gebracht, der doch stets die Seinen schützt? Fleiß, Frieden, Demut, Nüchternheit: Dein Lohn dafür ist ziemlich mager. Sage dir: Gott liebt auch im Schlagen. Der Mangel in den Teilen ist nötig zum Ganzen. Dein Kreuz ist vorgesehen nach der weisen Gütigkeit, die so schwer zu fassen ist. Es sind dies die scharfen Proben, die der Herrgott, unser aller Vater, nur den wirklich Frommen gönnt. Ach, mein Vater, gib mir nur dein Herze wieder, dann schweige ich zu allem still!

Günther hatte sich in seine Worte dermaßen hineingesteigert, daß ich nicht anders konnte, als angerührt zu sein. Von der Türe her hörte ich ein tiefes Schluchzen und danach ein Schneuzen: Zweifelsfrei die Müllerin, die lauschte.

Und wenn Ihr die Vergebung Eures Vater habt (fragte ich), was wollt Ihr dann?

Nicht viel (sagte er). Ich stehe nur nach kleinen Gütern, um andern auch einmal Gutes zu vergelten. Die kleine Welt, schlicht und sorgenfrei – dann endlich wird die Hoffnung an ihrem Ziele sein! Und ist die Welt auch jetzo noch nicht kenntlich, so kann sie sich doch wandeln. So wird und muß sie sich verwandeln!

Wandeln ja (sagte ich). Doch wie, ist ungewiß.

Ich glaube (sagte Günther in einem pastoralen Ton der Verkündigung, was durch sein vom Hunger schmales Angesicht und die glühenden Augen darin um so mehr prophetisch wirkte), ich glaube, wir stehen an der Schwelle des Säkulums der Vernunft und Menschlichkeit!

Oho! (rief ich, bestürzt von so viel Gläubigkeit) Des Säkulums der Vernunft und Menschlichkeit? Das klingt sehr gut! Doch will mir scheinen, Ihr fliegt mit Euerm Geist geradenwegs und himmelwärts ins Land Utopia. Mit Euerm Geist, sag ich, indes – und weil, mein Freund – Euer Körper hier in seiner Zeit gestrauchelt ist.

Die Vernunft wird siegen (sagte Günther trotzig).

Woher wißt Ihr das? (fragte ich) Zwar ist die ganze Zukunft vorherbestimmt, aber wir wissen nicht, was sie uns bestimmt, was vorgesehen und beschlossen ist. Wir können einzig und allein unsre Pflicht tun nach den von Gott geschriebenen Regeln.

Uns bleibt die Herrschaft über unsere Handlungen und unsern Willen frei! Und wenn die Mehrheit die Vernunft will, dann wird sie auch kommen!

Ihr denkt da an die feinen bürgerlichen Herren, mein lieber Günther?

An alle, welche die Glückseligkeit hienieden auf ihre Fahnen schreiben! Güte, Vernunft, Bescheidenheit werden triumphieren! Ihre Waffe ist der Geist. Und den kann die rohe Faust nicht treffen. Denn könnte sie's, sie hätte schon das Blatt gewendet. Man sieht ihn nicht, den Geist, man spürt sein Wachsen im Verborgenen. Verfolgung? Pah! Verfolgung stärkt die träumende Vernunft! Zwang weckt den Fleiß und mehrt der Weisen Menge! Selbst die Belagerung kann nicht verhindern, daß sich im Innern der Geist vermehrt!

O Günther! (rief ich aus) Ich glaube, Ihr nährt da wieder einen ungeheuren Irrtum in Eurer Brust! Wenn die Herren Bürgerlichen das Heft in ihre Hände nehmen, was ich nicht hoffen will, was aber nicht gänzlich auszuschließen ist für ewig, dann wird die Vernunft regieren, jawohl, doch allein die Vernunft, die dem Gelde innewohnt! Lest es nach beim Holländer Jeremias de Decker: Und was verhehl ich's auch? Das Lock-Aas von Profit, / Ist's Auge, wodurch man ins Staats-Geheimnis sieht . . . Glückseligkeit: ja – auf Kosten des Nebenmenschen. Der Starke setzt sich durch, der Reiche. Die Ungerechtigkeit wird umverteilt, nicht etwa abgeschafft, mein Lieber. Alle Grundübel bleiben in der Welt. Die Gleichheit beginnt auch in diesem vielleicht nahen Reich Utopia erst im Grabe. Ihr, Günther, träumt da von etwas, zu dessen Nutznießern Ihr, wenn es sich erfüllen wird, ganz sicher nicht gehören werdet! Die Herren Bürgerlichen wollen auch nur hören, was zu ihnen paßt, und nur in diesem Falle zahlen sie. Sie finanzieren, was ihnen nutzt – und wenn sie sich ganz sicher fühlen, auch das, was ihnen nicht sehr schadet. Das nennen sie dann Toleranz. Künstler werden dort zu Galionsfiguren, vorn am Staats- und Handelsschiff mit aufgerissener, bloßer Brust, indes im Schiffsbauch sich die Waren stapeln. Die Kunst selbst wird auch im Laderaum gelagert und in den Listen der Comptoirs geführt: Handelsware wie die Wolle und der Zimt. Euer Säkulum der Vernunft und Menschlichkeit ist ein schöner Traum, doch wird er von den feinen Herren mit dem Rechenbrett nicht verwirklicht werden. Dieser Traum braucht noch längre Zeit, um hier auf Erden Fuß zu fassen. Die Historie springt nicht – und wenn sie einmal springt, läuft sie erschreckt den Sprung zurück –, sie setzt die Füße schön einen nach dem anderen. Und Euer Traum – das ist vielleicht der dritte Schritt, ach, was sag ich da – der zehnte, auf keinen Fall, mein ungestümer junger Freund, auf keinen Fall der nächste!

Wenn dem so wäre, wie Ihr sagt, Herr von Besser (sagte Günther etwas weniger forsch als vordem), würde uns Geschichte wie vom Weihnachtsmann beschert. Und nicht mal die, die wir uns wünschen, sondern die uns der eisige Alte, je nach Grad unserer Folgsamkeit, zu geben willig ist. Nein, nein, so geht es nicht! Der Wunsch hat oft schon das Gewünschte beigebracht!

Ja, der Wunsch, die Wünsche, junger Freund! (sagte ich) Ihr, Günther, begehrt etwas ganz und gar Nebulöses. Ihr wünscht ein beßres Etwas – und wenn's in Euerm Jenseits wäre. Ihr wünscht zu ungeduldig. Ihr wünscht Vollkommenes

– wie unvernünftig! Aber gut, das wäre noch verzeihlich: Schlimmer ist, daß Ihr eben nicht nur wünscht, sondern das auch noch ernsthaft wollt! Auf diese Weise nährt Ihr Euern Eigensinn und zeigt Euch Leuten gegenüber undankbar, die Euch in diesem Jammertale helfen wollen.

Das, Monsieur de Besser, was Ihr da Undank nennt, liegt, finde ich, in weit größerem Maße bei jenen Leuten, die allen Freundschaft anbieten, die aber diese zu unterhalten nicht fähig sind, da das Band der Vertraulichkeit mehr aus Hochmut und Eigennutz denn aus redlicher Liebe zum Nächsten geknüpft wurde ...

Ich glaub, mir schoß die Röte ins Gesicht, was mich in meinem Innersten dergestalt erbitterte, daß auch die Tür, die Günther bislang zu meinem Herzen noch immer offenstand, mit einem kalten Wind zuschlug. Ich panzerte mich nunmehr mit meiner alten Sicherheit und beschloß, das Gespräch so bald als möglich zu beenden. Es gab nichts mehr zu sagen, unsre Zeit, die uns von der Schickung vorgegeben, war abgelaufen.

Selbst wenn auf mich zuträfe (sagte ich und erhob mich von meinem Frühstücksstuhl), wovon Ihr da gesprochen habt, ich würde mich nicht schuldig fühlen, Günther. Denn die Zeiten sind danach. Man muß, um zu überleben, seine Seele selbst Belial verkaufen. Man läßt sich öffentlich taufen, was aber nicht im mindesten daran hindert, im Herzen als vollendeter Heide weiterzuleben. Man sagt dies und denkt das Gegenteil. Wenn Ihr das nicht begriffen habt – und offensichtlich nicht begreifen wollt, dann, Günther, ist Euch wirklich nicht zu helfen.

Wo der Mensch (sagte er darauf und erhob sich ebenfalls) seine Zunge nicht sein nennen kann, da kann er kaum etwas anderes sein nennen. Die Freiheit, Monsieur, fängt mit der Freiheit an, die Wahrheit zu sagen.

Das schien er wohl selbst als treffliches Schlußwort zu betrachten, denn er nestelte aus seiner Tasche ein Manuskript, ein Rohmanuskript, wie er betonte, und überreichte mir das Abschieds-Carmen mit den Worten, daß er mir trotz des Mißerfolgs danke – höre, wer das Unverschämte herauszuhören vermag –, danke für die Augenblicke (sic!), in denen ich ganz ich (sic!) gewesen sei und er in meine wahre (sic!) Seele habe blicken können. Zu guter Letzt wünschte er mir – aufrichtig, wie ich hier herauszuhören glaubte – Fortune zu allen meinen Intentionen. Fast hätte ich mich davon doch noch rühren und zu einer Umarmung oder einem Tropfen in den Augenwinkeln hinreißen lassen, gottlob bewahrte Günther mich vor dieser Offenbarung meiner Herzensschwäche, indem er ohne weitern Gruß und Aufwand rasch den Raum verließ.

Auf Nimmerwiedersehen, dachte es in mir, während ich zugleich nach tieferen Gefühlen forschte und auf eine nachhaltige Bewegung meiner Seele lauschte. Doch als ich da nichts spürte außer einer allgemeinen Abschiedswallung, wuchs meine Aufmerksamkeit für das, was sich vor der Küchentür abspielte. Ich war mir nicht zu schade, einen Blick durchs Schlüsselloch zu werfen, und sah gerade noch, wie die Müllerin dem Günther ein Brot und Schinken in die Tasche schob, in der Tat den halben, schönen Räucherschinken des Herrn von Nikisch und Roseneck!

Und wiewohl mir der Schinken dadurch unwiederbringlich verlorenging, verharrte ich so lange hinter der Tür, bis Günther endgültig das Haus verlassen hatte, und stellte erst dann die Müllerin zur Rede. Gebührend scharf, versteht sich.

Ach nee, was heeßt denn hier: behumsen? (gab die jedoch aufmüpfig zurück) Und wenn schon, wer behumst dann wen, Muschee, auf Dauer? Wer aast hier mit Geld und Viktualien? Ich? Da lachen ja de Hihner! Ich kräple rum mit den paar Piepen, ich hab dadermit auszukomm' – Ihr doch nich! Ihr seht eh nur, wo se fliegen, und nich, wo se liegen – so hoch tragt Ihr Euern Kopp! Und kommt dann eener derart abgelappt und abgeniffelt daher wie dieser junge Mensch, dann tut Ihr zwar scheißfreundlich, fragt aber nich eenmal, ob er ooch was zu beißen hat. Und wenn ich dem nu ä Stück vom Schinken fitschel, faunzt Ihr mich an wie närrsch. Na gut, ich bin's gewohnt und steck's weg wie nischt, aber was hat Euch denn der nette junge Mann getan? Ihr tut grad äsu, als wär Jugend ä Fehler, den mer bestrafen muß. Ach Gottel nee! Und wenn's eener is, do werd er alle Tage kleener!

So ließ sie ihrer Zunge freien Lauf, und auf diese Weise erfuhr ich auch ganz nebenbei, daß sie vor zwei Tagen (als sie so lange Zeit gebraucht, um den Zettel zu besorgen) mit Günther ins Gespräch gekommen war. Offensichtlich hatte der sie da mit volkstümlichen Reden derart eingewickelt, daß die Arme nun von mütterlichen Gefühlen schier überlief, rotwangig von dem Muschee Günther schwärmte und sich mir gegenüber aufsässiger als sonst betrug. Wahrscheinlich, überlegte ich, hatten sich in ihrem Kopf zwei Gedankenfäden überkreuzt und zu einem Knoten geknüpft. Wie hatte sie doch gleich in jener Nacht gesagt, als ich ihr weiches, warmes Fleisch zu fassen suchte? ... Die armen Denker werden's sein, die mit dem Mitleid im Herzen und dem zornigen Verstand ... Ja, ganz recht, und nun erschien ihr wohl der Günther als Inkarnation ihrer groben Hoffnungen: ... Wer nischt wagt, werd net verklagt, und umsonst is nur der Tod, un nich eenmal der, denn der kost's Leben ...

Nischt bleibt, wie's is, Muschee (so schloß sie ihren neuerlichen dreisten Monolog), und mit Geduld und Spucke fängt mer jede Mucke!

Wie sie da in ihrer attackierenden Haltung vor mir stand im dämmerigen Flur, erschien sie mir wie eine plebejische Amazone, doch wie eine ganz und gar nicht mythologische, umwölkte, himmlische, sondern eine mit praktischem Verstand, mit einem vertrackt dunklen Humor und einem zugleich fundamentalen, auf mich geradezu vulgär wirkenden Optimismus. Eine Zukunftszuversicht, die mich beeindruckte, erschreckte und beschämte, da ich nichts sah, womit man sie belegen könnte. War die Müllerin so etwas wie das Urweib, das still in der Geschichte wirkt, das für die Mägen sorgt, für Kleidung, Wärme, Zärtlichkeit, das Wunden pflegt, Verstecke findet und selbst in Zeiten größter Not Kinder empfängt, austrägt und gebiert, Kinder, die den Fortgang der Emeute über ihren Tod hinaus gewähren? Die Müllerin – sterblich als Erscheinung, sterblich nicht als Art?

Ich sah in letzter Zeit erstaunlich oft dort Aufmüpfigkeit und Kraft, wo ich früher nur dumpfe Unterwürfigkeit und Schwäche gesehen hatte: War dies nun lediglich eine Folge meines Alterns, oder verschob sich tatsächlich das Gefüge dieser Welt?

Ich kam mit mir und auch der Müllerin zu keinem Ende, da der zweite Herr aus Schlesien, Herr von Kühn, anreiste und im Hause nun den ganzen Nachmittag und Abend eine angespannte Atmosphäre herrschte. Denn Herr von Kühn pochte bei jeder Kleinigkeit penibel darauf, als Person von Stand auch exakt standesgemäß behandelt zu werden, was den Umgang für mich und auch meine haushälterische Madame schweißtreibend komplizierte, aber durchaus verständlich war, bedachte man, daß Herr von Kühn sein Adelsprädikat vor fünf Jahren erst mit gutem Geld gekauft. Die Anerkennungsmanie des schlesischen Manufaktur-Besitzers von Kühn unterschied sich denn auch gravierend von der nachlässigen Noblesse des Herrn von Nikisch und Roseneck, der von einem weitverzweigten Stammbaum auf die Welt wie auf diesen Kühn herniedersah.

Bei der gemeinsamen abendlichen Tafel ging es ausschließlich um Rang- und Etikettfragen, denn Herr von Kühn zitierte und kommentierte zustimmend einen Handzettel, der ihm beim Passieren des Pirnischen Tores überreicht worden war und in welchem der Rat zu Dresden kund und zu wissen gab, daß die allhiesigen fremden Standespersonen sich im Oberhofmarschallamt gebührend anmelden, auch ihre Geschlechtsnamen und Charakter den Wirten richtig ansagen sowie dieses alles fein säuberlich auf einem Zettel hernach beim Organisten in der Schulgasse gehörig einliefern sollen, widrigenfalls jene sich selbst zu imputieren haben, wenn sie bei den Solennitäten nicht standesgemäß angesehen noch admittiert werden dürften. Herr von Kühn lobte die Sorgfalt der Dresdener Stadtväter als vorbildlich und war am Abend noch per pedes in die Schulgasse geeilt, um seine Personalien anzugeben. Herr von Nikisch dagegen fand dies alles ziemlich übertrieben, wenn nicht völlig überflüssig, da man, wie er sagte, jedermann an der Stirn ablesen könne, wes Geistes Kind er sei, aus einem Sperling würde nie ein Adler, selbst wenn er sich gehörig in Positur setzte. Dies ärgerte den Kühn, worauf die Stimmung frostig wurde und ich die Tafel aufhob, sobald der neuadlige Herr, der bei dem leider schon halbierten Räucherschinken unverschämt kräftig zugelangt hatte, das Finale mit einem Rülpser gab und sich das Fett mit dem Unterarm vom Munde wischte.

Angesichts dieses Menschen fragte ich mich, ob der Günther mit seinem Engagement nicht notwendig auf die Nase fallen mußte, wenn die Bürgerlichen, sobald sie nur zu Geld gekommen, nichts Eiligeres zu tun wußten, als sich in den

Adelsstand hinein-, hinaufzukaufen? War die Hoffnung Günthers nicht gänzlich illusorisch, solange seine Standesbrüder noch gar kein Bewußtsein ihrer selbst, geschweige denn ihrer vereinten Kraft besaßen?

Der Günther ging und ging mir nicht aus meinem Kopfe, und wiewohl ich rechtschaffen müde war, holte ich das Manuskript, das er mir heute zum Präsent gemacht und dessen Titel solchermaßen lautete: Auf der Abreise von Dresden in sein geliebtes Schlesien. Im Grund geht es darin um nichts anderes als um seine verklärte Sehnsucht nach den alten Tagen und nach Lenchens Küssen, doch indem er dies in sich entwirft, ächzt die bedrängte Brust. Er gedenkt der vielen Wächter, die seiner Lust im Lichte standen: Doch wurden die verbotenen Früchte mit desto größrer Leidenschaft gepflückt. Er schwärmt zurück zum Weistritz-Fluß, an dessen Ufern ihm viele gute Lieder kamen: Kehrt, güldne Zeiten, kehrt zurücke ... Und zu Sachsen fällt ihm nicht viel mehr ein als dies: Nun gute Nacht, du edles Sachsen, / Behalt die Tränen meiner Qual! Worauf er wieder stracks alle seine Hoffnung auf Schlesien wirft, so überschwenglich, so verzweifelt, daß ich nicht anders kann, als Schlimmstes zu befürchten. Schlimmstes, sag ich, obwohl er doch keineswegs maßlos ist und am Ende rührend anspruchslos vom Erbarmen dies erbittet:

... Vergnüge mich in Lenchens Armen
Und schenk uns nur ein kleines Gut;
Erhalt mir Weisheit, Kunst und Dichten
und laß mich, wenn mein Körper fällt,
Kein blind und giftig Urteil richten,
So neid ich keinen auf der Welt.

Wie ich diese Schlußzeilen las, tat mir der Günther unendlich leid. Das klang doch schon sehr leise. Und wenn das Schicksal ihn noch härter packt, dann ist nicht ausgeschlossen, daß er auf die Knie fällt, fein brav die Händchen faltet und den Herrn im Himmel um Verzeihung bittet.

Ach, Günther, was mit Euch geschieht, ist gar zu ungerecht! Nicht Ihr seid schuld und auch die Zeiten nicht, ihr beide habt euch nur verfehlt! Ihr, Günther, seid zu früh, zu früh in allem. Ihr seid zu früh auf die Erde gefallen, habt zu früh getrieben und habt vor allem viel zu früh geblüht. Die warme Luft hat Euch dazu verleitet, der warme Luftzug, der mit Thomasius, Wolff und Leibniz kam, mit dem Frieden und Eugen, so daß man meinen konnte, es herrschten fortan nicht mehr die plumpen Potentaten mit den unersättlichen Mägen und den fleischigen Fäusten, sondern die feinsinnigen mit den verfeinerten Sitten und der geläuterten Vernunft. Zumal nicht wenige der neuen Herrscher den großen Denkern deutscher Nation innig zugetan, wie, par exemple, die Höfe in Hannover, St. Petersburg, Berlin, Wien und Dresden dem Freiherrn von Leibniz. Ihr aber seid dem vorsichtigen Philosophen zu übereilt gefolgt, habt seine Thesen in die Welt geschmettert, die er vormals dezent verlauten ließ, habt seine beste aller möglichen Welten zu kräftig propagiert und Euch dadurch Aus- und Fortkommen verdorben. Ihr habt das neue Denken nicht nur interessant gefunden, Ihr habt's geprüft und es als das Euch Gemäße angenommen und sogleich verinnerlicht. Es war nicht nur in Eurem Kopf, Ihr wart es selbst, leibhaftig, Ihr lebtet dieses Denken radikal, wodurch Eure Moral eine andere als die der Mehrheit wurde, woraus nun einmal zwanghaft folgt, daß die zu früh praktizierte neue Moral unter dem alten Gesetz leiden muß durch Repression. Hättet Ihr Euch beizeiten reduziert auf ein allseits annehmbares Mittelmäß, dann hättet Ihr Euch eingefügt. Da Ihr das aber offenbar nicht wolltet (doch: Ihr wolltet, konntet aber nicht, es war bereits zu spät), so folgt daraus die letztlich tödliche Konsequenz. Ihr spürtet also diesen warmen Hauch und meintet wohl, dies sei bereits der Frühling, doch brachte Euer frommer Wunsch durchaus nicht das Gewünschte bei — im Gegenteil, es kam noch einmal Frost. Das heißt, es ist nie wärmer gewesen, außer in Eurem Kopfe, Günther, der sich leider viel zu schnell erhitzt. Und so mußte die zu frühe Blüte fallen. Bleich, glasig und schlaff. Erfroren. Ach, Günther, der Körper folgt dem Schädel nach! Und das, was sich da unter unsrer Schädeldecke tut, scheint auch nicht beliebig frei zu sein, wir treiben an und sind getrieben, wir finden das Gefundene und meinen unverwechselbar zu sein, wir meinen viel zu sehen und können wenig nur erkennen, wir sind uns lieb und richten uns zugrunde ...

Noch war er in der Stadt. Von mir getrennt lediglich durch den Elbe-Fluß, dieser allerdings mit Brücke, jederzeit begehbar. Ich saß in meinem Bücher-Saale und wußte, wiewohl mich die Gedanken daran zwickten, daß ich nicht aufstehen würde. Ich bleibe sitzen und akzeptiere seine einsame Höhe. Ich anerkenne den Versuch der Natur, eine neue Art von Poeten hervorzubringen: den unabhängigen, den nicht einem, sondern den vielen verpflichteten Poeten. Der Versuch mißlang, und ich bedaure die Versuchsperson, die dabei sehr wahrscheinlich ihr Leben lassen muß. Ich weiß aber auch, daß die Natur den Versuch wiederholen wird. Vielleicht ist die nächste Versuchsperson schon geboren worden, vielleicht gelingt bereits der zweite Versuch?

Günthers Stern, der an unserm Himmel nie besonders glänzend stand, ist bereits im Untergehen: ein Komet, der nun im All verglühen wird. Und doch wird seine Spur, die er beschrieb, und sein Name den Menschen nach uns unvergessen bleiben. Und wenn ich Glück habe, wird mein Name dann Erwähnung finden, wenn ein gründlicher Betrachter sieht, daß Günthers Bahn die eines Sternes namens Besser für eine kurze Zeit geschnitten hat. Er tauchte auf, wird jäh verlöschen – und doch bleiben. Ich aber ziehe weiter meine Bahn im Kreise . . .

Mich machten diese nächtlichen Visionen derart müde, daß es mir nur mit letzter Kraft gelang, das Hof-Journal von Grotegut der Ordnung halber noch in dies Diarium zu übertragen:

Besahen K. M. vorm Schloß und in dem Schloß aller Grafen und Herren Kavaliere Handpferde und Wagen. Kam der Herr Generalfeldm. Graf Flemming und der Fürst von Lubomirski abends von Wien allhier an. Besahen K. M. die Mohren, ingleichen die Sänften, so von Maultieren getragen werden. Dito legte die Hof-Stadt ihre neue gelbe Livree an. Ihrer Erzherzoglichen Hoheit Maria Josepha Ankunft in Pirna, allwo sie von den Herren Wackerbarth, Racknitz und andern Kavalieren im Namen Ihro K. M. mit Handkuß und Aufwartung komplimentieret worden. Ihro Hoheit der Kgl. Prinz waren allhier nach Dresden schon vorausgeritten.

2. September, Antonius

Der große Tag begann mit einem Höllenlärm. Zu nachtschlafender Zeit, bereits um halb fünf Uhr in der Frühe rückten die Infanterie-Regimenter mit martialischer Begleitmusik in die Stadt und besetzten die ihnen assignierten Posten. Auf dem Schlosse paradierte wenig später lautstark ein Teil der Chevalier-Garde, desgleichen die Cadets, und die Bürger zogen aus zu ihrem Posten an der Ehrenpforte. Gegen acht Uhr ritten K Punkt M Punkt nach dem Lager an der Elbe, um das Einzugsdefilee noch einmal zu überprüfen, auch wurden die Kanonen hierbei probeweise abgefeuert.

Als ich, derart wachgelärmt, eine Stunde vor der mir anempfohlenen Zeit im Campement eintraf, kam ich gerade noch zurecht, die Ankunft der Prinzessin zu Wasser zu erleben. Ich sah nicht viel in dem Gewimmel, das da herrschte, doch immerhin ihren prächtigen Kahn, Bucentaurus geheißen nach dem bekannten Schiffe zu Venedig, auf welchem der Doge aufs Meer zu fahren pflegt, wenn er sich mit demselben nach altem Brauch vermählt, ich sah die in gelben Atlas gekleideten Schiffsknechte und die reichgeschmückte Flottille der 15 holländischen Jachten, ich hörte den scharfgeschossenen Begrüßungssalut der Kanonen vom Lande und das rollende Echo der Schiffskanonen. Sodann wurden Ihro Hoheit, des Königlichen Kurprinzen Gemahlin Maria Josepha, beim Aussteigen von Ihro Majestät dem König empfangen und von ihm freundlich daran gehindert, seine Hand zu küssen, hingegen von ihm väterlich embrassiert und ins königliche Zelt geführt, woselbst man sich sogleich zur Tafel setzte. Das heißt, K Punkt M Punkt in seinem purpurroten, von Diamanten strotzenden Kleide retirierten unter Eskortierung einiger von der Chevalier-Garde und vier Türken in brokatenen Habiten sowie einer Suite von Ministern, Kavalieren und einer geharnischten Person, welche einen Roßschweif vorantrug, unverzüglich ins Schloß, um allda später die Prinzessin noch einmal zu begrüßen, im Zelt speiste derweil das junge Paar allein.

Gegen elf Uhr sollte die gesamte Einzugsparade an besagtem Zelt vorbeipassieren, und ich begab mich dieserhalb zu der mir avisierten Kutsche. Als ich sie sah, ich muß schon sagen, hüpfte mir das Herz im Leibe. So vornehm bin ich bisher nur ein einziges Mal in meinem ganzen glorreichen Leben chauffiert worden, nämlich zu der Krönung des ersten Preußenkönigs selig in Königsberg: Sechs Pferde mit Vorreitern zählte ich, einen Kutscher, ihm zur Seite zwei Pagen, rechts und links zwei Heiducken und vier Lakaien, die Livree neu und reich, auch sonst die Kutsche und das Zaumzeug äußerst proper, Kutscher, Vorreiter, Heiducken, Lakaien und Pagen allesamt mit weißrotblau melierten Federhüten. Dies alles siebzigmal allein nur für die oberen Chargen vom Hof – der Aufwand war ein ungeheuerlicher, einmaliger und für mich höchst schmeichelhafter, zumal der Kutscher mir bedeutete, daß die Karosse mir allein gehöre, da die zweite hohe Person, die mit mir fahren sollte, Georg Graf von Werther, der Geheime Kabinettsdirektor, sich einer Unpäßlichkeit halber habe excusieren lassen.

Gerade als ich mein nobles Gefährt besteigen wollte, näherte sich mir hinterrücks Baron von Mordax, dieser Schleicher – als General-Postmeister in einem weißen, silberbordierten Kleid mit gelbsamtenen Aufschlägen, einem Hut mit weißer Feder, freilich nicht von einem Huhn, und einem ungemein kostbaren, an einer blauen, mit Gold und Silber melierten Schnur hängenden massivgoldenen Posthorn, welches außerdem noch mit etlichen Edelsteinen besetzt war. Und obgleich auch ich meinen besten Hofrock auf dem Leibe trug sowie meinen Orden de la générosité am orangefarbenen Band an der Brust, wirkte ich neben ihm gewißlich wie ein Rebhuhn neben einem Pfau.

Bonjour, Monsieur de Besser (rief er zuckersüß), comment allez vous?

Merci, très bien (sagte ich kurz angebunden).

Ich hoffe (fuhr er fort), Ihr habt mir meine Konkurrenz beim Hofpoeten-Wettbewerb verziehen, zumal der impertinente Dummkopf Poisson mich für meine Gutmütigkeit schon genug bestraft. Majestät sind, wie mir zu Ohren kam, ärgerlich, daß die Solennitäten nun ohne Pritschmeister und Hofnarr stattfinden müssen, sie erwarten jedoch stark, daß der Herr Oberzermonienmeister beim Schnepperschießen stegreifreimend in die Bresche springt, im übrigen wird demnächst ein regulärer Hofnarr bestallt werden. Wie dem auch sei, ich hörte außerdem, auch Ihr habt Euren Progegé, den Günther, fallenlassen? Und gleichwohl, Monsieur, ist bereits ein neuer Anwärter in der Stadt.

So? (fragte ich bemüht gelangweilt) Und wie schimpft sich dieser Kerl?

König (sagte Mordax süffisant), Johann Ulrich. Und der Bursche ist geschickt, doch leider nicht im selben Maß verschwiegen, denn neulich schwätzte er in einer Damenrunde von seinem allhiesigen Gönner, ziemlich degoutant, muß ich sagen.

Was sagte er? (entfuhr es mir zu hastig, worauf mir die Kanaille Mordax die Boshaftigkeit genüßlich wie eine Delikatesse servierte)

Er habe, sagte dieser Kerl (sagte Mordax), einen Gönner gefunden, dessen Muse völlig runzlig sei und der ihm gegenüber gestanden habe, daß er schon in seinen besten Jahren zur Abfassung eines Gedichts wenigstens so viele Monate als Monsieur König Minuten vonnöten gehabt habe. Dies habe dieser Gönner nur zugegeben, da dessen poetische Potenz complètement erschlafft sei, ansonsten sei er nachgerade krankhaft in sein eigenes Ich verliebt und bringe es nicht fertig, eines anderen Ruhm zu verdauen.

Innerlich zitterte ich vor Wut, gab mich indes äußerlich gelassen und erkannte in dieser Seelenlage mitten in dem Festtagstrubel nur allzu deutlich, wie wir den Schein, der die Welt der Dinge und der Worte ganz versklavt, mit unseren verlogenen Gesellschaftsspielen ständig aufs neue hervorbringen.

Wen könnte dieser Undankbare wohl meinen? (fragte ich und zupfte demonstrativ uninteressiert an meinen Ärmelspitzen)

Vielleicht erratet Ihr es (sagte Mordax, der Kujon), wenn ich Euch mehr berichte? Also, der runzlige Gönner spreche ganze Stunden nur von sich allein, aber wer dabei die mindeste Ungeduld spüren ließe, habe es bei ihm ein für allemal verdorben. Wie er als Kind hastig und ungeduldig gewesen, so sei er nun im Alter mürrisch, auffahrend und jähzornig, was zwar, wenn sich ihm niemand widerspenstig entgegensetze, bald vorüberginge, doch sei er bei jeglichem Widerspruch heftig, rachgierig und schwer zu versöhnen. Er vergesse dann alles Gute, was er vormals selbst gerühmt habe, und trüge auch keine Bedenken, hernach sich selber zu widersprechen. Er sei hartnäckig in vorgefaßter Meinung und ungestüm im Widersprechen. Seiner unbeschreiblichen Eigenliebe wegen sei es schwierig, mit ihm umzugehen, schwer nehme er jemanden in seine Freundschaft. Hübsch vor allem diese Eigenschaft: Die allergleichgültigste Höflichkeit für andere nehme der altersschwache Gönner als Affront, als Geringschätzung seiner eigenen Vorzüge. Nun, Monsieur de Besser, fällt Euch dazu ein passender Name ein?

Non, je regrette (sagte ich ganz obenhin zu diesem Schurken, diesem Wendehals und Leisetreter, Schuft, Schubiack). Und nun entschuldigt mich, Monsieur, mir scheint, das Defilee beginnt.

Mit diesen Worten ließ ich Mordax stehen, stieg in meine Kutsche, ließ den Schlag von einem der Lakaien schließen und lehnte mich erschöpft in die rosaroten Polster. So war das also! So war und blieb das also lebenslang! Daß man, möglichst ohne gebissen zu werden, beißen mußte, das war nicht neu, nur daß dies niemals zu enden schien, ermüdete mich zunehmend in einem Alter, von dem ich mir Ruhe und Rückschau auf das Errungene erhofft hatte. Alter, hatte ich mir vorgestellt, ist die Zeit, in der man höhlenwarm das Erjagte ruhig verzehrt, Alter ist die Zeit, da die jungen, nachgewachsenen Raubtiere angesichts des aufgehäuften Knochenbergs vor den alten kuschen, Alter ist friedliches und langsames Zerkauen und Verdauen des gelebten Lebens. Nun aber wurde ich gebissen und mußte immer weiter beißen! Lästig, ernüchternd, niederschmetternd: Hatte ich mein Lebensziel verfehlt? War es verpfuscht – mein Leben? Ich spürte keinerlei Verlangen, Kraft zu demonstrieren respektive vorzuspiegeln, ich spürte in mir eine tiefe Sehnsucht nach ruhiger Geborgenheit. Mit diesem Bedürfnis nach Stille registrierte ich zugleich einen erstaunlichen Schwund meiner Neugierde. Mir war so ziemlich gleichgültig, was draußen hinter meinem Kutschenfenster, dessen Sonnenschutz ich zudem vorgezogen hatte, vor sich ging. Ich hörte das tosende Gebraus aus Pferdewiehern, Menschenstimmen, Hufgetrappel, Böllerschüssen, Pauken, Trompeten, Oboen, Waldhörnern, dieses gefühlsschwangere Gemisch aus hochgestimmten Erwartungen und der explosiven Freude mobilisierter Menschenmassen, ich hörte es ganz nah und doch so wie aus weiter Ferne, geradeso, als käme es aus der Vergangenheit. Und so ließ ich das Fenster geschlossen und verblieb auch in meinem angenehmen Halbdunkel, als die Kutsche anruckte und über die Grasnarbe des Uferstreifens offensichtlich am Zelt des kurprinzlichen Paares vorüberholperte. Mehr oder weniger sanft geschaukelt, fuhr ich so etwa eine halbe Stunde, worauf die Kutsche wieder stehenblieb. Ich hob den Sonnenschutz ein wenig an und sah, daß wir uns ein paar hundert Meter vor der Ehrenpforte am Pirnischen Tor befanden und sich nun der gesamte Train endgültig zum Einzug in die Stadt formierte. Ich beobachtete, wie die Suiten des hohen Brautpaares den Festzug komplettierten.

Die Suite des Prinzen bestand aus 12 vorangehenden Läufern in blaudamastenen, silberbetreßten Wämschen, gelbseidenen Schärpen, blausamtenen Läuferhütchen mit weißen Federn und silberbeschlagenen Läuferstöcken, ihnen nachfolgend 12 Heiducken in ihrem Habit, sodann 24 Schweizer mit Hellebarden zu je 12 Mann hintereinander. Zwischen deren Reihen ritt der Prinz in einem Kleid, das mit Gold über und über bedeckt war, auf dem Kopf einen Hut mit kostbarer Agraffe und vielen Diamanten, was ungemein blitzte, das Pferd, ein weißlich-braun gescheckter Spanier, dessen Vorder- und Hinterzeug mit massivem Gold beschlagen und mit Diamanten besetzt war, die Stangen von vergoldetem Silber, die Steigbügel aber von purem Gold, die Schabracke silberbordiert und mit Perlen bestickt. Neben dem Prinzen ritten zwei vornehme Minister in ebensolchen Kleidern, auch sah man bei und um ihn seine Kammerdiener, Kammerlakaien und etliche Pagen in ihrer Livree. Hinter diesen gingen noch einmal 24 Lakaien in gelben Kleidern. Als die Soldaten dem Prinzen mit ihren Fahnen das Kompliment machten, zog er seinen Hut etwas ab, hielt eine kleine Weile mit seinem Pferde still und zeigte sich dabei recht vergnügt.

Die Suite der Prinzessin wurde von einem Mohren zu Pferde eröffnet, gefolgt von 24 gleich großen Mohren zu Fuß, welche K Punkt M Punkt kürzlich in Portugal gekauft hatten, alle in weißen Atlas gekleidet, mit roten Talaren, wechselweise mit blausamtenen Borten und goldenen Tressen besetzt, um den Hals goldene Bänder und auf den Köpfen türkische Turbane mit Straußenfedern. Ebenfalls 24 Schweizer in zwei Reihen zu je 12 Mann, dazwischen die Leibkarosse der Prinzessin, die außen mit karmesinrotem Samt überzogen war und deren Beschläge entweder aus reinem Gold oder Silber bestanden. Acht Pferde vorgespannt, die Decken, Geschirre, die Buckel und Schnallen, desgleichen die Kutscher auf dem Bock und die Vorreiter auf den Pferden superb ausstaffiert, am Schlag prangte das österreichische Wappen, indes die Prinzessin in einem samtenen, pfirsichblütenen Kleide, mit Haar-Puffen und herunterhängenden Locken und einem ganz unbeschreiblich teuren Schmuck allein in dieser prächtigen, augenblendenden Leibkutsche saß. Neben ihr der Oberhofmeister, hinter ihr ein hoher Minister, dazu eine Unmenge Pagen, Lakaien und Heiducken. Dahinter noch einmal 24 Hatschiere in ungarischer Montur, eine Schwadron der Garde du Corps sowie sechs wienerische Damen-Coupé-Karossen mit der Oberhofmeisterin und deren Zofen und Mädchen, eine Schwadron Karabiniers und einige Bagage-Wagen.

Weshalb beschreibe ich diesen beispiellosen Aufwand so ausführlich? Aus Gewohnheit? Weil es zu meinem Amt gehört? Mitnichten. Weil ich wieder einmal anschaulich vorgeführt bekam, wie derlei detaillierter Pomp, wie diese höheren Orts organisierte Pracht auf den einzelnen derart überwältigend wirkt, daß er nicht anders kann, als diese imposanten Herrlichkeiten und ergo deren gleichermaßen imposanten Urheber herzlich zu bejubeln. Denn kaum hatte sich unser Zug wieder in Bewegung gesetzt und die Ehrenpforte erreicht, allwo die 13 Hundert Bürger standen, die noch vor Tagen so sichtlich ohne große Lust geprobt und die heute schon sechs Stunden in der prallen Sonne ausharrten, als ich in deren braven Gesichtern genau diese Art von Rührung sah, die so ungeheuer staatserhaltend ist. Sie winkten und sie brüllten ihr Vivat derart inbrünstig, daß mir wahrlich die Tränen kamen. War's Trauer? Wut? Oder unterdrücktes Lachen? Ich weiß es nicht. Vielleicht von allem etwas. Die Stadtpfeifer bliesen so bemühnt in ihre Hörner und Oboen, daß ihnen die Hals- und Stirnadern vaterländisch schwollen, und das Volk gaffte und freute sich so rückhaltlos, daß ich mich fragte, was all die polizeilichen Vorsichtsmaßnahmen, Wachen und

Mandate sollten. Das niedere Volk nahm das königliche Jubelfest offenbar als eine, auch als seine Gelegenheit zum Feiern. Ist es nicht immer so: Erst mault das Volk, dann aber läßt es sich von dem grand Arrangement, von Pracht und Glanz hinreißen und klatscht begeistert in die Hände, geradeso, als wär's ein riesenhaftes Kind, das nie erwachsen wird.

Als die Leibkarosse der Kurprinzessin unter den drei Arkaden der nunmehr vollendeten und mit Statuen, Porträts, Trophäen und Inskriptionen gezierten Ehrenpforte hindurchfuhr, wurden zum erstenmal sämtliche Glocken der Stadt geläutet sowie sämtliche Kanonen rund um die Festung dreimal gelöst. Diese Kanonade übertraf bei weitem die Lautstärke eines Gewitters, zu welchem die Natur oder, gleichviel, der liebe Gott im Himmel fähig ist, was naiven und leicht zu beeindruckenden Gemütern gewisse Schlüsse nahelegt. Das zweitemal geschah dieses kriegerische Spektakel, als die Prinzessin unter dem Pirnischen Tor hindurchfuhr. Dies war fast auf die Minute um zwei Uhr.

Der Einzug in die Stadt: Ein ungeheurer Augenblick, und doch nicht ungetrübt, weil ich daran denken mußte, wie Günther heute seinen Auszug nahm. Sachsen, Polen, Europa, ja die ganze Welt, alles strömt herein – und einer geht hinaus! Die Stadt ist wie im Rausch, die Bürger jubeln aus den Fenstern, der Pöbel johlt aus Leibeskräften in den Gassen, man drängt, man schiebt, um einen Blick vom Glanz der schönen Welt zu haschen – und einer geht. Einer, der vor gut drei Wochen durchs Weiße Tor gekommen war, verläßt die Stadt just an dem Tage, da sie ihr bislang größtes Fest beginnt, verläßt sie, nomen est omen, durch das Schwarze Tor.

Der Zug ging durch die Pirnische Gasse über den Neumarkt, dann die Moritzgasse hinauf, durch die Kreuzgasse und über den Alten Markt durch die erbauten Ehrenbögen, von welchen sich Trompeter, Pauker und die Stadtpfeifer hören ließen. Wer in der Lage ist, sich vorzustellen, wie großartig es allein schon klingt, wenn siebzig Sechsspänner hintereinander übers Pflaster dröhnen, der wird verstehen, daß auch ich davon nicht völlig unbeeindruckt blieb. Vor uns sah ich bisweilen die großen gelben und schwarzen Federbüsche auf den Köpfen der Provinzpferde wippen, die Herren Landstände aus Sachsen mit der kursächsischen Fahne und bloßen

Degen in der Faust, die Turnierknechte zu Pferde und die Schwadron Dragoner; hinter uns wußte ich die neun Karossen mit den vornehmsten Ministern, dahinter eine Schwadron zu Pferde mit roten Mützen und gelben Blechen daran, den Oberstallmeister, die königlichen Stallmeister, 24 Paar königliche Handpferde ... und so weiter und so fort, alles getreu nach Plan und höchstem Willen, prächtig anzuschauen und ein wenig wohl auch mein Verdienst. Vivat und Jubel nahmen hinter uns noch an Stärke zu, verständlich, da die königliche Familie gewissermaßen den gekrönten Abschluß bildete: Vor den überaus kostbaren königlichen Karossen, die Ihro Majestät zu Paris hatten fertigen lassen und deren Gespanne alle unterschieden waren, so ein Gespann Isabell, ein Gespann Mohrenköpfe und wie die Pferderassen alle heißen mögen, vor den Karossen also königliche Trompeter und Pauker, Handpferde, Pagen-Hofmeister, die königlichen Pagen, Stallmeister, Stall-Bediente, hinter den Karossen, die selbstverständlich leer vorüberfuhren, da, wie bereits geschrieben, die Majestäten das prinzliche Paar im Schloß erwarteten, Reitknechte, die von Maultieren getragene gelbsamtene sächsische Sänfte von unvorstellbarer Pracht, Kürassiere, dann die königlich-polnische Bagage, welche der König, so er nach Polen geht, gebraucht und wozu gehören: polnische Pauker und Trompeter zu Pferde, Stallmeister, Stall-Bediente, 26 Handpferde, 24 polnische Edelleute, etliche sechsspännige Reisewagen, die von Maultieren getragene violettsamtene polnische Sänfte, gefolgt von Maultieren und Grenadieren ... Hier alle Kostbarkeiten en detail auszumalen, kann ich mich heut nicht zwingen. Ach Gott, es war ein Festzug ohnegleichen und ohne absehbares Ende, eine süße Augenweide für jedermann und ein Glanz- und Gipfelstück der Zeremonialkunst, und doch vermißte ich in mir die Begeisterung, die früher mich erfaßt ob solcher Prachtentfaltung. Fort ist die Wollust, beschreibend in solch Festgepränge mich zu baden, die früher empfundenen Wonneschauer auf dem Rücken bleiben aus.

Was ist mit mir? Bin ich mir schon ganz erstorben? Hat mich die lange Zeit bei Hofe endgültig schon zersetzt? Hat mich meine Natur voll Eitelkeit vollends schon verdorben? Ist alles in mir tot? Alles schon vertan?

O wie selig wär ich doch, nachdem mein Leben so verschwendet, wenn ich den Rest der Jahre noch zum Guten wenden könnte! Doch wie, frag ich, kann ich jetzt noch das Gute wählen? Ich, der ich so viele Jahre dem Guten widerstrebt? Wo sollte Natur herkommen, da ich von Jugend auf alles geschnürt und geziert an mir fühlte und bei anderen sah? Muß ich um Nachsicht bitten, da ich zu keinem Wechsel fähig bin? Ich kann nunmehr nichts anderes, als Gleiches wie bisher weiter fort zu tun. Ja, ich bin wie einer auf der hohen See, der nicht mehr sieht, wo er einst abgefahren . . .

Der Zug indes ging weiter durch die Schloß- und Spoorgasse über den Jüdenhof, am Stall vorüber bis an das Georgentor. Wir verblieben mit unseren Karossen vor dem Schlosse, während das prinzliche Paar bei nochmaligem Lösen sämtlicher Festungskanonen von Graf Vitzthum zu den Königlichen Majestäten in den Thron-Saal geführt wurde. Damit war die Kurprinzessin eingeholt, und das Fest der dreißig Tage konnte seinen Anfang nehmen. Und schreiben werden die bezahlten Historiographen später über diesen Tag: Die Kurprinzessin ward mit solcher Pracht zu Dresden empfangen, daß man ohne Vergrößerung sagen kann, daß alles, was bei dieser Gelegenheit geschah, wunderbar gewesen und daß niemals übertroffen wurde, was Friedrich August damals ins Werk gesetzt . . . So oder ähnlich, garantiere ich, und es ist nicht einmal gelogen. Naturellement kein Wort von einem jungen Menschen, der am selben Tag die Stadt verließ und der, wer weiß, vielleicht in kommenden Zeiten mehr gelten wird als alle, die sich heute innerhalb der Mauern dieser Stadt aufhalten und in einem Taumel der Pracht und Macht heftig ihre Sinne kritzeln und verbissen jubilierend ins kurzzeitige Vergessen fliehen.

Ich hoffe nur, daß mir geschieht, was Paulus in seinem zweiten Brief an Timotheus schreibt: Der Herr aber wird mich erlösen von allem Übel und mir aushelfen zu seinem himmlischen Reich, welchem sei Ehre von Ewigkeit zu Ewigkeit, amen.

Jetzt, da das Fest beginnt und zugleich in mir etwas zu Ende geht, frag ich mich, wozu ich Tag für Tag diese Seiten füllte. Wozu dieses Diarium, weshalb, frag ich, habe ich dies alles aufgeschrieben?

Ich bin zu müde, dies noch auszuführen. Man lese hierzu, wenn's beliebt, die vorangestellte Ordre an die Nachwelt.

Ich sitze hier in meinem Bücher-Saal, seh allem nur noch zu – und einer geht. Einer geht, ich sitze. Wer aber bleibt von uns? Und was? Die Hoffnung auf das große Vergessen künftiger Geschlechter? So wie unter Prediger 2 geschrieben steht: Denn man gedenkt des Weisen nicht immerdar, ebensowenig wie des Narren, und die künftigen Tage vergessen alles, und wie der Narr stirbt also auch der Weise.

Ich wünschte, es käme so, und hoffe doch im selben Augenblick, daß sich mein Wunsch um der Menschen willen nicht erfüllen möge ...

Nachbemerkungen

1. Er wußte sich nicht zu zähmen, und so zerrann ihm sein Leben wie sein Dichten. Durch sein unfertiges Betragen hatte sich Günther das Glück (sic! – J. W.) verscherzt, an dem Hofe August's des Zweiten angestellt zu werden, so man zu allem übrigen Prunk sich auch nach einem Hofpoeten umsah, der den Festlichkeiten Schwung und Zierde geben und eine vorübergehende Pracht verewigen könnte. Von König war gesitteter und glücklicher; er bekleidete diese Stelle mit Würde und Beifall . . . (Goethe in „Dichtung und Wahrheit")

2. Besagter von König avancierte zum Geheimen Sekretär und Hofpoet, er wurde Hofrat und Zeremonienmeister und schließlich geadelt.

3. Nur einen halben Topf nach unserm schles'schen Maße / Von gestrigem Konfekt, das in die Kammer fiel, / Erbittet jetzt ein Knecht / Freund auf dieser Leiterstraße, / Der mehr ein Diener ist, als er es heißen will. (Günthers letztes Gedicht, geschrieben auf dem Sterbebett)

4. Wenn ein Dichter den Tod anruft, so laßt uns sagen, daß er es aus Verdruß tut. Erdichtet er sich einen Gott, so laßt uns sagen, daß dafür die Erde verantwortlich ist. Und wenn ein Dichter auf Abwege gerät, wenn er an die Tore der Unvernunft gelangt und ein ungeheurer Trümmerhaufen ihn verschlingt, so laßt uns zu erkennen versuchen, wie es um seinen Mut bestellt war und um seine ursprüngliche Lust zu leben. Wir wollen uns fragen, ob er gekämpft hat, bevor er von der Welt besiegt wurde. (Paul Eluard)

5. Günther starb 1723 in Jena, 27 Jahre alt.

6. 1729 wurde Lessing geboren.

7. Die unbefugten Schriftsteller haben unsere Literatur gemacht. Gottsched und Lessing, da wählt zwischen einem befugten und einem unbefugten Autor! (Karl Marx in „Debatten über die Preßfreiheit")

Schöneiche, Mai 1980
J. W.